# 书表诗魂

上册

三香屋主 著

UNITY PRESS 团结出版社

**图书在版编目（CIP）数据**

书表诗魂／三香屋主著. -- 北京 ：团结出版社，
2023.10
ISBN 978-7-5234-0373-0

Ⅰ. ①书… Ⅱ. ①三… Ⅲ. ①诗集－中国－当代
Ⅳ. ①I227

中国国家版本馆 CIP 数据核字（2023）第 161420 号

出　　版：团结出版社
（北京市东城区东皇城根南街 84 号 邮编：100006）
电　　话：（010）65228880　65244790
网　　址：www. tjpress. com
E － mail：65244790@ 163. com
出版策划：书香力扬
经　　销：全国新华书店
印　　刷：四川科德彩色数码科技有限公司

开　　本：170mm×240mm　1/16
印　　张：46
字　　数：275 千字
版　　次：2024 年 3 月第 1 版
印　　次：2024 年 3 月第 1 次印刷

书　　号：ISBN 978-7-5234-0373-0
定　　价：98. 00 元（上、下册）

# 序

中华文明绵延五千年至今，其精髓蕴于经典、诗词、书法之中。经典启于《易》，盛于春秋，以儒道为主线，历代丰润，不断完善。诗发于《诗经》，盛于唐，散于历代。词发于唐，盛于宋，延于元明清。书法渊源可溯至甲骨文。其以法流，始于秦汉，臻于魏晋，盛于唐宋。先帖后碑，延于清。“五四”新文化运动，革了古文的命。经典、诗词、书法均被冷落、肢解、遗弃。借西方模板演绎现代诗替代了古诗。用西方抽象画改造中国书法，崇洋媚外，污祖宗文化之精华。而今，西风漫浸，名利霸坛，诗又被庸俗化，污秽化。书法则被肢解为线条涂抹，沦为墨污。词基本弃用。诗词书法跌落神坛，但又热闹不乏。索名逐利者将之作为工具把玩。以其低级下流丑化换取流量，招摇自赏。不肖们尽拾西腔牙秽腥臊，辱祖宗之高雅洁净，犹怡然名之创新。人格沦丧，用亵渎之道钓金币声名，还大言超越古贤，无渐后伦。看今天诗坛书台，花角丑角主场。诗人满天飞，不见凤凰鹰；书家海浪涌，名品捞针难。自己看不懂的诗，鬼画符的字，居然拿来招摇撞骗，愚弄受众。真以为众人皆愚己独聪？呜呼哀哉！

真正的诗人书家，凤毛麟角。两千年来，中华文化长廊人才辈出，名作历陈，但称得上伟大者，寥若晨星。几百年甚或上千年才出那么几个，屈指可数。他们是精髓中的骨髓，是旗帜，是灵魂。今人自比，实在厚颜浅薄，诗人书家，首先应是学问大家，学泓识广、博古通今。其次应是品德尚家，勿名而名，勿利而利。然后还应是技艺极家，岁月磨砺，高韵天成。今人则不然，重技艺轻学问，重名利少修养，竟成流行。机谋求捷，钻营事巧。小有成则急换名利。互吹肥皂泡，互苟营私。道已向悖，南辕北辙，不可终成。炒作赚来的噱头，热闹一瞬终归静，风逝无痕。

唐诗宋词已植入了炎黄子孙血液。想抹抹不掉，想污污不了。即便沦为汉奸，附为西孙，蜕皮换骨却血脉尚存。中国书法更是世界文化园中独一无二之奇葩。是无言的诗，无声的音乐，特像的画。唯中华唯能。一切西式改造非亵渎则背叛。超越不了前贤，就应该老老实实学习继承。一切文化创新都是以继承为前提。失去了这个前提，创新即是无源之水，无根之木。脱离文化传统的诗词书法注定是短命的。一切全盘摒弃与亵渎传统文化行为都会被报应。传统诗词书法联系着文化之根，具有广泛的群众基础。跳梁者注定成为小丑。鄙视群众欣赏智慧者必将为大众唾弃。雅俗共赏才是艺术最高境界。大道易简，天人合一。伟大的作品一定是自然天成，而非机谋做成。更无吹嘘擂成。

“暴走已将灵魂丢，回头拾掇是正宗。”既身事诗词书法，惟敬惟能，千万别亵渎，名与利是艺术的坟墓。逐之则亡。艺术无捷径，“行万里路，读万卷书”才是正道。名利场上象牙塔里做不出真正的艺术作品。有迷惑，有忧虑，更多是爱好。知天命之后，闲暇渐多，心渐趋静。读了些经典，行了些山川。薄感而发，以实虚怀。择平时习作，自书自诗，编成此册，无他，聊以自慰。如能些许慰汝甚幸！

是为序。

三香屋主

2019 年 11 月 21 日

# 目录 Contents

上册


一 远 方

杜甫草堂 002
乐山大佛 005
洪江古商城 007
沙湖抒怀 011
张掖湿地 014
交河故城 016
咏云阳 018
纳木错湖之亲 020
珠峰北草原 023
鲁朗有醉 026
大理印象 028
和顺古镇 030
滇 池 033
咏峨眉山 035
船行三峡 037
咏夔门 038
万佛山 040
水洞沟奇景 042
青海湖 045
雅丹魔鬼城 047
天山·天池 049
甲秀楼 051
遵义会址观感 053
神会布达拉宫 055

雅鲁藏布江大峡谷 059
独克宗古城 062
水木丽江 066
云山寻梦 070
黄果树瀑布 072
夜西宁 075
山拉山二首 077
冬游橘子洲 079
黄河颂 082
走廊素韵 084
车过金银滩 086
那根拉山口望湖 088
高山草原 090
神遇青藏高原二首 092
岳阳楼记怀 095
游东江湖 098
惊慰莽山 100
怀素公园寻怀素 103
柳子庙怀宗元 106
嘉峪关遐想 109
阳关·玉门关·汉长城 111
镇远夜色 113
鸣沙山·月牙泉 115

## ● 情 志

别 迎 120
蓬 屋 122
雨中行大东山 124
天 镜 126
桂 花 128
贾谊故居慰怀 130
杜甫江阁哀杜甫 132
麻 木 135
六盘水之凤池 138
己亥端午二首 141
独 得 143
悲 士 145
巨柏王 147
红拉山浴翠 150
西山二首 152
开福寺浴心 154
书院异感二首 156
咏花四首 159
沙皮江寻秋 163
茫 旅 165
洞庭醉 167
怀 秋 169
缘 171

东莞无诗 174

## ㊂ 古 意

老 子 178
庄 子 180
镇远青石巷古意 182
黄河·铁桥 185
祭西夏王陵 187
贺兰山之殇 189
坎儿井·葡萄沟 192
灵渠魂二首 195
三国情怀 198
红河茶马古道 201
兵马俑遐想 203
史韵二首 205
伏惟汉字 207
大理三塔寺 210
悲欣唐玄宗 212
岳麓山之歌 215
都梁拾萃 218
塔 神 222
郴州旅舍 226
濂溪寻真 229
潇贺古道之上甘棠 232
俗凡刘邦 234
吕 后 238
惠洽文帝 240
豪威武帝 243
庸昧元帝 245
平帝难平 248
王莽改市 250
梁武帝 253
读岳飞《满江红》 255

## ㊃ 乡 韵

泡桐素韵 258
曾八宗祠遐想 260
雪韵二首 263
冬至日思 265
暮超美 267
乡变二首 270
山村冬眠 273
云 雀 275
采 277
龙从岩水 281
扶夷江 284
黄金牧场登高 286
四月园田三首 288

寻　味　291
乡村晨曲　293
山居农家　295
晨好二首　297
乡　情　300
永　恒　302
乡　怡　304
清　夜　306
四月十五听月　308
鹅峰乡韵　311
野　趣　312

## 五　词

念奴娇·雨中游天门山药王谷　316
卜算子·乐山大佛　319
望海潮·重庆　321
永遇乐·八角寨　324
满庭芳·云山有道　327
永遇乐·大园苗寨怀古　330
水调歌头·资源　333
蝶恋花·钓晚　336
如梦令·倩影潭　338
水调歌头·贵州　340
一剪梅·酒宴　343
雨霖铃·雨中游矮寨　345
踏莎行·骆驼峰　348
蝶恋花·吊王国维　350
苏幕遮·湖心亭怀旧　352
江城子·歌舞　354
定风波·居隐　356
永遇乐·天地人　358
洞仙歌·乡闲　361

chapter 01

# 远方

书表诗魂

# 杜甫草堂

## 一

成都城中央，千古一草堂。
绿树翠郁郁，流水欢潺潺。
雀鸟骑枝唱，蜂蝶逐花香。
绝无秋风忧，茅屋承观赏。
亭台楼翼展，绕园多回廊。
碑林诗千首，巨擘会明堂。
煮酒论文处，钟鼓还伴唱。
游人接踵至，循迹觅诗王。

## 二

雄才多磨难，诗圣出凄凉。
殿试两不中，还遭安史乱。
颠沛流离苦，饥饿诗充肠。
携妻拖儿女，窘困难维常。
投亲遇变故，借贷筑草堂。
举家随江流，漂泊漫无疆。

野死湘水船，骨瘦剩皮囊。
坚为诗歌生，苦渡光辉扬。

## 三

盛唐诗人悲，诧异不敢想。
后俊慕英名，复堂行景仰。
俗凡愚不知，羡此富甲方。
不肖借圣敛，沾污此草堂。
铜臭横行世，诗魂黯然伤。
大厦富豪强，寒士难俱欢。
诗人若有知，愤然揭茅房。
宁为漂泊鬼，激昂挺脊梁。

2017.11.9 于成都

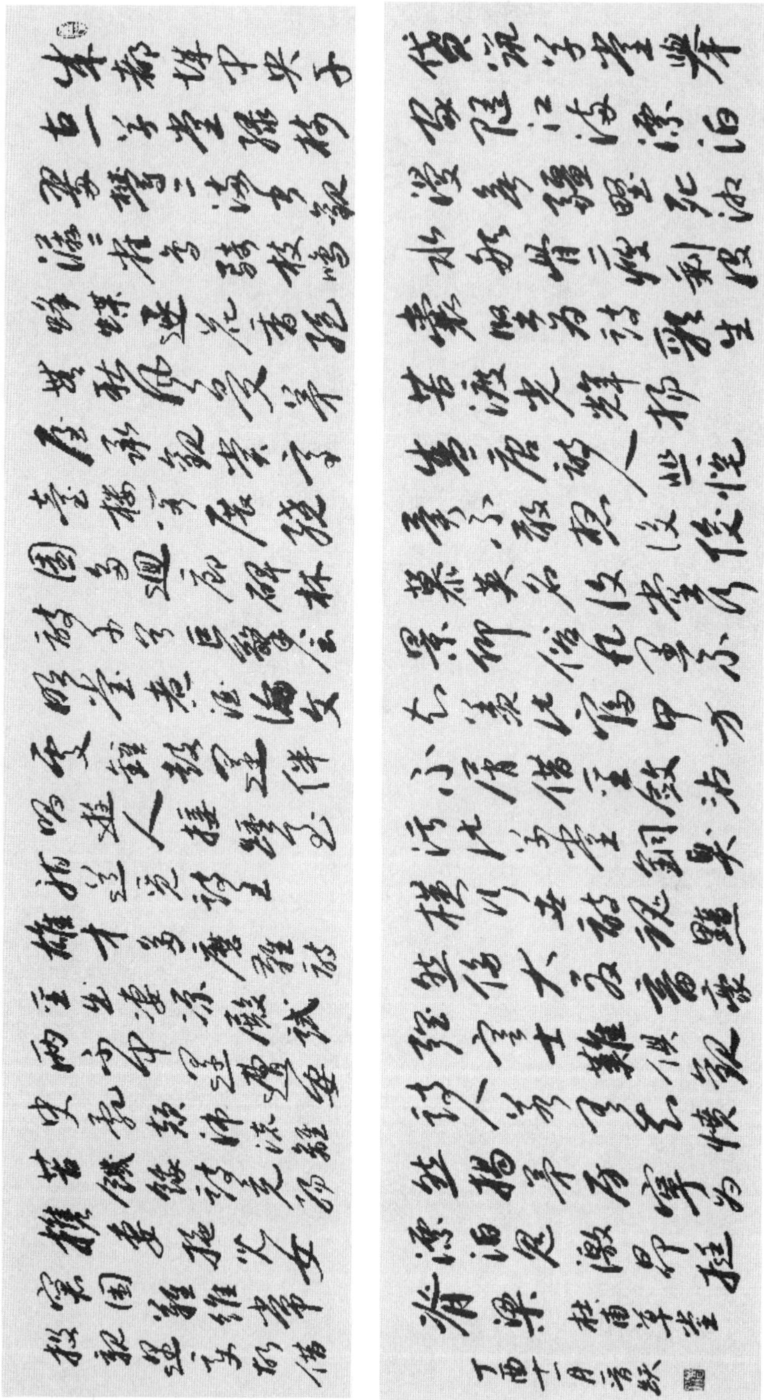

# 乐山大佛

三江乐山汇，义筑人间仙。
江流瑞气腾，山静灵秀展。
日光影朦胧，蓬莱瑶池见。
大佛坐成山，阅尽善恶险。
灵光彻寰宇，洞悉心尘粒。
险恶任尔施，沉稳风波里。
游人边壁下，渺小如蝼蚁。
神台虔诚祭，佛指式微已。
工匠著杰作，绝世堪为奇。
天地神人合，和谐只为一。

2017.11.7 于乐山

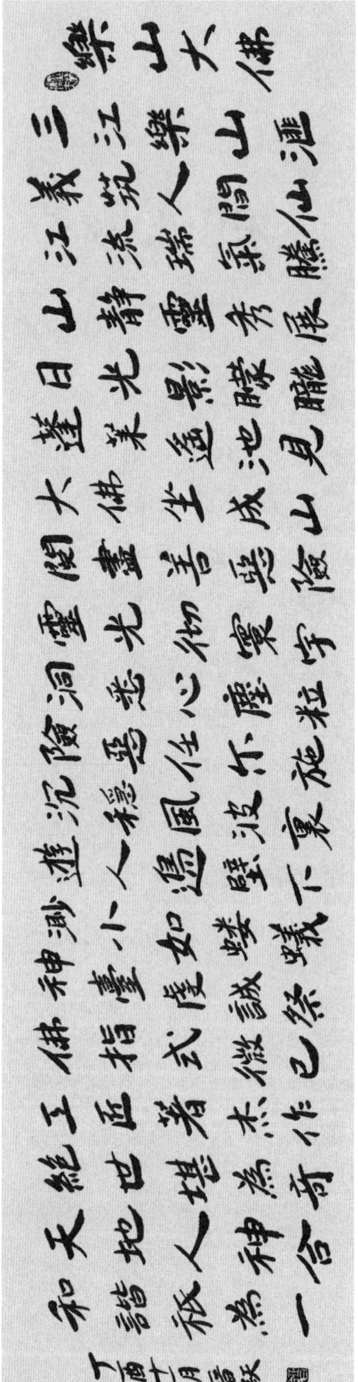
樂山大佛
三江樂山滙
義筑人間仙
江流瑞氣騰
山靜靈秀展
日光影朦朧
蓬莱遙池見
大佛坐成山
閣畫善惡險
靈光御寰宇
洞悉心塵粒
險惡任爾旋
沉穩風波裏
遊人過壁下
渺小如螻蟻
神臺虔誠祭
佛指式微已
工匠著杰作
絕世堪為奇
天地人神合
和諧祗為一
丁酉十一月晋跃

# 洪江[1] 古商城

## 一

沅水邀巫水，川流贯古今。
蜿蜒出太极，聚势矗嵩云。[2]
湘黔滇鄂桂，商贾兴洪城。
渊源牵春秋，明清至鼎盛。
繁华通四海，财富路要津。
东南西北客，盛会古商城。

## 二

沧海桑田变，通衢穿山行。
水落石头出，帆船匿踪影。
繁华如梦逝，旧埠寂冷清。
青石暗绿碡，街巷少行人。
商贾烟云散，蛛网结窗棂。
偶有平民居，偏湿见寒碜。
业敝客不顾，空荡古商城。

## 三

盛世旅游兴，古城焕青春。
清明上河活，财富底蕴沉。
千年智慧藏，洪城机杼深。
青楼客栈在，镖局作坊真。
商行烟馆留，钱庄报社存。
为善最上药，救世圣草灵。
原汁复原味，再见古人生。
漫步青石巷，穿越历史行。
新人着古装，过把掌柜瘾。
兴来升大堂，衙门审案情。
拜帖追旧俗，拟古唤真性。
若无迹地寻，浮萍飘无根。
若有君所悟，不枉古商城。

2018. 4. 1 于洪江

**注：**

①洪江：位于湖南怀化市境内。

②嵩云：嵩云山，位于古商城旁。

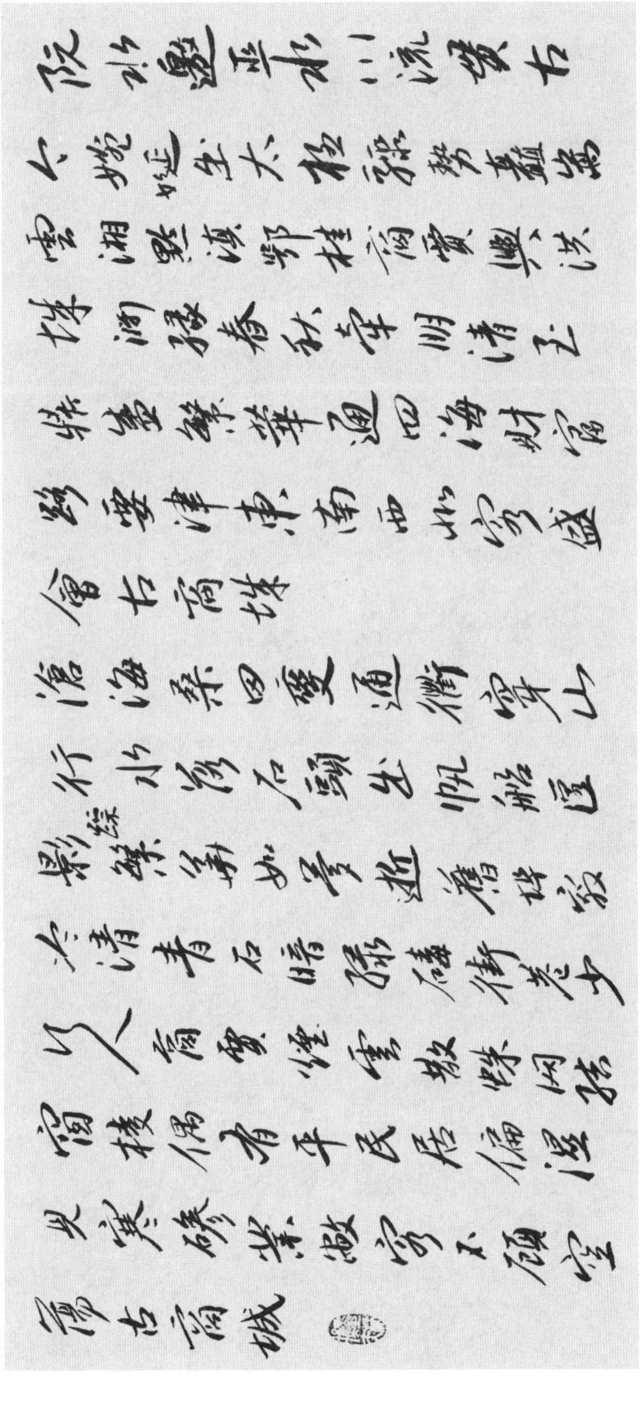

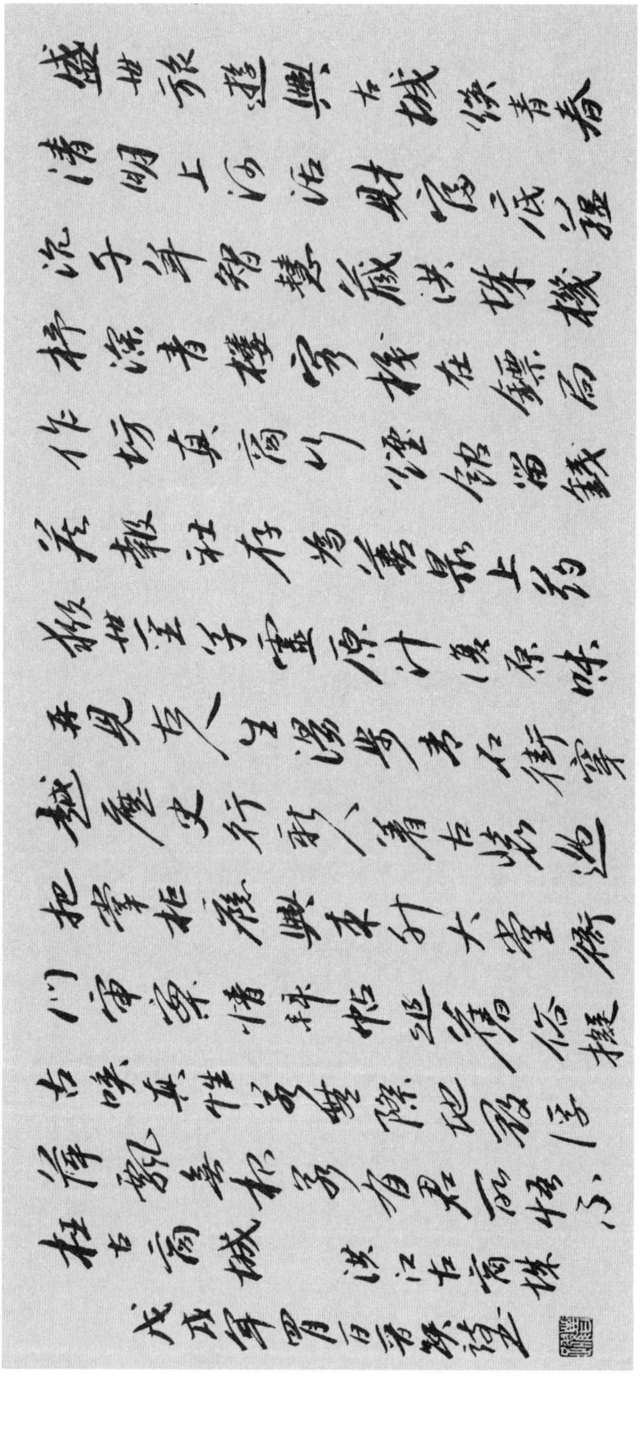

# 沙湖抒怀

题记：与昌辉等游银川沙湖，遇雨淋成落汤，兴犹盛。

雄奇贺兰山，横断西北寒。
金城留沙湖，塞上好江南。
十里荷花香，百鸟嬉乐园。
白鹭矫展翅，麻鸭戏水娴。
蓦然风云动，湖水涌波澜。
银粼逐浪亮，绿苇伏湛蓝。
俊秀伴雄奇，碧湖连沙山。
金缎银绸飘，冲浪漫游酣。
画舫入苇深，惊飞鹤雁鹃。
乐游不思归，塞上醉江南。

2018. 7. 20 于银川

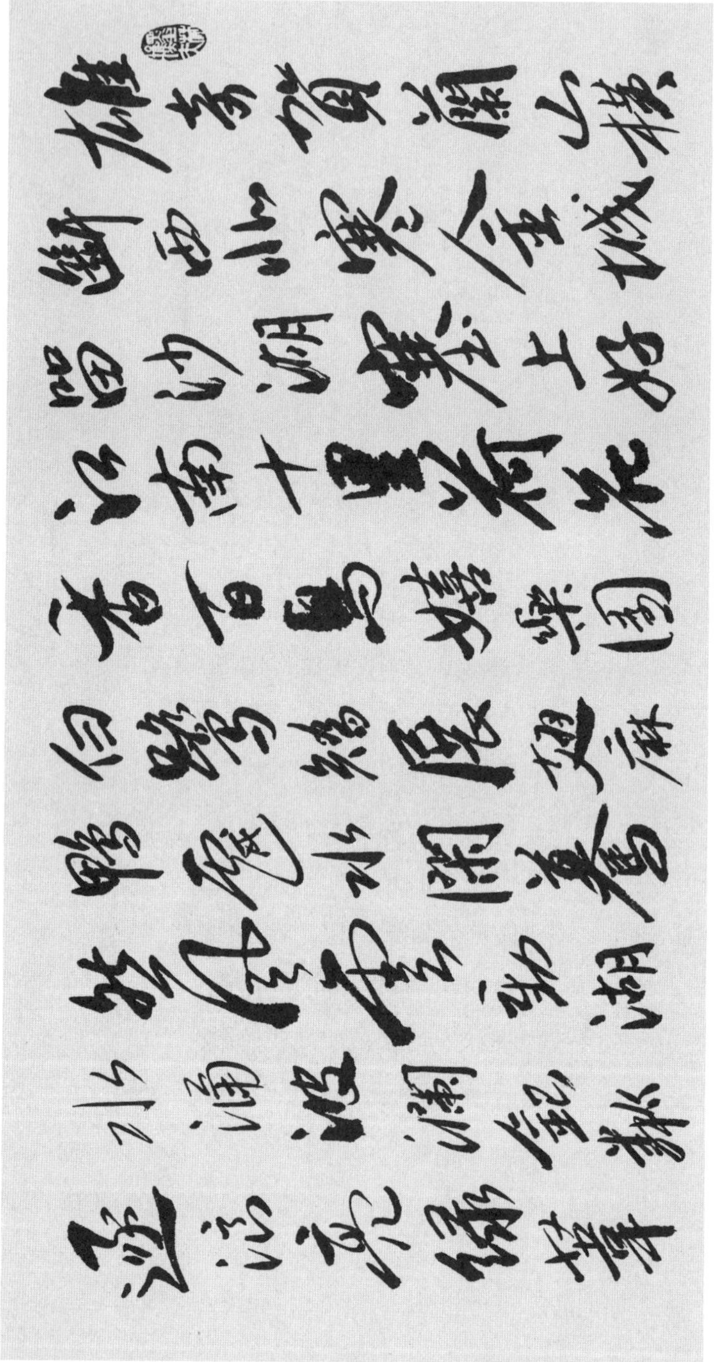

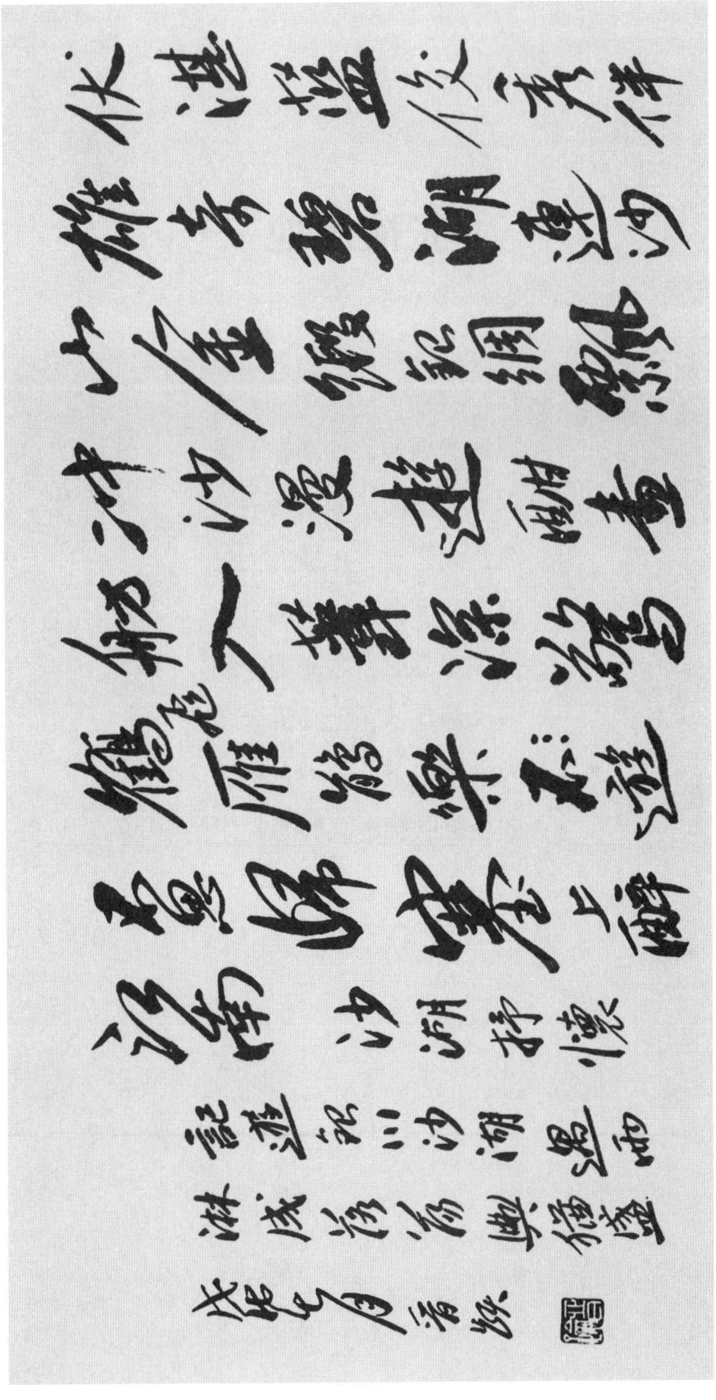

# 张掖湿地

湿地一展阔，江南亦无多。
黑水流雪山，绿苇荡清波。
莲簪湖碧玉，芦掩人头过。
百鸟苑囿会，红树高筑窝。
揽车穿锦缎，画舫剪绿绸。
误入藕花丛，无须诉爱多。
人添画中景，画因人鲜活。
曲径绕回廊，沉醉恋甘州。

2018. 7. 25 于张掖

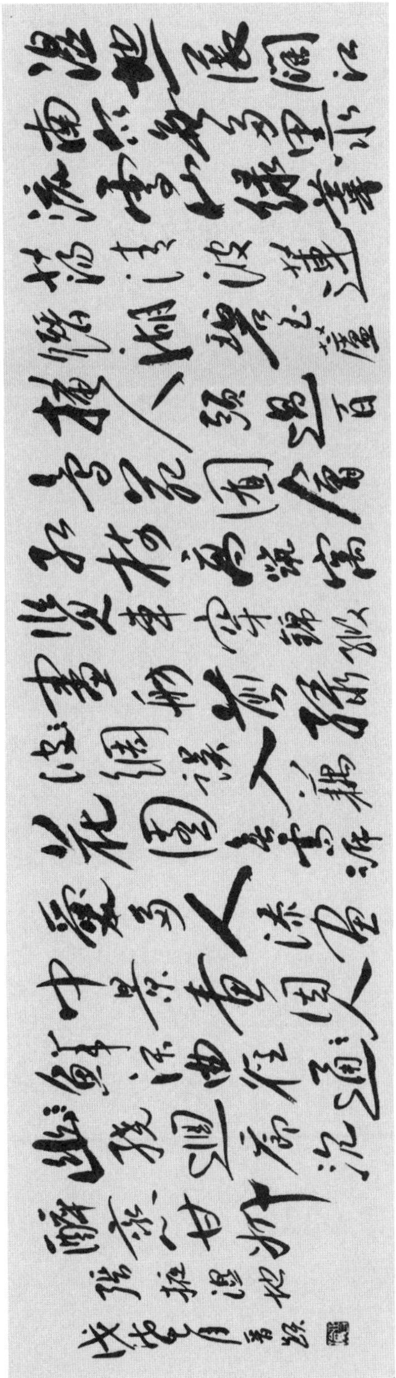

# 交河故城

千年竞争地，万般智凝土。
荒原黄一色，绝地夯城筑。
城门立孤壁，交河环帝都。
皇宫官衙深，烽火楼台凸。
街道迷宫藏，民屋棋盘布。
泰安寺庙盛，要塞军防固。
战火隳名城，遗迹绝世无。
流连苍酸老，神驰心孤鹜。

2018. 8. 1 于吐鲁番

# 咏云阳

天生一云阳，黄帝养龙场。
龙脊伏成岭，龙头饮长江。
江阔开镜湖，山秀造画廊。
虹桥江上卧，山城盘山岗。
街道云梯接，楼顶车辆忙。
滨江开大道，空旷建广场。
琴棋书歌舞，百姓泰安享。
欣逢太平世，康乐养生堂。

2017. 11. 12 于重庆云阳

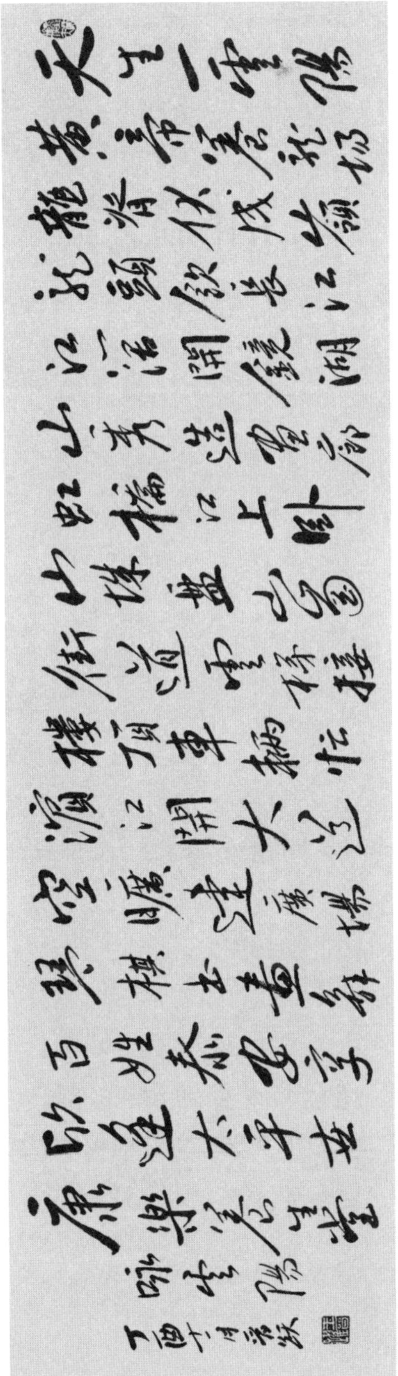

# 纳木错湖之亲

绿原接蓝湖，白云妆天都。
雪峰几墙围，湖天一蓬屋。
车行滩绿毡，直通蓝天府。
牛羊娴食草，海鸥亲又疏。
近岸戏游人，不与游人触。
湖边远眺水，一片晶蓝笃。
与天共一色，天庭接碧湖。
乘舟可上天，入水瑶池凫。
骑牦初试水，水鸥盘旋顾。
湖中只几步，牦牛惊慌突。
一滩游人醉，举镜频向湖。
妖娆媚妩态，湖镜影映酷。
爱意泉涌出，沙滩来回踱。
天生此尤物，我辈饱眼福。
尽携美景归，归来不看湖。

2019. 7. 25 于拉萨

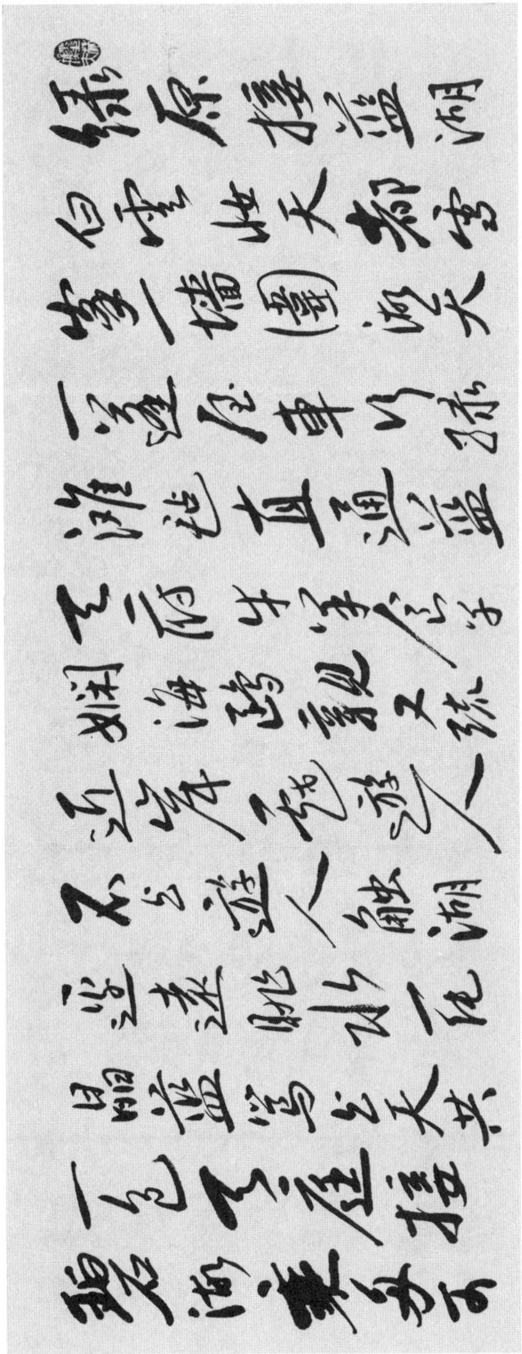

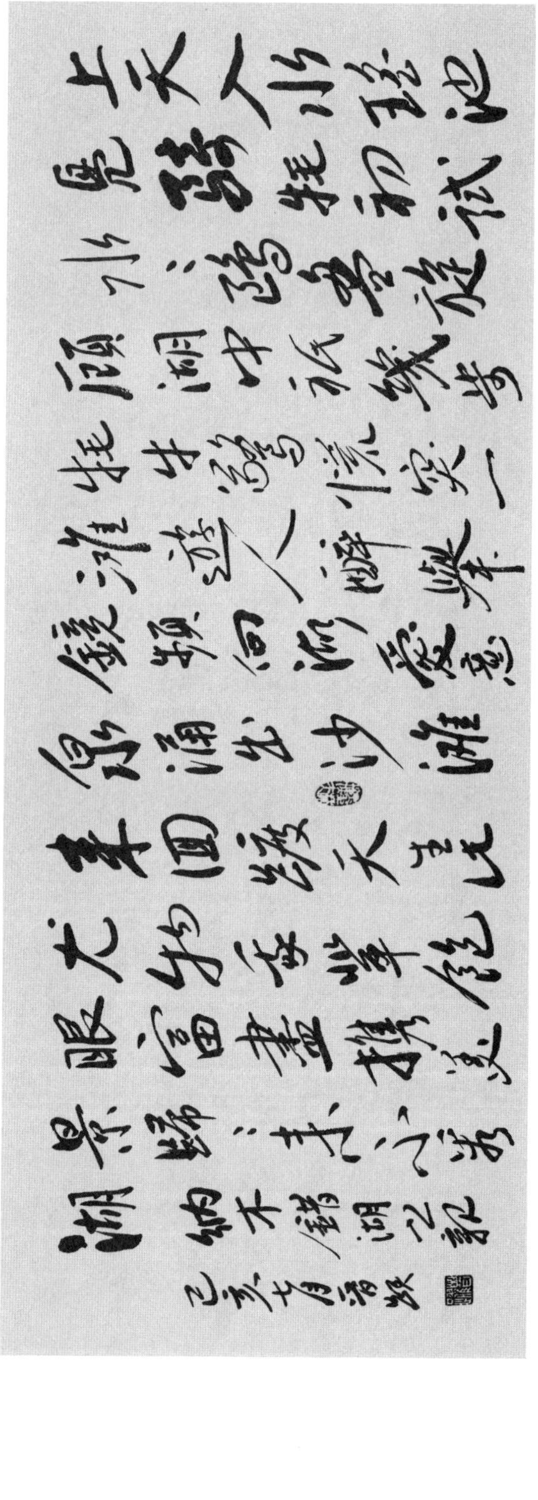

# 珠峰北草原

暖阳草原艳，白云雪峰亮。
四围山峦柔，云朵地边长。
此去珠穆朗，阳光铺毡黄。
牛羊当路横，黑鹤展翅翔。
坦荡黄金地，不见藏岭羊。
坡斜向天去，顶绝雪峰出。
灰云遮山阴，蓝天头上驻。
四望沼泽青，菜花披金襦。
上至坡顶处，吾与白云居。
雪峰伴左右，草原一盆绿。
村屋盒子小，暖坡云天谷。
阳光暖我身，寒冰剥我服。
雪峰入云深，暖寒共天都。
我亦天上人，携云依峰住。
高处会神仙，圣地心逸逐。
逐而不可得，复归凡尘屋。

2019.7.26 于珠峰大本营

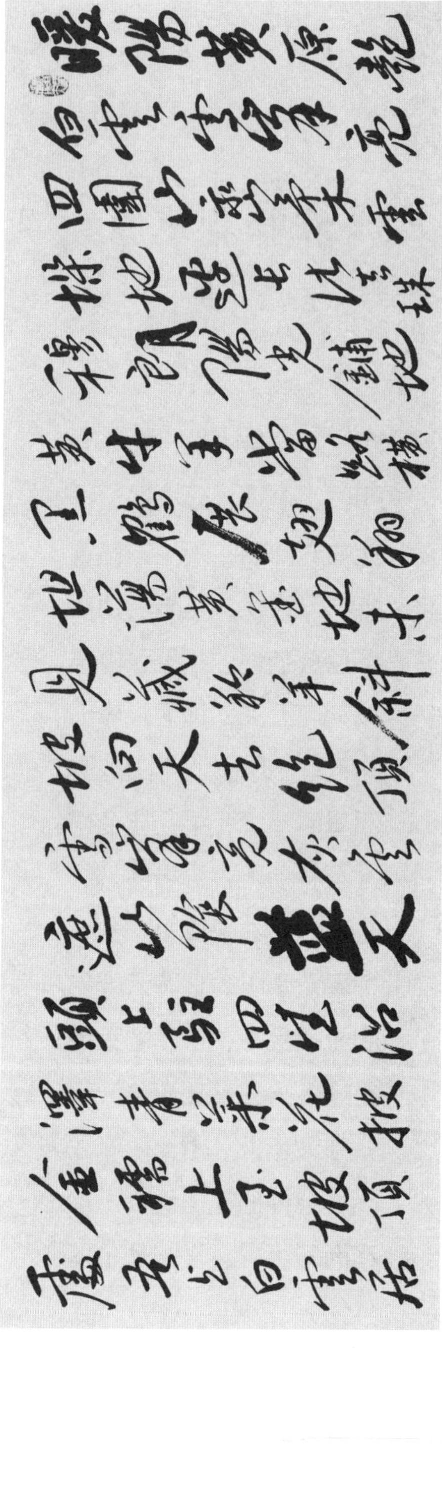

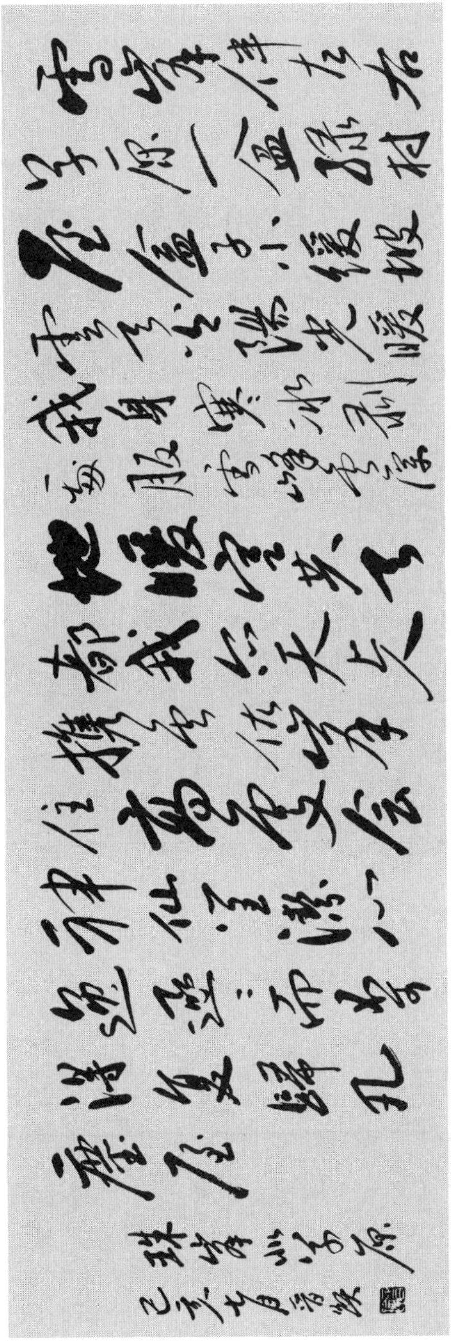

# 鲁朗有醉

牧草坡地毡，镜湖绿里蓝。
山天共一色，雪峰云中看。
林海逸浪远，牛羊食草闲。
村屋妆点白，田园金稞扮。
蹓马南山麓，煮茶馆楼间。
石锅炖野菌，醉风歌舞炫。
桃源洞天无，此地胜桃源。
欧洲牧野风，鲁朗最耐看。
天堂虚缥缈，胜景在人间。
净无纤尘染，纯真属自然。
饱吸清新气，好梦枕花眠。

2019.8.1 于林芝鲁朗镇

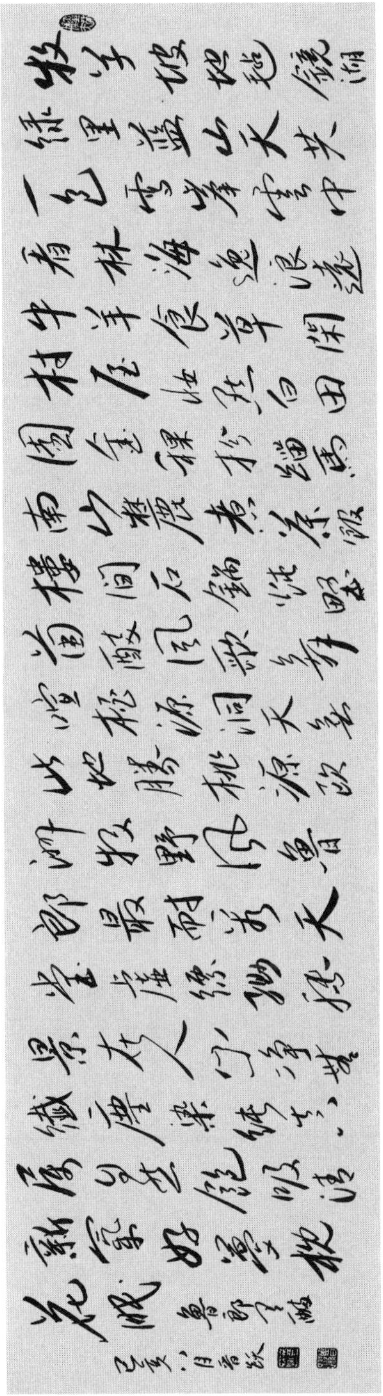

# 大理印象

三塔突兀立，群峰伏其惟。
青坡一泻绿，洱海聚翠微。
峰高接云霓，峦排合一围。
圆月照星天，絮云趋海轮。
古来灵霄地，楚将立国魂。
武帝拓域使，元祖铁蹄沉。
王侯富安居，明城东南震。
而今山河全，大理宴安宁。
旅游兴经济，丝路有宏蓝。
花银藏福地，理石豪斑斓。
四季春常驻，秋风凉度繁。
田畴阔肥沃，稻菽花果蕃。
循道依风水，民居有奇览。

2019.8.7 于大理

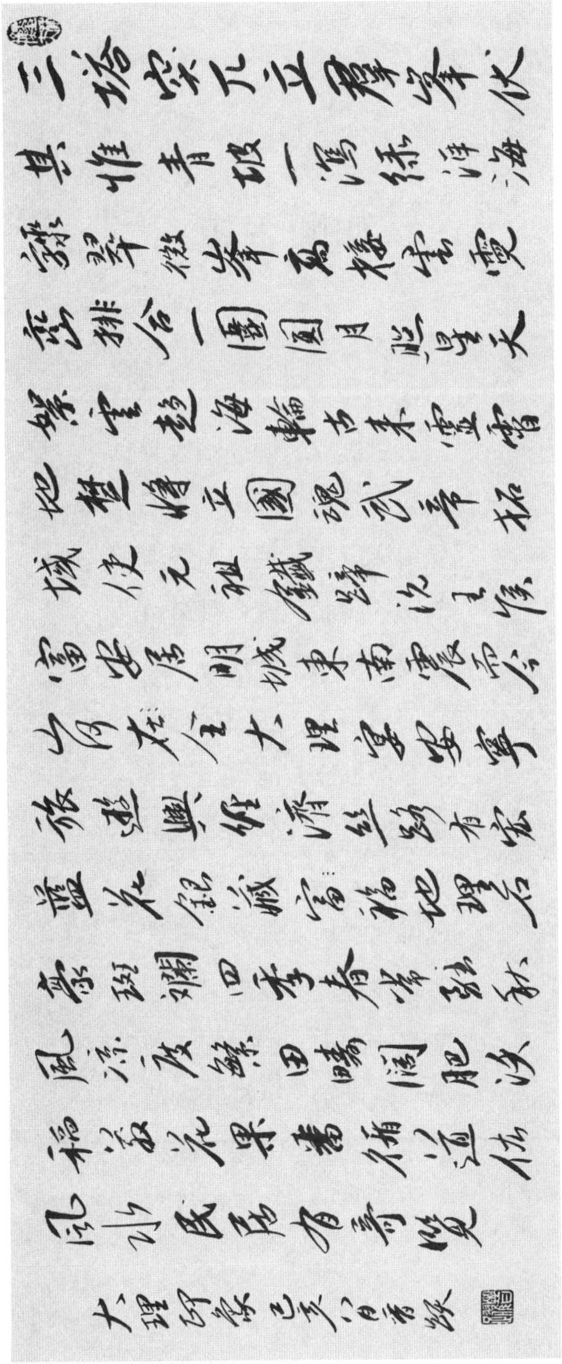

# 和顺古镇

古镇意蕴深，循道石板青。
总兵府犹在，沙场号角泯。
屋前溪塘通，映日荷花红。
翁老钓树荫，童稚网鱼虫。
白鹭旋田畴，青柳舞东风。
山郁村落远，园田绿意浓。
洗衣坊独立，沧桑述情重。
水车悠悠转，筒流缓缓空。
翡王夷方美，世移道不同。
风顾灵霄地，水育富贵垅。
腾越极边境，英豪忠烈冲。
宅院依山水，和顺安居雄。
而今盛世发，马帮驮践功。
巡睃追先贤，宁修已德洪。
天地神人合，凡马可行空。

2019. 8. 8 于腾冲

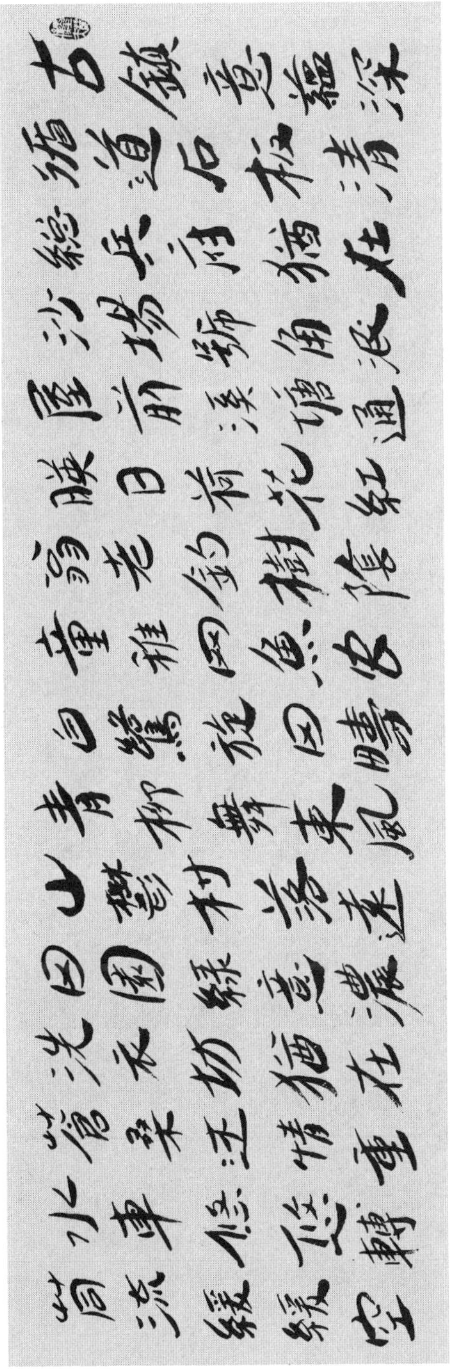

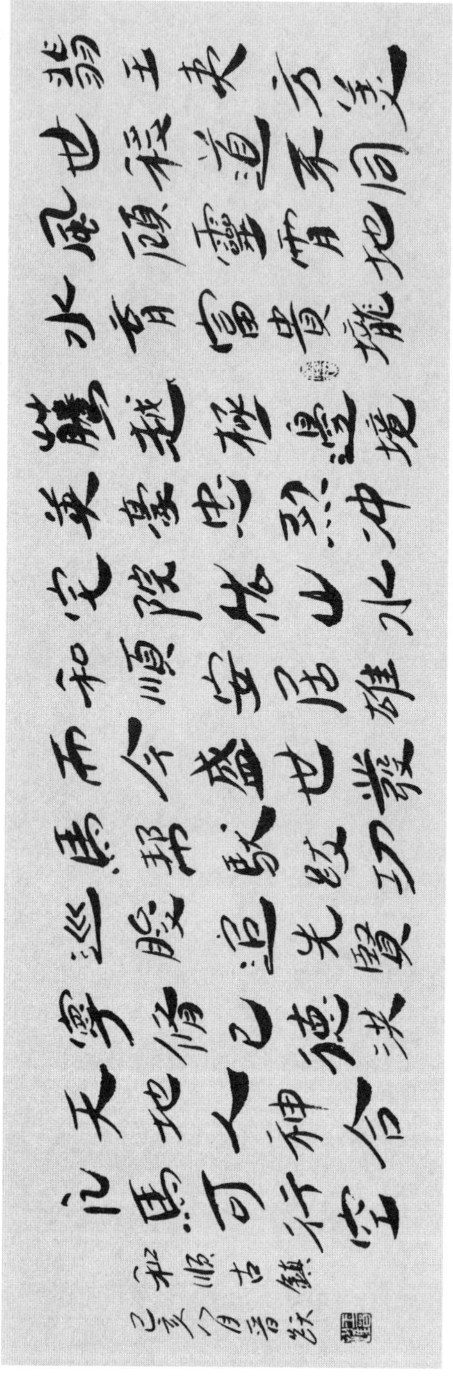

# 滇 池

一望平镜浮，衔山苍翠走。
东峦柔柳曲，西峰悬崖峭。
林荫循直道，长堤阳光韶。
沐风观池景，瀚海碧波稠。
高林红亭隐，平道白杨修。
荫里闲适踱，毒日奈何头？
游船水上漂，缆车空中浏。
山静光照明，水动波荡娇。
絮云妆蓝天，白鹭点绿绸。
苇欣颔首意，荷肥红花灼。
我来出神采，撷秀泊逍遥。

2019.8.11 于昆明

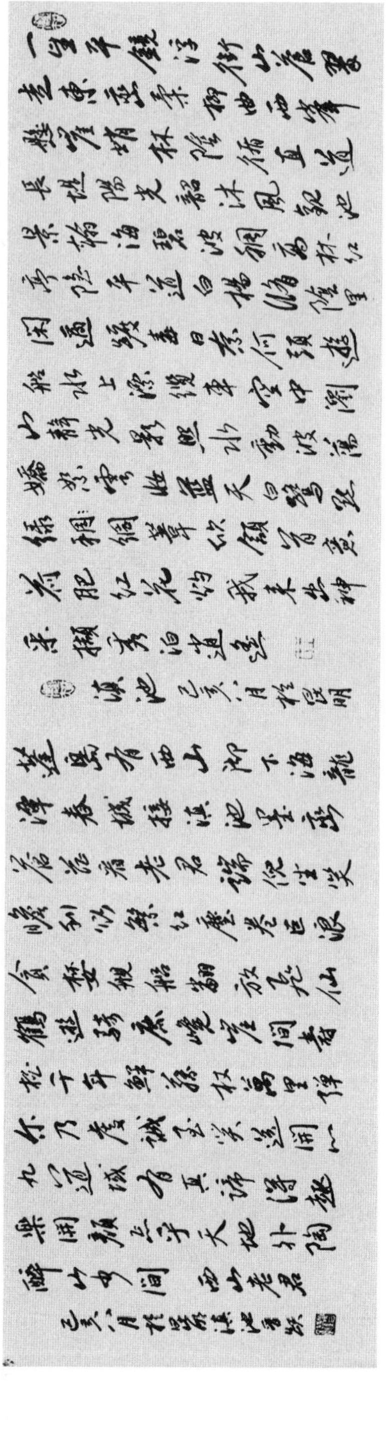

# 咏峨眉山

秀甲天下一峨眉，秋雾重帏掩真身。
佛光朗照还羞昵，旭日挥遒见形胜。
云海飞阁瑶池仙，银殿金顶琼楼神。
万级石阶平足力，九天玉宫俘芳心。

2017.11.9 于峨眉山

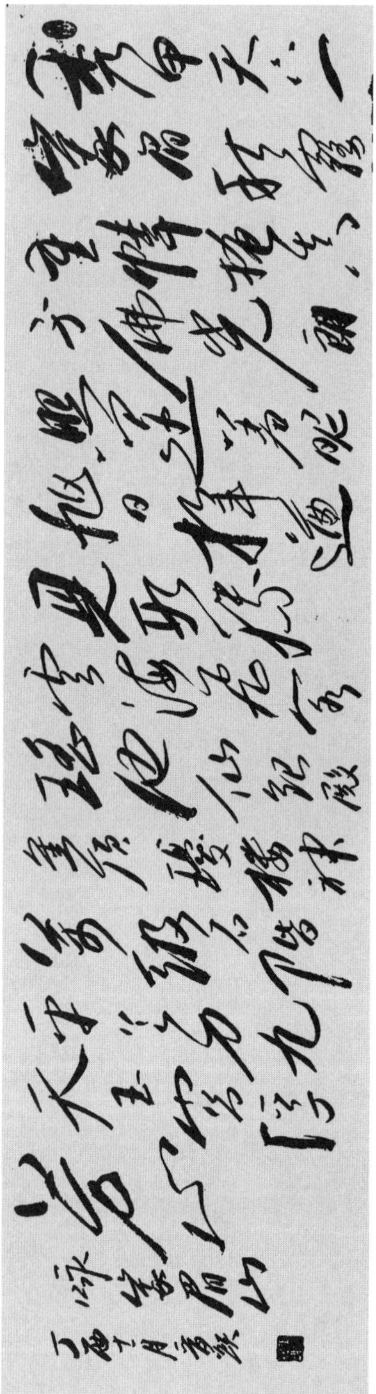

# 船行三峡

江阔水平疑是湖，客船缓行着平陆。
两岸青峰奇画展，一江碧波绿缎出。
夔门险峻巫峡秀，西陵长涵万山图。
山水恣情化云雨，雾牵梦绕醉天都。

2017. 11. 14

# 咏夔门

魔鬼阻江巨阙劈，拦腰斩断恶龙脊。
龙尾蠕动指云天，龙头跌落沉江底。
高峡平湖映白帝，水族龙宫宴平碧。
千里江陵坦道航，万世光华福泽第。

2017. 11. 12

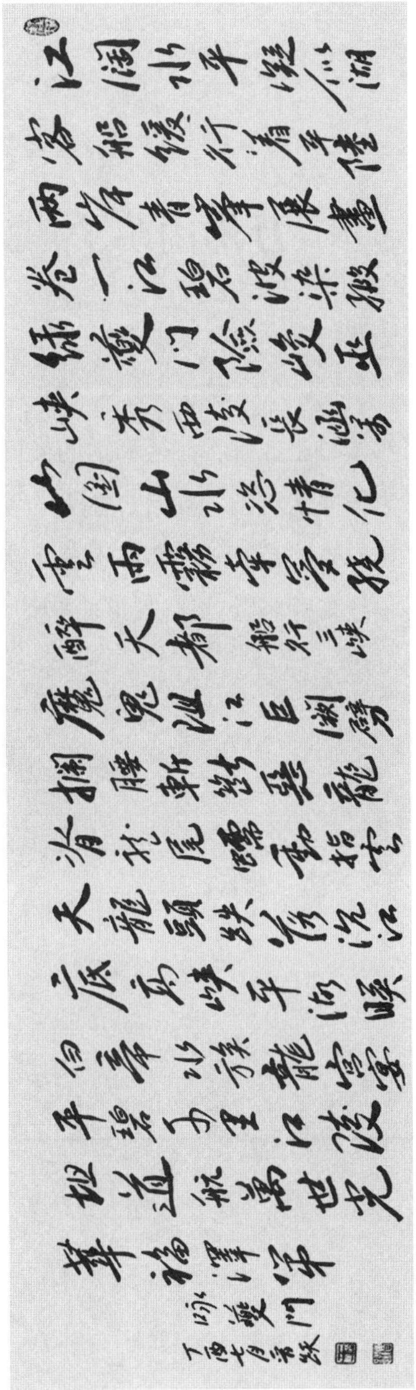

# 万佛山[①]

亿年修行山成佛，曲径牵幽仙灵筑。
着力拔高伏群山，独自为尊压世俗。
千年佛寺成荒冢，沧海桑田轮回度。
会当绝顶舒凌歌，万佛朝仪享万古。

2018. 3. 11

注：

①万佛山：位于湖南怀化市境内。

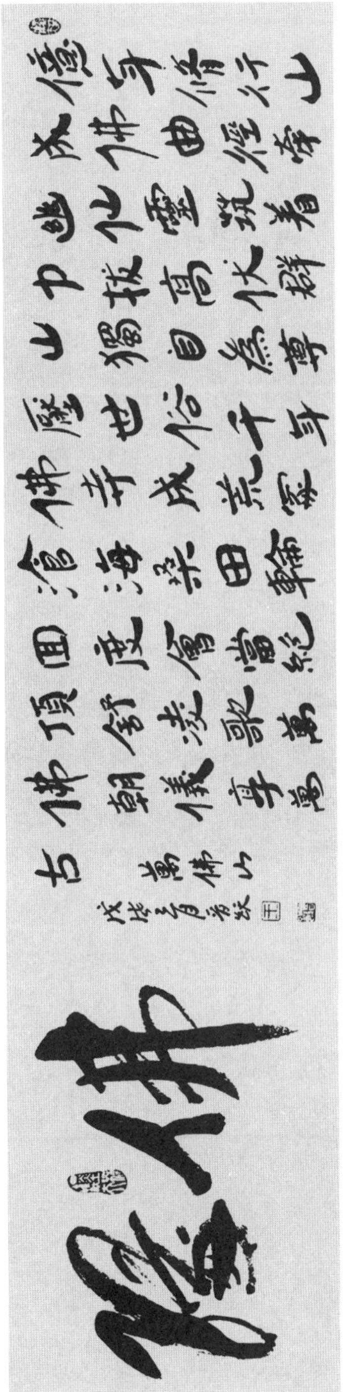

# 水洞沟[1]奇景

水洞沟奇存古踪，一日漫游宙时空。
戈壁荒漠江南水，荡舟野鸭芦苇丛。
深沟峡谷互市闹，摔碗一盅豪气冲。
绝壁腹迴洞奇特，地道兵城罕世雄。
三万年前古人居，木石为器泥为瓮。
长城绵远高且固，难挡铁骑踏苑中。
红军塞北抗日奔，烽火楼台好汉众。
馆中奇剧天地新，演绎万年梦幻同。
牧野天歌追古意，丝路风情壮恢泓。
惊天动地泣鬼神，见所未见闻未闻。
蒙古包里闲做客，盛妆穿回草原人。
骆驼车上信天游，骑马射箭任君平。
西夏覆亡明朝兴，万古不老万里近。
战争和平轮番上，盛世中华开太平。

2018. 7. 18 于银川

注：

①水洞沟：风景区，位于银川市郊。

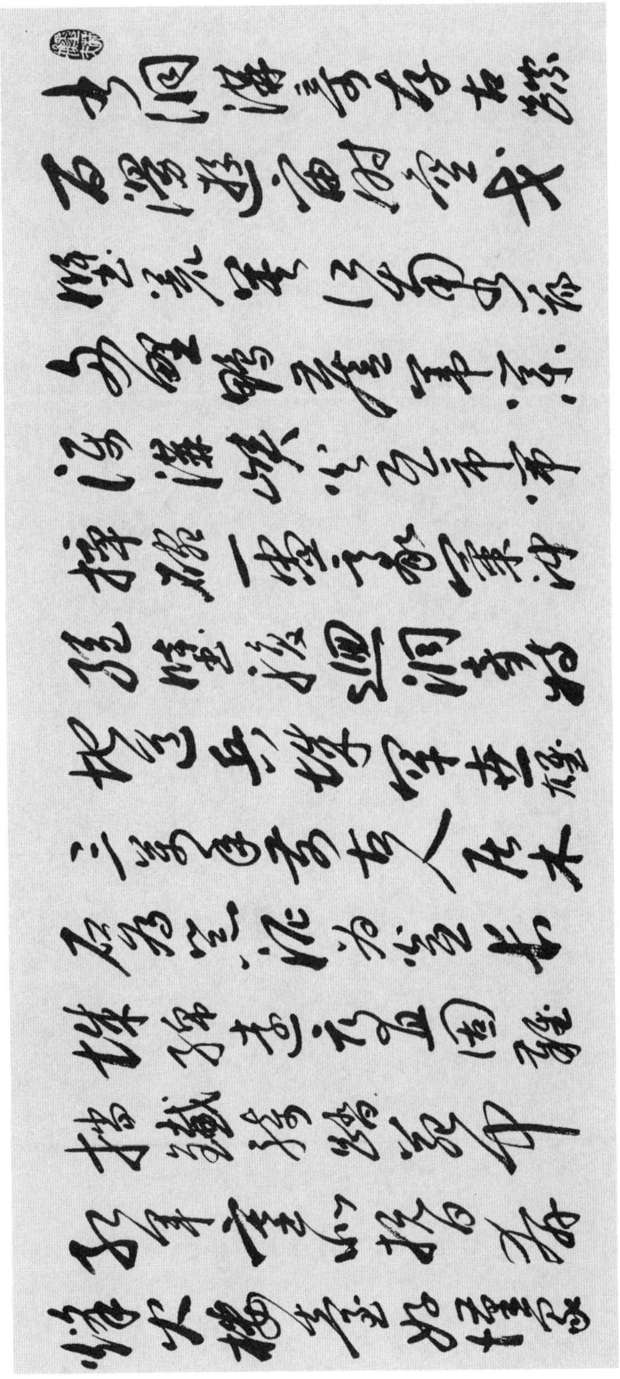

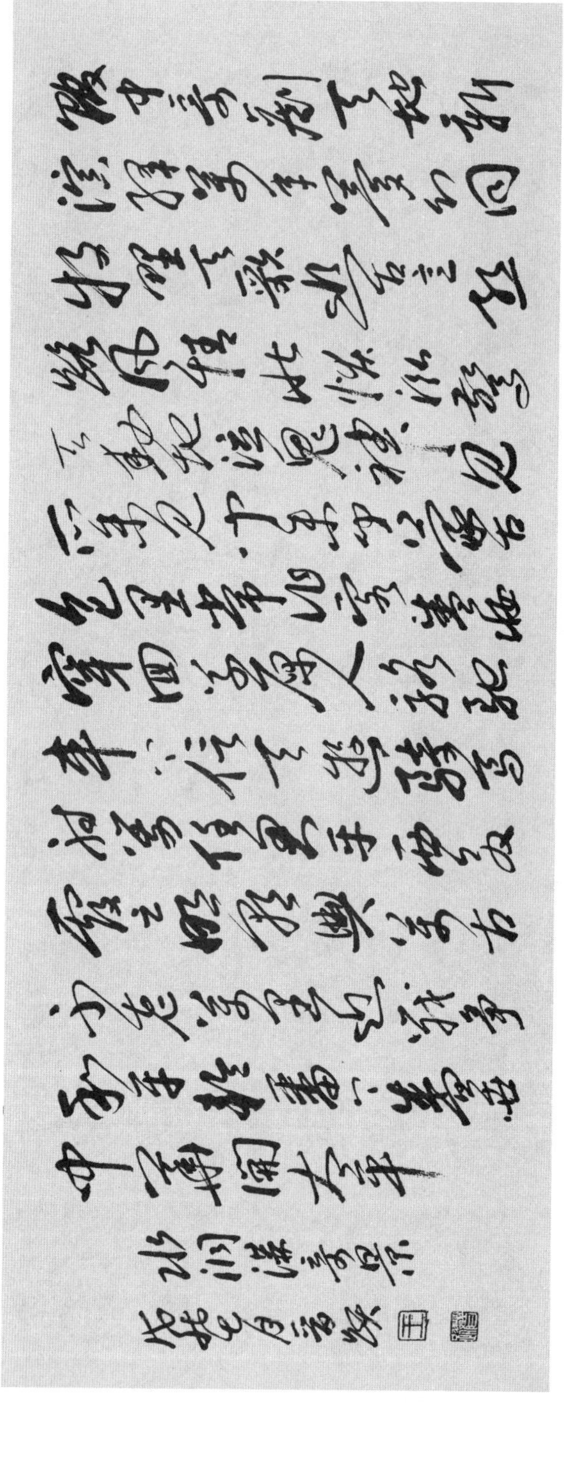

# 青海湖

巍巍昆仑中华龙，育湖成海鳌头雄。
王母眷恋作瑶池，玉皇挚爱当西宫。
碧水连天山色共，金滩参银涂彩虹。
二郎神箭震琼界，两弹引爆安世功。
生态文明焕异彩，俗众畅游天神同。
大美青海人向往，乐游原上道仙风。

2018.7.22 于西宁

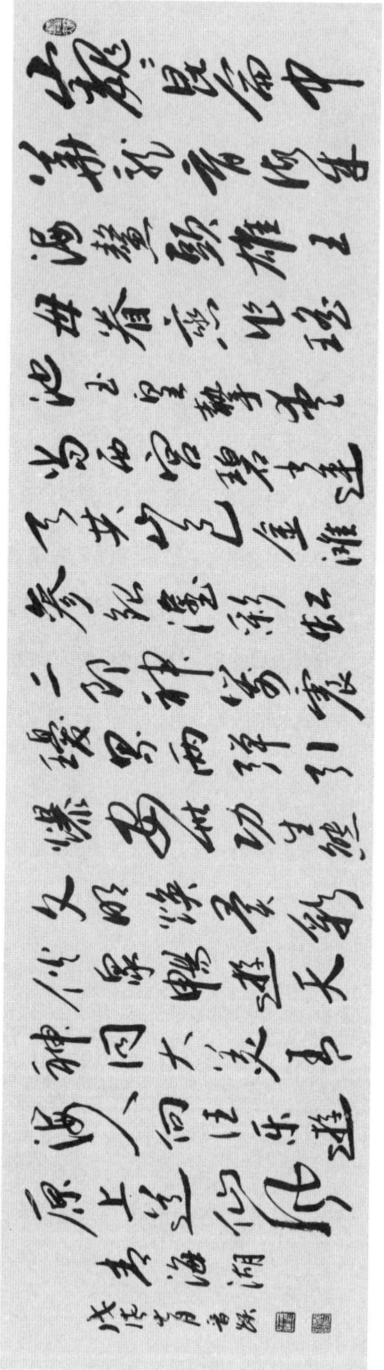

# 雅丹魔鬼城

黑沙茫茫漫天边，天矮地阔星际连。
雅丹神奇造万象，煌煌布阵盛军演。
车行纵目极无涯，近身难尽雄峻险。
狮迎雀省法老来，浩浩舰队黑海现。
蓦然动地风声急，尘飞石走沙打脸。
鬼哭狼嚎凄裂肺，天昏地暗魔鬼见。
肆虐毁摧即遁隐，天朗气清海平静。
巨塑群雕露真身，古堡楼观街道新。
变幻莫测造化功，吾辈渺小沙粒同。
误入魔城旋不出，骇然思乱迷魂中。
指南指北无指向，科考茫失彭加木。
旅游开发玩魔城，神勇捕捉魔鬼风。
戈壁黑海落日圆，我星同耀璀璨空。

2018. 7. 27 于敦煌

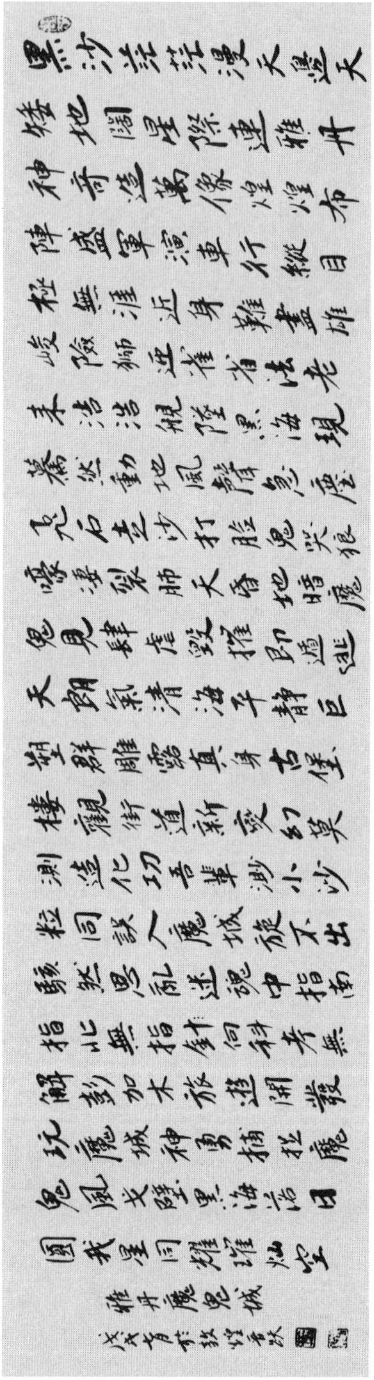

# 天山·天池

琼界失色地聚灵，博格达峰触云生。
层林墨染山青石，苍崖描棱道遒劲。
群山龙腾奔瑶池，绿水荡漾开天镜。
雪峰白云层林汇，天池写人对天庭。
王母笃爱神惊羡，道观深偎得真性。
且将天池作墨砚，博格达笔绘圣景。
天池樽酒敬天神，玉皇歇朝醉花荫。
仙女解带争入浴，恣情戏水碎月星。
银河奇观独一枝，众神欢娱痴销魂。

2018. 7. 30 于天山天池

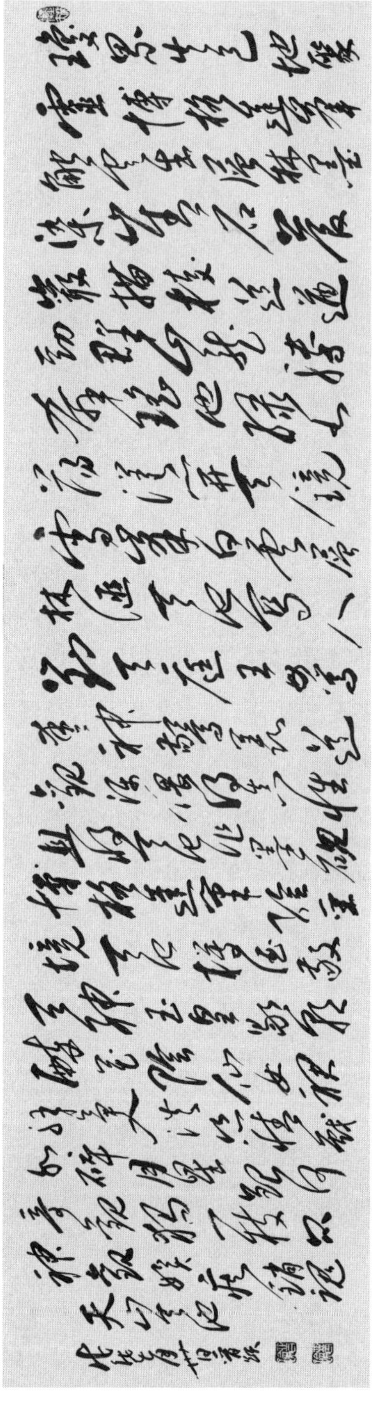

# 甲秀楼[①]

一楼砥江掣巨鳌，六月[②]联拱度春秋。
长练挥虹青山舞，光影涵碧贵都娇。
镰月孤冷桥月照，秀楼独甲万楼抱。
借得翠微阁为居，神仙坐禅乐逍遥。

2019. 5. 8 于贵阳

**注：**

①甲秀楼：贵阳市内一历史名楼，楼桥合一，桥头有翠微阁相伴。

②六月：六个圆弧形桥拱，形似月。

# 遵义会址观感

会址尚存供瞻仰，傍建实景博物馆。
声情并茂忆红史，物境同见伟人观。
萦回当年深山转，聆听赤水渡奇澜。
茫茫苍山足道远，幽幽河谷天路难。
更有重兵围堵截，怎堪荒僻云贵川？
斗天斗地斗白军，立标立魂立人缘。
鲜血倾染赤水红，精神高照阴天蓝。
入馆心灵得洗礼，出馆奇迹唯惊叹。

2019. 5. 10 于遵义

# 神会布达拉宫

群峰四围河谷平，雅鲁藏布温柔亲。
凡山神宫坐中央，青峦面北伏虔诚。
北峰舒臂竖护屏，布宫泰坐朝天庭。
天蓝地绿白云亮，自然大美高原景。
峰矗高峻接白云，宫叠伟岸中天奔。
布达拉宫金光闪，白墙辉映河谷明。
绿地城郭群英会，蓝天幕海蚕丝新。
金顶入天通苍穹，宝瓶坐地咏人神。
红白黄蓝谐自然，天地神人晤真情。
群楼重叠巍巍势，殿宇嵯峨凛凛峻。
太阳钟爱晨至暮，圣殿彩变谢天神。
乌鸦鸠鸽俨似主，月亮星辰送温馨。
神州奇葩独红山，高原秘域绝圣景。
是山是城还是宫，奉佛奉王奉天尊。
金柱金塔金佛像，宝石宝物宝全真。
煌煌极贵超想象，赫赫豪富绝凡尘。
松赞文成千古爱，汉藏一家两和亲。
长安西域迢迢远，真情佛度感天神。

带路通畅数世安，华夏共舞巨龙腾。
九百九十九间房，九百九十九尊神。
三界聚首布达拉，高原长乐玉皇庭。

2019. 7. 23 于拉萨

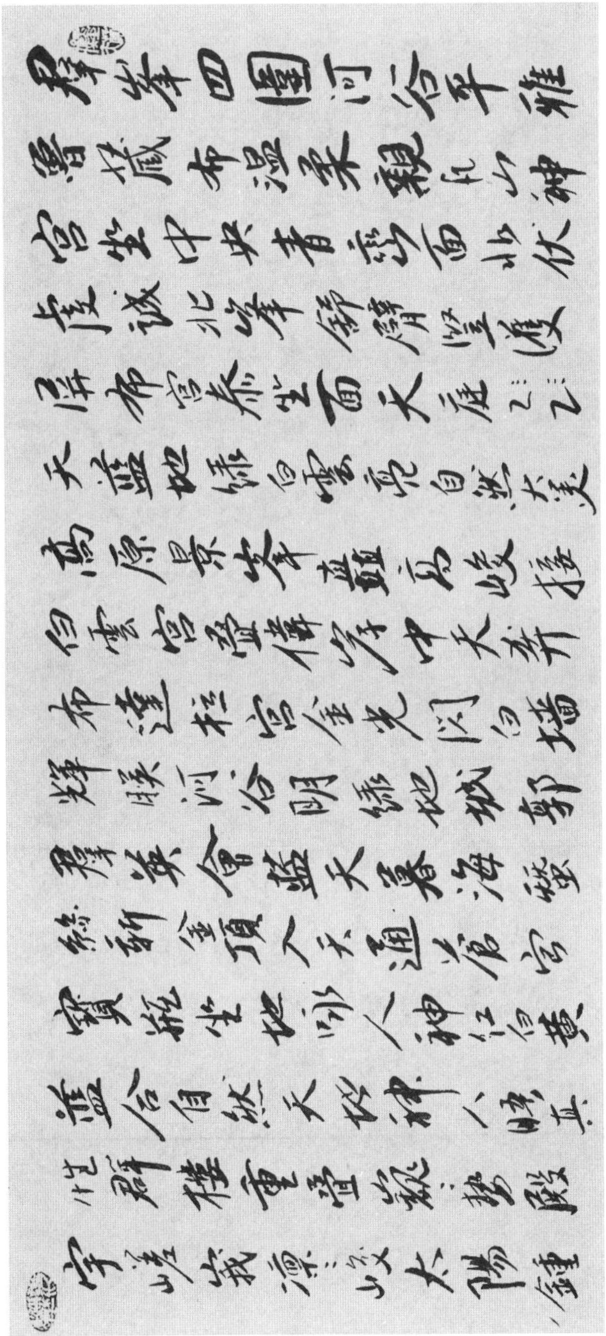

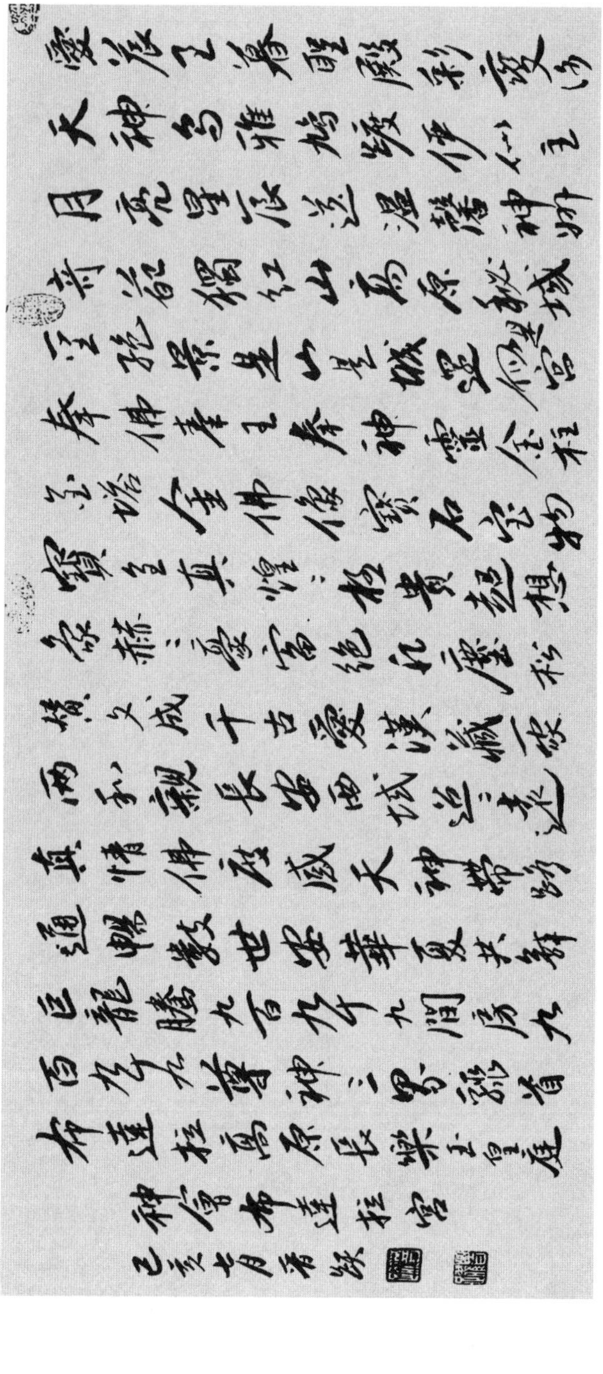

# 雅鲁藏布江大峡谷

陡峰峭崖夹江流，雅鲁狂激万马躁。
一纵千里排阵云，汹涌呼号簇天骄。
峰立云天昂高傲，崖踏浊浪无惧哮。
神笔勾染玩墨青，乘风驾云豪画就。
丝絮缠峰流云变，画图瞬新换妖娆。
峰似战矛刺蓝天，江如地龙穿箭啸。
南迦巴瓦阻不住，巨流急拐地动摇。
滩涂喘息育绿洲，绿里安娴聚村落。
青稞铺金秀江湾，山水有情园田畴。
乐游峡谷心激荡，醉美自然神逍遥。

2019. 7. 31 于林芝

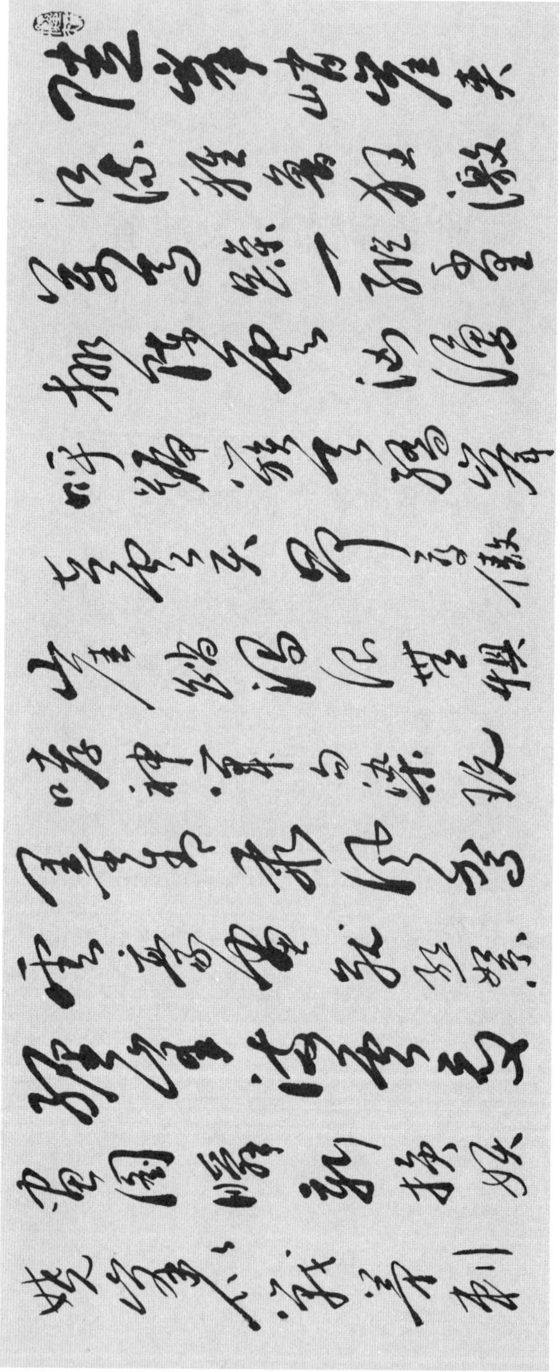

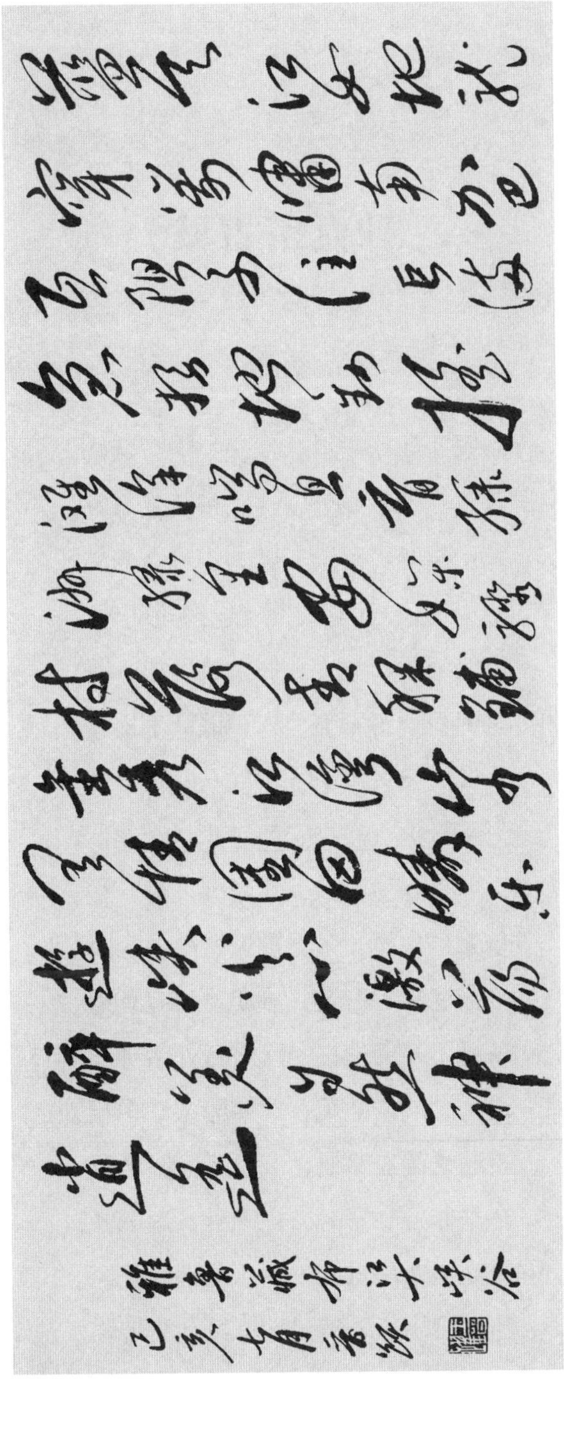

# 独克宗古城

茶马千年留古道，迪庆关隘数妖娆。
藏汉商贾歇脚处，往来货贸互市闹。
翻山越岭天路险，脚力克难命悬峭。
此去迢迢云雨雪，小歇匆匆度风流。
巨幢经转祈福安，驿馆聊慰旅怀躁。
马蹄得得青石亮，人声鼎鼎木楼爆。
屋檐门窗风雨旧，中柱石礅年岁高。
马帮一拨一拨去，商迹一丝一丝留。
岁月苍苍逝无痕，足音沉沉响一渺。
尔辈过去吾辈来，古道意蕴后人骄。
今人忆昔寻古迹，旅游不辞有远道。
茶马不知何处去，松赞行处留寺庙。
草甸湖泊依然美，彝海盟亲红军昭。
古道通衢丝路畅，滇藏兴盛头牌招。
往来非独商贾客，人闲游赏追风骚。
流商坐贾泱古城，老店旧铺生意经。
吃穿玩用货琳琅，地域特品续传承。
东南西北四方客，乘坐飞架八面临。

香格里拉传美名，茶马古道焕新春。
石板依旧青，古韵弹深沉。
马蹄悠悠去，游人殷殷亲。
大火焚不灭，切切思古情。
人伦毁不尽，血脉牵祖根。
何来众熙攘？今心亦古心。
何痴恋古城？今人亦古人。

2019.8.5 于香格里拉

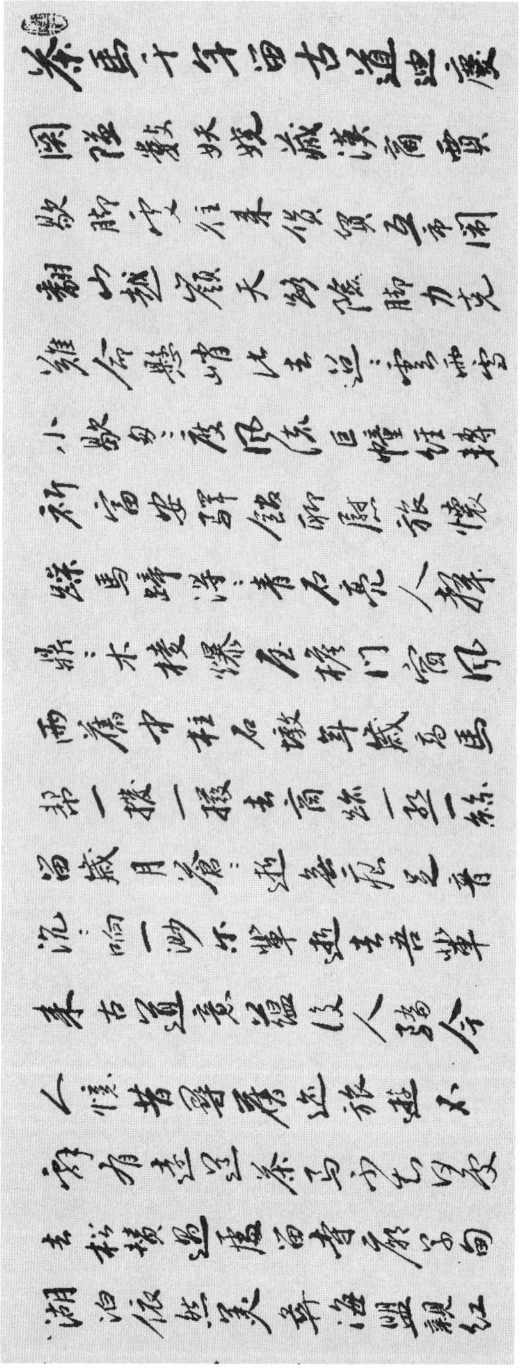

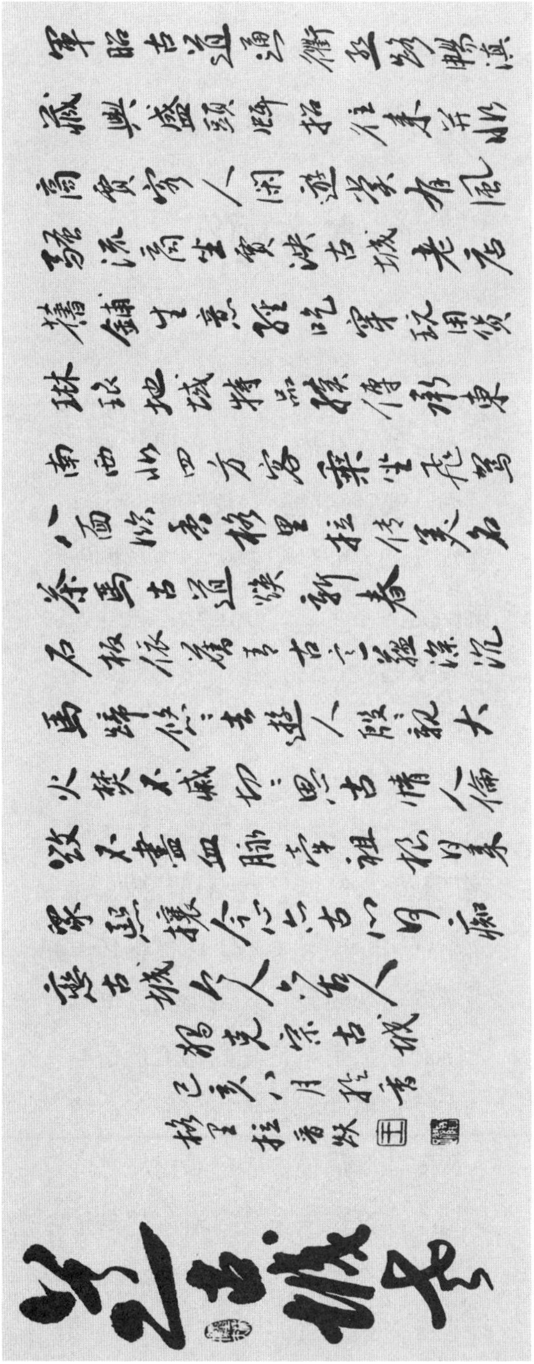

# 水木丽江

水车筒转三分流，丽江水树姿婀娜。
满城清溪随街转，一片街楼绿水绕。
春水秋韵风凉动，老树新枝杨柳妖。
童稚码头逐水戏，溪里丝草鱼虾游。
澄练飘逸漫碧透，石岸苍古苔藓茂。
木桥陈灰平度主，石拱画孤湾接俏。
小桥流水牵长街，朽木新妆植花虬。
墙上吊兰藤蔓扶，门里修竹待客淑。
篷顶花繁枝叶密，暖阳光漏慵懒疏。
原木柱梁条木凳，临水窗台森林屋。
慢游细赏缓时光，久坐小酌舒情商。
无聊游目拾街景，有遐随流逛市场。
物丰铺富撩购欲，色香味醇美食飨。
人流如注摩肩踵，顺势转盘流水向。
街接木宫宫发街，成宫堪比故宫扬。
七百岁月不显老，红石锃亮泛青光。
纤尘洗去叠足迹，繁华沉淀古朴藏。
萦回古街自然亲，身居闹市有宁静。

沐风听水结庐境，赏花拈草和心灵。
可静可闹随己意，适闲适归胜渊明。
红尘之中有诗意，热闹静处得真性。
置身丽古城，陶然怡心馨。
鲜花伴流水，清风杨柳琴。
行坐森林屋，妙趣童话生。
俗眼粘花痴，满街蓝精灵。
携粉临窗酌，浪漫时光停。
微醉解音乐，牵梦入胜境。
庄生化蝶去，此地虚幻真。

2019. 8. 6 于丽江古城

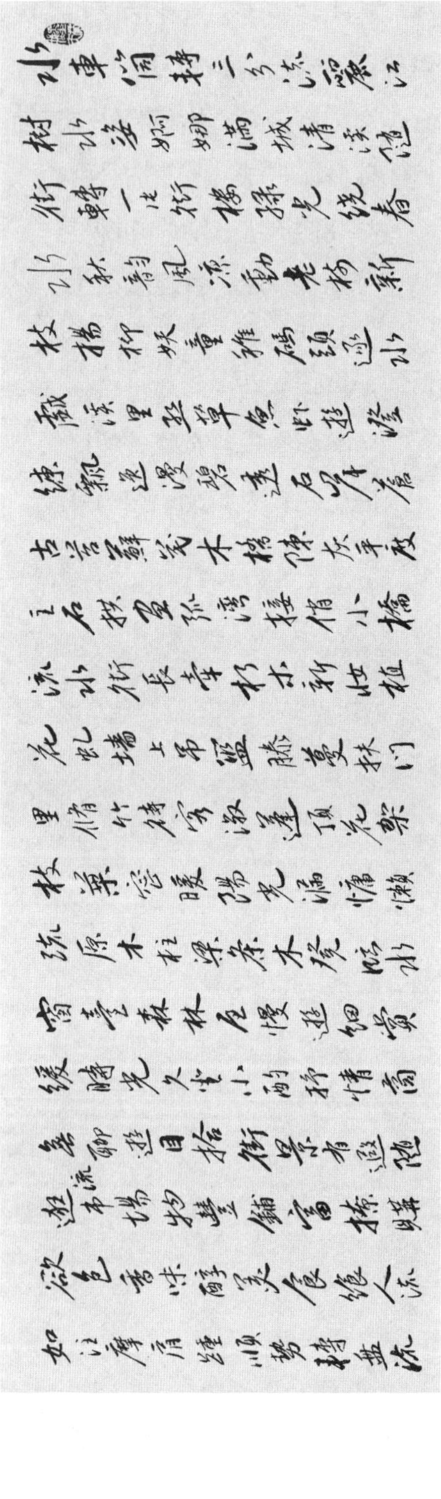

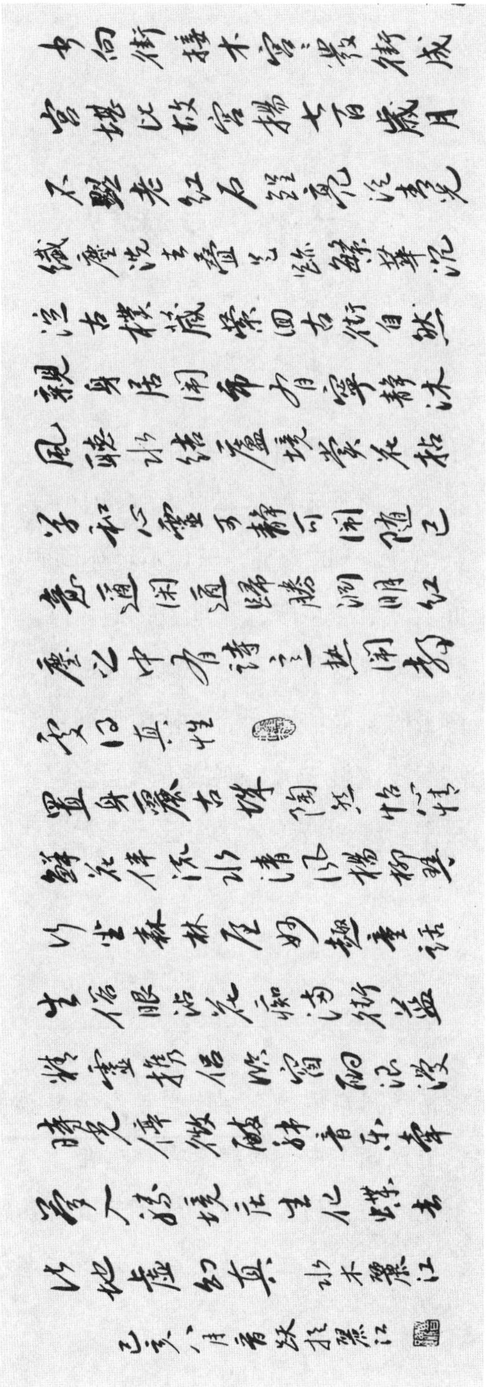

# 云山①寻梦

始皇长生追梦迥，侯生卢生匿山翁。
秦人古道千年意，真丹炼取云山中。
金龟越岭②信念重，玉兔听经还魂聪。
仙人飞桥凌空取，天地万物道化同。
我辈力求身长健，寻神觅仙缘古踪。
穿云破雾循流水，倚竹扶树听禅钟。
豁然飘逸舒长啸，鹧鸪涛喧回音空。
林深苔厚新枝茂，绿海云天佛无穷③。

2018. 6. 3 于云山

**注：**

①云山：位于湖南武冈市境内，相传当年秦始皇派侯生卢生前往东海寻长生不老药未得，遁入此山中。尚有秦人古道在。

②金龟越岭，玉兔听经，仙人飞桥：均为云山内景点。

③佛无穷：云山是全国七十二佛地之一，清道光年间，曾驻僧人三千余人。

# 黄果树瀑布

## 一

天伤广寒倾泪流，地怀籊玉化潭沼。
养得仙犀慰天灵，育绿壑谷作池瑶。
猴孙莞尔添妖娆，天地聚合禅意道。
豪喧雷研洗尘污，清澄洁飞出世骄。

## 二

游人攘攘拍照忙，流水訇訇讥俗赏。
灵犀仙踪留清潭，白云飞练挂银帐。
兴来穿瀑入洞藏，意起仿猴玩水仗。
喧哗搅乱仙宁静，俗照拍污神忧伤。

2019.5.19 于安顺

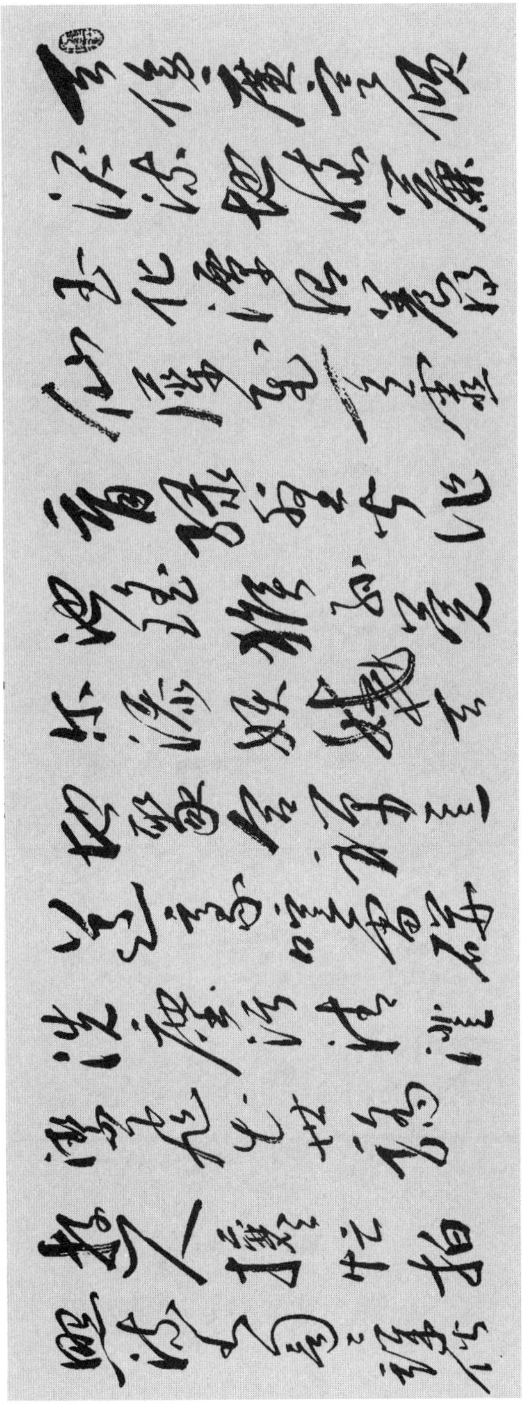

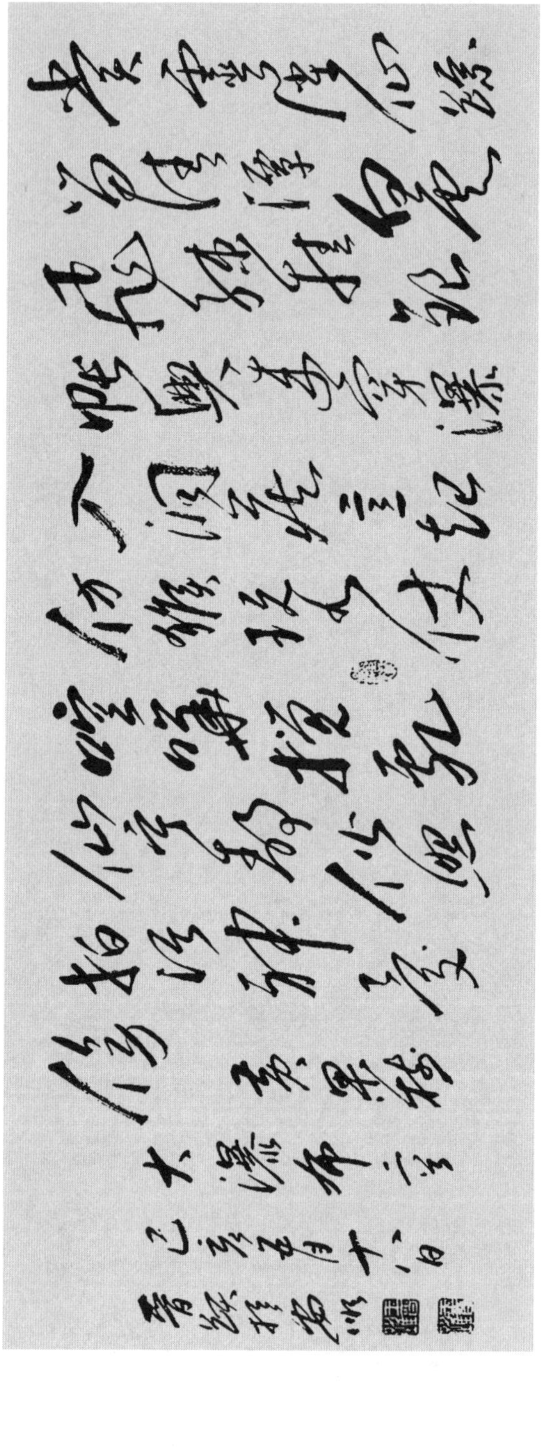

# 夜西宁

靛幕白云接楼顶，危楼层霓触云生。
太白孤星瞰七彩，广场歌舞赛天庭。
灯红树绿炫河影，夜钓闲踱波光亲。
万仞山城羌笛远，一派宴平慰文成。

2019. 7. 20 于西宁

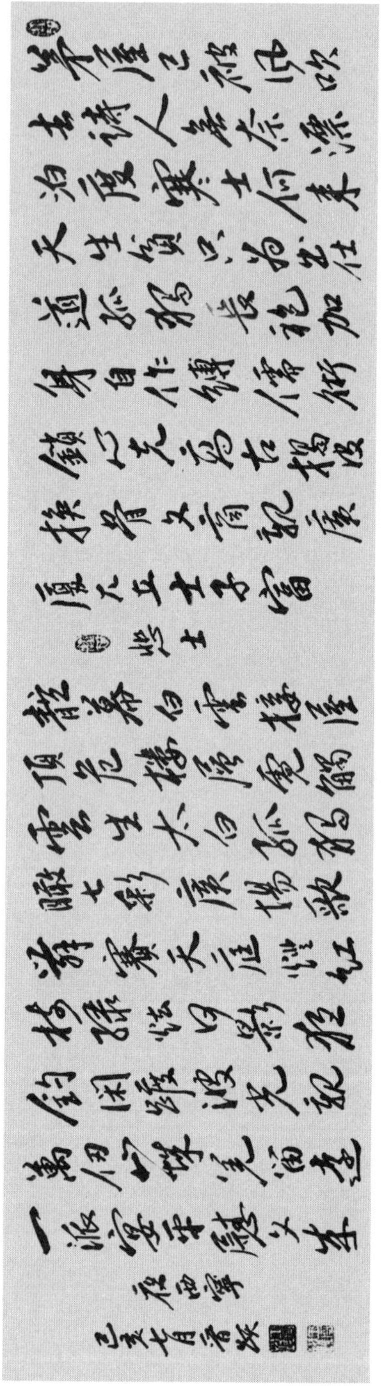

# 山拉山二首

## 天　路

天台神灵天庭路，园径飞白苍岭图。
云雾迷漫梦幻玄，洪蒙混沌会盘古。
荒茫疑是离地球，峭险惊惧灵霄屋。
七十二拐避魔鬼，英雄开道英魂护。
一条飘带神出没，半晌地谷至天都。
气魄虹贯动玉皇，长原霓开惬意晤。

## 长　原

山拉山拖彗星尾，长空一泻蓝天慰。
云在山顶蓄霖雨，河在甸里绕芳翠。
村屋城镇安乐偎，牛羊富飨自在随。
对峦龙游护绿原，穿垅车行顺流水。
流水潺潺情依依，芳草萋萋意惟惟。

2019. 8. 2 于川藏路上

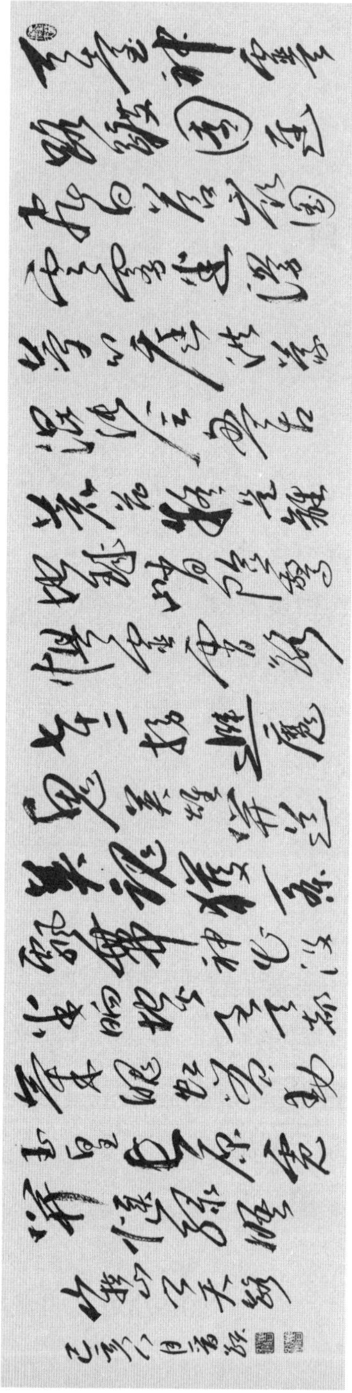

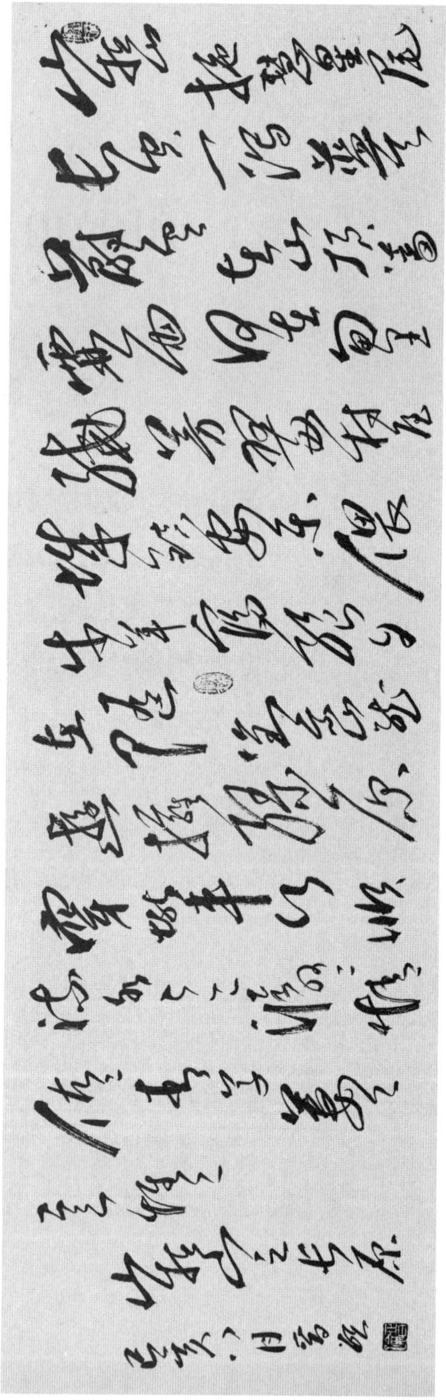

# 冬游橘子洲

杨柳青黄秀发柔，湘江绿碧凌波绰。
江岸高楼排天柱，江上虹桥卧水洲。
游人踱洲亲水柳，舟船漫江剪绿绸。
日高云天炫银镜，鱼潜龙宫匿踪游。
洲似蒙舰砥中流，山如麋鹿伏苑囿。
枫叶不敌霜雪寒，橘柚犹盛绿茂稠。
草色郁青早春意，梅枝芽包点红俏。
水镜空明娴淑静，湘妃修欣盈窈窕。
林间雀鸠俨是主，从容径踱与人游。
天地人和肇永恒，麓洲星[①]合富长寿。
伟人立洲指江山，时代风流居潮头。
鹰击长空斗风雨，鱼翔浅底搏激流。
几番沉浮总翱翔，百度坎坷坚探索。
群星璀璨挪乾坤，水天辽阔任自由。
开天辟地无先人，千古江山万古流。

2019. 12. 30

**注：**

①麓洲星：即岳麓山，橘子洲，星城（长沙）。

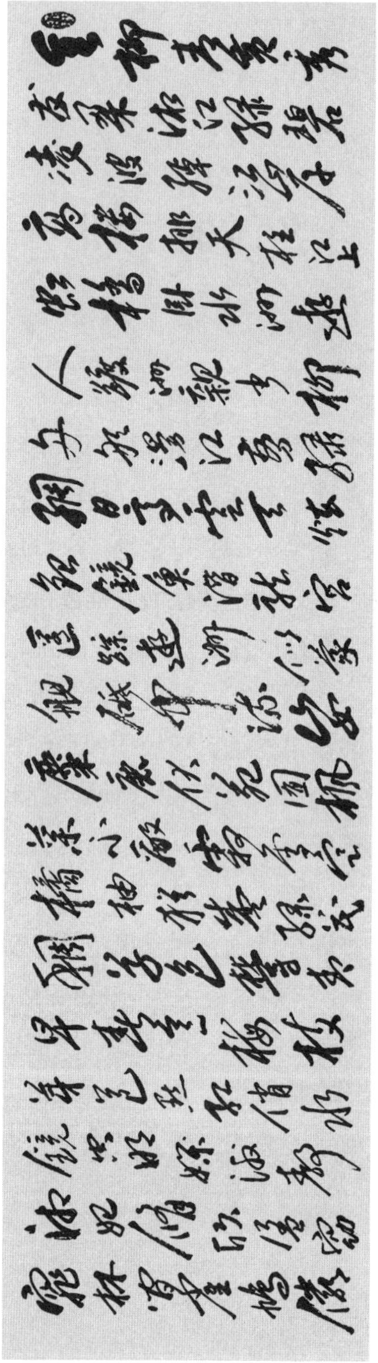

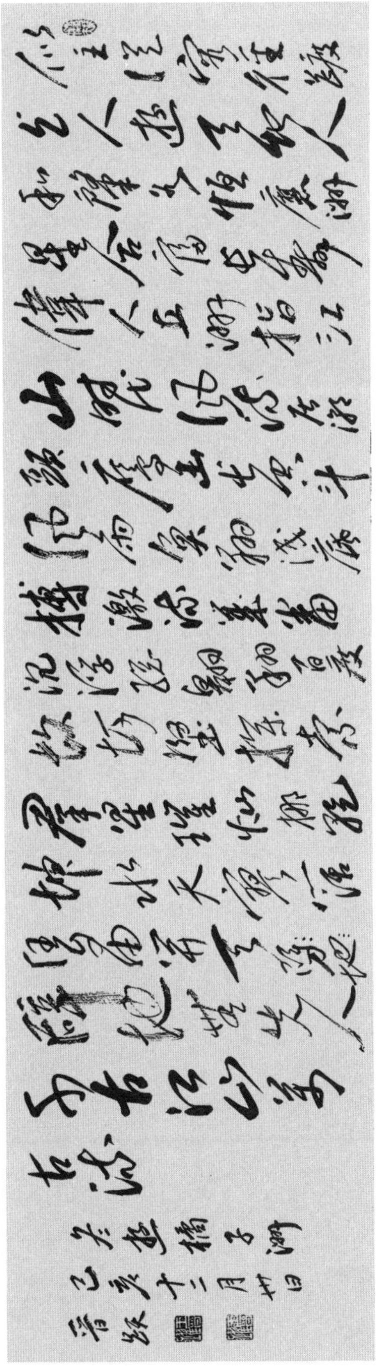

# 黄河颂

泥土恋水清，黄河真性情。
俱为浊浪涌，万里共奔腾。
激情育华夏，辉煌化文明。
人类独一流，绵延炫古今。
天地眷炎黄，中华开胜景。
朴实凌高贵，大道一脉承。

2018. 7. 16 于兰州

# 走廊素韵

——西宁至张掖

牧野黄绿毯，草色时浓淡。
菜花金缎锦，牛羊银包毡。
排山列侍卫，廊带英武川。
坡衣三色接，黑袍拖绿原。
雪峰出云岫，旌旗天边煊。
白云浮深海，天幕贴绒蓝。
数世战火飞，带路无此颜。
河西梦盛世，走廊晏平安。

2018.7.24 于张掖

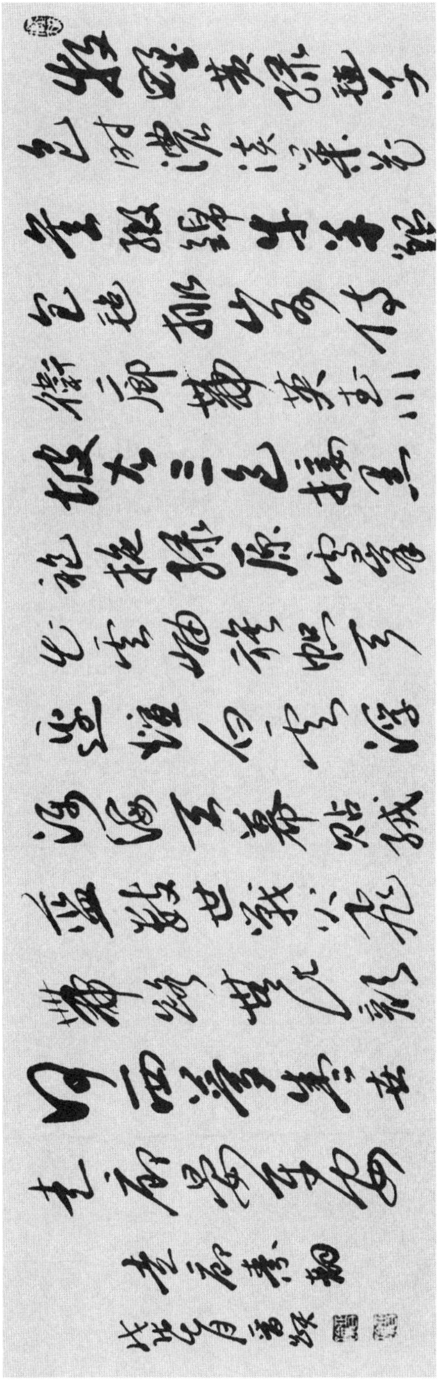

# 车过金银滩

天地四望合，白云腹衔山。
絮棉结冰岩，漂浮深海间。
滩涂胸坦荡，金花银花妆。
牧草沁心绿，菜花炫眼黄。
列车虫蠕动，牛羊点绿毡。
自然和美亲，万象激情看。
物心似我心，洁亮一片蓝。

2019.7.21 于青海

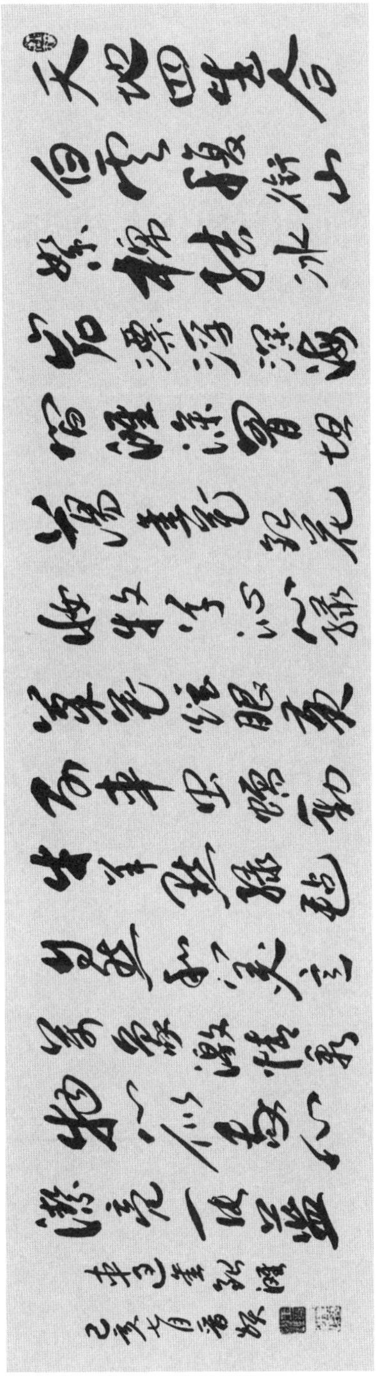

# 那根拉山口望湖

风景这边好，海拔高难受。
冰寒剥衣急，雪峰亲伴头。
放眼天边望，云山见娆柔。
滩平牧草青，湖长湛蓝绸。
若无山线隔，湖天一家合。
头顶蔚蓝天，脚下絮云垛。
神晤纳木错，意驰穹海游。

2019. 7. 25 于拉萨

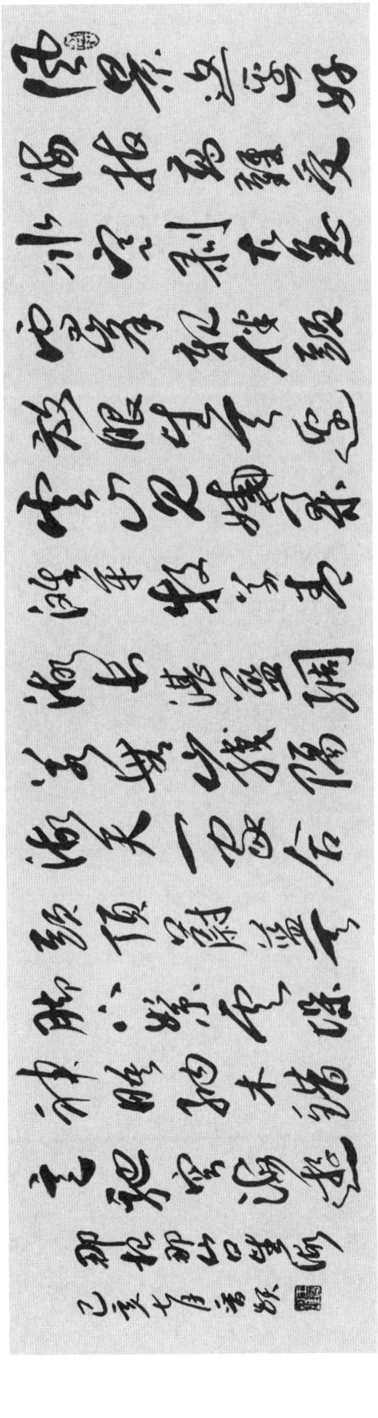

# 高山草原

幕天深海蓝，草原碧绿毡。
雪水剪绸缎，牛羊点墨淡。
镜湖映天蓝，暖阳热炽染。
原高天庭低，地阔浮云漫。
躺地亲白云，站岗星辰攀。
意念苍茫驰，会晤神灵谈。

2019.8.1 于八宿

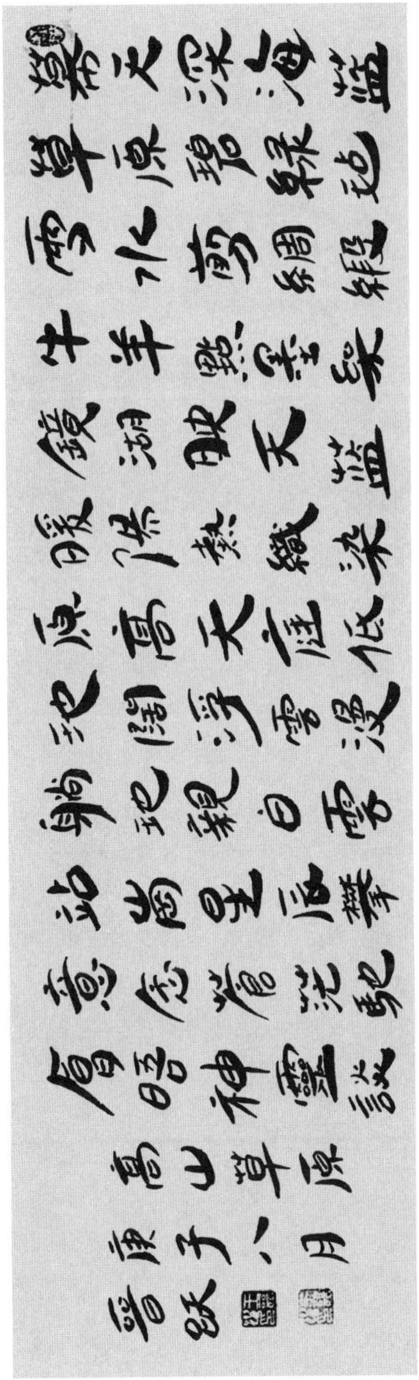

# 神遇青藏高原二首

## 一

荒原苍茫接天都，天仙地神一穹庐。
涯际韵妇亲雪峰，穹顶玉女藏娇屋。
浩天碧蓝广庭宇，茫地黄青遍福禄。
众圣聚首蓬瀛间，俗凡登天会仙处。

## 二

秃山鼓肋肌腱张，流云朗抱情意长。
河谷宕势孕绿洲，荒原谐天神曲唱。
天路中川连天宫，列车虫蠕道非常。
此去琼界不辞高，昆仑神晤指风光。

2019. 7. 20

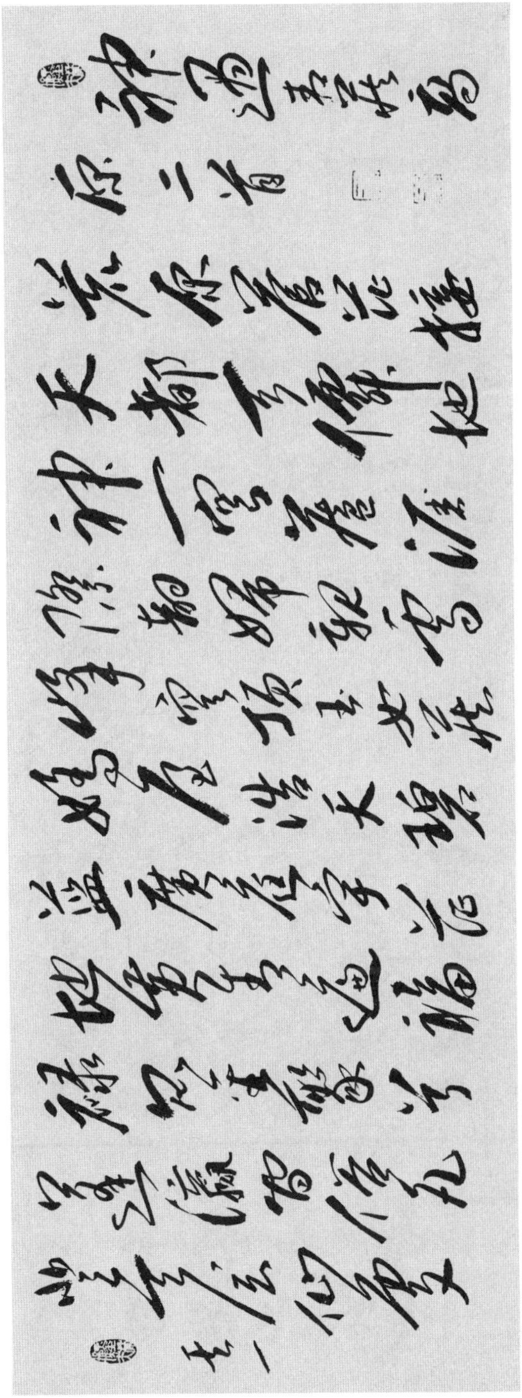

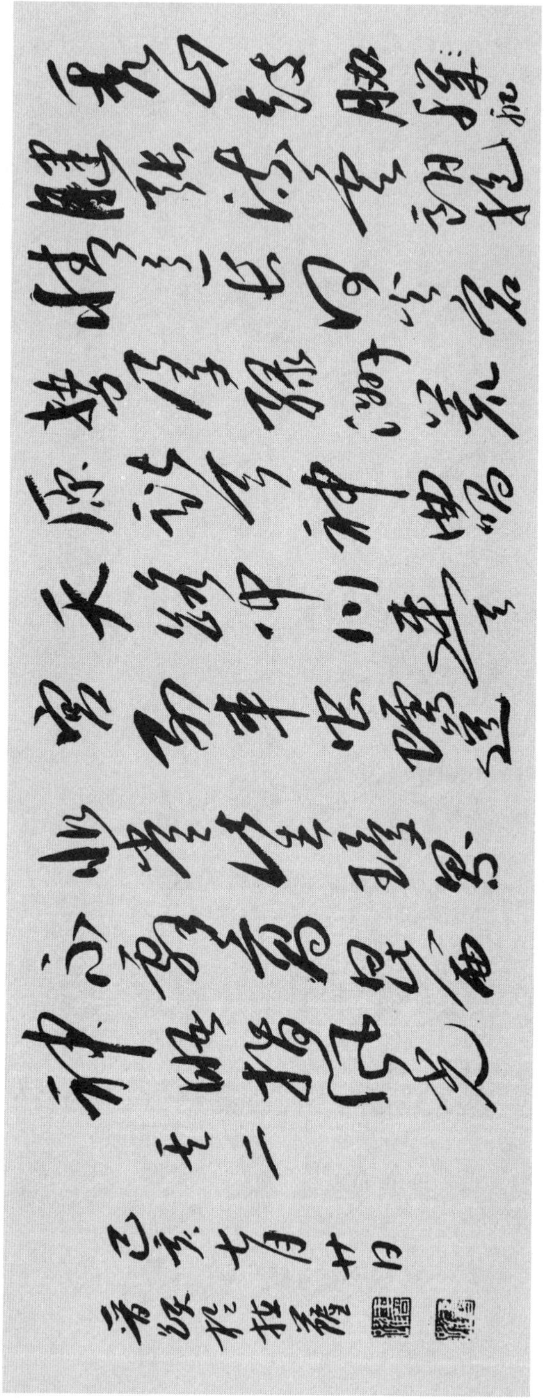

# 岳阳楼记怀

洞庭素怀天下忧，英雄豪杰浪涌波。
屈原郁愤水皆浊，离歌高唱投汨罗。
杜甫孤舟呼广厦，老病凭轩涕泗流。
仲淹白发征燕北，未到洞庭先天忧。
三国烽火烟云散，水波浩渺荡悠悠。
人去楼空君山永，精神炫蔚诗文留。
千古江山人如流，万世华夏歌涌潮。
洞庭有心吞长江，长江向海环地球。
心系百姓登高楼，胸怀天下洞庭小。
意若蜩鸠乐蓬池，还将青石尘埃游。
雄姿英发羡周瑜，衰草荒冢梦小乔。
水因楼名楼富水，人登名楼发忧愁。
有楼无水楼苍老，有水无楼水空流。
俗庸不解圣地境，水茫楼苍得空游。

2020. 8. 14 于岳阳楼

洞庭素懷天下憂英
雄豪傑浪涌波屈原
鬱憤水皆濁離歌高
唱投汨羅杜甫孤舟
盼廣廈老病凭軒涕
泗流仲淹白髮征燕
然未到洞庭先天憂
三國烽火煙雲散水
波浩渺蕩悠悠人去
樓空君山永精神炫
蔚詩文留千古江山
人如流萬世華夏歌
涌潮洞庭有心吞長

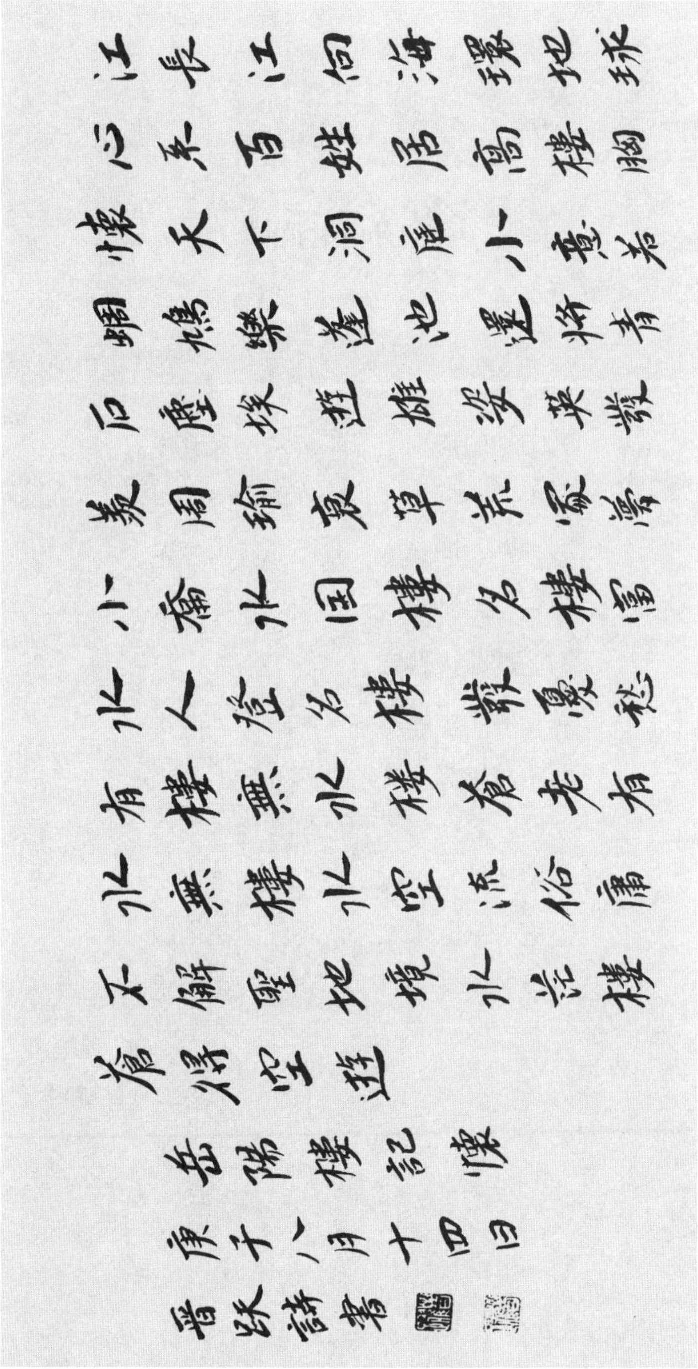

# 游东江湖

万顷玉田烟雨中，千般风情蓬莱峰。
游艇切玉飞白花，神仙释灵缥缈空。
云外定有鹍鹏遨，水中不泛潜蛟龙。
借得二郎神箭射，皆隐岛腹兜率洞。
石洞群雕极致宏，水滴杰作无二宫。
疑是偷来玉皇殿，龙王惧责逃海东。
人来游见想象丰，却无言辞说异同。
千姿百态不可描，亿奇万怪属地母。
我辈娇情来去匆，邃湖藏真难识泓。
但把心来贴水亲，洗尽红尘去俗庸。
饱吸满腹灵秀气，不负苍天惠命重。

2020. 11. 27 于资兴东江湖

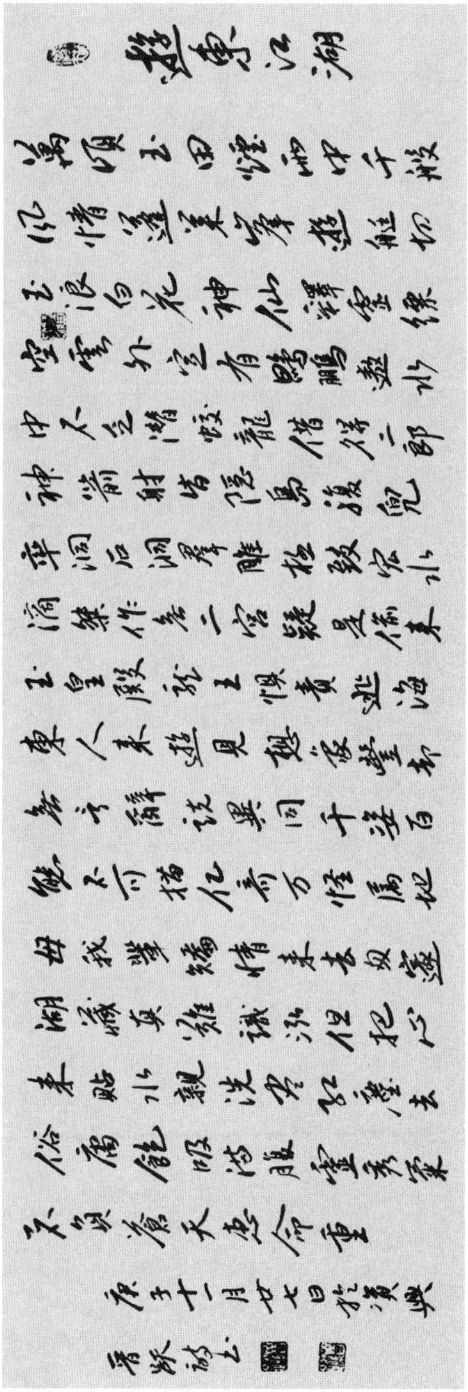

# 惊慰莽山

无丈悬崖入地狱，荡空云海接天都。

我驾山峰舟行海，月前日后将航护。

大海茫茫平白浪，蓝天苍苍广浩宇。

此去无极会玉皇，玉皇寐寄莽山处。

莽山莽荒难寻觅，王松意指上古墟。

老藤茂苔已封路，铬头[①]盘缠守深居。

2020. 11. 28 于莽山

注：

①铬头：铬铁头毒蛇，特凶特毒，为莽山独有。

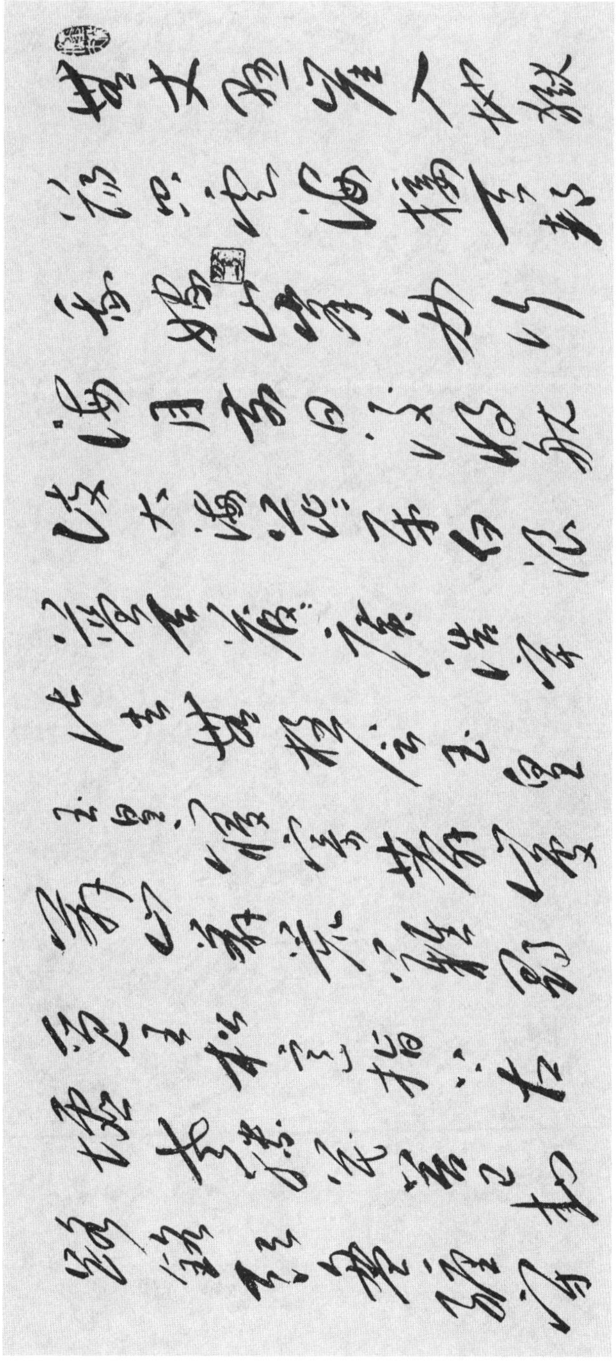

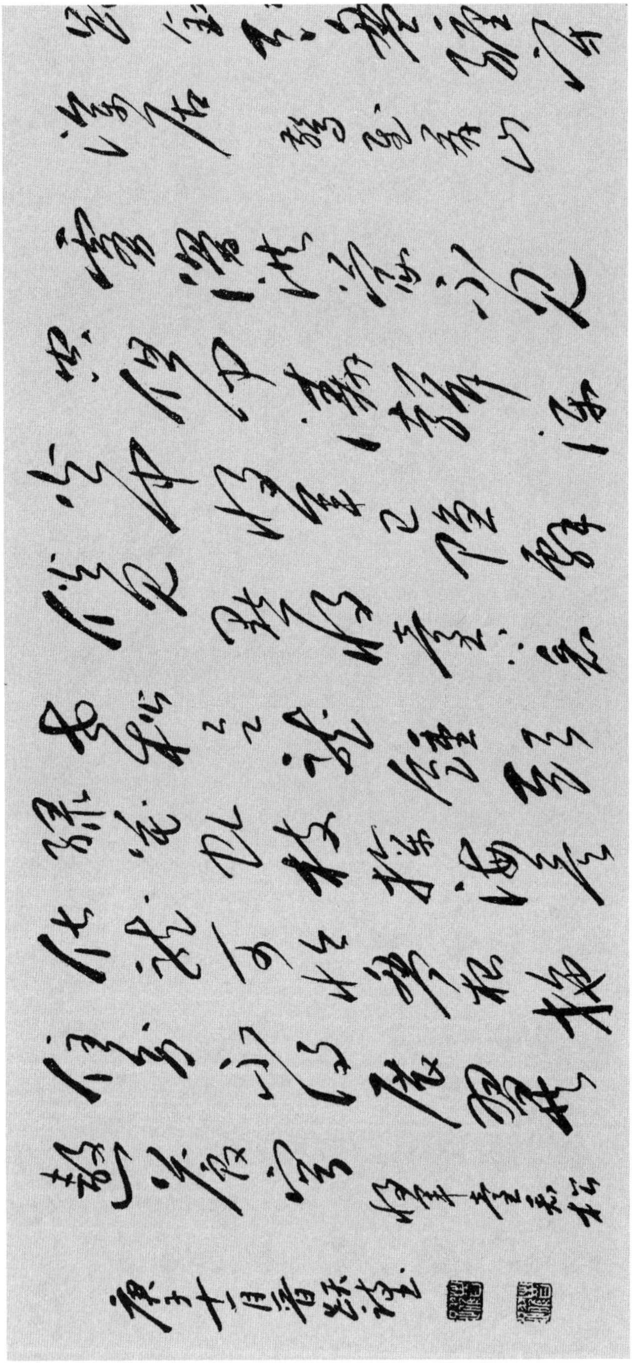

# 怀素公园寻怀素

柳子立庙怀素园，庙座愚溪曾荒寒。
和尚去庙爱云游，醉酒常作草书狂。
在生①守清居愚溪，文德名儒世人瞻。
奉佛放浪弃戒律，荒园补过僻径闲。
知汝爱蕉作纸卷，坡植长叶蕉蓬澜。
墨池水满醮不干，笔冢风传成美谈。
绿天蕉影留书圣，老庵寒碜已锁门。
莫非魂魄仍云游？中庭积灰埋乱棍。
炎凉世界红尘中，汝号怀素痴书纯。
爱书寻汝一片云，红枫枝头几鸟声。
千字绝碑废角落，老樟苍虬笔墨临。
茂枝绿苔拟神韵，相与比尔少辈孙。
公园步道人炼体，几人端得长寿杯？
东山太庙难留汝，清风明月葫芦佩。
烟云流水山川意，经书不读霞草慰。

2020.12.4 于零陵

**注：**

①在生：指柳宗元，怀素公园与柳子庙相毗邻，一闹一冷，对比鲜明。

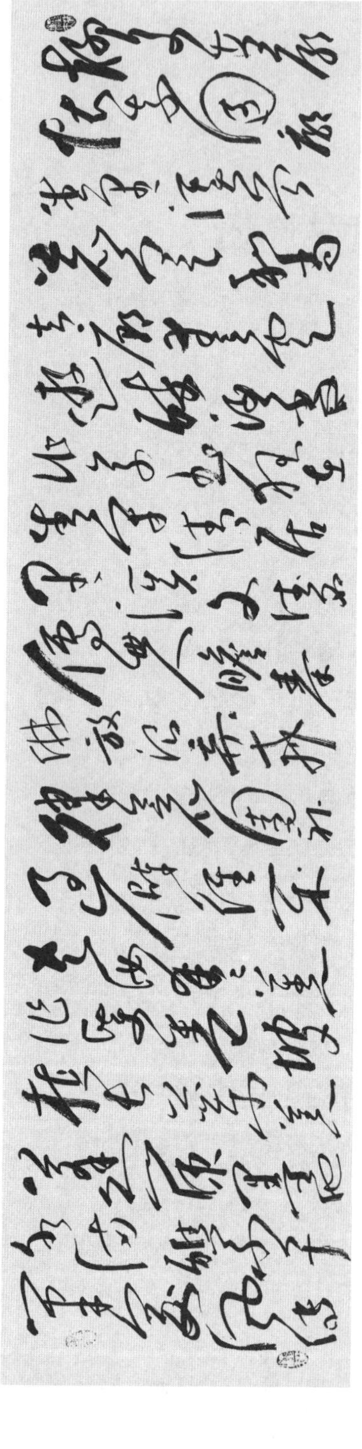

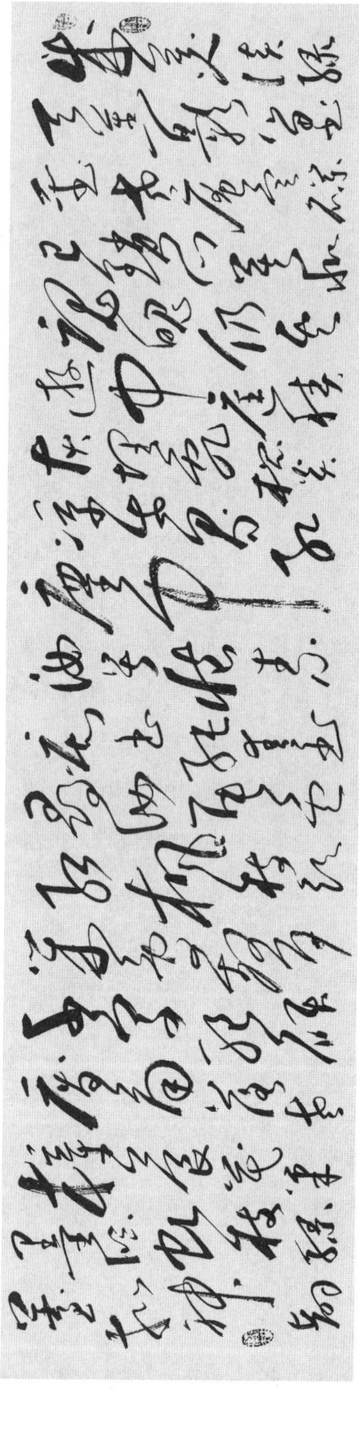

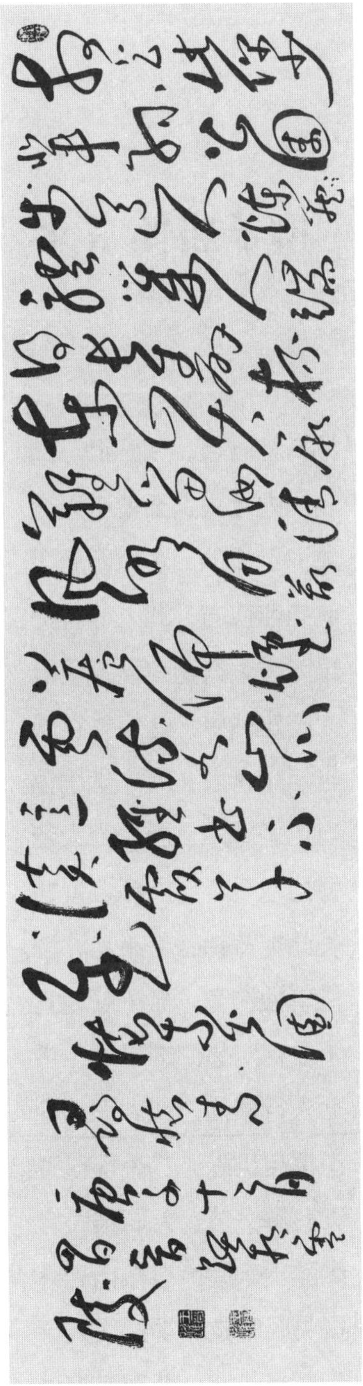

# 柳子庙怀宗元

柳街青石板，凹凸遗马蹄。
骑马人已去，云游杳无迹。
或许已成仙，名位留庙里。
此庙非彼庙，此人非菩提。
虽无香火祭，参拜人不已。
大庙座城中，煌煌如宫殿。
当年居宫人，而今尘埃粒。
当年茅屋主，而今为大帝。
馨德越千年，文辉万世题。
长此炎黄孙，生来其沐洗。
盛唐独钓客，孤舟蓑翁立。
不曾存幻想，却得万年雪。
后人行景仰，几人识其绝？
愚溪自讯愚，八愚郁愤宣。
天悲解民苦，无职结民缘。
陶醉山水间，自然扬光辉。
得失时间定，功过后人评。
大庙当长街，茅屋变煌城。

生为寂寞主，逝后众趋纷。
永州灵秀地，山水陶冶人。
柳子不幸谪，有幸结零陵。
愚溪濯洗清，自奋追文星。
遍遭人间难，文德臻双馨。
地因人名贵，人得地育成。
俗者怨人生，智者两相生。
天地人和寿，日月光辉明。

2020.12.3 于零陵

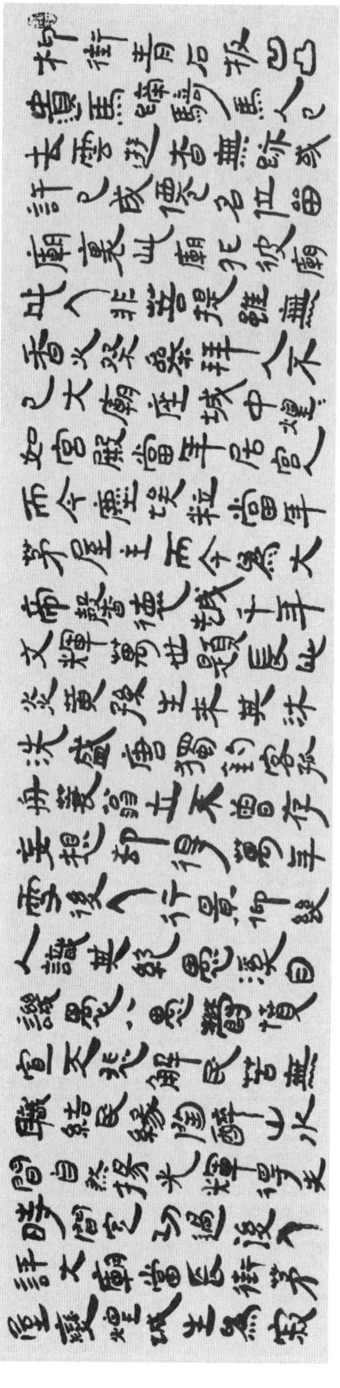

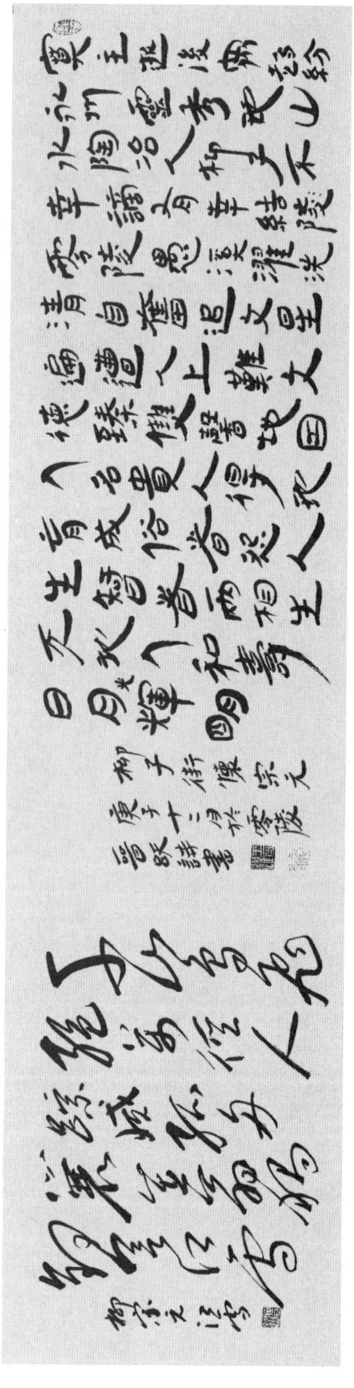

# 嘉峪关遐想

黄沙漫道阻重关，一关雄踞虎龙盘。
铁骑踏沙尘嚣天，难越关隘生死墙。
将军城中运帷幄，士卒城头滚射忙。
虏若诈开入城内，关门打狗尽埋葬。
煌煌中华巍巍墙，区区敌寇偃偃亡。
循道护国民义勇，舍身赴死为国殇。
黄沙穿甲不回还，豪气慑魄震天扬。

2018.7.26 于嘉峪关

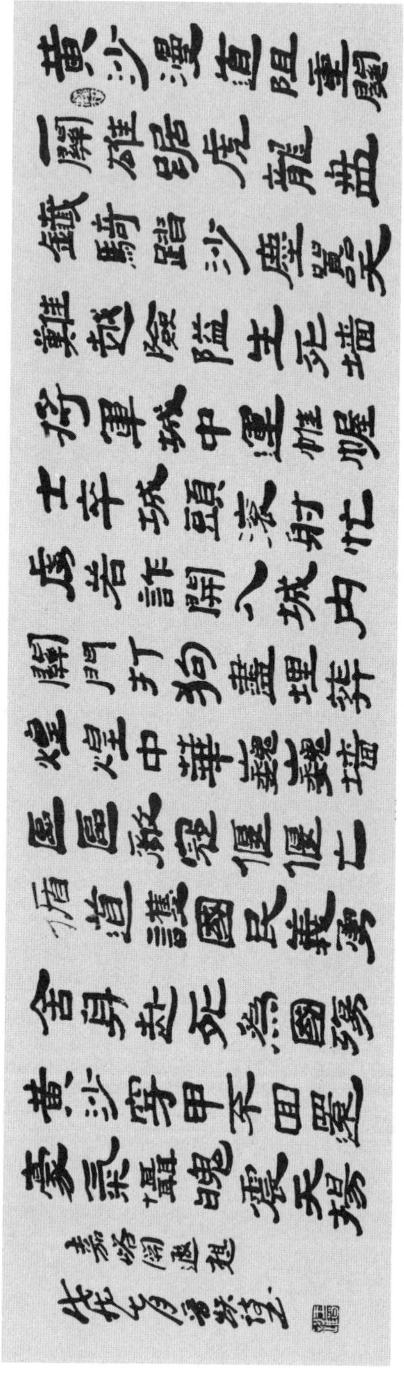

# 阳关·玉门关·汉长城

卫青去病驱匈奴，武帝雄略定边疆。
设关筑城连烽火，大漠长安一路扬。
攘外兴内同并举，彻底阻断匈奴王。
莫叹西去无故人，阳关城立有家乡。
莫嗟春风不度关，烽火楼台存希望。
炎黄历代求大统，代代传承固边疆。
秦王汉武尽可慰，泱泱中华兴盛旺。
带路通畅成大道，互惠共赢仁义王。
海陆空军火箭军，固疆守土胜雄关。
更有同心向复兴，浩浩追梦势无挡。
阳关玉门旧迹新，民心长城不老墙。

2018.7.28 于敦煌

衛青去病驅匈奴
徹底阻斷匈奴王
莫嘆西去無故人
莫嘆春風不度關
代代傳承固邊疆
泱泱中華興盛旺
帶路通暢成大道
海陸空軍火箭軍
民心長城不老牆

# 镇远夜色

不知人间在天上，还是天上人间落。
屏山①空悬繁星密，㵲水②彩飘银河绸。
满城尽是宫灯明，虹桥格外流莹柔。
人在画中梦幻游，画舫剪绸弄彩波。

2019.5.23 于镇远

**注：**

①屏山：即石屏山，位于镇远县城。

②㵲水：即㵲水河，贯穿镇远，太极绕图。

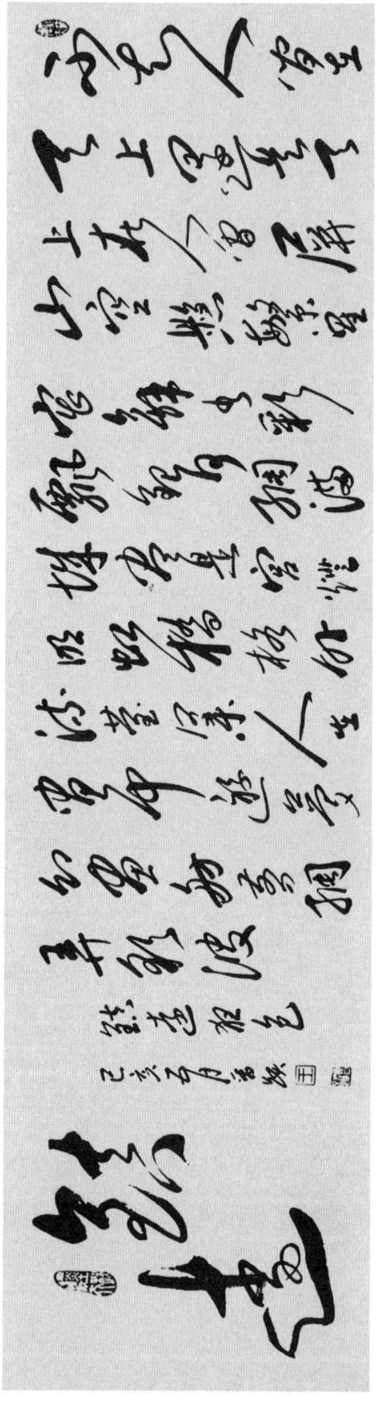

# 鸣沙山·月牙泉

沙山抱泉月牙形，浩天豪地敦煌情。
山展雄峻伟力矗，泉秀妩媚秋波深。
细沙鸣聚雷霆军，清泉盛育绿洲魂。
骑驼驰车冲沙浪，荒原倾倒乐游人。

2018.7.28 于敦煌

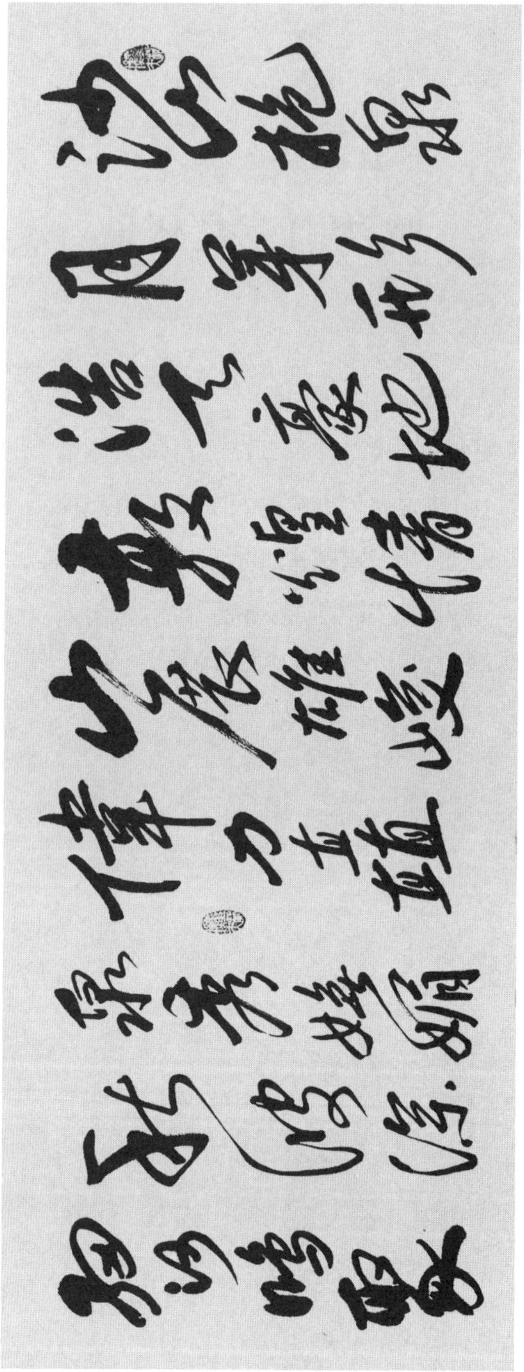

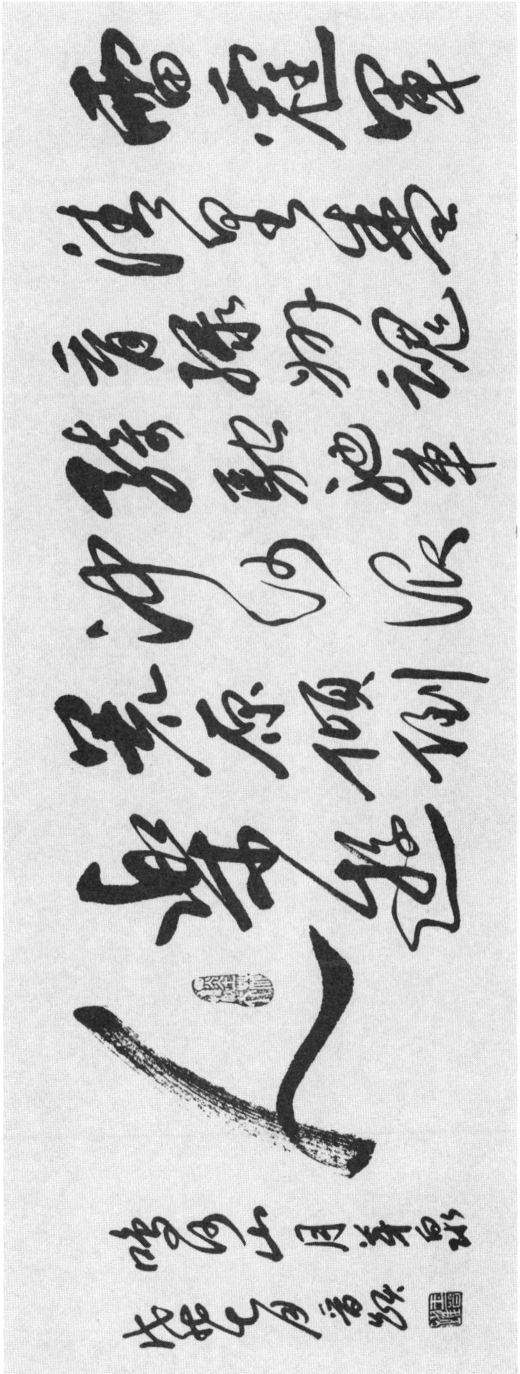

# 情志

书表诗魂

chapter 02

# 别 迎

挥别大漠风，又赏青海云。
黄河高渐清，蜿蜒出昆仑。
势缓恋绿洲，麦蔬杨柳青。
湍急泻峰谷，坡地牧草盛。
白云蓝天幕，牛羊绿缎锦。
孤城万仞山，列车悠悠行。

2018. 7. 21 于银川至西宁列车上

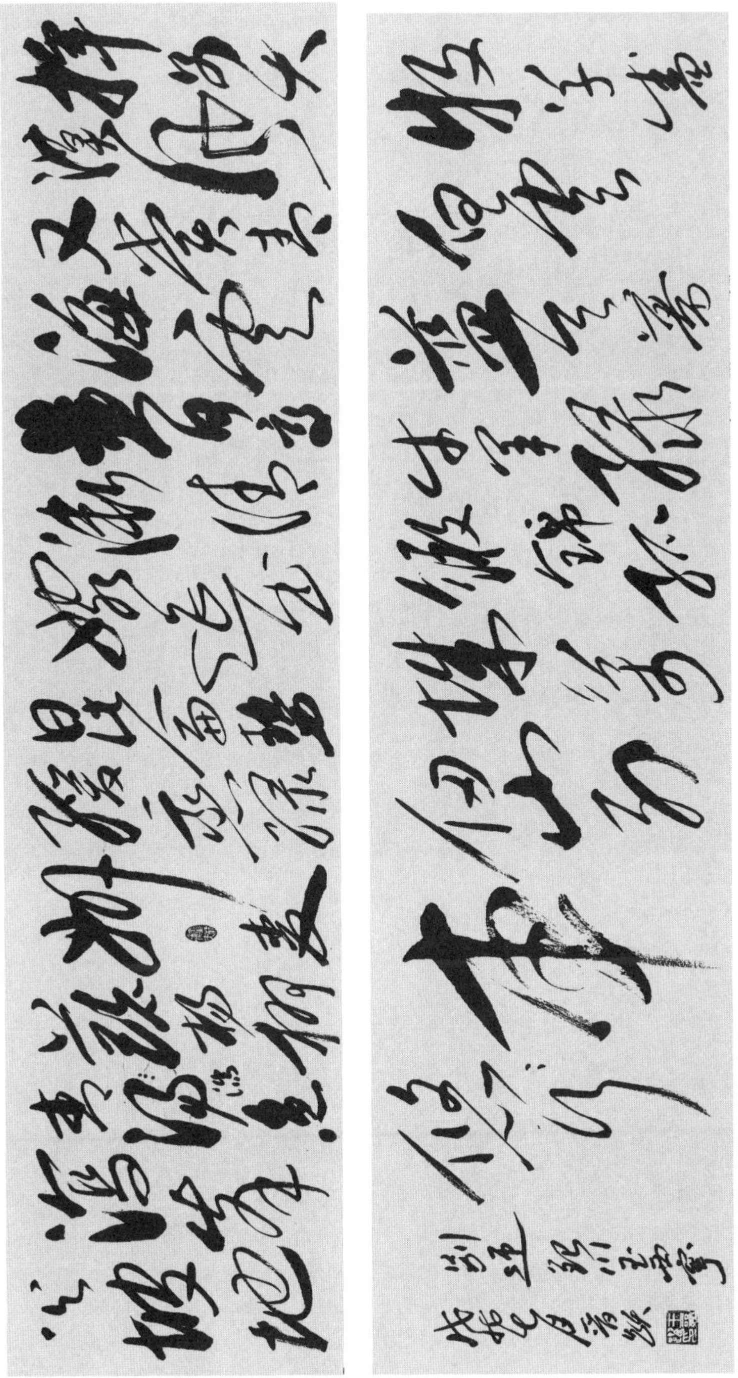

# 蓬　屋

雪山生白云，白云连天庭。
天幕屋顶蓝，草原地毯青。
结伴牛羊居，逸怀自然情。
何必羡神仙，我亦天上人。

2019. 7. 24 于藏北草原

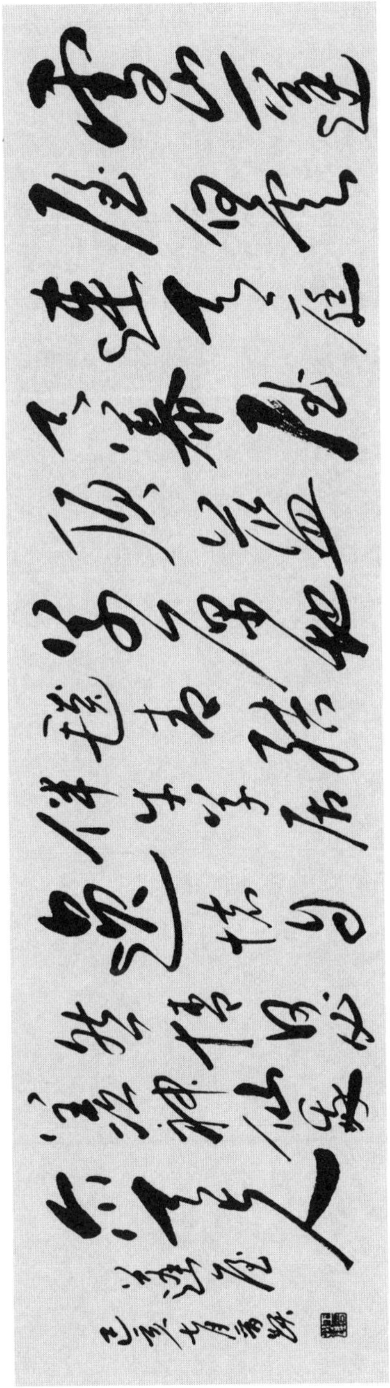

# 雨中行大东山①

我徂东山雨濛濛，雾失花谷云失峰。
清明爆竹追阴魂，樱枝嫩绿催残红。
倾心向高寻仙境，竭力登顶转头空。
混沌迷失山天树，孤寺寒院禅意浓。

2018. 3. 24

注：

①大东山：山名，位于湖南隆回县。

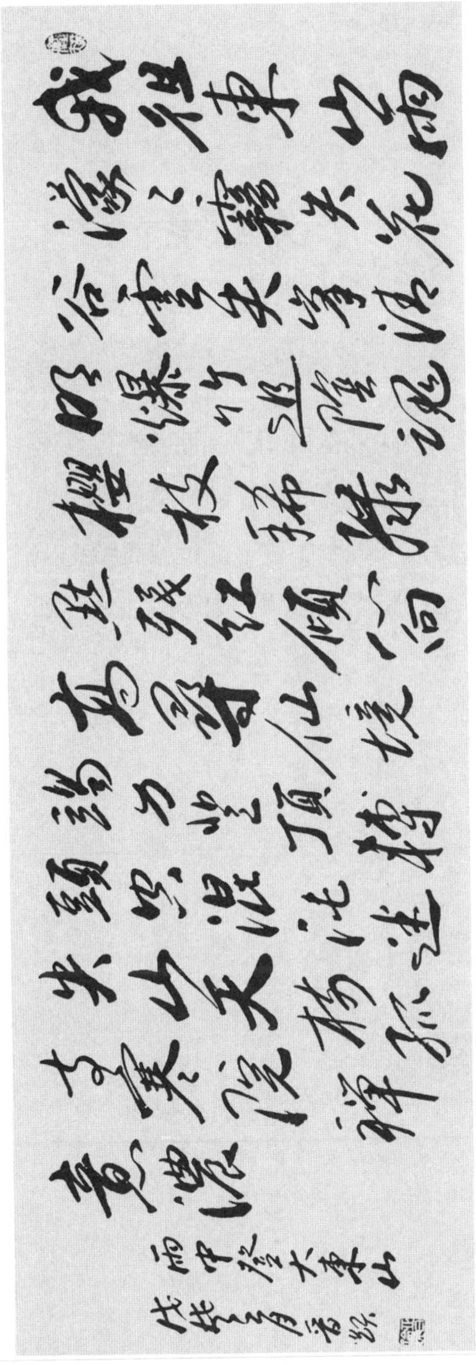

# 天 镜

大漠深处盐成湖，湖面鉴亮倒影酷。
蓝天白云雪峰亲，镜地豪画铭千古。
游人初识个中妙，红妆素裹绰约出。
络绎踏水寻佳照，数万靓丽炫影都。

2017. 7. 23 于青海茶卡盐湖

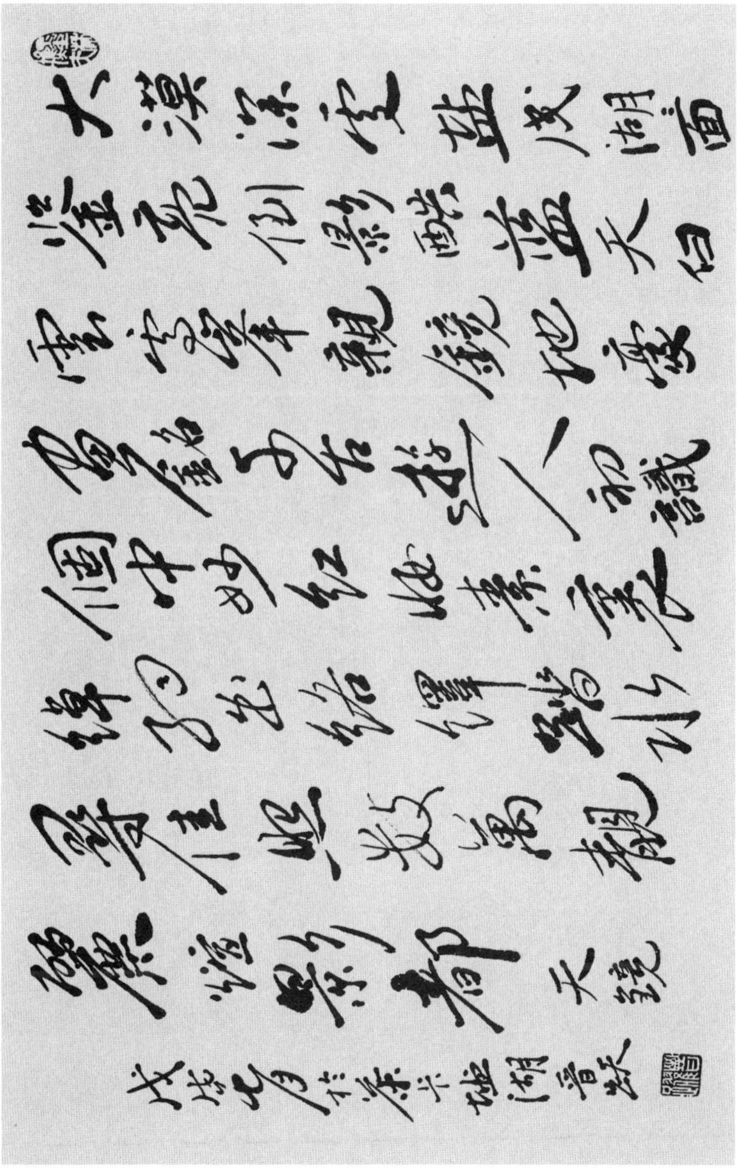

# 桂　花

——写给妻子

酴香贵赏属蟾宫，萃思仰望九州同。
吴刚攀折嫦娥恋，八月遍开陌园中。
微粒馥郁十里香，气压群芳平雍容。
仙灵孕育尘凡世，瞻远褒近愚人梦。

2018. 10. 10 农历九月初三

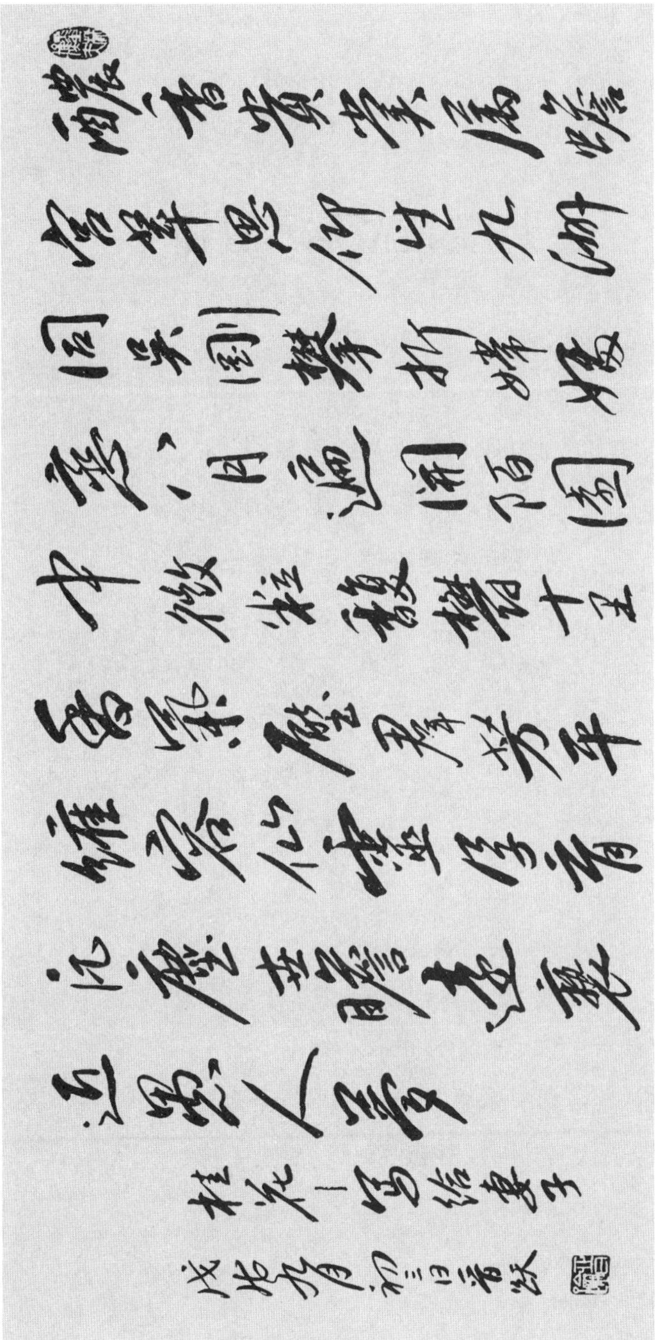

# 贾谊故居[1]慰怀

故居闹市数平常，壶井[2]长怀述高芳。
太傅鹏鸟欲展翅，群小蜩鸠织罗网。
经天英才遭流放，纬地俊杰眠石床[3]。
长安长沙万重山，汉魂汉灵几多伤。
佩秋雅韵慕神曲，和春俗调适流觞。
名贤圣地万众度，文渊美食满街香。
白雪巴人皆风流，时代新歌同声唱。

2019. 4. 30

**注：**

①贾谊故居：位于长沙市中心。

②壶井：故居内一水井似壶，上小下大为贾谊开凿。

③石床：贾谊自做的一张条石床，置壶井旁，今犹在。

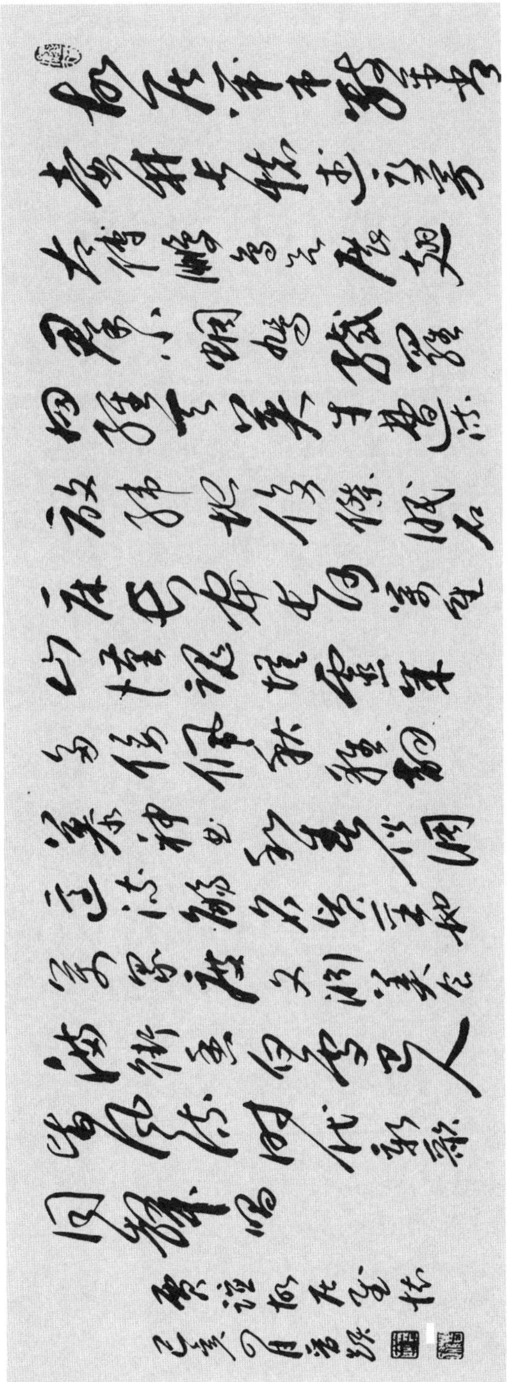

# 杜甫江阁[1] 哀杜甫

诗圣临阁望湘江，巴蜀荆楚两茫茫。
橘舟蒙舰乘不得，麓山红叶难慰伤。
郴州此去迢迢远，孤篷未至凄凄亡。
长安比天登无梯，洞庭似海度阴阳。
老夫遥想尔当年，无助唯有泪两行。

2018. 4. 30

**注：**

①杜甫江阁：阁楼名，位于长沙市内湘江边，临橘子洲，对岳麓山，杜甫当年在长沙短暂停留，曾于此登楼，楼阁因其得名。

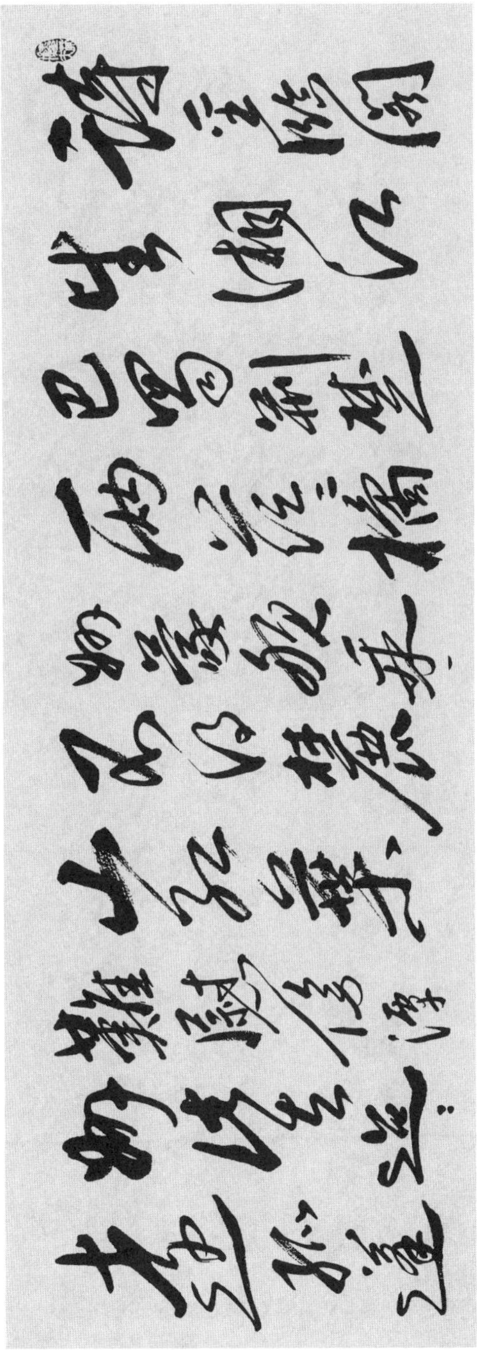

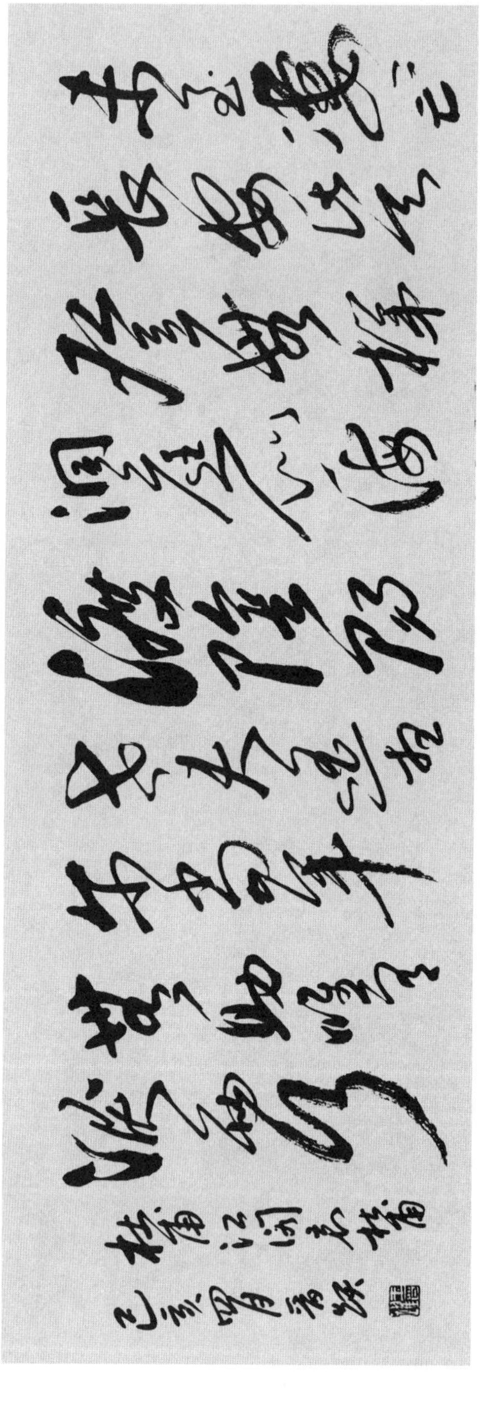

# 麻 木

霓虹缸中鱼悠游，音乐池里舞指柔。
醉生不闻洪水兽，梦死怎知热油锅。
人享鱼肉鱼食虾，地生万物地鼎镬。
天地大锅人鱼共，皆为鱼肉烩豆粥。

2019. 7. 11

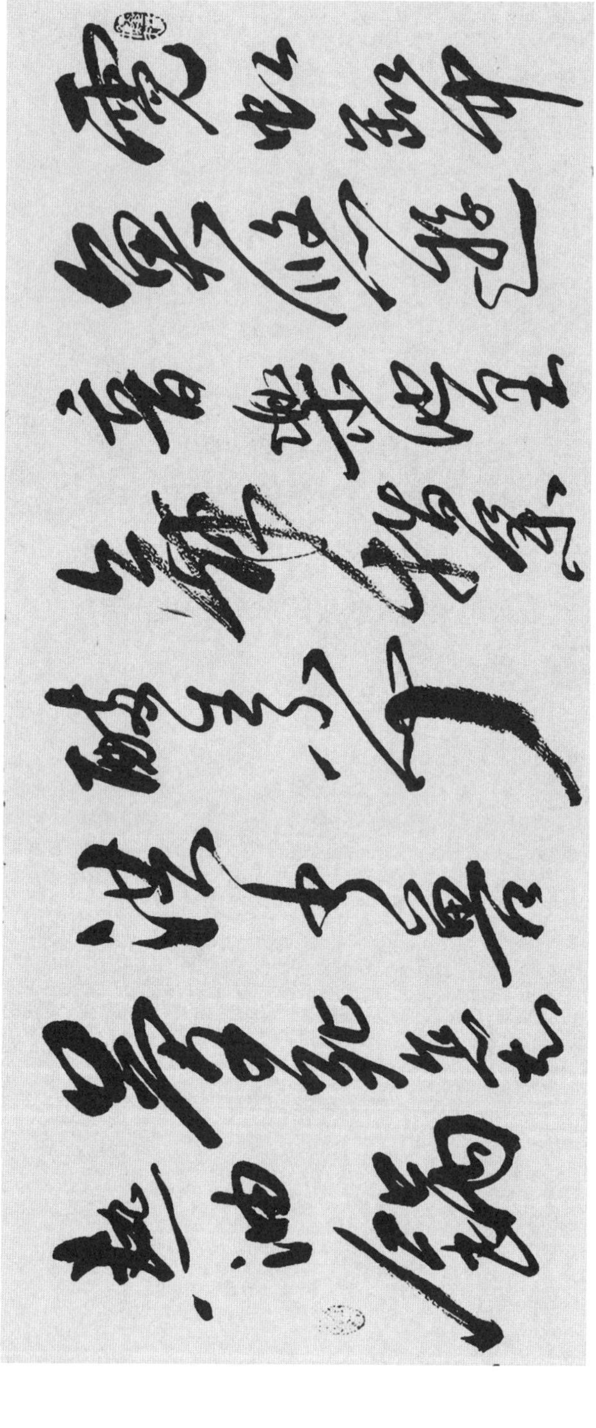

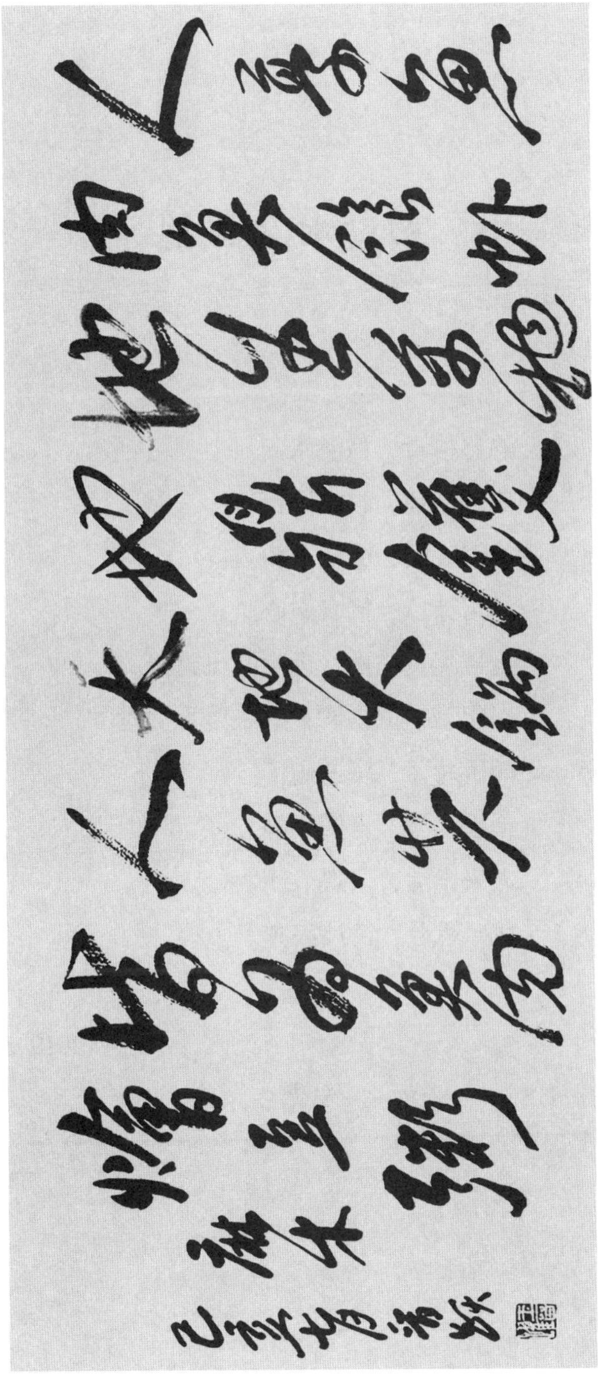

# 六盘水之凤池

悠悠柳青，潋滟水粼。
翩翩白鹭，睃睃照镜。
淡淡晚霞，涂脂抹粉。
习习凉风，拂身慰心。
近楼菊黄描白，远山霞妆染青。
兴起舒歌拟古韵，娴来漫步赏佳景。
鹊桥弯月，廊道迴情。
天碧水澄，舟横湖静。
人来景活，景映人新。
凤兮凤兮，待汝来奔。

2019. 5. 14 于六盘水

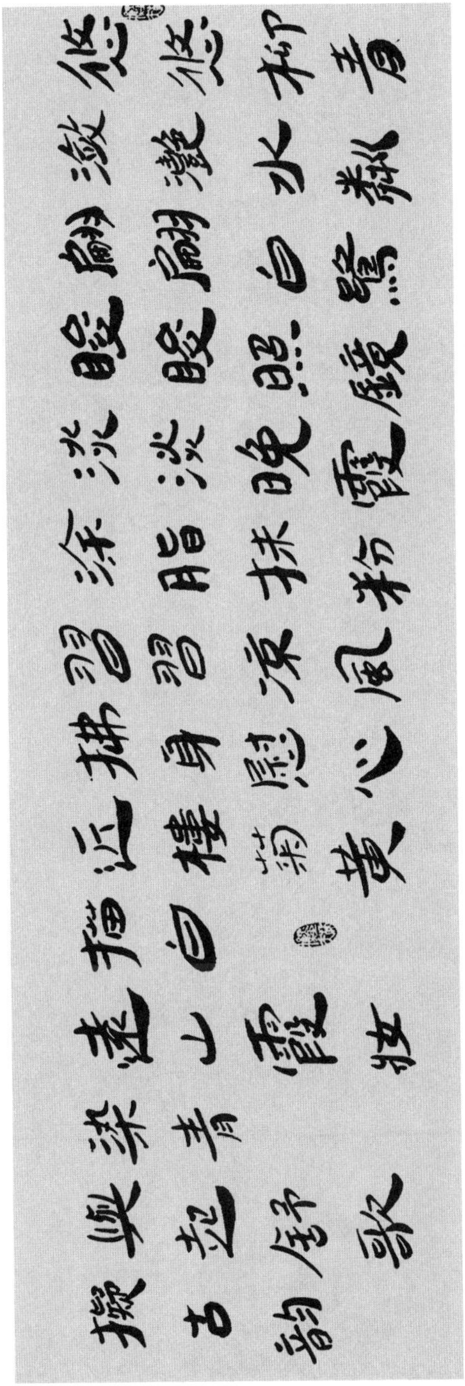

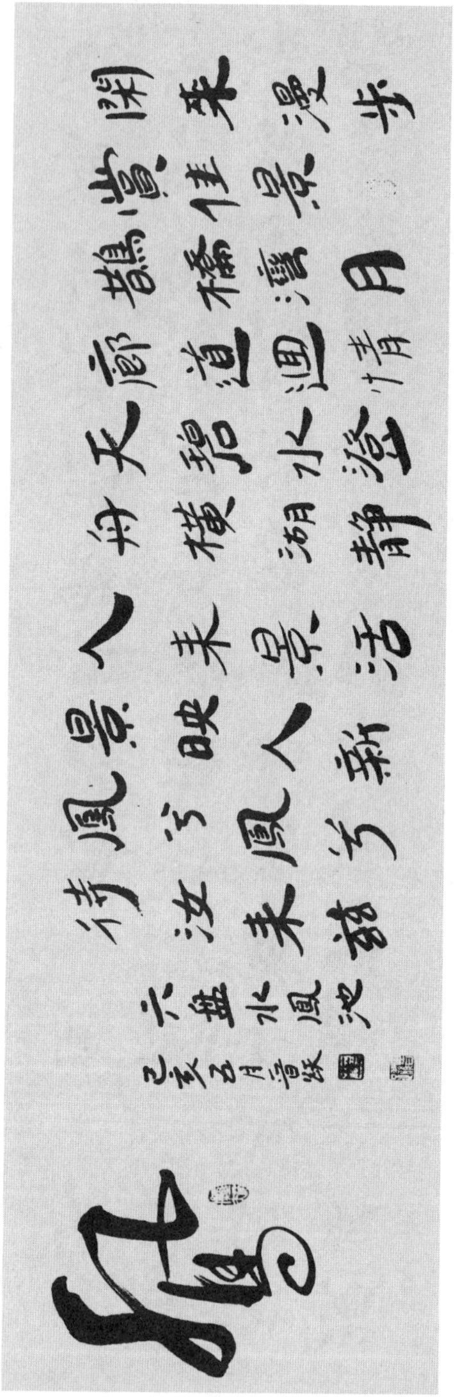

# 己亥端午二首

## 一

杜鹃催长啼高枝，瓜蔓牵丝悬窗棂。
无端河涨忧大夫，不如怜取眼前人。

## 二

潇潇夜雨继日扬，凄凄幼猫哭乳伤。
饿蚊饥餐血肉躯，清河浊涌聚流浪。
端午延情幽思长，屈子谨怀濯清唱。
忠心不改昏愚昧，何必如此织雨狂。

2019 端午节

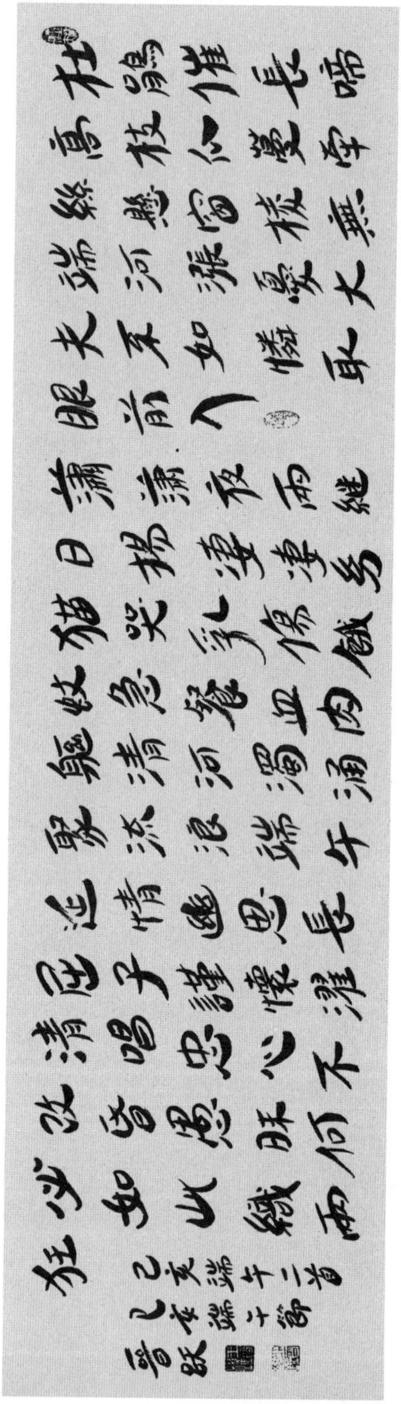

# 独 得

野山丛竹茂浓荫，青翠苍怀小石径。
老夫弃车探幽回，竹林深处悦鸟琴。
松鼠顽皮带路行，群鸟和奏献媚迎。
更有清风戏叶舞，暖阳透隙洒头淋。

2019. 5. 11 于娄山关

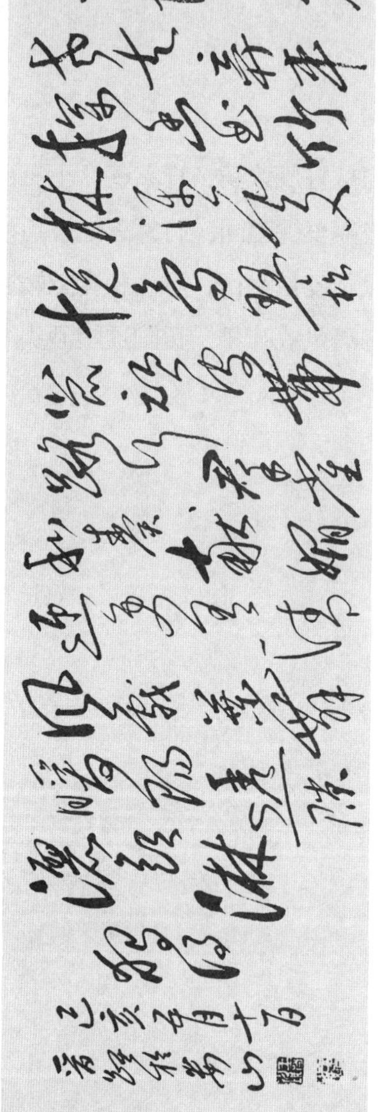

# 悲　士

茅屋已被风吹去，诗人无奈漂泊度。
寒士何来天生贫？只为出仕道孤独。
长袍加身自作缚，儒术锁心充高古。
揭皮换骨文商亲，广厦兀立士子富。

2019. 5. 25

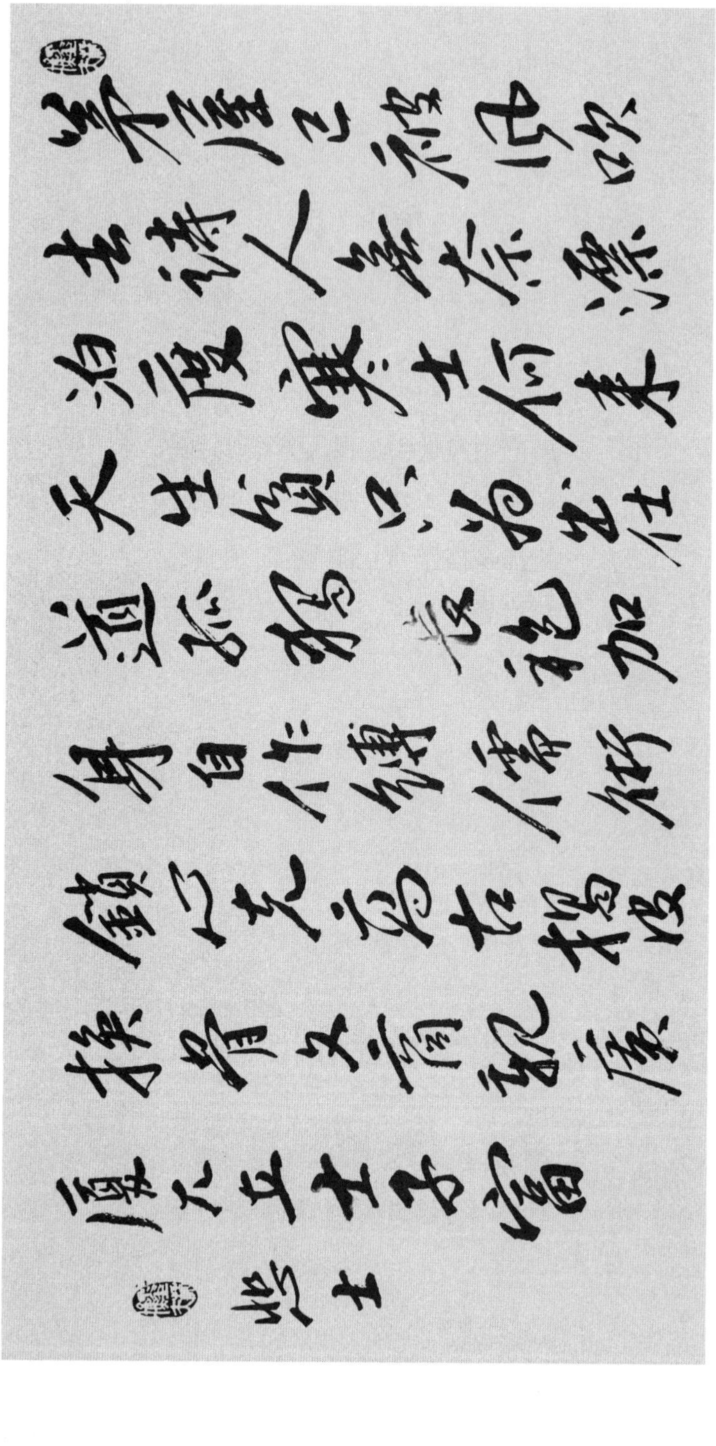

# 巨柏王

林芝城郊坡谷地，一片古柏树林，树龄均上千岁，寿高为王，达三千多岁，与黄帝齐年，依然郁郁葱葱，盛茂挺拔，世之物生命长存非它莫属，人之莫比，敬意油然而生。

寿高齐黄帝，苍擎着云衣。
远山黛青浓，近坡翠华奇。
根老狮爪力，肤坚麒麟皮。
曲枝飞龙虬，针叶凤凰尾。
独树成森林，众聚晴云霓。
天青稍逊色，海蓝展绿绮。
巍巍昆仑柱，十夫难合围。
历尽暴风雪，阅空红尘体。
睥睨老子道，轻贱孔丘理。
堪笑佛祖虚，杜撰圣菩提。
谁言大无用？傲物独自立。
材小妄矜大，卑躬趋名利。
富豪尘埃灰，帝王黄沙粒。
俗众纤毫微，生生敬不已。

扎根黄土地，寿与天地齐。
何言柏王老，新绿茂旖旎。

2019. 7. 30 于林芝

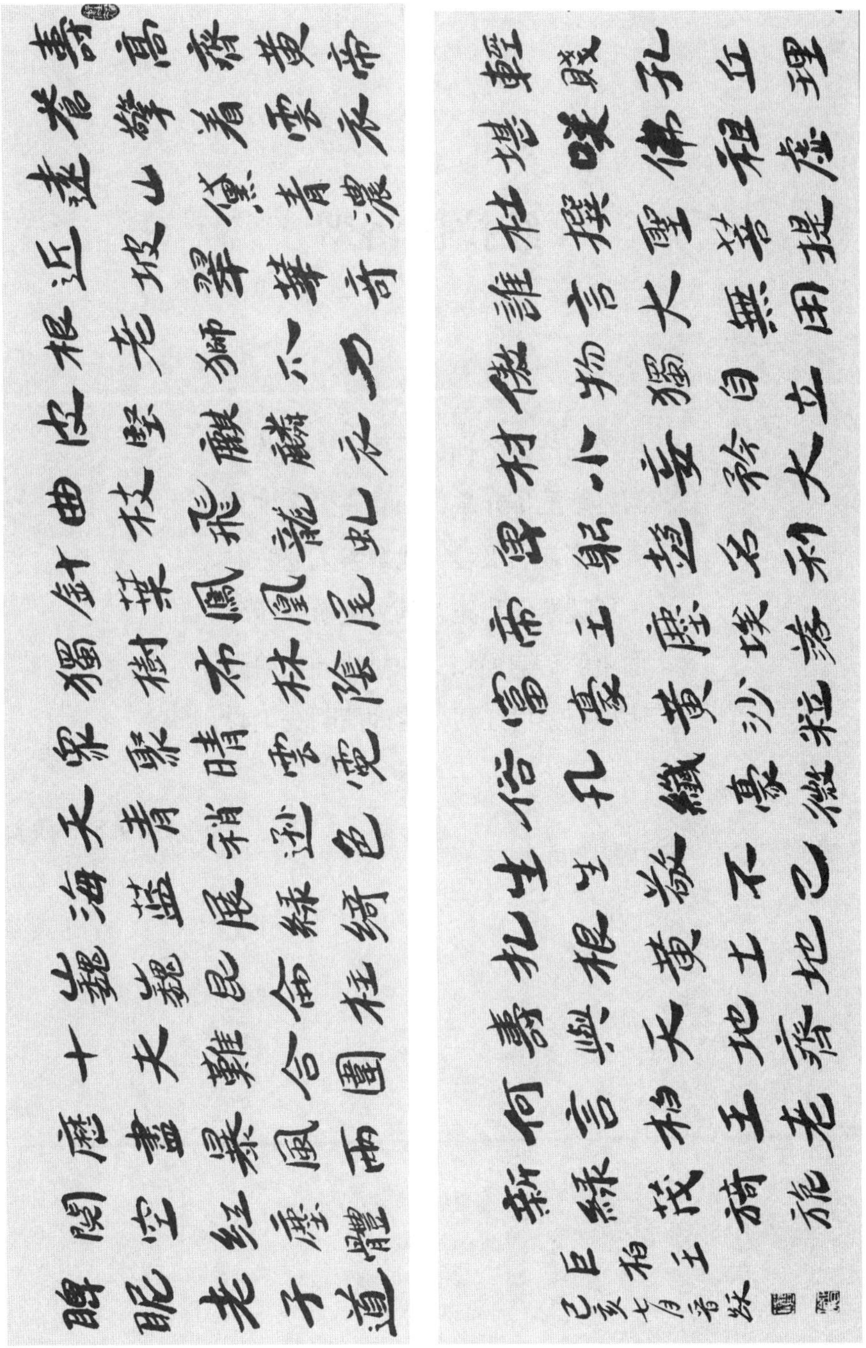
壽高齊黃帝
蒼擎着雲衣
遠山黛青濃
近坡翠華奇
根老獅不力
皮堅麒麟衣
曲枝飛龍虬
針葉鳳凰尾
獨樹布林陰
衆聚晴雲霓
天青稍逊色
海藍展綠绮
巍巍昆侖柱
十夫難合圍
歷盡暴風雨
閱空紅塵體
睥睨老子道
輕賤孔丘理
堪咲佛祖虛
杜撰聖菩提
誰言大無用
傲物獨自立
材小妄矜大
卑躬趨名利
帝王塵埃落
富豪黃沙粒
俗凡纖毫微
生生敬不已
扎根黃土地
壽與天地齊
何言柏王老
新綠茂旖旎
巨柏王
己亥七月

# 红拉山浴翠

山色苍茫围浴桶，天幕云白镶蓝屏。
河谷萃汇华光水，石峰雪聚天地神。
天神冷寂居极境，我辈素闹惬意淋。
一桶暖翠任我凫，满兴趣游潜涵深。
白屋群落遍熙和，山村耕园共碧澄。
污秽灰垢付红河，洁地清明洗尘心。

2019. 8. 3 于盐井

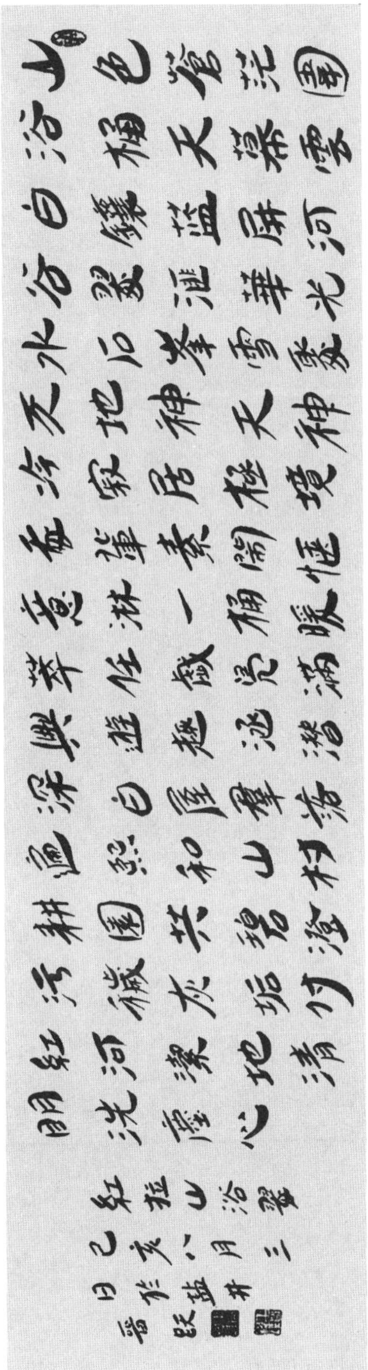

# 西山[1]二首

## 顶　观

乱石有径出凌空，阴凉风度济力穷。
汗淋湿衣阳光毒，喘息负轭念极峰。
凌虚阁上抬望眼，群山龙伏地漫泓。
滇池海碧接广宇，春城盒会妆绿绒。
乘虚极顶屑众生，骑山策游陆海空。

## 神　会

古木森森洞阴冷，乱石堆堆骨嶙峋。
凌虚阁上晤天帝，驱驰西山踏波粼。
勒绳滇海缚蛟龙，扬鞭峰峦平山陵。
三界往来如庭院，时空无碍道古今。

2019. 8. 11 于昆明

注：

①西山：位于昆明市滇池边。

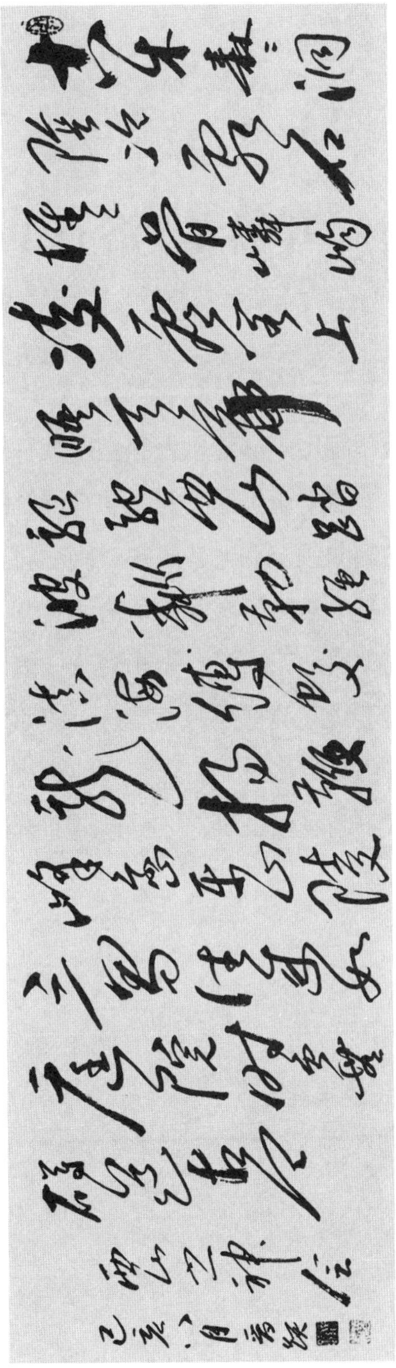

# 开福寺[①] 浴心

繁华闹市一静处，万绿丛中几菩提。
红墙隔断尘凡嚣，绿水孕育恬澹意。
白鹅曲颈梳羽毛，灰鸽戏闲韵石里。
锦鲤争食蹿头窥，乌龟抢滩爬背骑。
芙蕖映池花自开，垂柳迎风枝依依。
幽径绕回踱禅心，廊亭打坐清凉肌。
群佛高堂接香火，众客像前跪蒲揖。
放下名利繁忙事，方得天地道真谛。

2019. 11. 10

注：

①开福寺：位于长沙市内。

# 书院异感二首

## 一

厅堂廊郭文渊昭，清径亭桥流水绕。
香樟默立千年绿，翠竹颀修一风摇。
圣贤文庙对冷壁，碑帖墙角诉古高。
游客匆匆瞥眼去，俗照满满难获道。

## 二

夫子清坛对冷墙，碑帖暗角独自伤。
经典还遭金币羞，学院不敌名利场。
文渊史通难适市，德薄才疏有势张。
千古圣贤守拙地，苍樟老枫诚陪伴。

2019. 11. 16 于岳麓书院

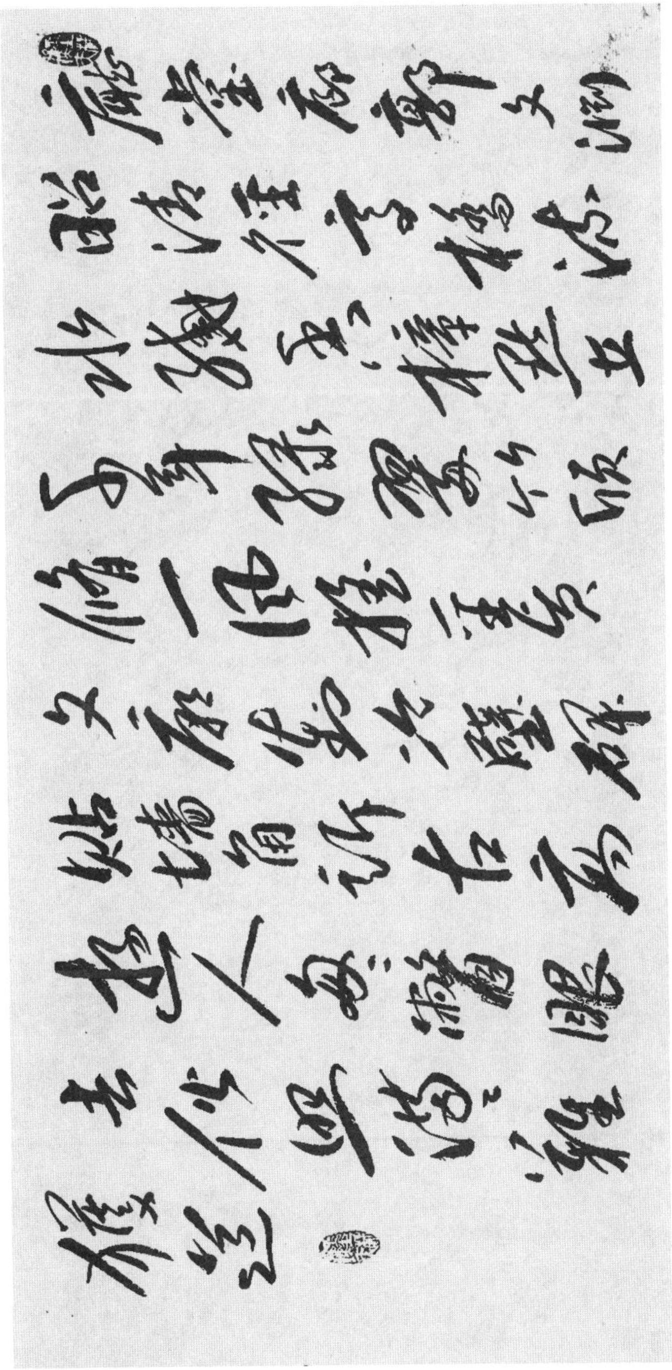

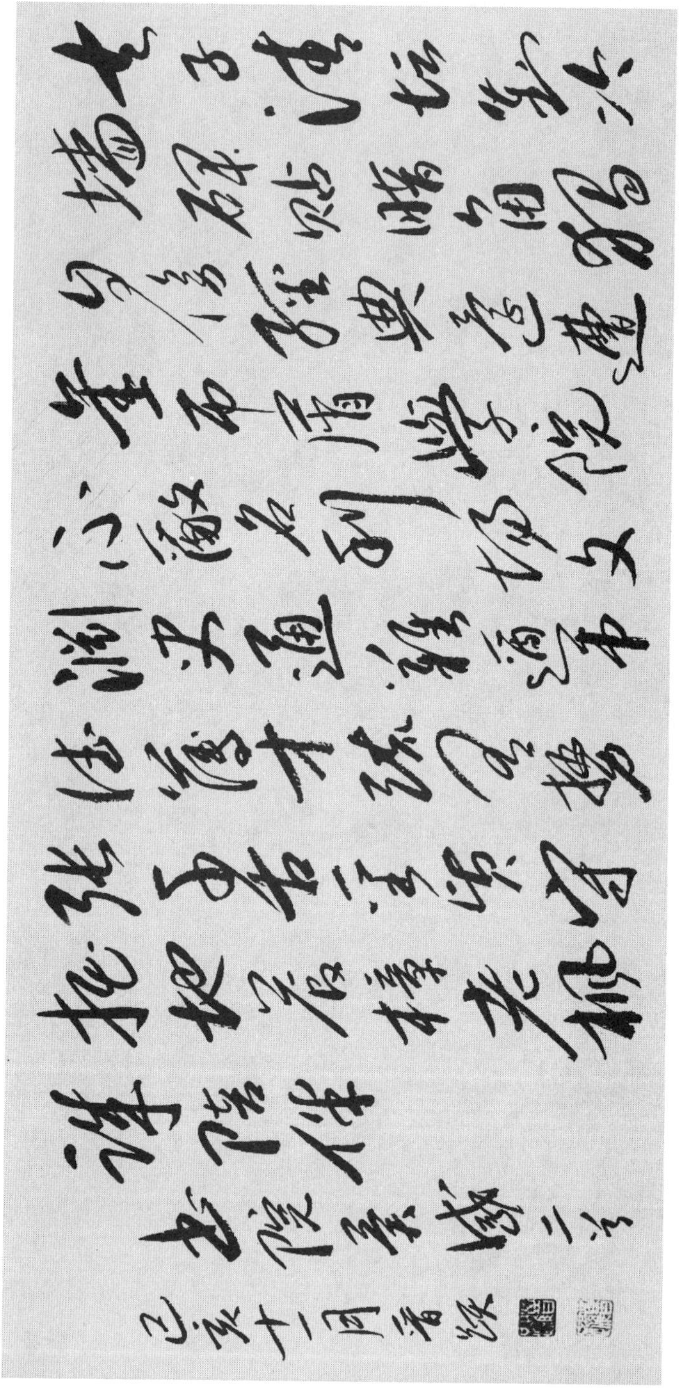

# 咏花四首

## 约 花

群山环抱山，江水绕江城。
嵩云[①]矗高坡，樱花漫红云。
相约花开时，俱会赏清明。
天旷酿佳气，太极[②]蓄盛景。

## 娱 花

花在枝头闹，人倚树含笑。
盈媚舞霓裳，戏霞着妖娆。
梦幻云天外，佳丽仙袂飘。
相映溢真趣，两娇看不够。

## 伤 花

夜阑风雨急，花落人不知。
幽怨枝别离，坟茔向隅泣。
年年花开新，故妍无再期。

葬花人已去，香殒依无祭。

## 恨 花

去岁樱花漫红云，君期我来花下亲。
人面映花花照人，玉界琼境梦不醒。
今年旧枝开新花，君携新人演旧情。
花样人面兽样心，我看樱花满腹恨。

2018.4.1 于洪江

注：

①嵩云：嵩云山，位于洪江市城北。

②太极：阮水、巫水交汇绕嵩云山，形成天然太极图形，亦喻自然。

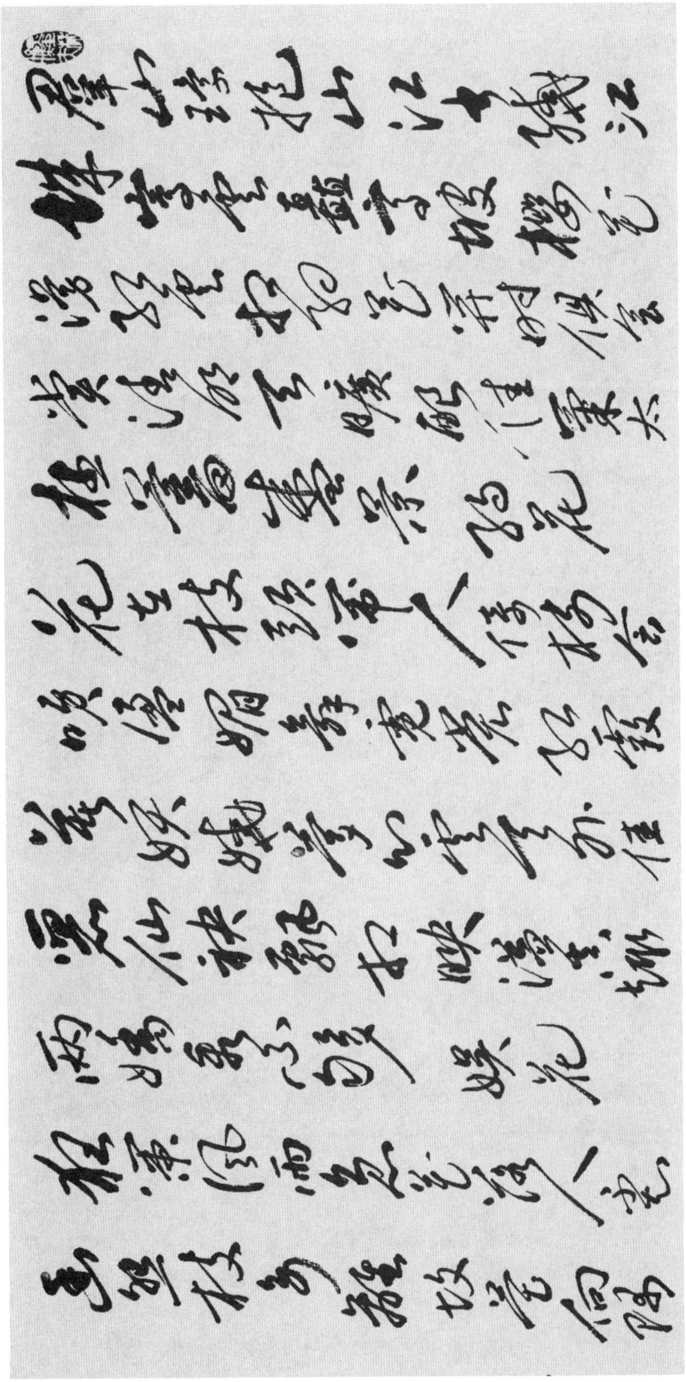

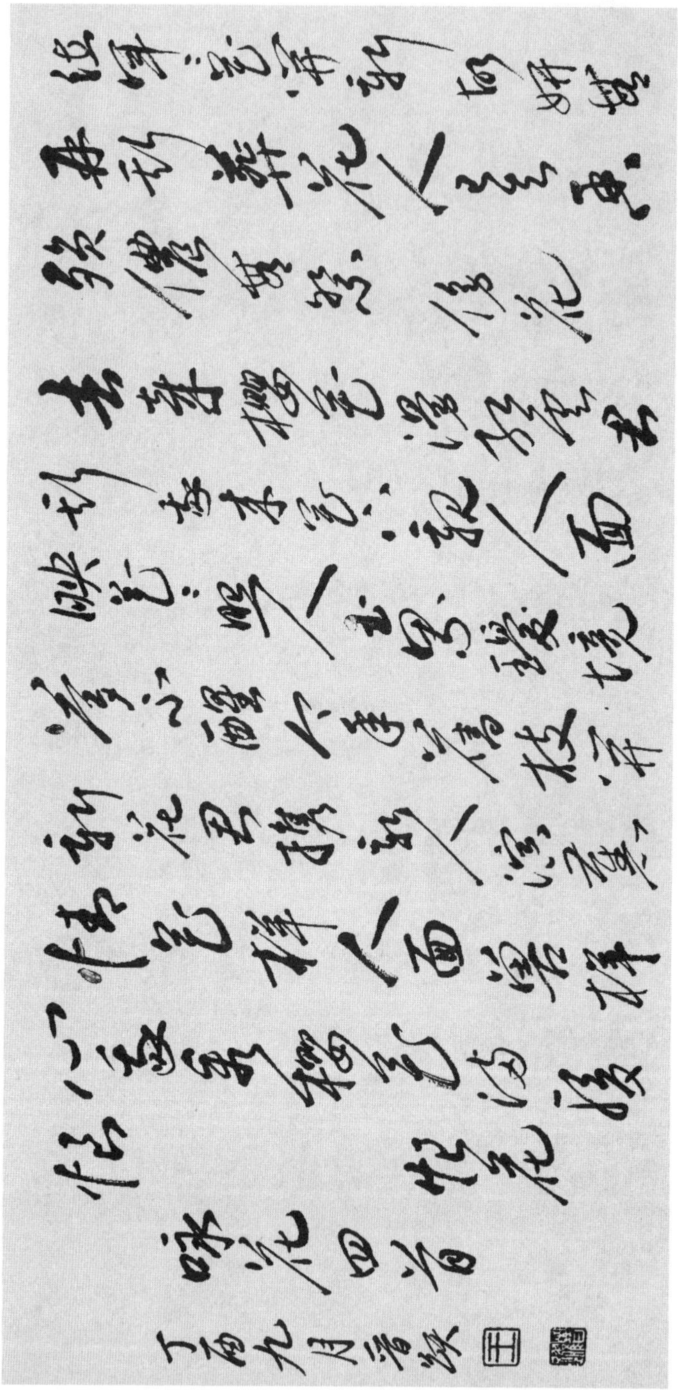

# 沙皮江[1] 寻秋

山陡青萝茂，江平浅滩新。
谷深秋风凉，潭静水镜明。
意溯醴泉趣，心向奇石纹。
婉转幽曲回，蓦然入笼深。
天仄绿围重，路穷水无尽。
鸟恋金穗垅，人追繁华生。
出世入道客，独享此空灵。
谁言王孙[2]远，沙皮江上人。

2018. 9. 8

**注**：

①沙皮江：位于湖南洞口县境内。

②王孙：王维，唐代山水诗人。

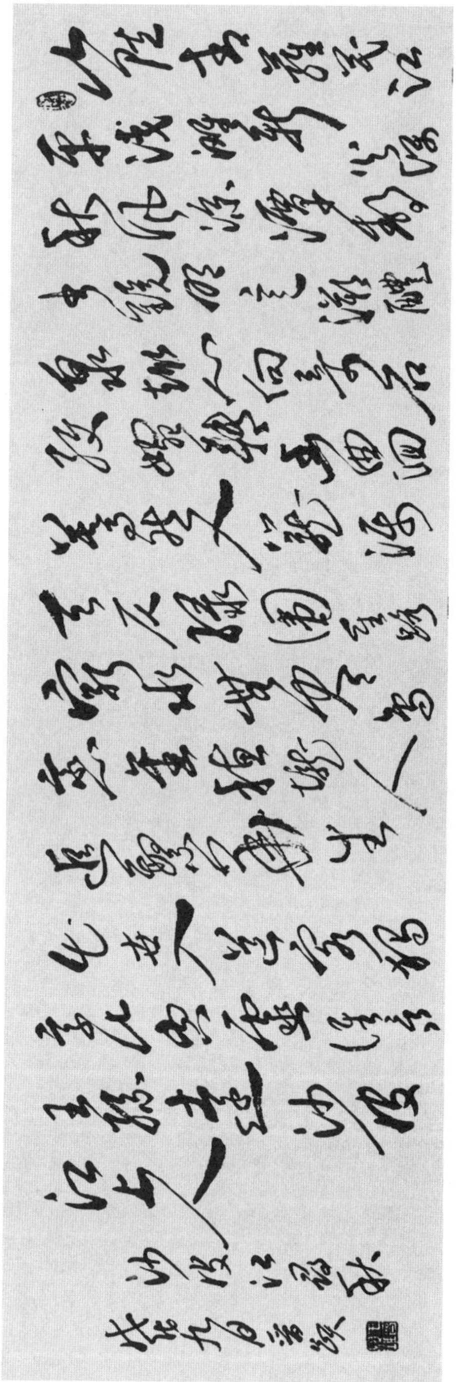

# 茫 旅

闷雷黑天滚，霖雨出乌云。
风带落花飘，驿道赶路人。
林鸟归巢静，树蝉翅不振。
夜色随雨下，何处是乡灯。

2020. 8. 3

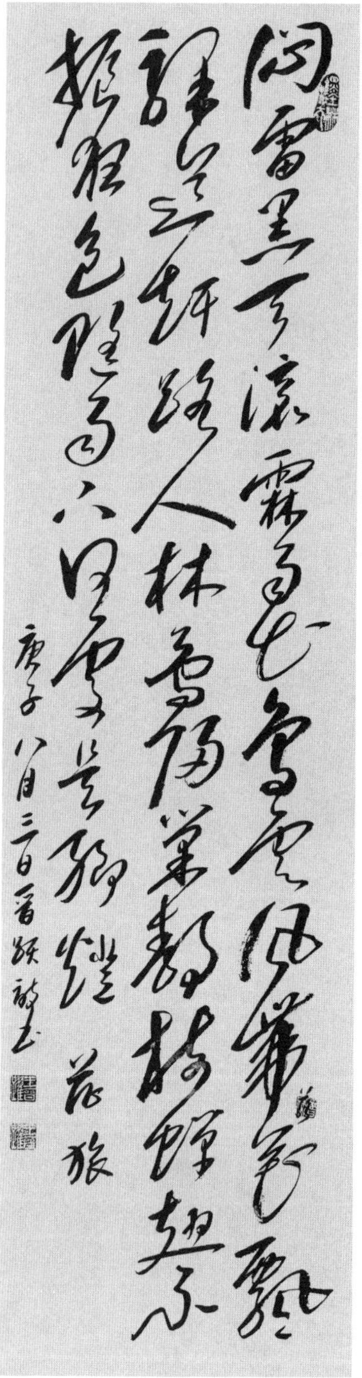

# 洞庭醉

洞庭春酒满，举杯敬君山。
岳阳楼对饮，日月两边参。
盛邀娥英宴，醉后得梦还。
文武群星会，风云五千年。

2020. 8. 17 于岳阳

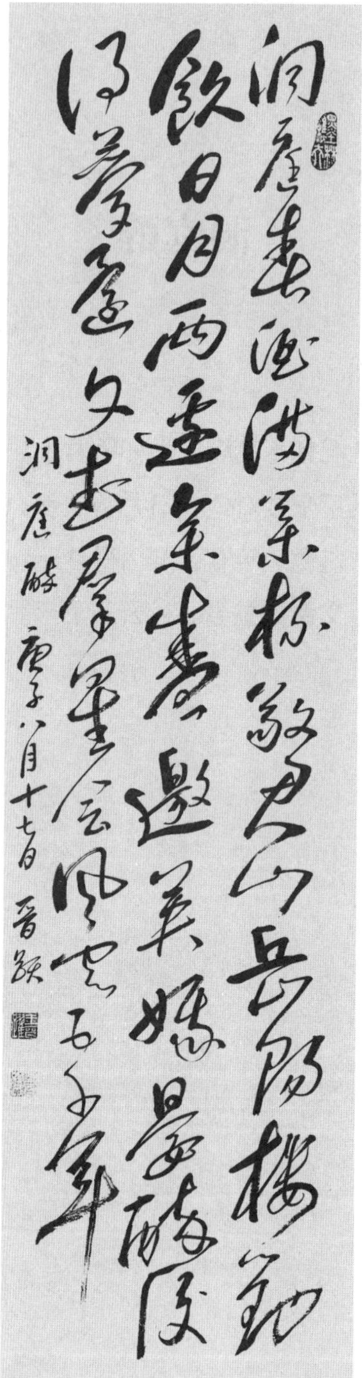

# 怀 秋

霖雨带落花，清江携瓣流。
一路倩影照，几弯香洄洲。
伊人掬水嗅，思念在上游。
桂子已盛开，秋水送秋波。
相期明月里，吴刚会嫦娥。

2020. 10. 10

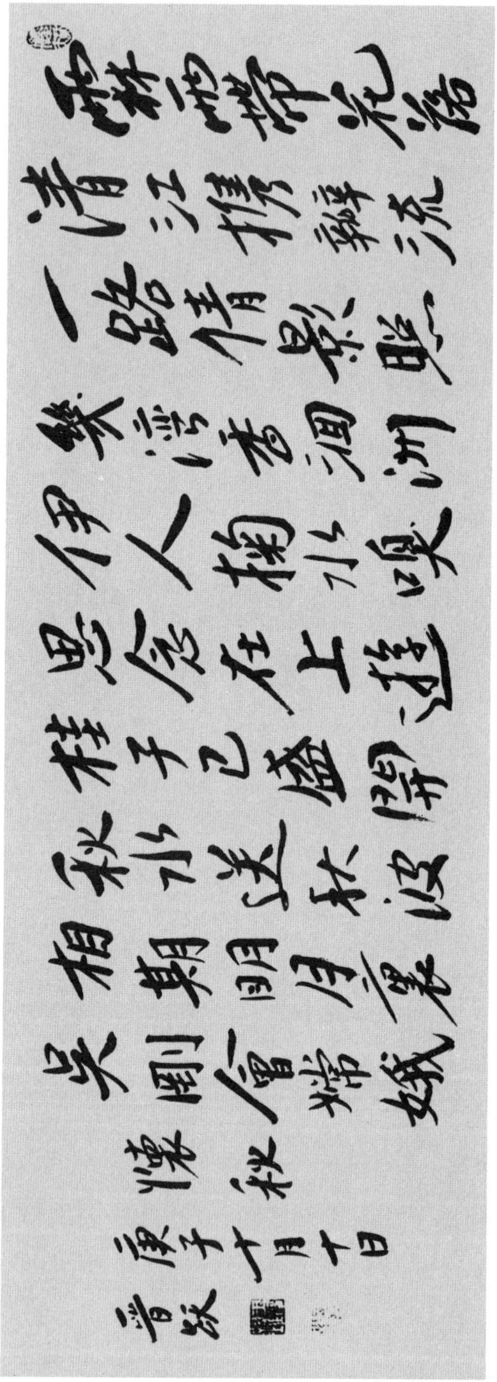

# 缘

老夫点杖悬栈道，履崖壑壁不辞峭。
披纱穿雾会山石，臆景驰骛悦心悠。
浓雾满灌遮望眼，老松横斜迎伸手。
万丈削崖盘根错，千年苍立待我游。
看汝墨绿青青头，已知灵气尽占有。
胸中腹藏万千景，何妨一雾遮眼球。

2020. 11. 29 于莽山

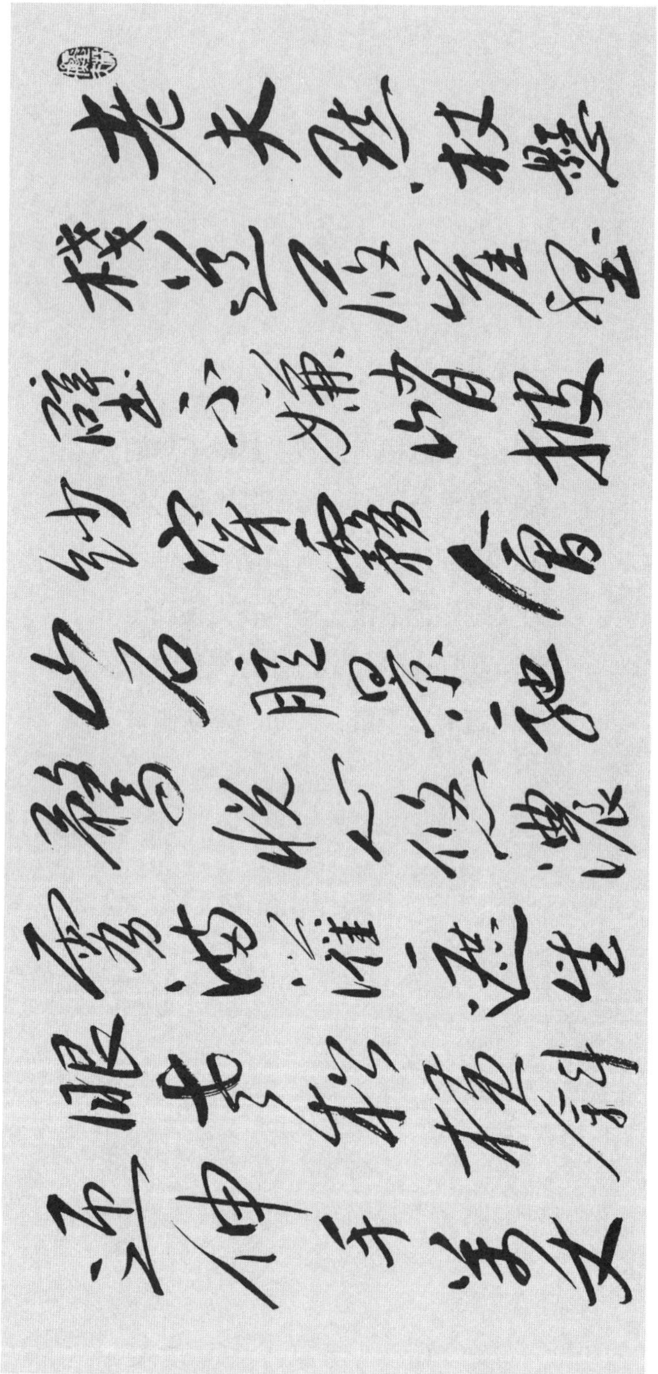

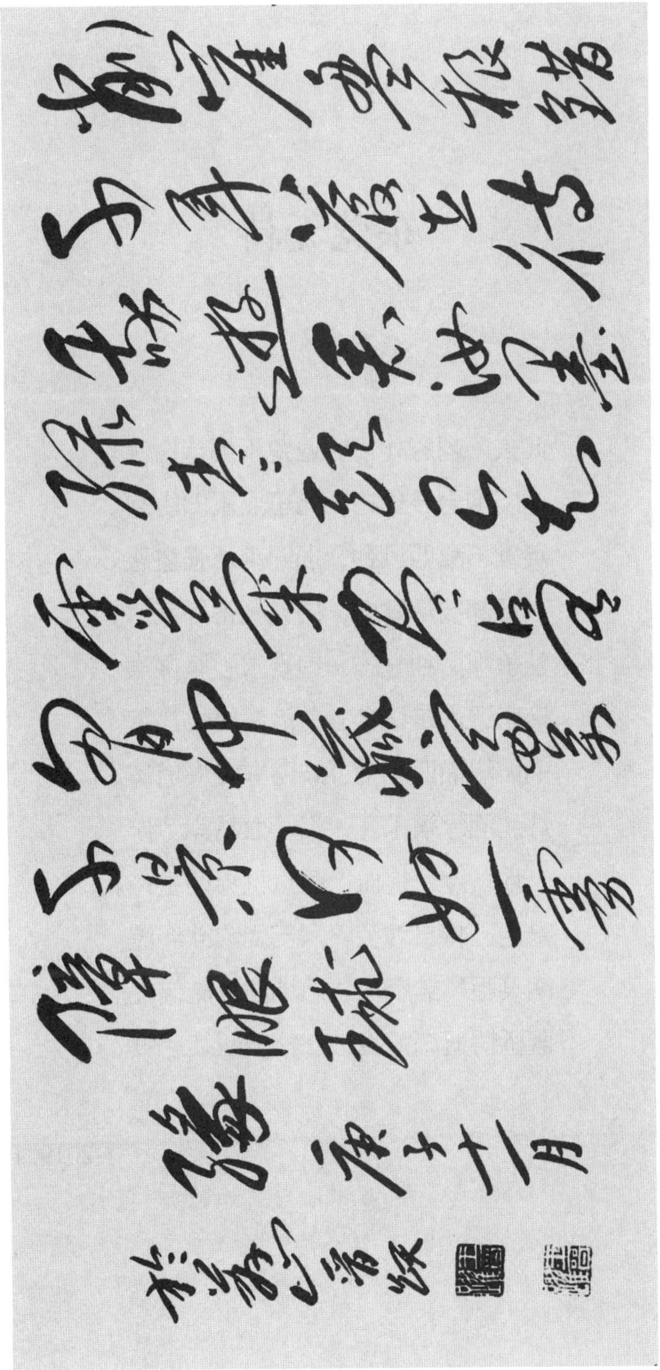

# 东莞无诗

此去南越意如何？遐荒不解诗情忧。
虎门炮台今犹在，元里血雨旧山河。
英雄不敌西风劲，弱国难承强盗恶。
销烟却被烟肆虐，抗寇犹得辱沉疴。
苦争难磨独立志，追富求强坚探索。
岭南近水筑楼台，前沿试履拔头筹。
南海浪涌西风推，歧路奔突失道畴。
灯红酒绿娱乐死，泪干血枯瘁劳作。
一地黄金一地血，两重世界两重错。
暴走已将灵魂丢，尸行犹羁欲海流。
南冥腥风辞鹏鸟，币域浊浪淹儒优。
蓝桥情逝恋霓裳，红楼梦断续悲歌。

2019. 10. 8 于东莞

# 古意

书表诗魂

chapter 03

# 老 子

暴虐典籍毁，藏史[①]万念灰。
弃世遁隐去，自然释心怀。
清净求无为，道德[②]扬光辉。
天地人和经，古今中外惠。

2018. 3. 12

**注：**

①藏史：藏史官，老子是周朝的藏史官，相当于今国家图书档案馆馆长。

②道德：此指《道德经》，老子著。

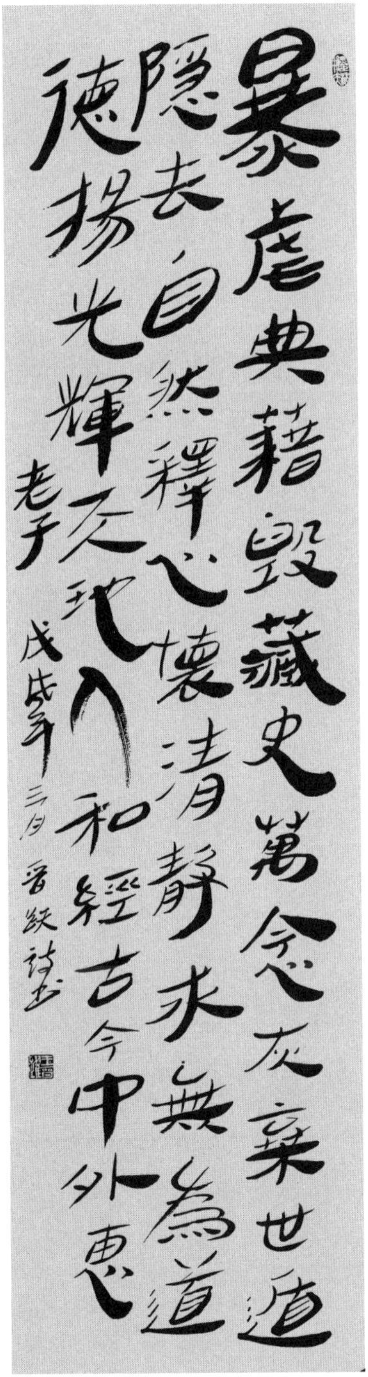
暴虐典籍毀藏史萬念灰棄世道
隱去自然釋懷清靜來無為道
德揚光輝天地人和經古今中外惠
老子
戊戌年二月 晋跃诗书

# 庄　子

遗世逍遥游，万物齐为友。
卿相视牺牛，鲲鹏蝴蝶优。
空灵随物化，虚室生白久。
无羁世俗情，游戏天地阔。

2018. 3. 12

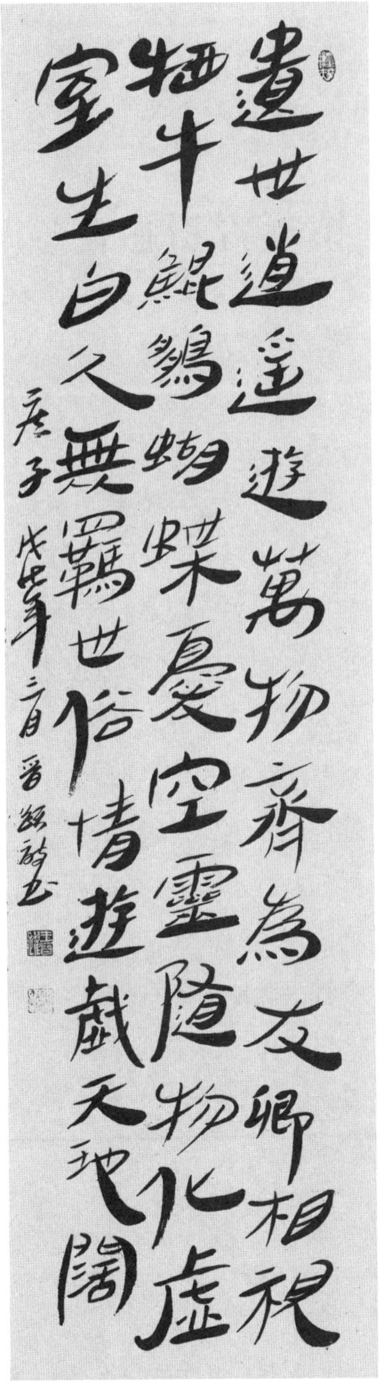

# 镇远青石巷古意

古镇衣袂长，舞袖牵汉秦。
元明清时屋，苔蕨墙上生。
青石古意厚，凹痕留蹄印。
煊车宝马去，寂寞石巷静。
石屏①瞰深院，夕阳几度人。
煌煌宦贾家，寻常百姓门。
幽巷漫徜徉，杳冥牵老根。
翘檐向天诉，青砖墙面呈。
拱门凛凛示，方井②潺潺倾。
物语意蕴深，我辈难参听。
今我来此地，青石留脚印。
他日我作古，诗述有吾声。

2019. 5. 22 于贵州镇远

**注：**

①石屏：即石屏山，险耸于镇后。

②方井：即四方井，于巷内，有千年历史依旧清泉长流。

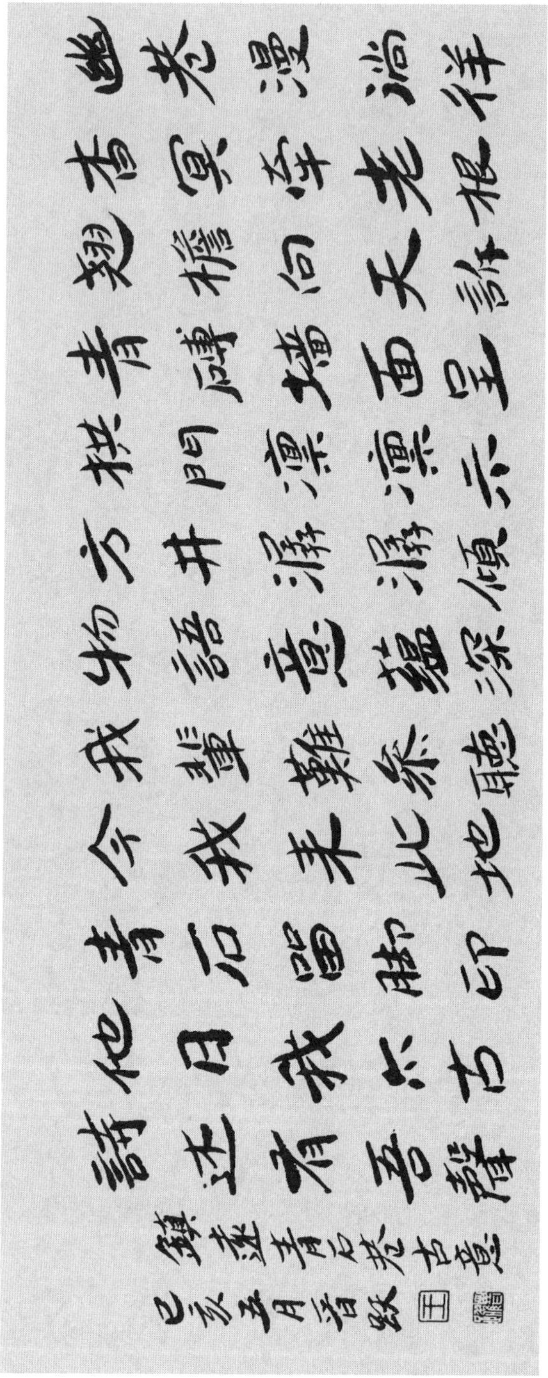

# 黄河 · 铁桥

黄河滚滚奔东流，众生匆匆向西游。
铁桥凛凛沧桑寒，白塔熠熠镇魔妖。
盛衰传承自有道，千难万险不畏迢。
九曲婉转柔韧势，荡气回肠桢铮腰。

2018. 7. 15 于兰州

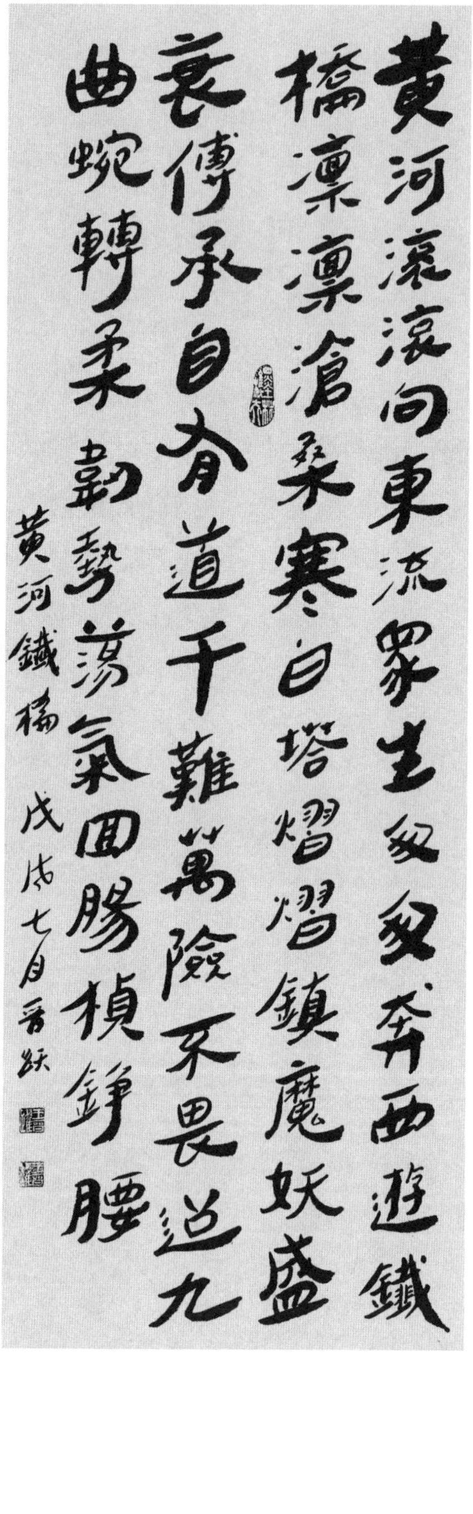
黃河滾滾向東流衆生匆匆奔西遊鐵
橋凜凜滄桑寒白塔熠熠鎮魔妖盛
衰傳承自有道千難萬險不畏途九
曲蜿轉柔韌勢蕩氣回腸挺錚腰
黃河鐵橋 戊戌七月晉鐵

# 祭西夏王陵

千年争地数世乱，双百王朝晚风唱。
党项不知何处去，颓陵独留祭国殇。
殿宇楼台瓦砾碎，飞鸟野草嫌荒茫。
夕照陵塔金光闪，戍征将士血染泱。

2018.7.22 于银川

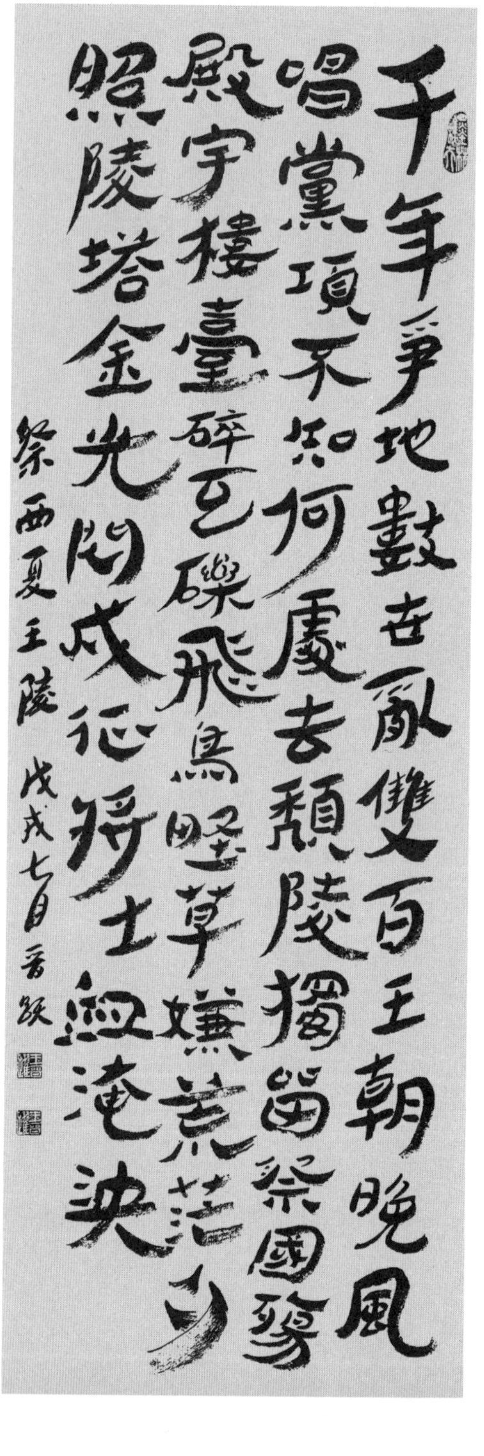
千年爭地數擊敵雙百王朝晚風
唱黨項不知何處去頹陵獨留祭國殤
殿宇樓臺碎瓦礫飛鳥野草嫌荒蕪兮
照陵塔金光閃戍征將士經淹決
祭西夏王陵 戊戌七月晋

# 贺兰山之殇

贺兰山峻的卢[1]昂，龙游戈壁中原向。
披风戴寒踏黄沙，倾心绿洲势无挡。
占尽天时与地利，却失人和战未央。
烽火寒光岁月老，匈蒙回党各尽殇。
嘶嘶战马万千伏，熙熙士卒千万亡。
戈壁沙石血染透，旷野风啸尽鬼伤。
荒山苍苍鸟不落，王陵寂寂草不长。
外患内讧民族悲，争名争利争地盘。
你方唱罢我登台，风流一瞬数世殃。
悲秋千年凄凉警，惟有和平治世乱。
华夏一统慰亡灵，马兰花开分外香。

2018. 7. 19

**注：**

①的卢：快马。出自辛弃疾词《破阵子·为陈同甫赋壮词》句：“马作的卢飞快，弓如霹雳弦惊。”

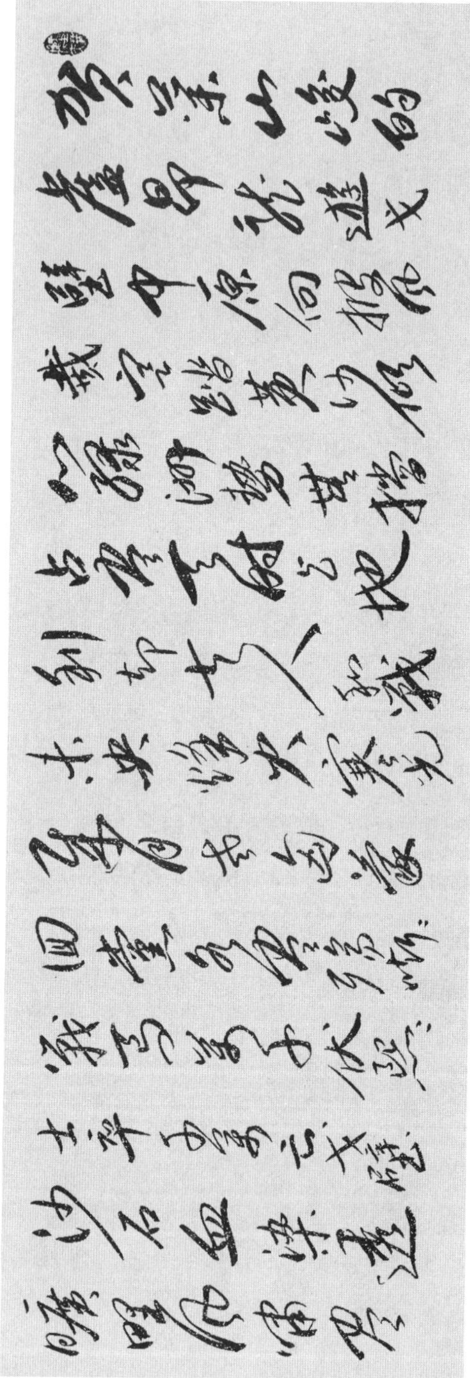

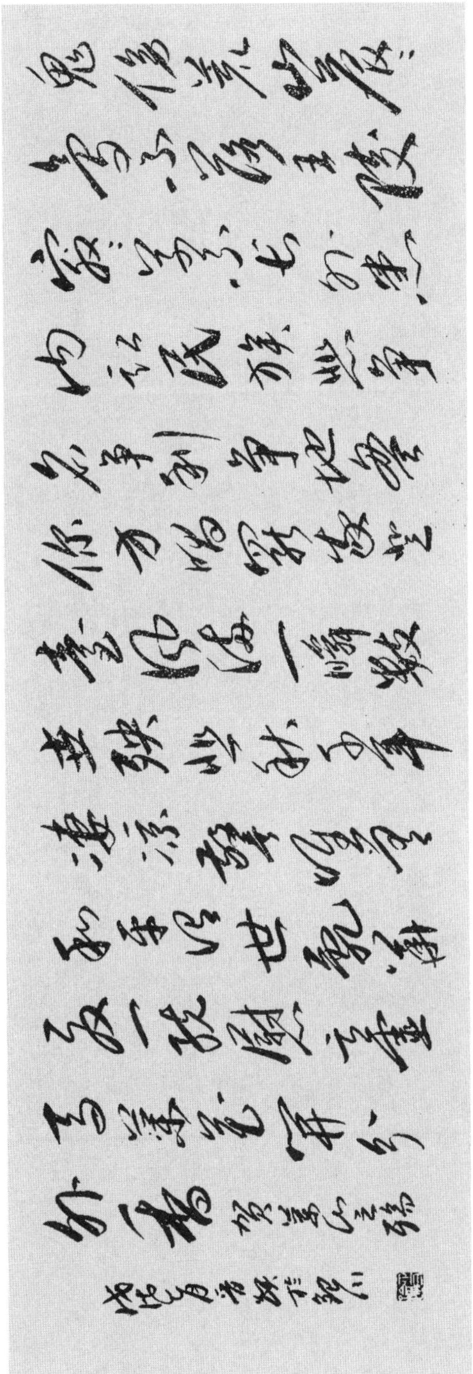

# 坎儿井·葡萄沟

## 一

热地旷野一火盆，雪水流过气蒸腾。
先祖睿智斗旱魔，地下皇筑水长城。
千年雪水流不息，万里荒漠还绿耕。
人畜共饮坎井水，葡萄香甜天下闻。

## 二

盆地荒原落沟谷，十里渐行水渐富。
葡萄藤叶荫旱地，杨柳桑树蔽村户。
绿意茂得江南景，清凉风满身心拂。
游客如潮遐迩至，闻香品甜惬意度。

2018.8.1 于吐鲁番

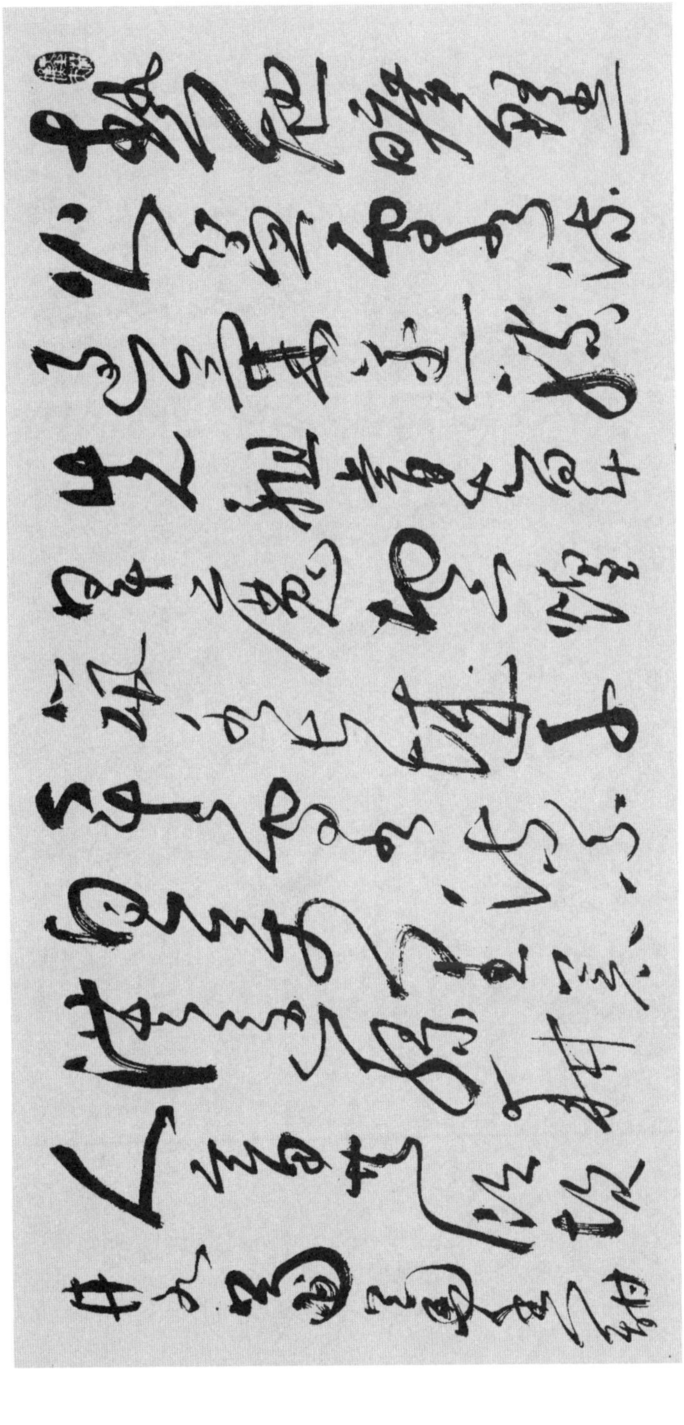

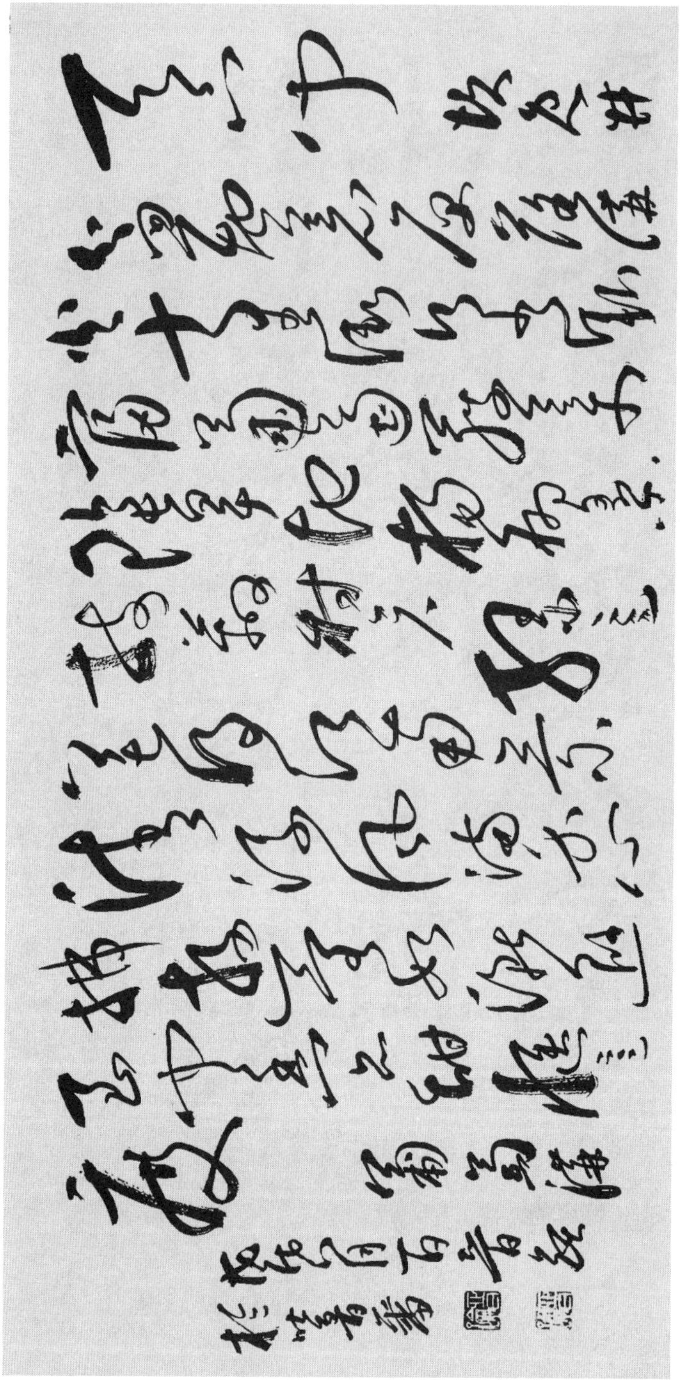

# 灵渠魂二首

## 一

始皇承禹兴水利，灵渠疏浚牵湘漓①。
铧嘴②犁江三分水，巨石铸鳞③长固堤。
一陡天下创船闸，天平人立不畏激。
瞬间王朝千古晖，万世泽被独旖旎。

## 二

王朝更替渠更新，史禄④李勃⑤一脉承。
廊桥亭榭留商贾，楼船车马攘行人。
童稚戏水码头趣，翁老垂钓堤荫景。
秦汉盛唐中华智，大道通衢惠百姓。

2018. 10. 30

**注：**

①湘漓：湘江与漓江。

②铧嘴，斗，天平：水利工程名称，分别指分水坝，放水闸，拉

水坝。

③鳞：鱼鳞形状铺排的坝石。

④史禄：秦将，灵渠建造主官。

⑤李勃：唐朝水利官员，其主管维修改造了灵渠，才形成今天模样。

# 三国情怀

## 憾　魏

一代枭雄曹公范，伐袁平高征乌桓。
天不假年留吴蜀，中原一统定江山。
沧海观涛空凭栏，挟诏恣意腑藏奸。
子孙靡奢昭司马，三国一统晋独揽。

## 伤　蜀

逆时匡复诚可鉴，义重如山后世赞。
桃园茅庐定三足，荆州成都续东汉。
孔明智绝扶阿斗，出师未捷五丈原。
司马挥戈平栈道，乐不思蜀皇叔难。

## 哀　吴

铁链锁江一烧尽，天堑难遏雄师进。
王浚楼船破竹下，沅湘交广送绶印。
人心向背道义行，孙皓豪艳淫梦醒。
三世纬地旋易主，五千佳丽晋宫寝。

2018. 12. 28

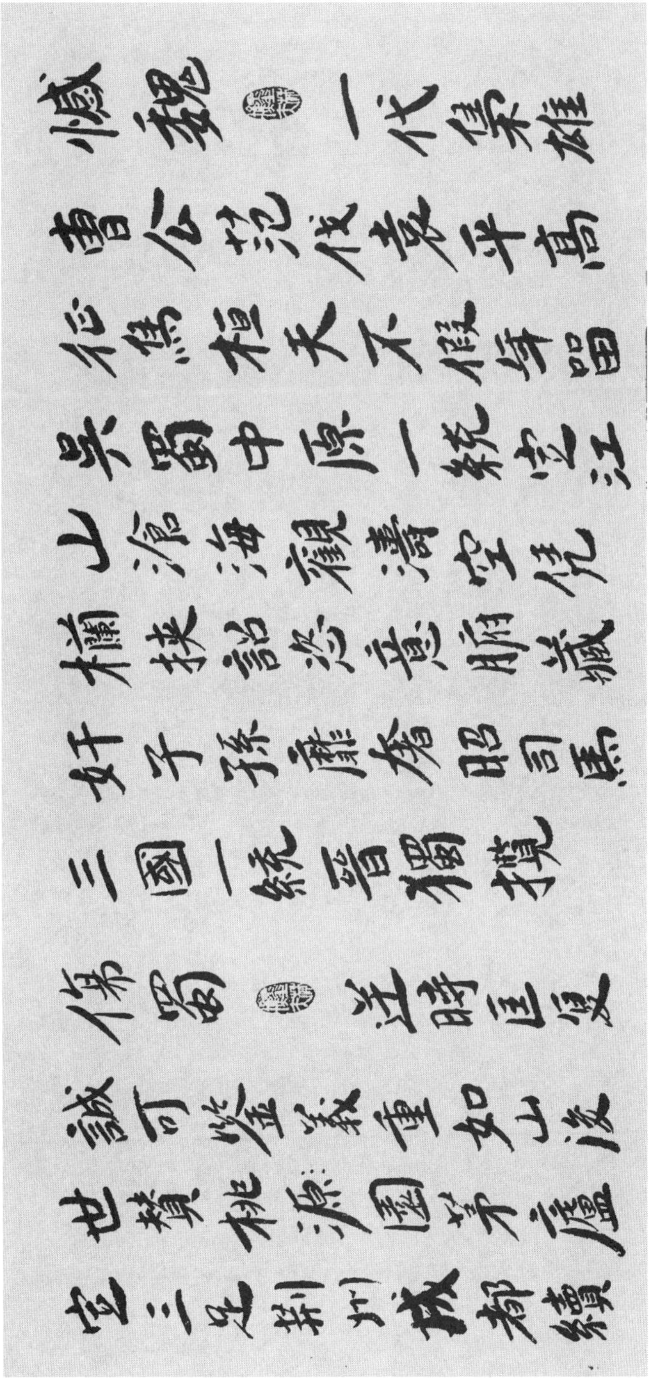

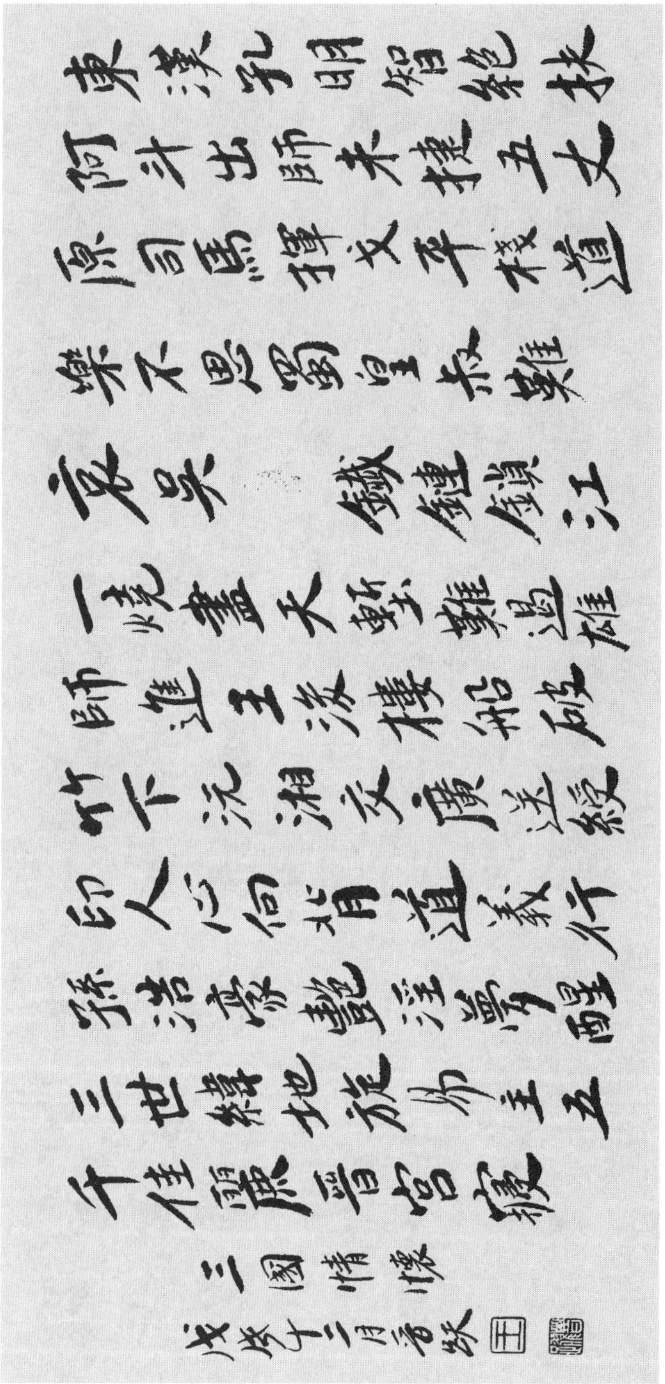
三國情懷

# 红河茶马古道

红河削壁存坎道，缘岸带飘悬崖峭。
头上流石时滚落，脚底红浪血盆哮。
侧身仅容一人过，失足则为河口肴。
带路时断时水淹，天气瞬变瞬失道。
不知多少马与客，葬身红河尸无着。
茶马古道艰险绝，马帮通商豪气骄。

2019.8.4 于芒康至香格里拉途中

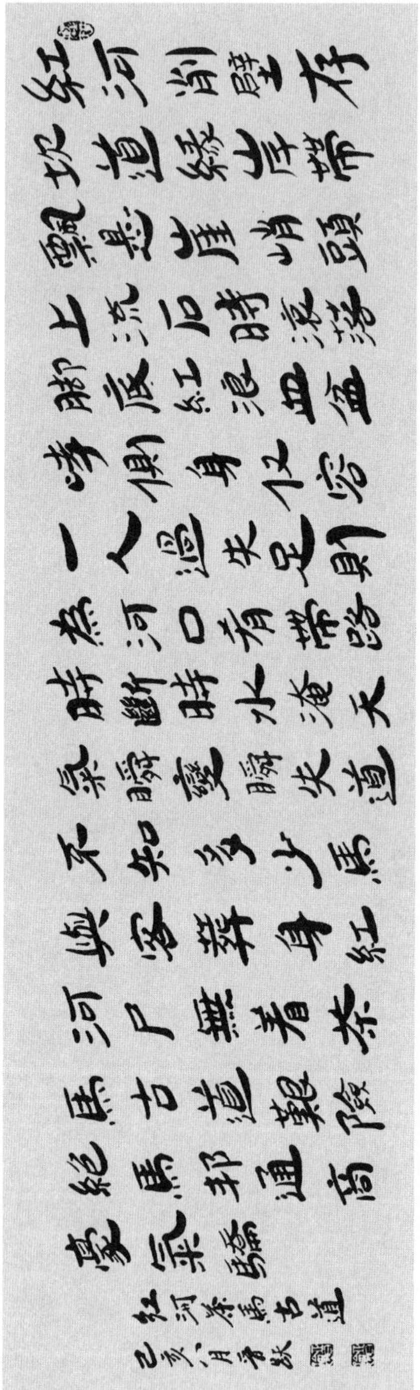
紅河茶馬古道

# 兵马俑遐想

千古唯一帝，万世遗奇迹。
长城惊嫦娥，兵俑阎王泣。
戎马为一统，好战兵不疲。
雄踞阴阳世，叱咤风云里。
可怜丹药求长生，身死沙丘还东巡。
苦心孤诣经万世，土崩瓦解只一瞬。
万里长城不拒亡，地下铁军梦幻真。
独步天下如过客，雄强刚折玄机深。

2018.8.4 于西安

# 史韵二首

## 晋　史

恣意乱纲逼禅让，纵欲随羊行荒唐。
无道传承害子孙，羊车肉袒降凄凉。
八马争王兄弟残，五胡乱华族血泱。
从来祸患起帝王，一人极享万人殃。

## 辛追墓

汉皇尚俭倡薄葬，马王堆墓惊世扬。
书帛漆服精绝伦，金银玉币木锭换。
辛追华彩动止观，双千豪贵留时光。
轪侯无觅山陵寝，羞杀炫富公子郎。

2019. 1. 25

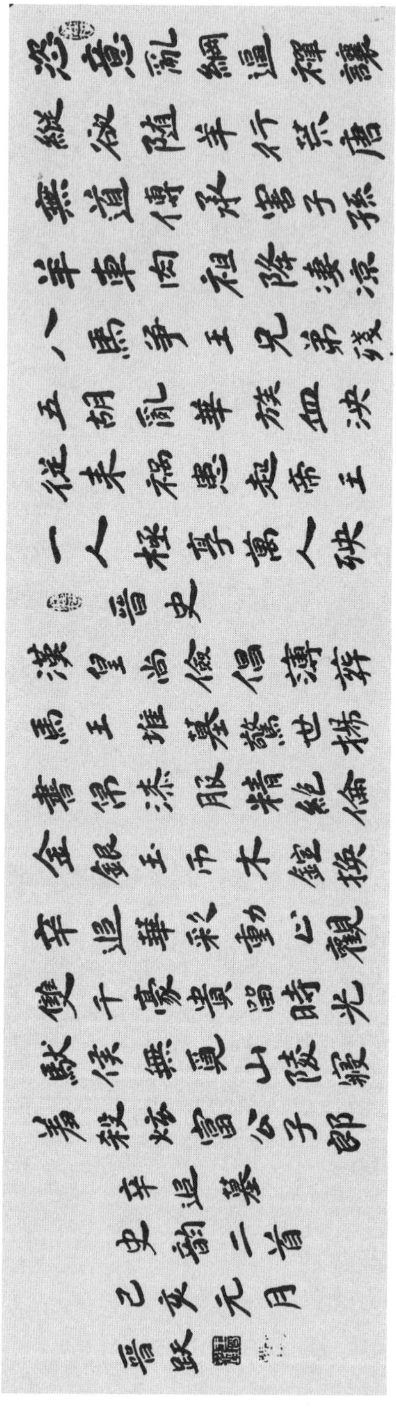
辛追墓
史詠二首
己亥元月
晉躍

# 伏惟汉字

千锤百炼蓄雄兵，岁月磨洗出精灵。
老夫瀛台点五千，沙场挥洒任驰骋。
一卒拱得万阵乱，几将狂飙卷残云。
个个将军个个兵，浩气漫天撼心灵。
尔若使诈藏阴谋，揭底掀盖现原形。
君施仁德具高节，长颂扬辉千秋名。
道莫悖，势莫逞，耻辱之柱由她钉。
善要为，德要立，惠誉之碑她制定。
宇宙万物各能表，人间百态尽述陈。
一字堪抵百万兵，汉文人类万古令。
雄踞天下震三界，长揖伏惟大道行。

2019. 5. 14

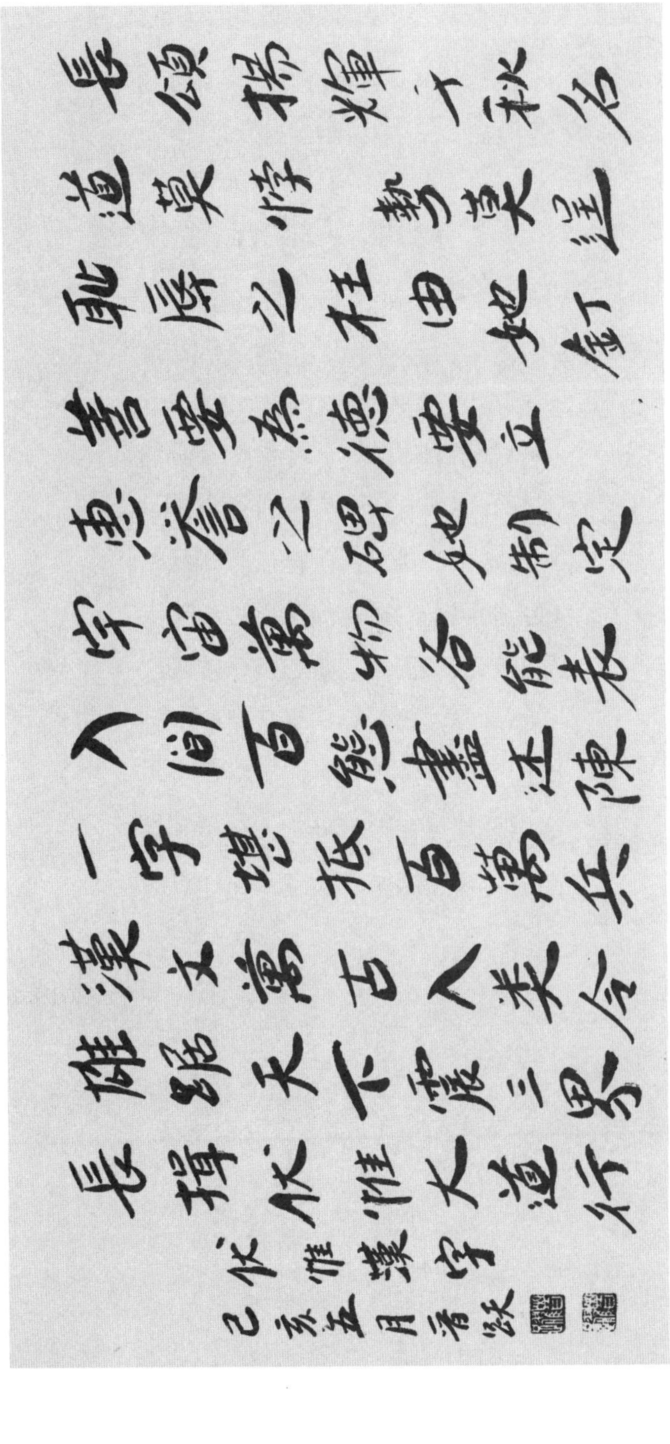

# 大理三塔寺

群峰赴海流青莹，三塔擎天叱苍穹。
天蓝云白海长镜，寺院钟声漫地洪。
村屋城楼挤排空，山峦田野阔绿浓。
日光彻照一网罩，海水平波挹恶龙。
经书朗念乌云散，善心常怀艳阳红。
千年佛寺文革毁，一朝重见港澳回。
盛世香火观音喜，圣壶雨露华夏惠。
众佛群聚灵霄殿，米勒大肚笑开怀。
国强民富兴旅游，大理风光递世辉。

2019. 8. 6 于大理

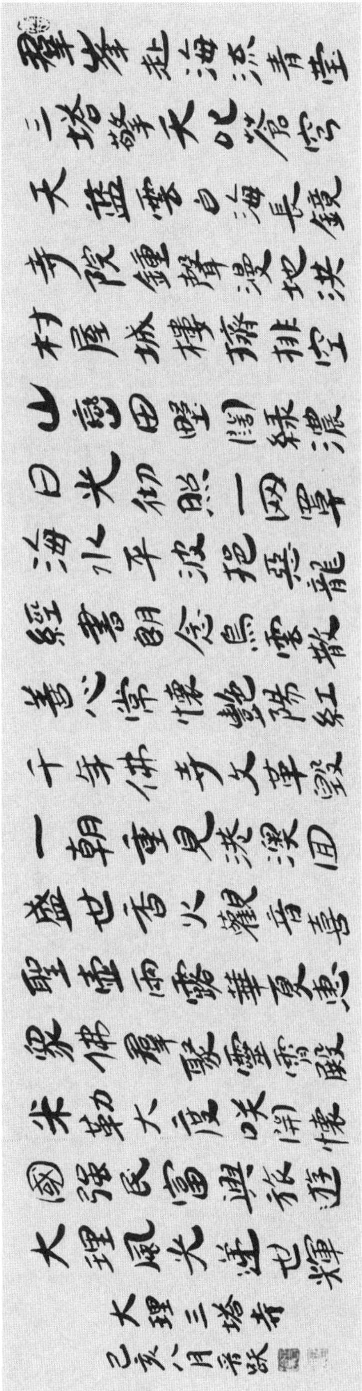

# 悲欣唐玄宗

明王昏君两相得，躬耕教子赐豪奢。
富安思换宠二妃，帝王平民性无别。
危难被王挽颓唐，虚心纳谏明果决。
勤俭瘦身兴社稷，重儒延礼优仕列。
德化四夷国泰安，逸驰六欲道失策。
太平怠政恣淫奢，剑蜜糊心昏愚昧。
独贵杨家宠胡儿，骊池浴华暗日月。
奸佞群里不觉悟，马嵬驿中洒泪别。
养蛊蓄乱毁盛唐，老来风流污血脉。
人性有缺纵致祸，功成切忌矜奢泊。

2019. 11. 1

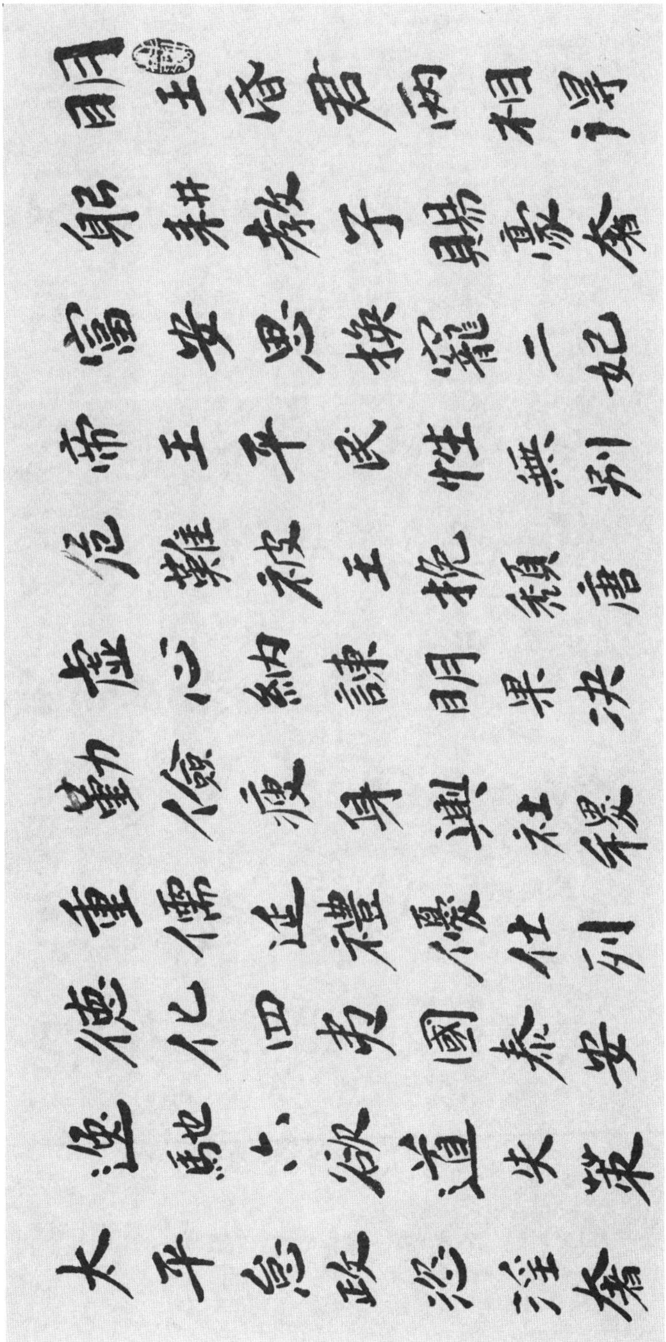

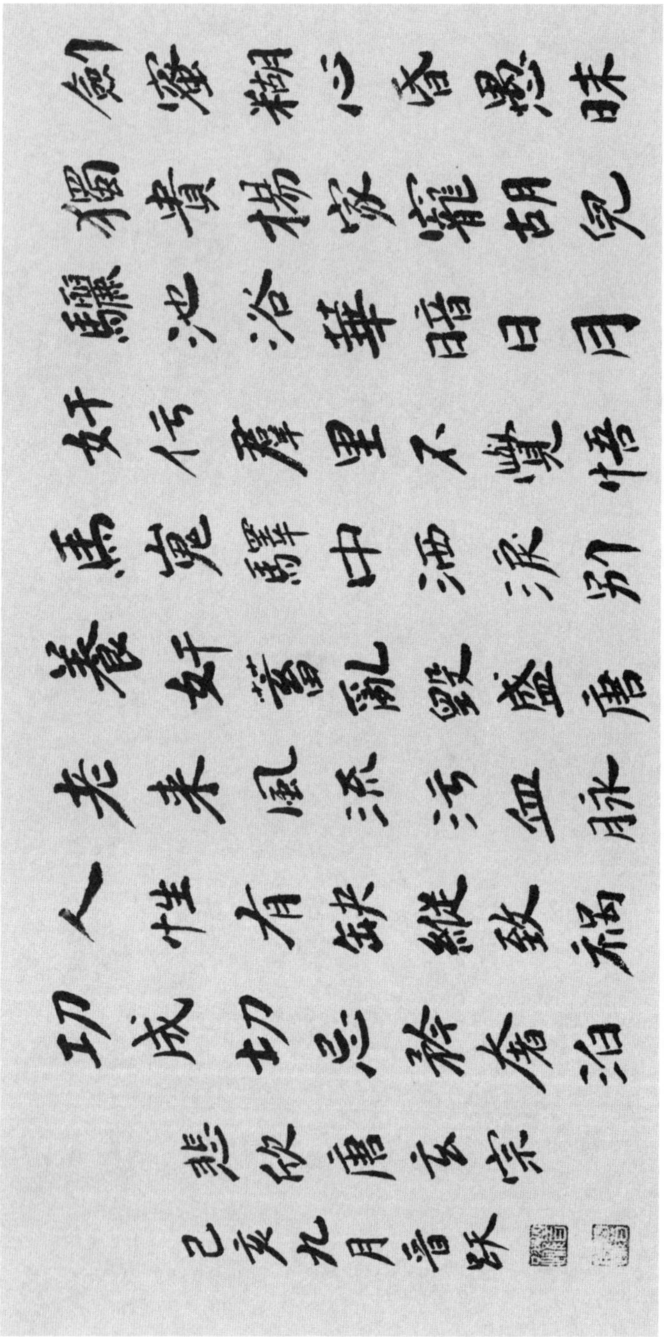

# 岳麓山之歌

麓山数曲湾，寰球掌中玩。
放飞一仙鹤，惊起几波澜。
风云现代空，际会书院蓝。
待到秋收时，枫叶红满山。
橘洲载蒙舰，星城挽危难。
湘军扶清倾，天国绝尘寰。
辛亥烟云腾，新民飔风瞻。
抗战烽火烈，倭寇湘地啖。
红日东方升，华夏换新颜。

2019.11.16 于长沙

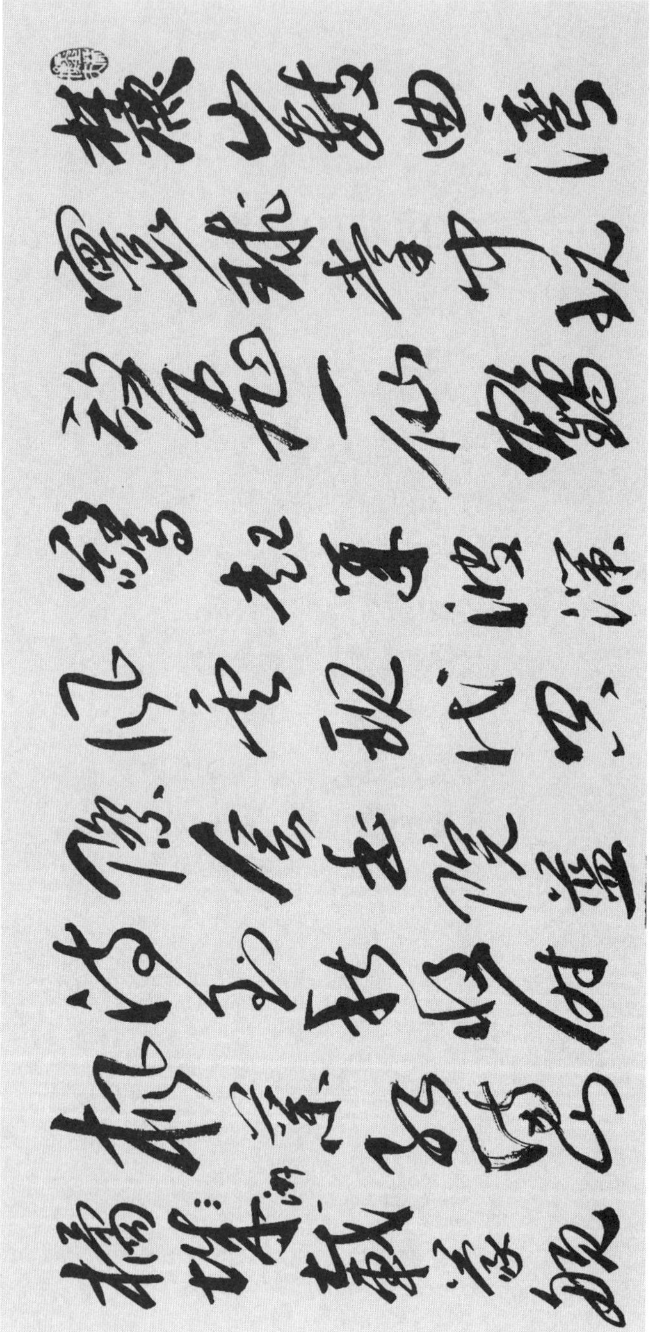

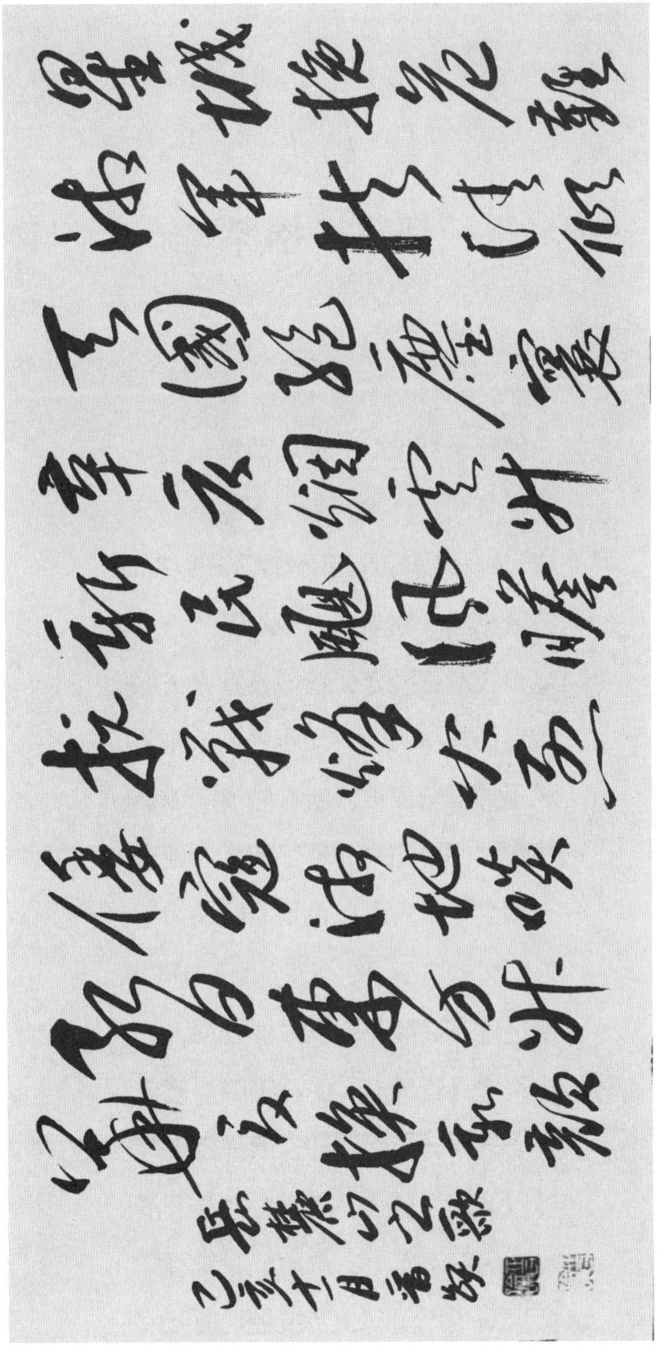

# 都梁[①]拾萃

古城落衰独留门，墙垣残复号王城。
新垛装腔示烽火，老门深邃高古陈。
宣风红楼霁日月，云山青峰接白云。
王者赫赫一时煊，方石青青瞰古今。
老街寂冷苍酸寒，新城楼富卑古城。
陶侃躬修留英名，文庙兴学植银杏。
风雨摧折留皮根，新绿勃发茂成林。
清清稷怀当道立，郁郁黎忧天地心。
一朝县令千古辉，百世儒醴递传承。
万民景仰官下马，五龙[②]卧虹清波凌。
最忆桃花武陵井，三月春开丽人行。
香车宝马竞风流，红妆艳腴漫霞云。
世变俗黯远自然，知音欲弹已无琴。
桃花香殒河道毁，唯有古井长怀清。
世事纷纭渠水流，淤泥沉底丝草青。
熙熙众生川洞门，袅袅轻烟逝无痕。
古城醇质怀玉璞，吾辈浅薄不识真。

魂逝梦游追烟霞，暴走总向繁华行。

2020. 5. 24

**注**：

①都梁：古武冈之称，武冈古城有2200年历史，文化底蕴深厚。

②五龙：指川城河上五座以龙字命名的桥。

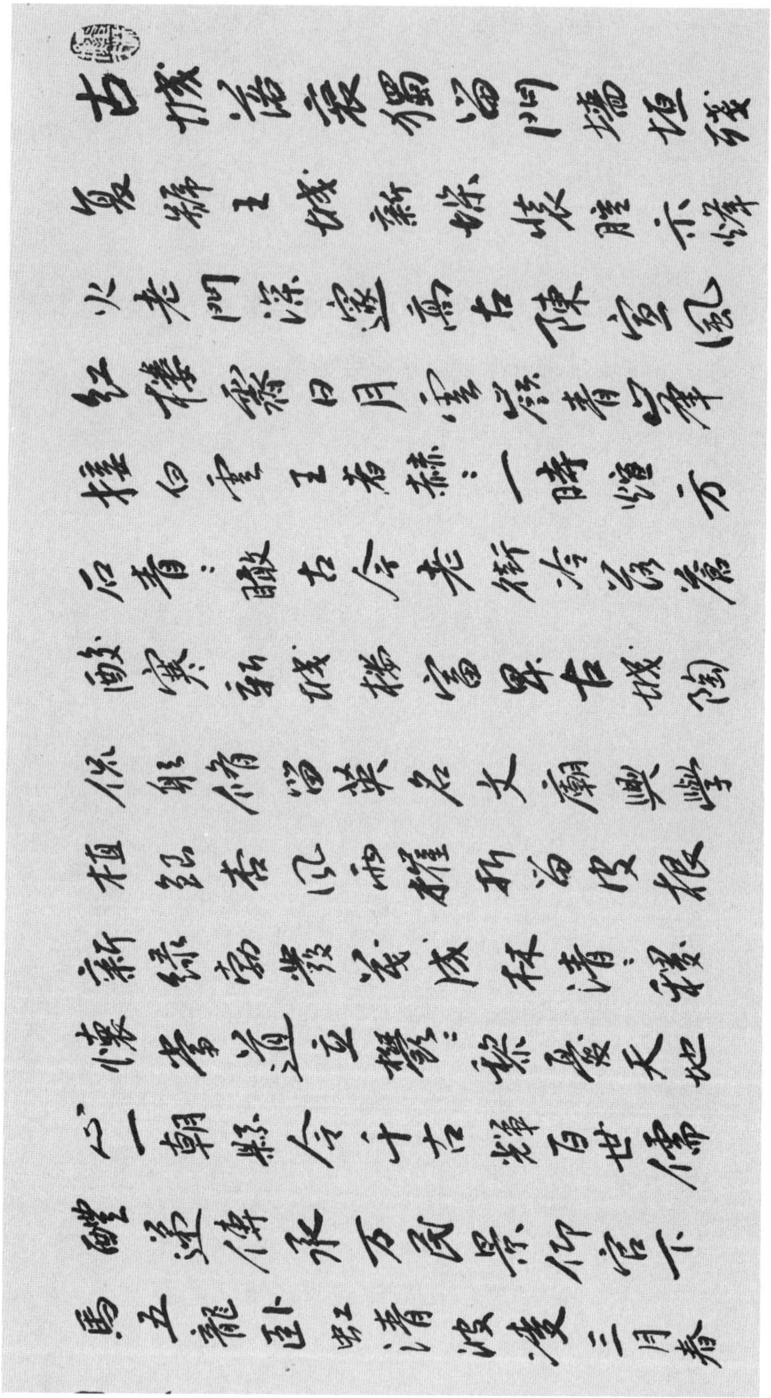

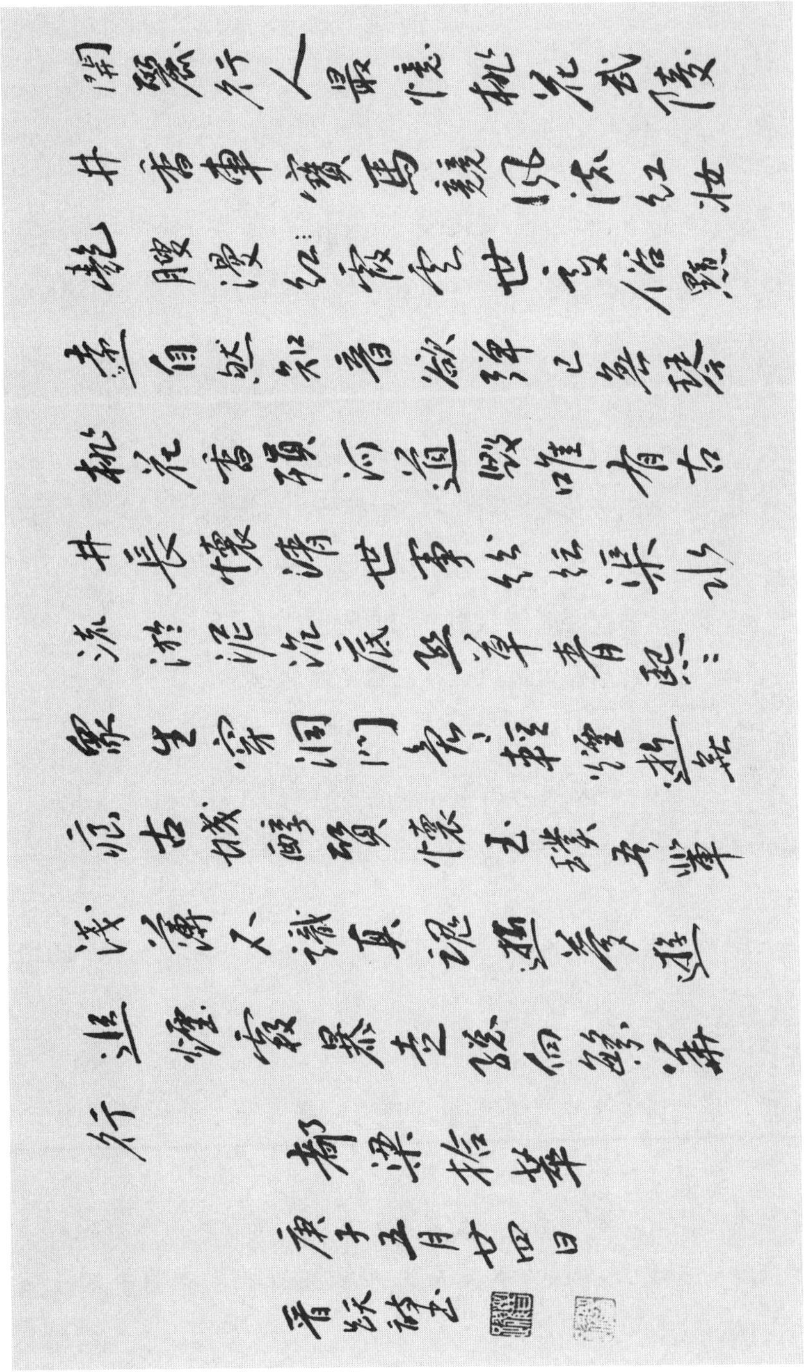

# 塔[1] 神

挽江掣鳌气凌云，赧水[2]绕城丰托坪。
错失花塔[3]羞比萨，幸有云山[4]福地永。
王侯走马千年城，城墙厚实护大成[5]。
军塞要津传故事，屈原陶侃[6]过留名。
吾辈盛世赏风景，白鹭依水恋塔影。
星逐月移豚[7]过江，日照光霰珠[8]炫顶。
缘江闲踱宜碧澄，瞻塔诱怀源根情。
古城雄蕴存文宗，老塔沧桑见精神。

2020. 9. 15

**注：**

①塔：指武冈凌云塔，矗立赧水河畔一岩石上。江水至此折洄成潭。后奔托坪垅而去。石如巨鳌。

②赧水：江名，发源于广西资源十万大山，统经武冈入资江。

③花塔：与凌云塔互为姊妹塔，其斜度超过比萨斜塔，可惜毁于“文革”。

④云山：位于武冈古城南，为全国七十二佛地之一。

⑤大成：大成殿。曾经诸侯王宫。

⑥屈原陶侃：屈原流放经此地过雪峰山去溆浦，留有渔父亭。陶侃曾为武冈县令，为政清廉，留有手植银杏双株，于大成殿前，枯而新发。

⑦豚：指月照塔影。

⑧珠：塔顶一串铜铸佛珠，金光映日。

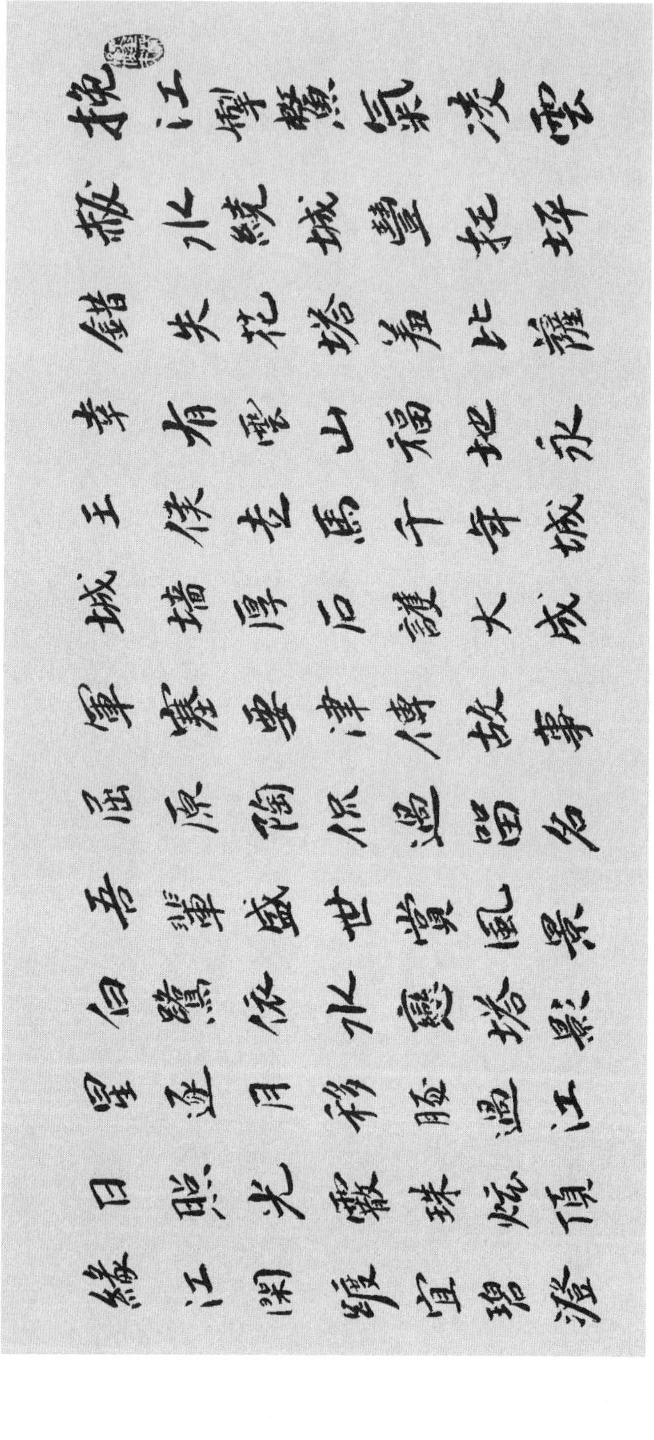

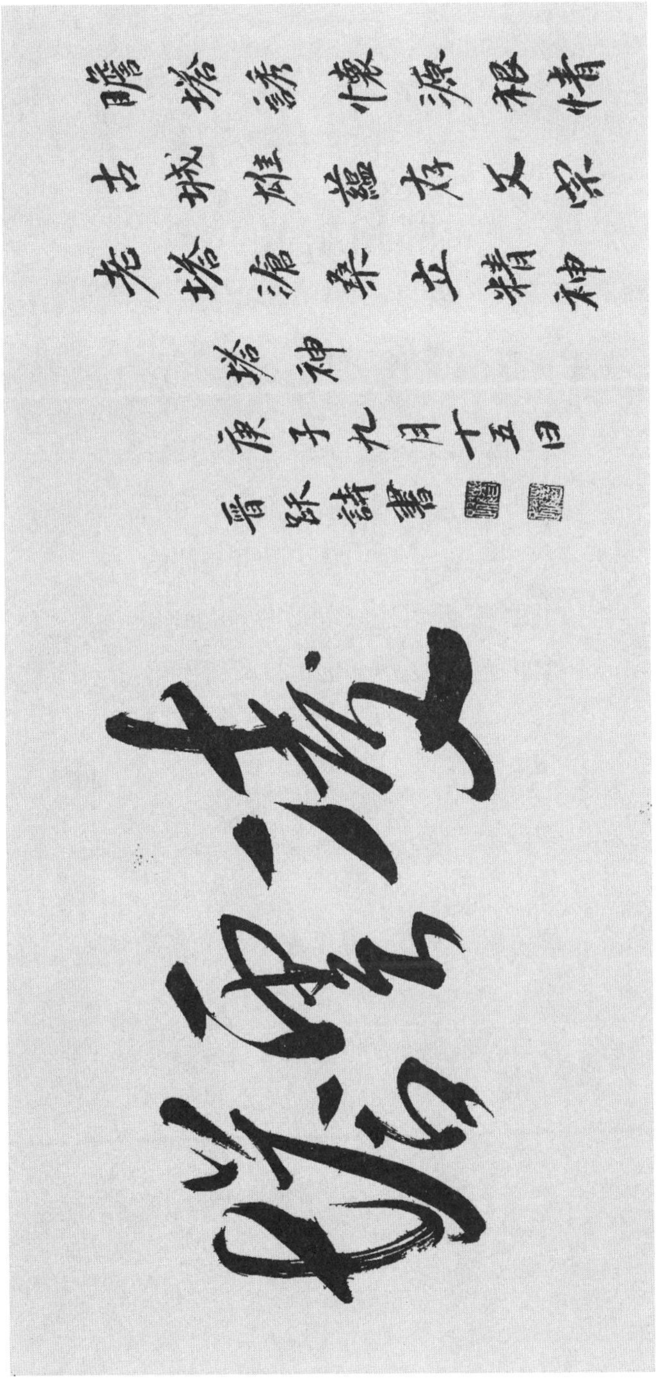

# 郴州旅舍[1]

曾经孤馆闭少游，桃源望断千古忧。
含泪踏莎问潇湘，橘井[2]香泉不解愁。
而今苍山文迹留，慕名瞻仰寻仙佑。
白鹿[3]苏仙[4]羽化去，太极瑜伽平民寿。
福地度凡成圣境，盛世维命康乐筹。

2020. 11. 25 于郴州

**注：**

①郴州旅舍：位于苏仙岭内，当年秦观被流放曾居此，写下名作《踏莎行》。

②③④橘井、白鹿、苏仙：为传说故事遗迹，与旅舍相伴。

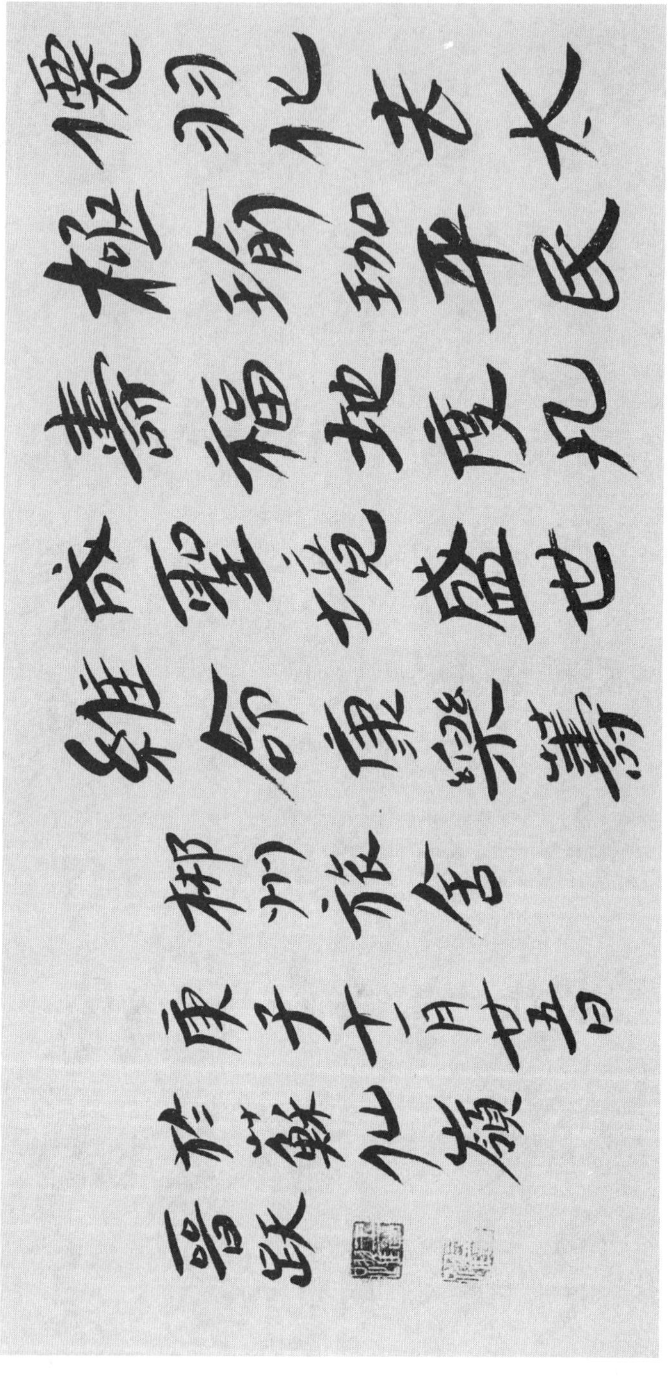

# 濂溪寻真

赭石卧龙伏骏马，青崖立山昂狮首。
书院坐堂虬龙腰，故居涵渊道山靠。
一垅收秋冬田黄，一脉理学开心尧。
园田小塍踏枯草，先生足迹此地留。
老农前坡浇菜地，黑狗院巷摇尾蹓。
翠竹扶风绿阴坡，公鸡鸣时还报晓。
我与先生隔千年，物语濂溪同一舟。
荷池花谢根犹在，枯叶垂卷挂旧帽。
水浊泥污不改性，季来重开依然娇。
感悟先生不染道，教诲如虹架天桥。
阴阳太极适宇宙，义理神思日月昭。
逸志静修时光好，廉溪清明帷幄筹。
坠地开天独一脉，汇入潇湘成大流。
中华现代易天帜，渊源功勋一席留。

2020.12.1 于周敦颐故居

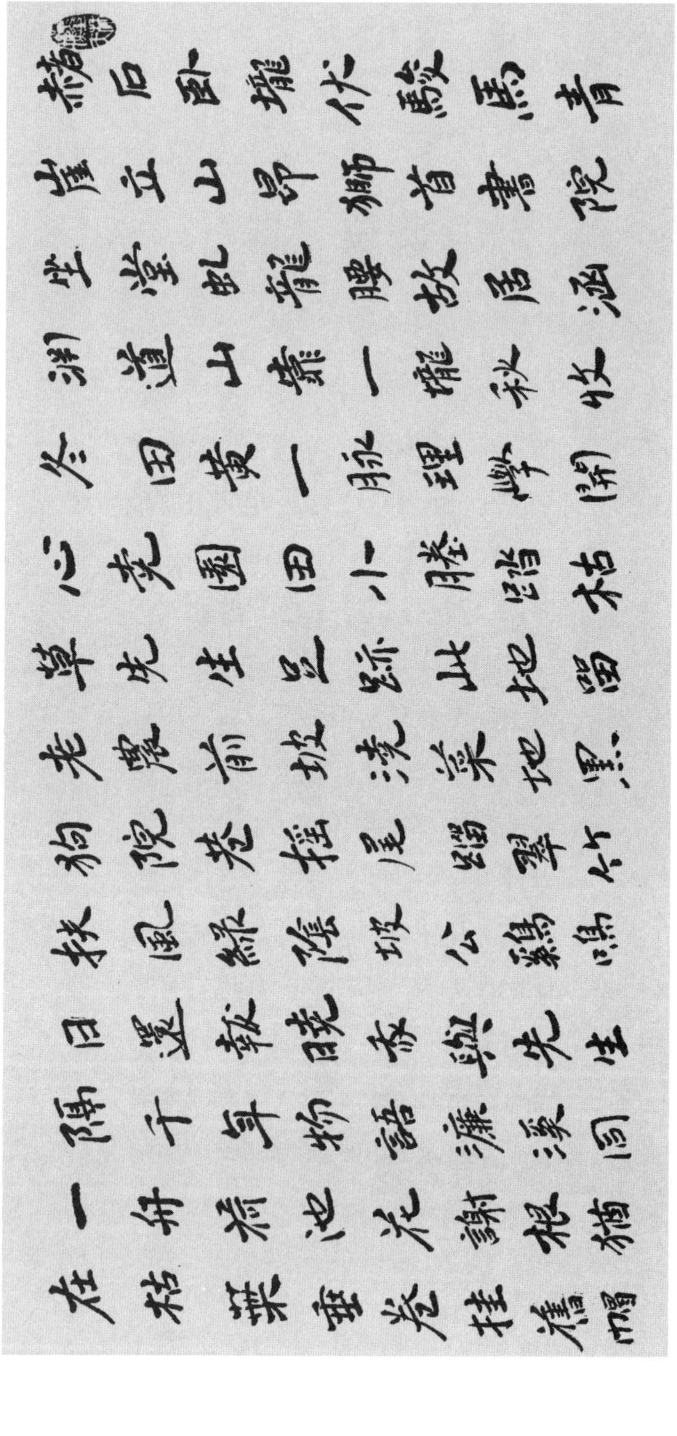

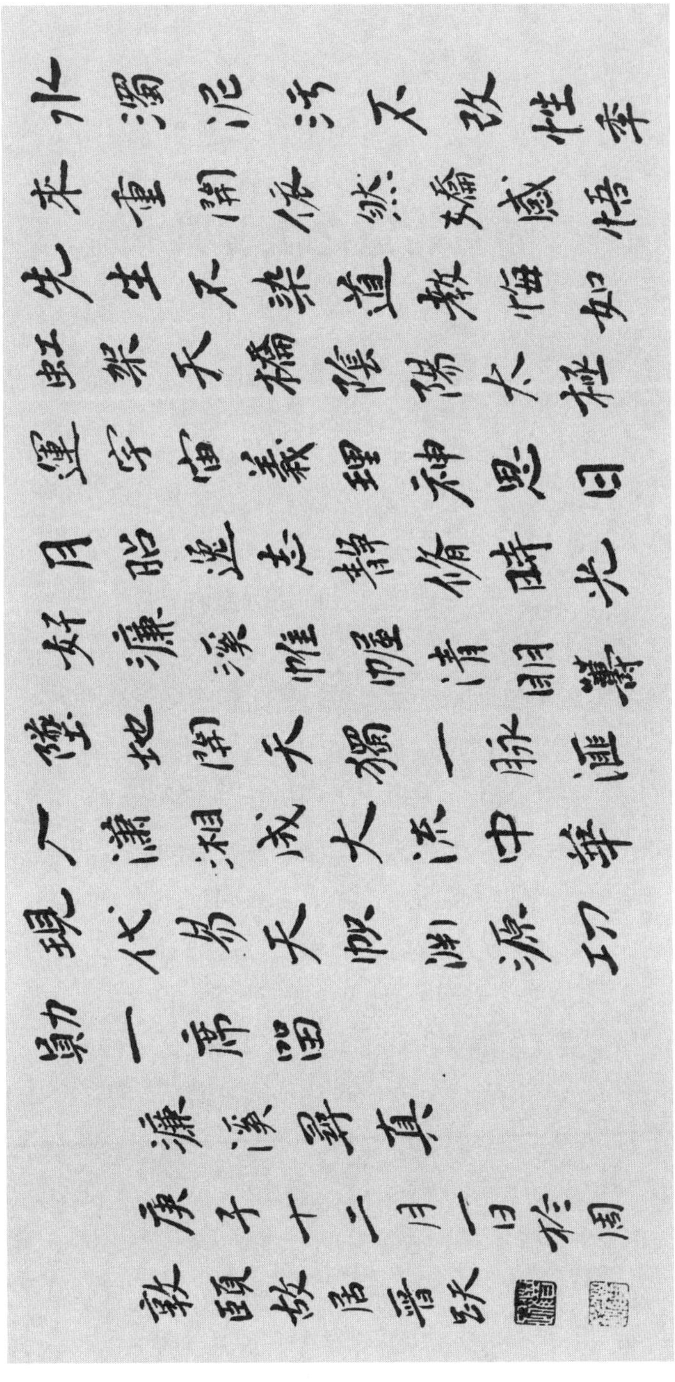
水濁泥污不改性季
來重開依然嬌感悟
先生不染道教悔如
虹架天橋陰陽太極
運宇宙義理神思日
月貽遠志靜脩時光
好濂溪惟幄清明籌
墜地開天獨一脈滙
人瀟湘成大流中華
現代易天帆渊源功
勛一席留
濂溪尋真
庚子十二月一日於周
敦頤故居晉跃

# 潇贺古道之上甘棠①

曾经车马熙熙攘，而今野草寂寂荒。
长身已被山吞没，甘棠厚古留一段。
岁月磨洗青石亮，踏石走进千年巷。
脚叠古印寻遗迹，心向悠远数时光。
中原岭南此道牵，古驿见证历史煌。
始皇铁军从此过，“忠孝节廉”②文天祥。
南来北往宦贾客，道上青石慨而慷。
昂山狮伏亦无语，老树瘤结苔衣旺。
寺院钟声风捎去，石寨毁摧乱石岗。
汝为默默负重路，今人古人同过往。
石泱青光日月光，石形正方大地方。
谁说驿道成弃子？尔却守责至今忙。
更沉厚蕴释华夏，复兴垫基渊源长。
人世沧桑山河永，今路壮阔古道扬。

2020. 12. 2 于江永

注：

①上甘棠：千年古村落，位于湖南永州市江永县。

②“忠孝节廉”：四字为文天祥所题，摩崖石刻于甘棠村头。

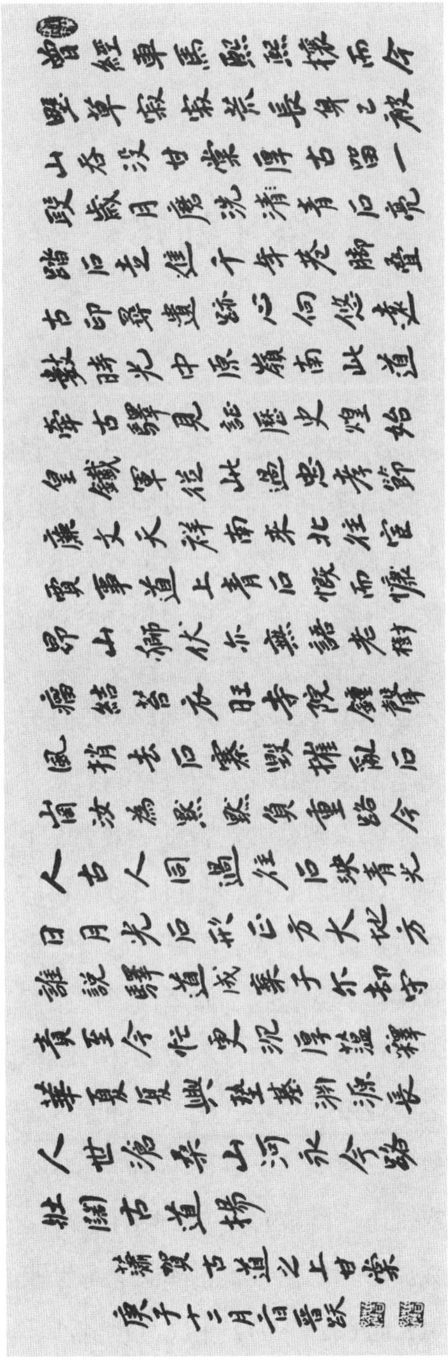

# 俗凡刘邦

项羽刘邦争楚汉，历史大戏古今谈。
朝朝演绎角不同，乾坤回环转江山。
英雄末路空悲叹，开天辟地有俗凡。
贪财好色市侩气，谋事用兵众慧智。
能屈能伸大丈夫，弃儿弃父小三仔。
空袋骗食无赖客，醉酒斩蛇披神衣。
博洽俗亲平和身，慷慨赏赐人心齐。
兵不如人善将帅，智过平常重谋士。
两千佳丽逛楚围，七日白登诡秘计。
先入咸阳封府库，深藏野心蓄民意。
真骗趁势毁盟约，假孝借风树旗帜。
可怜项羽一身力，不敌刘邦几赖皮。
名成业就诛功臣，宫煌姬丽宠戚妃。
色迷执意换太子，老来糊涂祸水弥。
衣锦还乡醉歌舞，游子感怀苍酸泣。
威加海内思猛士，恩泽父老惠世赐。
风云时代云飞扬，平民乱世驰沙场。
大浪淘尽英雄沙，凡夫登上天子堂。

胜者为王写历史，妙笔正统帝子降。
追世寻根逐炎黄，定格尧舜后裔张。
俗凡华丽转血统，帝王天生渊源长。

2020. 8. 2

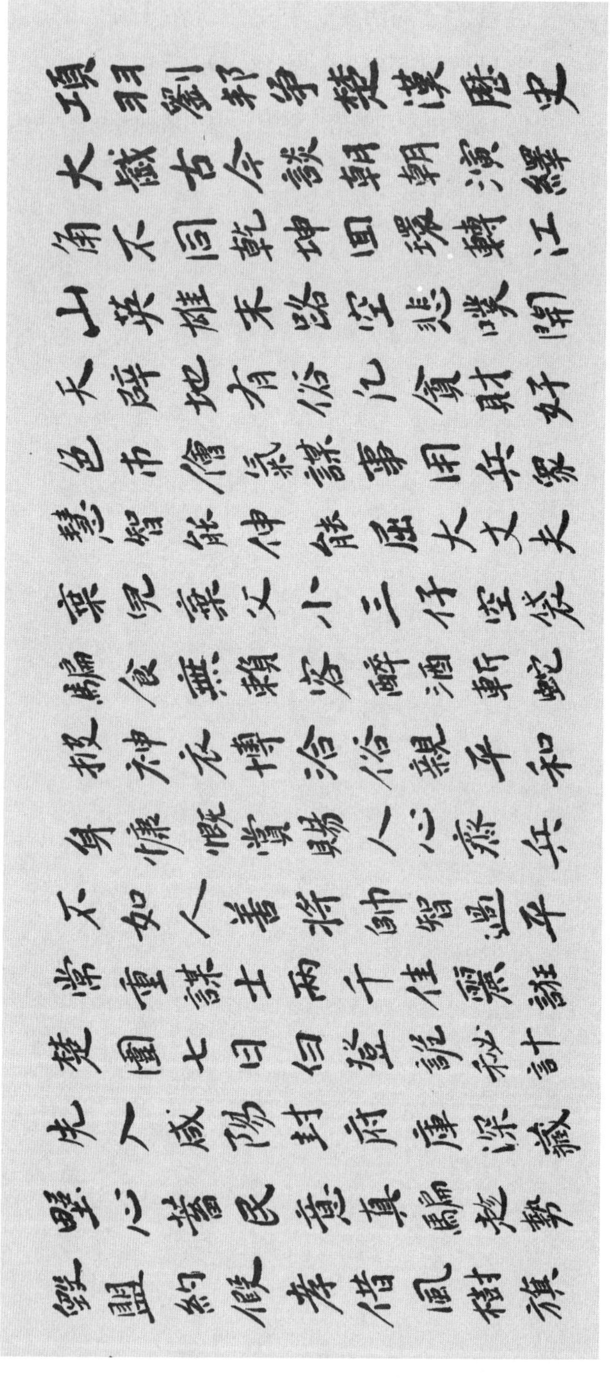

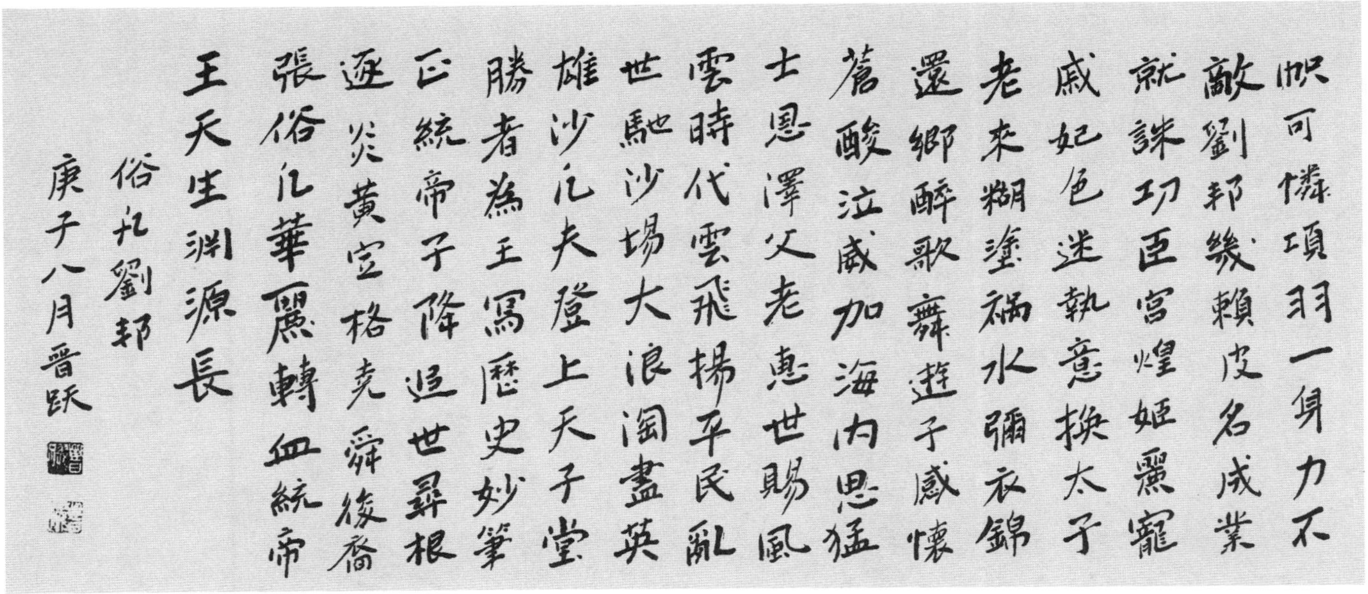

慨可憐項羽一身力不
敵劉邦幾賴皮名成業
就誅功臣宮煌姬羆寵
戚妃色迷執意換太子
老來糊塗禍水彌衣錦
還鄉醉歌舞遊子感懷
蒼酸泣感加海内思猛
士恩澤父老惠世賜風
雲時代雲飛揚平民亂
世馳沙場大浪淘盡英
雄沙几夫登上天子堂
勝者為王寫歷史妙筆
已統帝子降逗世彝根
逐炎黃宣格堯舜後裔
張俗几華麗轉血統帝
王天生淵源長
俗礼劉邦
庚子八月晋跃

# 吕 后

称制启女先，抑惠[1]扶幼承。
漠刘封诸吕，机谋换朝姓。
共汉糟糠亲，妒宠蛇蝎心。
人彘古今无，幽帝诏疯昏。
情牵刘吕间，功薄难御臣。
可怜訏谟[2]志，却遭族难深。
天不假年事，已惑梦不醒。

**注：**

①惠：汉惠帝。

②訏谟：《诗经》句："訏谟定命。"訏，大。谟，计谋。

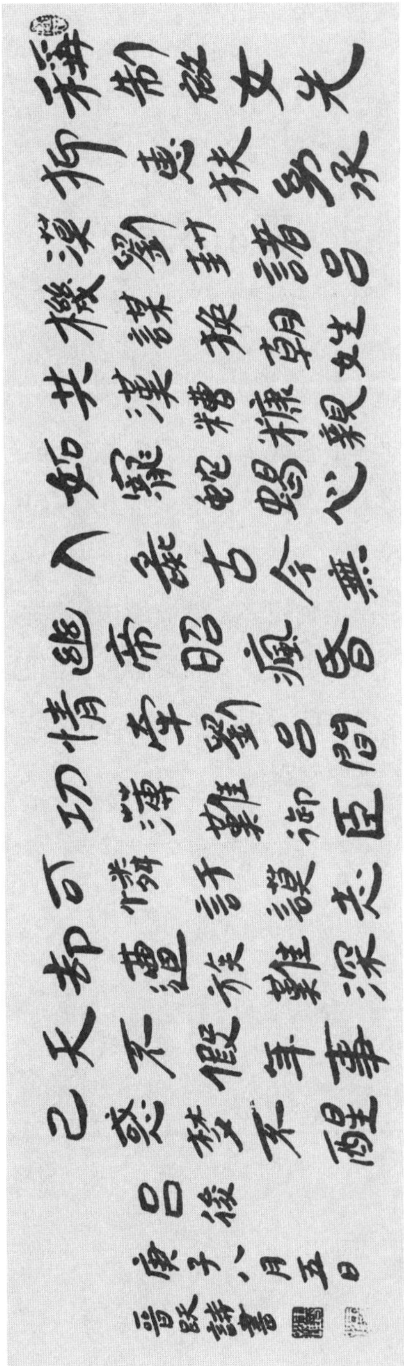

# 惠洽文帝

代地逸王忽天子，长安纷乱力推辞。
又将太子让诸王，危难承业稳根基。
务本兴农富寿老，惠洽和亲安社稷。
躬耕籍田勤祀祭，桑植绩彷短褐衣[①]。
依山为陵倡薄葬，面灾思过省自己。
恤民遣侯免丞相，举贤纳谏修官吏。
无为蕃生延汉胙，之治馀泽饴世裔。

2020. 8. 6

**注：**

①“躬耕”二句：文帝亲躬耕田，皇后亲躬种桑纺织，为省布身着黑色短衣。

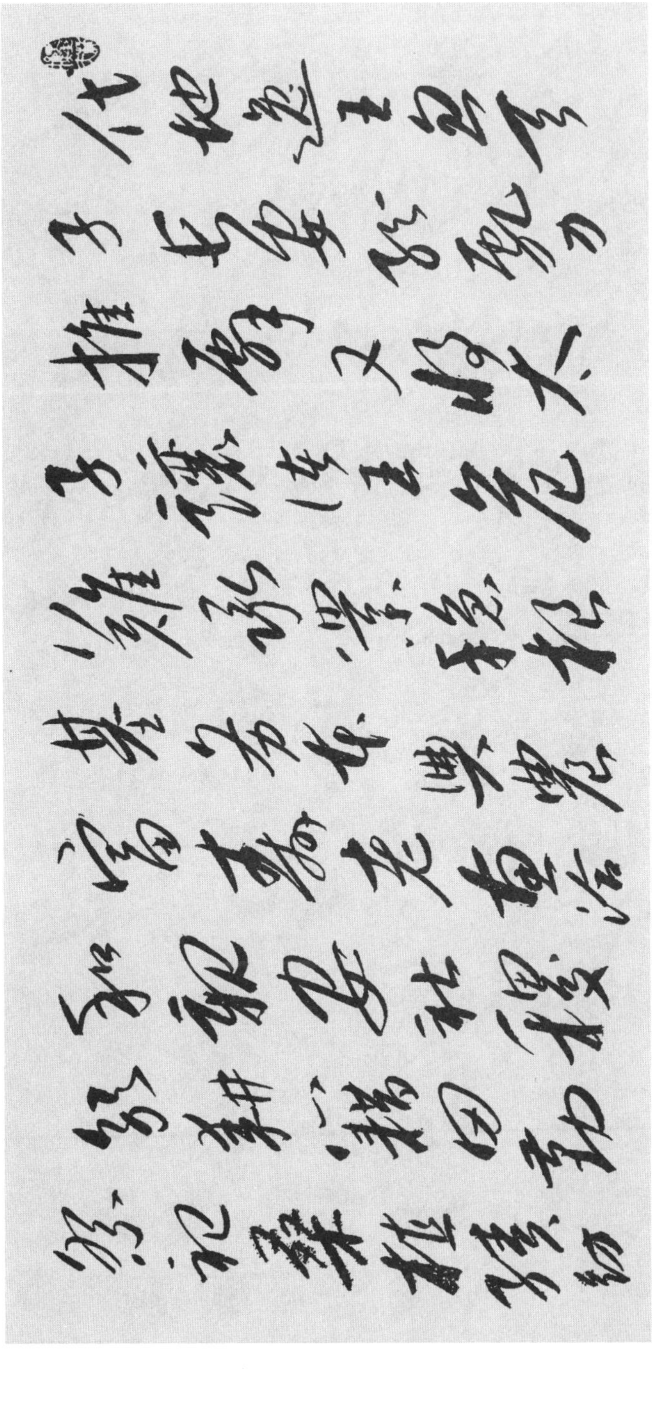

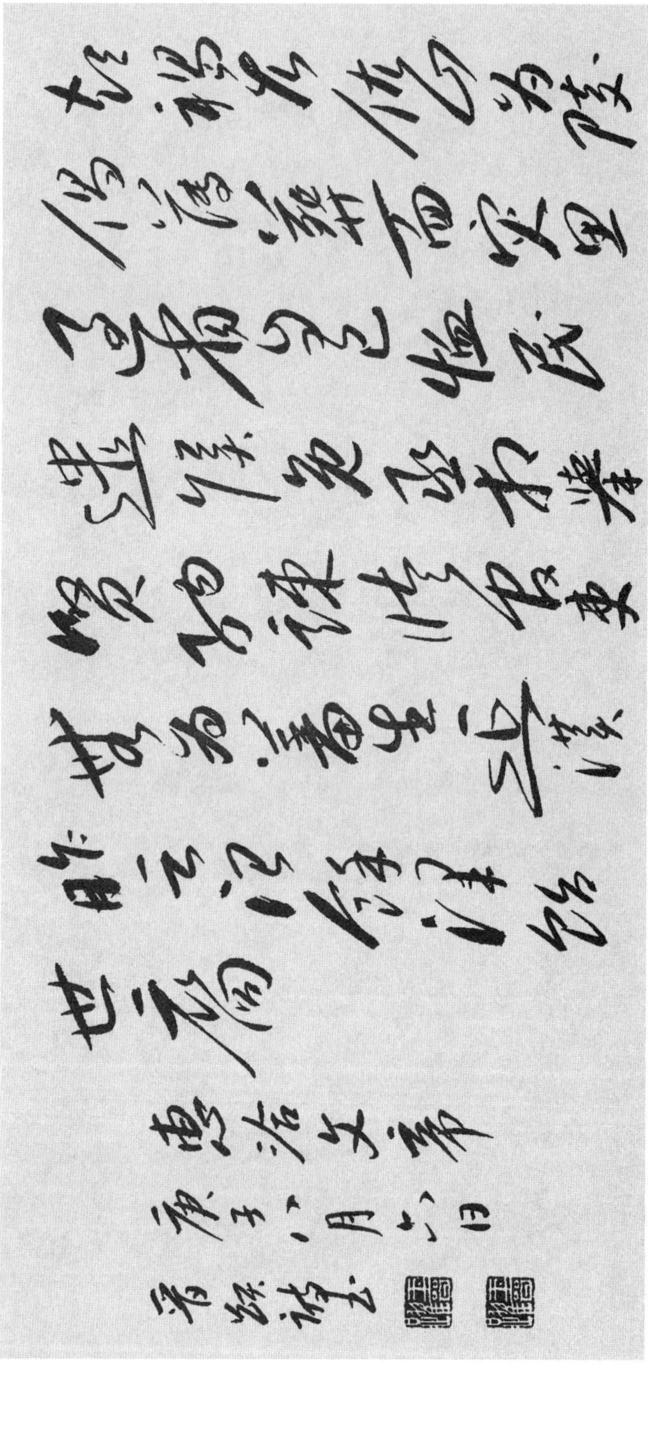

# 豪威武帝

尚武独尊天下一，挥戈豪征兵不疲。
南越朝鲜匈奴王，俯首贡奉伏其惟。
少年得志张胸臆，良将萃雄扫顽敌。
君臣亲洽合时势，华夏广域定历史。
大好河山巡游驰，高歌禅封慷慨赐。
弘业显祖兴社稷，蓬莱漫求重方士。
文景厚积水推沙，百姓战徙落荒饥。
居位半百太子忌，家庭祸乱无奈力。
立幼诛后避吕患，却将臣强帝弱启。
从此王权旁落臣，终致江山姓转移。

2020. 8. 10

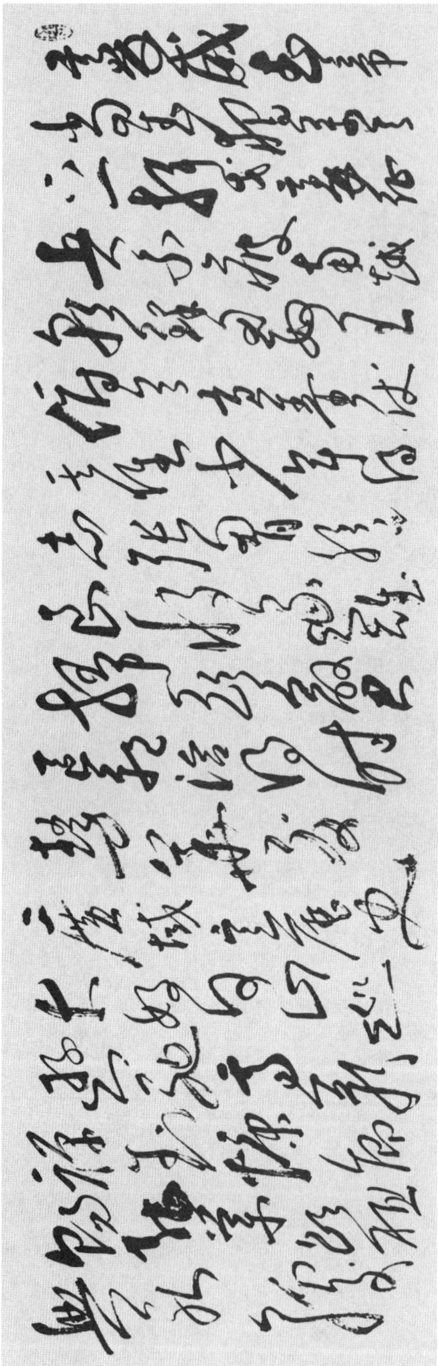

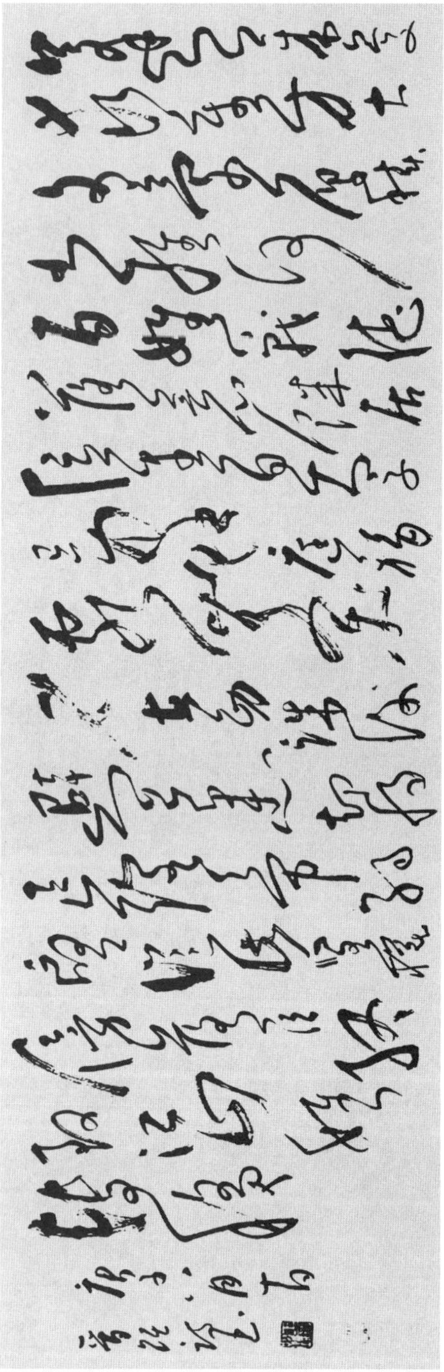

# 庸昧元帝

宽善素仁元元亲，简宫俭食悠游勤。
国事无主委朝政，询策晦昧花言信。
奸佞肆邪累绶印，忠谏匡扶被谗命。
天语咎失春秋灾，京房切明终不醒。
匈奴骄嫚祸边疆，昭君出塞复和亲。
可怜宣帝力中兴，弱子难继衰微倾。

2020. 9. 3

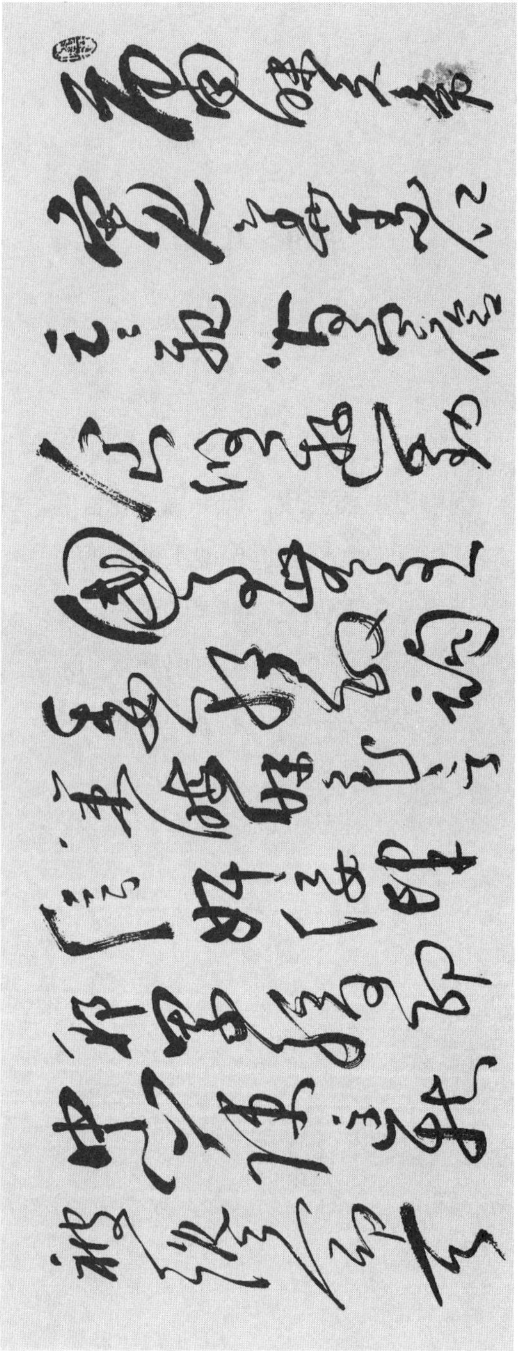

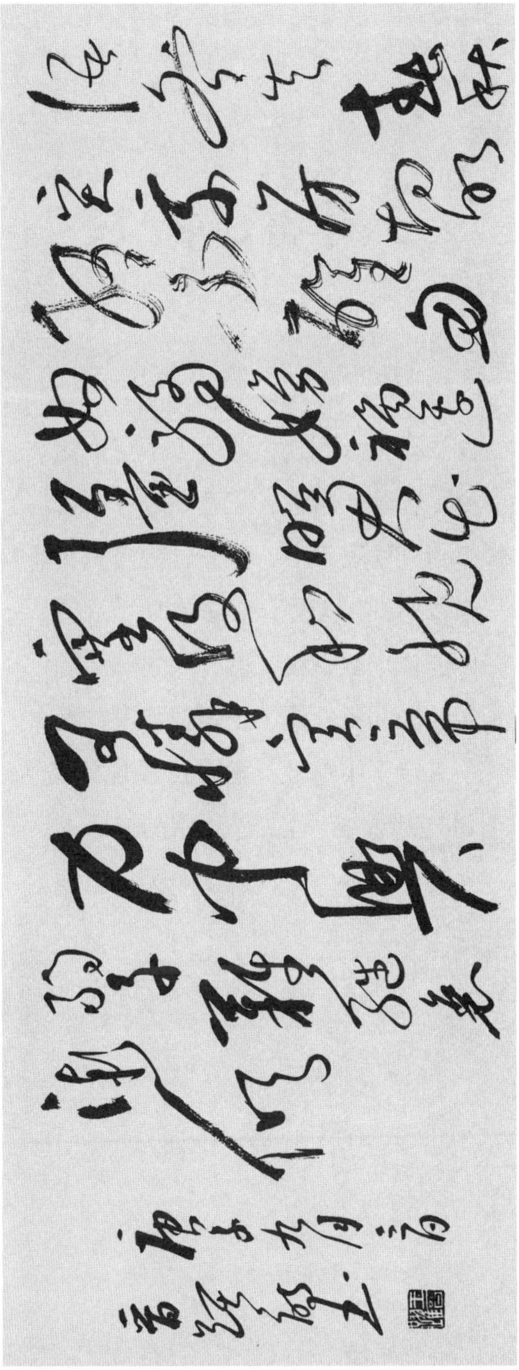

# 平帝难平

九岁登基十四亡，名为天子空坐堂。
皇太临朝代帝诏，王莽秉政总百官。
广封列侯安汉宗，慷慨国赐得民赏。
崇周尊孔奉先圣，褒善显功孚众望。
休征释刑减赋税，倡礼兴学颂声扬。
帝幼力弱成侩儡，臣强威赫汉祚断。
从来帝王不定姓，谁得天时谁人享。
刘氏庸惰守不住，王氏乘势机谋上。
强者得志写历史，风云一页有王莽。

2020. 9. 8

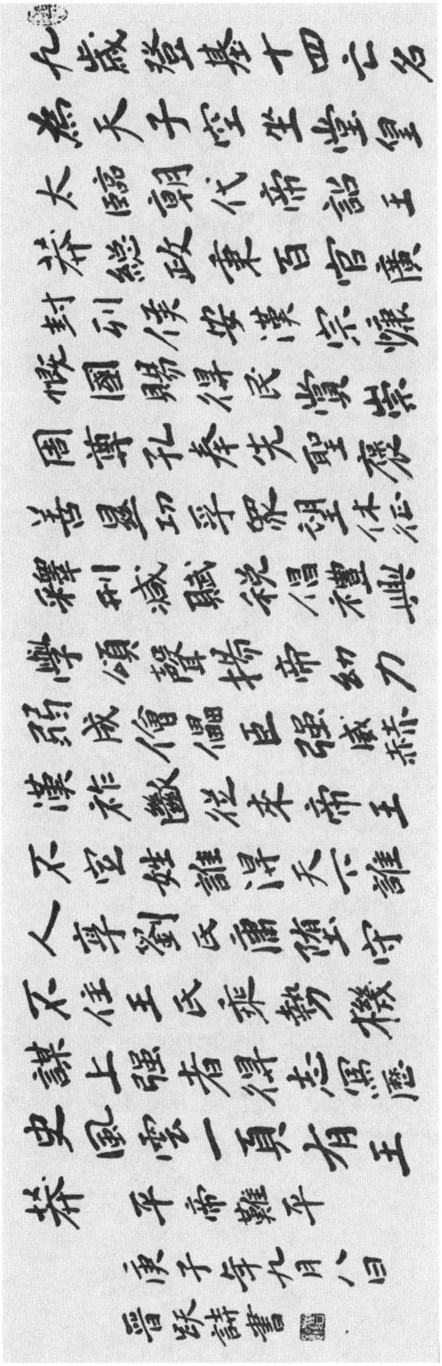

# 王莽改市

汉固民俗久成弊，改朝变制太心急。
繁币廿八民愦乱，旧钱五珠通买市。
强令[①]魅御废失业，挽颓官置五均司。
东南西北合京畿，浮游弃耕赋税植。
专营盐铁与酒肆，奸吏滑民钻禁私。
外寇内盗共天灾，猪突豨勇[②]匪难支。
可怜焦虑脱汉困，官民俱竭得亡次。

2020. 10. 31

**注：**

①强令：当时为阻旧钱流通，官府设特务抓捕，导致市场萧条，百姓失业，为推动经济，又专设五均司管理工商税务物价之市场机构。

②猪突豨勇：囚徒、人奴。当时被广泛招募抗寇。因其本性难改，管理不善，终致全败。

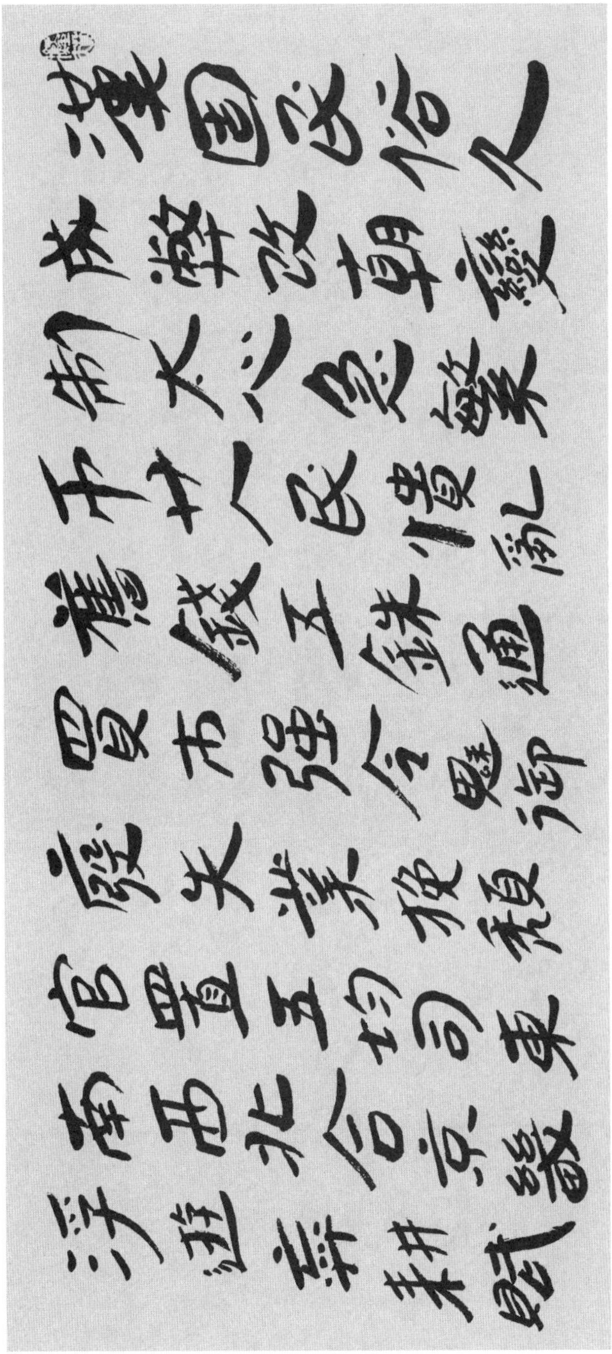

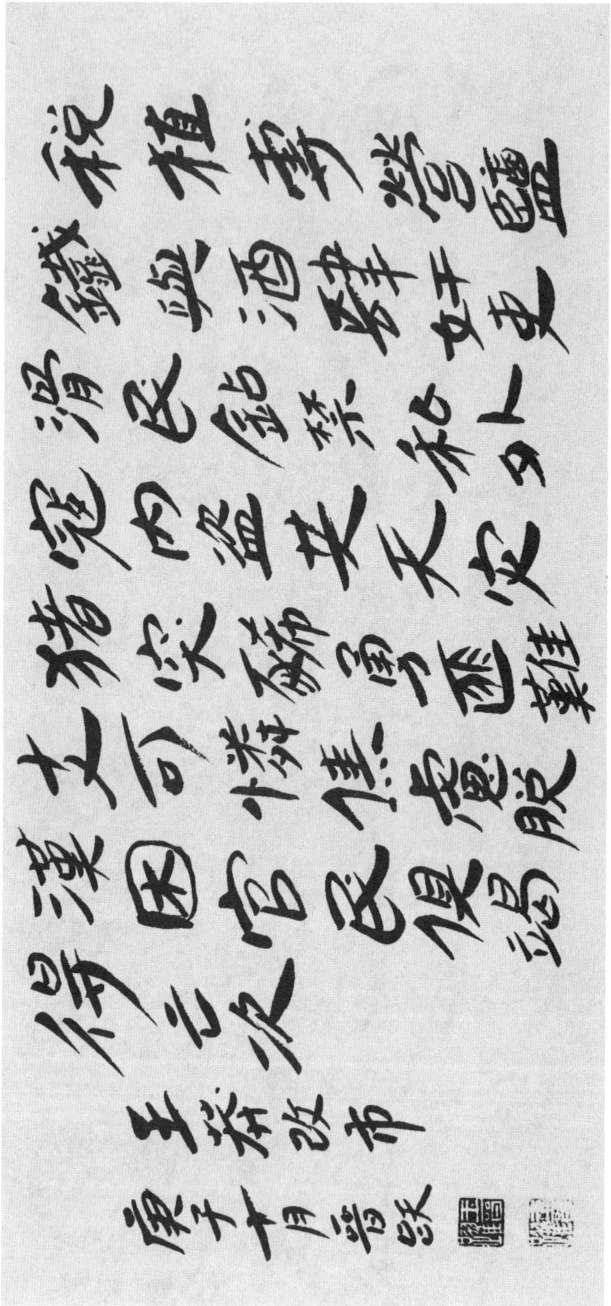

# 梁武帝

旷代宏博学识富，亘古慈俭笃亲佛。
半百坐朝社稷安，一朝陨落自难顾。
断鱼[1]止食不禁奢，日昃至勤无感赎。
善诚释恶毁家园，名辱绝祀闵千古。

2019. 6. 30

**注：**

①断鱼：不吃鱼；止食：少吃。梁武帝以此作则，力行节俭。

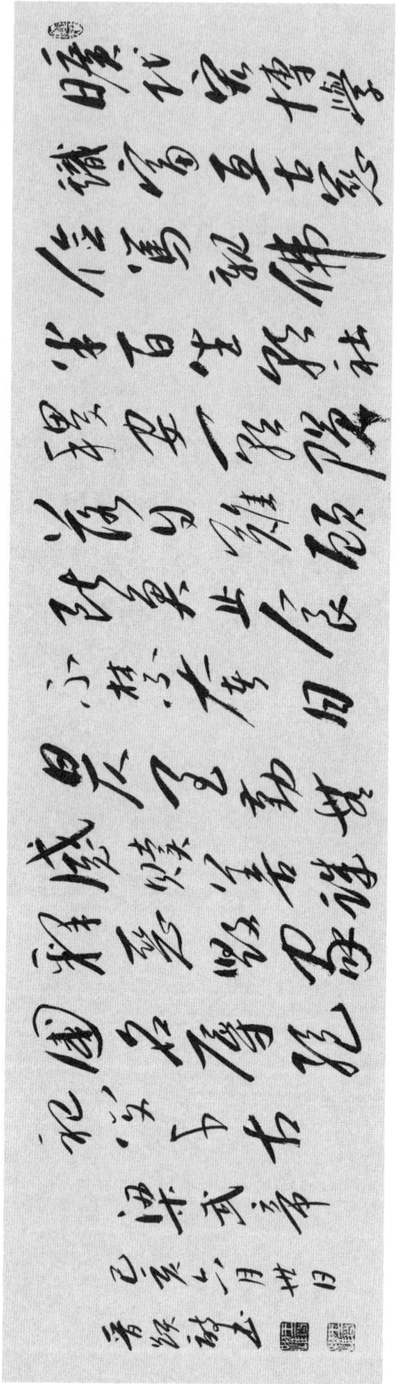

# 读岳飞《满江红》

金樽千年对晚秋，落霞数点山河忧。
夜阑重云掩明月，酒醒甲帐吟白头。
贺兰山缺胡虏嚣，风波亭里英难了。
忠义不敌奸佞恶，满江红泪万古流。

2020. 1. 21

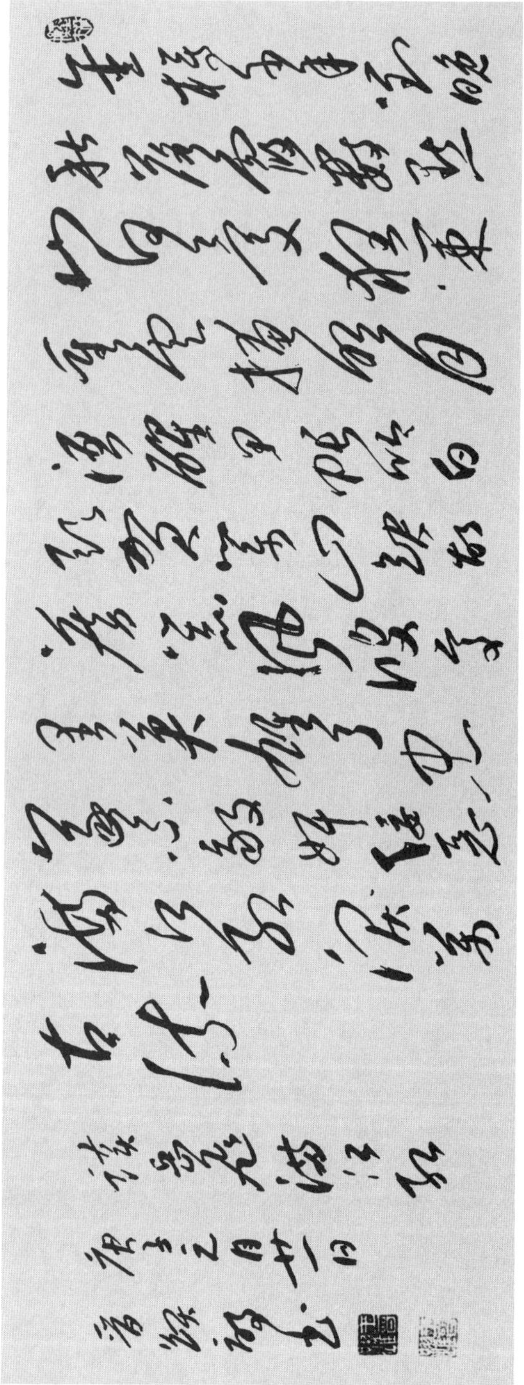

chapter 04

# 乡韵

书表诗魂

# 泡桐[1]素韵

两山并游龙上天，一垅带行蛇蠕前。
浓墨泼谷成豪画，绝壁擎峰见云线。
清溪落涧随势转，村道伴流溪水边。
老树古藤竞发绿，木屋洋楼参差点。
白马系缰南山麓，黄牛犁雏芳草甸。
麻鸭戏水清潭里，公鸡唱时桑树巅。
柿子映天红似火，稻穗铺垅黄金田。
野菊散漫随处开，蜂蝶逍遥舞蹁跹。
鹧鸪翠鸣林幽深，素心物化释自然。

2017. 9. 11

注：

①泡桐：即泡桐村，属洞口县花园镇。

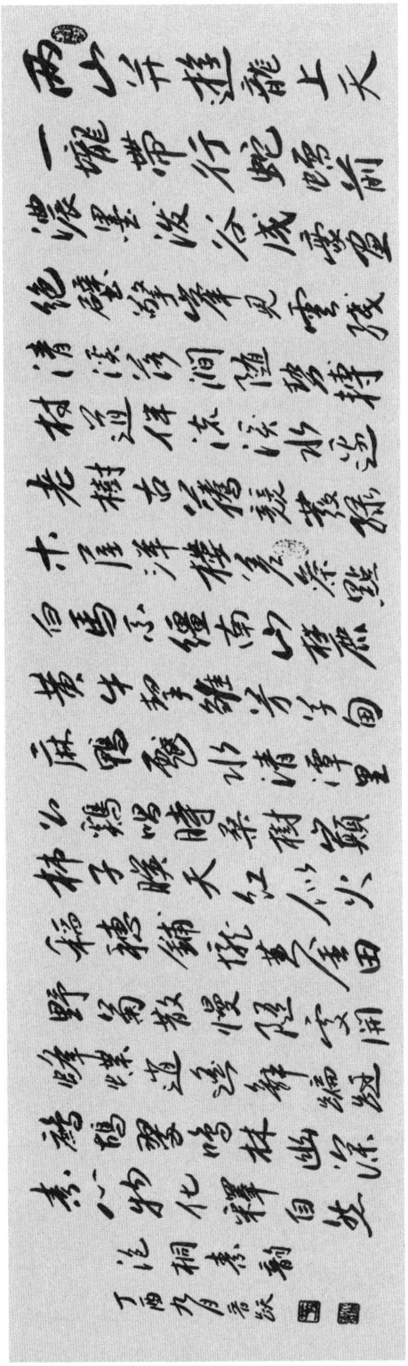

# 曾八[1]宗祠遐想

春服[2]浴咏舞雩沂，逸雅放歌伴蓼湄[3]。
儒风拂心越时空，孝感动天贯古今。
帝王推崇仕人倡，平民乐陶俗俚行。
厚重历史华夏载，精深文化意蕴沉。
书画诗文抒胸臆，碑匾楼阁述远馨。
俊杰俱会崇圣阁，曾祠博宏续传承。
圣贤德韶人不老，天地道化肇永恒。

2018. 12. 18

**注：**

①曾八：曾子。孔子弟子曾皙的孙子，宗祠为曾氏后裔所建，位于湖南省洞口县高沙镇。内有曾子原像复塑，原像已毁，此为孤本。

②春服：化《论语》子路曾皙冉有公西华侍坐句：曾皙答孔子问：莫春者，春服既成，冠者五六人，童子六七人，浴乎沂，风乎舞雩，咏而归。

③蓼湄：即蓼水与湄水，是流经高沙镇的两条河。

# 雪韵二首

## 一

纷纷飞花落无声，皑皑白原一夜成。
枕和被暖人不知，帘开窗进新画岭。
欢足轻履吱深印，暖手团握吁气蒸。
万木冻缩水独流，嫩芽破土根犹伸。

## 二

黄柚白帽挂绿枝，绿树披蓑垂银须。
茫原一统皑皑白，青山两色峰谷序。
村屋静娴盖棉絮，飞鸟逸恂争鸡黍。
人围火炉身心暖，焙酒畅饮丰年曲。

2018. 12. 31

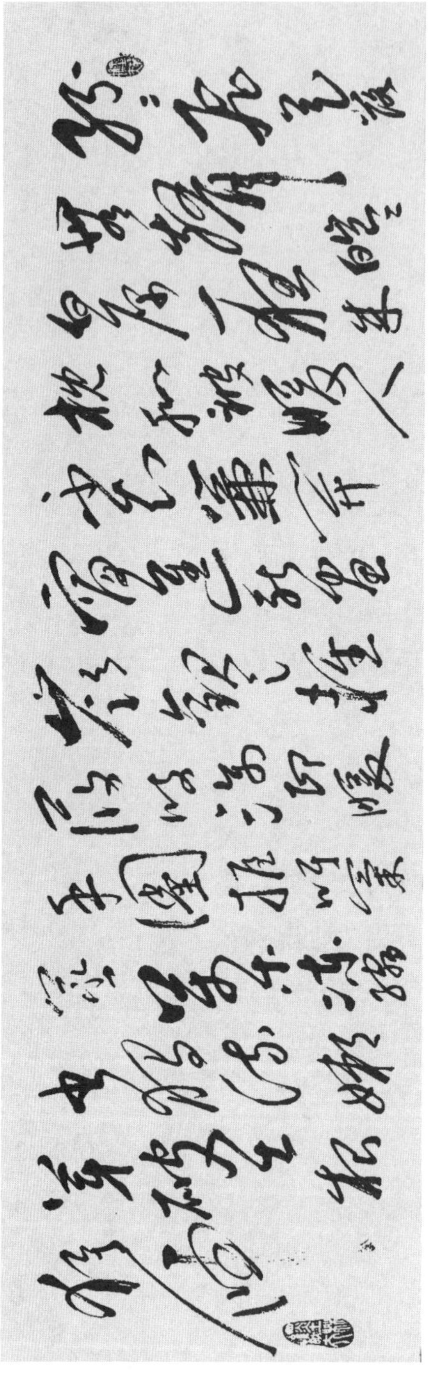

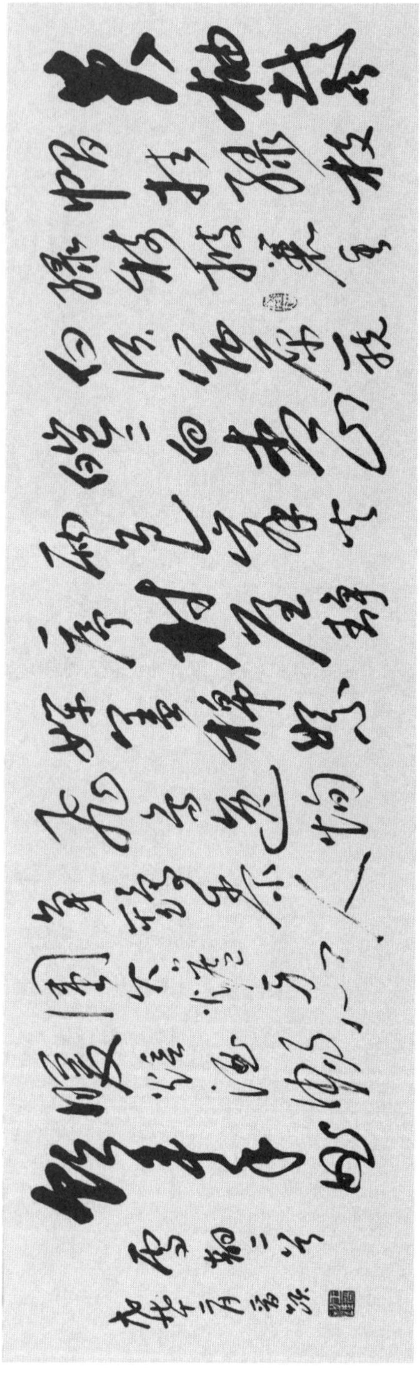

# 冬至日思

天阴雨湿着风凉，木叶摇落画地黄。
冬至无寒岁无雪，遥忆屋檐冰棱长。
高脚撤邦[1]乐骑塘[2]，簸箕卧雪[3]罩雀欢。
尔今童稚题海淹，春夏秋冬季不换。

2018. 11. 7

**注：**

①撤邦：儿时一种游戏，骑着木制高脚相互碰撞，先落地者为输。

②骑塘：冬天池塘结冰，可骑高脚行。

③簸箕卧雪：儿时游戏，雪地里撒上谷麦，鸟雀来食，即松绳放箕将其罩住。

# 暮超美[1]

雪峰山逸走飞龙，超美坝横箭穿垅。
晚霞奇著火烧云，秋水素涵漫天红。
幼蛟[2]稚戏衔落日，婚纱[3]轻飏留晚钟。
俗地凡库豪奢艳，仙诗神画自然风。

2018. 12. 20

**注：**

①超美：即超美水库，位于洞口县高沙镇茶铺，建于“大跃进”时代，当年有超过美国之想。

②幼蛟：云形似小蛟龙，映入水中其嘴正对落日影。

③婚纱：晚霞中一对新人着婚纱借景抢照。

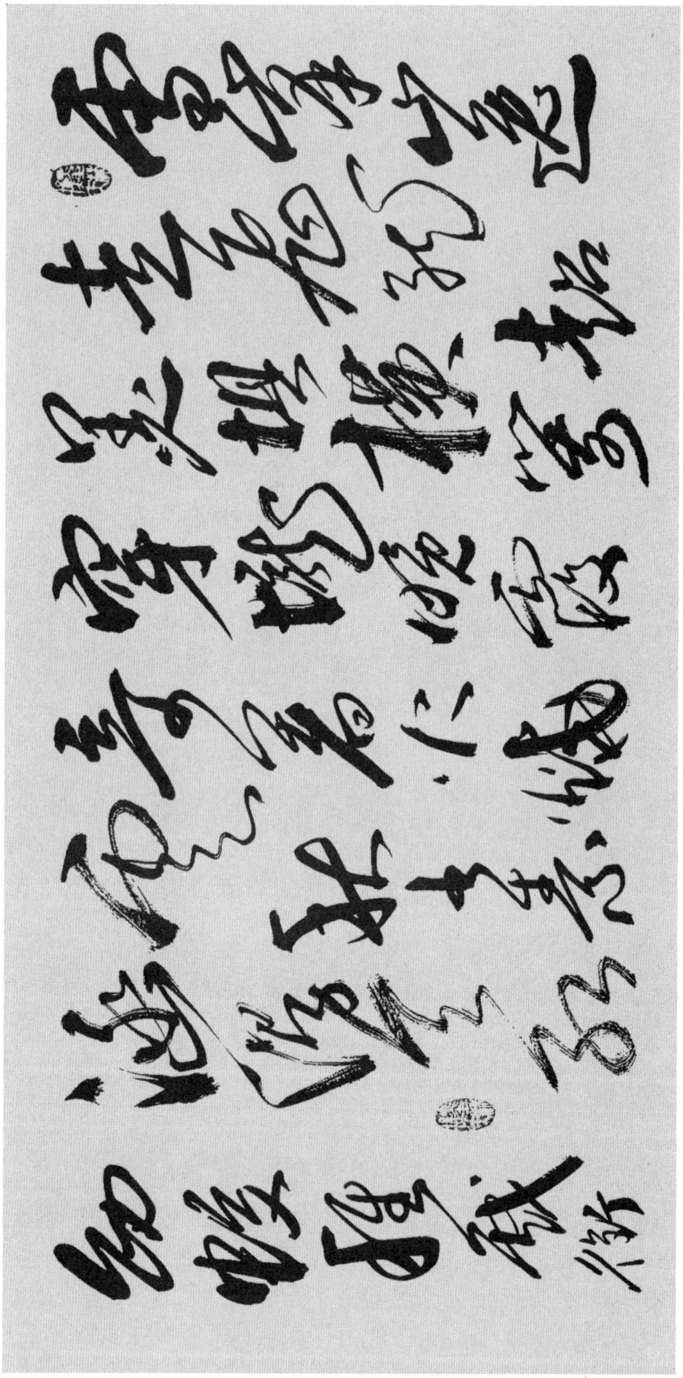

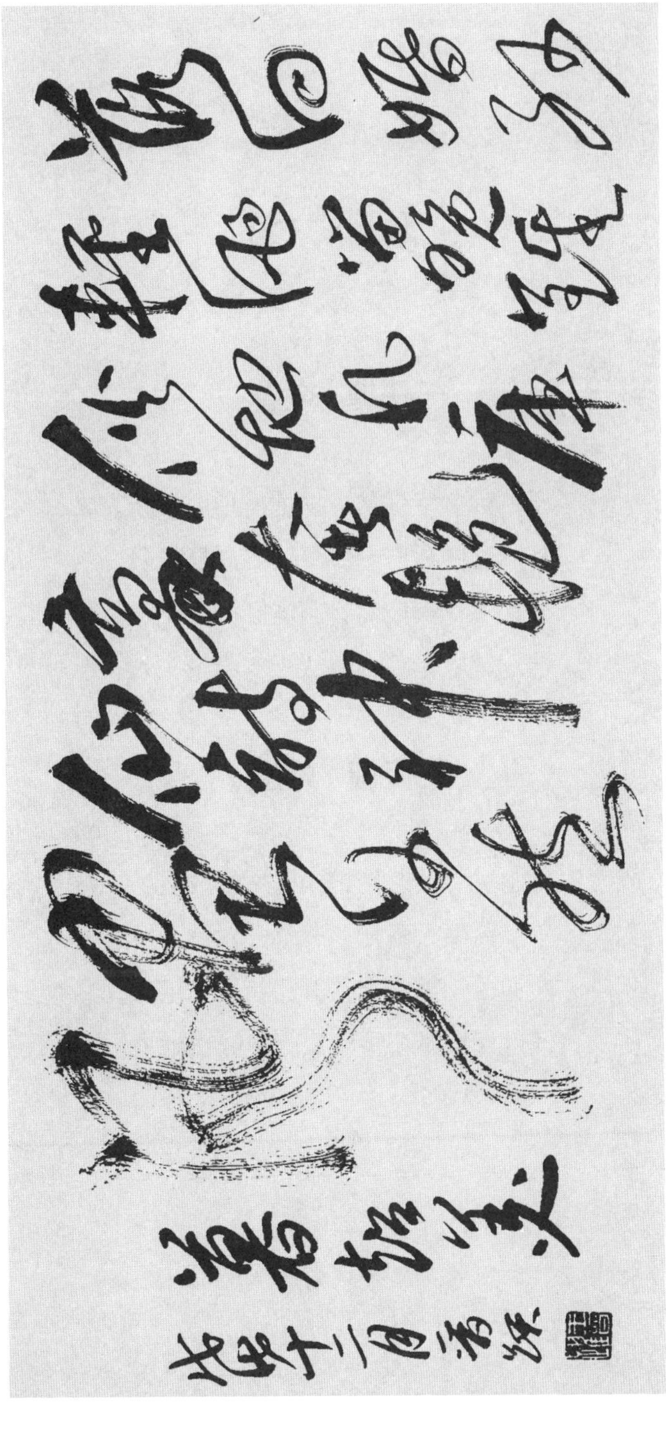

# 乡变二首

## 扶塘[①]今昔

千古荒僻幸扶贫，扶塘瘠地今日新。
村道通衢村府霸，翠峰高居群峰敬。
坐地桃花满坡盛，落涵健场蛟龙腾。
挹形览胜指江山，故土宠养带头人。

## 荷塘[②]兑生

荒山秃岭莫悲伤，天作用处成机场。
千年荷塘人不知，一朝开发神飞扬。
航通九州惠众享，群迁新居承祖芳。
何道天地不公平？只因自贱贵他乡。

2019. 4. 9

注：

①②扶塘，荷塘：村名，属武冈市。

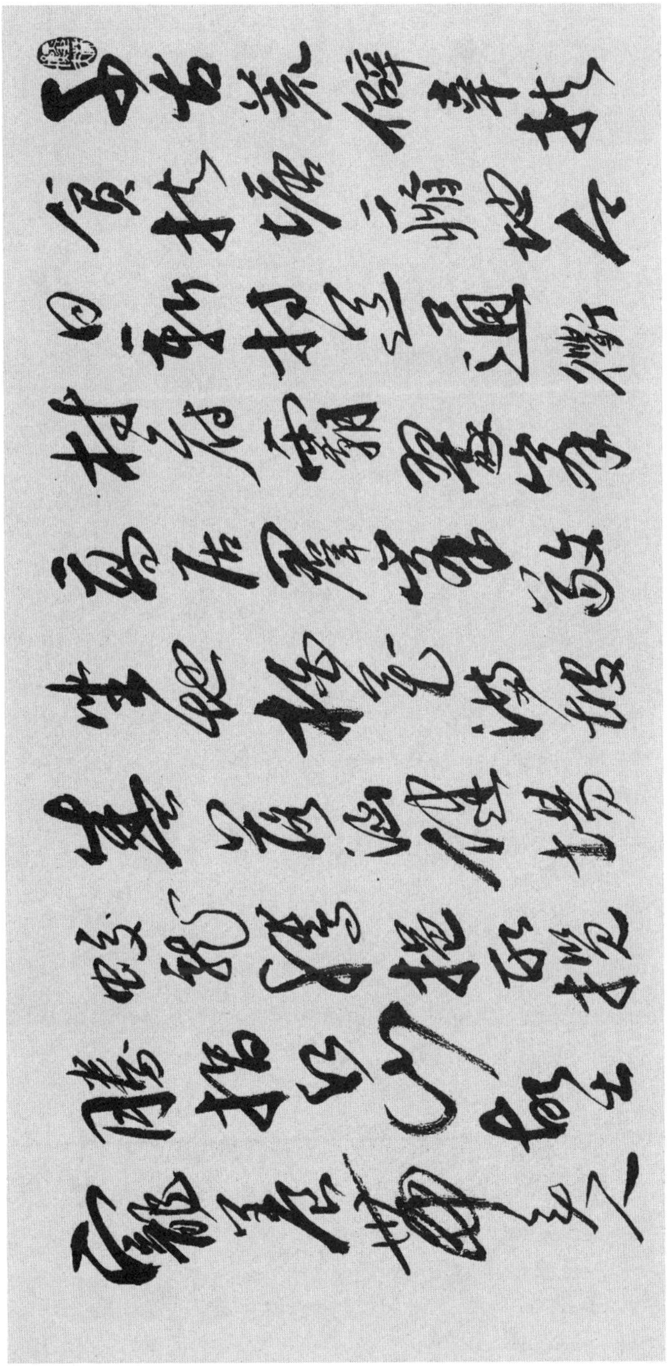

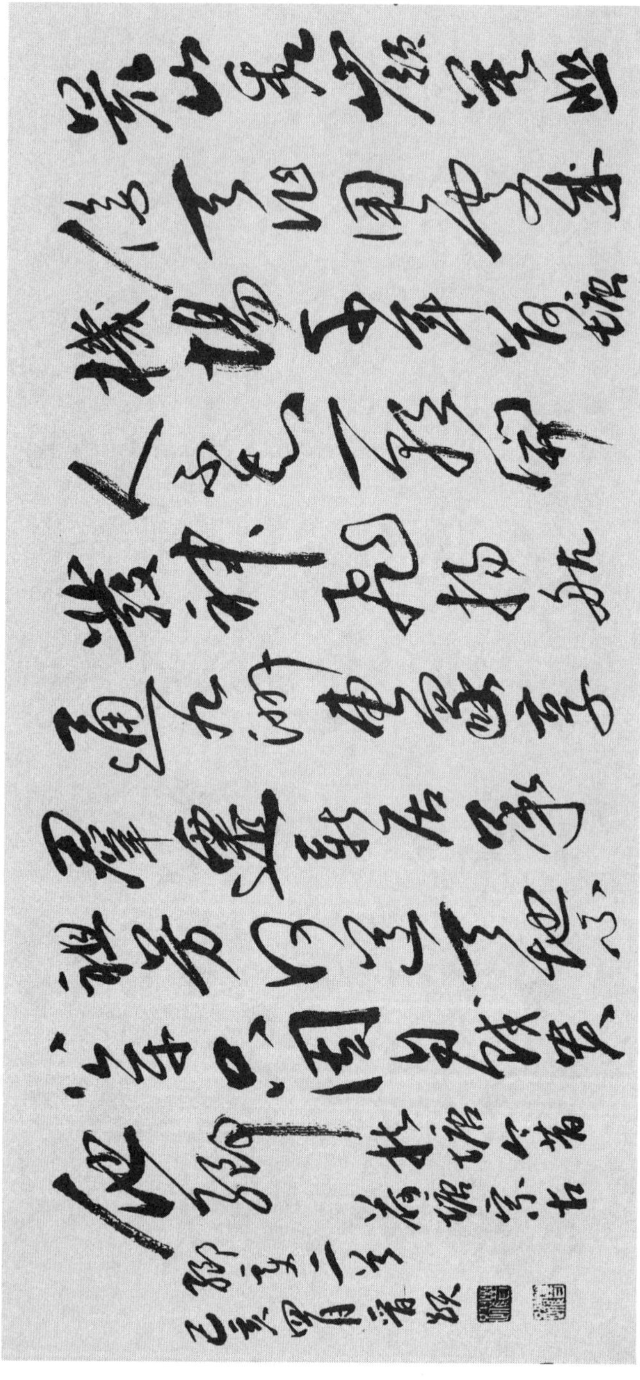

# 山村冬眠

东山树结镜，西岭涵太清。
浩空星光稀，围垅水田明。
鸡鸭归笼眠，月出鸟不惊。
狗吠夜行影，河流电机鸣。
山村摇篮梦，婴儿安清宁。
母慰呢喃语，自然大爱真。

2018. 11. 23

# 云 雀

雨云天，云雀高飞，湿羽回低，奋翼难升，然不离不弃，誓出云外，终至力竭而坠。

天暗布云阴，厚密织雨霖。
云雀奋高飞，矫健入苍冥。
羽湿重回低，力搏难抬升。
鹏问尔何为？出网有光明。

2019. 6. 17

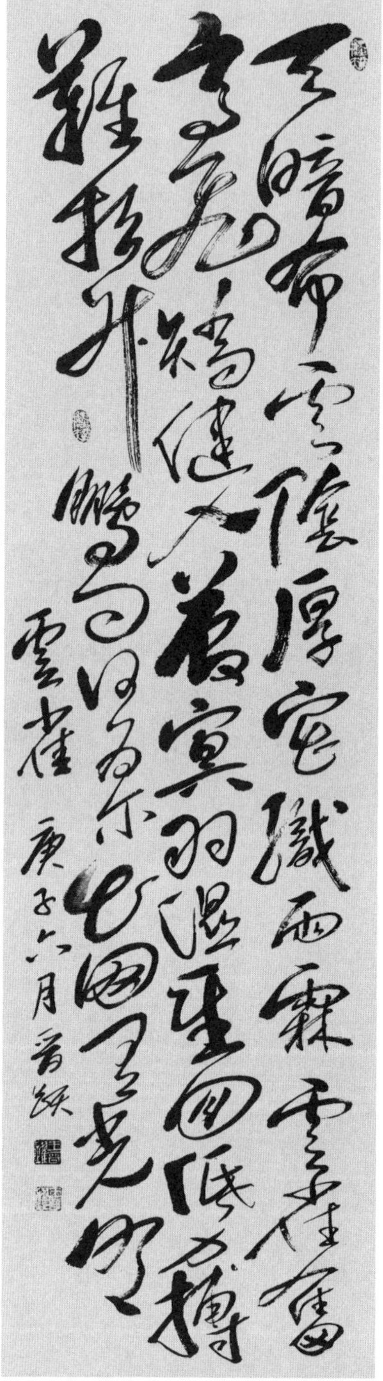

# 采

——古楼[1]抒怀

## 一

三月茶山开，绿波荡成海。
红妆摘浪芽，素绸画神采。
一叶滴翠香，漫山流佳酿。
岚浮碧海帐，云白蓝天缎。
御园灵秀展，贡茗古楼尝。

## 二

久厌城里居，乐寻山野趣。
缘径入草色，茶园沁心绿。
青峰云林谷，澄溪野花竹。
顺道宜采撷，山珍遍行处。
毛尖嫩欲滴，新笋锥钻土。
鸡犬高迎客，灵境峰巅聚。

## 三

山高有人居，木屋伴古树。
正堂衔远山，侧壁傍峰柱。
站骑绿海波，坐看云卷舒。
吮吸香甜气，听闻鸟瀑曲。
城中盒子屋，此地一撮土。
自然天地阔，俗庸不解趣。

2019. 4. 4

**注：**

①古楼：洞口县古楼乡，位于雪峰山深处，山高林密，云雾缠绕，遍种茶树，古为贡品。

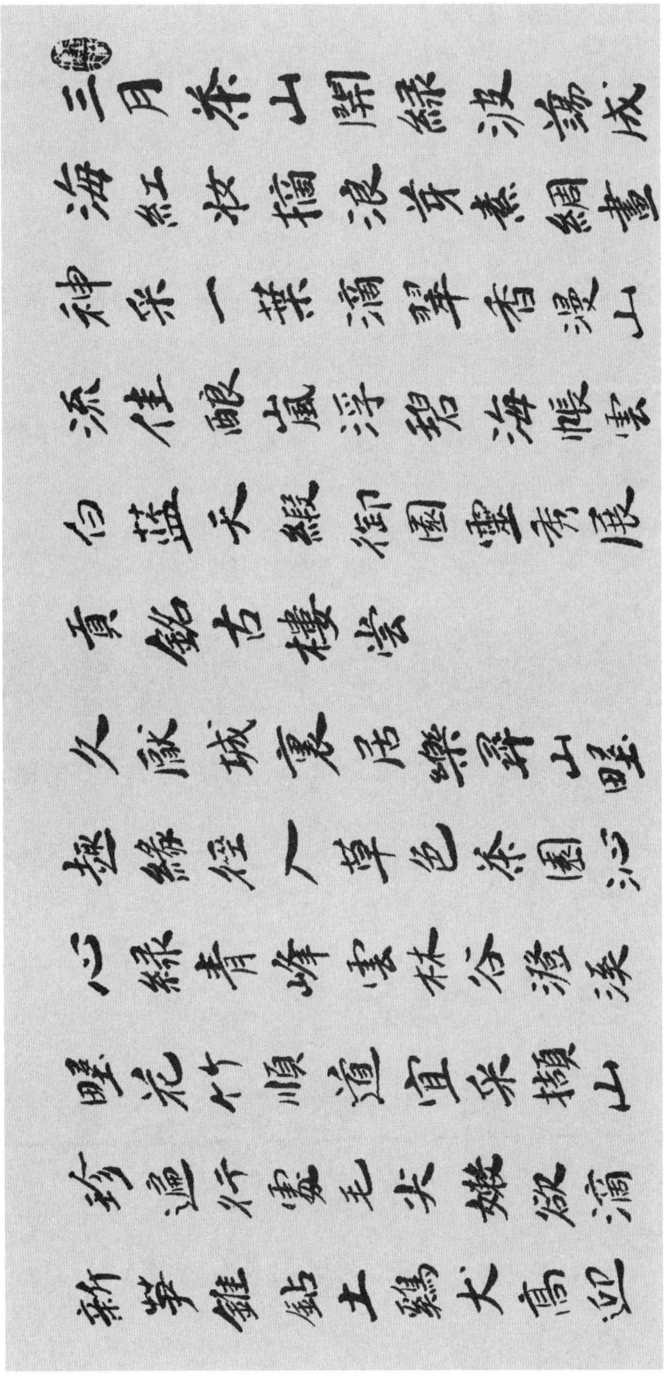

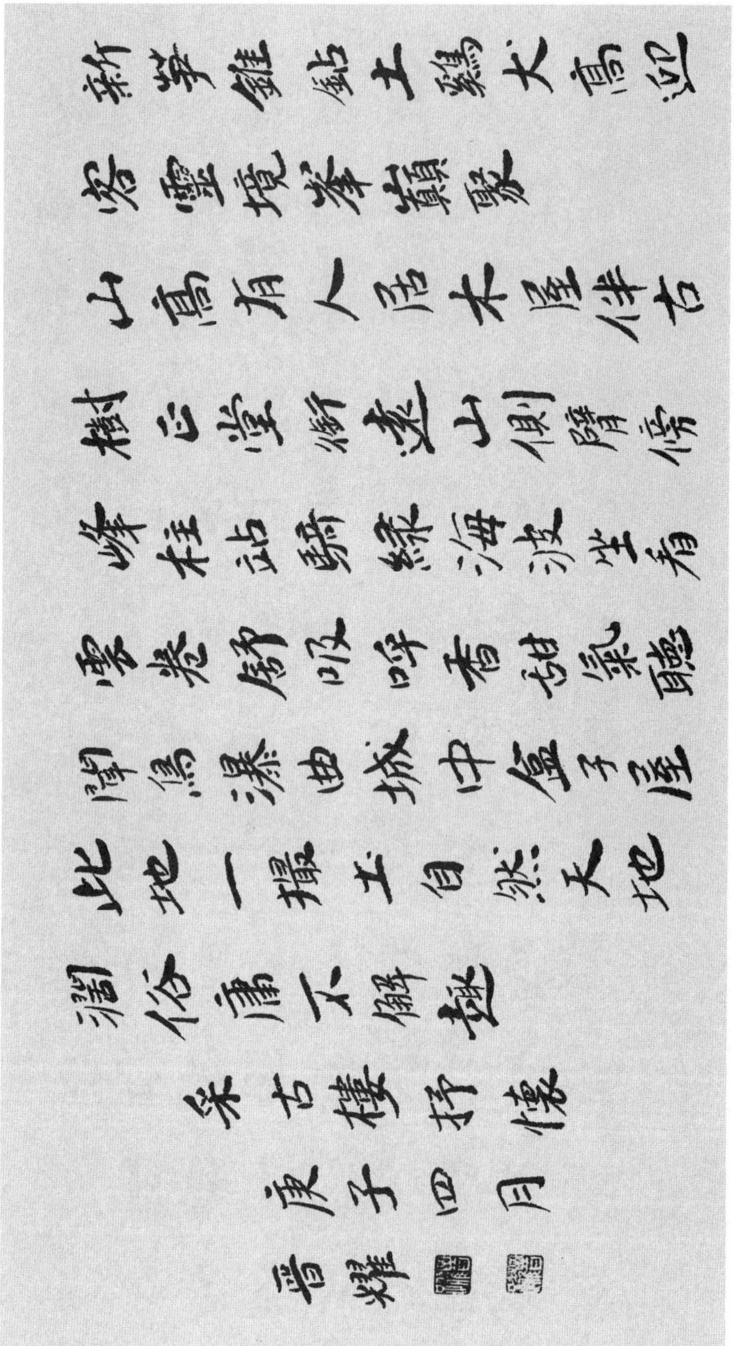
新笋錐鈷土鷄犬高迎
客靈境峯巔聚
山高有人居木屋伴古
樹巨堂衔遠山側臂傍
峰柱站騎綠海波坐看
雲卷舒吸呼香甜氣聽
聞鳥瀑曲城中盆子屋
此地一撮土自然天地
濁俗庸不解趣
采古樓抒懷
庚子四月
晋耀

# 龙从[1]岩水

天生一岩门，泉出青龙奔。
转垅唱流歌，蜿蜒布风景。
冬暖夏凉意，春播秋收成。
旱涝无忧歉，园田倾真情。
一方山谐水，千古水和人。
龙从河流出，人随龙飞腾。
岩水萦地腹，汩汩输精灵。
犀心应素韵，世代万年春。

2019. 12. 29

**注**：

①龙从：地名，即武冈市双牌镇龙从村亦有龙顺承之意。

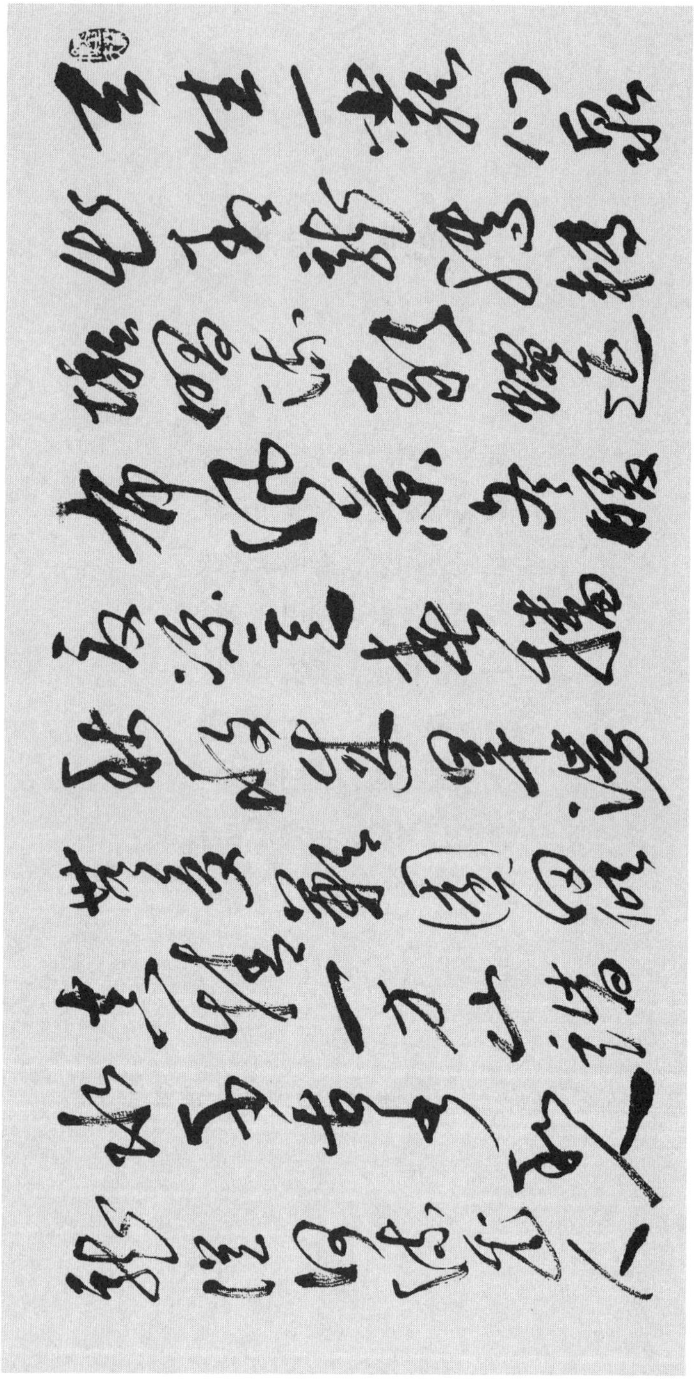

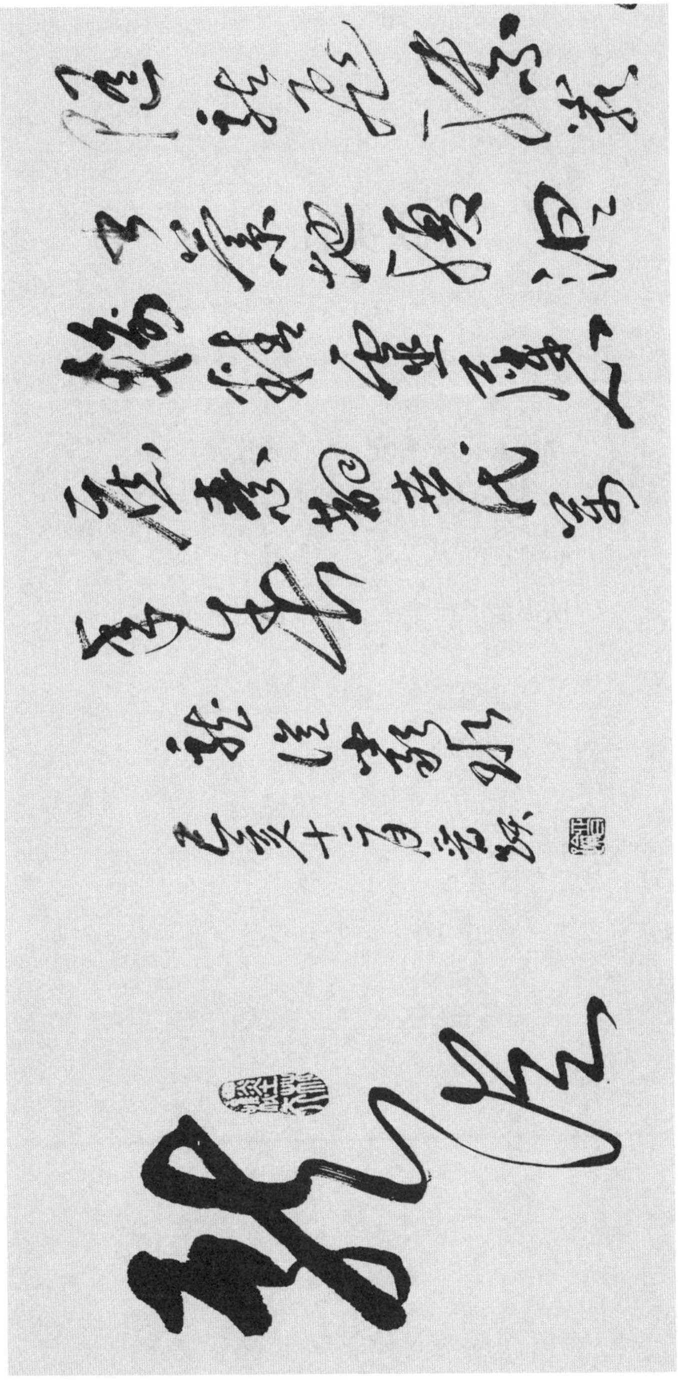

# 扶夷江①

岸行苍樟绿茂稠，坡叠蓬竹亮青釉。
竹排漂流游人唱，江水平碧滟波柔。
半滩白沙半江水，一天澄云一地绣。
扶夷清风拂尘去，万绿丛中将军②约。

2019. 11. 2

**注：**

①扶夷江：流经新宁崀山一条主河流。

②将军：将军石，崀山一景。石拟将军披甲矗立扶夷江畔。

# 黄金牧场[①]登高

青山笼白雾，黄牛啃坡绿。
风电擎天柱，叶茅破穹庐。
村寨连马路，峰峦接云都。
秋风送清凉，暗阳披暖服。
极顶放声唱，远山龙蛇舞。
天开漏酒壶，霞林霰金竹。
仰头接琼液，醉入玉皇府。
与神豪饮宴，撞倒黄金屋。

2020. 10. 13

注：

①黄金牧场：位于湖南新宁县黄金乡。

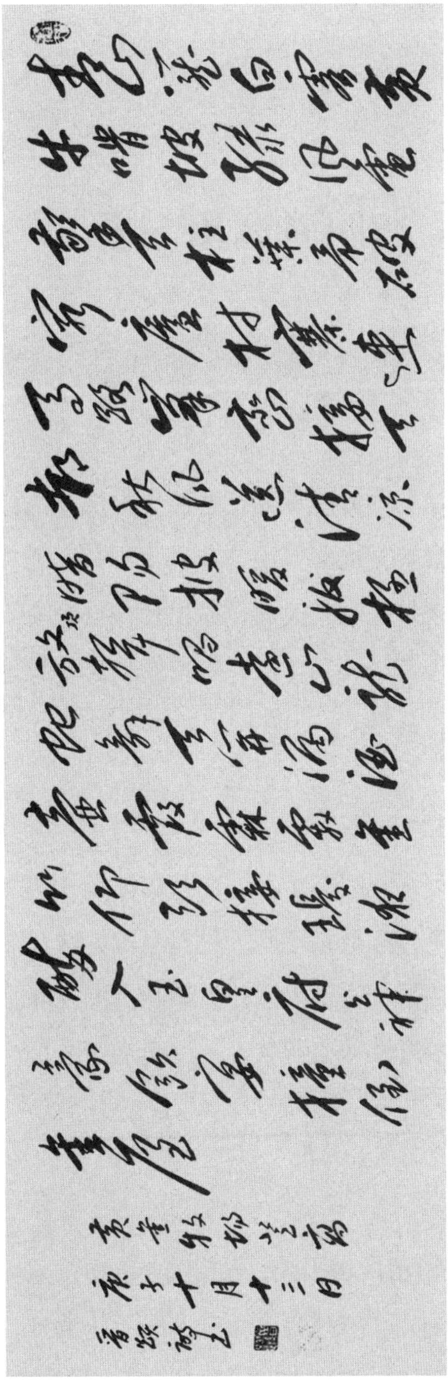

# 四月园田三首

## 一

油菜间黄水塘光，苞苗点绿熟地荒。
白鹭穿垅向青山，灰鸽食田憩瓦上。
多是翁幼举锄镰，少见壮夫扶犁缰。
牛羊鹅鸭自为主，野草侵耕恣肆长。

## 二

河水流清略带黄，白花落滩镜潭映。
下籽鲤鱼膘正肥，钻笼泥鳅鲜浓汤。
沽得一壶重阳酒，缘聚几个旧友觞。
乡野真味属自然，人生得趣惜共享。

## 三

秧田苗稀水田光，蔬畦青绿油菜黄。
青蛙[1]网罩虾铁皮，麻鸭出羽鹅绒装。
啯啯禾[2]急日夜催，咕咕[3]春深早晚唤。

燕子回乡寻旧屋，白鹭依山向远方。

2020. 4

**注**：

①青蛙：垅中有围田喂青蛙者，用网蓬围，有喂龙虾者，用铁皮圈，皆为防逃。

②啯啯禾：杜鹃鸟叫声。

③咕咕：斑鸠叫声。

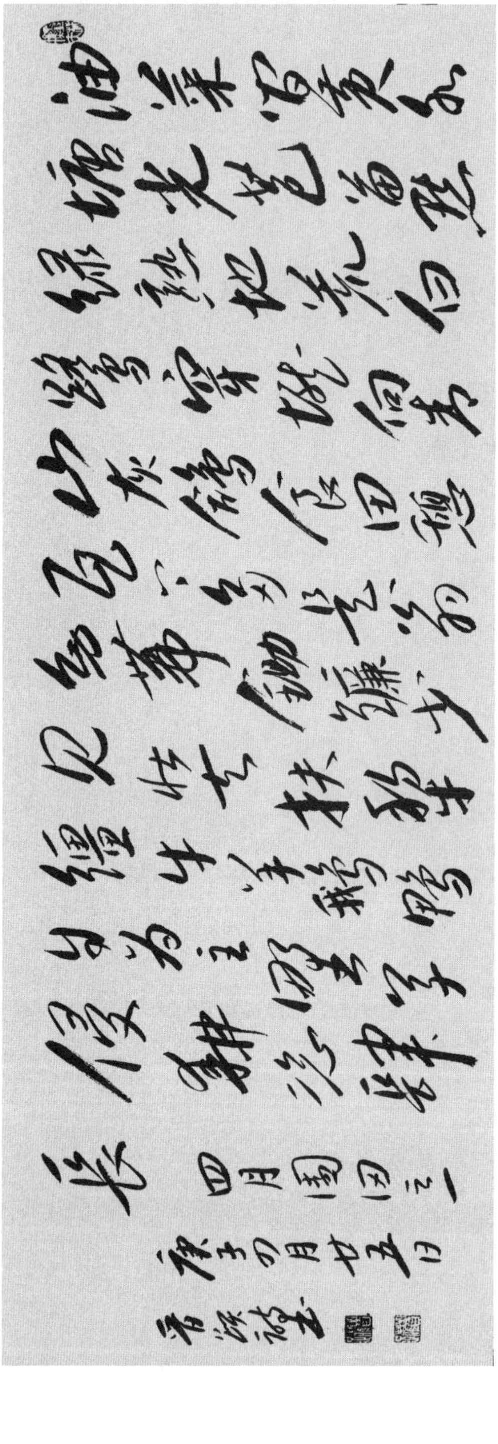

# 寻 味

垅原小块裁，稻蔬间或栽。
拦网养青蛙，围塘草鱼嗨。
石板尘埃覆，村路水泥改。
乐居依溪流，旧院颓废败。
哪得仙行处？富安开心怀。
河湾钓晚霞，小鱼牵线来。
山野寻松菌，棘丛竹笋采。
清风适我味，醇香满心载。

2020. 4. 27

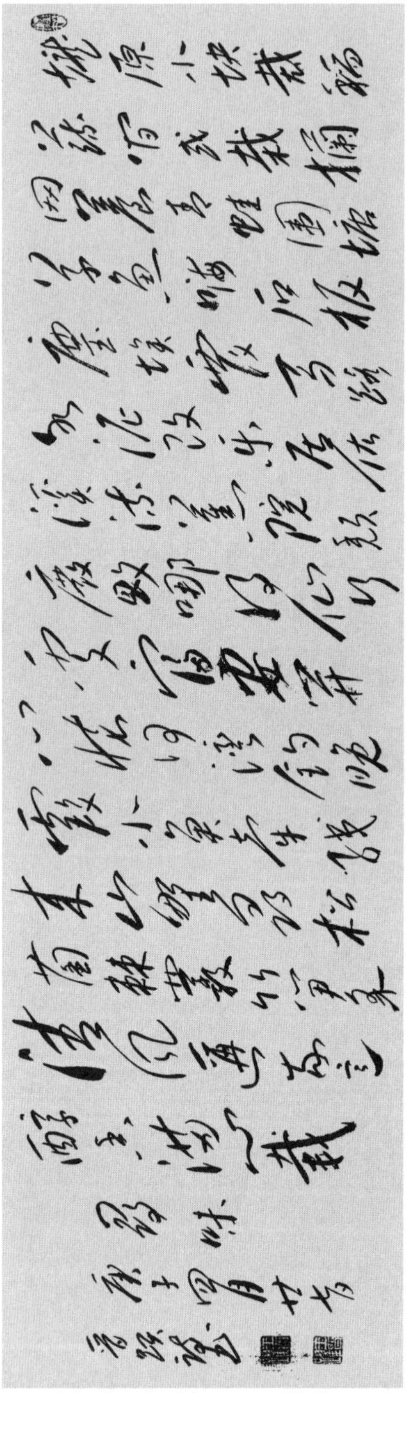

# 乡村晨曲

公鸡咯咯司晨语，斑鸠咕咕唤春取。
群雀园中叽叽喳，鹅鸭塘田嘎嘎叙。
灰鸽红瓦姗姗落，白鹭青垅翩翩踱。
田塍老牛慢悠悠，村道新车滴滴出。

2020. 4. 5

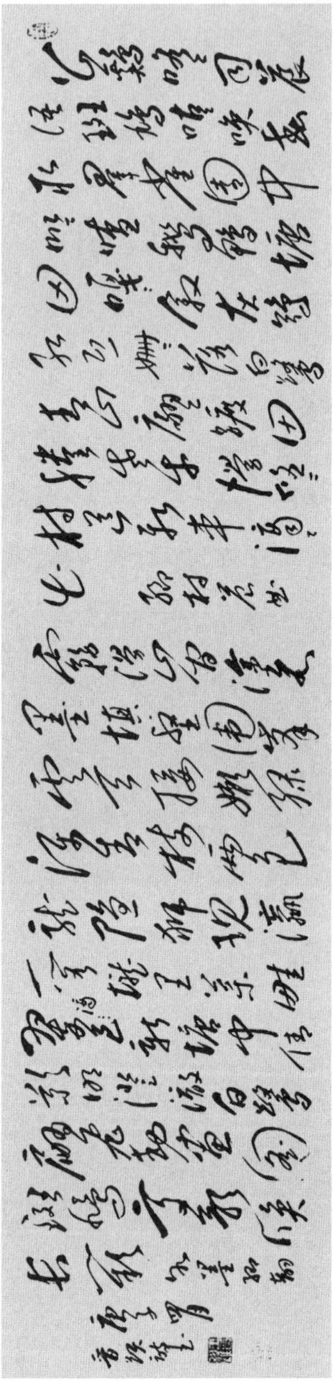

# 山居农家

农家居半山，云雾青峰岚。
飘浮着水墨，自然色浓淡。
疑是天宫蟾，隐见蓬莱间。
千古求神仙，神仙农家院。

2020. 10. 7

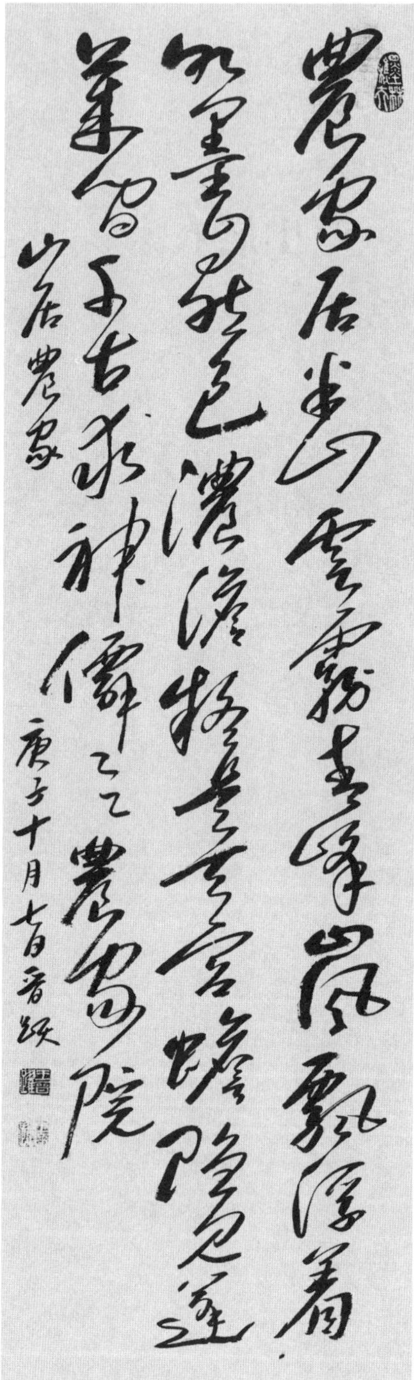

# 晨好二首

## 一

蓝天丝云白，早阳一地黄。
朋树盛绿荫，逸人踱晨光。
风凉身心爽，曦和雀鸟唱。
乐得自然趣，适物韵流觞。

## 二

放下玄梦想，弃却红尘忙。
花草树荫里，闲度好时光。
乐蝉羽琴弹，悦鸟情歌唱。
溪转流水趣，鱼游淑娴样。
山水自然意，天地涵蕴长。

2020. 9. 10

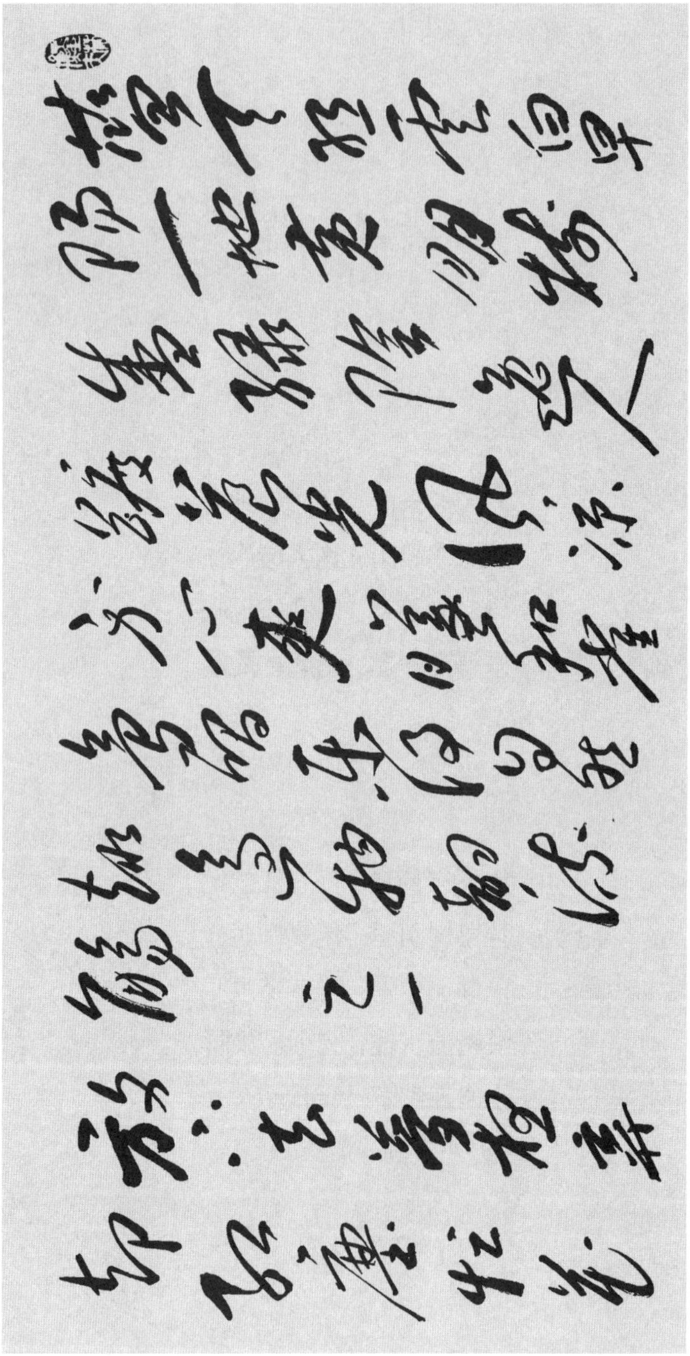

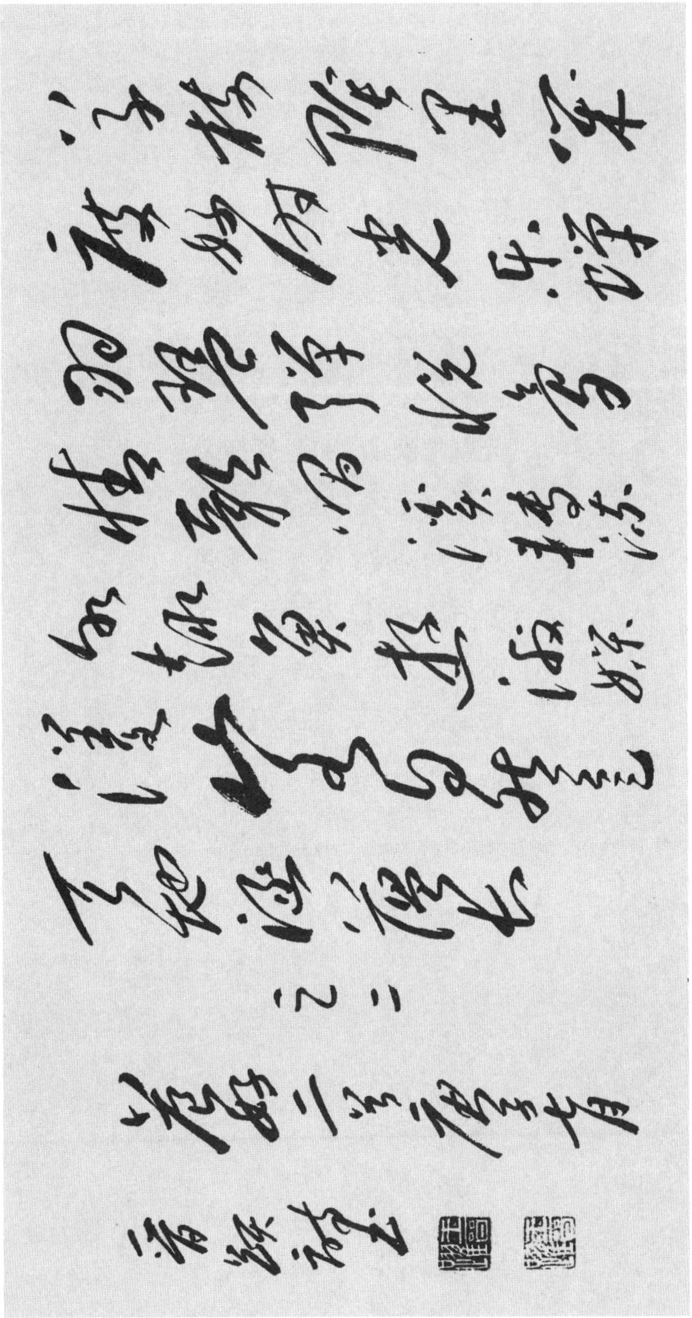

# 乡 情

无聊推牌桌，兴趣聚杯风。
相见言无多，难得喜好同。
鸡鸭鱼肉丰，亲朋乡邻共。
醉后总啰唆，相争无果终。
摇摇晃晃去，亲亲切切拥。
重话说不完，往来相互送。
他日久不见，念念叨叨中。

2020. 7. 6

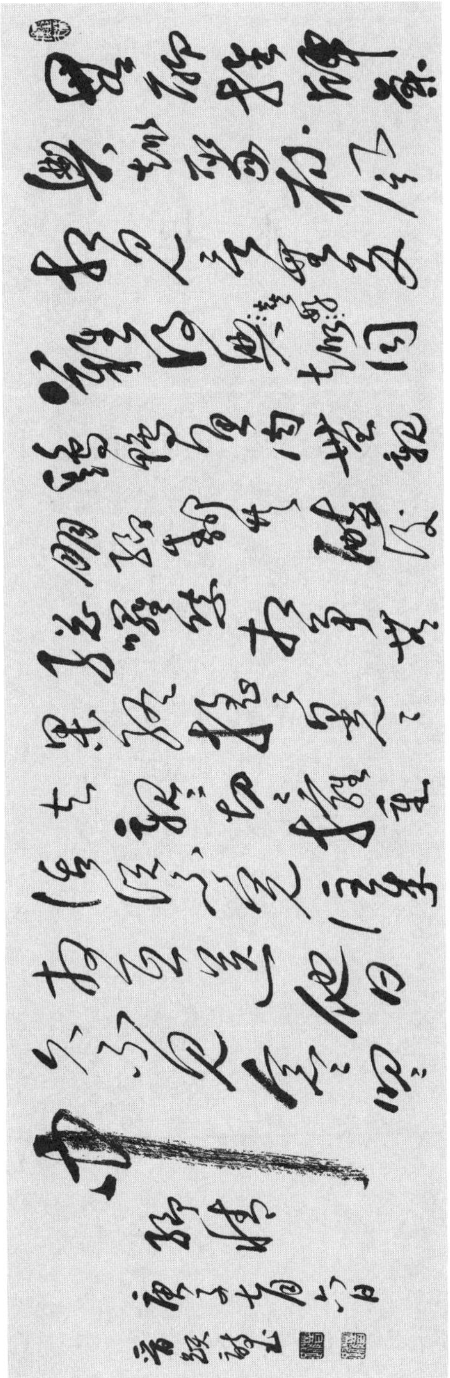

# 永 恒

入乡时光停，垅原黄接青。
青山伏长寿，河流梦逝瞬。
老街接新楼，旧院狐兔临。
鸡犬旋易主，青蛙鸣古今。
长世变无痕，山水田园寻。
天地自有道，人事莫悖伦。
矜己囿己见，草木茂一春。
广宇浩渺渺，日月明阴晴。

2020. 8. 8

# 乡　怡

琼楼未必属天宫，蓬莱无独东海泓。
云雾织帐妆青山，霓霞铺幔镀金垅。
鸡鸣雀唱有天籁，牛哞狗吠自然钟。
悠闲心怡适乡韵，惬意自得乘仙风。

2020. 1. 1

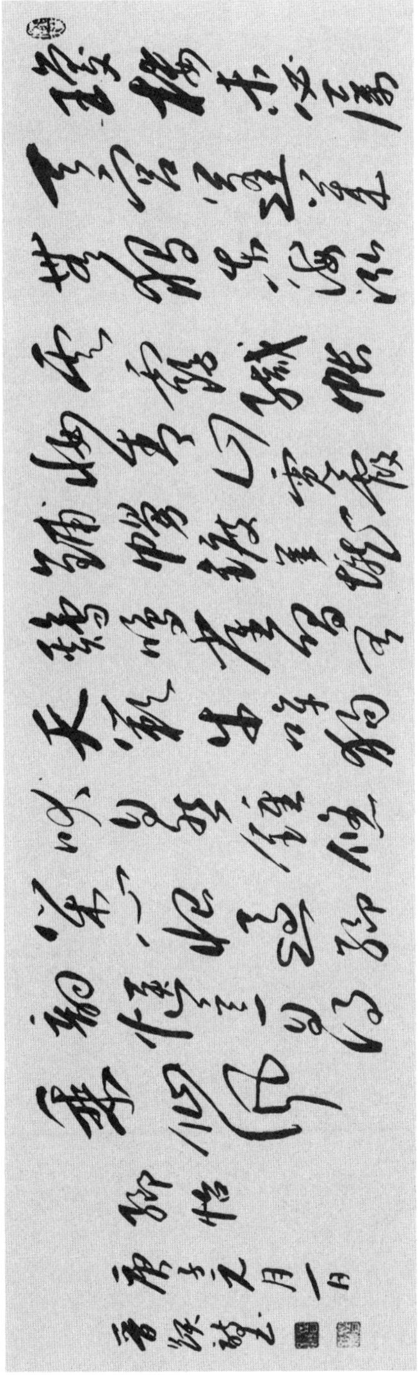

# 清　夜

夜阑四围静，山娴柔伏眠。
缺月半边脸，孤星独伴明。
园田朦胧处，有蛙倦呓鸣。
仿佛风影动，深巷狗吠灯。
漏断水流韵，清梦满山村。

2019. 8. 23

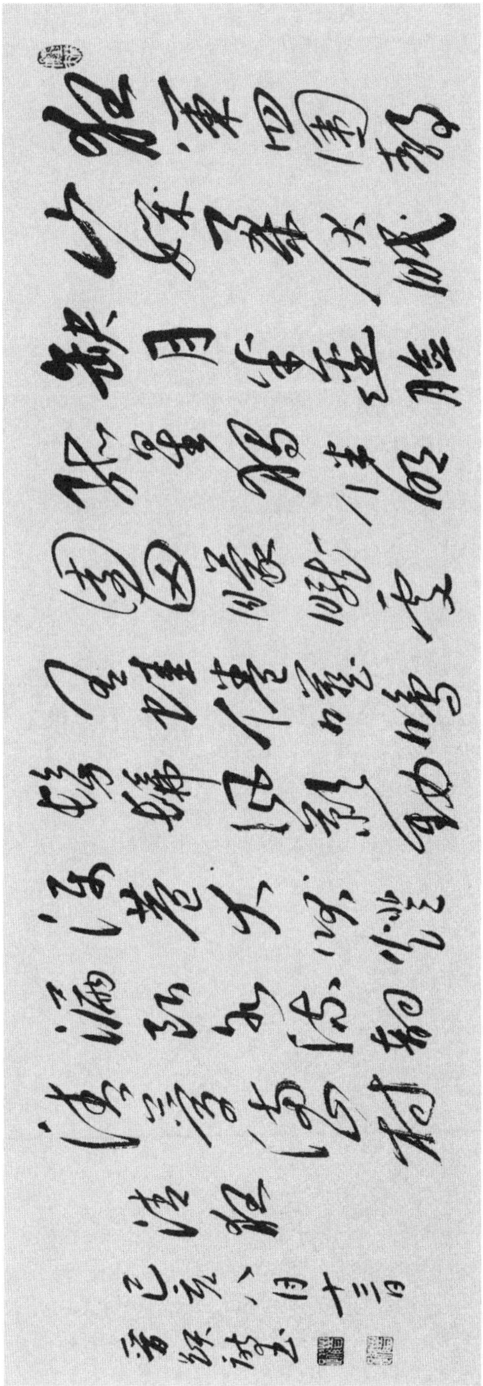

# 四月十五听月

玉兔中天踱无声，吴刚嫦娥爱意淋。
情霰沃野织蚕帐，峦伏边垅睡美人。
杜鹃啼耕倦山呓，蛰虫沉吟蛙拨弦。
白屋静娴人入梦，墨村谧安鸡未鸣。
风歇无扰树深睡，狗吠院巷偏悚惊。
翼月掀帘探幽思，浓光却撩春梦醒。

2020. 5. 10

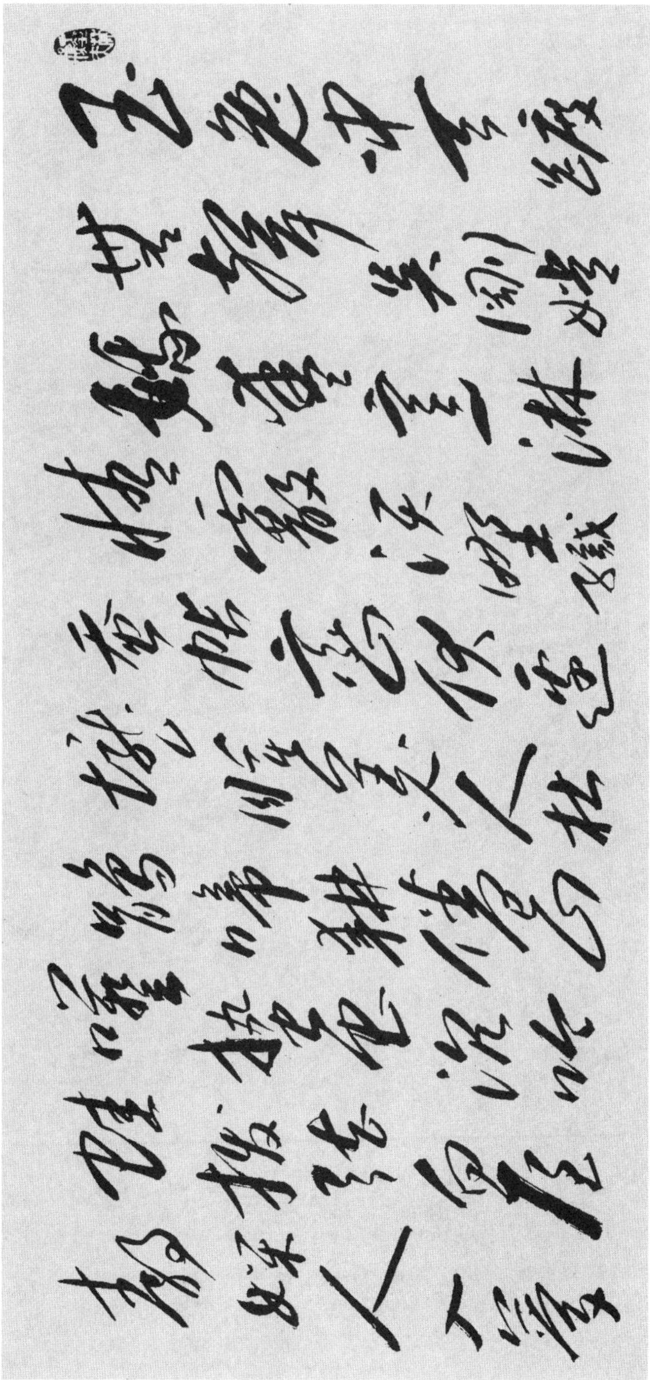

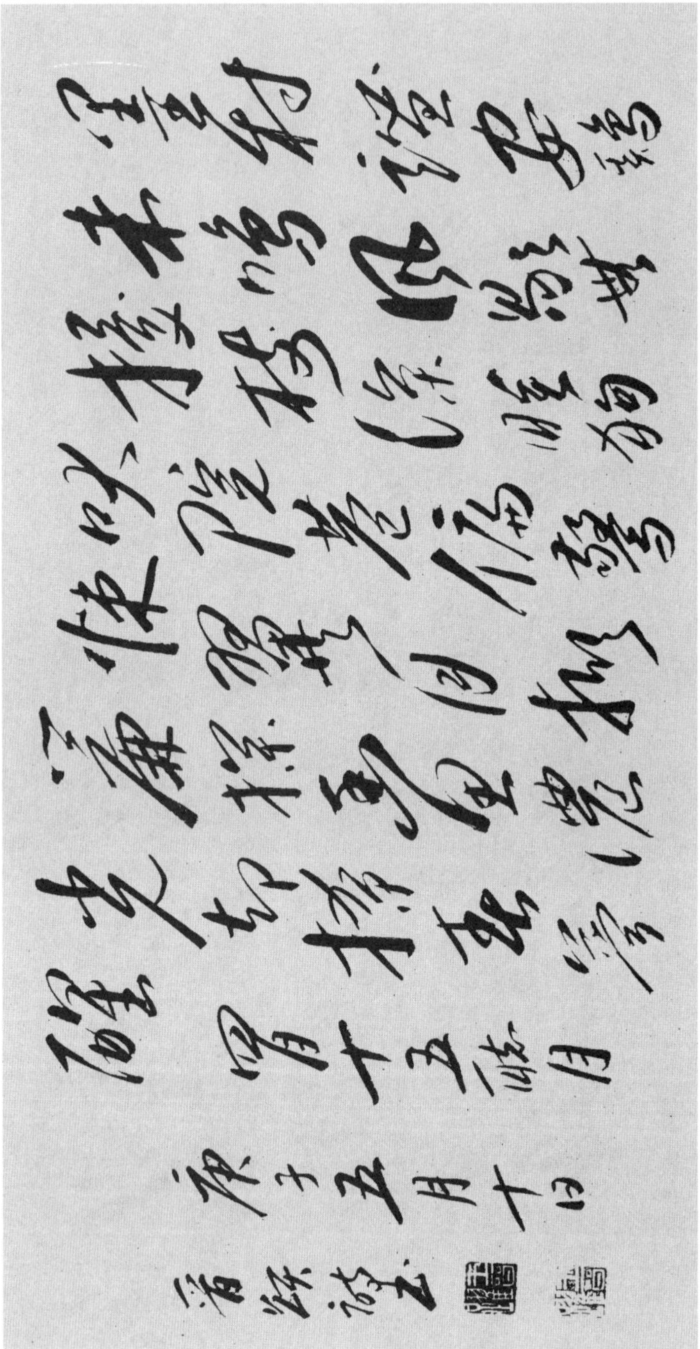

# 鹅峰[1] 乡韵

荆茅棘下摘红泡[2]，竹石丛中扮嫩笋。
鹅峰亭上对落日，天边灰峦围白村。
山农暮归驾铁牛[3]，发小路遇喜至纯。
盛邀旧屋数旧事，畅饮乡酒话乡新。

2020. 5. 5

**注：**

①鹅峰：即鹅峰山，位于洞口杨林乡。

②红泡：山中野果。

③铁牛：小型拖拉机。

# 野趣

入野随荒径，缘河听水声。
水落石滩出，舟闲岸边横。
坝拦河道宽，水平镜清明。
石纹浅水露，风和微波粼。
牛哞沙洲绿，鸭凫秋水冷。
浣女洗码头，钓叟坐树荫。
家鸡村中呼，野鹭园田巡。
幕天云浮稀，长垅漫铺金。
柿子院边红，山竹坡地青。
木屋树色合，砖楼妆彩锃。
风捎凉意满，忧去身心轻。
秋阳风里淡，闲游自然亲。

2020. 9. 2

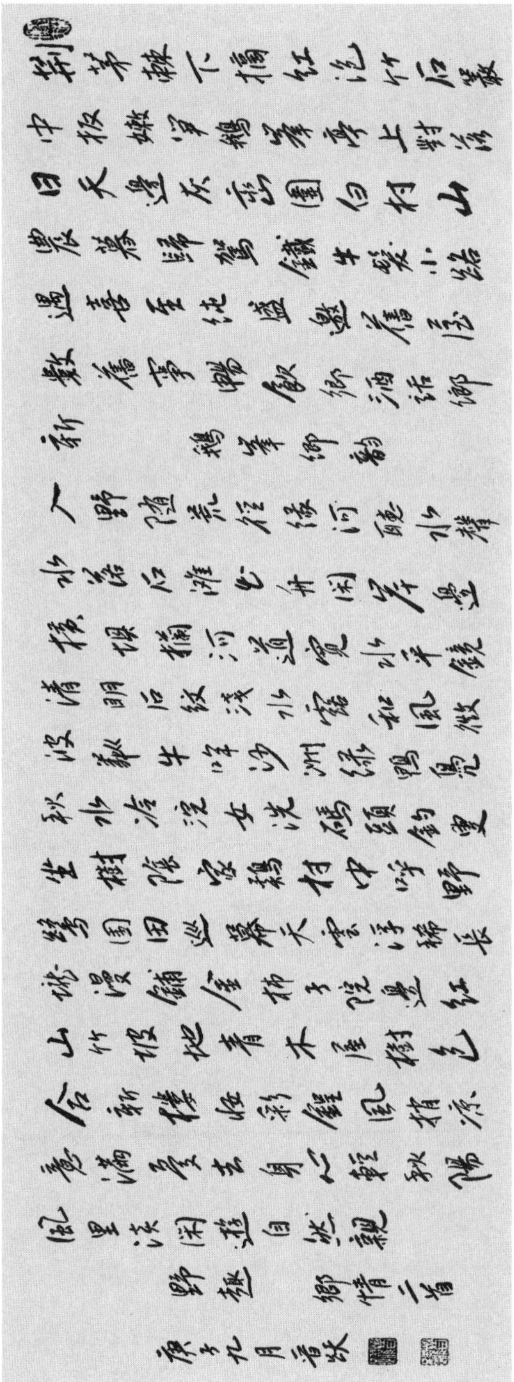

# 词

书表诗魂

chapter 05

# 念奴娇·雨中游天门山[①]药王谷

暗云浓雾，
又斜雨，
重掩天门药谷。
独石壁立成山峰。
巉崖老藤枯。
天缝地穴，
羊肠盘道，
百草绿葱茏。
邈池[②]寿高，
沧桑炼就药祖。

访踪觅迹探古。
千金佳方，
山河共长阕。
钟灵毓秀藏奇景，
栈道回廊亭阁。
厚雾填壑，
薄云系峰，

如梦蓬莱客。
倚栏长啸，
唤出骄阳艳绝。

2017. 12. 30 于天门山

**注：**

①天门山：位于广西资源十万大山，山中有药王谷、仙人寨等景点。

②邈池：孙思邈洗药池，今犹在。

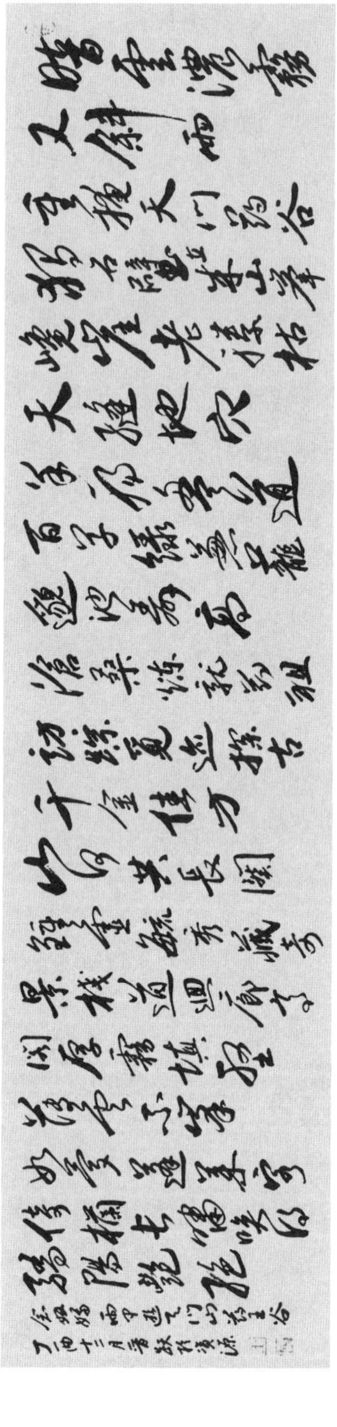

# 卜算子 · 乐山大佛

大佛坐成山，
三江脚下流。
慈眉善眼眸世事，
痕有几多留？

帆去影无踪，
人来过匆匆。
为缘千年痴等待，
孤伶风雨中。

2017.11.7 于乐山

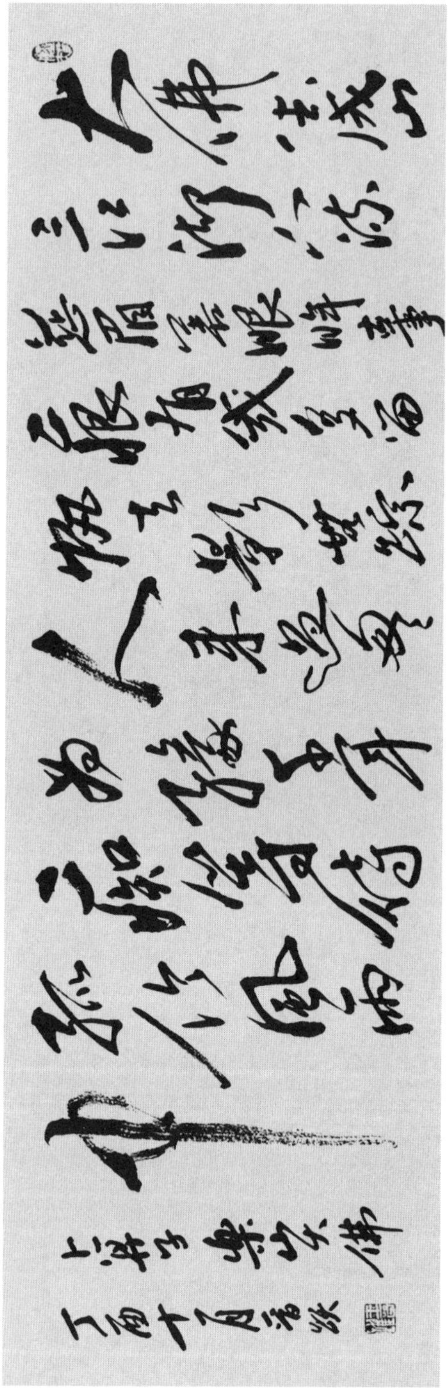

# 望海潮·重庆

都邑骄汇，
山城雄峙。
奇迹震撼心怀。
楼上高楼，
桥上飞桥，
轻轨过山车快。
嘉陵会长江，
红岩铸英魂，
远航归来。
献忠屠戮，
鬼子狂炸，
几曾哀。

磁器[①]古风犹存。
精神丰碑立，
财富豪睐。
霓虹酷炫，
街灯朗照，

俊男靓女仙台。
万家灯火旺，
满河彩锦亮，
星城共辉。
天堑绝地奇城，
执手千古爱。

2017. 11. 23 于重庆

**注：**

①磁器：磁器古镇。

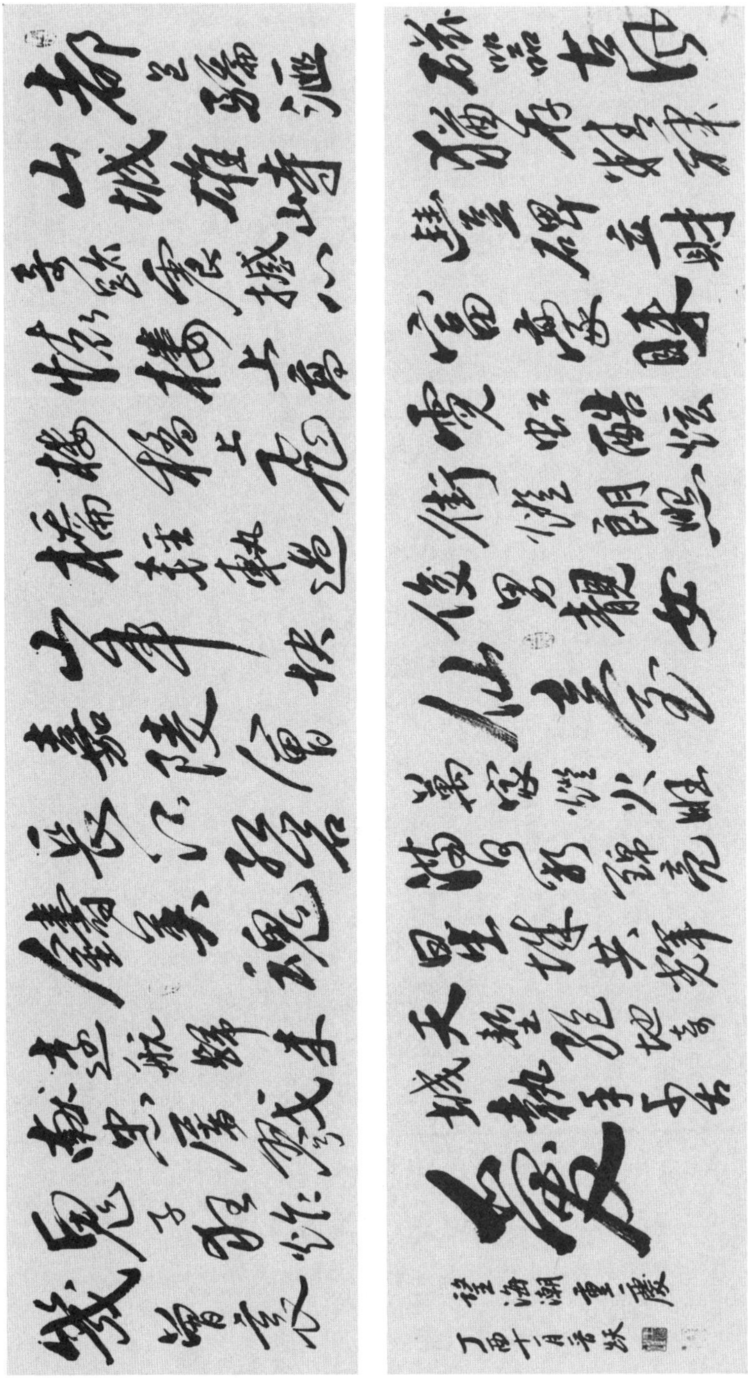

# 永遇乐·八角寨[①]

自然伟力，
沧海桑田，
丹霞奇著。
老寨古寺，
空缆悬栈，
人工胜鬼斧。
沙聚壁立，
千仞峰矗，
危崖幽谷惊突。
慑魂魄，
竣秀险妍，
篆刻雕绘骇俗。

举目皆景，
投足惟新，
误入闺秘深处。
地穴无路，
天缝一线，

大写人字酷。
凌空经幡，
龙游猿行，
浩叹虔诚信徒。
骨寒切，
蜂窝崖腹，
飞桥渊怵。

2018. 5. 8 于崀山

注：

①八角寨：湖南新宁崀山一景，与广西毗连。

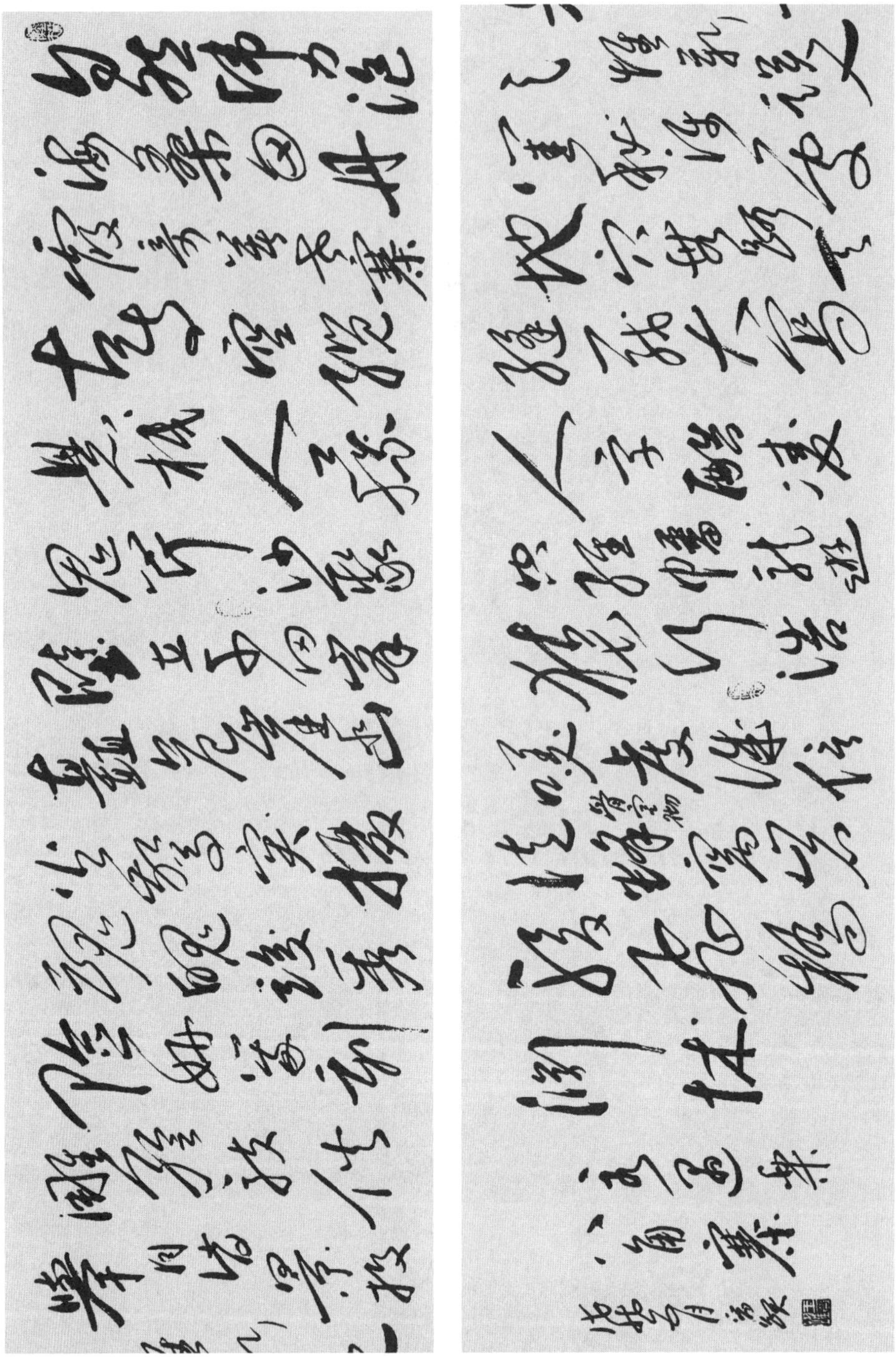

# 满庭芳·云山[①] 有道

峰聚云生，
云毓山秀，
福地弘道藏真。
入门路险，
危崖壑谷惊。
清溪修竹茂林，
鸟啾啾，
一地禅音。
古道旁，
老树苔盛，
眷诉卢侯[②]隐。

慕倾。
云深处，
绿海青天，
翠峰映镜。
金殿佛光灵。
圣池洗心，

醉山乐水驾云。
去凡尘，
天地存身。
众俗生，
骄形驰欲，
烟云见一瞬。

2018. 6. 3

**注：**

①云山：位于湖南武冈市城郊，为全国七十二佛地。

②卢侯：即卢生，侯生，据传他们被秦始皇派往东海寻长生不老药未得，遁入云山隐居。山中尚有秦人古道。

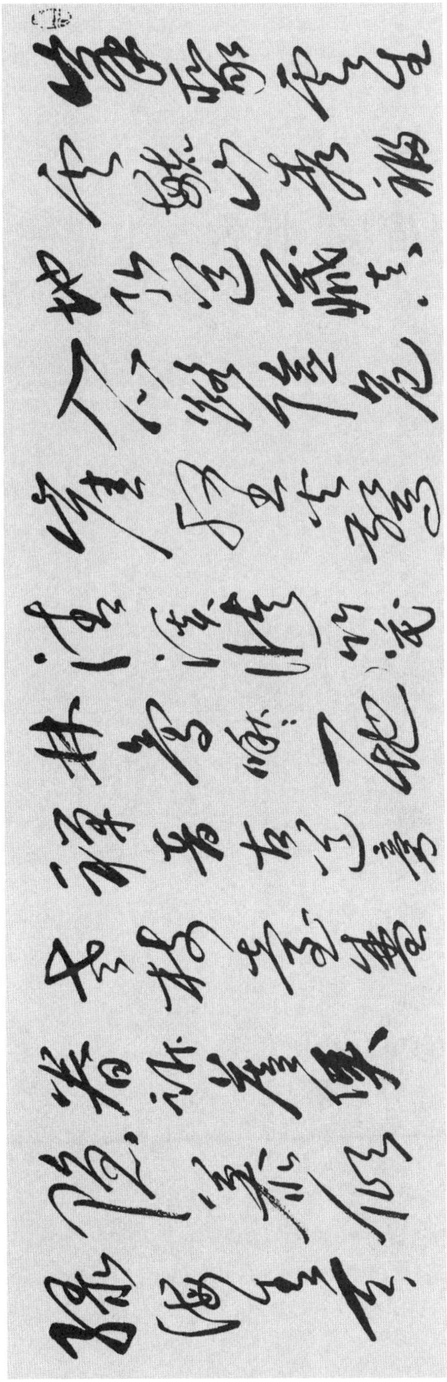

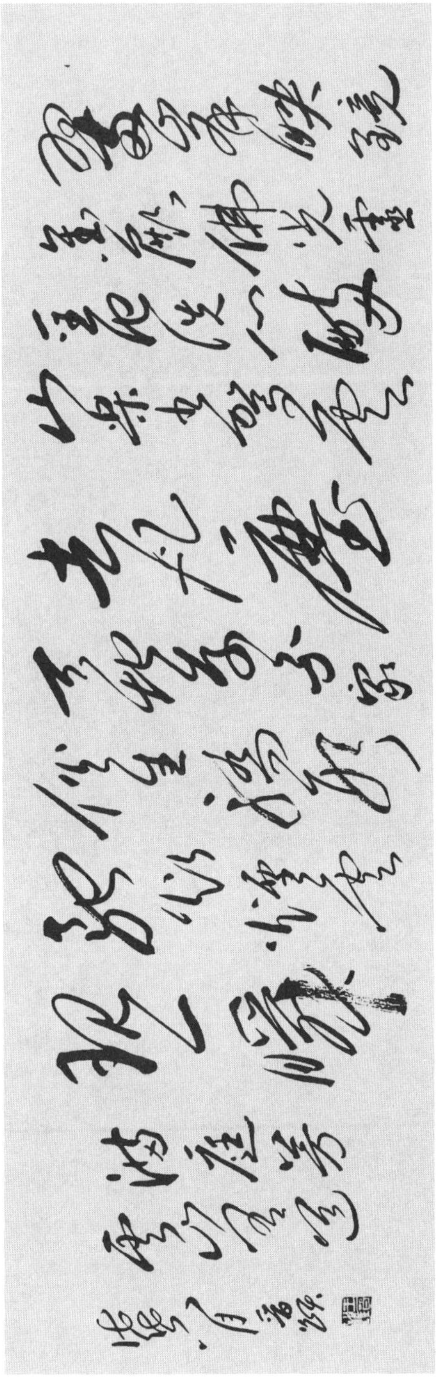

# 永遇乐·大园苗寨[①]怀古

天地不老，
苗寨作古，
盛衰过场。
窨子围屋，
杂草绿礴，
窗棂厚蛛网。
铜鼓石巷，
那人那狗[②]，
足迹渺茫茫。
想当年，
杨家将[③]勇，
难挽南宋颓唐。

翠柏千年，
风雨沧桑，
孤傲不敌时光。
十一阶梯[④]，
踏石离乡，

游子难回还。
秀才寿屋，
商铺驿馆，
兴盛终成凄凉。
谁能留？
富贵荣华，
寿考不亡⑤。

2018. 6. 11

**注：**

①大园苗寨，位于湖南绥宁县关峡镇。

②那人那狗：此地是电影《那山那人那狗》与《爸爸去了哪里》主景拍摄地。亦指人事沧桑。

③杨家将：寨中人多姓杨，据传是杨家将后裔。

④十一阶梯：一条出寨的石板路共十一级。

⑤寿考不亡：出自诗经《南山》：“佩王将将·寿考不亡。”寿考，即长寿。

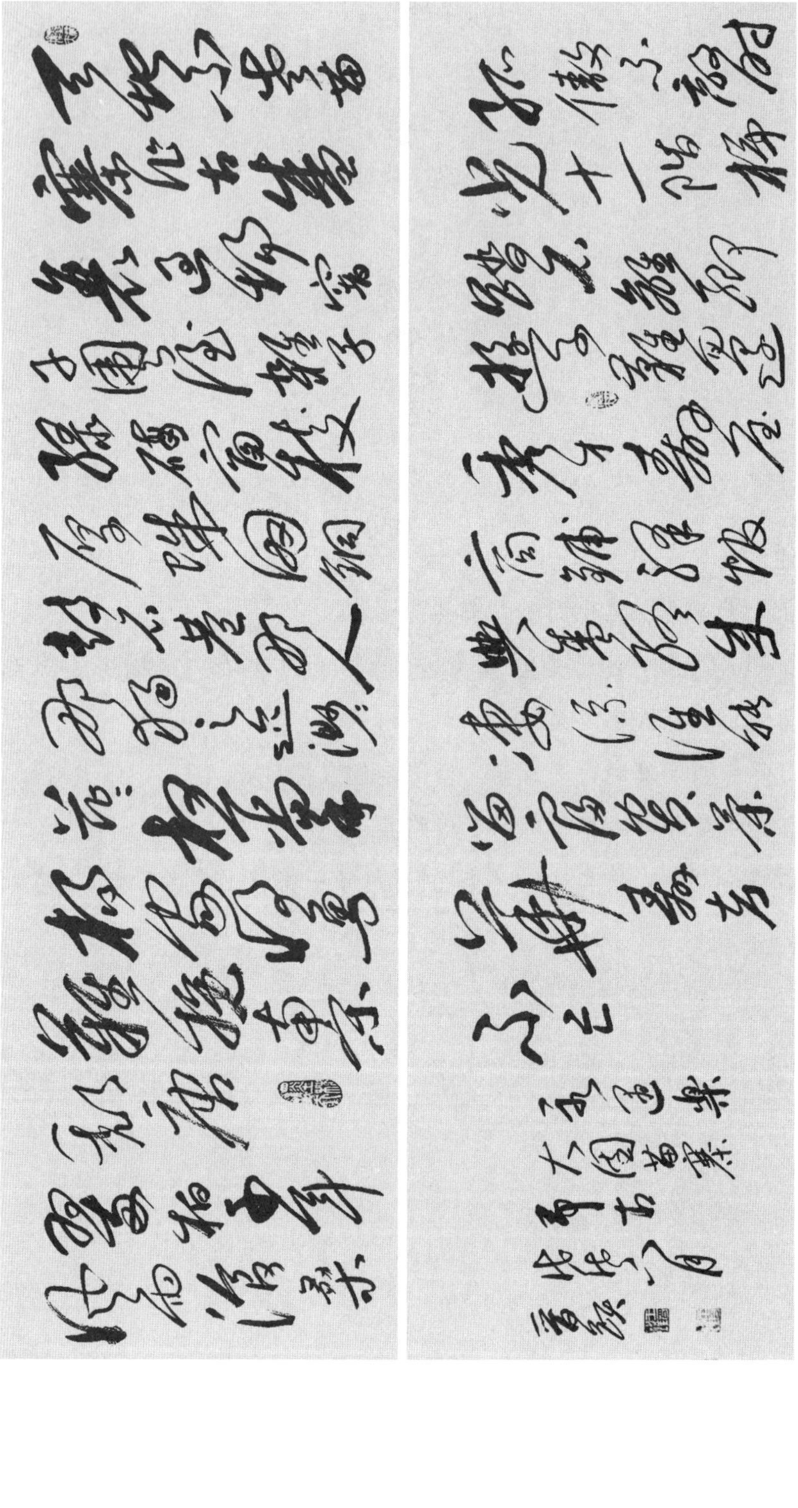

# 水调歌头·资源[1]

十万峰峦聚，
萃蔚资源绿。
天蓝地碧气清，
移步景换新。
丹霞奇雕烟云，
幽谷江回乾坤。
群瀑暗惊魂。
五九河流[2]汇，
是处皆秀灵。

资水清，
鱼游浅，
舟自横。
花桥夕照映花灯。
漫游漂流冲浪，
鸟巢[3]双龙竞场。
际地世无争。
自然和为一，

神居养生堂。

2018. 10. 31 于资源

**注：**

①资源：广西资源县，境内有十万大山，为资江源头。

②五九河流：资源县域共有五十九条河。

③鸟巢：鸟巢形体育馆；双龙：双龙足球场。建于县政府前。

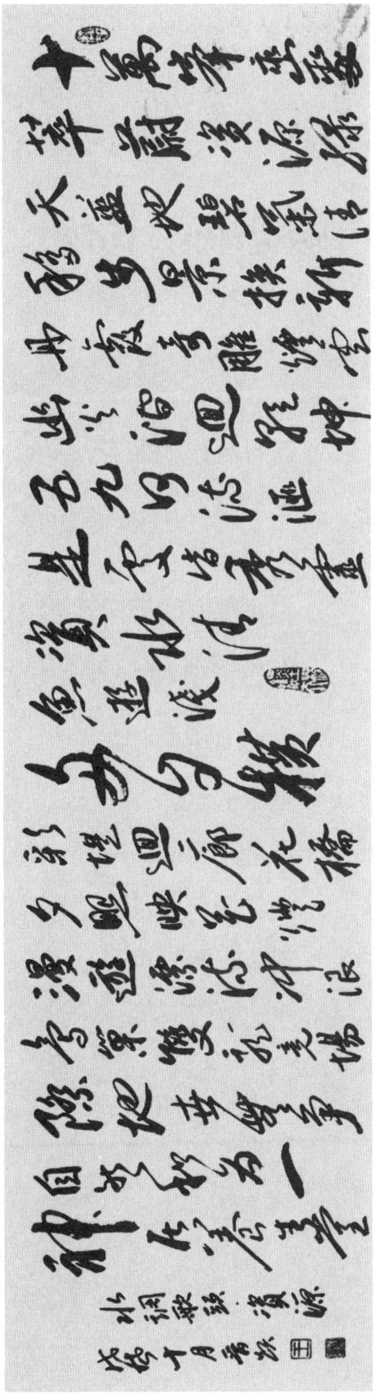

# 蝶恋花·钓晚

红日沉出晚霞空，
一池胭脂，
钓者坐塘功。
凝神静心盼浮动，
晚风捎来寺院钟。

霞褪月出影朦胧。
星月浴水，
游鱼隐无踪。
闲看云天变从容，
归来一篓日月风。

2019. 4. 17

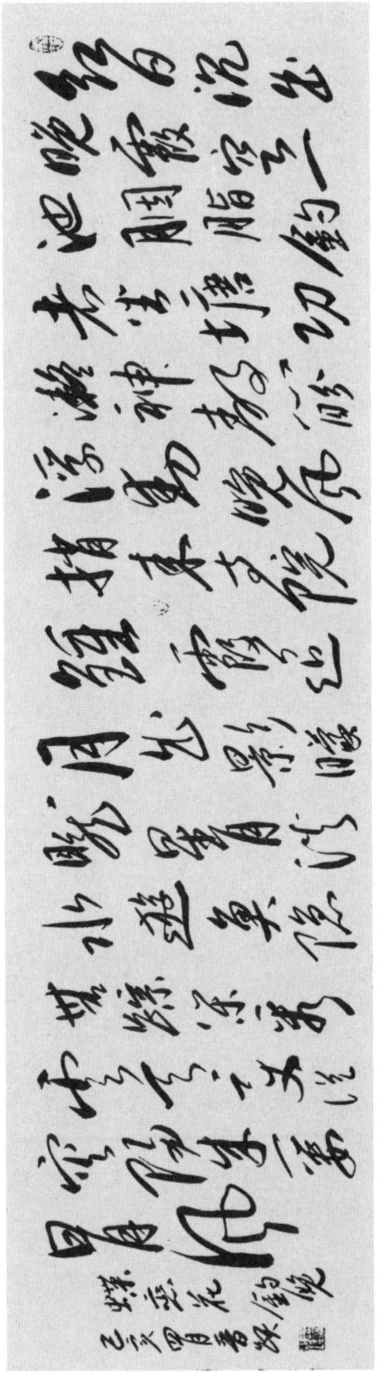

# 如梦令·倩影潭

倩潭春水镜平。
天光星月邃深。
树影倒着明，
夜灯颤抖曦纹。
清静，清静。
却有一池蛙鸣。

2019. 4. 25

# 水调歌头·贵州

贵山有天眷，
明河[①]地神顾。
山毓灵水怀秀，
洞藏涵深读。
龙鱼飞腾化石，
鸟兽嘉会河谷。
山地公园富。
民族风情炫，
多彩亮黔都。

古夜朗，
乐比汉，
自醉朴。
阳明贬谪，
龙场荒洞得真悟。
红军曲曲转转，
遵义拨雾明路。
天地不负苦。

大彻有大悟，
大难得大度。

2019.5.9 于贵阳

**注：**

①明河：流经贵阳市内的一条河。

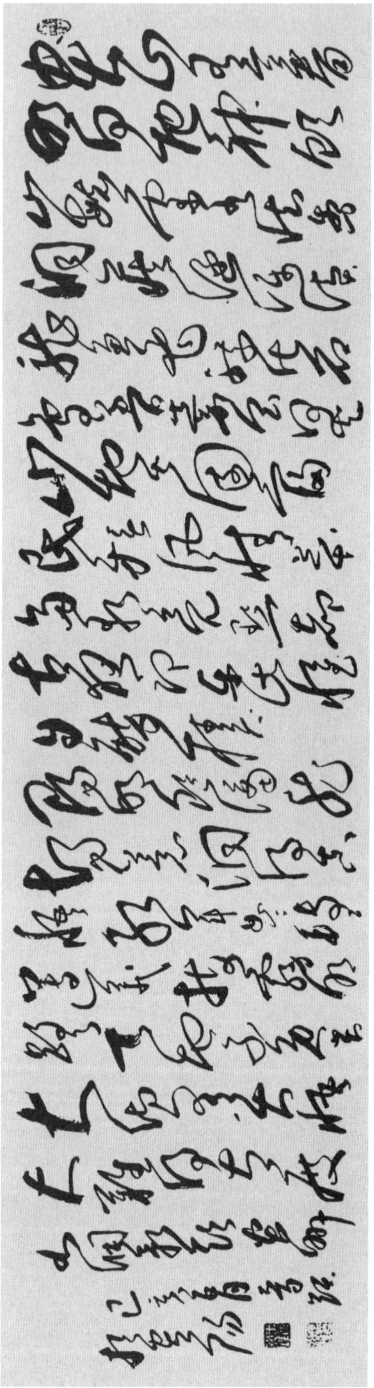

# 一剪梅·酒宴

世事茫茫多混沌，
白昼阴影。
黑夜星辰。
人生如戏你我应，
演也不真，
看也不真。

酒酣总想争分明。
对上豪情，
错失虚心。
闹热一场终归静。
来也无声，
去也无声。

2019. 9. 28

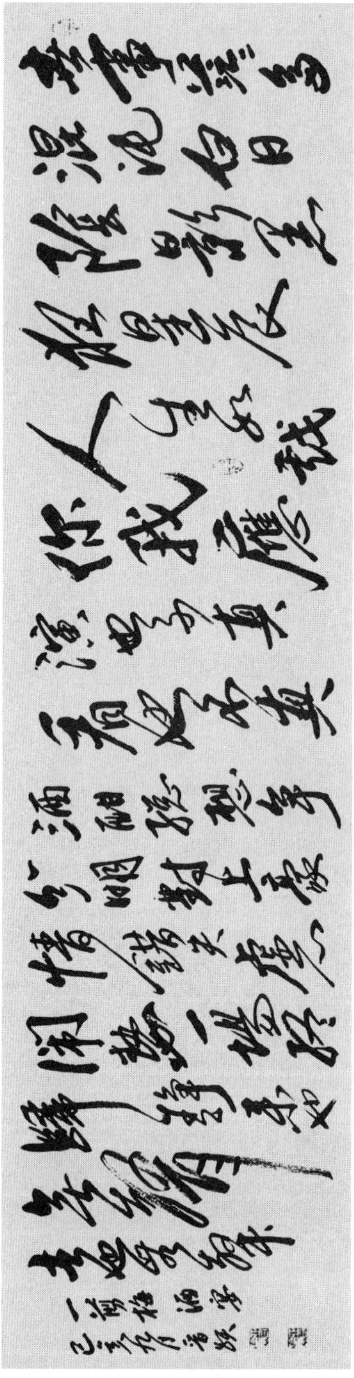

# 雨霖铃·雨中游矮寨[1]

环山翠盆，
聚财古井[2]，
雨雾浓阴。
侗寨水墨天成。
中心[3]红，
鼓楼妆银。
廊回烟雨溪行。
木屋客栈空，
茶马去，
驿道冷清，
苍樟老槐情深深。

女王马帮何处寻？
戏演真，
侗鼓问芦笙。
青石溪壑幽径。
落叶毡，
老藤曲伸。

孤松寒立，
山岚隐见飘忽回应。
过客匆，
聚散无亲，
寿山井④怀诚。

2018. 10. 22

**注：**

①矮寨：位于湖南靖州县，为侗寨。

③中心：游客中心。

②④聚财古井、寿山井：皆为古井。前者位于寨前中心。后者位于寨后山脚，时代悠远犹甘流清冽。

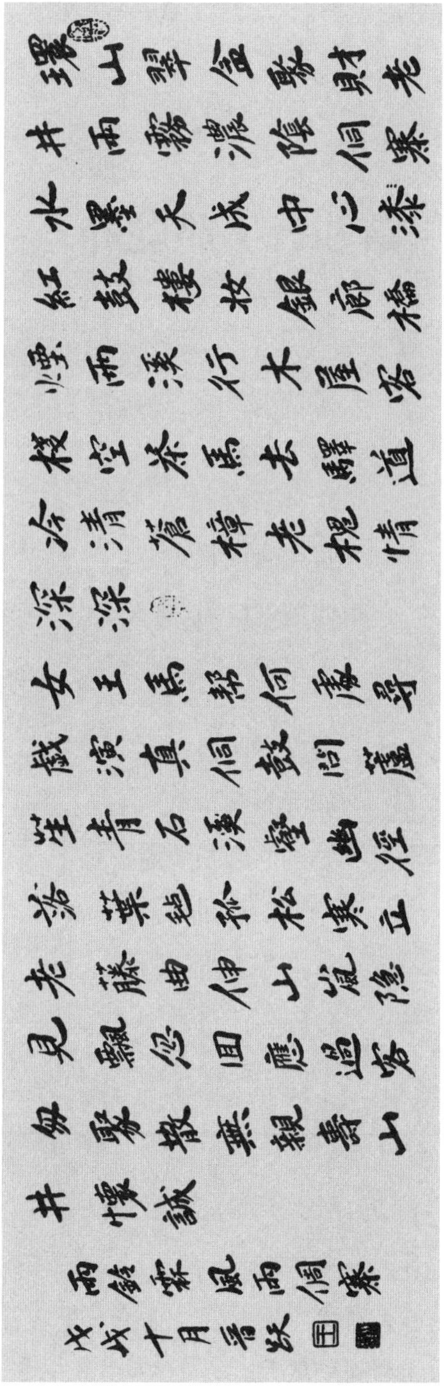

# 踏莎行·骆驼峰[1]

松竹翠迎，
栏径牵履，
腹崖悬栈猿猱路。
懼懼龙口[2]伏地爬，
驼尾无上擎天烛[3]。

臀肥脊瘦，
渊沉峰突，
风削危额颊面寒。
恂恂怕惹骆驼怒，
耳道[4]穿越心惊悚。

2019. 3. 13

注：

①骆驼峰：新宁崀山一景，独石成峰，形似骆驼。

②龙口：骆驼臀部一狭缝肠道。

③擎天烛：蜡烛峰，高耸于驼尾。

④耳道：骆驼头上洞穿一线天。

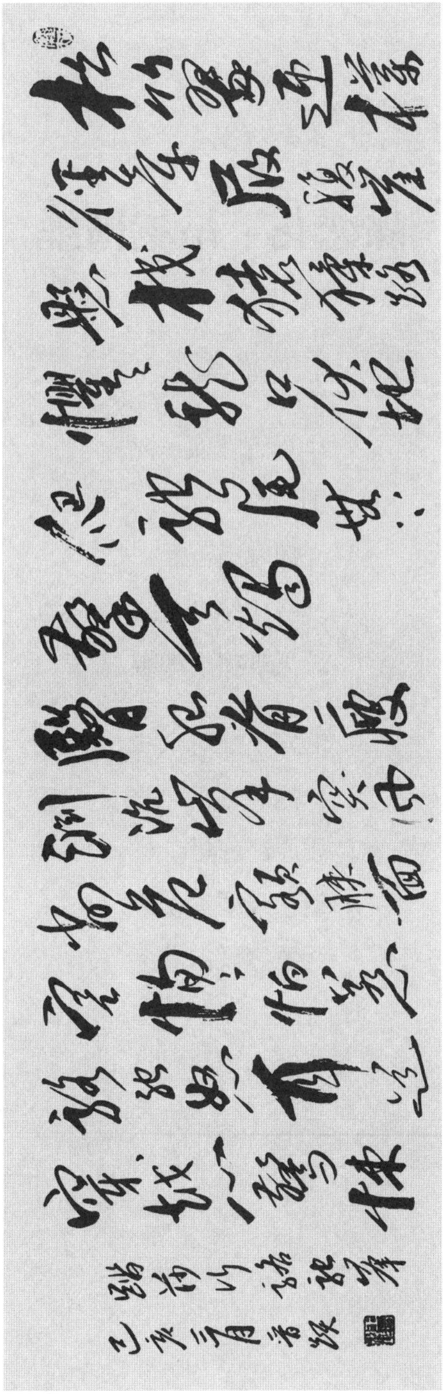

# 蝶恋花·吊王国维

华夏芳园独一树。
国学旗帜，
洋蝗肆虐苦。
纤身化作灯光缕，
烛灭难将国魂孵。

憔悴守清对众浊。
独拥高层，
屈原江庭晤。
望尽天涯尘埃路，
西风瘦马古道芜。

2019.11.26

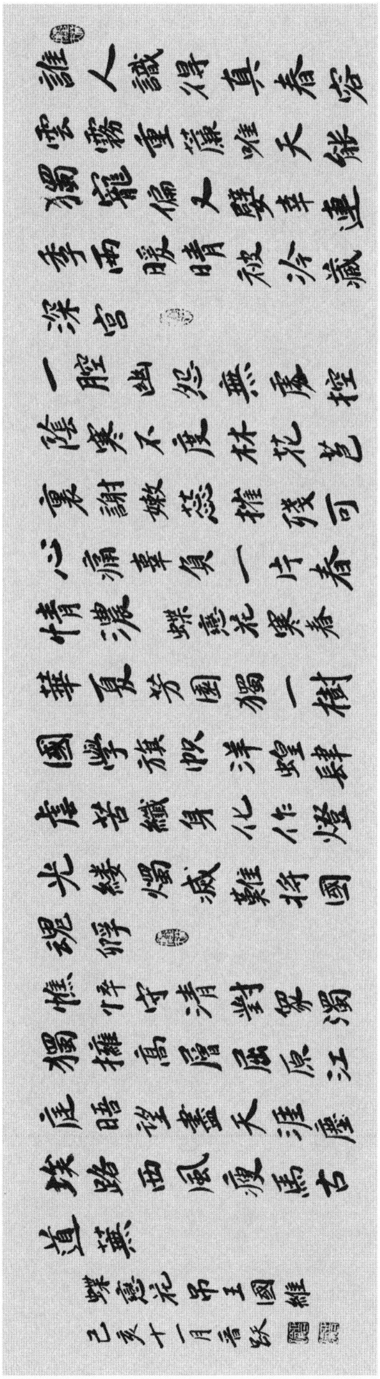

# 苏幕遮·湖心亭怀旧

湖中亭，
月光影，
幽思独诉。
抚遍旧栏干，
寒烟清淡袅无度。
白鹭入梦，
鸳鸯并头否？

山黛眉，
柳柔腰，
数饮娇酥。
还把心来醉。
青山诚伴向时月，
人换流年，
杨柳春风舞。

2019. 5. 16

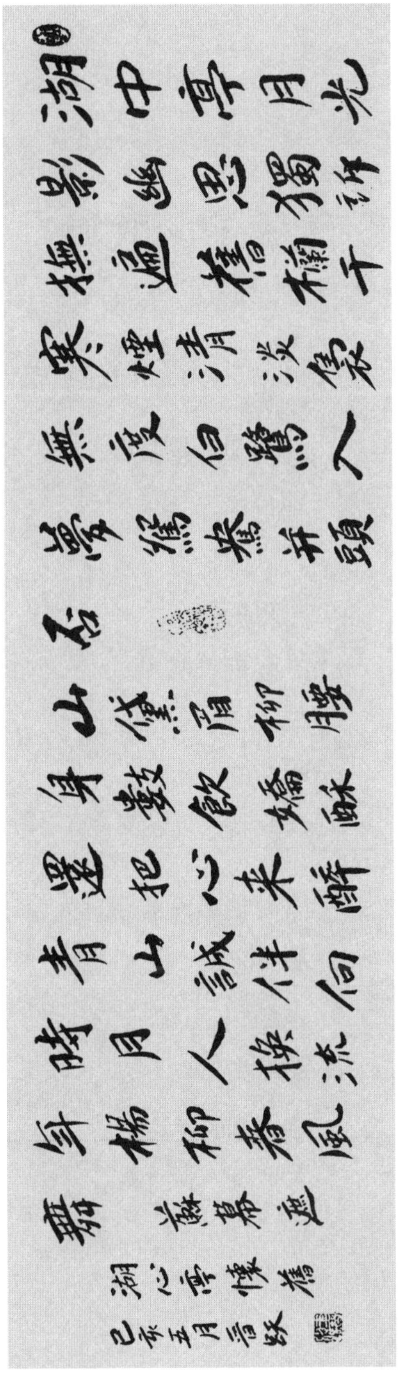

# 江城子·歌舞

浩天为幕星月灯，
地台灵，
篝火明，
芦笙侗鼓，
唤起歌舞情。
拉手转场乐踢蹬。
唱和曲，
共欢腾。

律动随感释真性。
酒微醉，
大家亲。
无论生熟，
音乐通心灵。
天地神人合一韵，
忘了我，
素朴纯。

2019. 5. 21 于贵州凯里

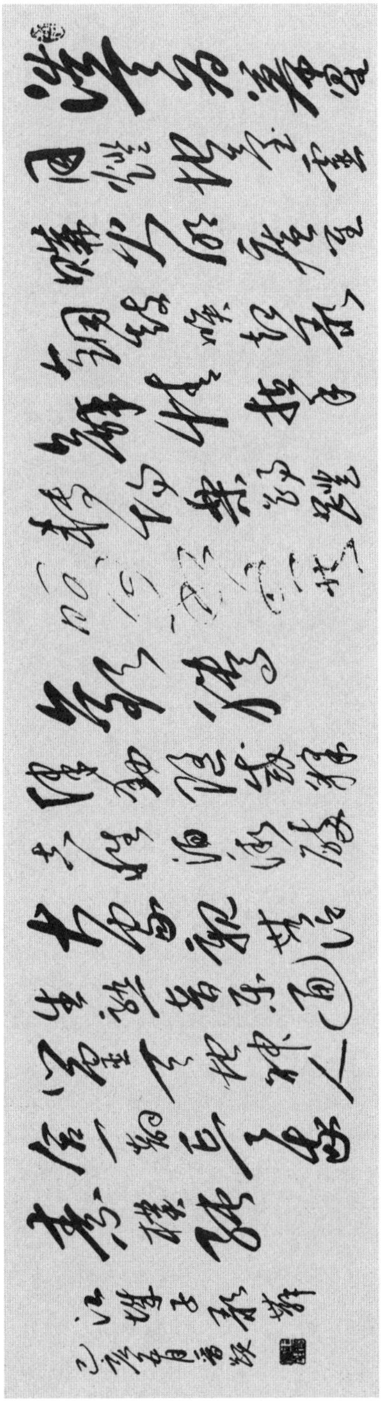

# 定风波·居隐

遁隐未必藏山林，
城市公园亦清静。
亭台曲径树荫里，
身寄。
坐看枝头鸟抚琴。

池小荷稀当季景。
心定。
茫车路争流水声。
红尘风雨落他家，
放下。
是处花草皆有情。

2019. 12. 20

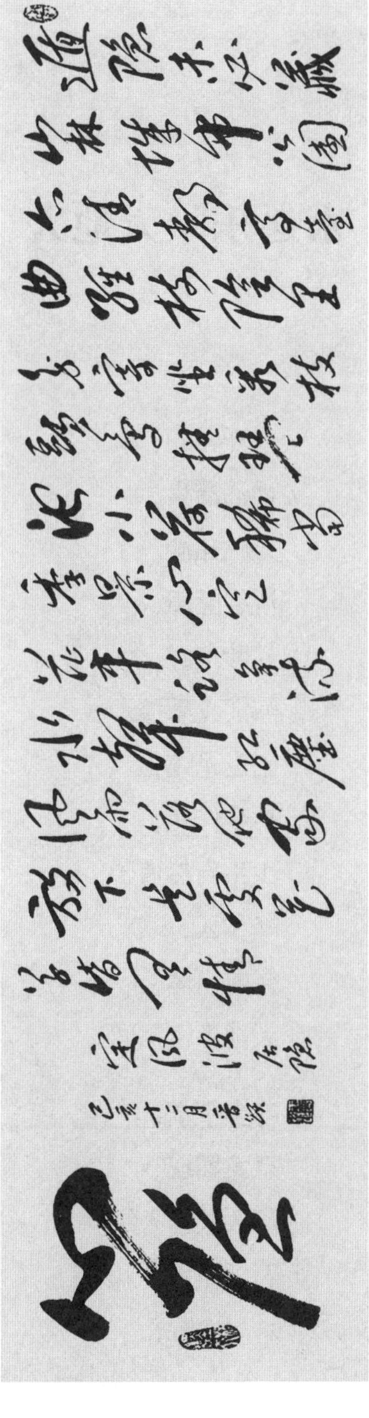

# 永遇乐·天地人

天开岩门，
地涌清泉，
万物蕴涵。
溪绕园田，
河踱荒野，
海汇喜乐谈。
山走龙蛇，
林孕佳苑，
生生自然道蕃。
峰和云，
合成一体，
天地亲密无间。

叶虫鱼变，
恐龙霸坛，
不敌猴结人缘。
石洞茅蓬，
木屋庭院，

城楼皇宫煊。
富贵贫贱，
帝王草民，
履迹壮阔斑斓。
天地人，
和合得享，
悖逆奉还。

2019. 12. 4

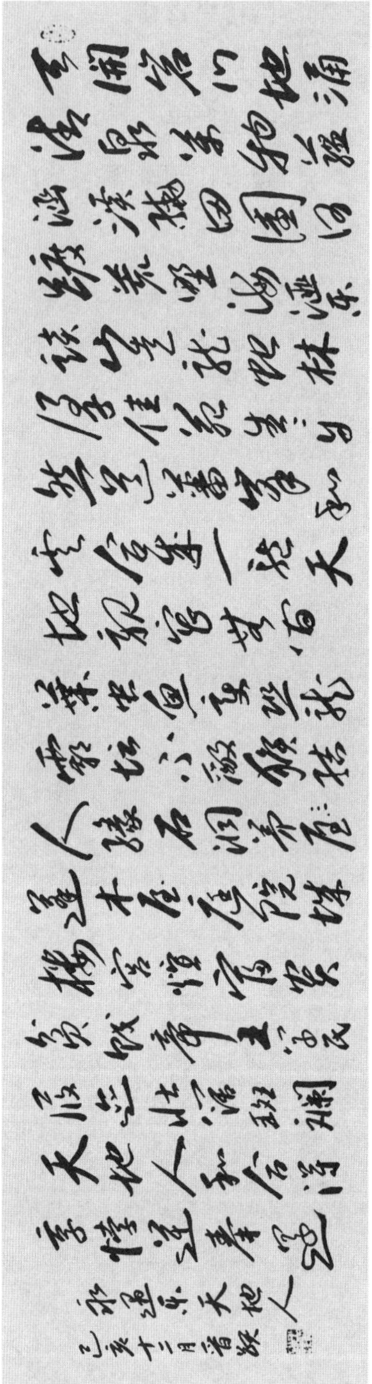

# 洞仙歌·乡闲

秋收囤藏，
冬闲酷酒话。
风流韵事纠几家。
兴致浓，
酒气豪情勃发。
是非他，
却把自己醉了。

无聊日子长，
棋牌赌红，
娱乐场上争高下。
赢了语喧眉飞，
输了喑哑。
却还约，
明日比大。
着了魔，
贻误春耕时，
秋歉收，
漂泊浪迹天涯。

2020. 1. 5

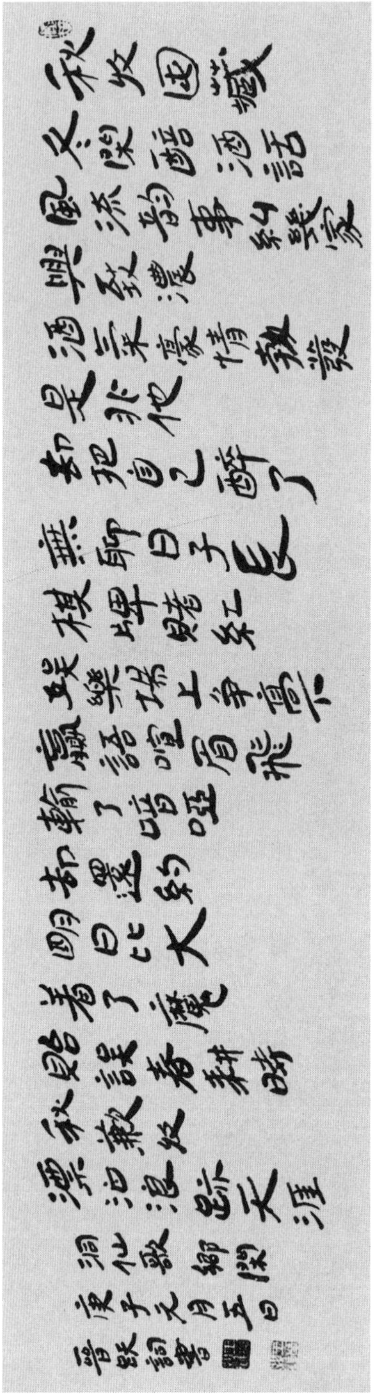

# 书表诗魂

下册

三香屋主 著

团结出版社
UNITY PRESS

# 目录 Contents

下册


## ⑥ 今 观

通道夜景 364
致港珠澳大桥 366
茅台镇二首 368
银杏妥乐 370
天星桥有景 372
洞天福地 374
千户西江风情 376
黎平之歌 379
致腾冲 382
延安·延安 385
天子山·玉屏峡谷 388
高铁快感二首 390
博彩贵州 393
别味古街 396
属都湖二首 398
教 育 400
生 日 402
灯都古镇二首 404
道州有道 406
异 感 409
酒 412
交 真 414
蚊 主 416
小 大 418

广场百姓 420
别意难寻 424
忘　日 427
送　读 429
落　空 431
美女篇 434

## 七 道　行

云山访真 438
穿天巷 440
行觉把山 442
西山老君 444
莫高窟 446
登梵净山 448
寻　高 451
半江写意 455
万物有情二首 457
车行林海五首 460
与将军共乐 464
奇石寨穿越 466
崖　藤 470
秋　凉 472
悲屈将军 474
咏江永女书 478
生命物化 482
银杏道 484
谦诚三界 486
适 488
井蛙之骄 491
和　园 494
高岗大樟 496
欢　洽 498
花脚蚊 500
淡　泊 502
人生捷径 504
水　天 506
真　生 508
踱　得 510
花草有道 512

## 八 园　趣

鸣 516
翠园夏晨 519
荷园春晓 521
明湖二首 523
高台晨练 525
晨　曲 527
春韵三章 529

仿　逸　532
阳光小筑　534
喜　雨　537
光　影　539
冷　园　541
明　园　544
独　琴　546
冬　桂　548
灰　雀　550
旱　溪　552
湘妃船　554
春光二题　556
夏日雨后池塘　559
莲　塘　562
太　极　564
小园读晨　567
清　晨　570

## 九　变　易

蜀道不难　574
黄茅茶马古道　576
青海云　578
我登娄山关　580
季　变　583
木瓜桥　586
桥　变　588
天山大峡谷　591
变　道　593
无　题　595
将军台看松　597
中南第一险　599
步瀛桥　602
古　渡　604
江　边　605
守望田园　608
乡　逝　610
响　612
变　616
小诗九首　619

## 十　新　诗

致屈原　626
乡村的呼唤　629
流　640
泥石之歌　650
清明三问　654
爱是平常　657
父亲的沉默　659

牧村土林 661
雁栖湖之歌 663
假如没有灵魂 668
女人的眼泪 669
香格里拉之痛 671
妈妈的唠叨 675
人　字 678
朝　圣 683
长　生 694
牵　挂 695
怪诞梦魇 697

**后　记** 699

# 今观

书表诗魂

chapter 06

# 通道[1] 夜景

鼓楼廊桥叠彩亮，灯带影缎变波光。
芦笛笙歌曼妙舞，玉宇琼界梦灵幻。
九天星月落银河，万道煊华醉霓裳。
此景只应天上有，通道县城人人赏。

2018. 3. 11

**注：**

①通道：通道县，隶属湖南怀化市。

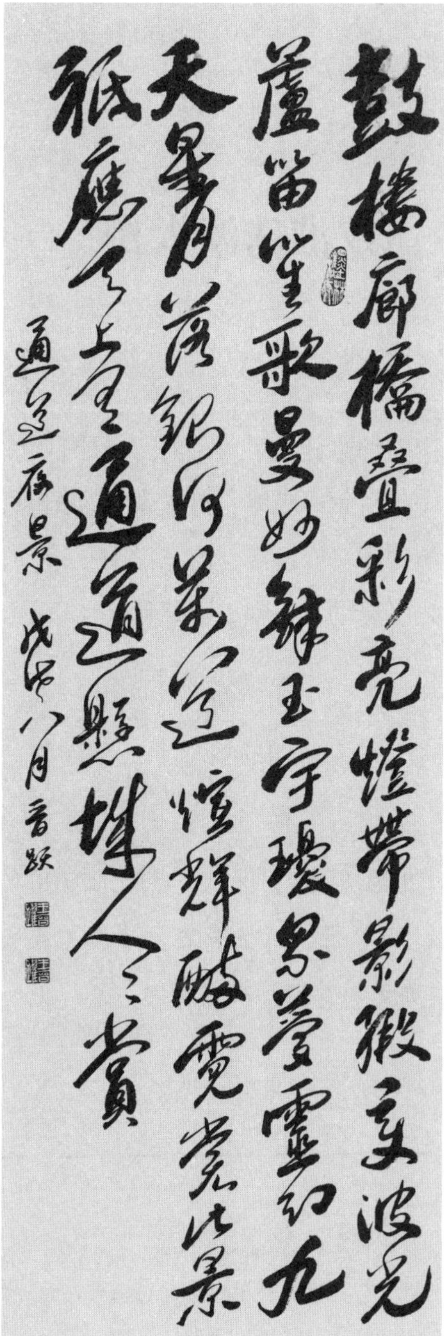

# 致港珠澳大桥[①]

逆天神路壮零丁，跨海巨龙惊皇庭。
十年铸剑出鞘寒，万丈豪情励国魂。
港珠澳湾一桥接，海陆洋中三地行。
龙头舞动雄鸡唱，带路畅通寰宇新。

2018. 11. 23

**注：**

①港珠澳大桥：2009 年 12 月 15 日动工，2018 年 11 月 23 日正式开通，历时十年，全长 55 公里，连接香港、珠海、澳门三地，有桥有站有海底隧道。是目前世界上最长的跨海大桥。

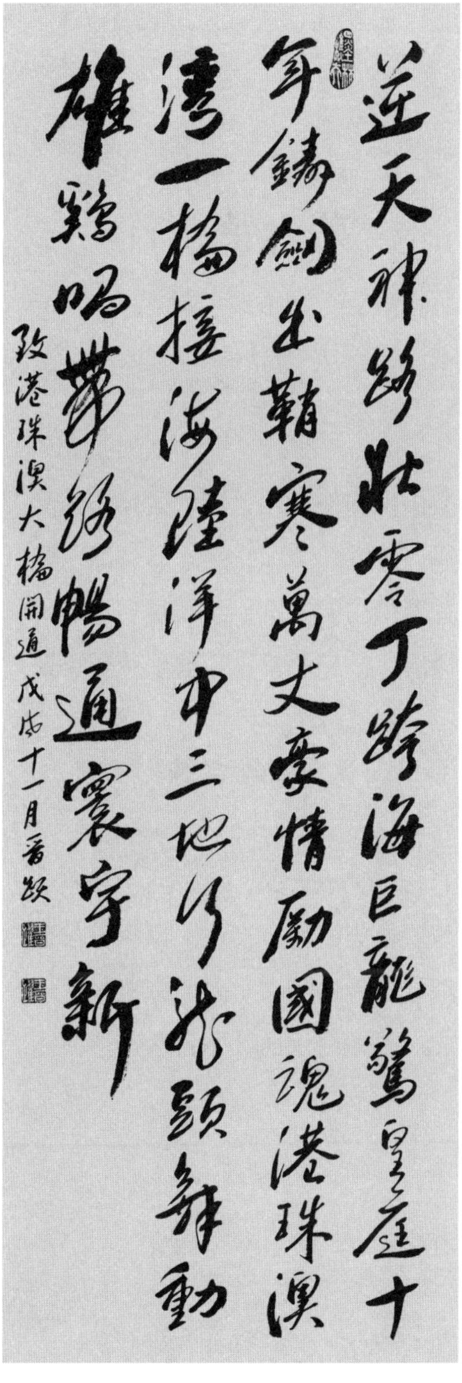
逆天神路壮零丁，跨海巨龙惊皇庭。十年铸剑出鞘寒，万丈豪情励国魂。港珠澳湾一桥接，海陆洋中三地行。龙头舞动雄鸡唱，带路畅通寰宇新。
致港珠澳大桥开通 戊戌十一月晋钦

# 茅台镇二首

## 茅台之醉

娄山围峰作酒坛，赤水盈怀佳酿涵。
酒旗旌幡映街红，老坛旧牌追古鉴。
盐贾消得醉芳歇，红军足智逸非凡。
游客纵情亲酒都，风醉水迷乐香谈。

## 茅台之炫

彩坛半空承天酿，虹桥河谷戏龙翔。
滨壁映史楼盛妆，水镜舞色风盈香。
灯炫酒牌递鳞次，人醉古镇兴梦幻。
文冠武魁约天仙，茅台聚首神飞扬。

2019.5.18 于茅台镇

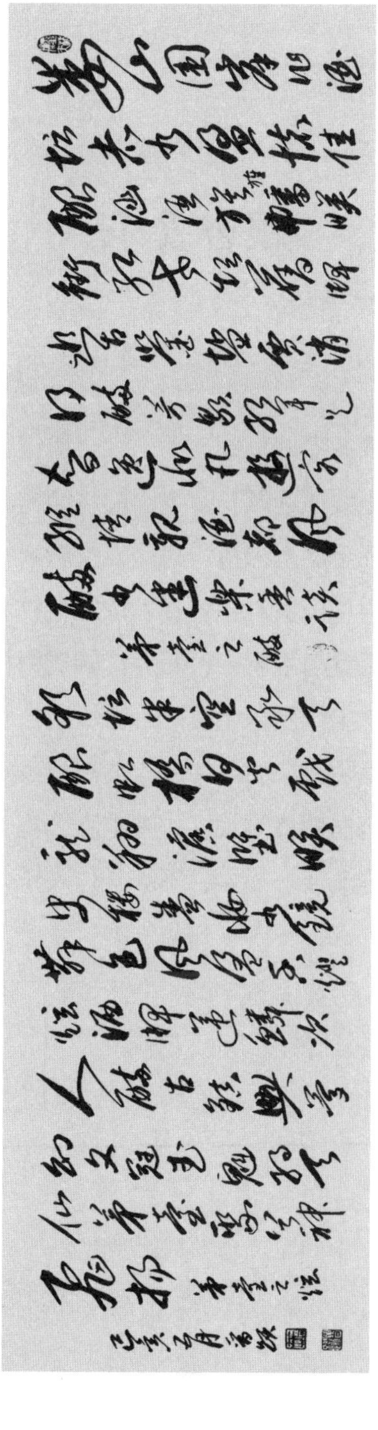

# 银杏妥乐

杜鹃高唱催育景，妥乐意会植银杏。
新苗坡地迎风长，老树溪谷毓秀灵。
公孙千年恋古村，村民百世敬树神。
人树和乐岁月好，春发浓绿秋铺金。
虬根盘桓木屋亲，石径漫转老树林。
一树出得妥乐名，丹心慷慨邀东盟。
树发阴凉凉生水，井流清溪溪爽心。
麻鸭白鹅悠闲戏，牛哞羊咩公鸡鸣。
游客流连忘故乡，不辞长作妥乐人。

2019. 6. 16 于贵州盘县

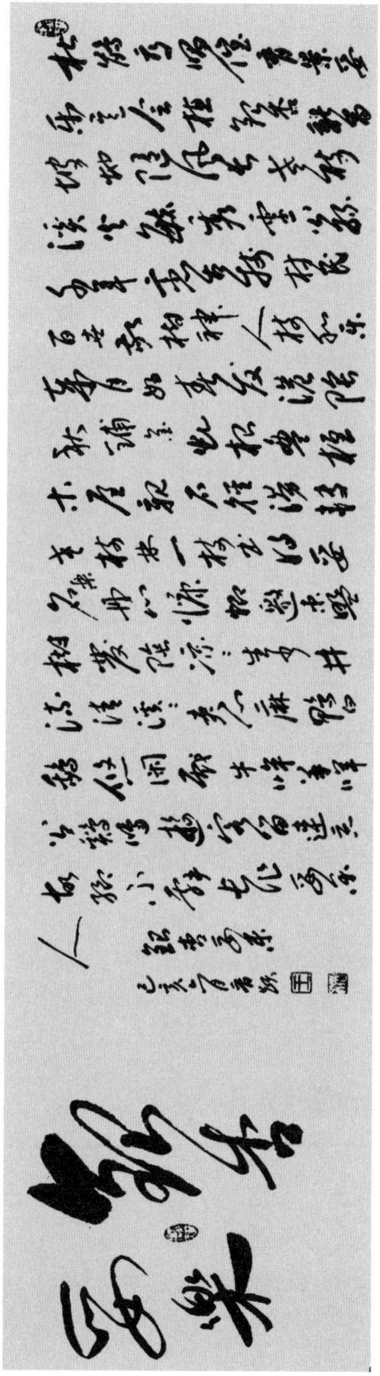

# 天星桥[1]有景

繁星散落化石林，曲水萦回千岛成。
七拐八弯盘桓路，千姿百态巉崖形。
罅隙缝里出奇径，半道幽暗半道明。
老藤攀石织罗网，虬根流崖瀑布生。
枫撑伞亭擎天绿，凉满四时涵谷蕴。
鼓石老井流圣水，祈福洗濯去恙病。
行石坐石摸石过，树亲藤亲戏水亲。
坐享浓荫行沐风，远山青龙吻白云。

2019. 5. 19

**注：**

①天星桥：黄果树大瀑布景区一景点。

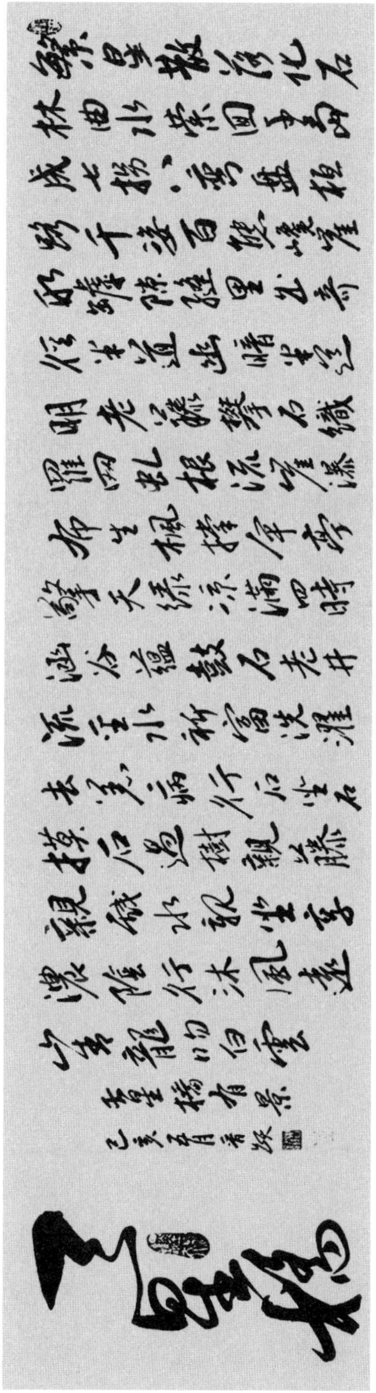

# 洞天福地

青峰朋聚毓灵秀，晴空云祥彻朗照。
洞汇神雕布胜景，龙王豪宫玉皇羞。
圣殿引得众佛来，灵境笃修凡心高。
梵音袅袅云天外，雀鸟啾啾竹枝头。
峰峦围塘开巨莲，幽径牵禅怀素饶。
暗河神出又神隐，三界滋润尽妖娆。

2019. 5. 20 于贵州安顺

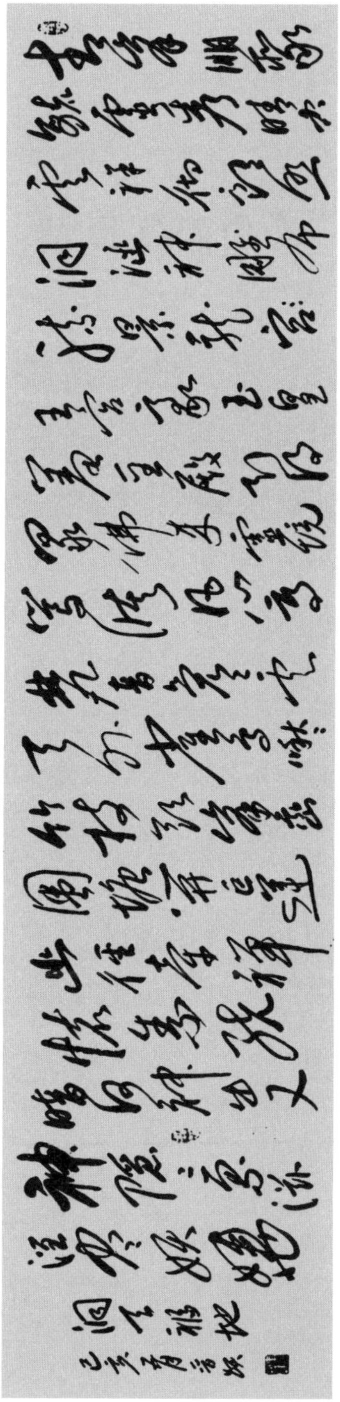

# 千户西江风情

青山环抱秀西江，江水绕流茂苗疆。
半坡木楼半峰峦，一片河谷一寨映。
黄卵石街存古意，黑瓦白墙描红妆。
风雨桥头乡俗演，芦笙场里歌舞扬。
银具首饰琳琅目，苗市游人熙攘往。
色灿艳诱食欲振，古秘炫巧购意蹿。
旧屋翻作新客栈，腊肉柴薰满街香。
古田郭外镜光亮，流水岸畔雀鸟欢。
银冠彩佩展风韵，长凳宴酒劝流觞。
素朴厚意情真切，苗寨怀玉花绽放。

2019. 5. 21 于贵州凯里

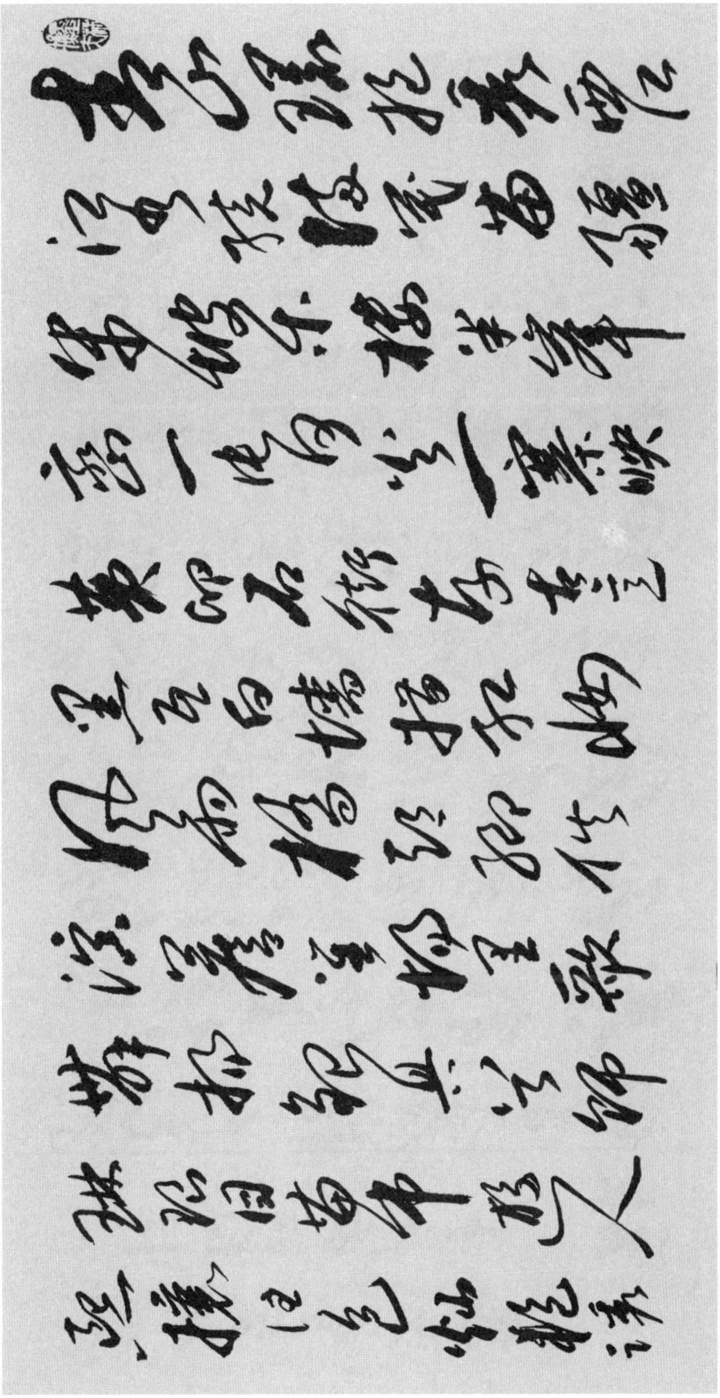

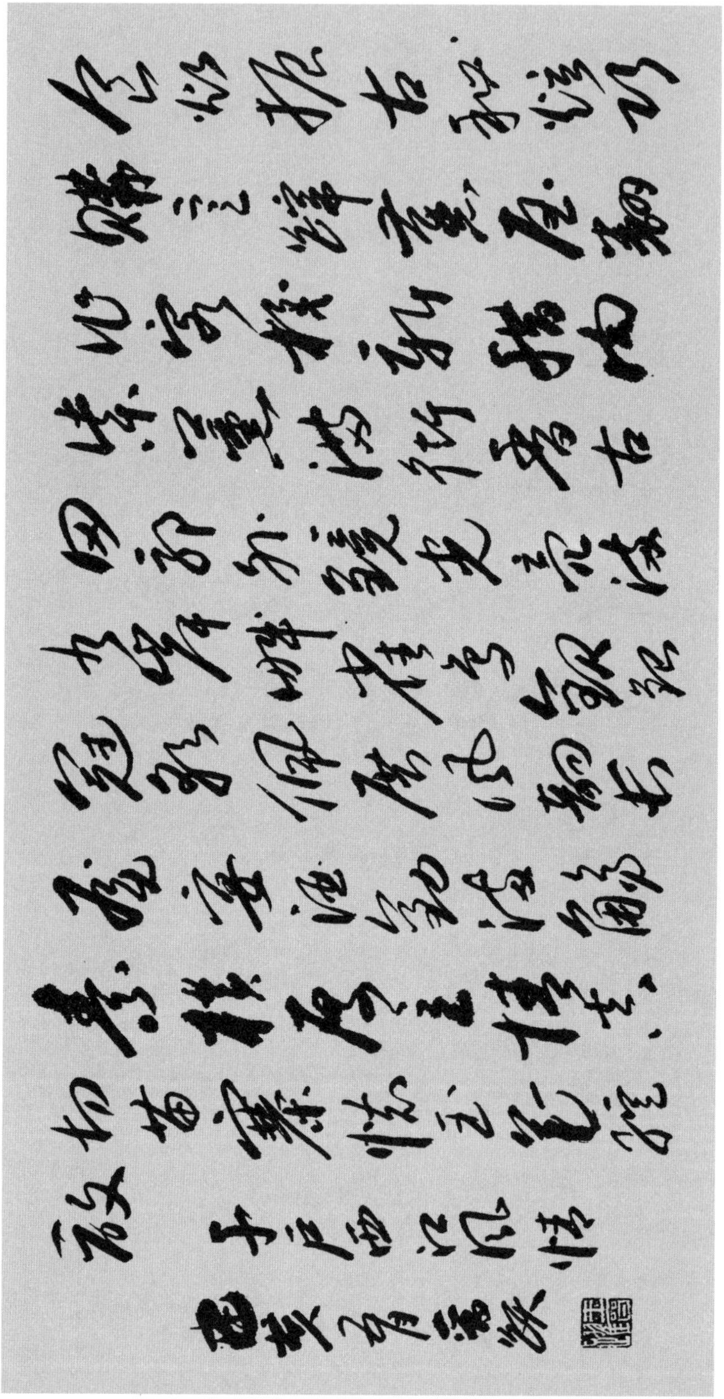

# 黎平之歌

湘江惨败失瑞金，一路悲壮到黎平。
珠玉尘封如泥土，灼见庸毁枉倾情。
何去何从争辩急，翘街拨雾见光明。
街似扁担两挑高，人如故旧送迎亲。
古街知遇染红彩，红军惠民释疑心。
真诚浇得族花开，夜朗大义度红军。
南下北上两难时，一会定调方向正。
河谷智绝牵敌人，崇山力征惊宇庭。
黎平纠错正道扬，遵义树帜抗日奔。

2019.5.26 于黎平

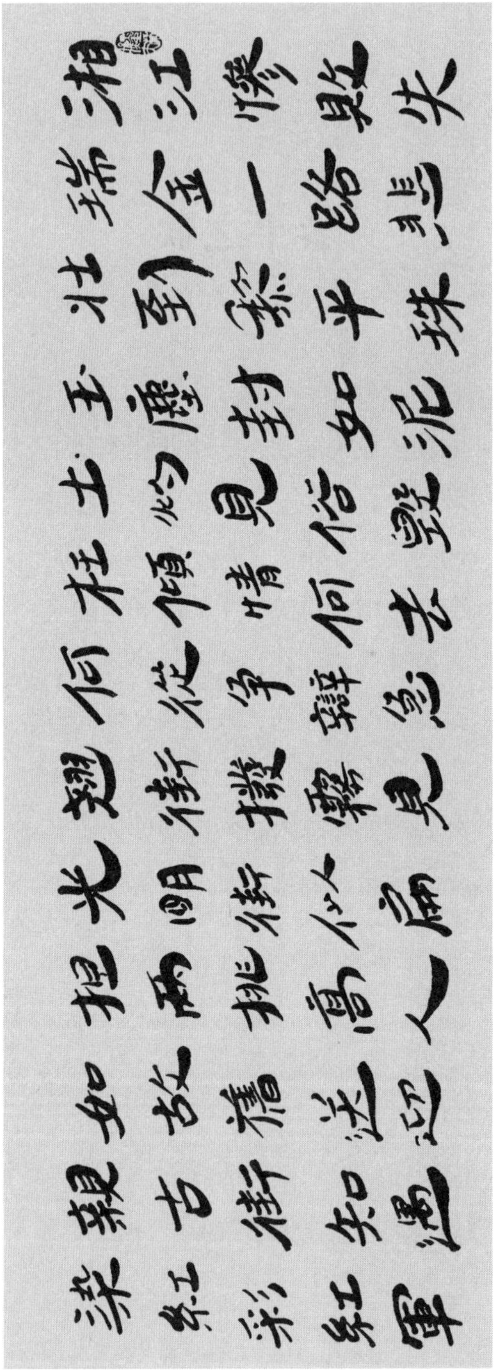

惠民釋疑心
真誠澆得族
花開夜郎大
義度紅軍南
下北上兩難
時一會定調
方向正河谷
智絕牽敵人
崇山力征驚
宇庭黎平糾
錯正道揚蓮
義樹帆抗日
英
黎平之歌
己亥五月晋妖

# 致腾冲

数十万年火山洪，流岩沉灰积盆中。
蜂崖垒成盆壁山，地下截流暗河涌。
自然妙手造奇迹，灵秀长毓有腾冲。
天惠地顾富山水，商贸驭城马帮功。
华夏身毒[①]通要塞，山河驱驰极边雄。
风云际会乘时代，金戈铁马叱缅空。
明清俊杰立威武，文育武伐固疆穹。
辛亥烽火肇始燃，抗日将士励国龙。
悲壮写就华史章，英雄列出繁星同。
文明浇化腾越地，极边风光盛世隆。
带路复兴识闺秀，邃桥洞穿高黎贡[②]。
中原极边村中行，古道名城旅游风。
青山秀水扬古城，翡翠热海引世崇。
何处春暖夏秋凉，不辞长居在腾冲。

2019.8.9 于腾冲

注：

①身毒：古印度之称。

②高黎贡：山名。

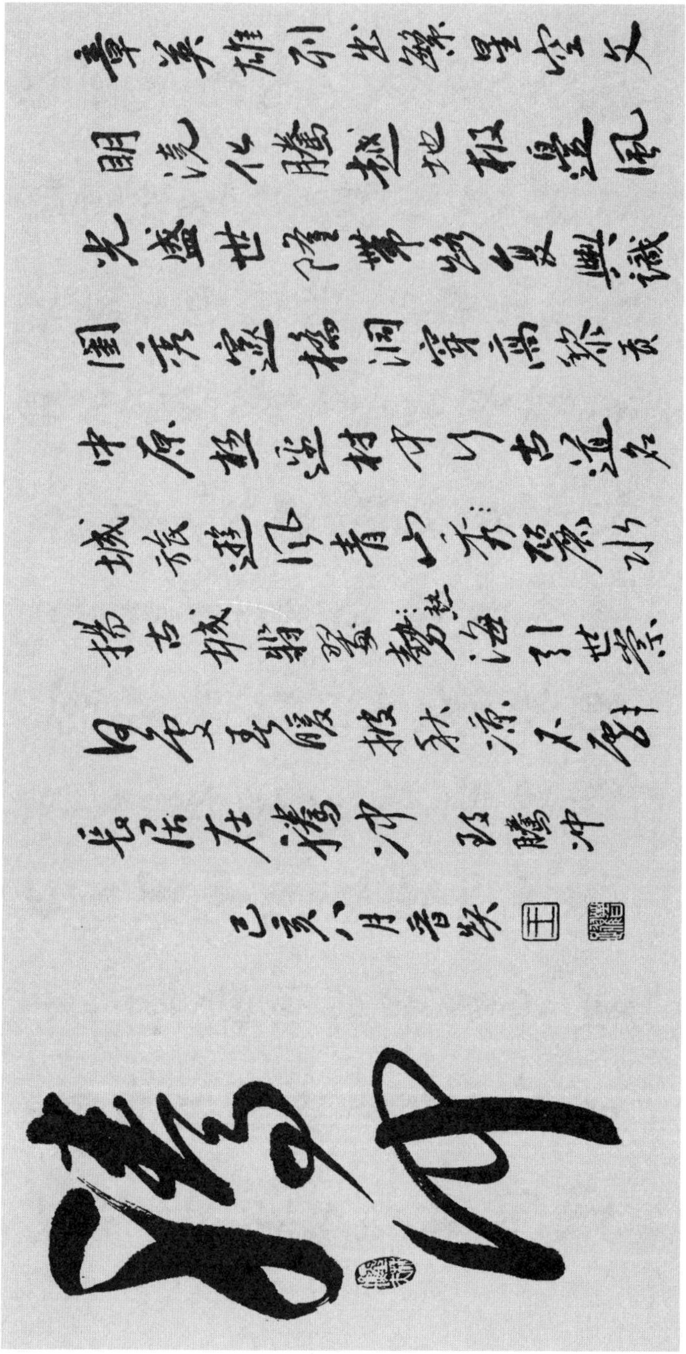

# 延安·延安

延河流川中，挥写人字龙。
铁肩担道义，安世自承宗。
隽秀杨家岭，睥睨帝力穷。
赤胆包寰宇，红旗卷飓风。
恬蕴枣树园，灯光辉苍穹。
履涛驾云霓，波澜动远空。
崎岖宝塔山，九层塔玲珑。
东南西北望，巍峨绝世雄。
寒窑土坑中，帷幄运筹宏。
决胜千万里，江山大一统。
历尽艰难磨洗风，星火燎原华夏红。
开天辟地无古人，中华焕新千秋功。

2018. 8. 5 于延安

# 天子山[1]·玉屏[2]峡谷

天子碧玉藏里仁[3]，玉屏罗帷玉脂身。
青峰秀拥合云雨，幽谷曲抱入胜境。
彩蝶贴面留花印，山溪流歌恣野性。
情至颠鸾乾坤转，鸳鸯浴瀑醉华清。

2019. 9. 11

**注：**

①天子山：位于武冈市龙田乡。毗城步、绥宁、洞口。

②③玉屏、里仁：皆为山下村。

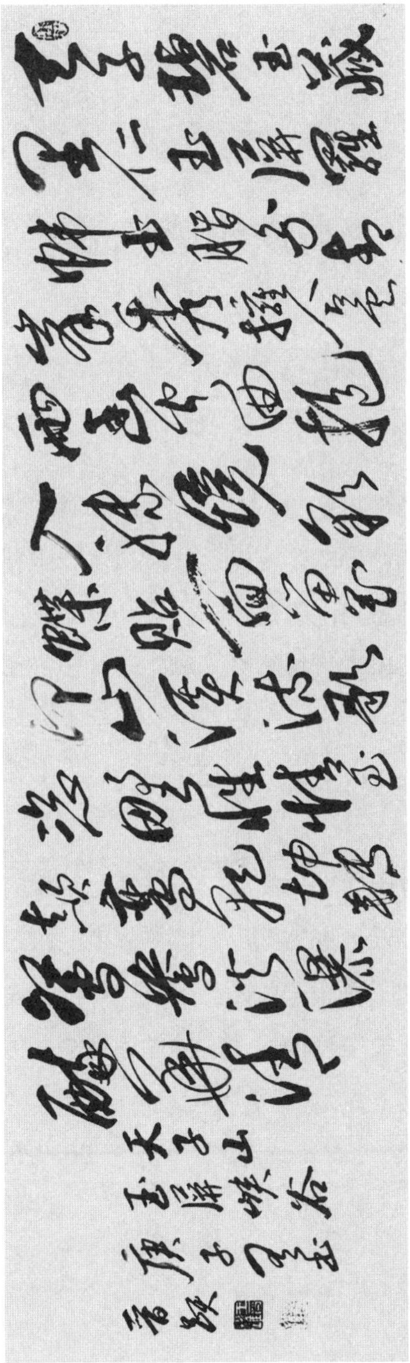

# 高铁快感二首

## 一

峰峦村寨电闪过，园田城镇翻页嚯。
到站停歇半支烟，穿洞风驰眨眼错。
外望河山纷纷退，内见沙发稳稳坐。
斜倚摇篮童稚梦，醒来异地天河落。

## 二

青山峰谷绿海波，高铁箭行浪里游。
穿云破雾山巅走，惊风掣电洞腹过。
龙王恐慌鲨鱼怪，玉皇诧异地龙魔。
凡夫坐躺神仙飞，神仙追乘失刹那。

2019. 5. 8 于长沙至贵阳车上

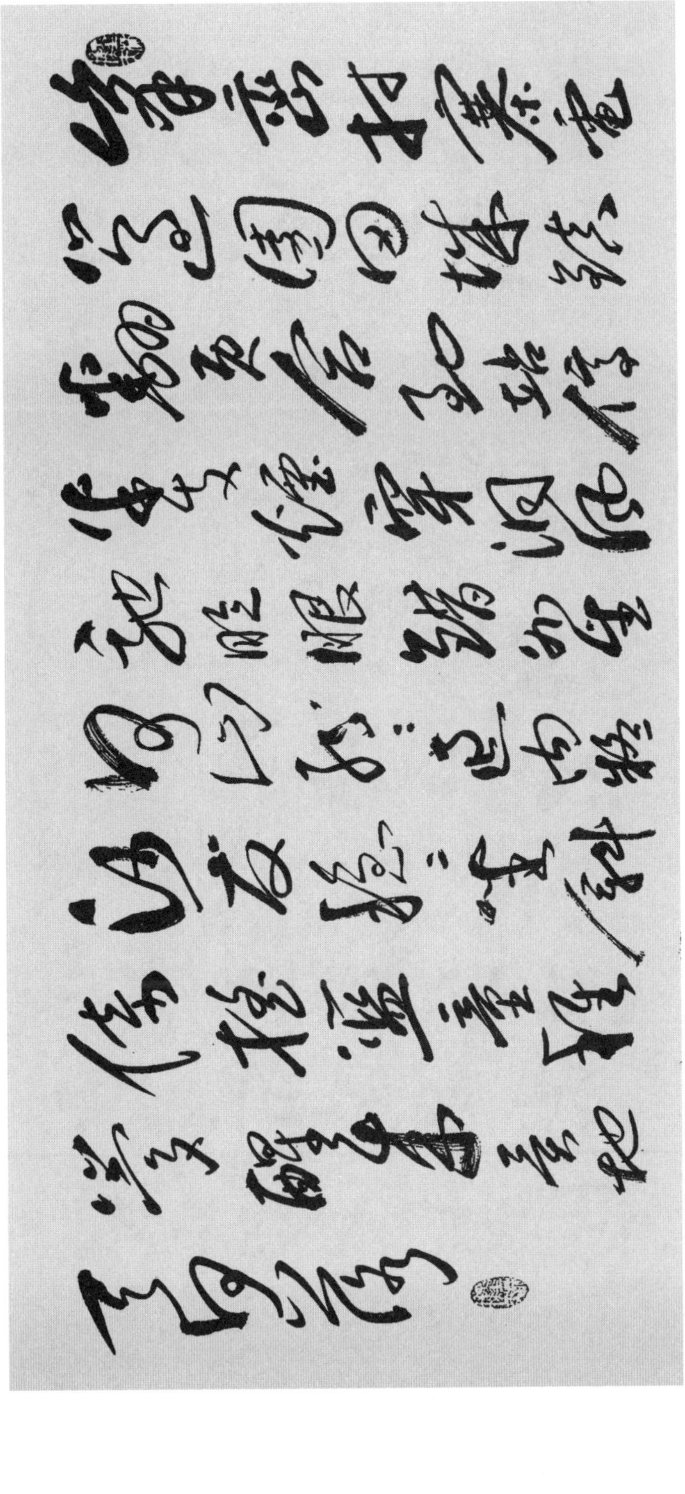

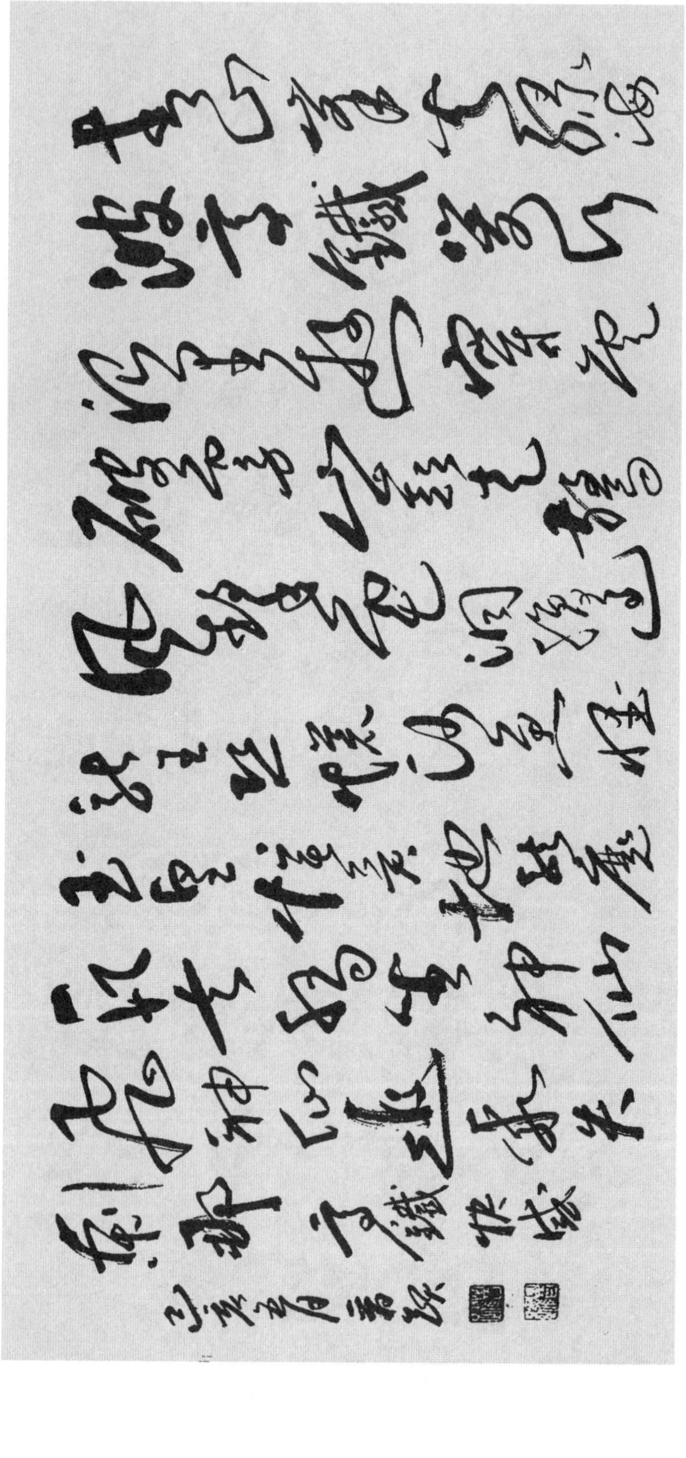

# 博彩贵州

——观贵州省博物馆有感

七拐八弯九回肠，恰似西南梦变幻。
云贵川黔追高古，亿年海洋今山峦。
生物化石虫鱼龙，洋洋布陈见大观。
汉武拓域收夜郎，阳明悟道得龙场。
天远地僻辞圣贤，心说拨荒兴学堂。
红军失势入黔疆，转转打得人晕茫。
河道回环出峰谷，遵义会议明方向。
山地灵俏民族养，一朝出闺得俊赏。
多彩秀媚惊世殊，素颜淳朴丽质芳。

2019.5.9 于贵阳

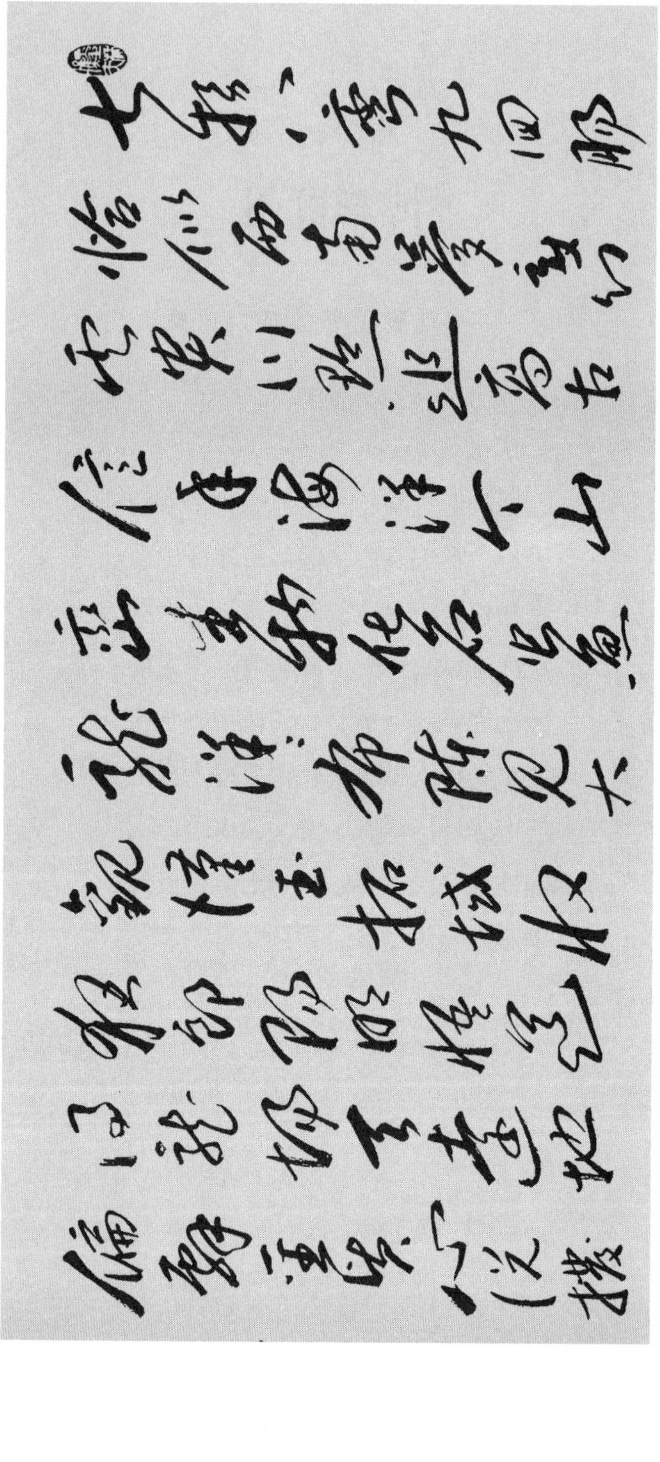

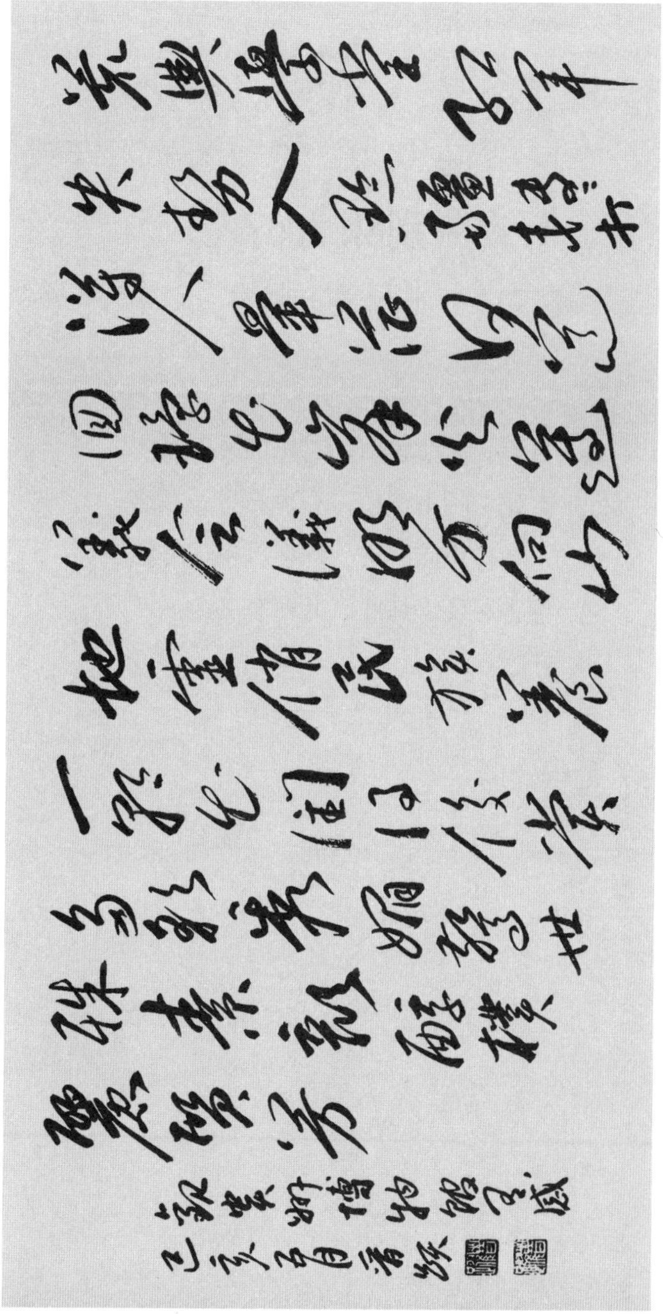

# 别味古街

古镇魂逝造新街，雕龙描凤扮老屋。
木窗木门木檐棱，石狮石凳石板路。
人稀楼空店门关，蛛多网密居猫狐。
檀香袅袅绕红庙，芳草萋萋冷商贾。

2019. 5. 14

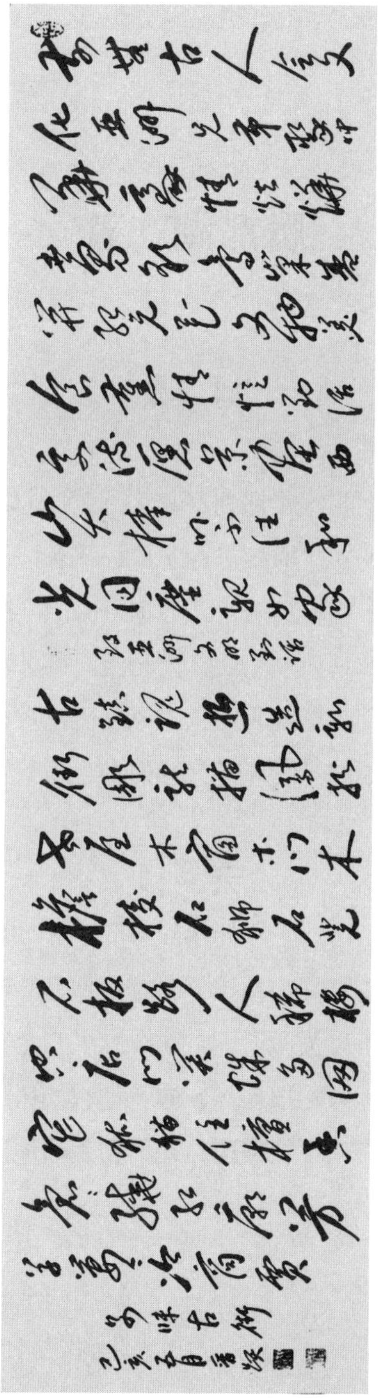

# 属都湖二首

## 湖　光

青山四伏属都湖，弯水月芽画山谷。
牧场牦牛攒靛黑，湿地彩花点毡绿。
朵云峦影富照水，芳甸舟船漂浮图。
野鸭丛滩朋聚欢，游艇镜面鸟扑索。
暖阳羞涩躲阴云，凉风慷慨秋意抚。
粼粼波光随风荡，熙熙游人逐景娱。

## 云　杉

苍苍老矣白须拂，凄凄伏地苔藓簇。
当年挺拔傲云天，而今糜烂归泥土。
天地万物报自然，你我他它如树故。
生命循环得大道，死为新生腾地出。

2018. 8. 6 于香格里拉

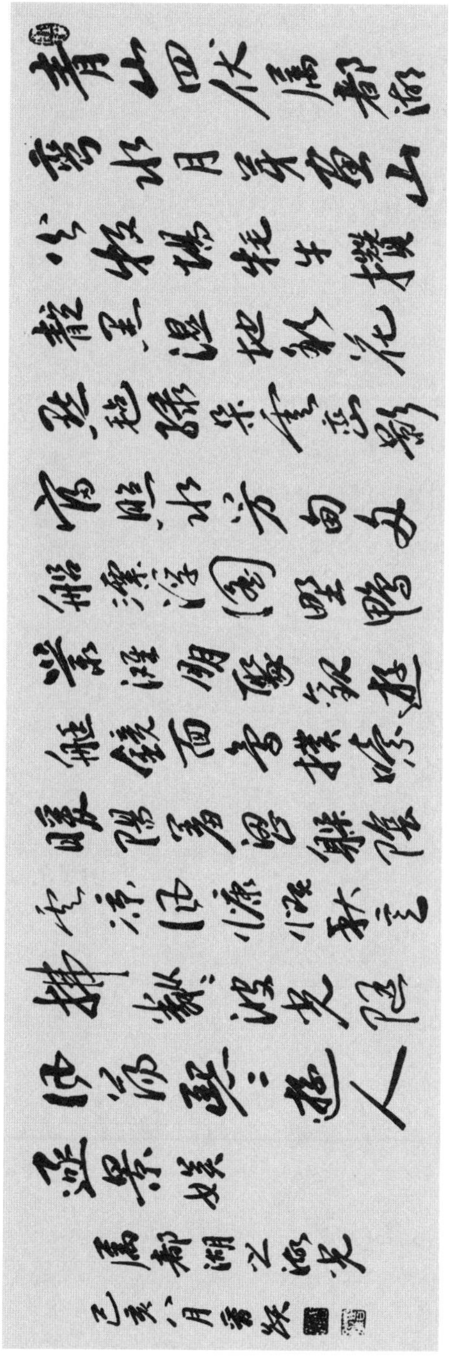

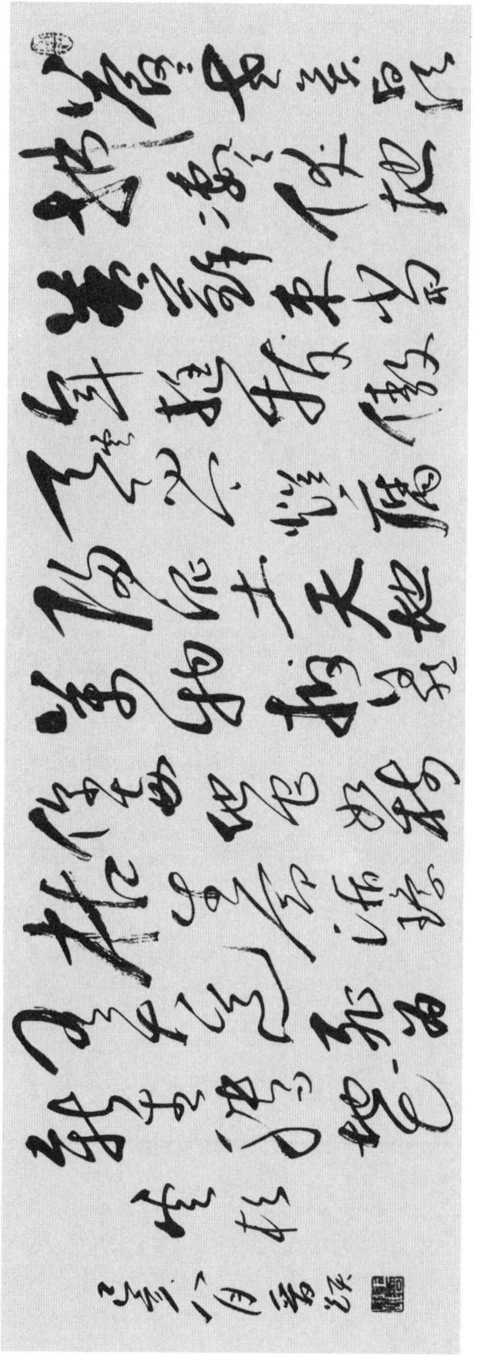

# 教　育

热血育雏凡盼聪，锥心填食虫长龙。
哪知虫蠕咀青叶，怎比龙叱甘露风。
一朝俗虫胀肥惰，满腔心血全落空。
龙是龙来虫是虫，各自食性皆不同。
天地万物都有用，自然顺生执厥中。
平凡莫作非常梦，稼穑适土即成功。
性本爬行强作飞，折翅失羽害童蒙。

2019. 7. 9

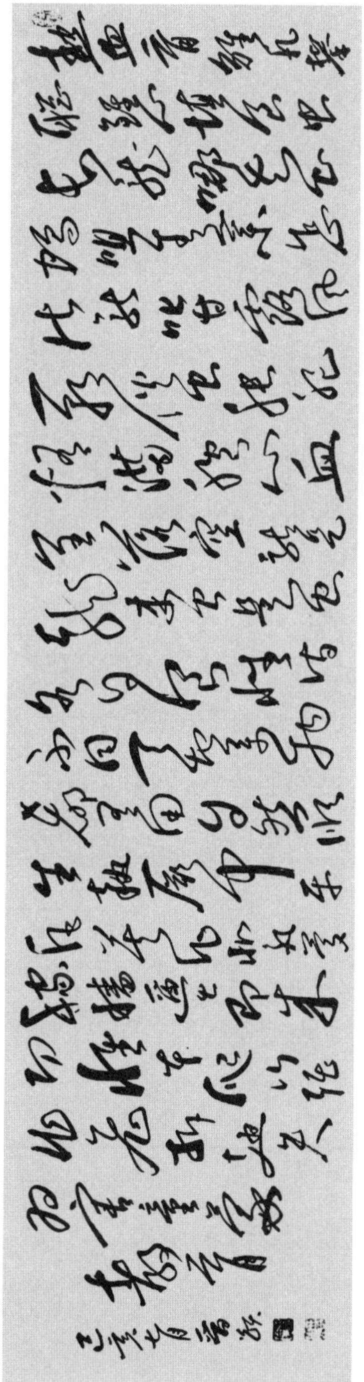

# 生　日

生日临产床，母疼裂五脏。
被浸一滩血，肉头滑出囊。
啼哭饥寻食，襁褓捂心上。
硬挤血乳汁，忍痛喂儿郎。
慈母秋草萎，独守老屋场。
儿女离故土，安乐适他乡。
豪车别墅屋，灯红酒绿场。
呼朋邀友庆，生日豪宴享。
醉生梦死中，魂逝生母忘。
觥筹交错时，生母胞衣想。
儿爱鸡蛋面，天寒加衣裳。

2019. 11. 4

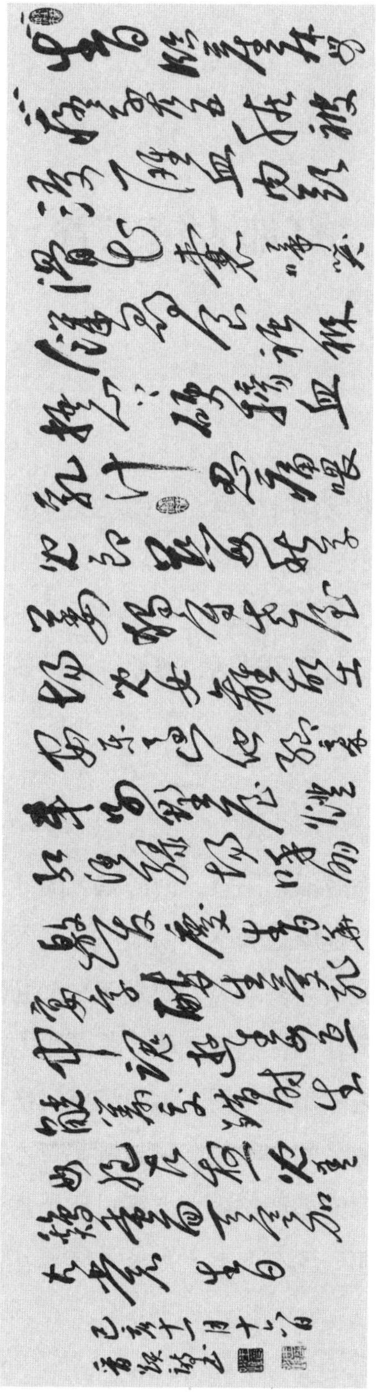

# 灯都古镇二首

## 一

独木成林唯榕树，古镇蜕变灯都出。
豪光炫耀世界彩，华灯扮亮东西屋。
珠江潮涌五洋浪，中山灵汇三民露。
山海故事留神话，滩涂神话经书无。

## 二

滩涂荒沼起高楼，河海腥风随洋流。
欲将金屋轻骑逐，由缰信马漫天游。
洋流转环多飓风，海潮起兴又回落。
长街旺铺铁锈锁，落叶荒园尘网多。
人去闹市成冷清，大厦满盛忧伤愁。
华彩梦幻泡沫碎，风云灯都草木秋。
萧瑟寒缩严霜中，严霜过后冰雪稠。
但愿天酷存慈善，冷杀有度春花留。

2020.11.24 于中山古镇

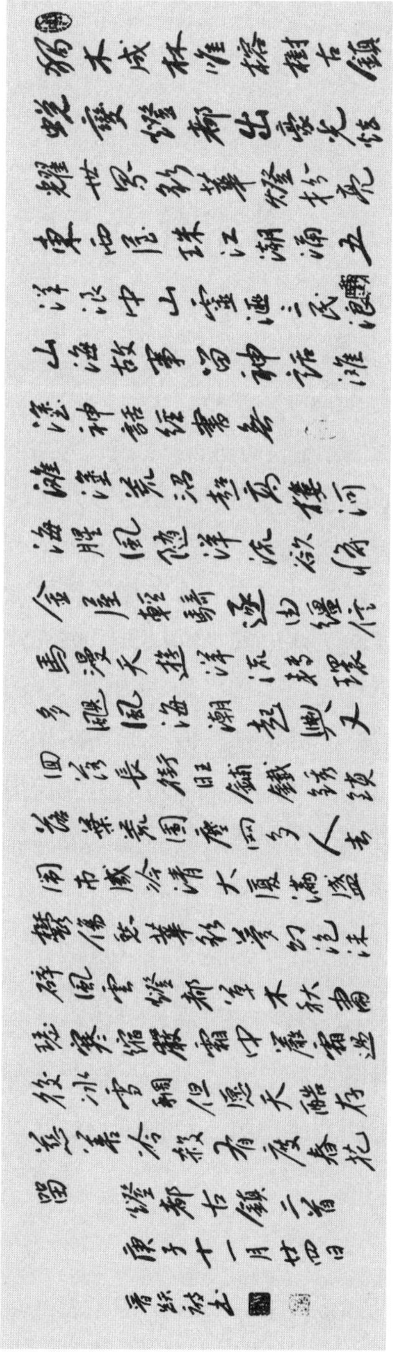

# 道州有道

宰相[①]贬谪州司马，只因铁面权贵怕。
看似无理却有道，忠正总被奸佞压。
幸有残楼城墙上，曾经昔人太平[②]话。
风雨剥蚀沧酸寒，冷落颓危意不佳。
铁锁把门蛛尘网，杂秽堆阶拒人踏。
居民竞高矮名相，牌立慵懒不服斜。
名楼挤蜕成锥地，寇公回还不识家。
清风修正亦无力，潇水尚且浊流渣。
伴有红军浮船渡，攻城驱敌热血洒。
现留两碑墙角处，黯然寂对潇水花。
城墙毁摧剩门洞，方石已垫房基下。
街因人名街永生，楼因人居楼难存。
道州有道荟文星，道州有缘结红军。
但得惜古尚忠魂，驰道扬鞭力无尽。
福地怀秀重前贤，盛世腾飞翅膀硬。

2020.12.1 于道县

注：

①宰相：指寇准，曾被贬为道州司马留有寇准楼。

②太平：寇准楼联：“夕人望太平，此地怀司马”。

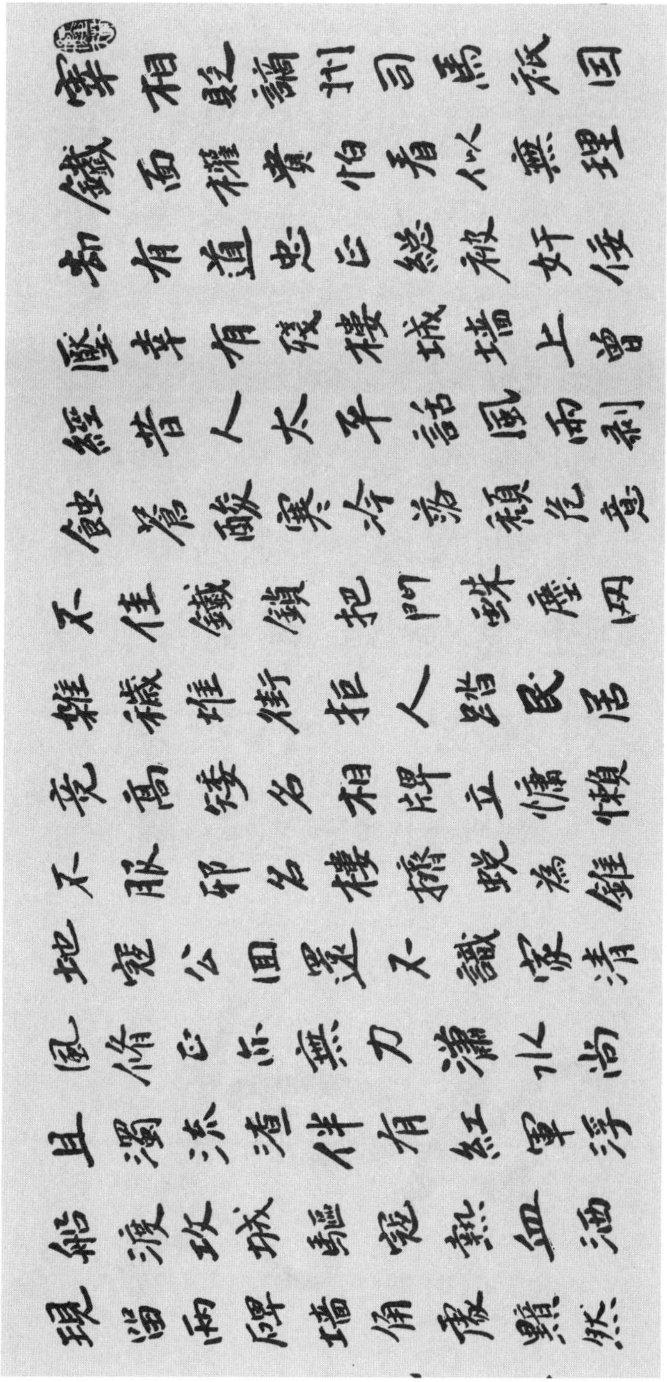

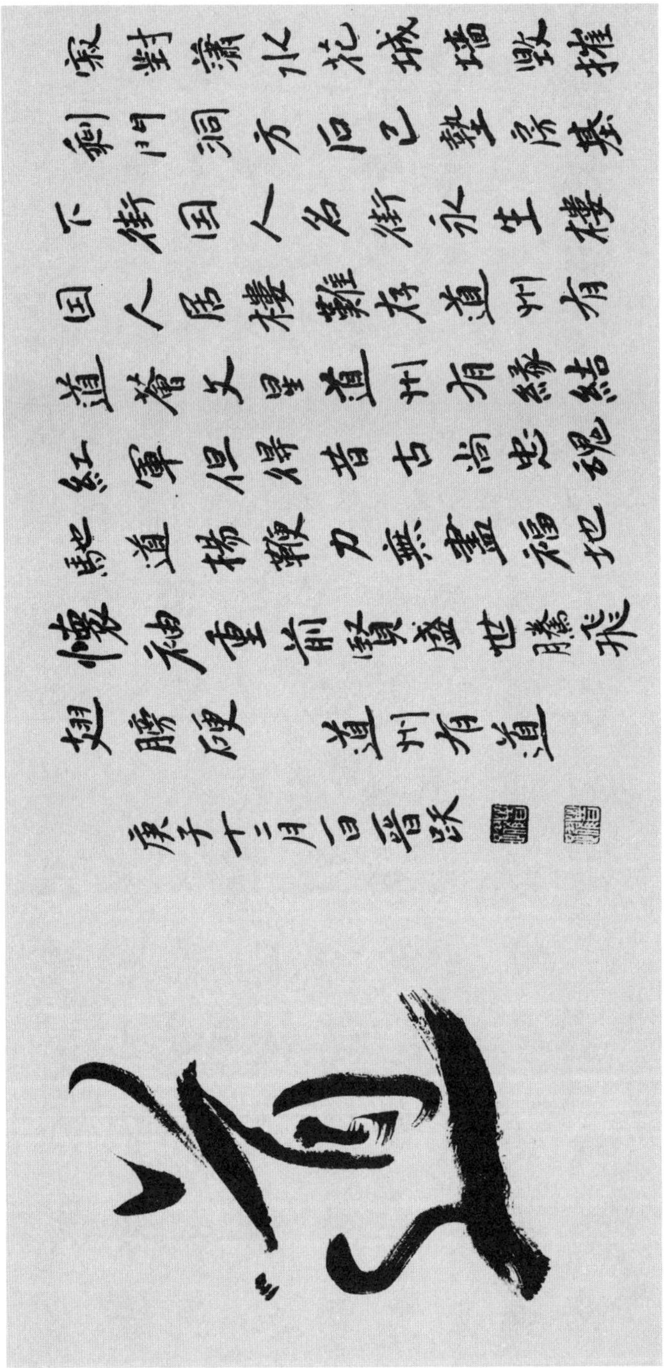

# 异感

三月枫叶竞花红，百年老树桩园中。
琼崖巨石飞庭院，春燕不剪杨柳风。
丰年星夜无蛙鸣，乡野远逝稻香浓。
果蔬无季时时出，农场弃土高楼空。
天地顺生难称意，欲壑梦深堪填充？
滥采乱伐恣意为，赶尽杀绝血腥恐。
自然大化人渺小，逆天悖地惩罚重。
我辈百年倏忽过，子孙万代受困穷。
暴走已将灵魂丢，回头拾掇是正宗。

2019. 5. 5

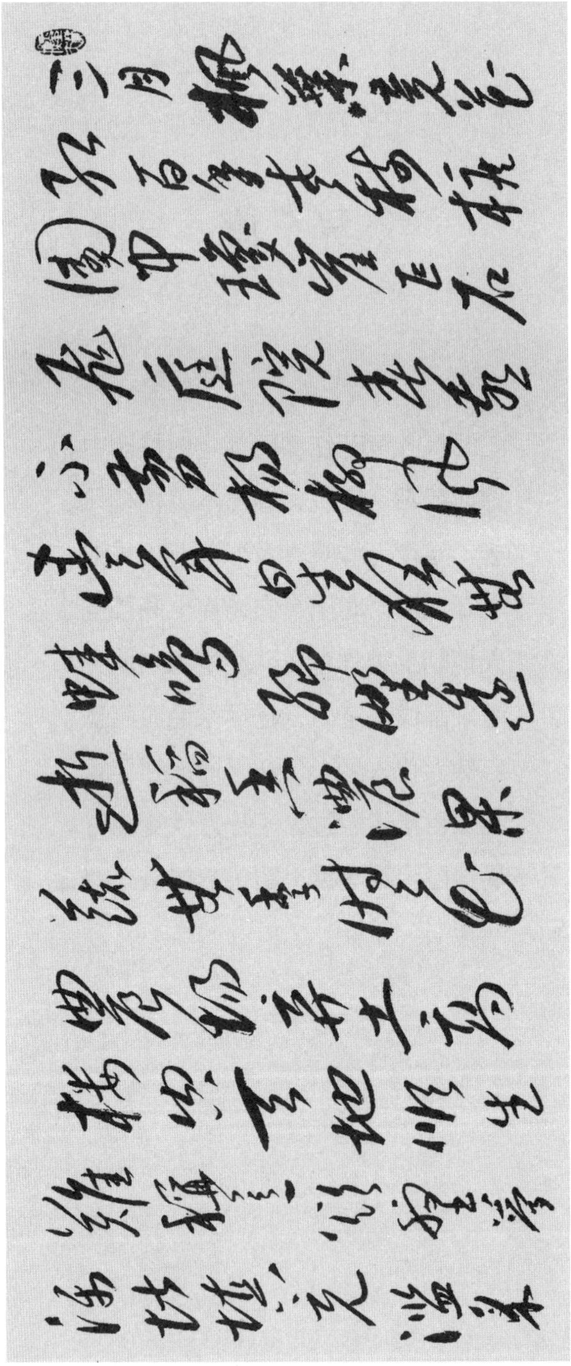

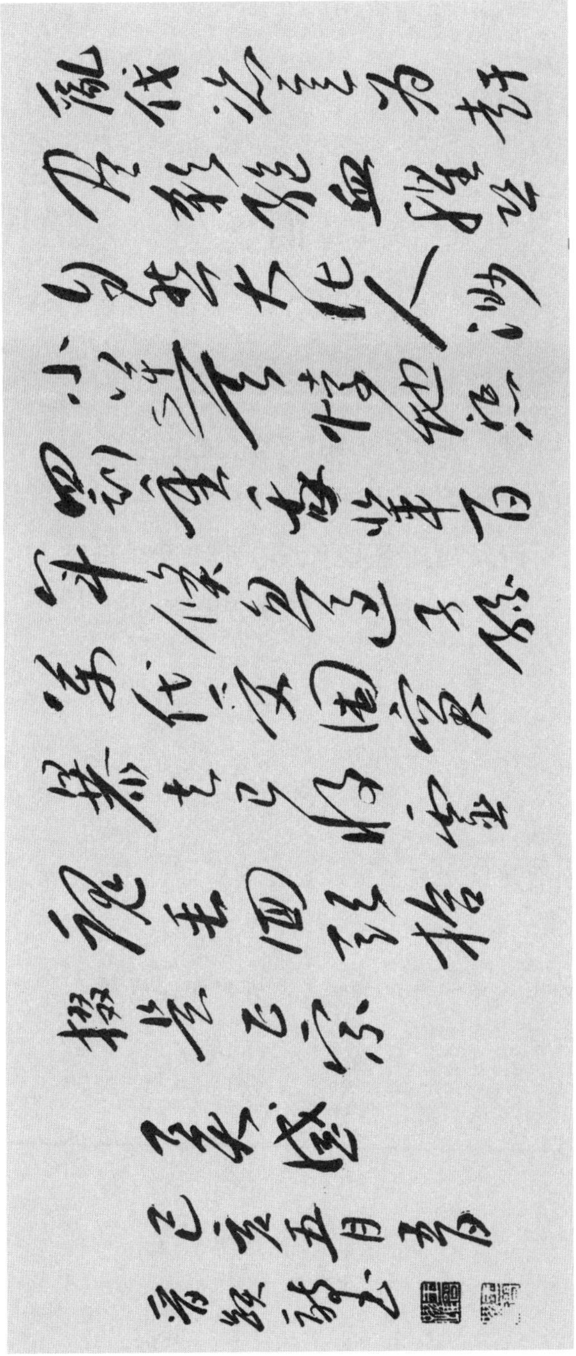

# 酒

神人共飨通灵阙，杯盏交心古今绝。
英雄豪情比天公，懦夫醉气阎王决。
诗人[1]船梦压星河，乞丐[2]踢翻尘世界。
但有失性百态丑，荒诞胡作还胡说。

2019. 9. 27

**注**：

①诗人：引化唐珙《题龙阳县青草湖》句："醉后不知天在水，满船清梦压星河。"

②乞丐：引化《绝命诗》句："两脚踢翻尘世界，一肩挑尽古今愁。"此诗为无名氏所写。

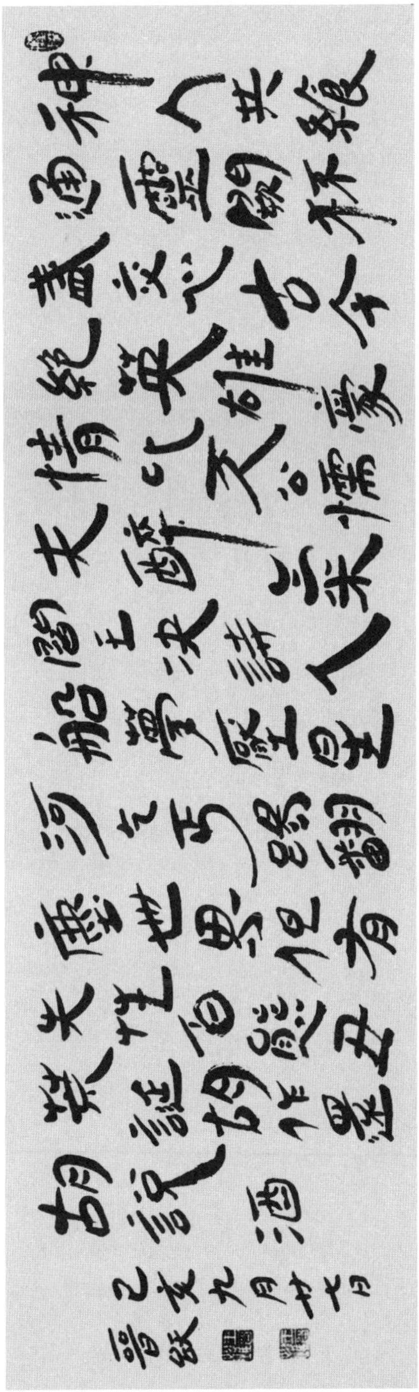

# 交 真

真人恋旧情，久别重念亲。
闲来不着意，电话加微信。
老酒三重阳，几杯醇香问。
自养鸡鸭鱼，得读灵犀经。
是处有人想，不枉此生行。
酒醉心里明，修缘得缘分。
心心交长久，己心换他心。
但存丝毫假，不得度真人。

2019. 12. 31

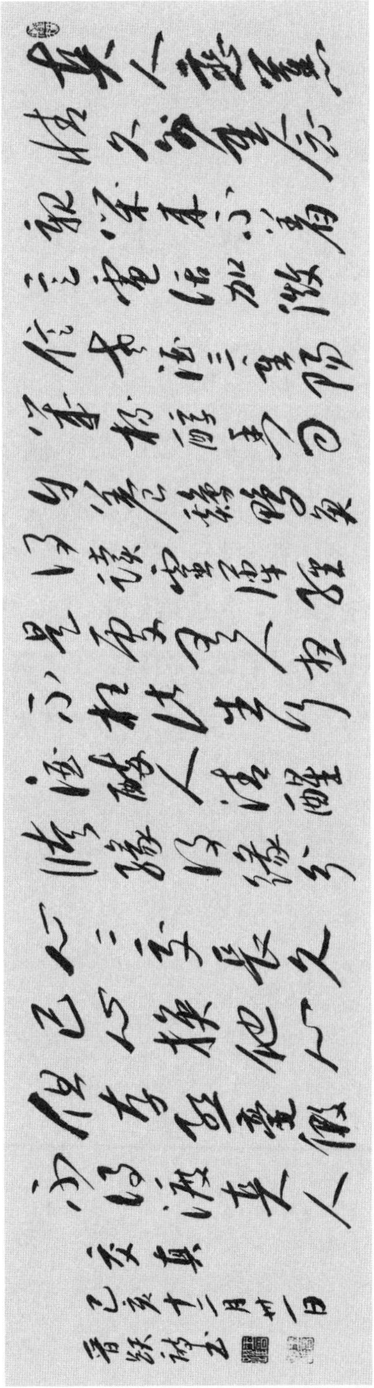

# 蚊　主

三更夜阑人安静，数蚊嗡嗡高歌进。
贴肤吸血肉无感，饱食何必待天明？
屋大任飞真主人，床小梦游适宁寝。
你拍我来我吃你，颠倒黑白道亦行。
天地万物合时性，白昼黑夜各有灵。
尔等白天充霸王，吾辈夜里闹龙庭。

2020. 6. 10

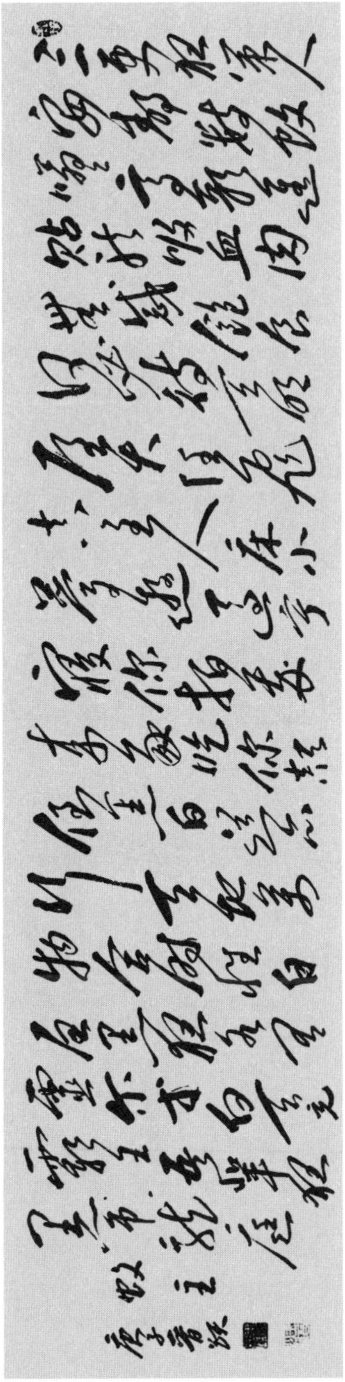

# 小　大

小小冠毒珠峰瞻，专治矜傲蚊虫啖。
自由人权欢欣地，气吞众生如海涵。
厉阳炙火不变色，还喜秋凉冬严寒。
任性放纵成野鬼，鸵鸟埋头促笑谈。
邪心峰高遇雪崩，恶政壑深陷自残。
惟有天网疏不漏，阻绝魔道无路传。

2020. 8. 28

# 广场百姓

## 日

城大楼集束，水泥全覆路。
秃地草不长，绿茵贵如玉。
人居盒子屋，离地空悬浮。
白云蓝天碎，阴翳苍暗都。
晨早逐新凉，出户释夜寤。
广场平空旷，顺道转场踱。
遇故聊闲话，得兴跑健步。
曲和群体操，乐引太极柔。
赤足踩卵石，踮行脚板搓。
随狗牵曲径，吸鲜寻树多。
择栏高压腿，隔网抛羽球。
无遮太阳早，广场光直照。
风凉热汗淋，赤臂甩膀跑。
厉阳炽白亮，理石火炙烤。
少妇劲舞迎红日，儒老柔剑劈阳光。
阳光毒射场内空，闲来无事乘阴凉。
三五凑角玩纸牌，输赢无记耗时光。

条凳排坐说故事，风流韵事情味长。
街长俚短评古今，琴棋书画各自扬。
亦有野恋择荒僻，踩倒茅草权当床。
枝叶光漏花浪漫，欢娱过后纸巾乱。
广场名之为百姓，政府恤民副时尚。

## 夜

从楼矗高立四方，豪宅吞金开发商。
雅居炫烨众心彩，城市辉煌人聚泱。
一坪理石嵌广场，几片绿荫疏风凉。
污水洼积名龙湖，野草坡侵公园殇。
暮色沉夜霓虹晃，宅人出户解闷慌。
时商傍路营地摊，闲散徒步眼繁忙。
广告煽情塞耳灌，风味浓郁刺鼻香。
兴致大妈坪中舞，喇叭竞放震天响。
情调男女扭台上，艳姿嫚媚交谊欢。
箫鼓琴笛自配乐，戏剧粉丝话筒唱。
绿桌台球乒乓球，石板书法有人赏。
游乐场里尽童话，乘骑飞蹦诱稚想。
兴趣玩转不愿离，家长笑陪掏钱忙。
称心释怀随意动，良辰夜灯白月光。
星月不知人间乐，高天深邃示夜半。
人们逸悦不知倦，自由喧闹时间忘。

2020. 9. 5

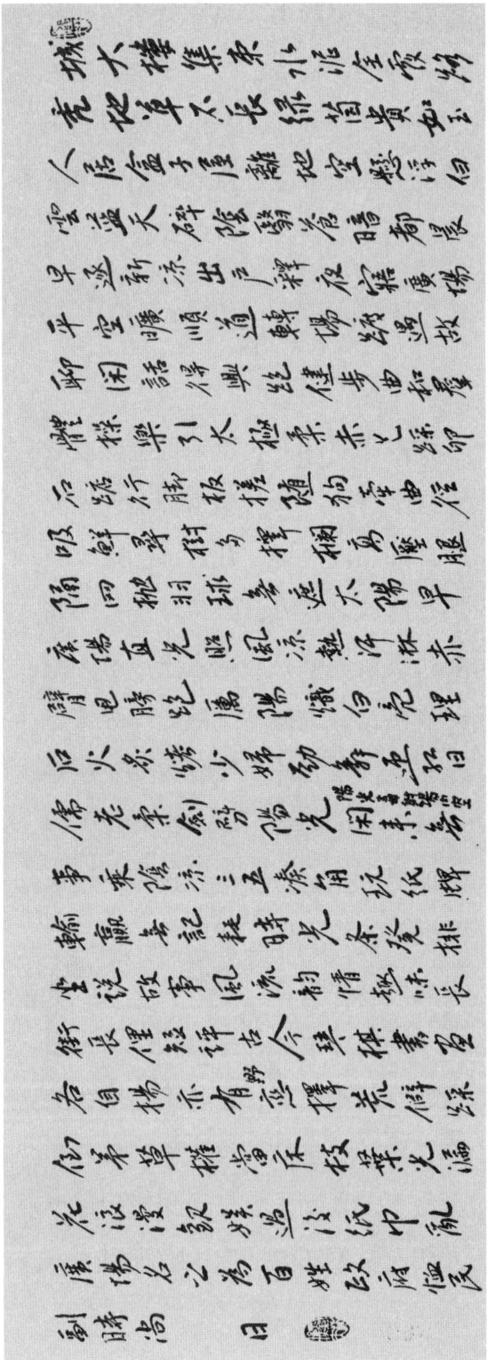

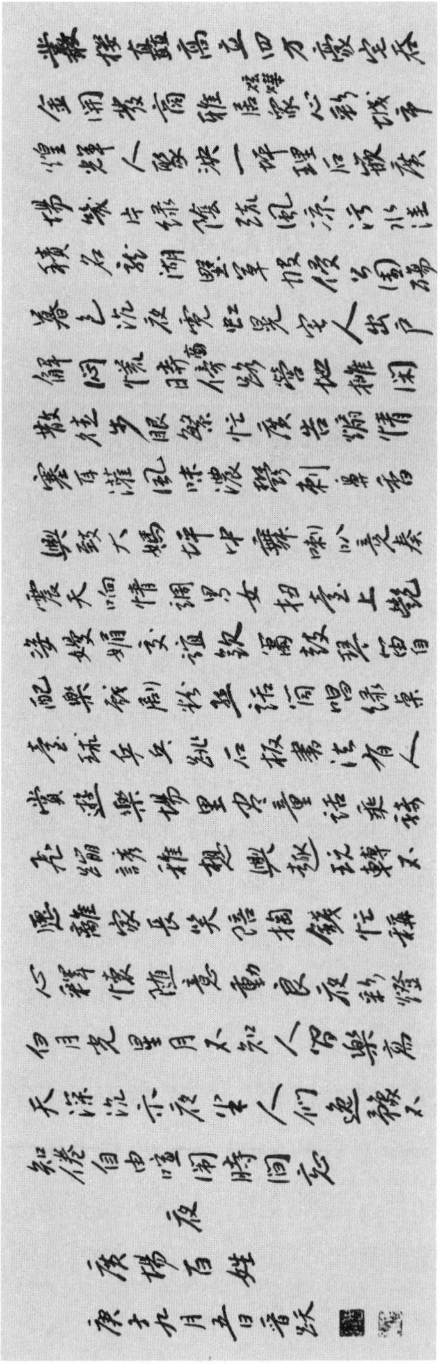

# 别意难寻

游子远行毋缝衣，关山万里一日抵。
异域风情共时赏，视屏面见传情意。
地球一村乡亲近，天涯比邻庭院里。
少有征夫久戍边，多是边城睦安逸。
烽火楼台黄沙地，口岸互市商贸集。
长城关隘千古立，而今林隐旅游迹。
将士角弓辞羌笛，军民胞衣有虹霓。
商人重利无别离，浮梁买茶点手机。
居家系联千万客，坐堂品茗金进矣。
古道苍峻成风景，高铁穿梭歇马蹄。
京州官员无贬谪，外派却得春风意。
政通言畅可达天，人和道同上下一。
黄芦苦竹湿苇困，辛酸故事远逝矣。
盛世国泰民安定，称心喜作享乐题。
时代变迁科技力，别意束高奢侈奇。
亲朋勤聚存思念，天伦和度得神逸。

2020. 9. 5

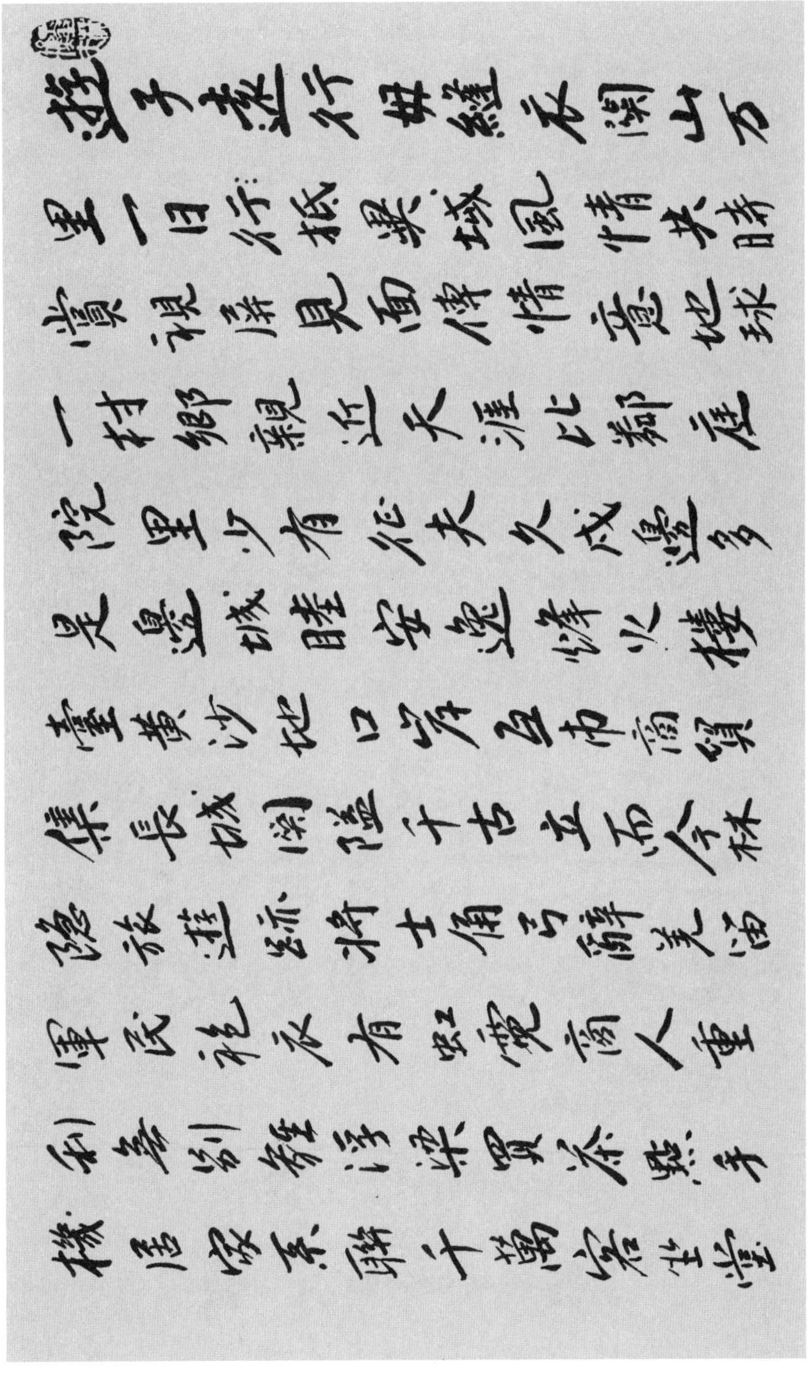

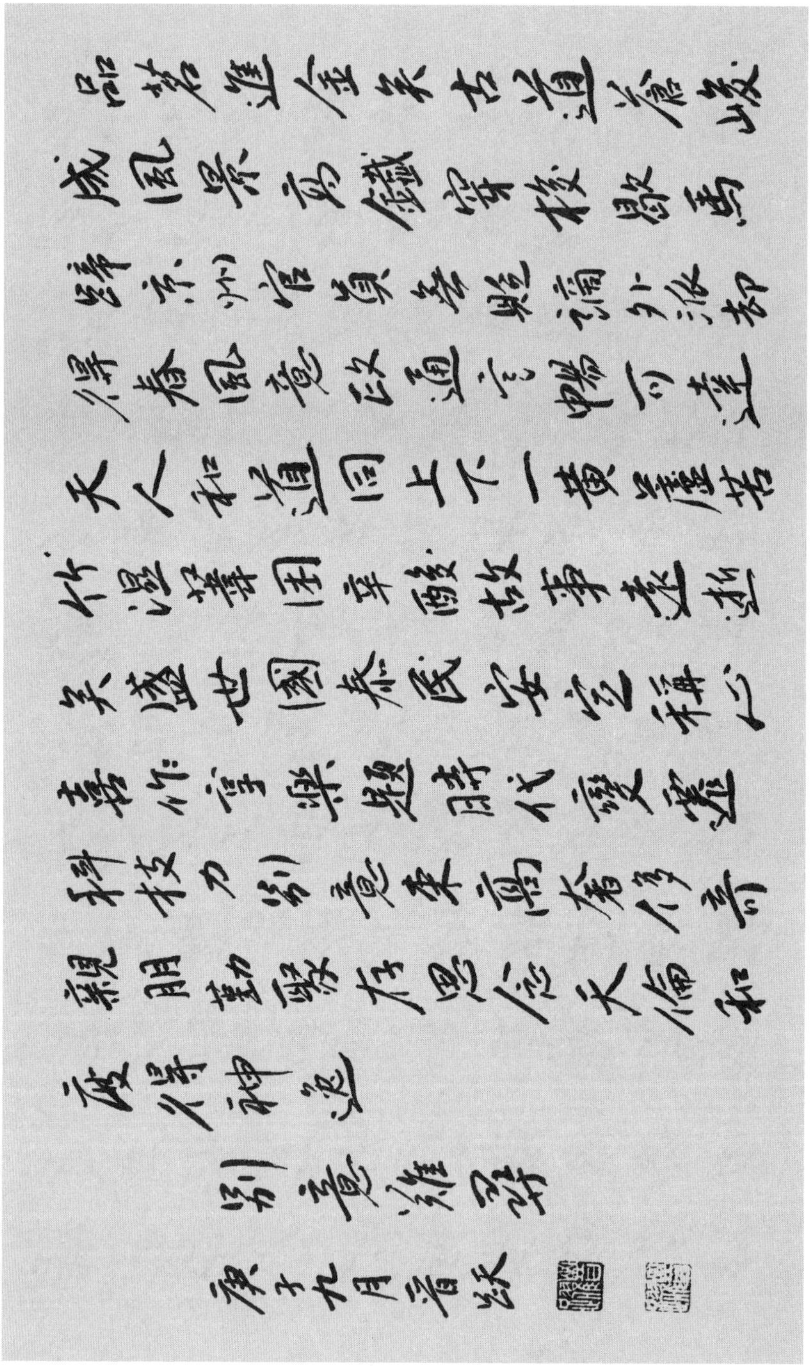
品茗進金矣古道蒼峻
成風景高鐵穿梭歇馬
歸京州官員無貽謫外派卻
得春風意政通言暢可達
天人和道同上下一黄蘆苦
竹濕葦困辛酸故事遠逝
矣盛世國泰民安定稱心
喜作享樂題時代變遷
科技力別意來高奢修音
親朋勤聚存思念天倫和
度得神逸
庚子九月晉躍

# 忘 日

国安已忘耻，泰平久宴家。
霓虹昏日月，时光停奢华。
得意春梦醉，享乐花裙下。
舰机绕家门，不知九一八。

2020. 9. 18

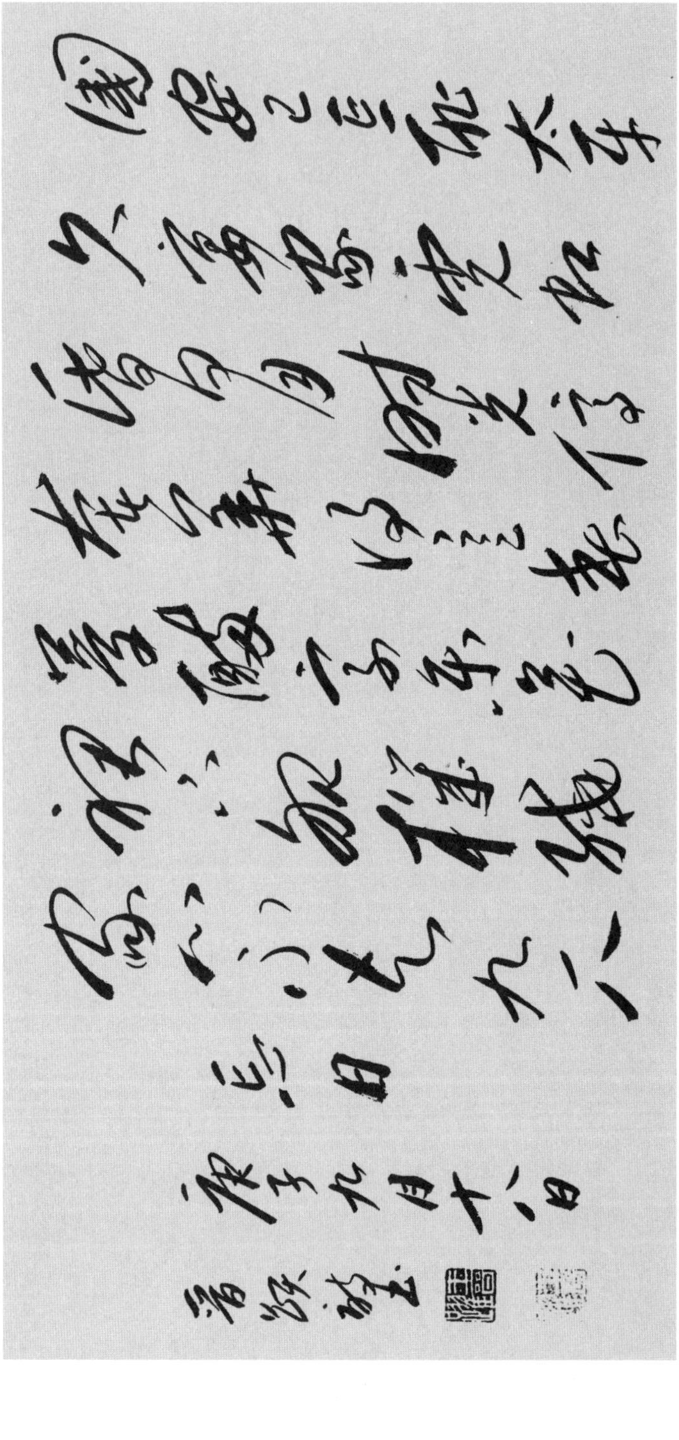

# 送 读

鸡鸣天欲曙，闹铃催下厨。
可怜一片心，化作十味煮。
早送晨曦出，夜接星月入。
长念龙凤翔，沐霜栉风雨。
不知少年心，可否解苦茹。

2020. 9. 22

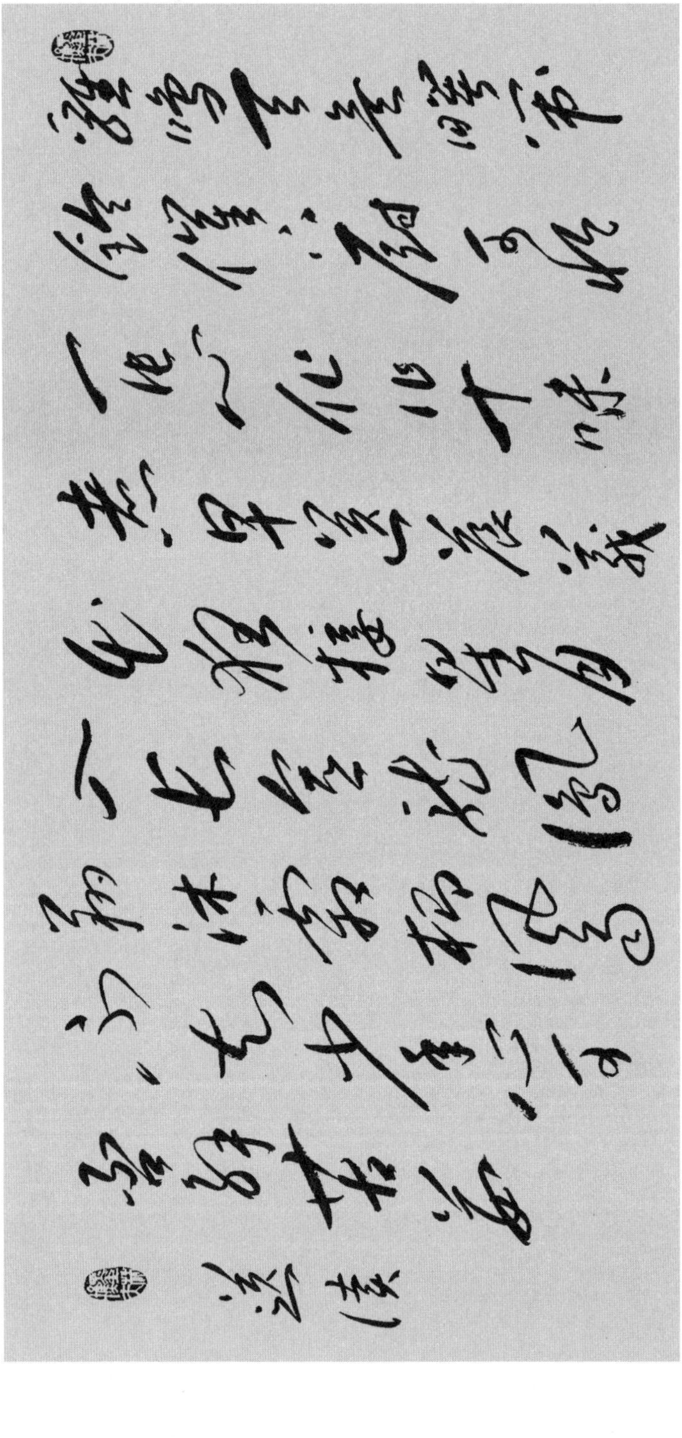

# 落 空

乌云垂昏黑，濛雨重暮色。
歌舞人散尽，行走伞疏接。
高灯照空坪，霓虹湿柱贴。
秋雨无意冷，驱走广场客。
独步人不孤，桂花香郁澈。
白雁群飞低，蜂起舞如蝶。
可怜地摊主，冷寒又一夜。

2020. 9. 23

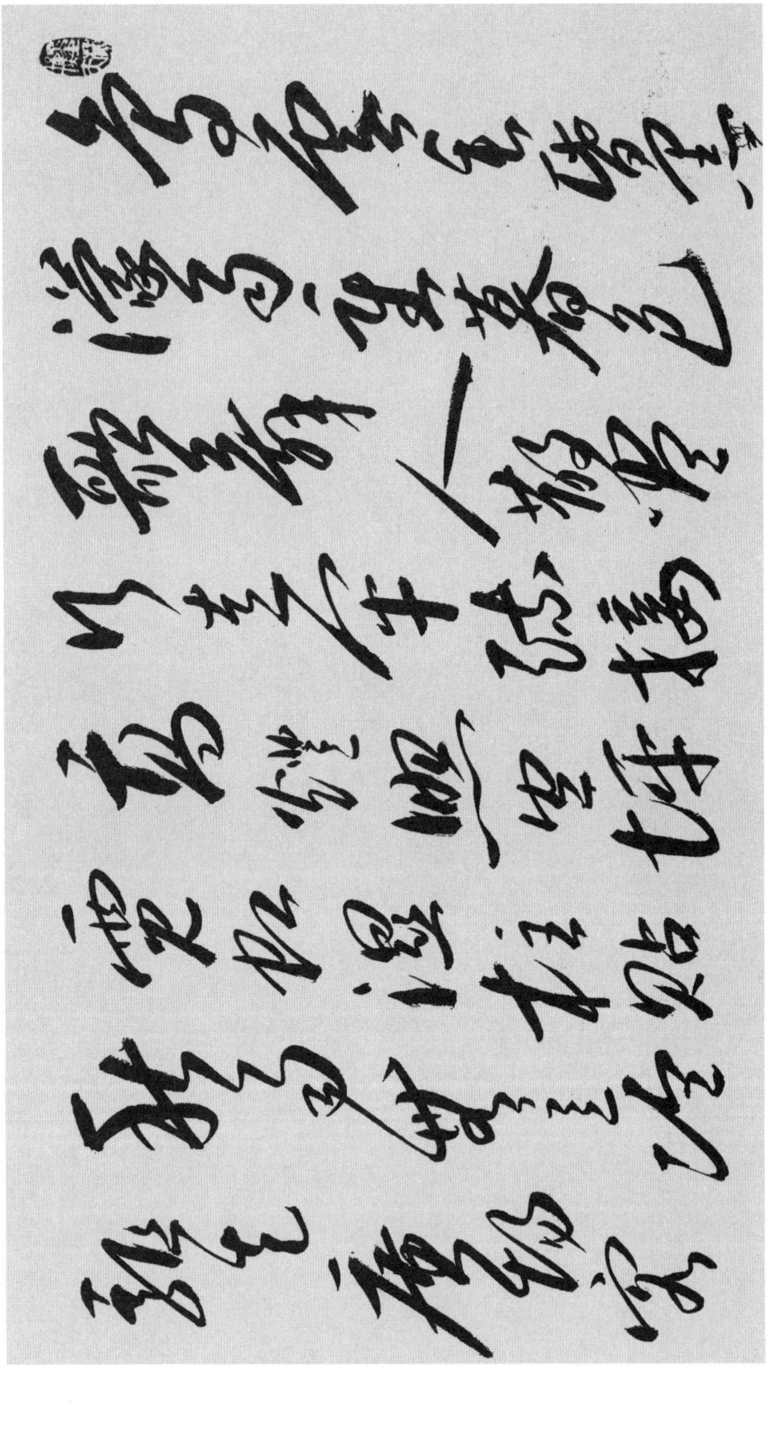

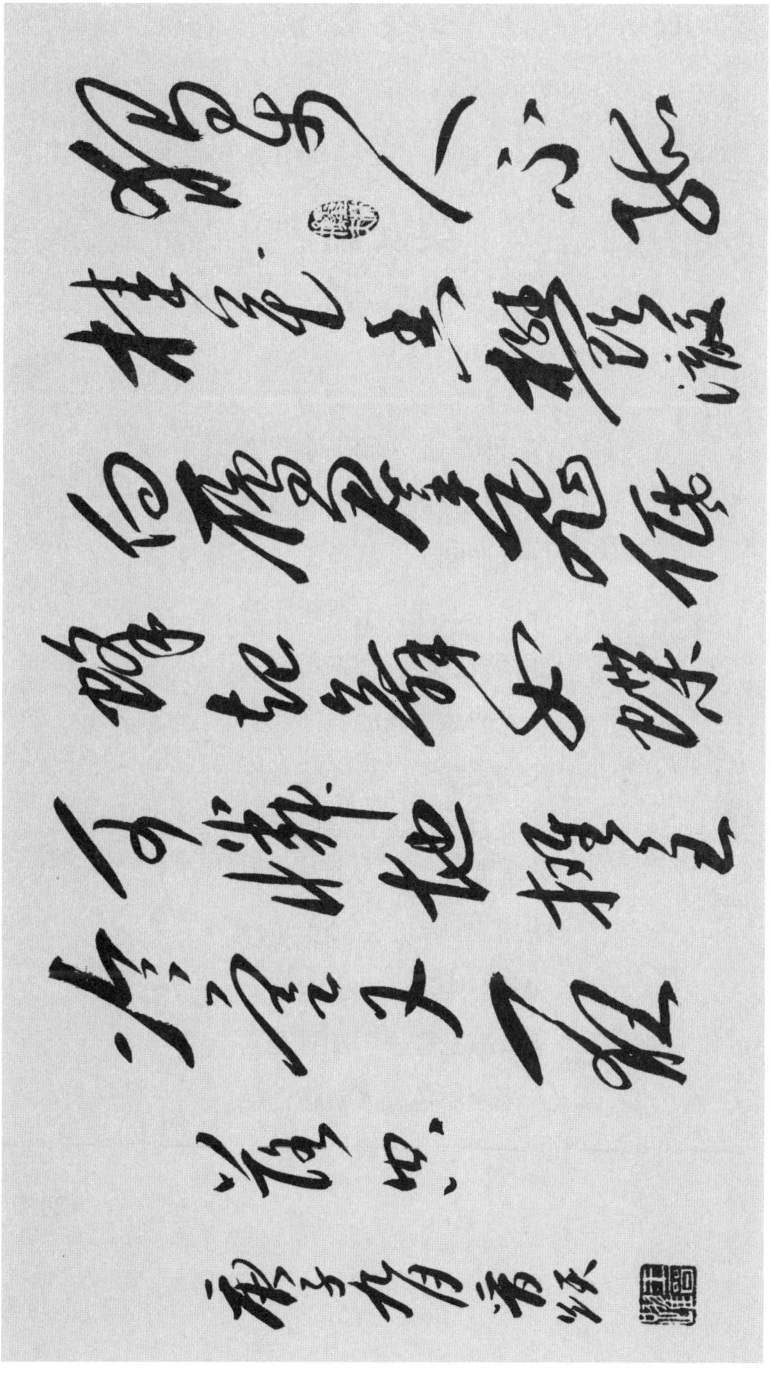

# 美女篇

冬晨初阳艳，漂来嫩霞脸。
霓裳绿衣新，意态倩媚展。
纤纤作细步，袅袅柔肢点。
瀑发荡腰澜，丰臀莲花瓣。
曲桥娴妖踱，理鬓斜倚栏。
和光影照水，池镜怀亲揽。
笑靥漫红云，溢漾阳光甜。
颔首羞昵浅，粘住色欲眼。
行者驻其足，心中流意念。
隔岸坐垂钓，浮动忘收线。
操舞坪中停，曲歌空绵延。
美女瞭云霞，不知有人惦。
人来园添色，人去眸栏凝。

2020. 12. 11

# 道行

书表诗魂

chapter 07

# 云山[1] 访真

幽行入山门，云雾锁重深。
危崖突兀立，峰壑亲伴人。
飞瀑水帘洞，行者归隐经。
仙桥[2]凌空架，金龟[3]越山岭。
梵音云天外，玉兔[4]倾耳听。
栈道明悬空，轻履暗惊心。
蓄势舒长啸，泉流漫涛声。
双华[5]亭桥旧，竹密林幽清。
秦人千年道，蜿蜒伴云伸。
始皇愚不知，云山得长生。
侯生卢生隐，古道行至今。
树老苔藓厚，时久石板青。
云深俗不至，鸟歌释真性。
峰围绿海重，佛祖禅意明。
天地神人合，万物归一真。

2018. 6. 3

**注：**

①云山：位于武冈市城南，为全国七十二佛地。

②③④⑤仙桥、金龟、玉兔、双华：皆为云山景点。

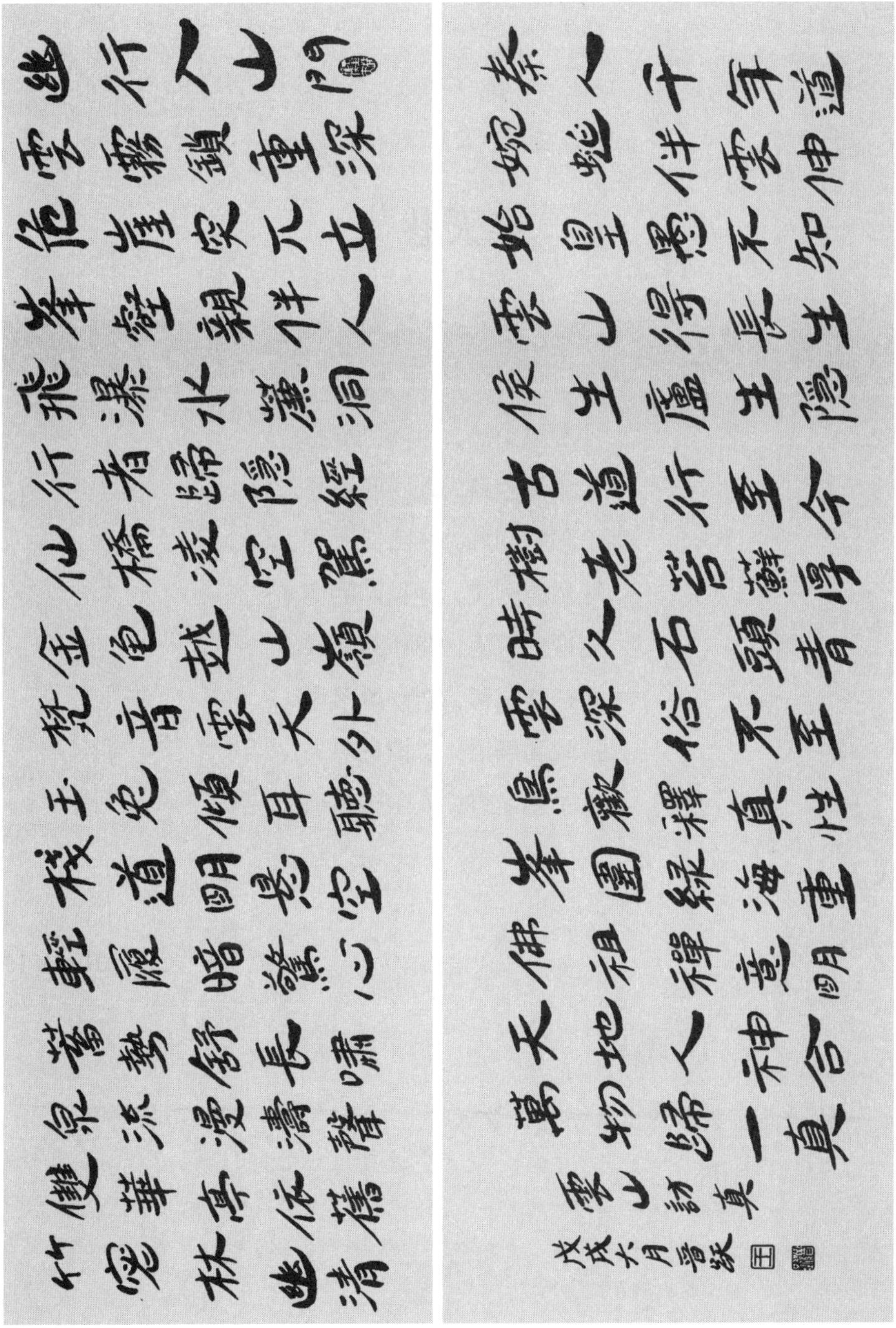
幽行入山門
雲霧鎖重深
危崖突兀立
峯壑親伴人
飛瀑水簾洞
行者歸隱經
仙橋淩空駕
金龟越山嶺
梵音雲天外
玉兔傾耳聽
棧道明懸空
輕履暗驚心
蓄勢舒長嘯
泉流漫濤聲
雙華亭依舊
竹窓林幽清
秦人千年道
蜿蜒伴雲伸
始皇愚不知
雲山得長生
侯生廬生隱
古道行至今
樹老苔蘚厚
時久石頭青
雲深俗不至
鳥歡釋真性
峯園綠海重
佛祖禪意明
天地人神合
萬物歸一真
雲山訪真
戊戌六月晋跃

# 穿天巷[1]

神游崖山挡，巨阙剑劈巷。
天缝带径斜，地腹肠道长。
正阳斜切分，晓晦错时光。
冷泉清冽流，地狱幽咽伤。
喘行负牛轭，骨寒薄衣裳。
汗衫透湿背，岩雨淋落汤。
不敢高声语，恐惊危崖关。
义军迷途穷，人生狭路患。
穴地恂恂惧，荒野遑遑乱。

2019. 3. 13

**注：**

①天巷：新宁崀山天一巷，景点名。

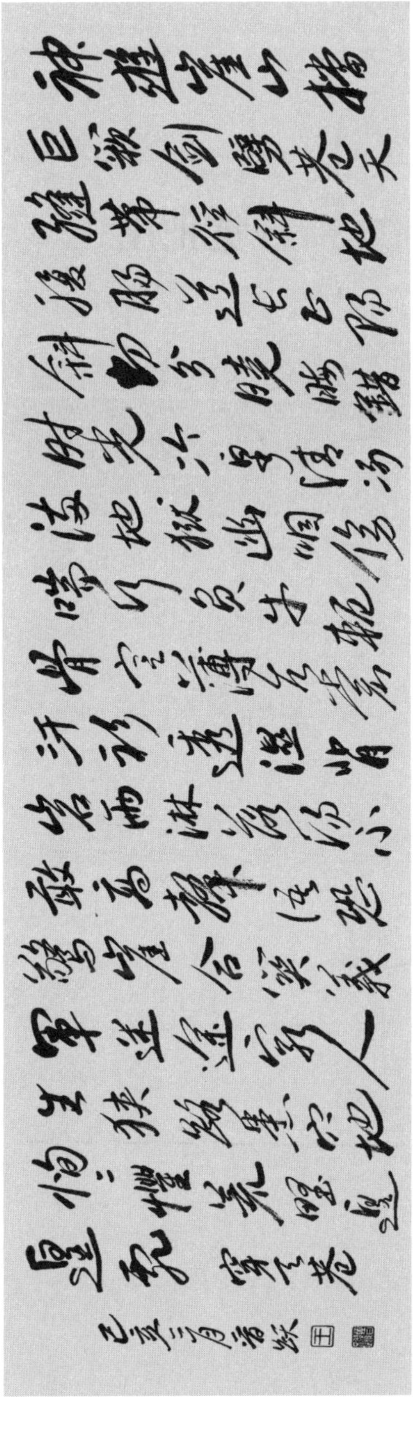

# 行觉把山

车在崖壁绕，河在谷底流。
阴云浓密布，霖雨濛意厚。
不敢窗外看，削崖陡直高。
半壁毁车挂，山顶乌鸦叫。
车湾似倾倒，壑流血盆哮。
稍念丝毫危，心脏澎突跳。
血压难平稳，一路默祈祷。
奇险生恐惧，景好难逍遥。
车至缓平地，长舒气一口。

2019. 8. 2 于八宿至芒康途中

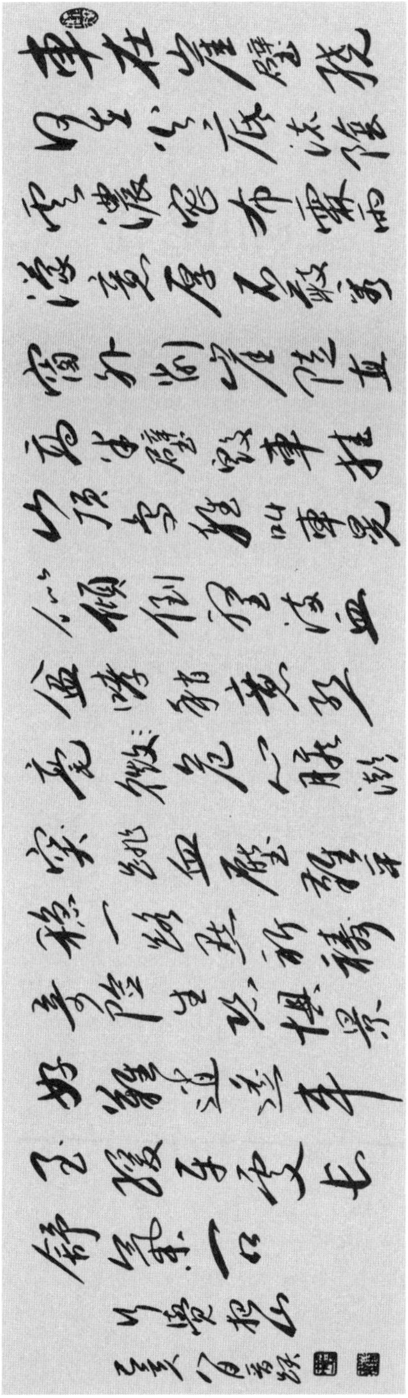

# 西山老君

蓬岛有仙山，脚下海龙潭。
春城接滇池，墨峦苍茫远。
老君端倪坐，笑瞻利欲繁。
红尘卷巨浪，贪婪舰船翻。
放飞仙鹤游，骑鹿巉崖间。
寿桃千年鲜，藤杖万里弹。
尔乃虔诚至，笑送开心丸。
道域有真谛，得趣乐开颜。
忘乎天地外，陶醉山水间。

2019. 8. 11 于昆明滇池西山

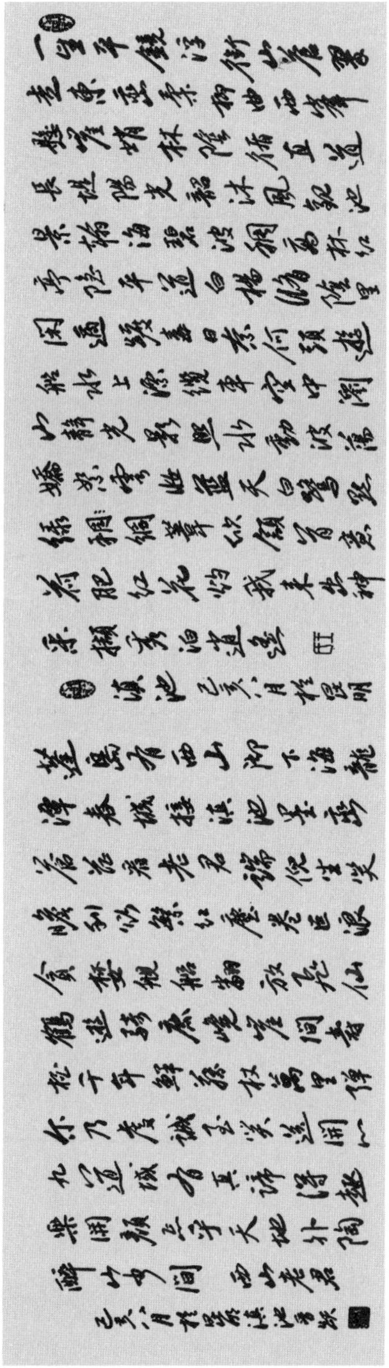

# 莫高窟

洞窟璀璨莫比高，历尽磨洗承十朝。
漫天黄沙掩不住，千洞豪澜文明潮。
文贯东西通天径，艺越时空崇圣桥。
华夏沉沦遭浩劫，小剩震撼居世鳌。
雄狮睡醒一声吼，敦煌重炫佛光昭。
丝路明珠焕异彩，盛世传承续风骚。

2018. 7. 28 于敦煌

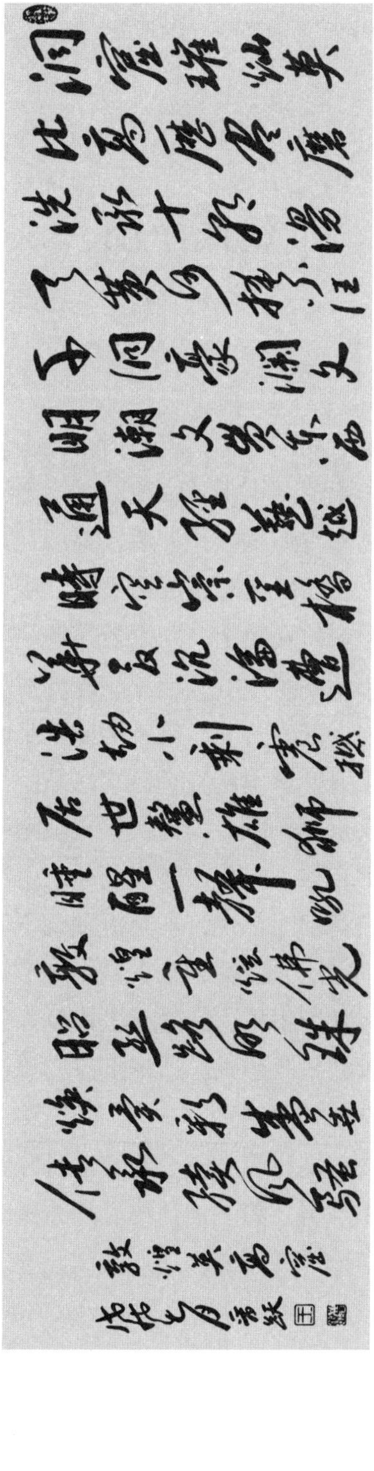

# 登梵净山

天朗气清山地阴，志兴情奋梵山登。
屏车索道至半山，木径石级牵金顶。
林鸟翠鸣炫歌喉，杜鹃枝斜恭迎亲。
老树苍苔虬曲意，层石页厚奉佛径。
三千台阶蜿蜒上，九天云雾缠绕紧。
半山清朗半山混，一片阴冷一片晴。
风急揭衣脊背凉，暴虐搓揉发乱云。
金顶直梯雾里悬，牵链攀崖贴壁行。
冷寒重裹颤颤抖，岩穴空钻暝暝阴。
极地岩楼书千叠，寒枝花苞朵百零。
老夫竟发比年轻，不至极顶脚不停。
金顶逼仄入云端，浓雾厚卷海浪腾。
目眦睁裂不见山，虚无缥缈身驾云。
坐等红日久不来，遗憾别辞心愔愔。
忽有小雀面前跳，三步一回把路引。
万物有情风有意，心静方能听梵音。
人生难得几清明，一片混沌才是真。
梵净云雾禅意道，几人能读此虚玄。

2019. 5. 24 于贵州梵净山

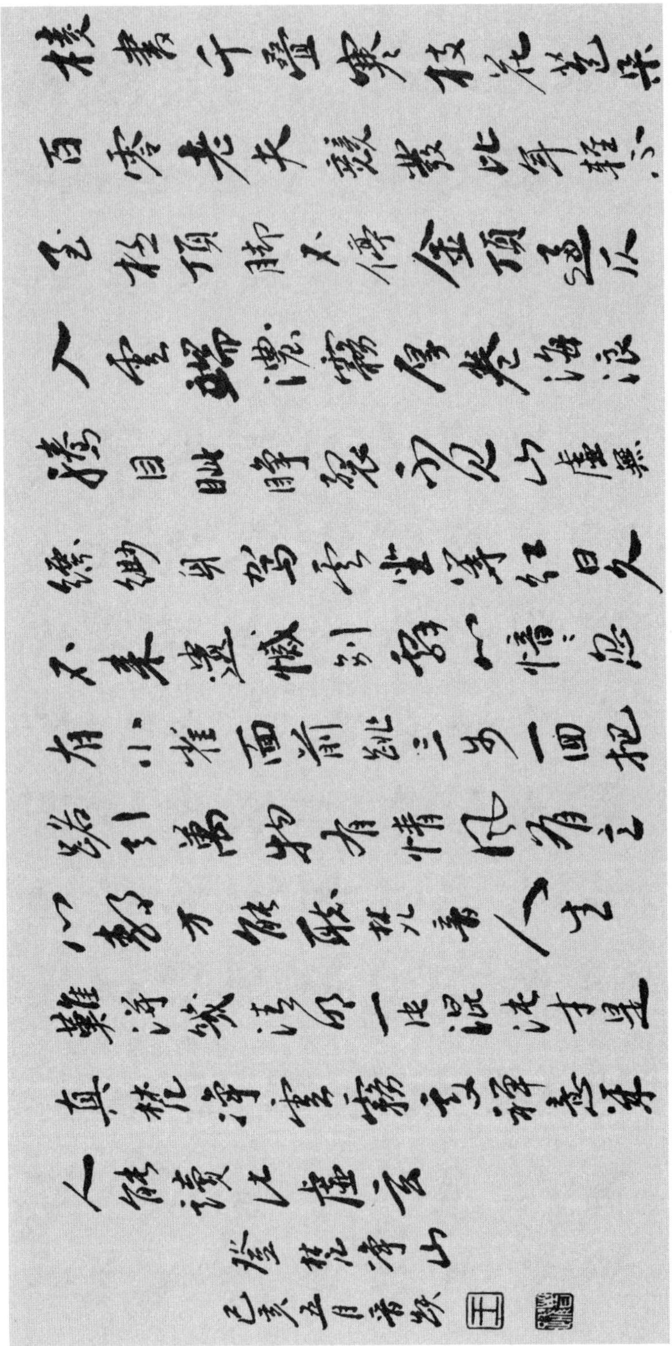

# 寻 高

一心只攀高处去，千里迢迢向珠峰。
荒原跋涉不辞劳，藏地苦寒无惧风。
一路颠簸一路绕，数山荒秃数原辽。
偶有河谷清且绿，草原湖泊牛羊肴。
天似穹庐地似毡，我本过客蓬中参。
白云雪峰蓬屋墙，伸手可触蓝天脸。
山接白云云接天，高原天地一家同。
笼天平张地起伏，坎坷迂回道无穷。
何怨珠峰如此远，只因急就太匆匆。
过往路上皆风景，欲速总是无心用。
精疲力竭到珠峰，半山营地宿帐篷。
天气瞬变孩儿脸，高处不胜寒意重。
氧气稀薄难呼吸，徐徐动步老态钟。
阴云不散遮雪峰，近眺唯见影朦胧。
夜来雨云垂头上，仰望星空亦落空。
早起冒寒待红日，雪峰金照付梦中。
此去峰顶三千八，高寒缺氧体不拥。
落寞返回意怏怏，攀得高处难乐同。

地上处处有灵山，此高彼高各异风。
乐得近处山峦韵，堪比珠穆朗玛峰。
寻高未必上珠峰，齐鲁泰山天下重。

2019. 7. 27 于珠峰大本营

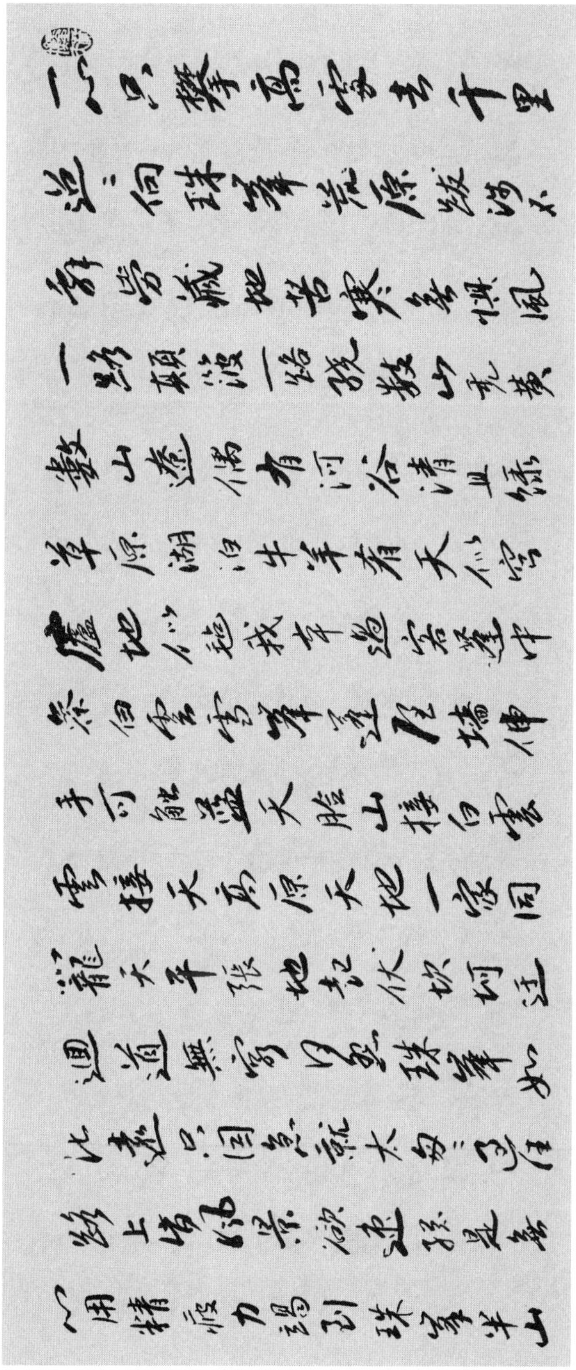

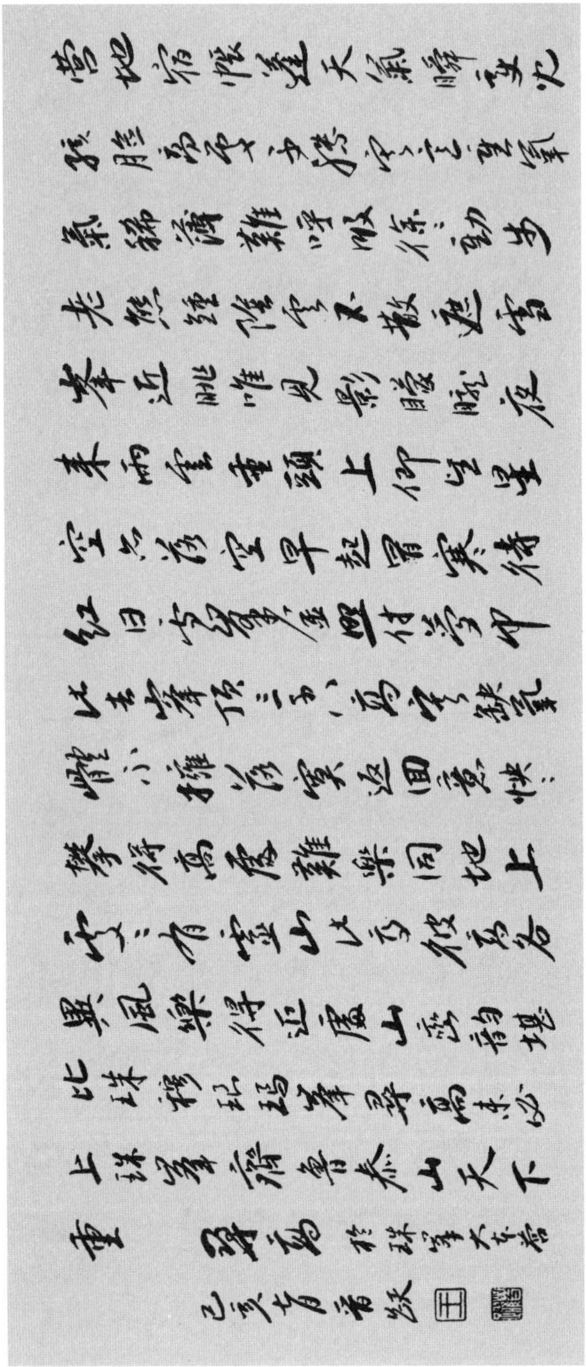

# 半江写意

半山烟雨半江水，半坡翠竹半杉林。
半谷碧透半天云，半路坎坷半路平。
竹露半滴弹半弦，山泉半坡和半音。
一半风雨一半晴，一半醉来一半醒。
人生若得半如意，不枉此生光明行。

**小记：**

洞口县毓兰镇竹山村，地处雪峰山麓，高坝栏谷，蓄水为库，水绿山秀，林郁竹翠。云雾亲水，梦幻逸山。绕库山路，坎坷泥泞，荆藤伴足，亦有水泥村道，直宽坦平，时雨时晴，时湿时干，步行健身，农家素饮，览景怀情，意趣暖心，即为写意。

2019. 3. 2

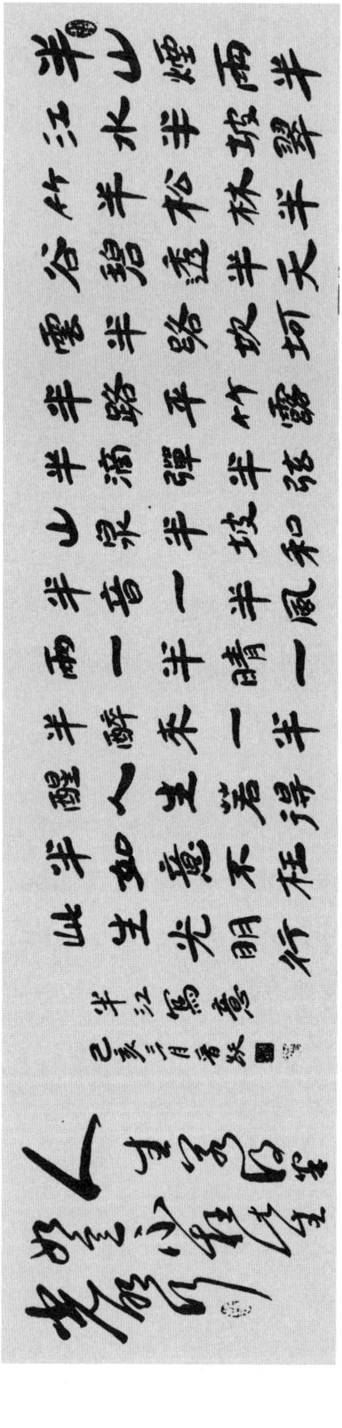

# 万物有情二首

## 一

茂林修竹禅我怀，蝴蝶翩然引路来。
红径牵意缘虎穴，龙虎居洞龙宫开。
盛宴待客奢侈宫，洞仙舞袂梦幻彩。
佛老豪情献寿桃，龙王五子侍坐斋。

## 二

九九屯里平安钟，一一扶摇云霄重。
唤得地藏[①]龙宫居，祈福村田年岁丰。
我辈承光力无穷，盘桓峰谷亦轻松。
贴壁摩崖洞里钻，赏尽龙王豪奢宫。

2019. 5. 19 于安顺龙宫

**注：**

①地藏：地藏菩萨。

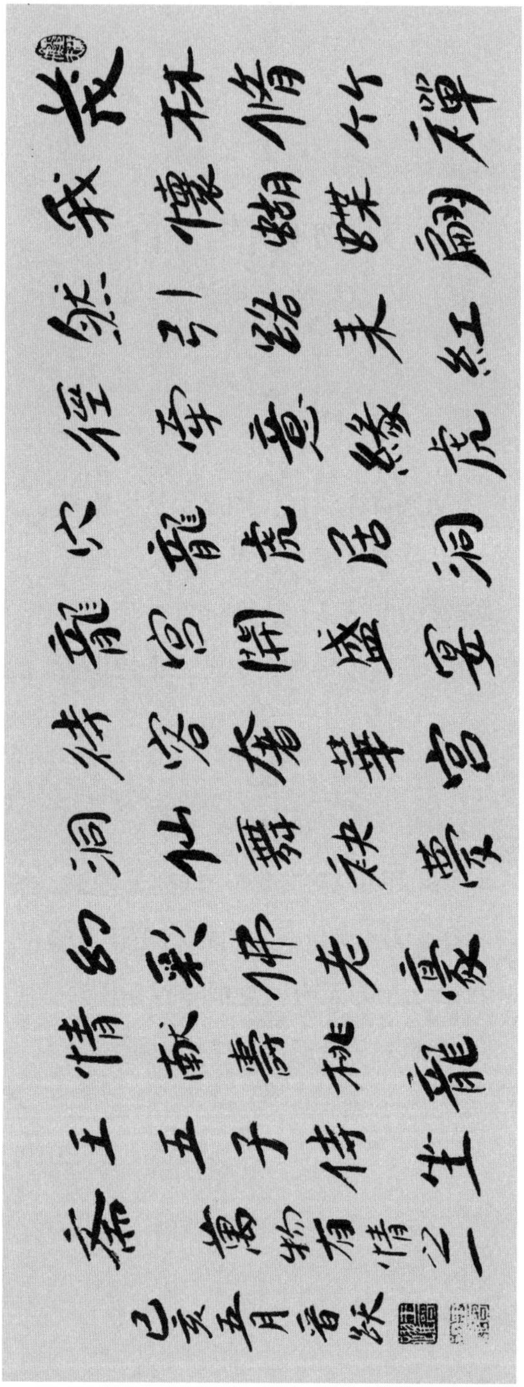

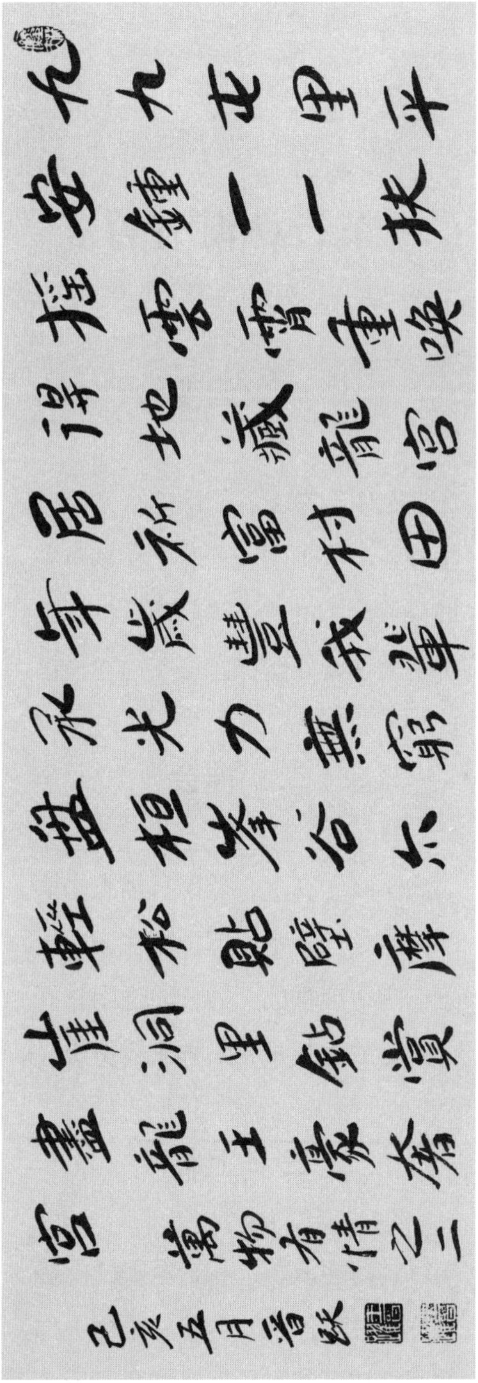

# 车行林海五首

## 一　云变

山在云中云在山，云山躯合亲天蓝。
山静云动变画图，云驻山移梦奇观。
霞染彩绘添绝色，眸凝琼景怕眨眼。
神笔羞愧无处落，妙语苍白述说难。

## 二　神会

看山不高云在下，登天只需上山巅。
绿原本是一地毯，屋顶即在云山天。
上山定可会神仙，神仙飘逸山林间。
太阳借故隐其身，人神聚会得机缘。

## 三　上林

车行林海穿浓荫，絮云婀娜依山轻。
一片重林郁郁葱，几曲马路树中隐。
萦回绕转壑谷深，豁然洞开云天亲。

绿浪高处履雾岚，逐涛云中天街行。
俯瞰谷底流水白，仰接艳阳暖寒身。
远处群峰戏游龙，山顶阔怀海天青。

## 四　下林

车在峰巅出云上，威行苍穹接暖阳。
浓雾厚密平壑谷，林间穿行钻白浪。
仰头不见来时山，迷失蓬莱入洪荒。
一路坡下潜深海，鱼游倏退云杉晃。

## 五　河谷

林密山高陡立江，路随水转绿里钻。
仰头但见一线天，阳光朗照半截亮。
江水湍急车行缓，荫里沫风拂面凉。
云在山顶飘浮窥，水在涧底赋流觞。

2019. 8. 1 于鲁朗林海

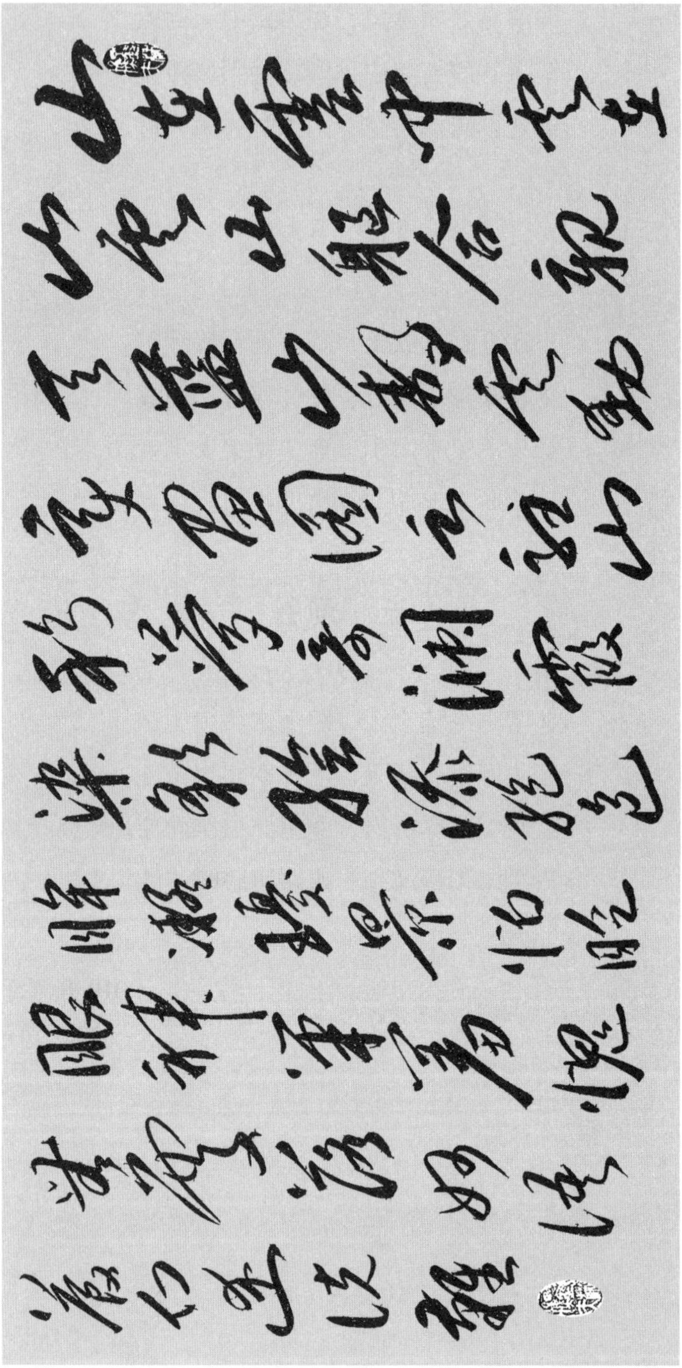

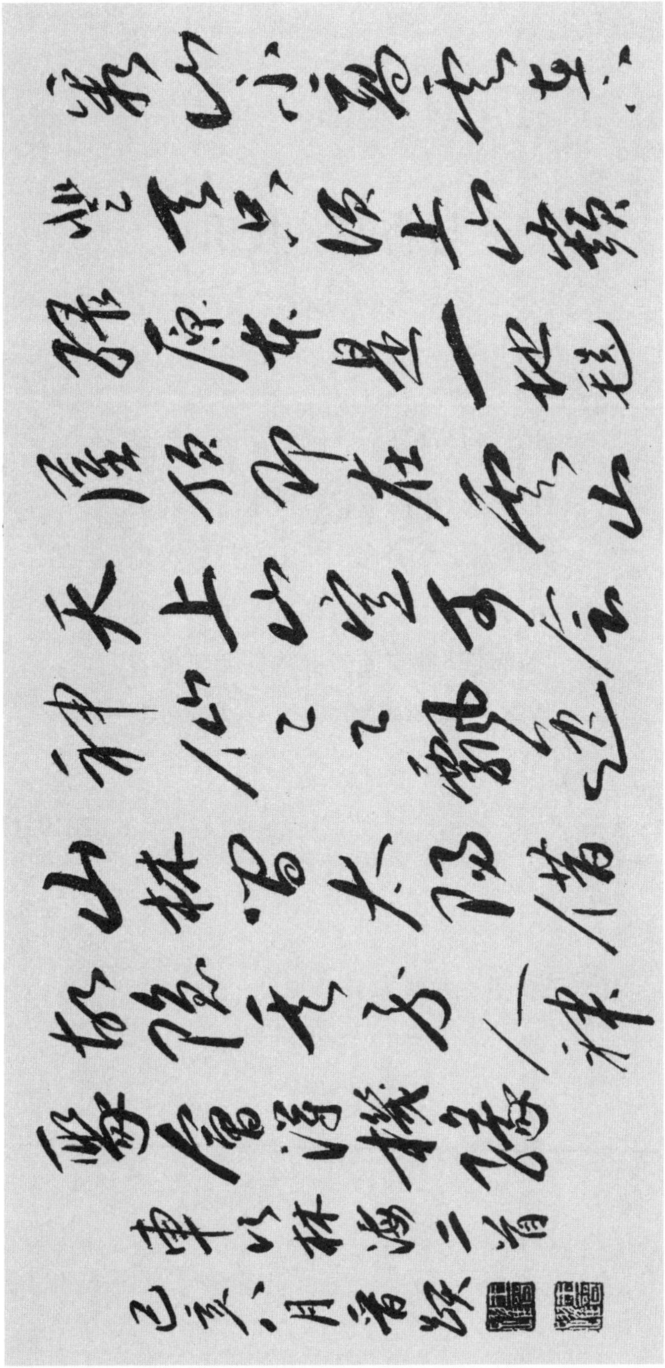

# 与将军[1] 共乐

蕨苔老槐伴清流，将军扶夷化石雕。
沙场寇灭沧海绿，竹排水荡游人娇。
太平人乐尽逍遥，江山道行总妖娆。
不解自然山水趣，枉来人世走一遭。
扶夷江畔林荫道，青竹秀媚江水滔。
将军丛林平绿波，老夫沙洲歌风骚。

2019. 11. 2 于崀山

**注**：

①将军：将军石，矗立扶夷江畔，崀山一景。

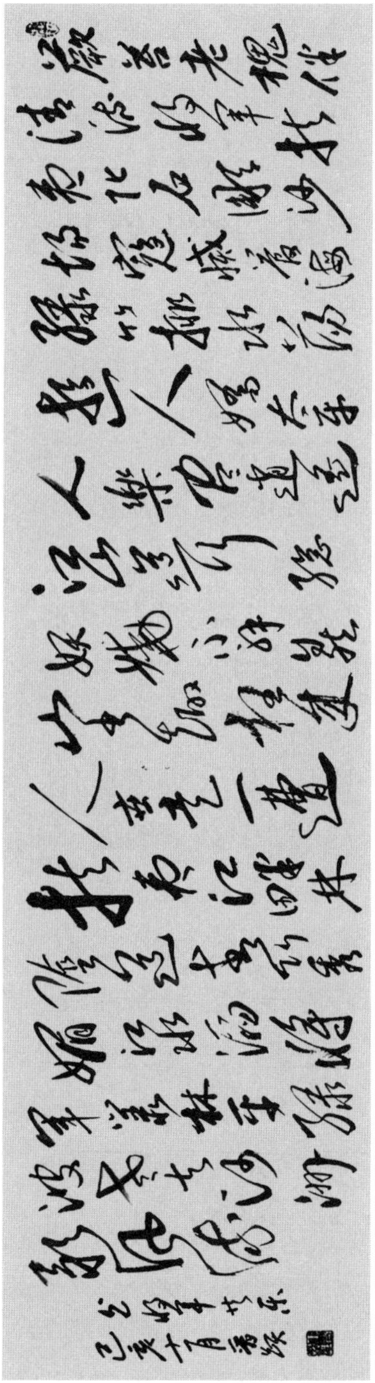

# 奇石寨[1]穿越

依溪傍山径，循流入林深。
曲幽路蜿转，水延匿踪影。
时为瀑布现，层出挂帘锃。
飞湍跌断崖，潭清水无痕。
时为溪流隐，谷歌唱幽情。
潺潺淙淙去，闻声不见形。
路湿斜逼仄，草覆败叶沉。
巉崖贴身伏，渊薮重危深。
枯藤缠老树，绿苔覆岩棱。
腐木时横路，躬伏钻惊心。
厚密云天点，阴暗古井行。
畏途坚克难，着力登极顶。
山穷水尽处，豁然亮绝景。
群山龙蛇会，天边嬉奔腾。
巨石臣伏俯，众峰朝天尊。
山脚人屋寨，蝼蚁片鱼鳞。
龙脊蛇背走，骑游驰骛真。
太白鸟道险，拄杖还牵藤。

凉风滔滔拂，热汗汩汩渗。
虬松绝壁立，睥睨众俗生。
野鸡林中呼，关关炫鸟性。
回归尽真趣，奇石寨中行。

2018. 5. 27

**注**：

①奇石寨：位于湖南城步县桃林村，此地山高林密，绿重石奇，水幽路险，早为城步通广西驿道。

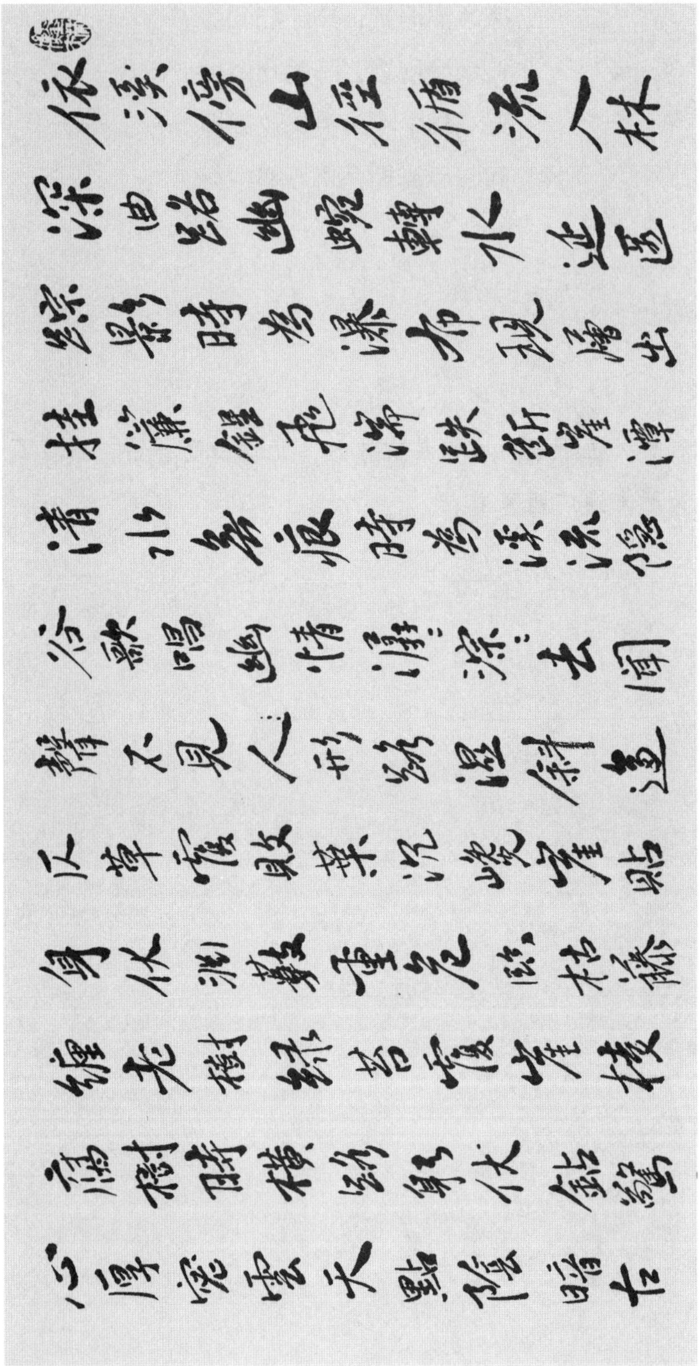

# 崖藤

老藤贴崖攀，枝叶茂萝澜。
千年不解乏，一心向高援。
覆绿秃石岩，牵亲苔蕨蕃。
坚为荒壁生，风尘露餐饭。

2019. 11. 3 于新宁崀山

老藤 己亥十一月晋跃

# 秋 凉

望雪木叶黄，凝雾露成霜。
橙阳崖山淡，落水石头长。
家居念远亲，游子思故乡。
西风催瘦马，日子近年关。

2019. 11. 25

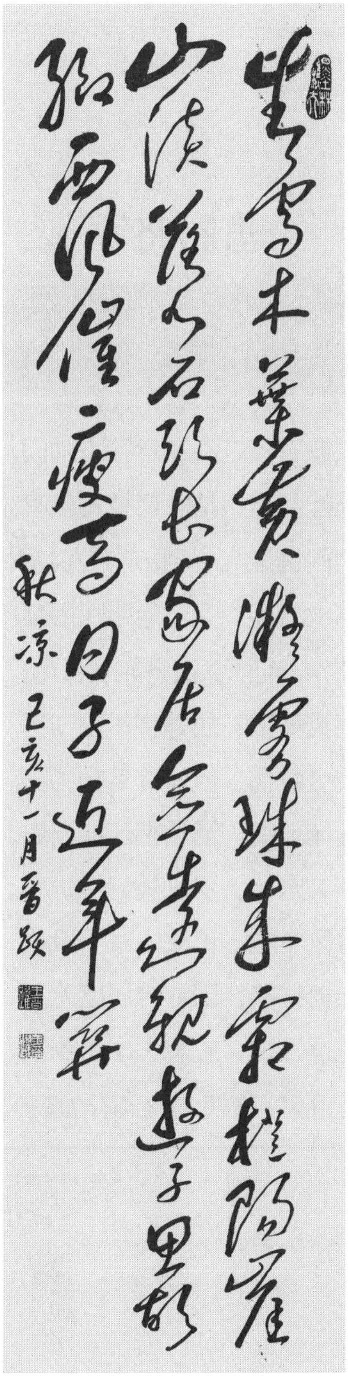
秋凉
己亥十一月晋题

# 悲屈将军

老夫拄杖循石径，漫道意探少帅门。
天阴雨湿叶滴露，枯叶离枝鸟疏鸣。
报春亭上问铜箫①，遥指茫苍深树林。
年少逼蒋太气盛，介石绝路秘囚禁。
辗转盲流伴苏仙②，铁窗寒居孤山顶。
折翅雄鹰樊笼困，屈辱将军囹圄生。
不见抗倭金鼓擂，但闻青鸟幽谷鸣。
茫茫云雾淹孤岛，滔滔郴江流洞庭。
怎堪回首失东北，不忍长剑锈雄心。
空有一番风华志，不敌奸贼手段狠。
苏仙岭上树犹在，囚室佛居已无人。
隔海眺望惟云雾，应羞失虑负乡亲。
“乾坤指点间”有愧，“云雾岳巉下”③无明。

2020. 11. 25 于郴州苏仙岭

**注：**

①铜箫：吹铜箫的人。

②苏仙：苏仙岭顶佛庙曾为蒋介石囚禁张学良处，并由此转至台湾。

③“乾坤指点间，云雾嵒巉（yán chán）下”是大庙左侧门联。引明代欧礼五言诗《苏仙岭》句，全诗为：“云雾嵒巉下，乾坤指点间。钟声怀藻句，屐齿破苔斑。”

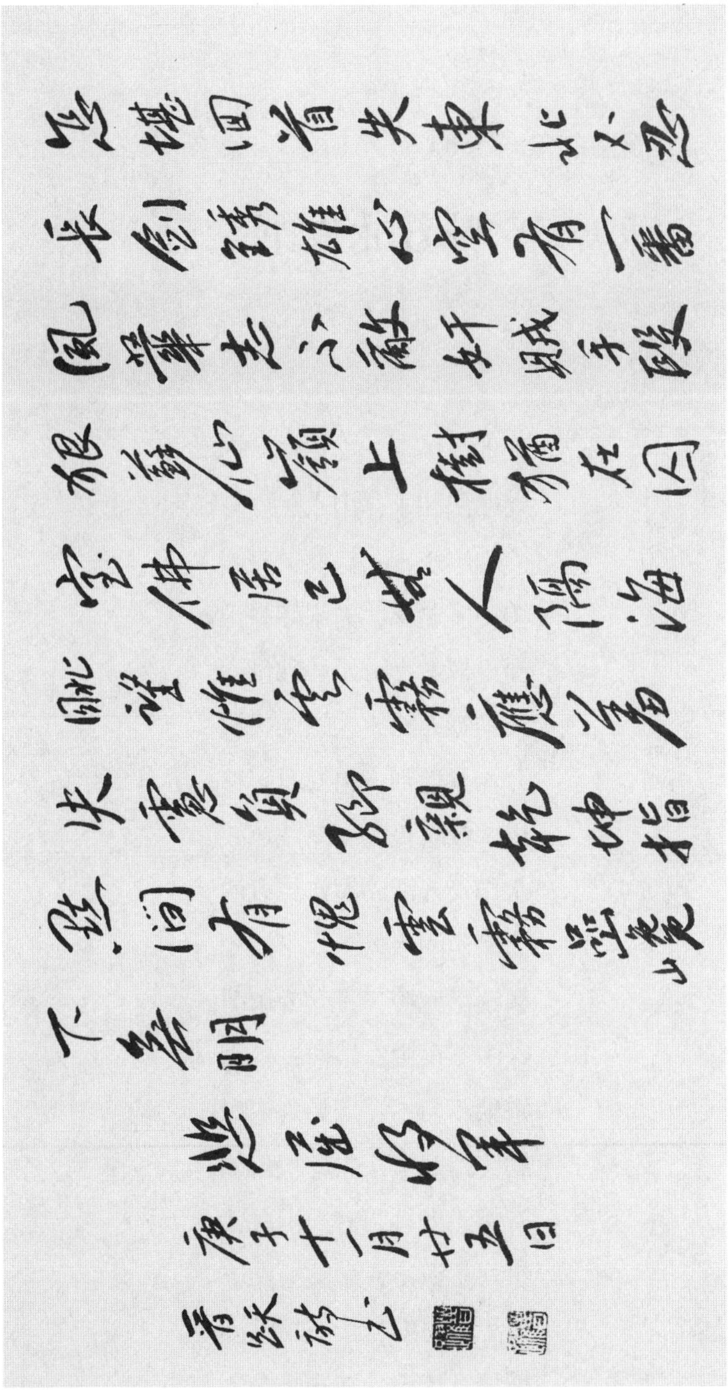

# 咏江永女书

天地有神奇，文化独一树。
女书出江永，山水民族育。
六山半水田，自然灵气聚。
峻岭多迷雾，秀水怀绿玉。
绿玉似慧女，匠心独创书。
天地眷万物，人为精灵族。
万物异性别，男女不同符。
男尊权至极，女卑贱草奴。
水作女人清，泥作男人浊。
清清永明水，于女不流福。
巍巍都庞岭，于女为束缚。
闺中不自由，俗习铁锁固。
婚姻不自主，嫁男为依附。
勤劳持家瘁，牛马牲畜如。
有怨无处诉，有恨泪吞肚。
想写不识字，学堂拒女族。
情思无可抑，女书默默读。
闺秘互传识，姊妹聊慰苦。

心中一天地，不为男人度。
传女不传男，无声怼世俗。
情倾文字中，风格柔美妩。
水乡多秀竹，秀女灵韵赋。
袅袅妃竹叶，款款纤腰束。
媚媚生姿态，倩倩舞风如。
时为颔首羞，时为直白呼。
时为秋波传，时为洒泪哭。
时为郁郁怨，时为倾倾诉。
时为悲戚戚，时为欢楚楚。
又似柳梢条，扶风作飘逸。
慊慊具君怀，绵绵悠聚离。
柳条串柳叶，柳叶嫣翠微。
行行梳发辫，字字戴花绮。
字如其人丽，女书得真谛。
看似单纯朴，满页是调皮。
女红做为字，饰装字上衣。
寂寞独自写，闹俗堂上递。
特字特俗传，别性别情意。
男人世界大，女人心灵犀。
同性类聚时，秘字通秘密。
灿烂百花园，独树开旖旎。
煌煌文明中，女书世界奇。

2020.12.2 于江永女书村

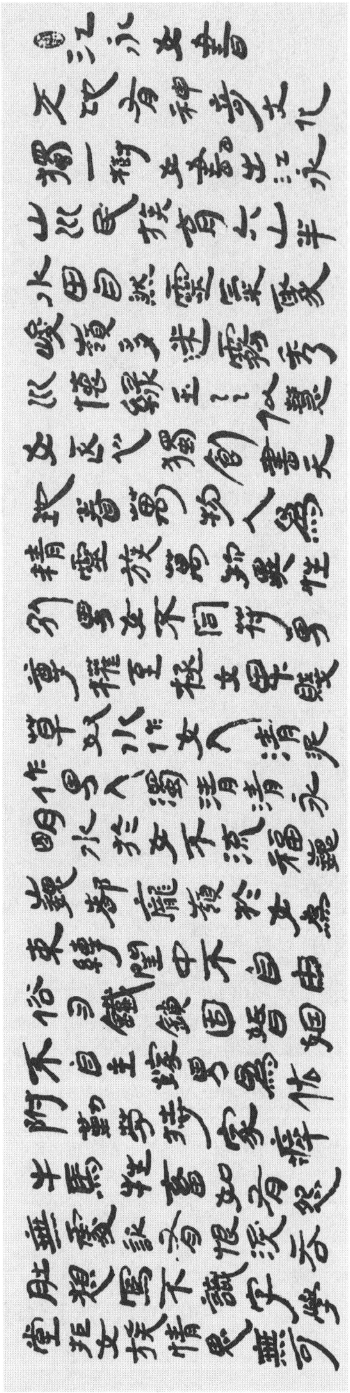

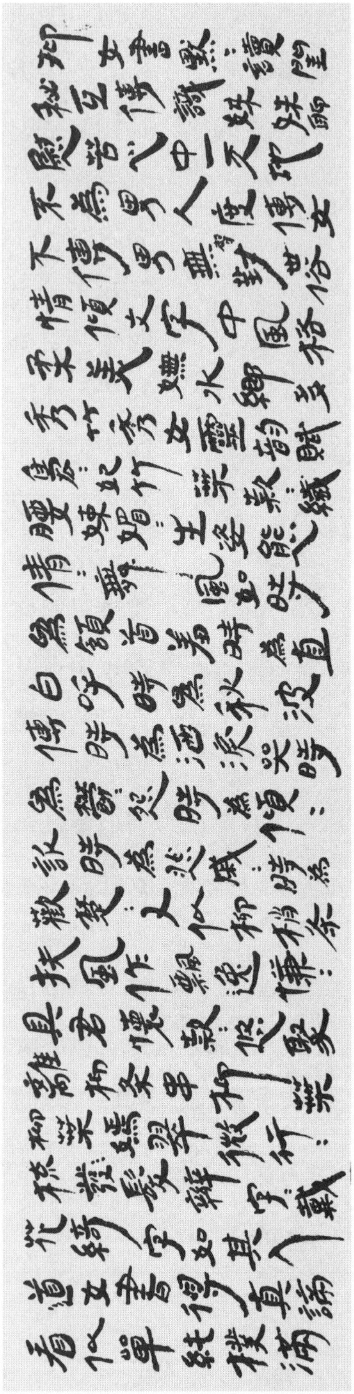

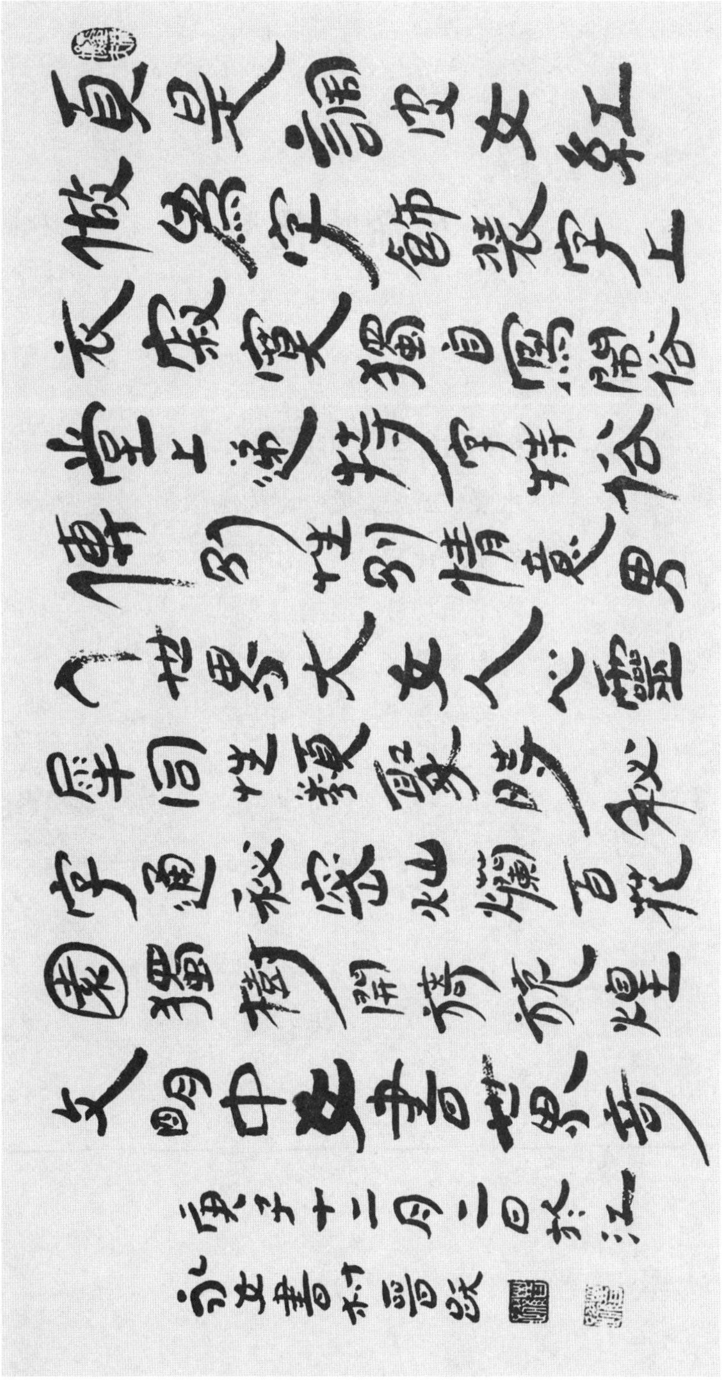

# 生命物化

树枯虫蛀空，风吹落塘中。
水浸化淤泥，肥叶出荷蓬。
绿擎莲花舞，鱼戏花叶动。
人来乐观赏，满塘自然风。
死生有链接，生生不息葱。
你我何必忧，万物道无穷。

2019. 9. 7

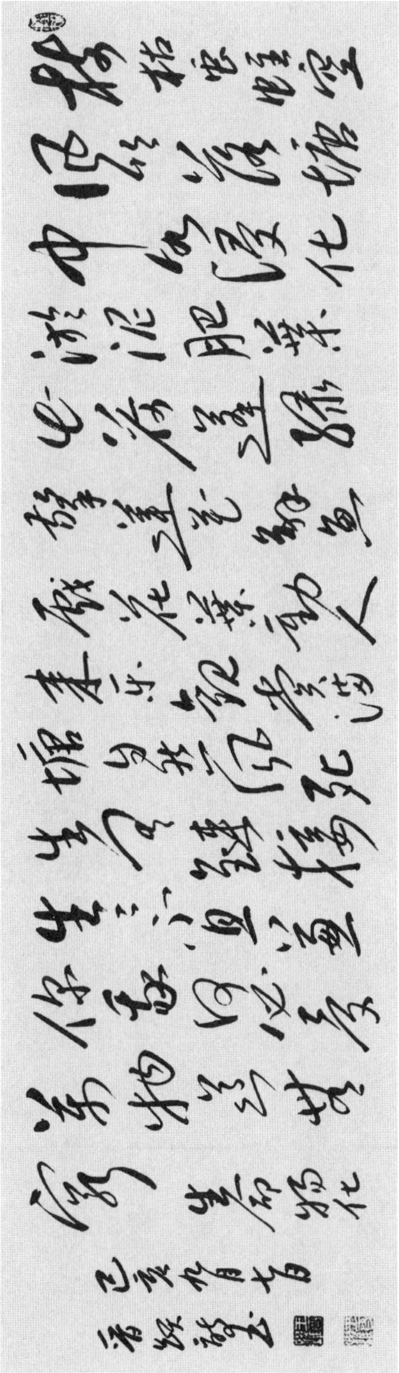

# 银杏道

春发新绿布浓荫，秋落黄叶铺地金。
繁忙一场枝头空，冬来光秃度寒冷。
年年重复年有长，时时吐故时纳新。
风雨千年成大材，是树拙守固根本。

2019. 8. 20

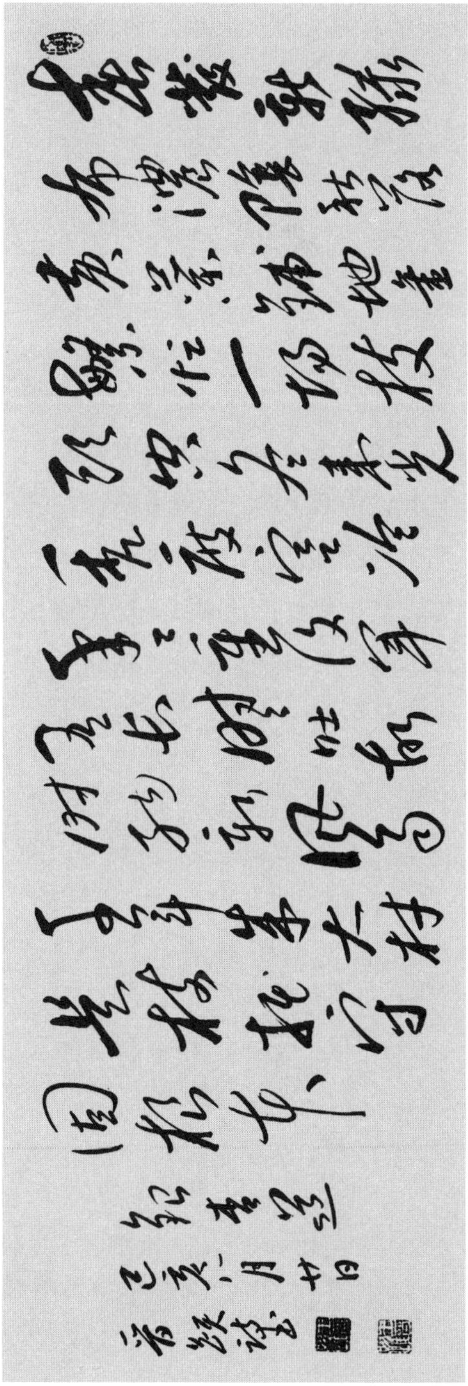

# 谦诚三界

遇人三分礼，还得七分敬。
诚为心灵犀，是处有知音。
万物性相通，草木亦有情。
天地彩虹桥，谦诚至圣境。
意念人神动，役物得超能。
惟有清沌真，呼风唤雨行。

2019. 9. 15

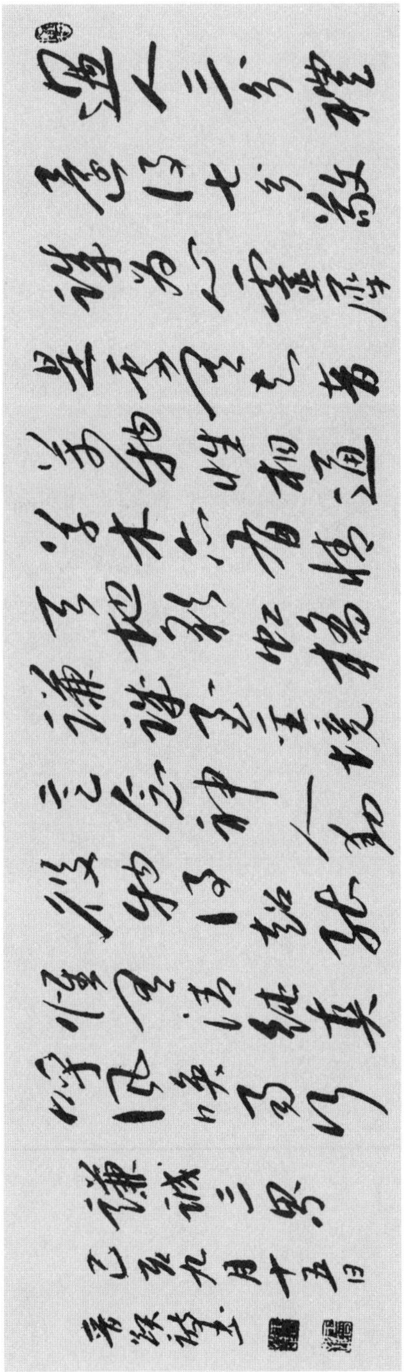

# 适

鸟入山林飞自由，草近湿地绿茂稠。
鹰击长空道高远，鲸翔深海得畅游。
人适环境度绥乐，才遇机缘成大就。
天无亲疏规方圆，地别万物域自筹。

2019. 10. 16

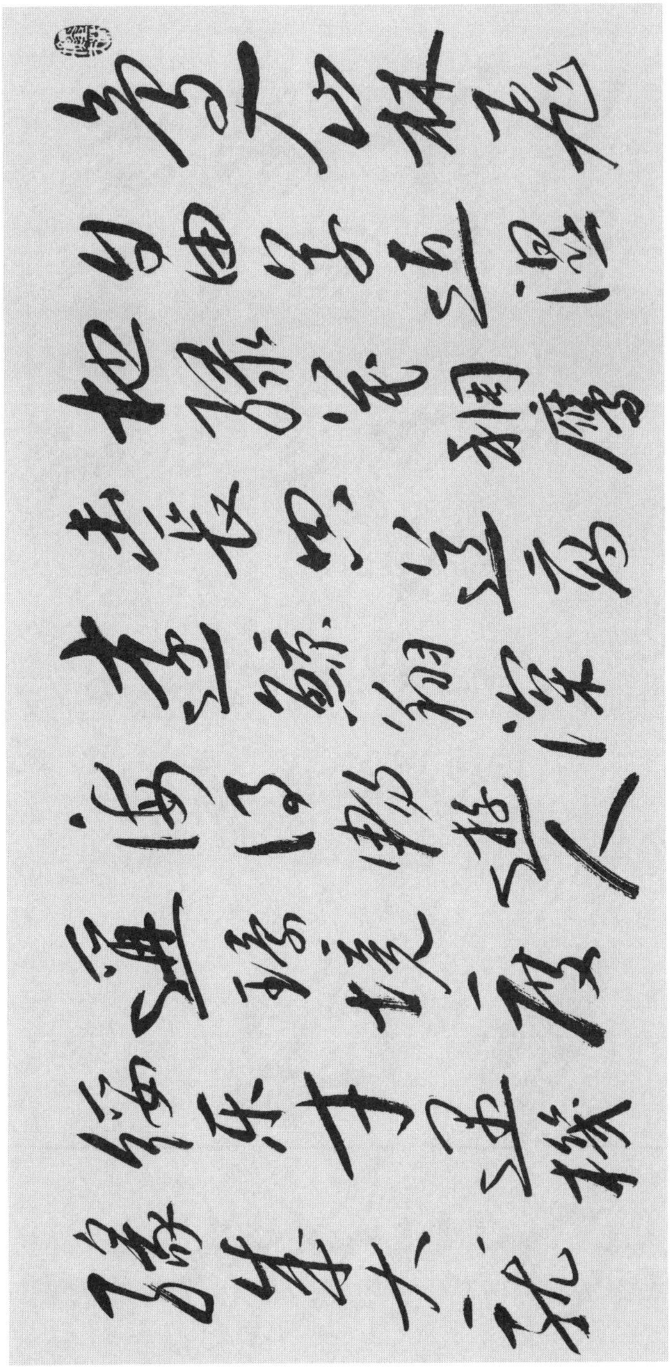

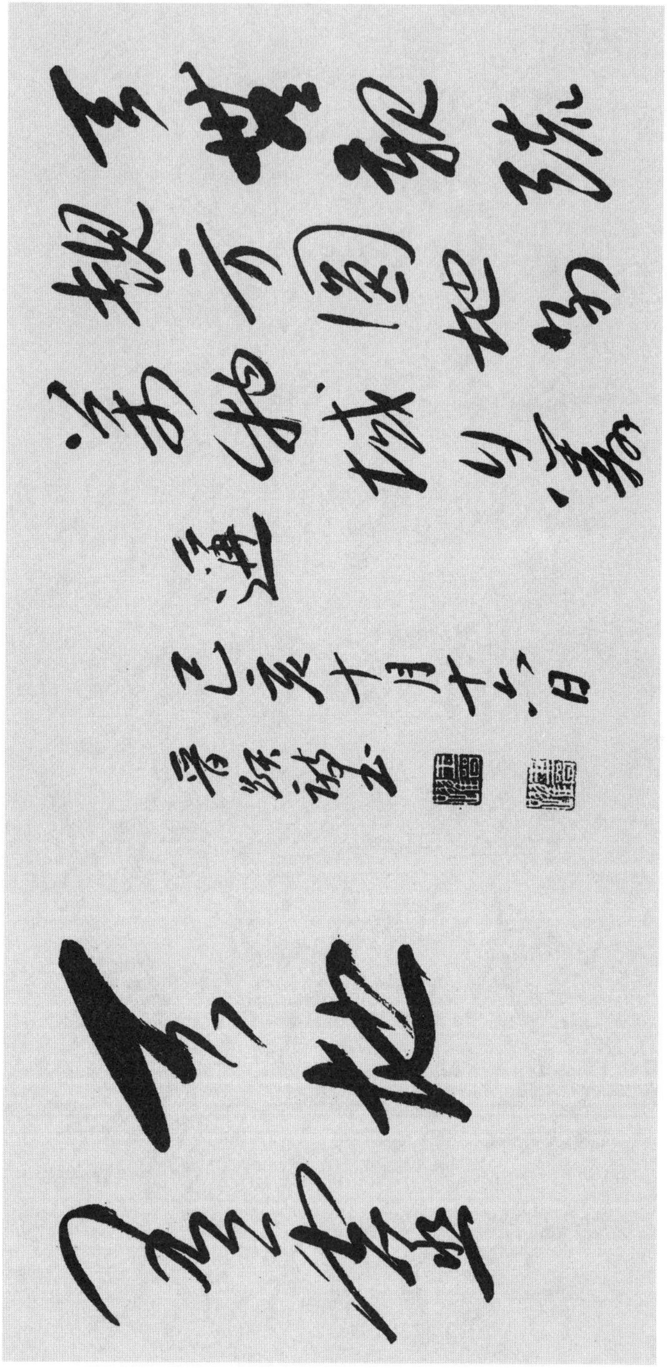

# 井蛙之骄

井中观天一样明，雪雨阴晴分得清。
阳光泊下携白云，雨滴拨弦雪花轻。
偶有人来荡水桶，镜里一同弄倩影。
清泉甘醇输地乳，石壁苍古涵温馨。
井中乾坤自然真，城里高楼密竖井。
水泥灰都盒子屋，垃圾雾霾纤粉尘。
更有污龊逐名利，堪笑尔辈太矫情。
尔井怎能比吾井？吾井清静居高玄。

2019. 12. 17

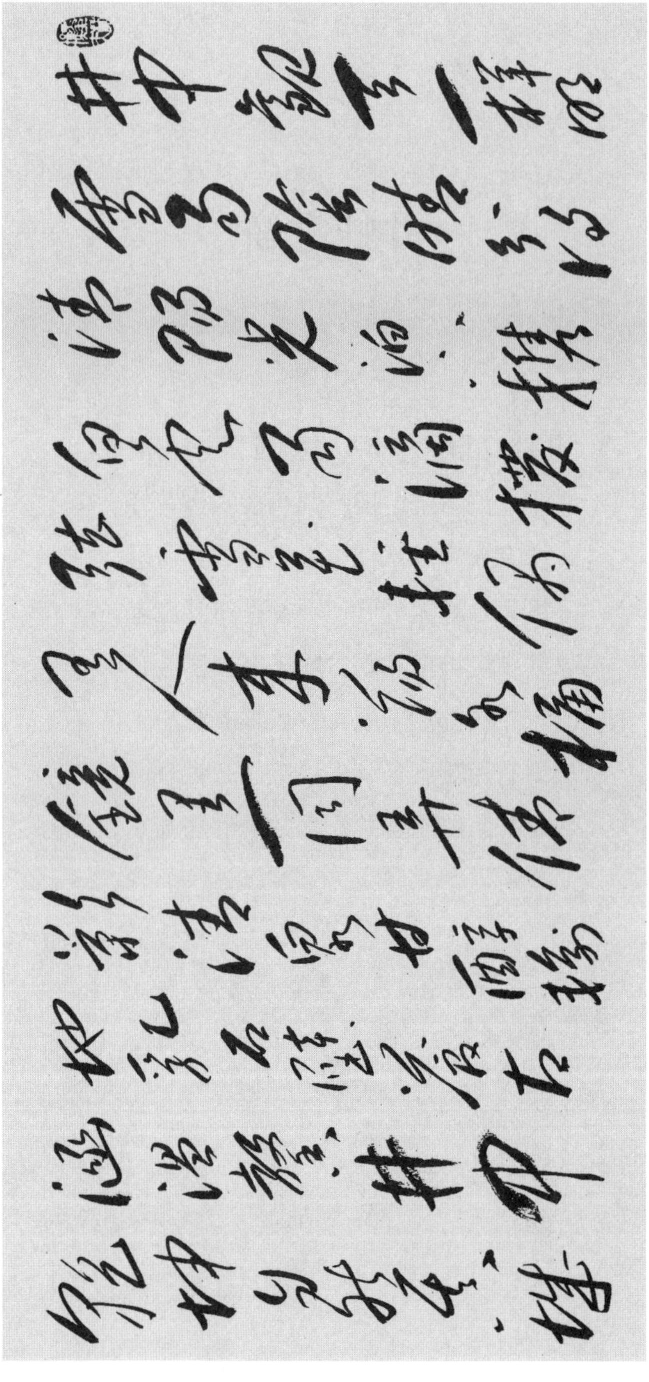

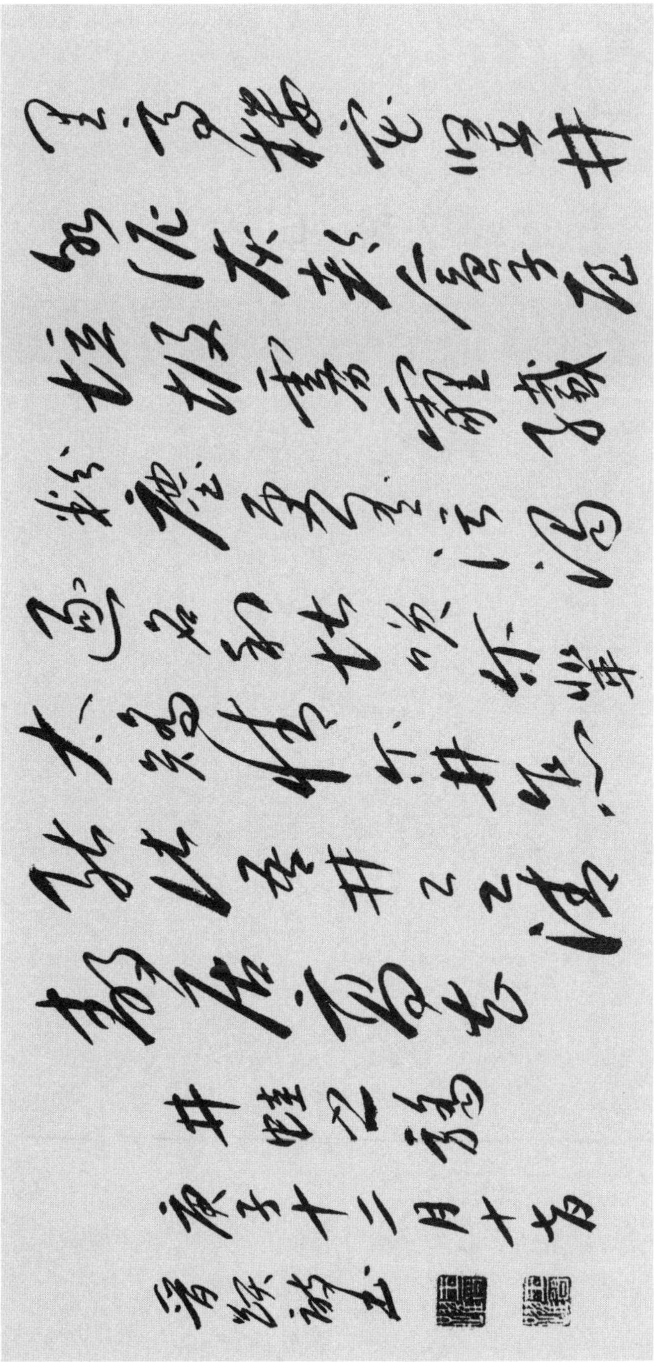

# 和　园

鸡鸭笼园生，主人喂食勤。
雀鸠喜登枝，啄食剩粟羹。
冬荒旷野冷，群会此园林。
久居即为家，众适得安心。
大大咧咧吃，悠悠娴娴行。
一日三餐饱，无忧饥寒侵。
兴来咕咕唱，和乐奏园琴。
亲亲无类疏，满园自然情。
人和物丰稔，群鸟乐莅临。

2020. 元 . 2

# 高岗大樟

星垂边野当空稀，月出山岗独照明。
曾经亭亭华盖煊，而今疏疏黄叶零。
高处地薄多风寒，豪光荣生难久擎。
何不委身处低洼？水富风弱得长荫。

2020. 1. 21

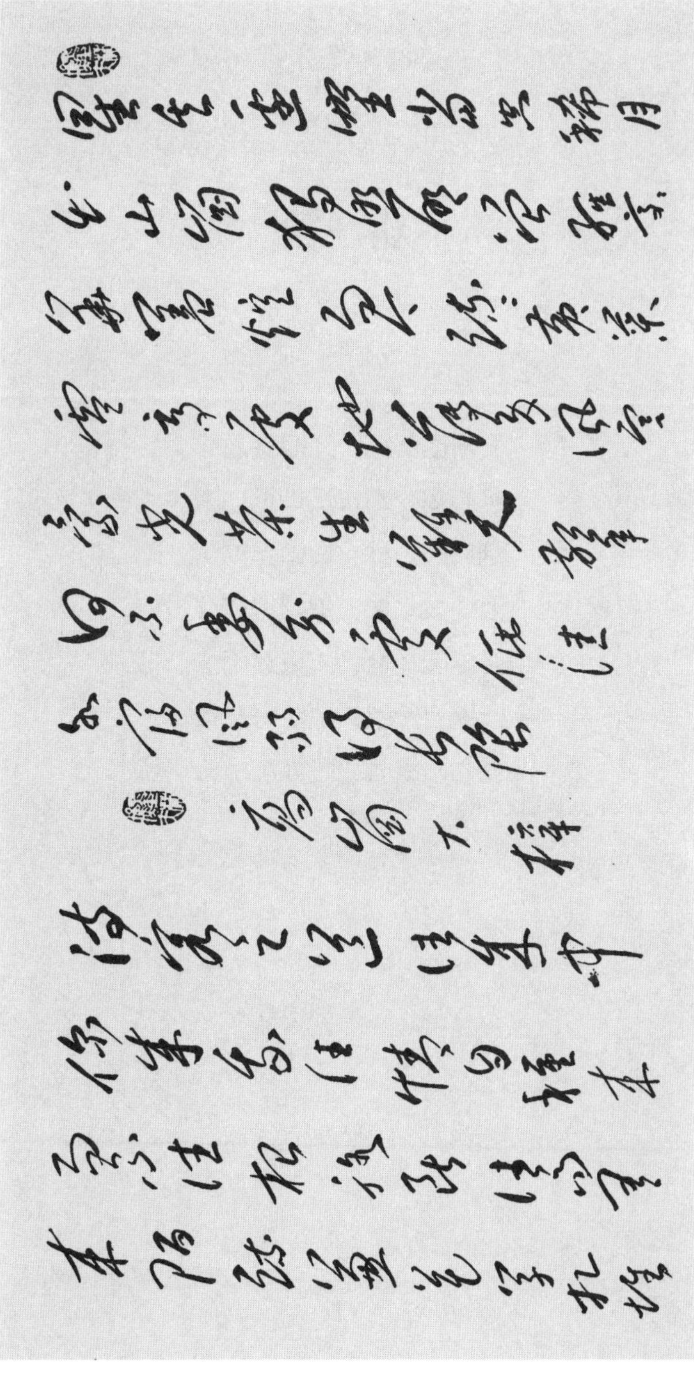

# 欢　洽

夕阳已落沉，红霞付丽云。
色彩多变幻，焰烨见一瞬。
栖鸟归山林，树蝉弹浓荫。
池蛙鼓水塘，蝙蝠追夜蚊。
月出园径白，人来踱闲亲。
天地自然意，怡洽得风景。
爱心雨霖时，是处巫山云。

2020. 8. 7

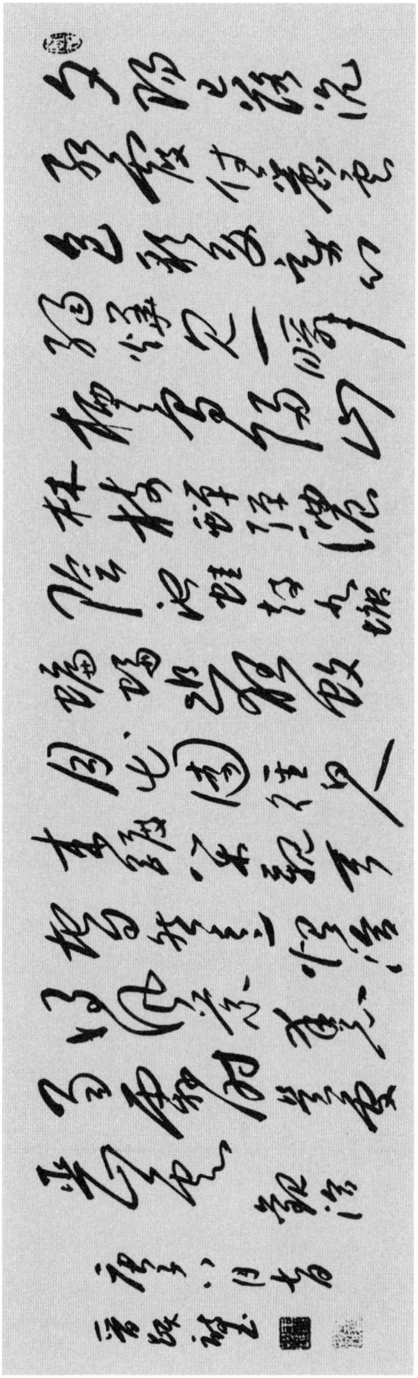

# 花脚蚊

吸血性天定，餐食肉香身。
闻气趋若鹜，拍死不放针。
吃得一口饱，终结一生命。
贪婪人赛蚊，至死不悟行。
明知山有虎，笃信已命硬。

2020. 7. 26

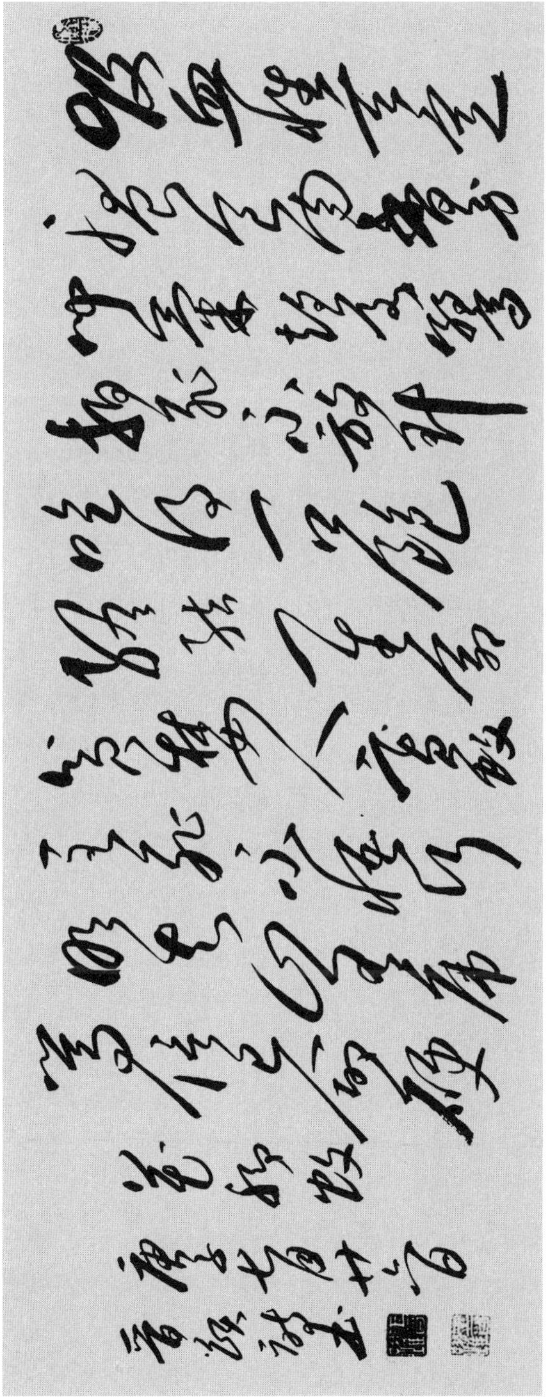

# 淡泊

平凡日子诗意过，恬淡清静自在多。
山野草树任我赏，云霞流水凭心约。
春夏秋冬风景异，古今中外经典磋。
天若假寿五百年，结遍神仙圣贤友。

2020. 7. 10

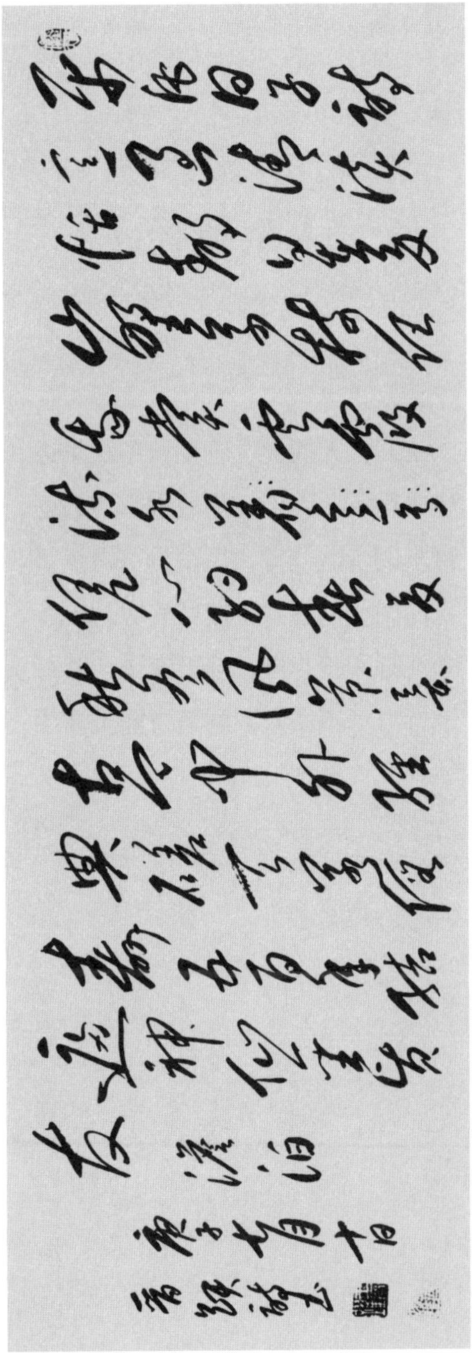

# 人生捷径

人生其实无捷径，春夏秋冬次第进。
风雨霜雪历练就，崖坡沟壑足力征。
舟车助步欲飞行，风筝得飞嫌线紧。
人性尚巧梦想矜，捷径其实是妄行。
踏地脚印步步近，浮云邈迹风逝瞬。
道行惟一不由人，循道方能至峰顶。

2020. 7. 12

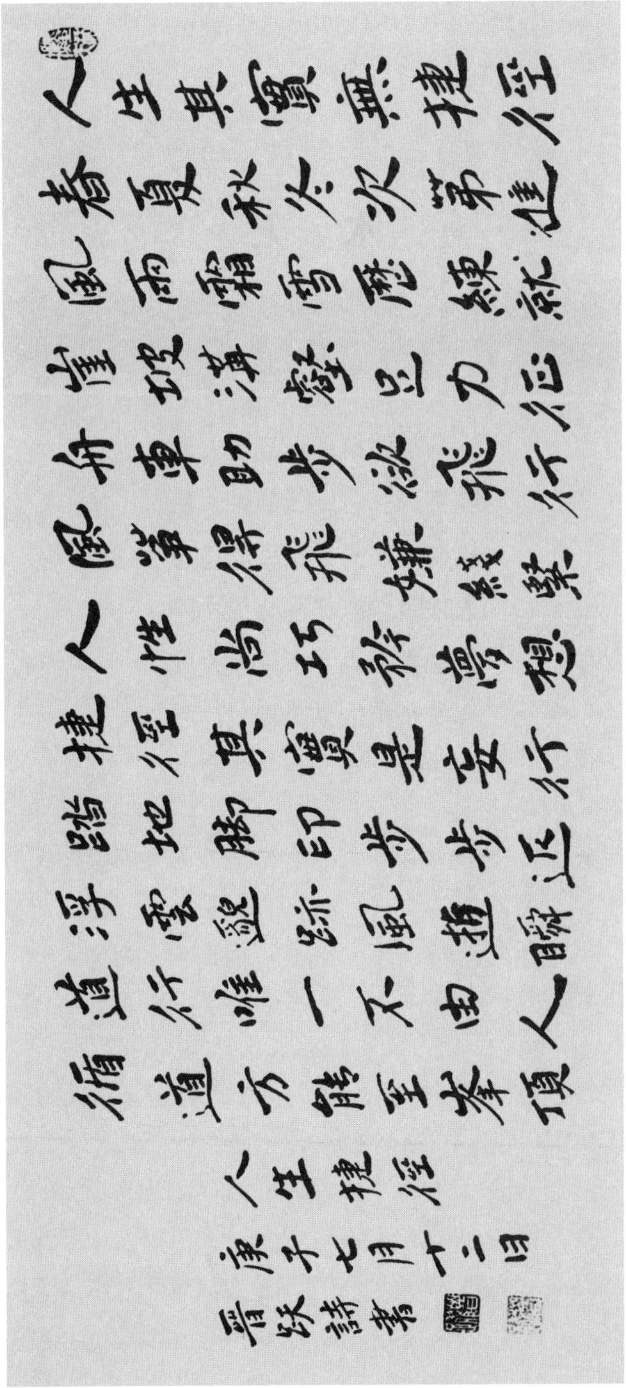
人生其实无捷径
春夏秋冬次第进
风雨霜雪历练就
舟车助步泳飞行
捷径其实是妄行
踏地脚印步步近
道行唯一不由人
人生捷径
庚子七月十二日

# 水　天

水清池为镜，天高投云影。
虚实谐和意，云霞带月星。
楼树亦投身，雀鸟倏忽应。
人来时作态，利心借物隐。
谁言影无真？水天大爱成。
万古长相依，冷暖一片心。
即便池水浊，共守此灵境。

2020. 6. 24

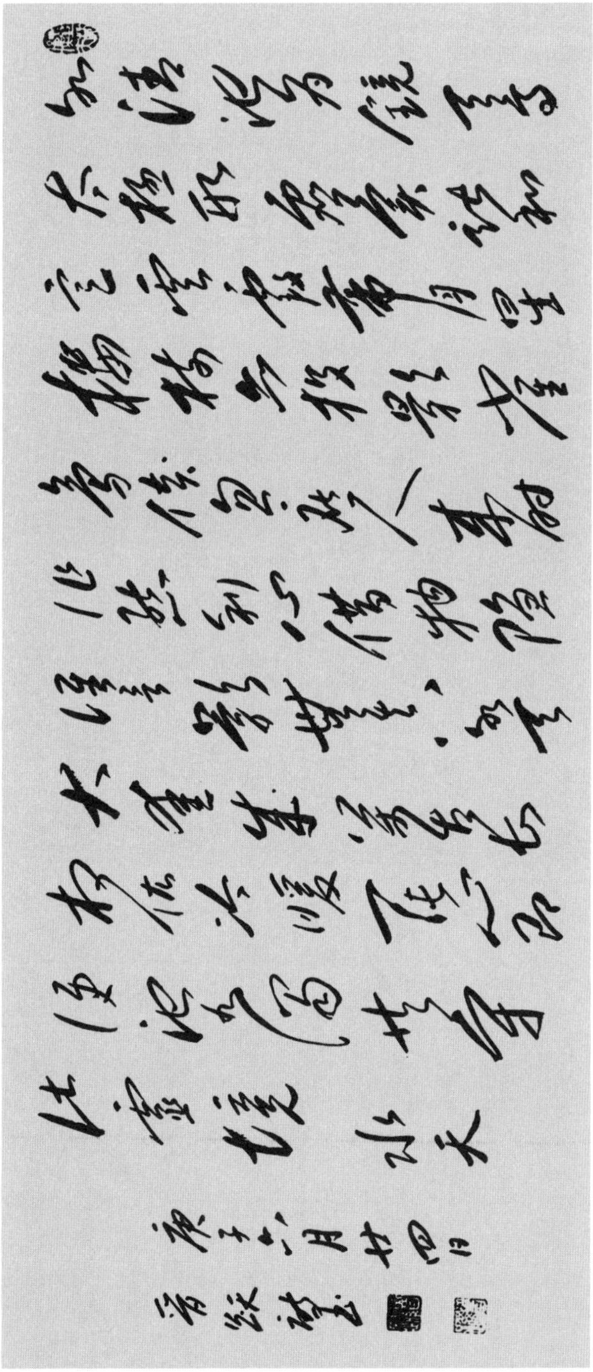

# 真　生

天高云白淡，欲寡纯真涵。
虚室乾坤大，简一极致参。
人生本平常，风云一瞬间。
得失皆归无，来去生命缘。
执着富与贵，忧患不得散。
平淡度平凡，清静赋清闲。
循道依自然，是趣解天年。

2020. 9. 4

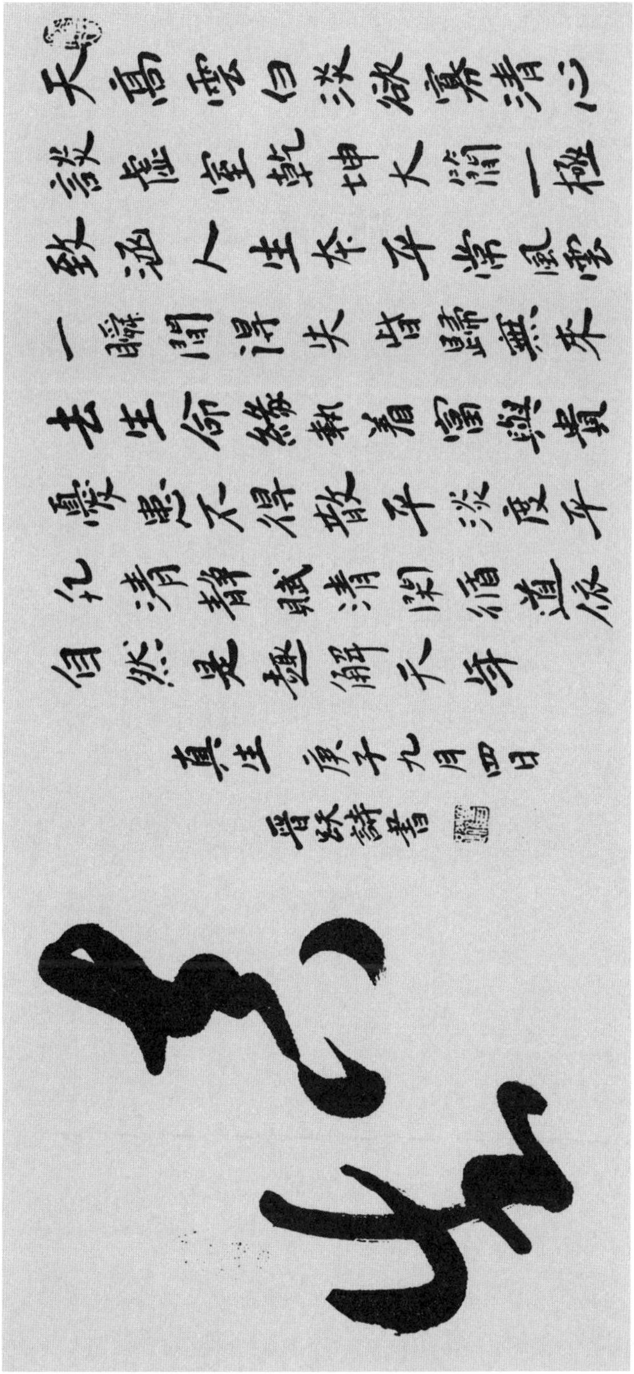

# 踱得

青山伏龙世无争，白鹭循道依水滨。
山围园田屋修脚，人在笼中居天井。
只见边陲峰峦青，不晓山外碧海澄。
得意小丘一片黄，失却广袤万秋景。
庸昧阻碍智慧生，矜大终至孤苦伶。
高天常低垂乌云，卑地时矗有峰顶。
水流泽洼蓄大海，云浮虚空飘无根。
俗心怀欲逐红尘，红尘风逝成悔恨。

2020. 10. 8

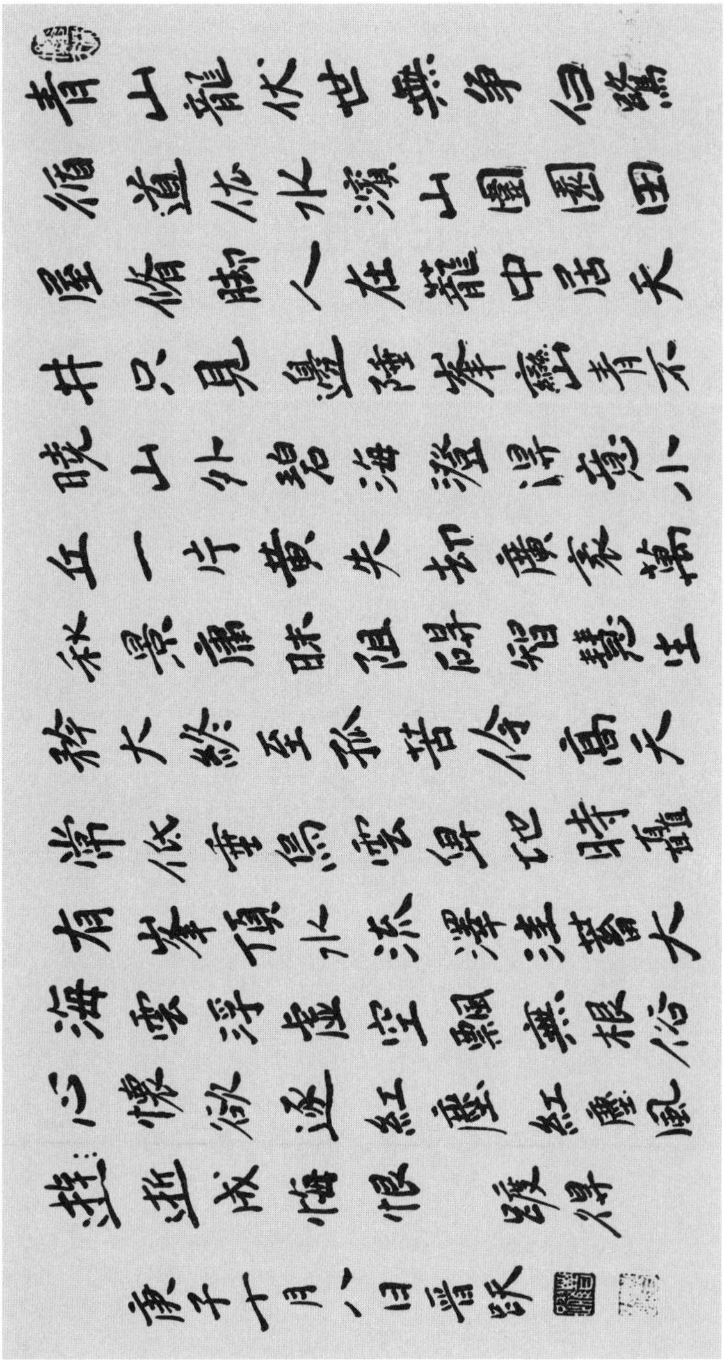

# 花草有道

幽居寻雅趣，饭后邀花赏。
玫瑰青苞出，杜鹃颓瓣殇。
兰草树下绿，季桂枝头香。
老叶黯然褪，新芽竞斜阳。
正长浓荫阻，侧生天地宽。
明知冬枯萎，春争不相让。
说与儿女知，大道简易藏。

2020. 3. 22

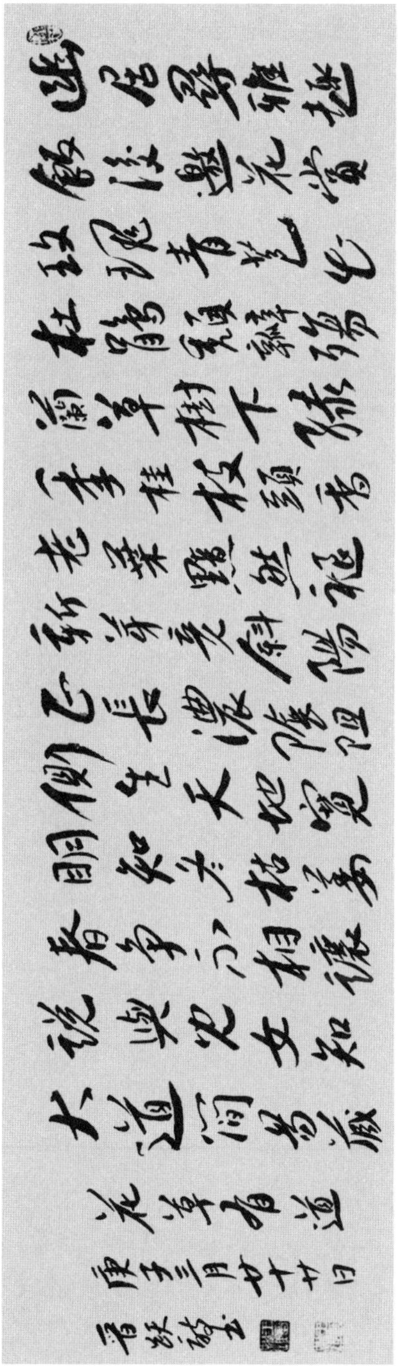

# 园趣

书表诗魂

chapter 08

# 鸣

啾啾鸟鸣，呼朋引亲。
其乐森林，春和景明。
呱呱蛙噪，嘘气热身。
鼓闹唤静，星月夏澄。
汪汪狗吠，媚主欺生。
有肉唯命，摇尾乞怜。
咯咯鸡叫，见曦示寅。
霓虹昏眩，半夜司晨。
嗡嗡筒喧，配乐亮灯。
装腔作势，唯利与名。

2019. 5. 3

啾啾鳥鳴
呼朋引親
其樂森林
春和景明
呱呱蛙噪
噓氣熱身
鼓鬧喚靜
星月夏澄
汪汪狗吠
媚主欺生

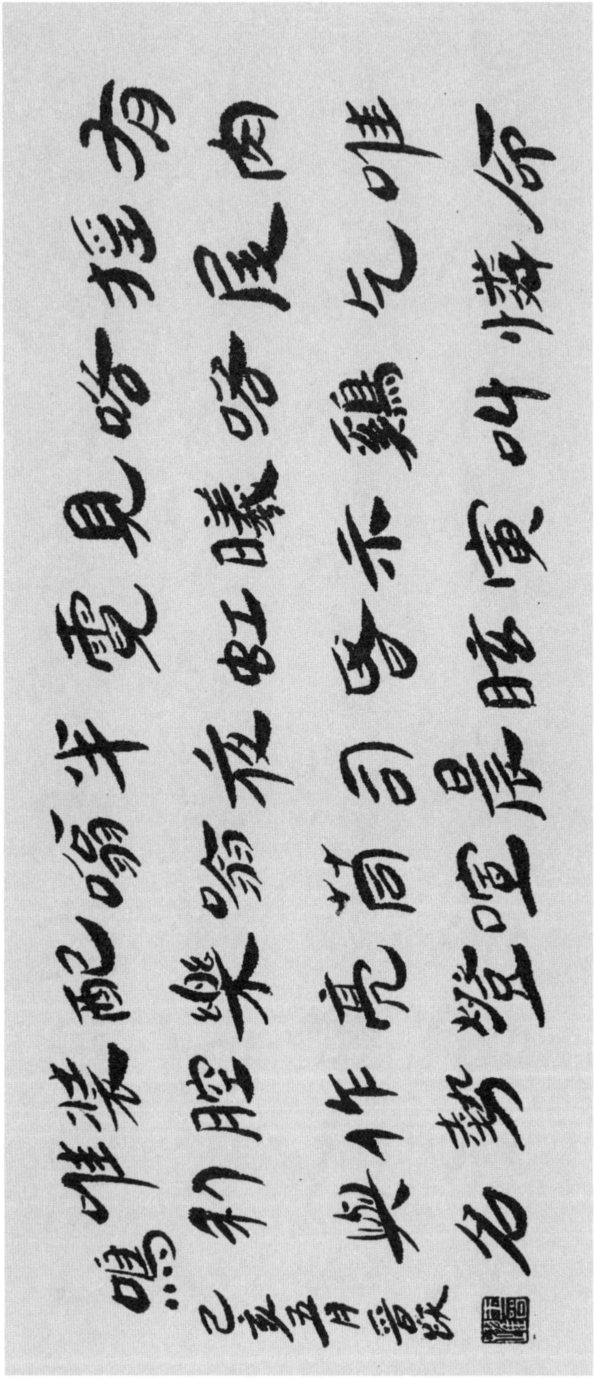

# 翠园夏晨

蓝天橙日烟云，白墙黑瓦绿林。
闲踱太极歌舞，雀唱鸠鼓蝉琴。
荷圆竹颀蕉肥，狗蹓猫蹿兔隐。
满园晨光清新，是处画图水灵。

2019. 7. 17

# 荷园春晓

夜阑春雨潇潇下，平明园雀嬉嬉家。
老枝溅绿含花苞，枯草伏坡出新芽。
池水泱泱静如画，游鱼悠悠戏麻鸭。
钓叟垂坐盼浮动，太极漫舞仿儒雅。

2018. 3. 1

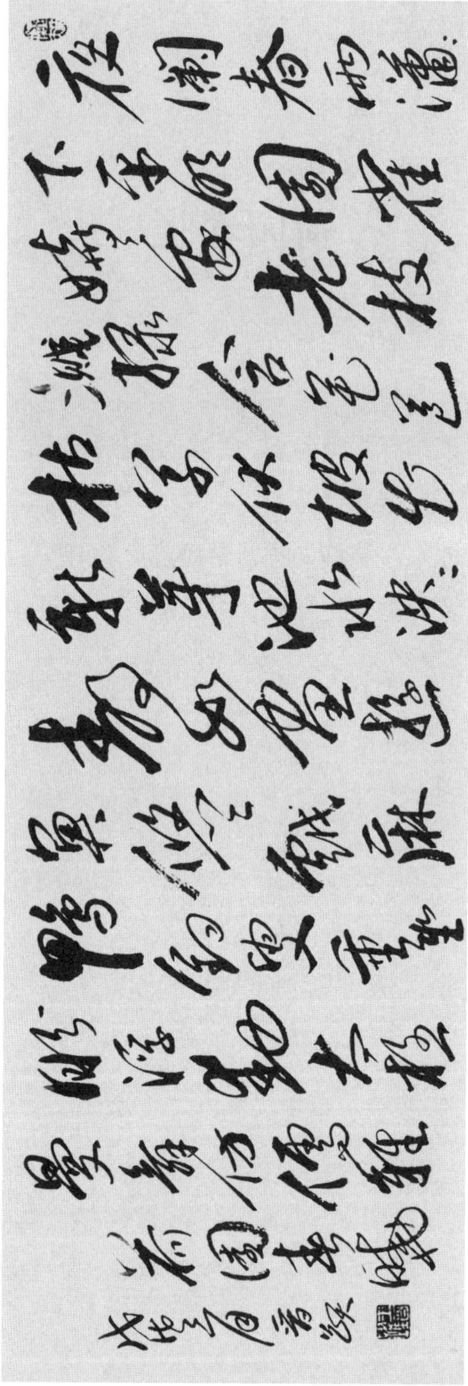

# 明湖二首

## 败 赏

湖总被楼围，挤兑宿存地。
水草本丰美，人欲践无忌。
开窗纳湖景，拾绿有情怡。
风生水起处，相煎何太急。

## 白 鹭

坝平流水缓，白鹭静眸凝。
见鱼喙啄倏，人来脚不移。
薄身点足起，从容翩飞翼。
轻盈盘旋回，娴踱晒俊逸。

2019. 5. 15 于六盘水

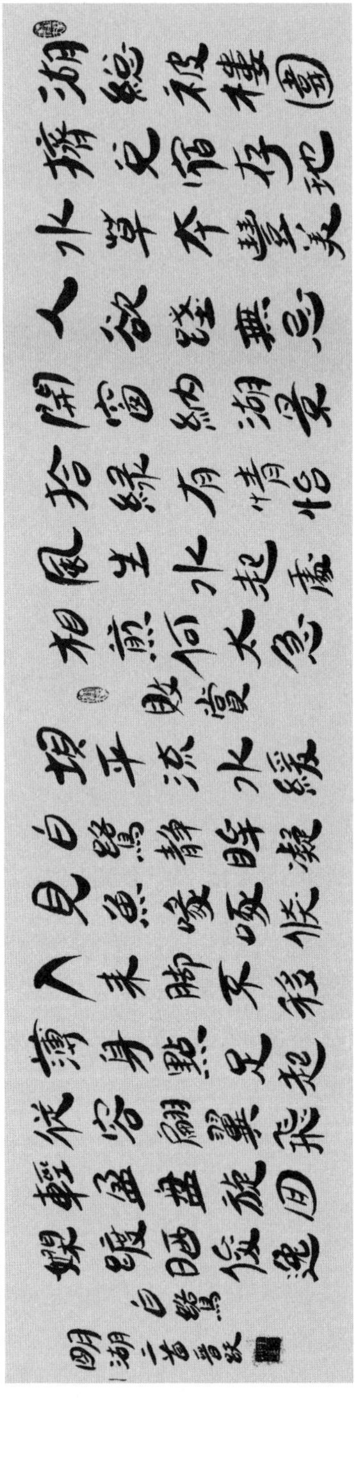

# 高台晨练

高台晨练眼界宽，擎天抱地意气张。
白鹭青天淡远山，麻雀绿林闹新阳。
马路车过流水淌，台径鸠踱闲模样。
绿肥红瘦争炫目，小草野花诚倍伴。
我慢我悠我心逸，时来时去时舒缓。

2019. 5. 4

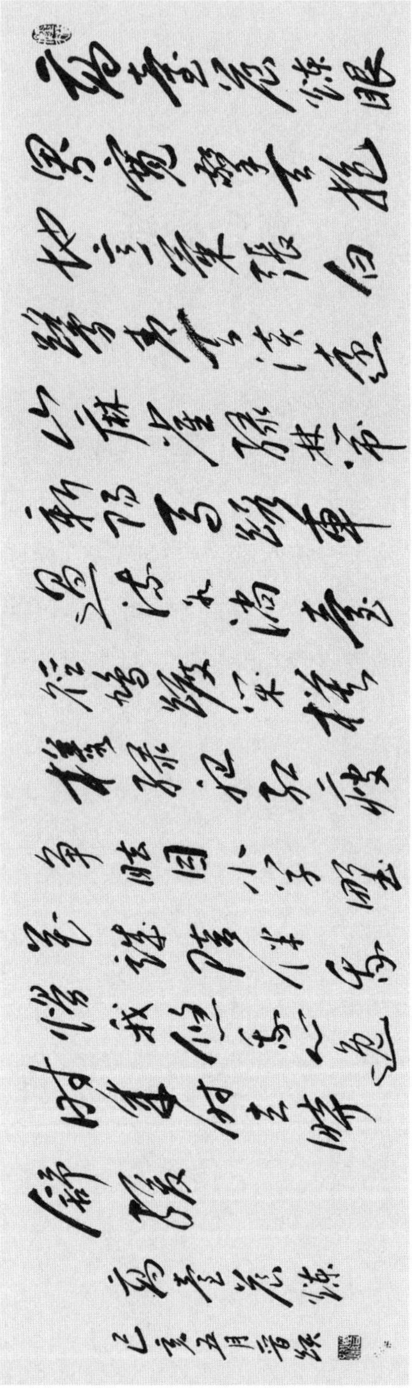

# 晨 曲

晨开一鸟领头唱，唤醒群鸟奏交响。
风带花叶轻曼舞，曦抹胭脂宜淡妆。
欲眠天籁塞耳胀，懒起馥郁传花香。
掀帘亮画惊撑眼，满园春色承天赏。

2019. 5. 4

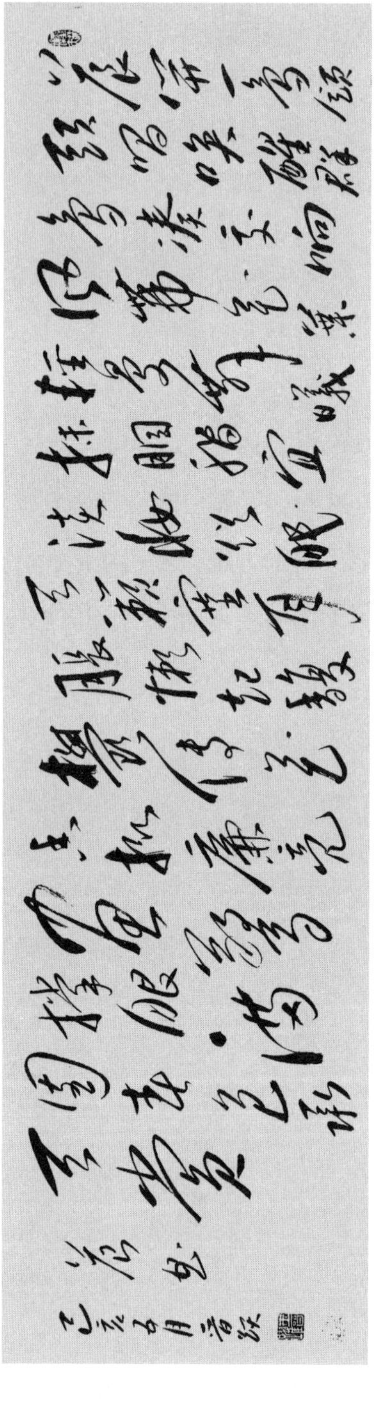

# 春韵三章

## 清

天光树影照水明，潭蛙蛰虫梦呓鸣。
太极台榭悠悠舞，苇叶长袖曼曼临。

## 静

春泱池水满，新晨结高阳。
荷叶圆钱排，莲花惺眼张。
红粉黄蕊妆，笑靥半日扬。
薄暮光还暖，合苞眠水床。

## 新

晨鸡和曦叫，红霞透帘娇。
慵懒缓开窗，胭脂淋头浇。
花在枝上笑，鸟在园中闹。
匆匆梳洗罢，就霞贴花照。

2019. 5. 7

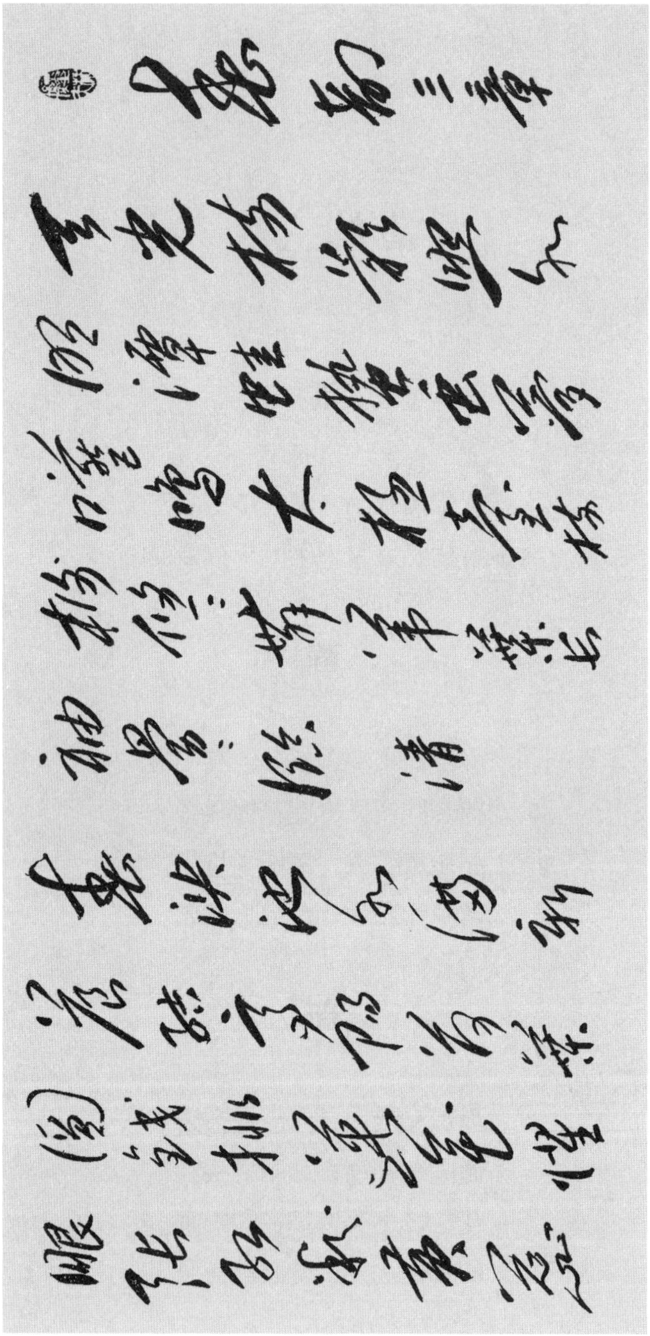

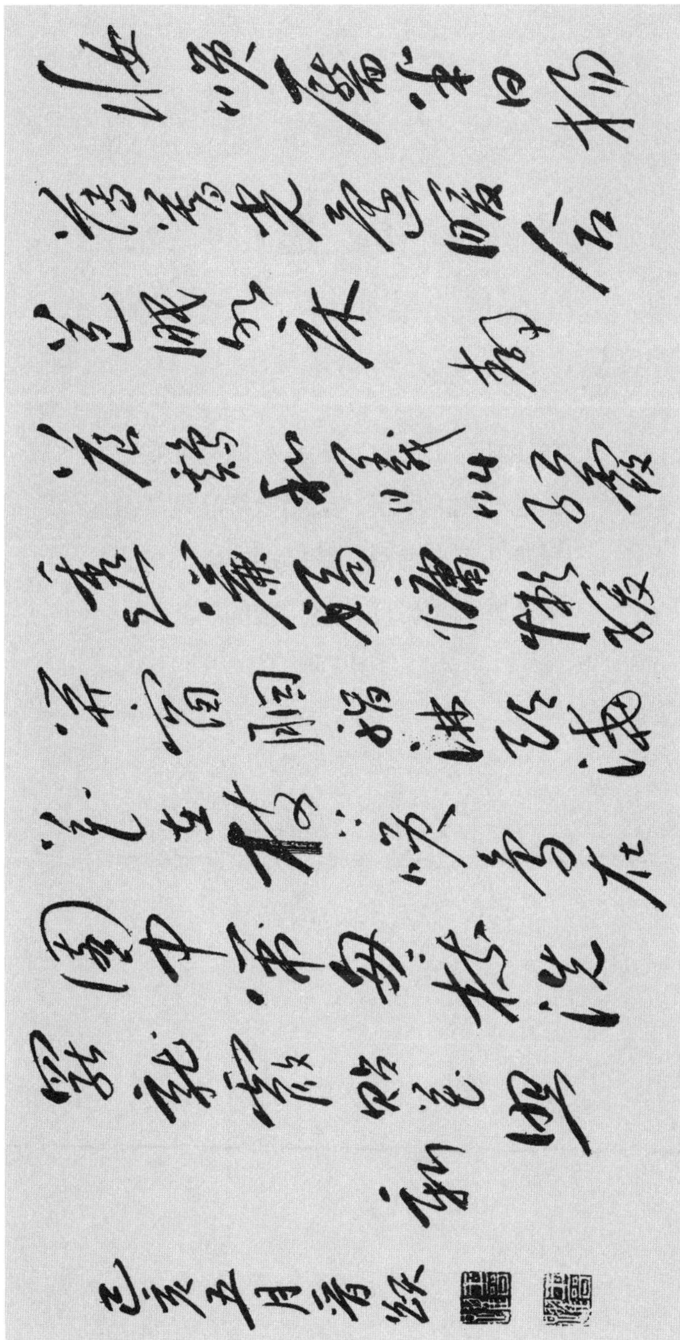

# 仿 逸

簪插高髻仿道长，衣着羽绸充仙娘。
冥吃心曲闻闭目，柔姿曼舞吐纳缓。
绿苇红莲淑静观，蜻蜓蝴蝶翩飞仿。
明池鉴画人影动，晓园雅韵鸟沐阳。

2019. 7. 11

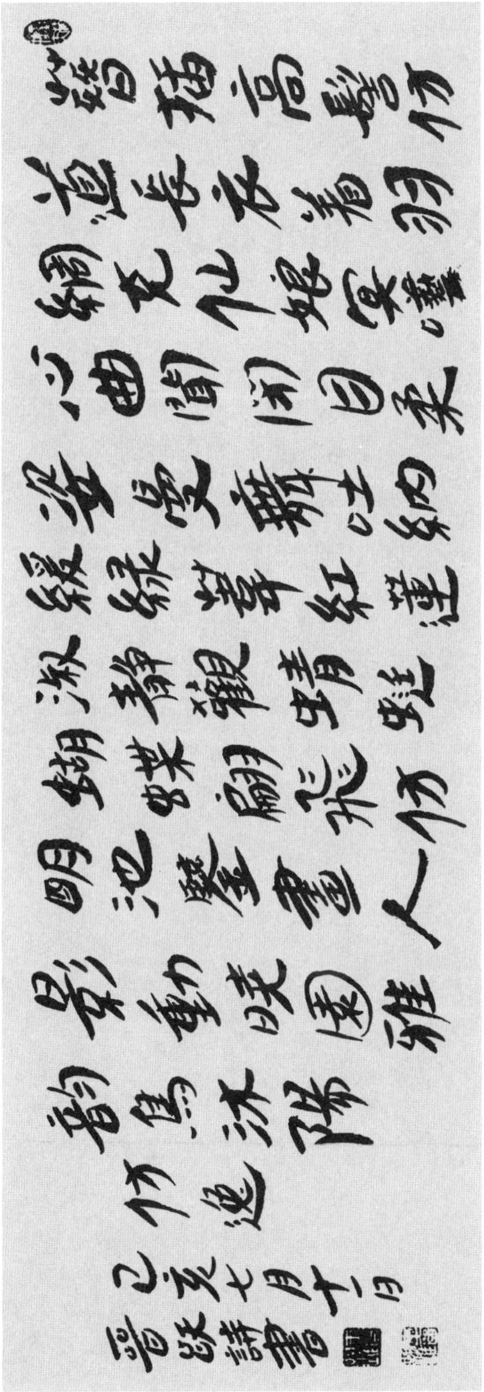

# 阳光小筑①

小筑绿围重，倩潭凉意浓。
园径亲牵履，茗室雅聚风。
暖阳艳晴日，宫灯月夜红。
群聊西北南，蛙噪水草东。
慢踱疏林晚，闲坐悠时空。
闹市静心处，此地大不同。

2019. 7. 12

**注：**

①阳光小筑：湘府文化公园内一景，为茶馆。前有倩影潭。

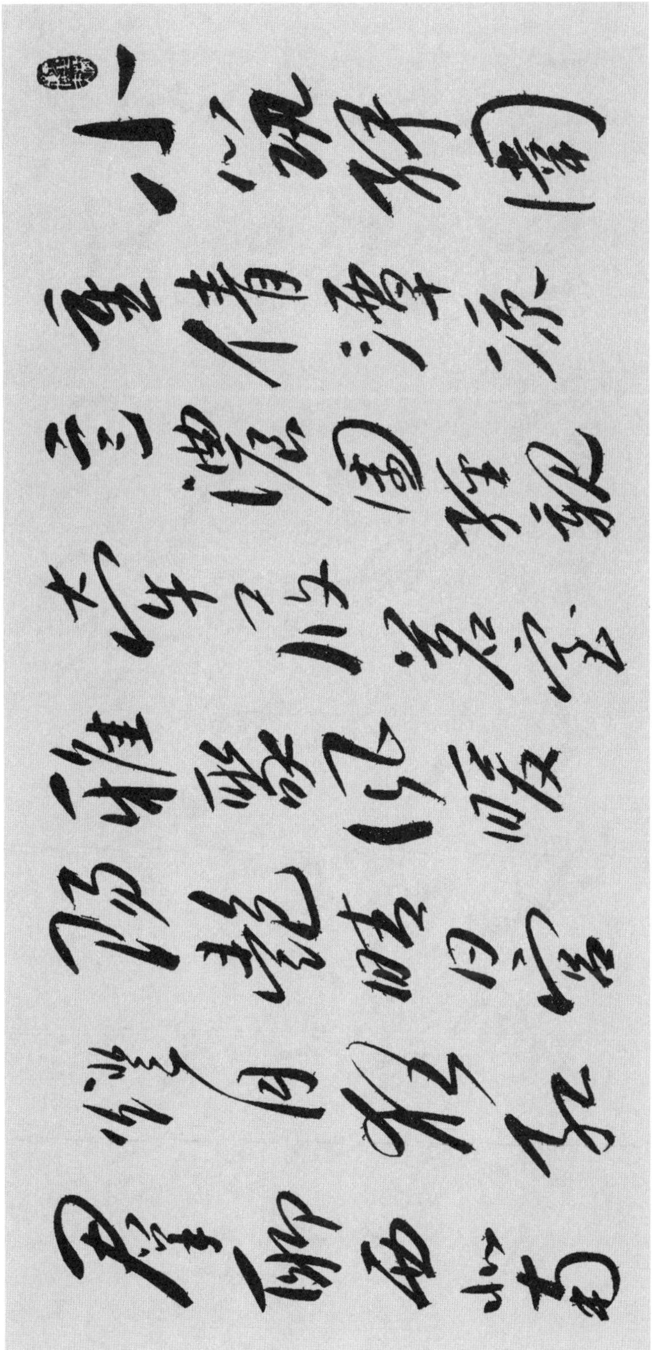

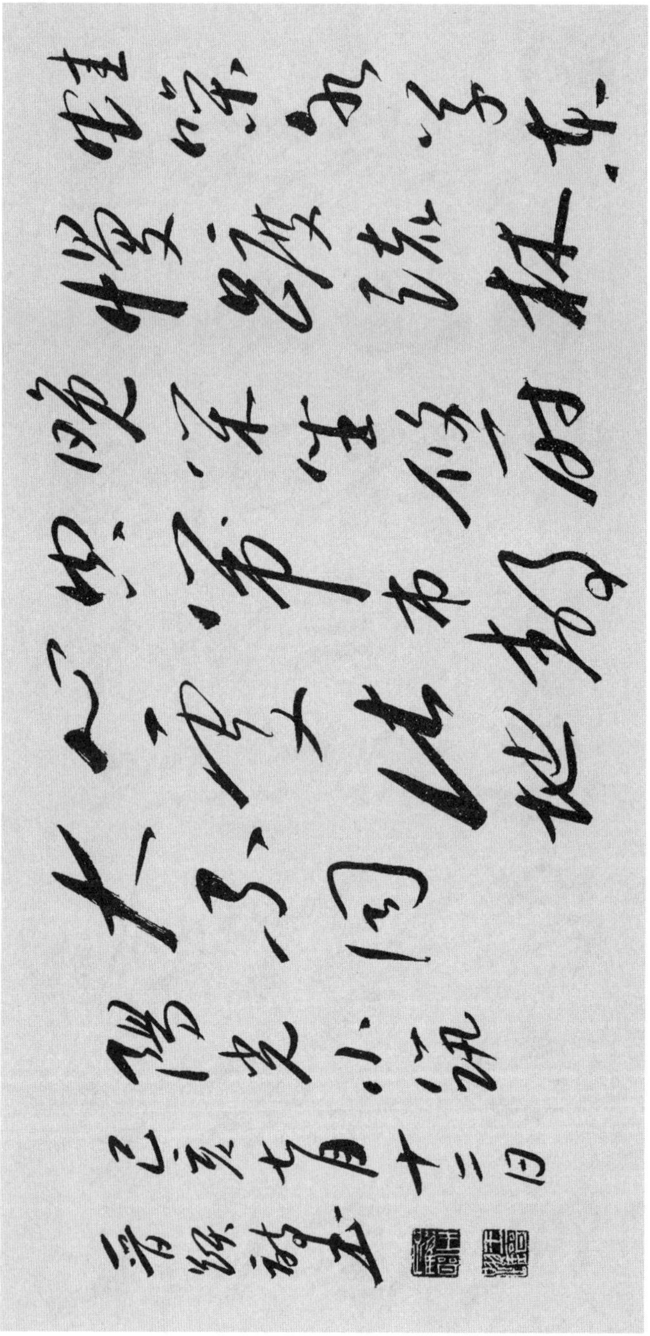

# 喜 雨

厉阳炫火枯蔓芽，天地蒸笼烤肉腊。
乌云结雨闷雷催，凉风劲度霖雨下。
绿叶青草浴翠华，红径灰坪跳珠花。
暮园清凉神怡踱，仔蛙争蹿碰脚丫。

2019. 8. 18

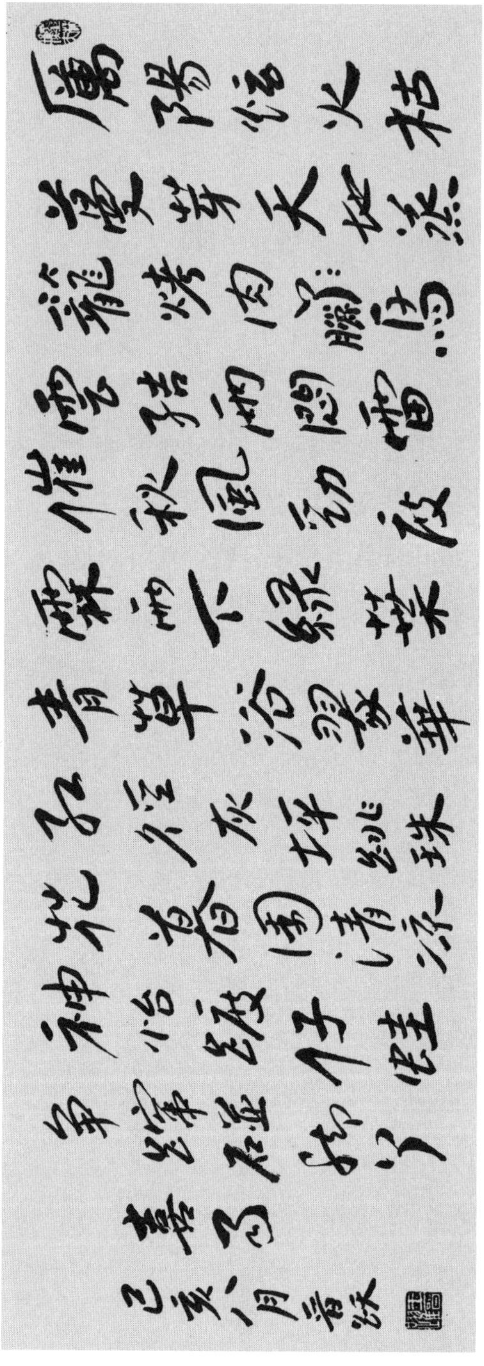

# 光 影

秋夜无月阴苍茫，公园有灯韵池塘。
幕色沉沉花失容，舞曲悠悠满园灌。
水镜朦胧赋清凉，人影恍惚袅轻飏。
莫道夜黑无颜色，小灯亮处有风光。

2019. 9. 2

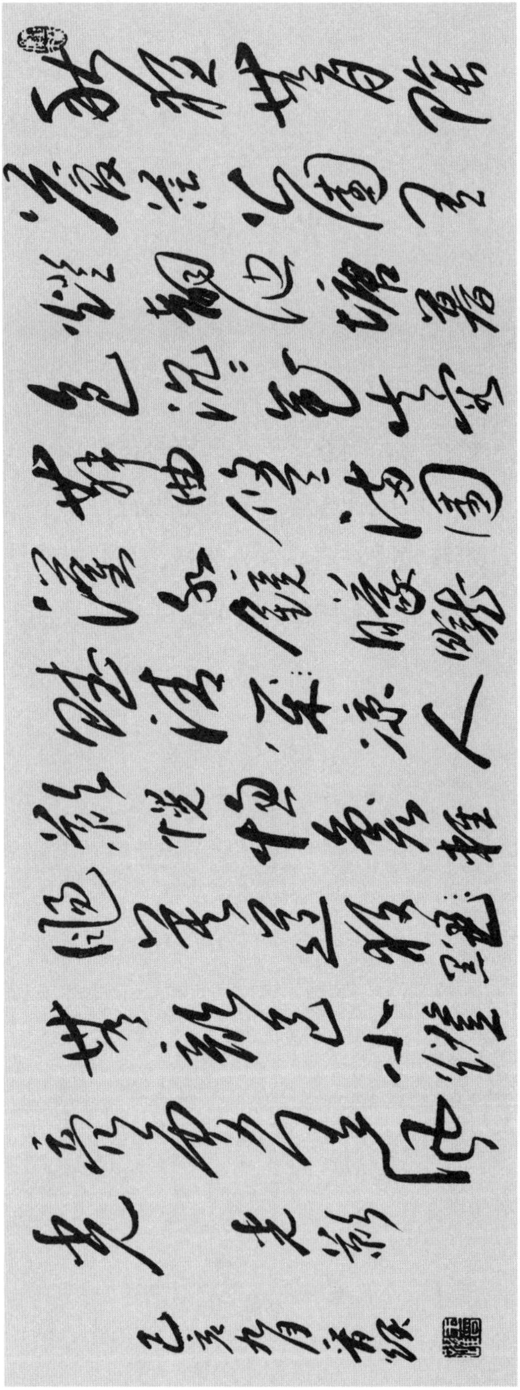

# 冷 园

几重雨幕阴，一片乌蒙沉。
街灯淡胭脂，团雾厚屋顶。
浮游絮白云，投水亭树亲。
“鸟宿池边树”，雨打水中萍。
径幽寂无踱，亭空湿风冷。
桂下人独立，闻香花知音。
蛰虫息静伏，疏灯倦欲眠。
花开张有声，满园淅沥听。

2019. 10. 20

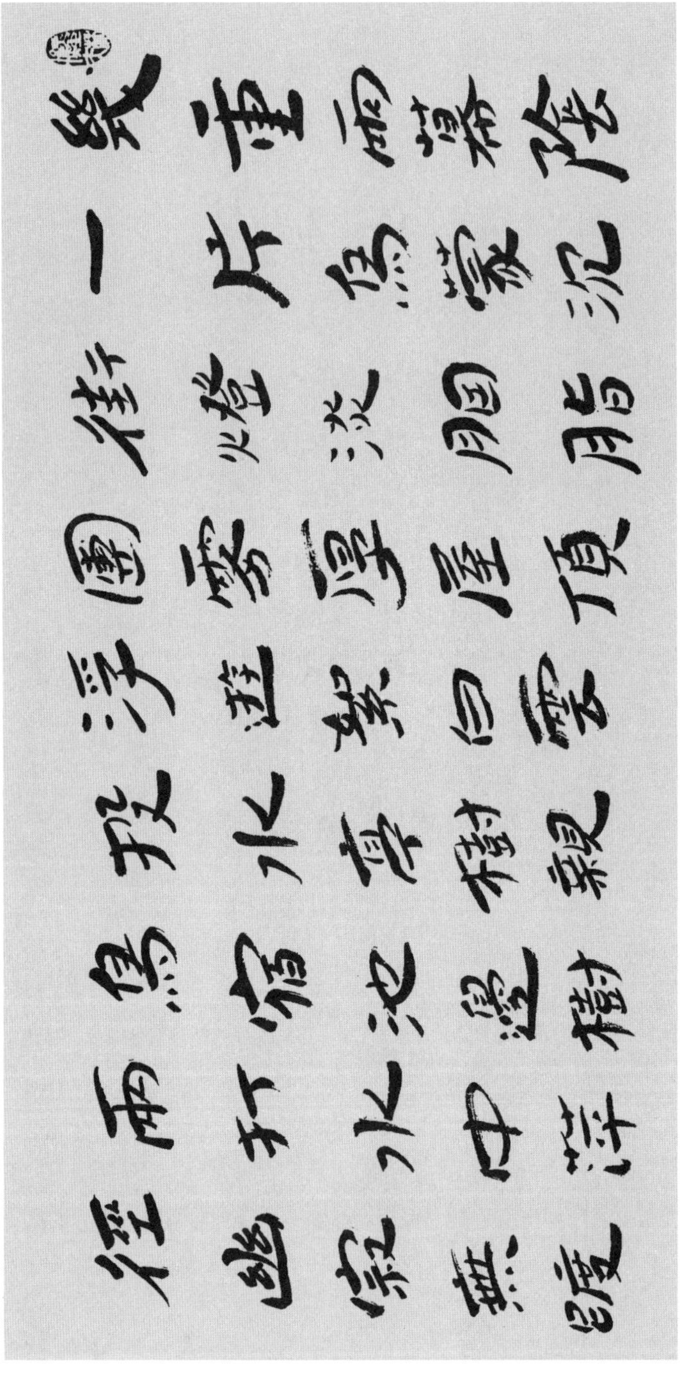

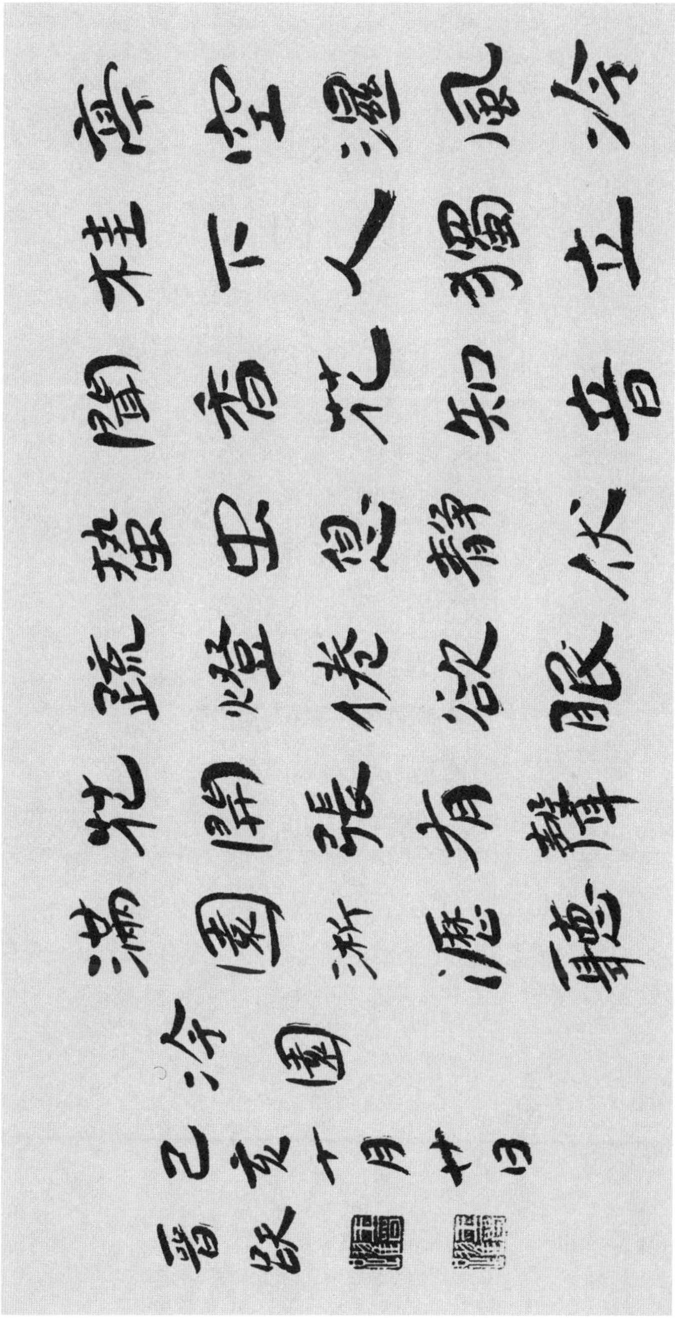

# 明　园

千叶碧篝篷，万虾静水中。
绿藻浮污渍，游鱼隐无踪。
鸟鸣荆枝丛，人炼曲歌动。
仄径悠闲踱，旧亭坐闻钟。
荷谢叶翻黄，桂绽香郁浓。
霞贴满园金，影彻涵远空。
心大无物阜，园小景亦丰。
一腔恬淡意，八面熙和风。

2019. 10. 21

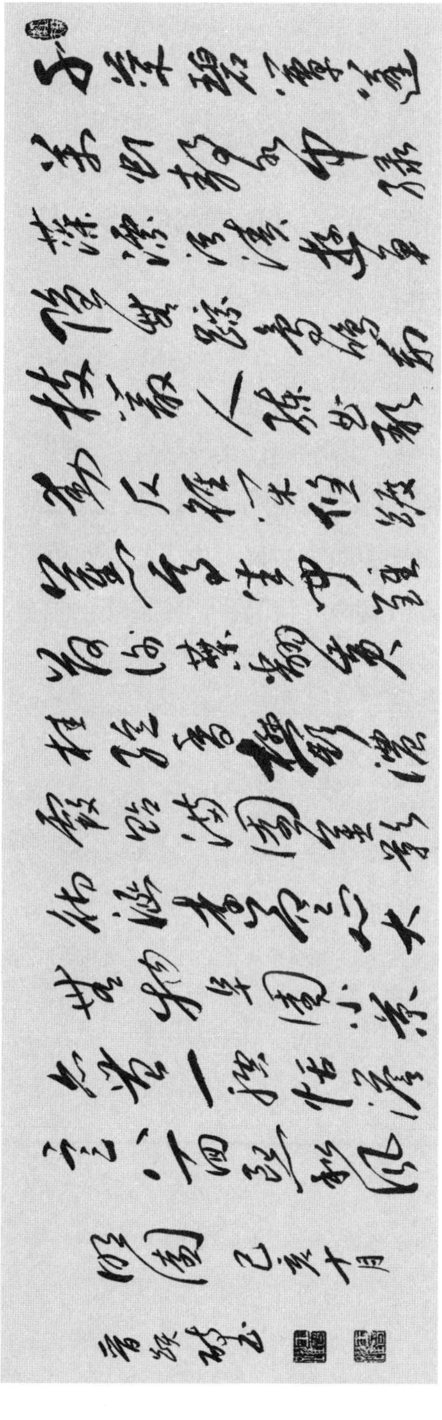

# 独 琴

一池一园一曲径，一亭一人一胡琴。
清音弹出鸟停唱，天籁灌园风清明。
黄叶潇潇空中舞，白云悠悠水里听。
高天闻声开笑脸，艳阳还暖铺铂金。

2019. 12. 15

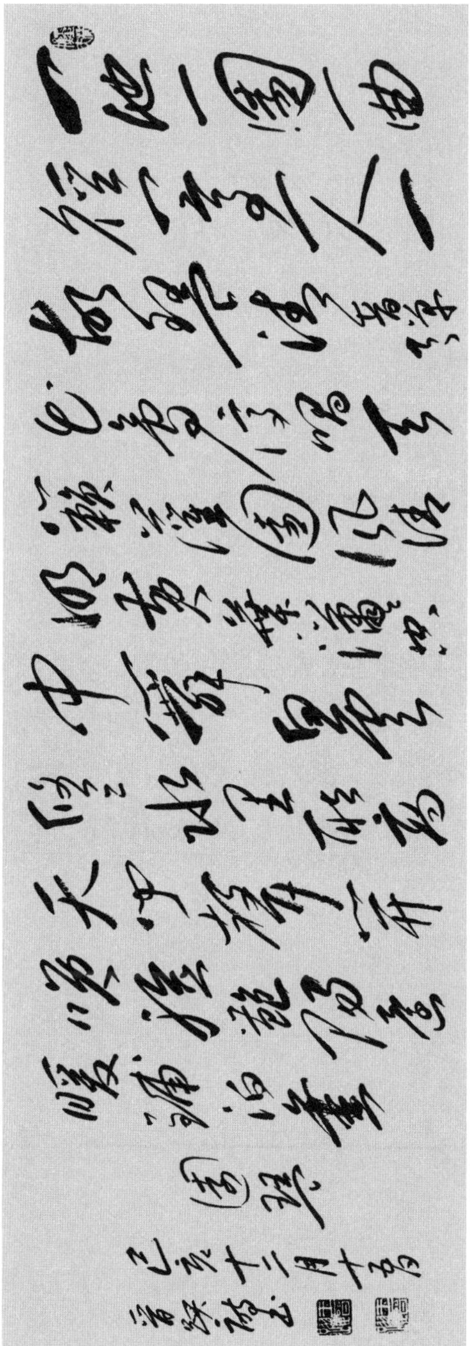

# 冬 桂

深冬，天阴雨骤，拟发春雨，晨起见四季桂花溅黄，朵小香浓，意奇。

阴翳湿冷几花黄，污浊郁孤一缕香。
微粒透穿尘世界，寒枝绿居高洁芳。
堪笑万木皆冻缩，依季灰服尽冬藏。
干脆具策谏天帝，时令随我桂子降。

2019. 12. 22

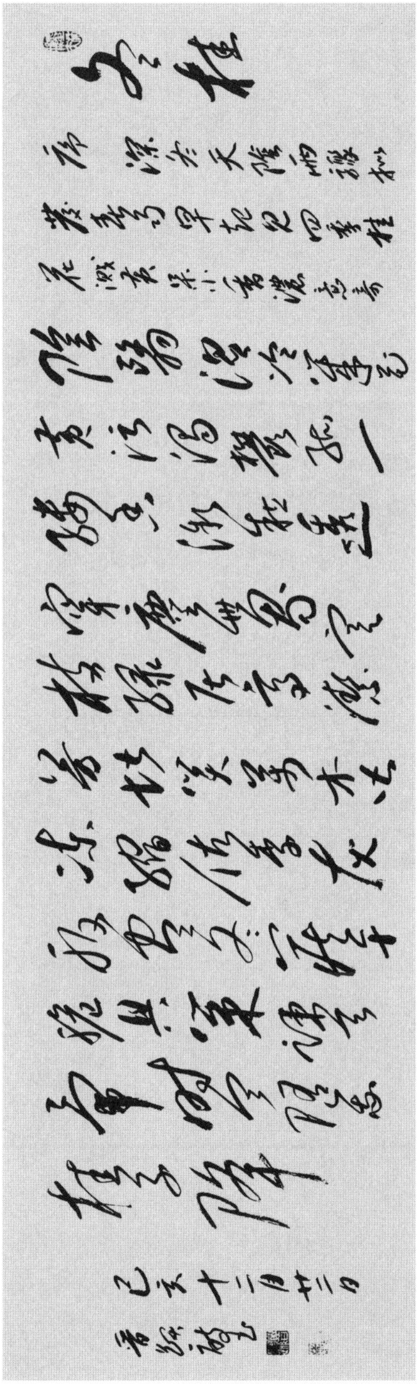

# 灰 雀

芙蕖池中枯，残叶水上浮。
冬塘阴冷清，灰雀苑囿踱。
黄梗一叶舟，绿萍千岛湖。
阔地翩翩飞，窄溪盈盈触。
啄食自悠闲，睃巡轻灵舞。
万类皆冻缩，独汝瘦塘出。
动活满园景，羽湿全不顾。

2020. 元 . 3

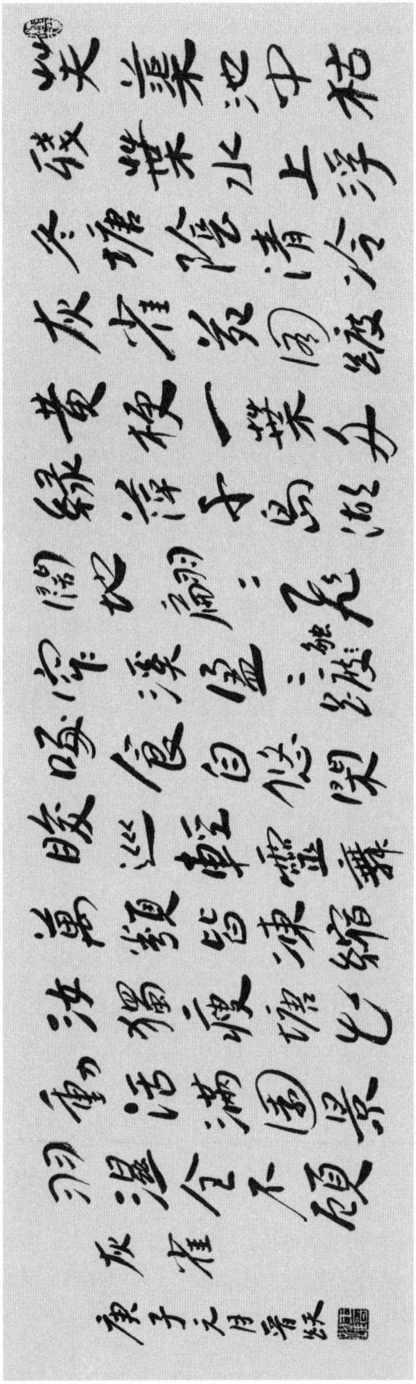

# 旱　溪

曾经水怀袖，而今石填沟。
芦苇念旧情，冬茅侵荒沼。
溪头池水满，溪里渴心焦。
高坝隔阻断，贫富邻不交。

2020. 元 . 19

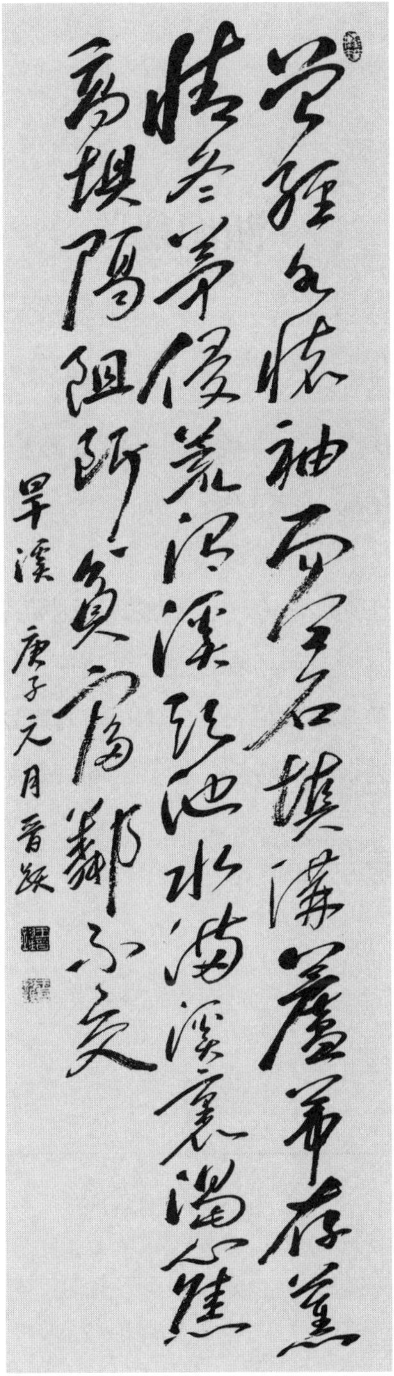

# 湘妃船

湘府文化公园广场中央，一橡皮船驻，似游艇搁浅，船内满盛湘妃竹，蓬簇葱茂，颀腰风摆，别有韵味。

湘江逐波洞庭游，星城搁浅困苑囿。
杜鹃啼血年年春，湘妃泣离声声忧。
帝子九嶷望化石，清泪千古竹斑镂。
此去崇山高峻岭，根节蠕伸向牵手。

2020. 1. 20

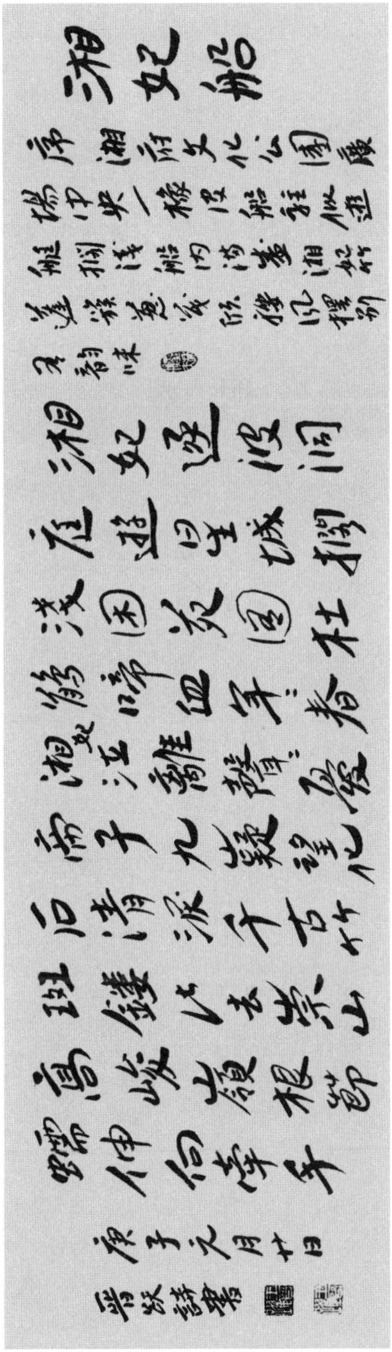

# 春光二题

## 明　媚

红鲤翻绿荷，白水照青天。
人来景添花，花盛池塘边。
风吹春水皱，影动嫩叶颤。
枝间鸟唱歌，闻乐身不见。

## 晚　艳

荫里杜鹃篷，迟开留春红。
日待阳光照，意图展笑容。
盈盈粉黛面，恹恹娇玲珑。
蜂亲蕊蜜甜，鸟戏香枝风。

2020. 3. 31

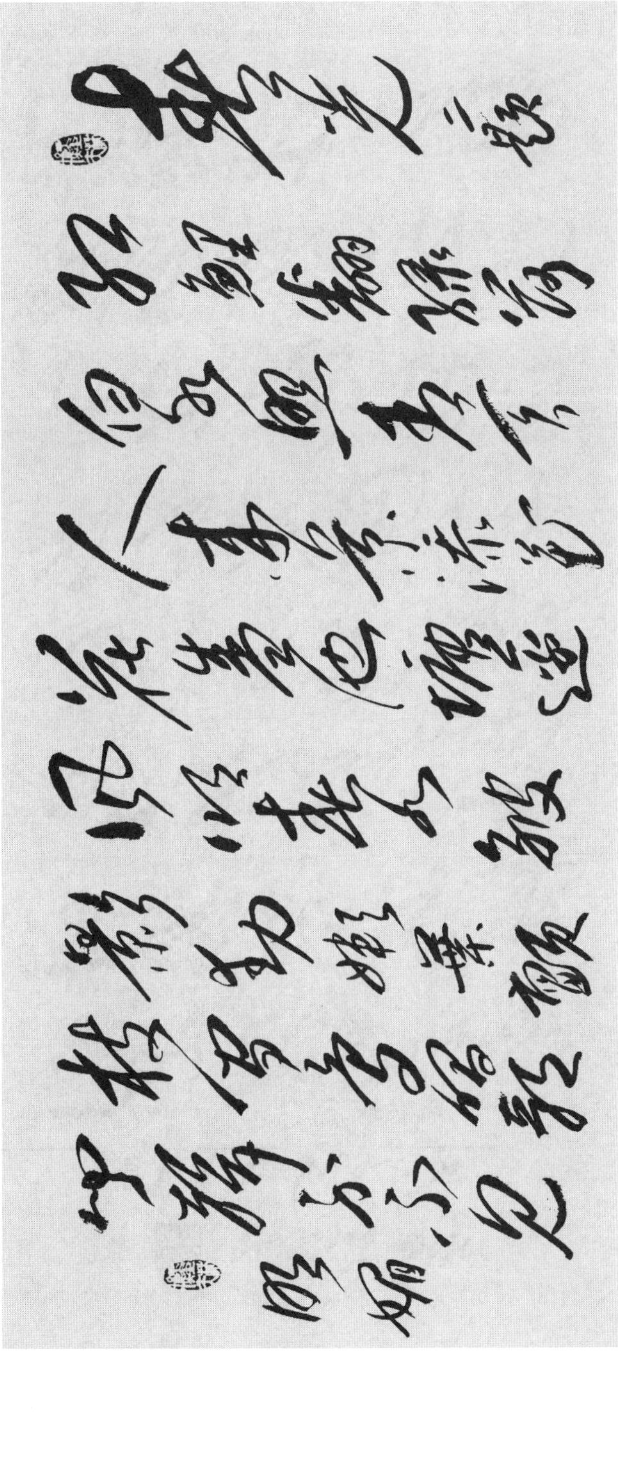

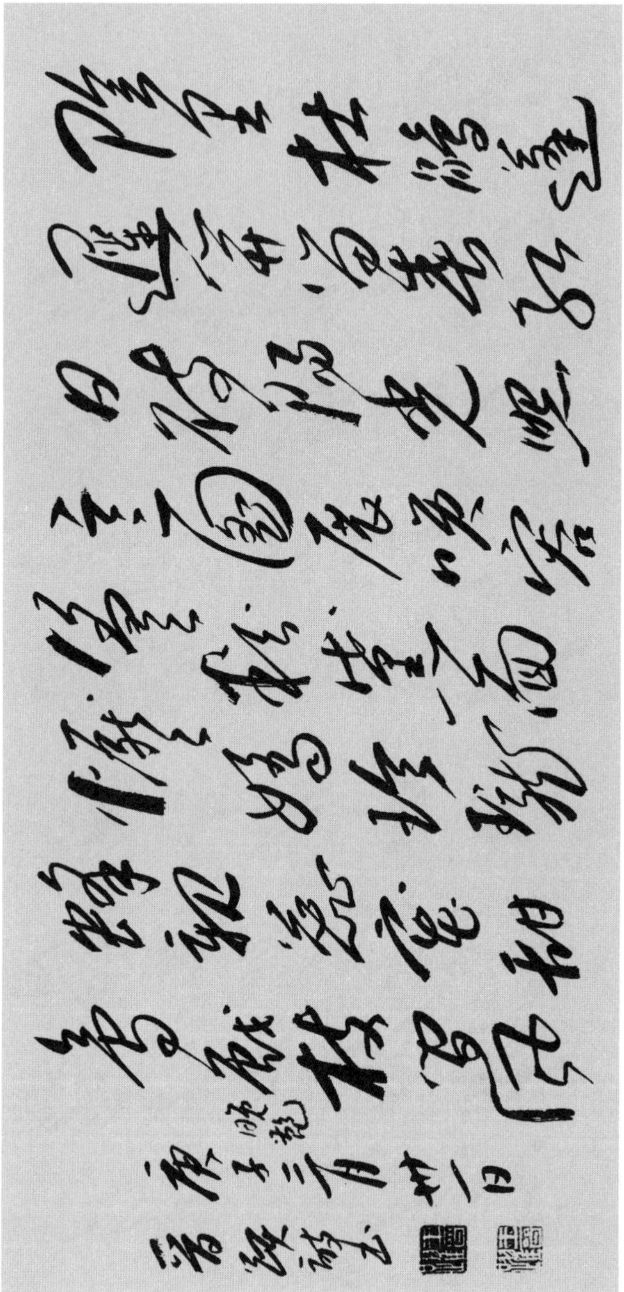

# 夏日雨后池塘

雨后池塘清如镜，肥叶釉绿芙蕖新。
宽篷遮身蛙家乐，高天流云入水亲。
落日红霞镀满金，水中豪画千古情。
弦月早出挽夕阳，鸳鸯浴华并池枕。
无聊相与行人意，有闲痴迷节奏生。
素地绝景知音稀，辜负一片天地心。

2020. 6. 5

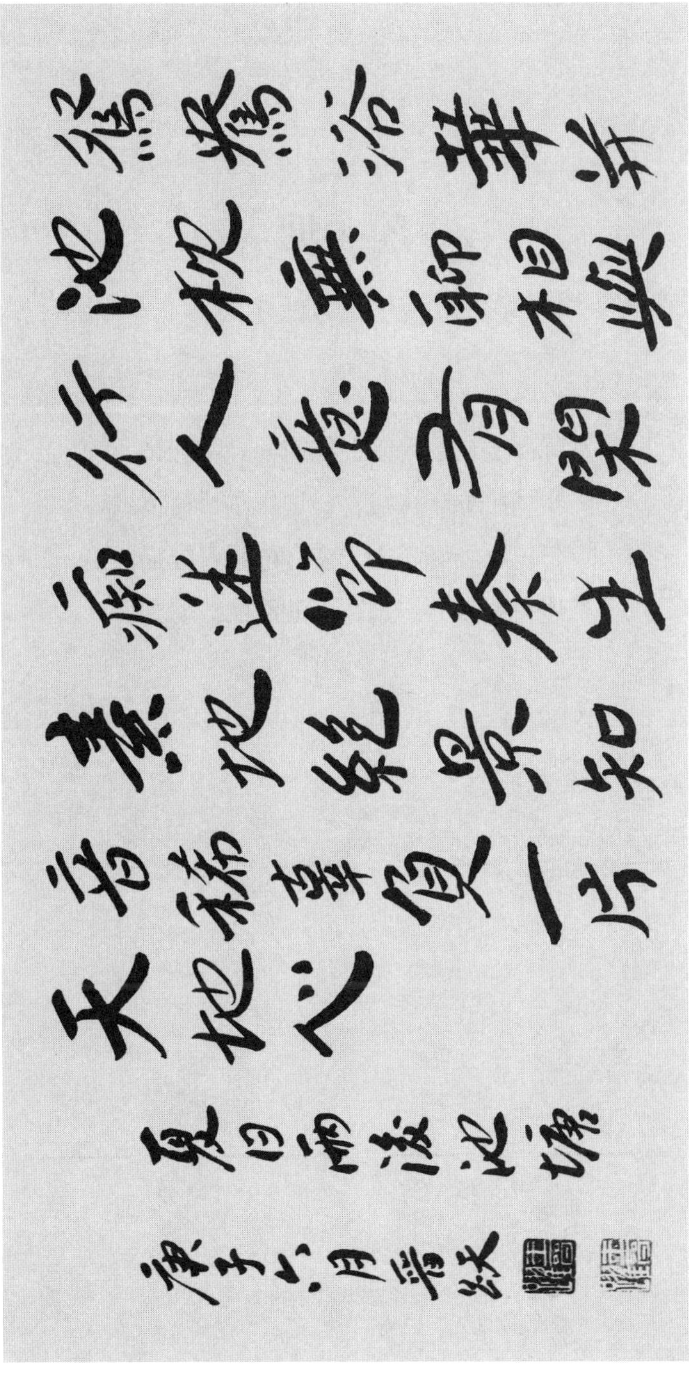

# 莲　塘

绿碟层铺朋聚床，红瓣争开贴花钻。
半塘肥绿半水镜，一边影画云树妆。
日出粉靥媚暖阳，夜合倦眼青蛙唱。
度得朗梦共星繁，一池清丽戏月光。

2020. 6. 12

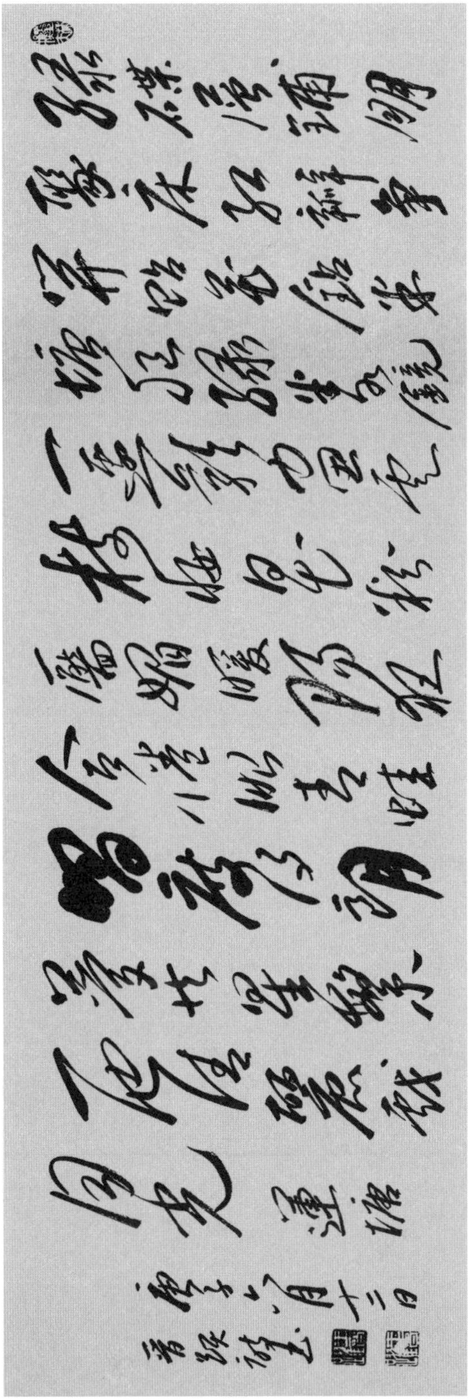

# 太 极

胡琴濯清音，节奏拨心弦。
曼舞意相随，渐入太极境。
逸云流水态，吐故纳新经。
借得晨风凉，拂柔柳腰身。
飘飘仿遗世，翩翩沙鸥睃。
有鸟树上观，和韵抖长翎。
兴起翼高飞，袅袅入青冥。

2020. 6. 18

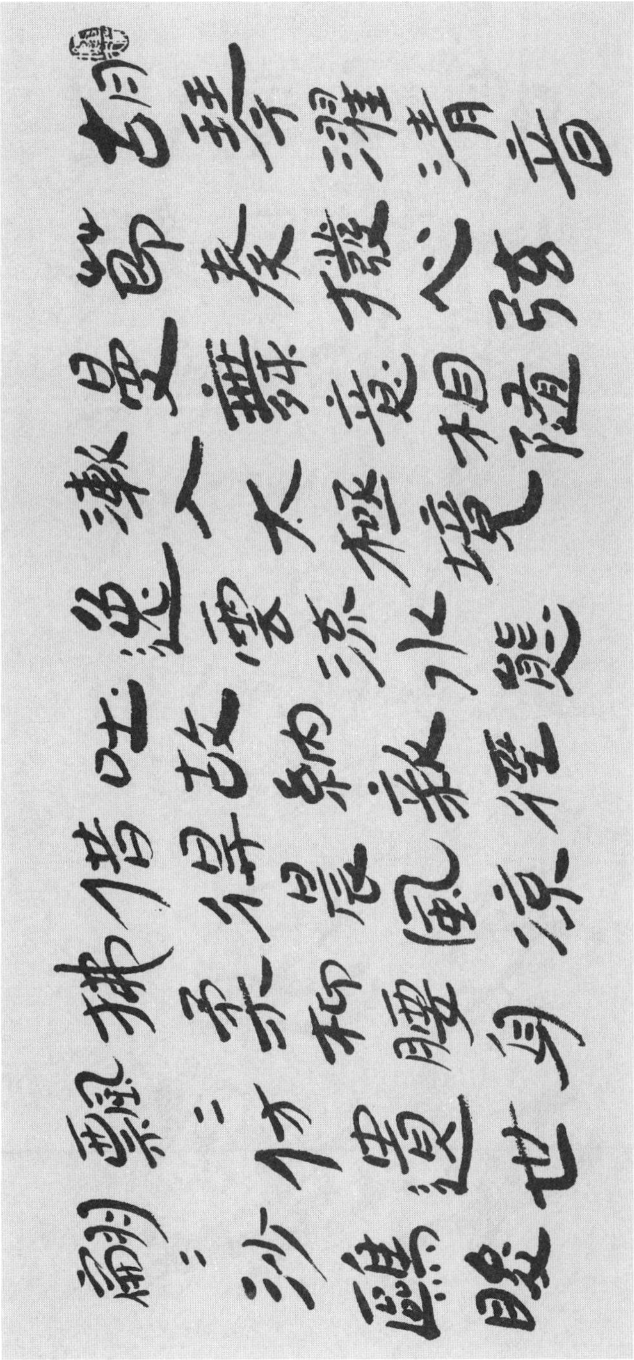

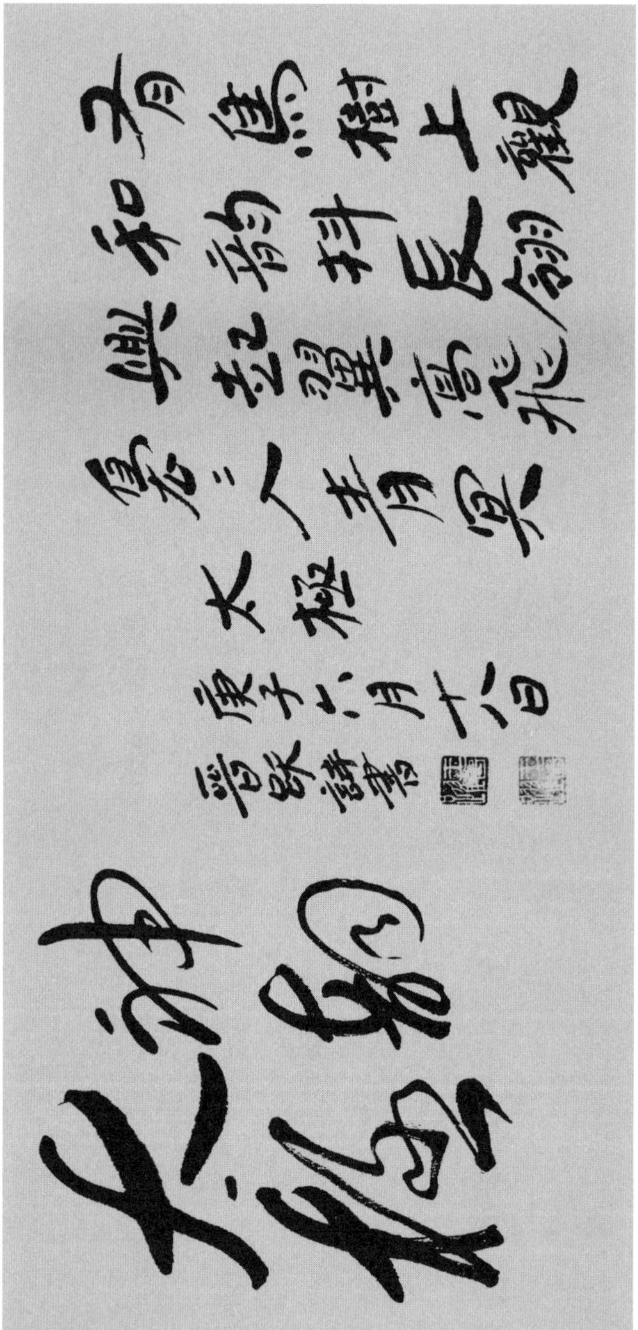

# 小园读晨

肥绿塘中铺，睡莲叶间伏。
群燕剪晨光，栖鸟密枝呼。
灯亮玉兰花，日白红霞涂。
健身早行人，牵狗共径踱。
老翁起沉笼，虾籽空跳促。
死水浮碡渍，高天云淡出。
晨开艳阳金，粉苞立鸟雏。
瓣蕊吸新霞，长夜不枉度。

2020. 5. 18

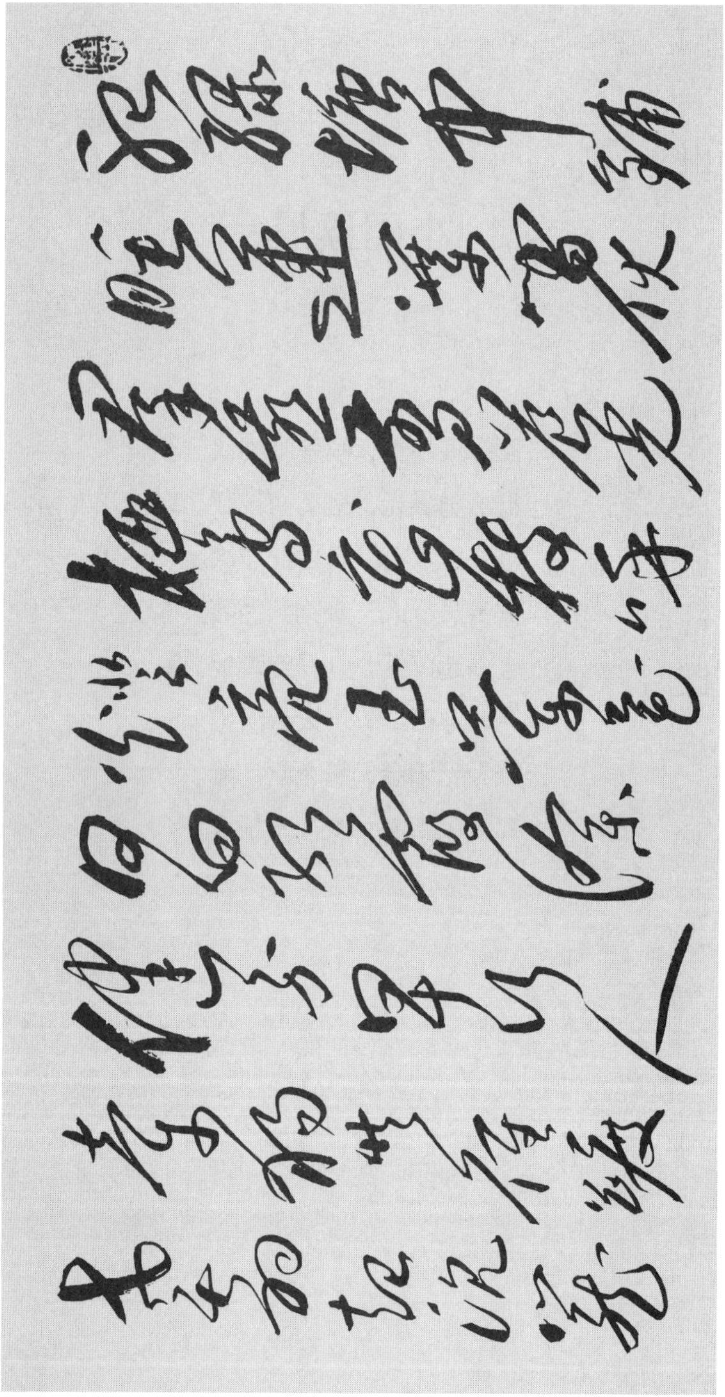

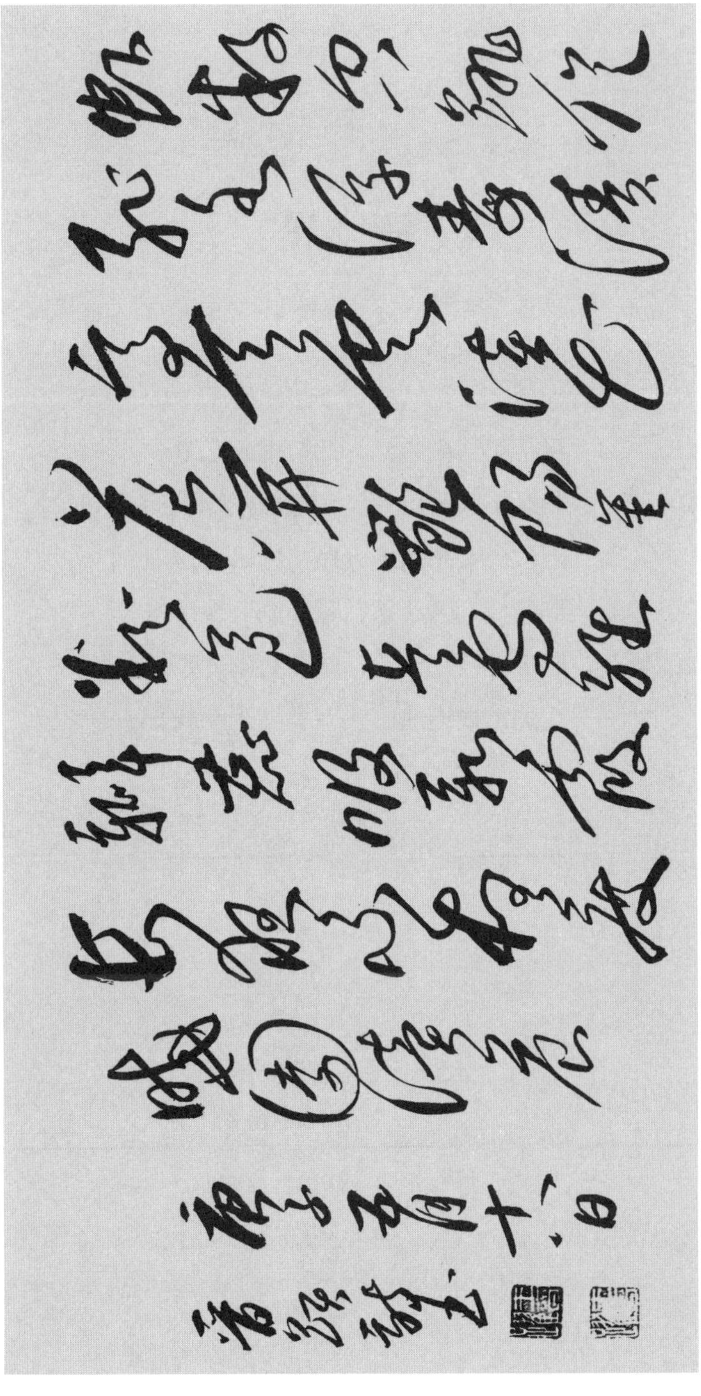

# 清 晨

燕子早飞剪晨光，池蛙懒起呓梦乡。
路灯不知天已白，园径依然炽乳亮。
闲散男女乘风凉，谐语床笫谑淫浪。
群鸟枝间亲亲嬉，曦霞高天缓缓张。
紫薇抻枝嫣红妆，绿荷叠翠赛香樟。
花脚饥蚊逐血肉，万类辞阴争新阳。

2020. 7. 14

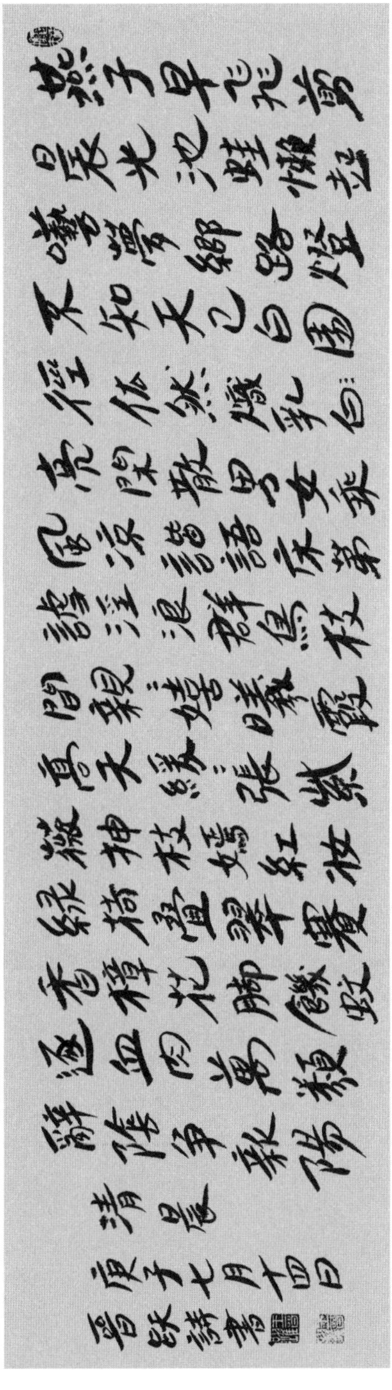

chapter

09

# 变易

# 蜀道不难

——写于怀化至重庆途中

西南多峻岭，峰堑阻路重。
难于上青天，畏途英雄迴。
列车旅崇山，过桥又穿洞。
畅快自由行，矫捷似飞龙。
人工胜鬼斧，世界大不同。
巉崖平道阔，峰巅天桥虹。
奇迹惊世殊，天边亦村中。
李白若再世，蜀道难为诵。

2017. 11. 3

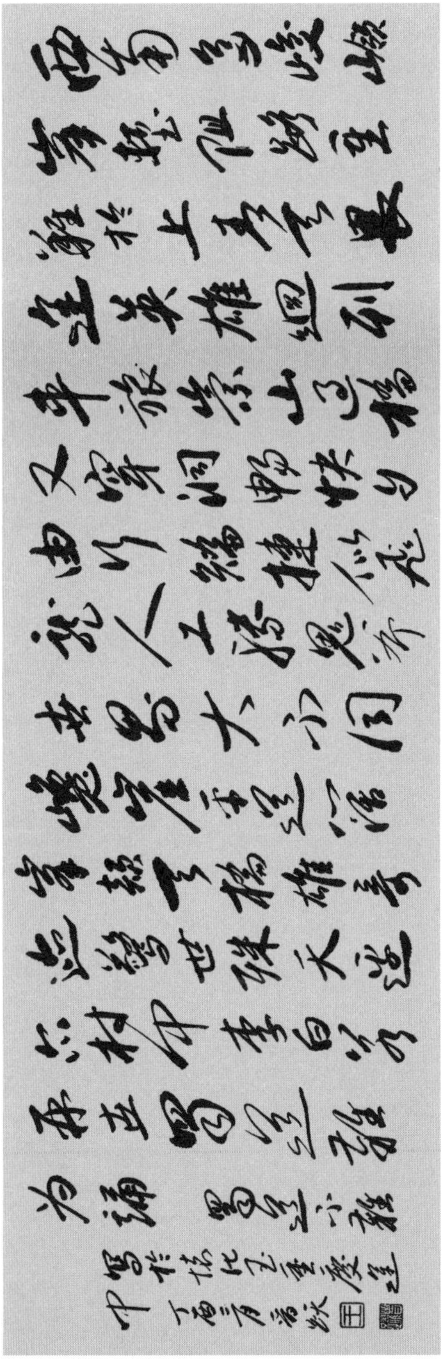

# 黄茅[①] 茶马古道

千年缘分尽，古道傍冷清。
茶走海陆空，马归自由行。
棘茅荒芜路，苔藓没蹄印。
繁华瓦砾碎，盛衰如转轮。

2019. 9. 23

**注：**

①黄茅：地名，位于湖南武冈市邓元泰镇，此茶马古道曾为湘黔要道。

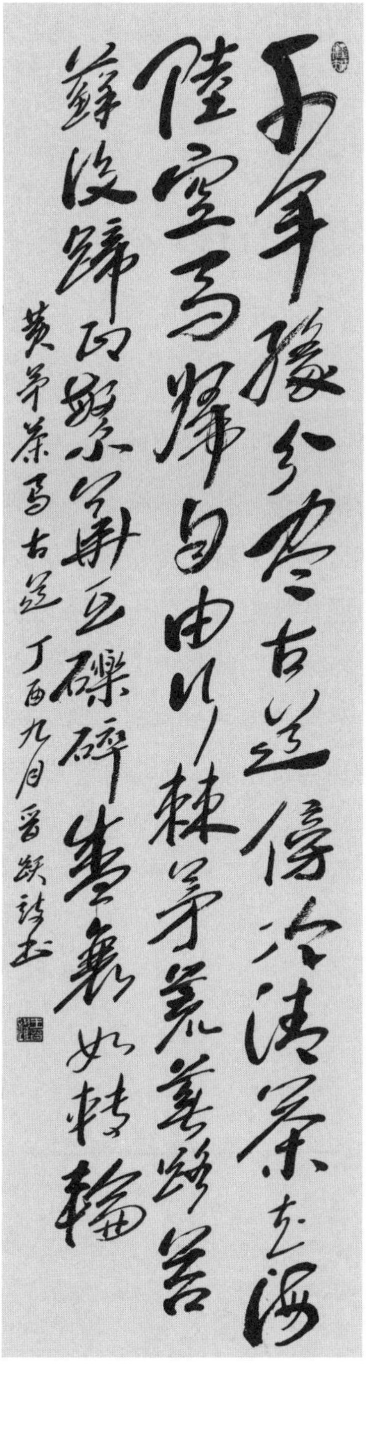

# 青海云

野旷天低暗云近，浓烟浪滚露狰狞。
黑云堆墨魔鬼脸，地淹山埋末日临。
蓦然云洞开天镜，霞光透穿厚帘锃。
长剑驱尽妖魔怪，蓝天一碧琼海青。
白云堆絮连丝线，青山接天砌长城。
霞染靛印亮晶莹，龙游虎踞马奔腾。
天似穹庐远山墙，地如绿毡脚下新。
人在庐中空漫游，地浮云飘意不经。

2018. 7. 23 于西宁

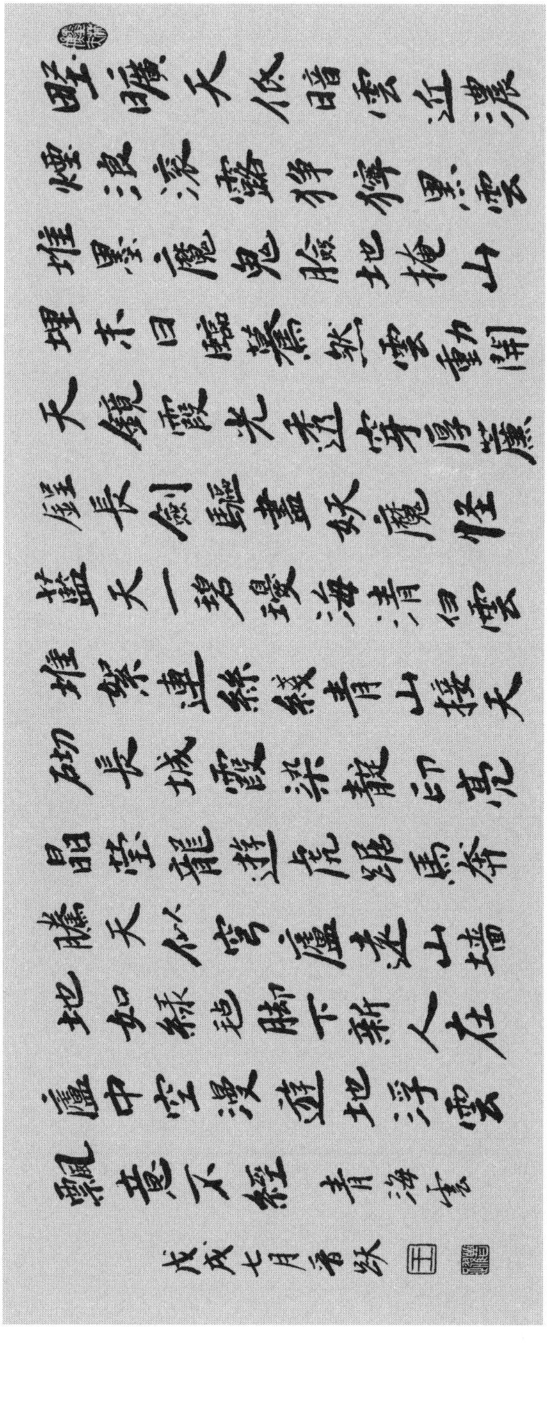

# 我登娄山关

娄山摁浪扼群峰，尖峦悬桥驾长空。
神兵天降破关隘，敌军地遁钻茅丛。
冲锋号息雁声来，古道商繁川黔通。
伟人昔日忆秦娥，我辈而今沐春风。

2019. 5. 11 于遵义

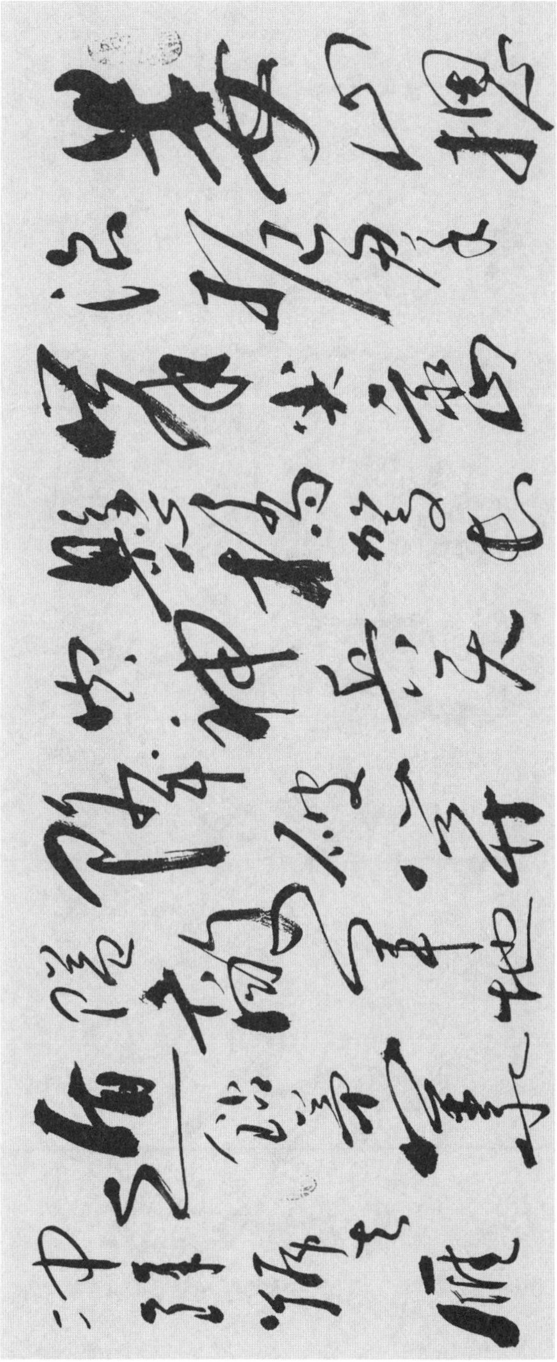

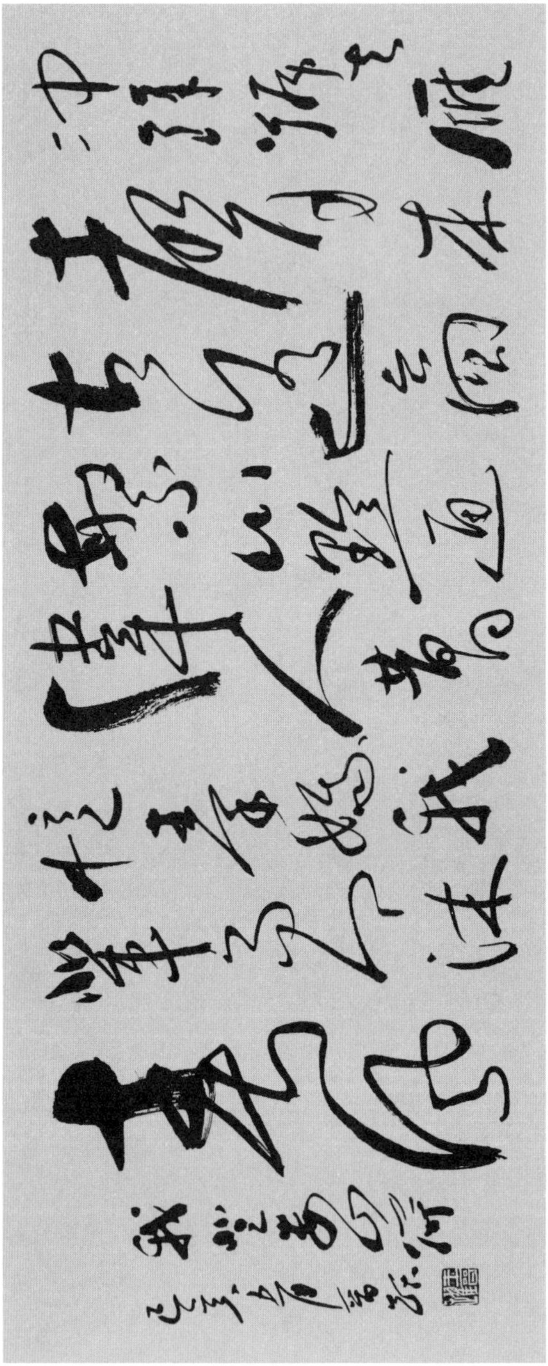

# 季 变

骤雨急风洗春尘，残红败叶落满径。
早鸟高枝唱曦和，娴雅旧园练晨新。
季换无情摧老恋，莲睡有应翻叶迎。
他日霜风凄苦逼，盛绿一夏慰一程。

2019. 4. 18

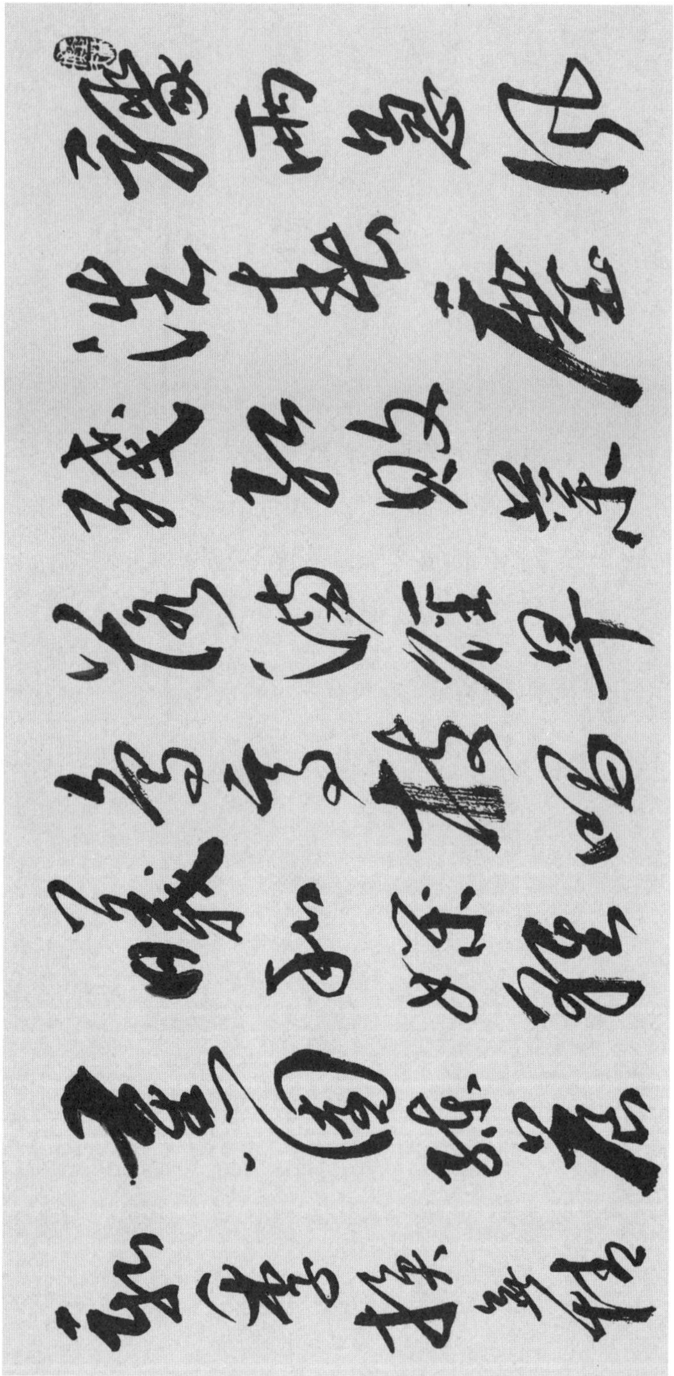

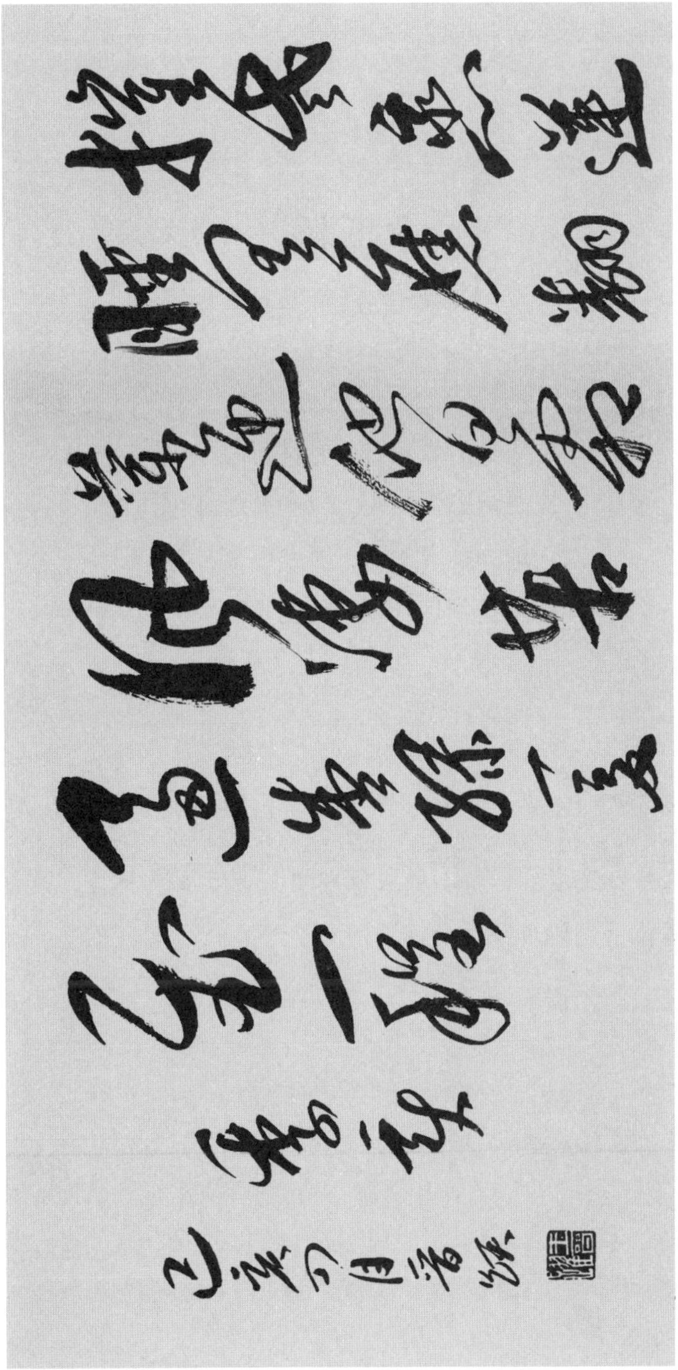

# 木瓜桥[1]

荒道衰街接老桥，牌楼古渡对夕照。
岁月留痕青石秃，风雨有迹红军召。
天地浑圆一木瓜，吾辈瓜蕊几籽溜。
红霞长剑乌云散，瓢苗青萝垅原茂。

2019. 9. 22

**注：**

①木瓜桥：又名红军桥。桥头留有“共产万岁”标语，是红七军路过所书，此桥位于武冈市邓元泰镇。

# 桥　变

天开岩门泉出洞，研崖转石河盘龙。
流水湍急桥难就，神仙点杖毛石[①]拱。
幽径迂回翠柏葱，青石沫润苔藓绒。
道里散漫水云间，桥头亲聆龙泉钟。
而今平板换石拱，是处苍白古韵穷。
水泥涂路直而宽，灵性诗意灰都空。
流水改道楼占垅，园田毁摧荒草丛。
神仙不知何处去，清泉浊流隐龙踪。
速度得邃贪婪梦，失却淳朴自然风。

2019. 12. 28 于老家龙从桥

**注：**

①毛石：未经加工的原始石。

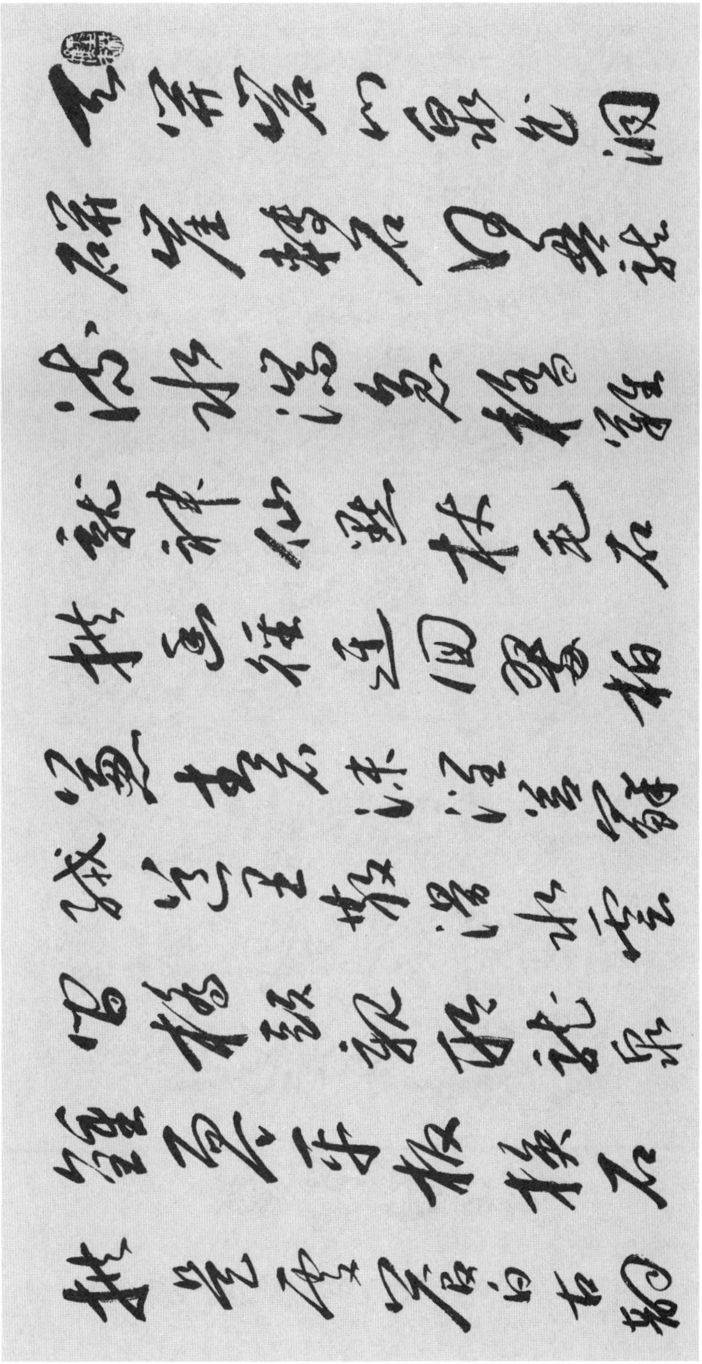

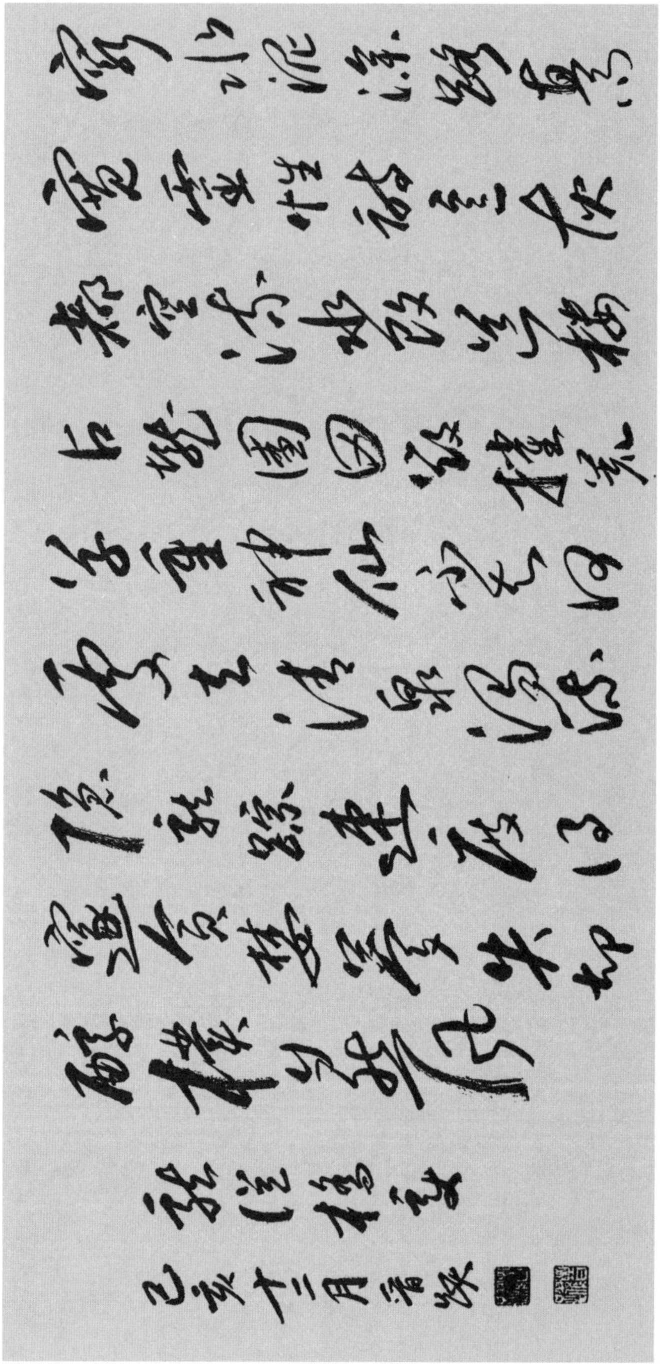

# 天山大峡谷

游天山大峡谷，遇崩石阻道，严守不进，得半景游，憾而有慰。

无缘天鹅湖[①]，又失雪莲谷。
碧龙湾瀑叠，照壁山影矗。
沙松挺坡绿，崖棱泻水突。
石崩半道景，依然游意足。

2018. 7. 31

**注：**

①天鹅湖，雪连谷，碧龙湾：均属大峡谷内主要景点。

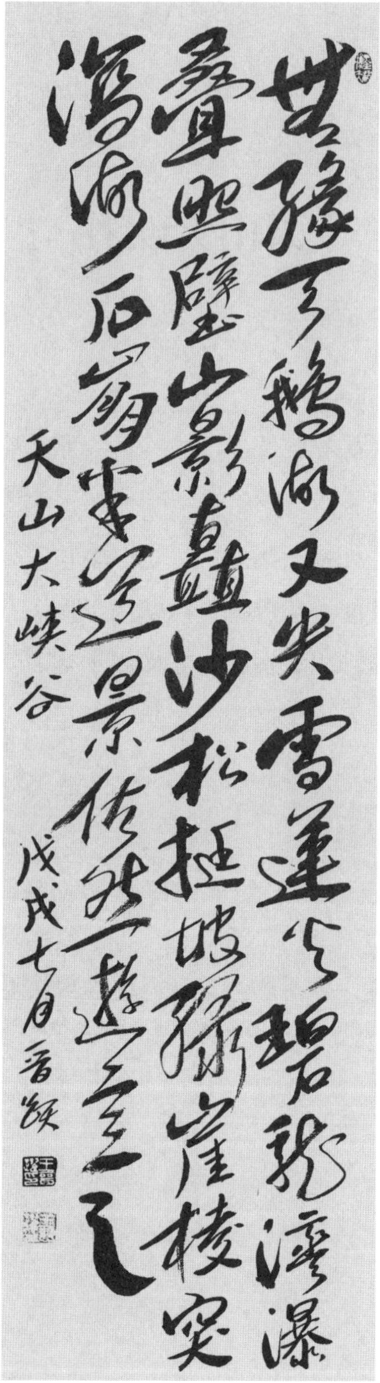
天山大峡谷
戊戌七月

# 变 道

——重走孩时求学路

青山依旧在，枞树换几代。
稻田变旱土，莲塘荒草茬。
单屋群楼居，马路依山怀。
长垅无稻花，孤柏苍翠荟。
学道随时变，老路顺势改。
往昔田塍走，而今汽车载。

2019. 11. 28

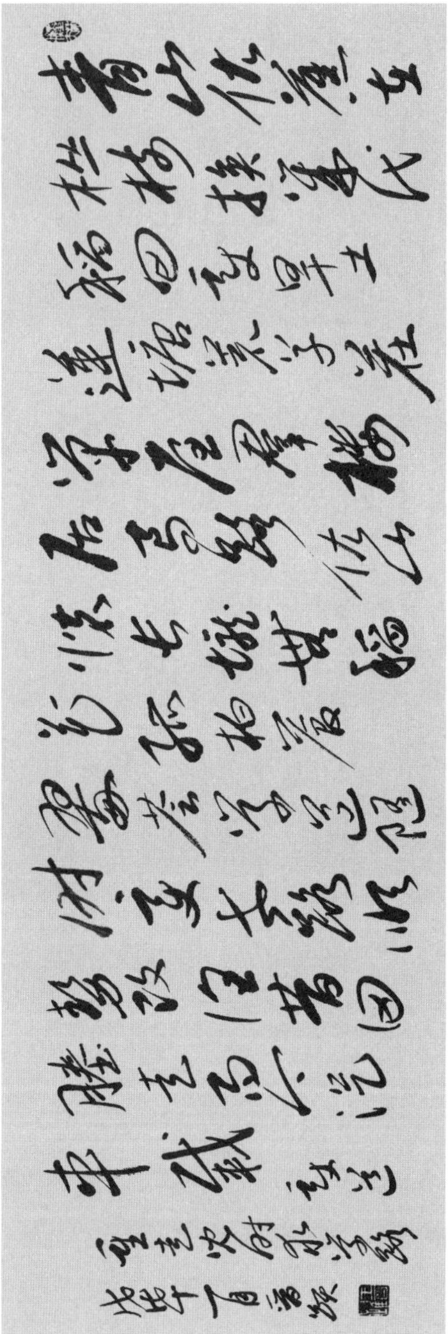

# 无 题

蜡烛灯上岁，鸣蝉树冠月。
人生若飘尘，混沌总有缺。
欲停却还行，想飞即又坠。
多有不如意，更难得纯粹。
广宇浩茫茫，尔乃何切切？

2019. 8. 9

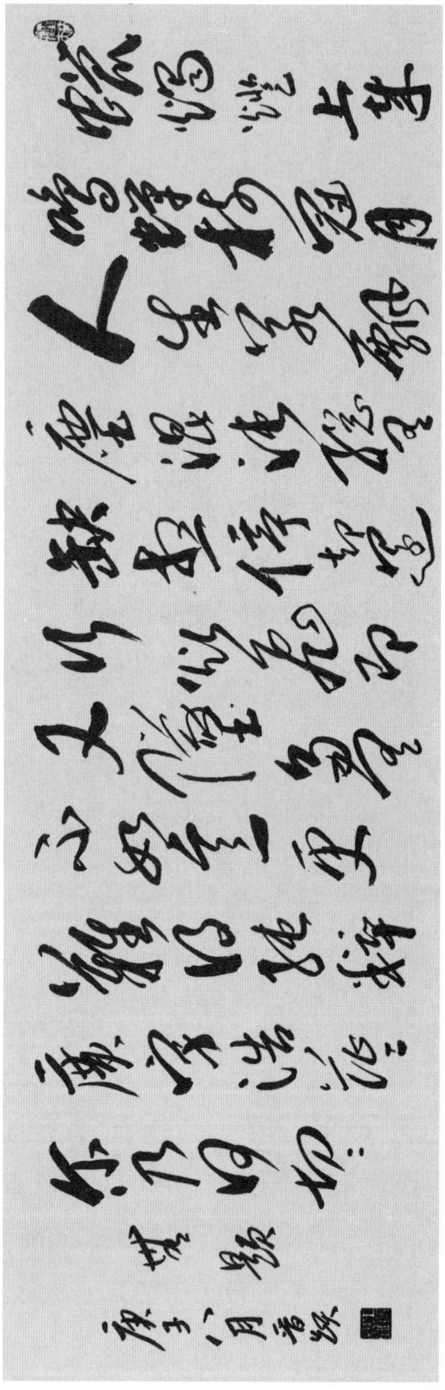

# 将军台[①] 看松

雾漫洪濛不见空，但闻涛声深谷中。
将军已隐辞俗见，点将台上看老松。
老松龙钟头绿茂，虬枝探海欲化龙。
可怜盘根拖住身，不得展翼遨苍穹。

2020. 11. 28 于莽山

**注：**

①将军台：莽山一景点，谷深崖陡雾厚松老。

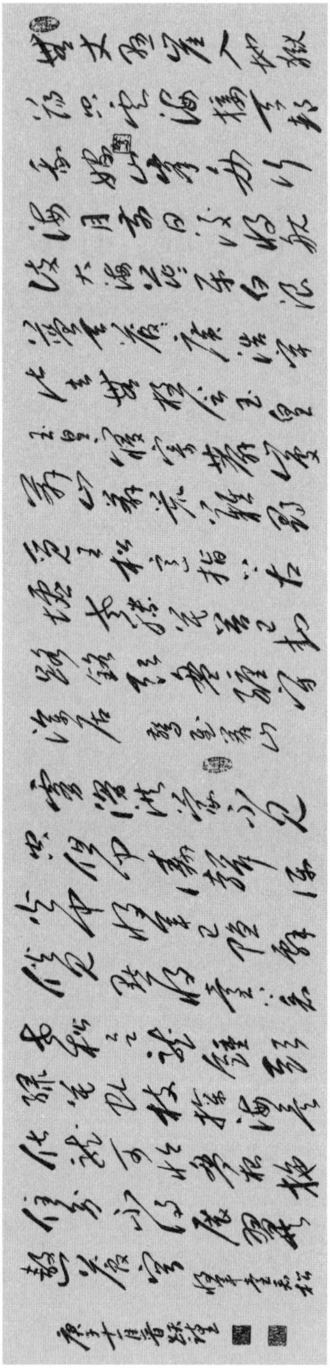

# 中南第一险[1]

阳光下澈雾上涌，中南一险接天宫。
九千台阶不辞高，万丈悬道悠太空。
太空澄碧海靛蓝，云海乳白山腰间。
人在雾上乘峰舟，青峰出云蓬莱见。
月挂中天日西边，雾淹莽山波平澜。
到得山顶离天远，穹高难渡天外仙。
山腰看我天上人，我看天上唯自怜。

2020.11.28 于莽山

**注：**

①中南第一险：为莽山一景点名。

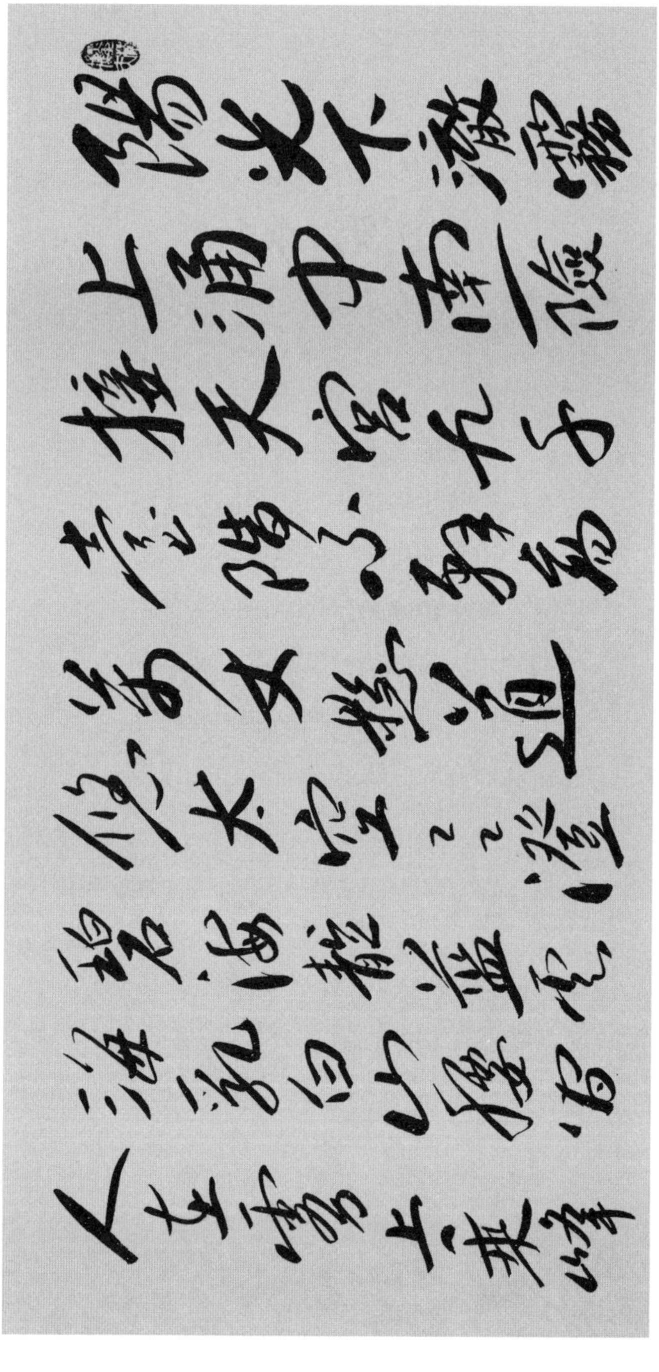

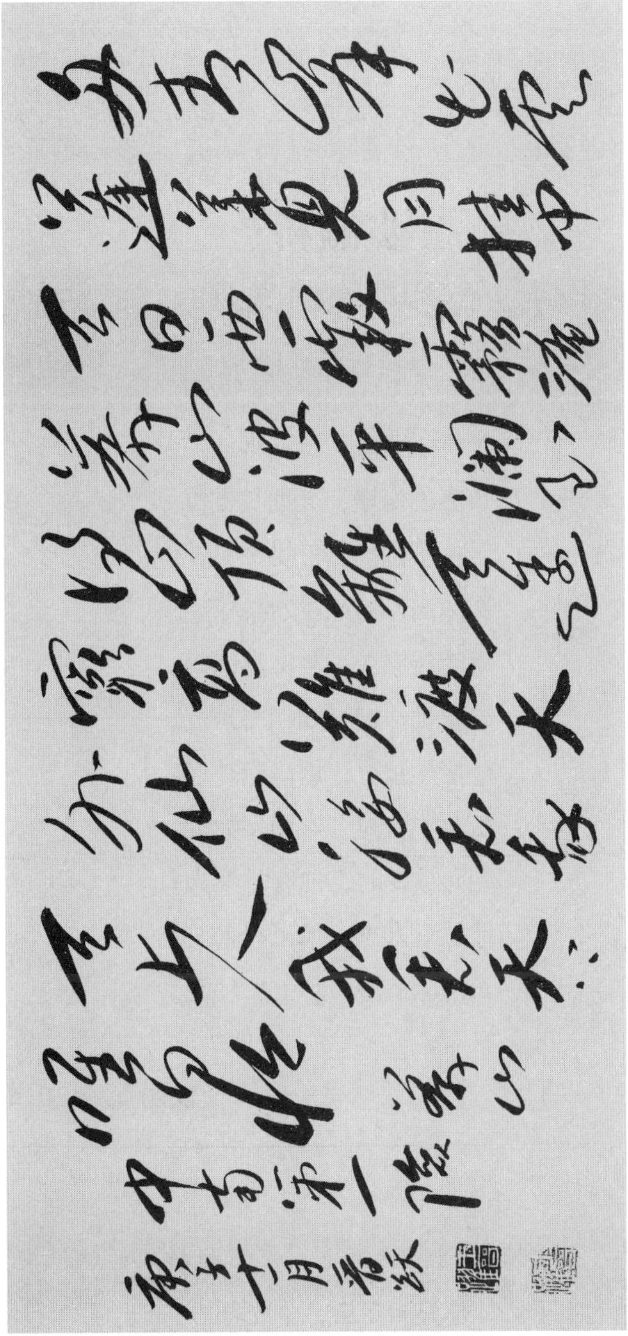

# 步瀛桥①

步桥入蓬瀛，青石半边惊。
歧惑已崩塌，义理长支撑。
千年不倒翁，三拱举月轮。
谢沐河②水清，文塔入倒影。
耕读传家久，甘棠品恬静。
寺院钟声远，朗朗书声近。
桥接两重生，俭修籍功名。
概此中古村，学霸多如云。
朝廷放榜时，总有甘棠人。
地灵育人杰，风正兴人文。
石桥涵道深，步上义理明。

2020. 12. 2 于江永上甘棠村

**注：**

①步瀛桥：上甘棠村前谢沐河上一座石拱桥。始建于宋，垮塌了半边，依然苍立千年不倒。桥头有寺庙、学校。

②谢沐河：谢河与沐河，两河在村前汇流成一条河。

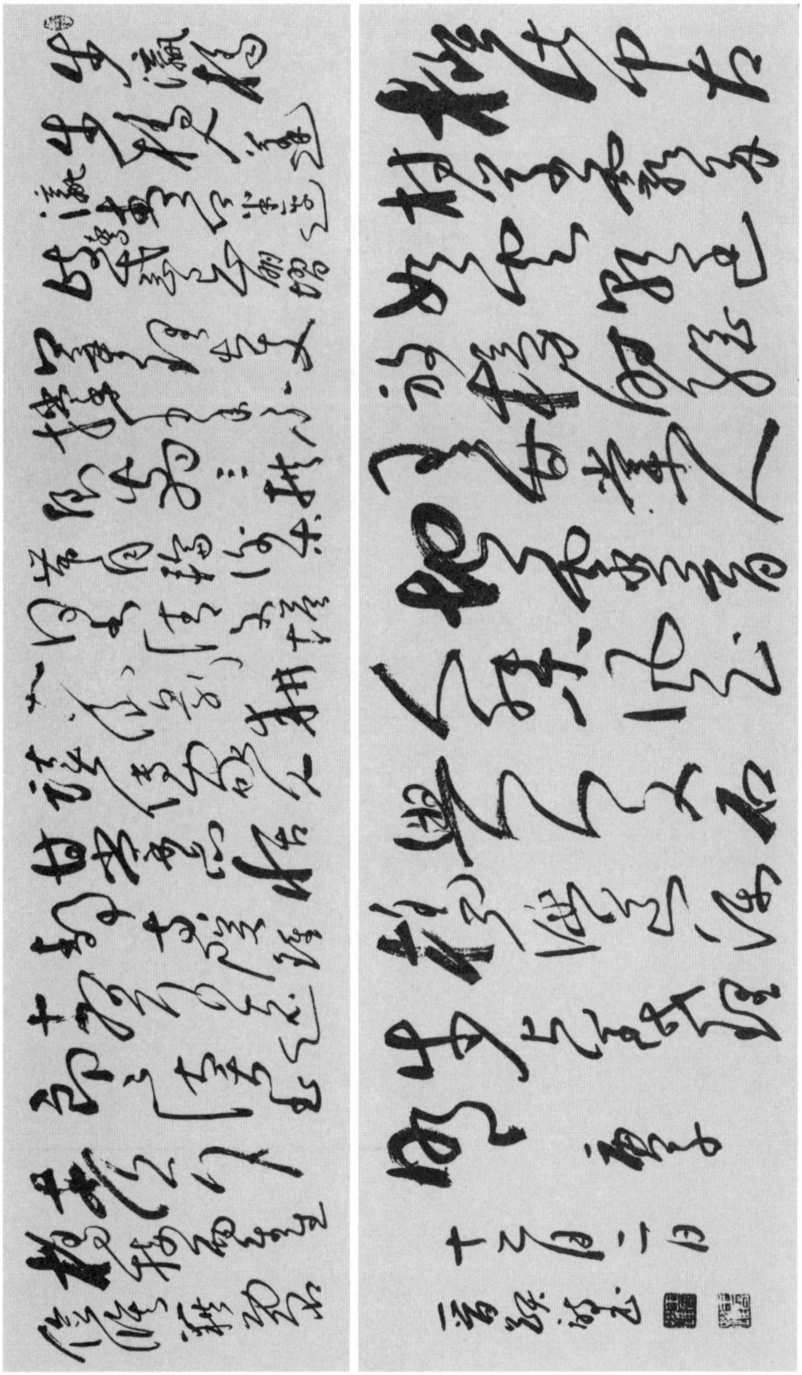

# 古　渡

暮沉阴雨失古渡，秋降冷凉迎白露。
雨打水皮泛铜钱，露重紫薇花嫣沮。
一桥卧波接长虹，两岸掌灯游龙出。
码头冷落苔侵阶，老船锈锁铁链锢。
世事沧桑水不读，依然淡泊河流初。
人去远航无需舟，天飞云游地高速。

2020. 9. 12

# 江边

世事变无常，旧院新楼房。
老桥木瓦颓，新桥沙路宽。
冷热天地别，江水流清觞。
麻鸭滩头歇，公鸡高岸唱。
野草湮古道，过往惟牛羊。
沙石平马路，人车穿梭忙。
村大人稀少，田肥多撂荒。
水落河梁窄，远行眼界宽。
千年农桑事，两代耕种忘。
谁来唱牧歌，江流绕山峦。
洗衣石板在，泥渍棒槌伤。
故人宦游工，逐梦在远方。
山河留旧貌，老村冷苍酸。

2020. 9. 9

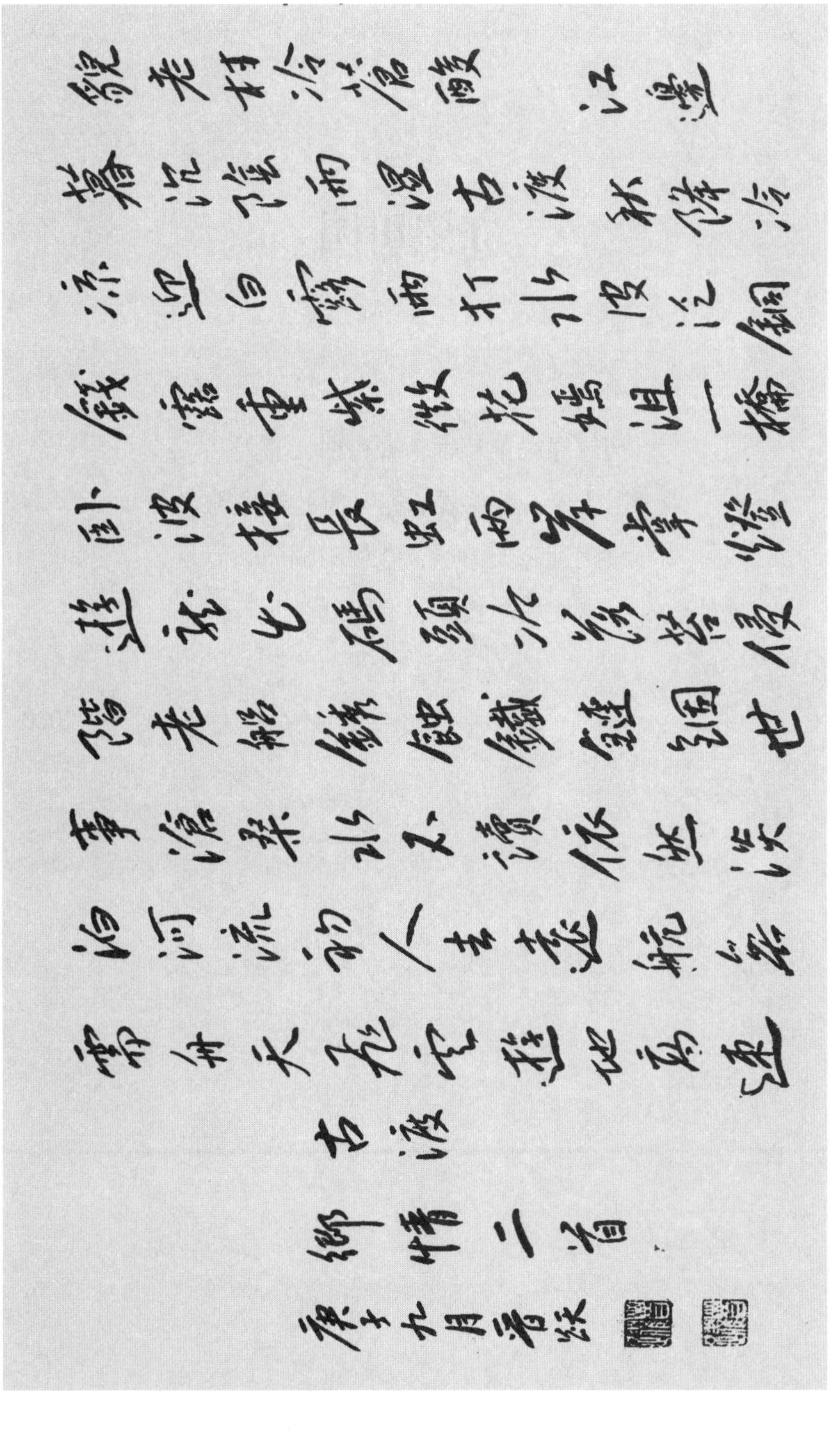

# 守望田园

茫原绿垅菜花闹，野村白云蓝天高。
游人亲花展笑靥，祖孙坐塍成像雕。
马路远牵天边遥，空村田阔翁幼留。
怎得垅耕续牧歌，翁妪幼少两不愁。

2020. 7. 28

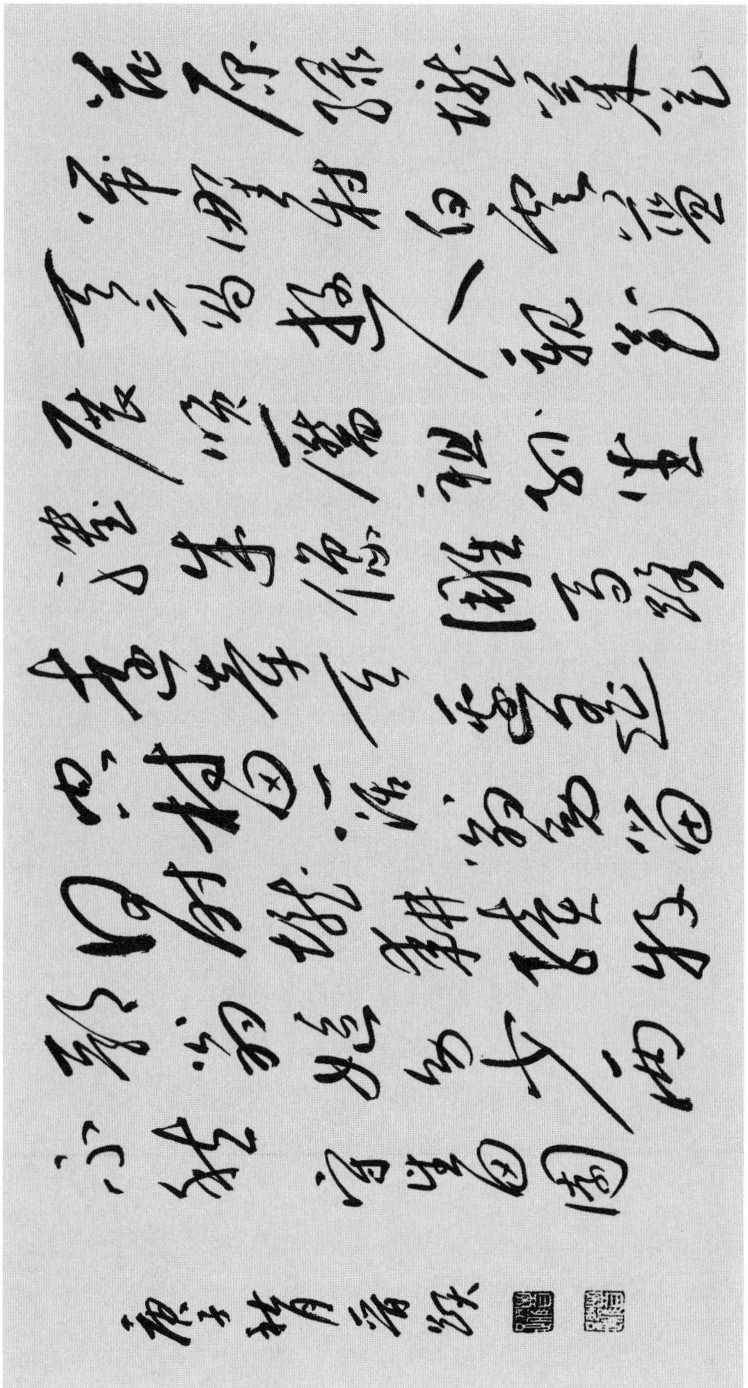

# 乡　逝

河水漫流清，古道野草侵。
水泥马路直，木桥剩石墩。
砖楼高大亮，庭院空寂冷。
偶有汽车过，塘田鹅鸭问。
青山静眸凝，乡闹远飘零。
一腔浓绿意，难留故人心。
河水赋涟漪，空波荡旧情。
园田杂草茂，无奈荒耕吟。
燕子回老屋，雀鸠访主人。
盘桓睃巡处，瓦砾墙垣倾。
桑巅无鸡鸣，深苍狐兔隐。
蒲公若再世，聊斋无须寻。
乡里木瓦屋，随处可应景。
苍酸变世界，素璞老荒径。

2019. 12. 3

# 响

爆竹震天响，屑灰卷地扬。
浓烟腾雾幔，暝昏失清爽。
哀乐阵阵放，悲声悠悠漾。
人来匆匆应，疏情淡淡伤。
锅碗瓢盆灶，小碟大盘上。
酒肉朵颐快，宴散各自忙。
乡戏洋洋唱，悲欢大闹场。
语歌送终老，谐谑笑声荡。
佛经度灵堂，孝子萦转棺。
嗫嗫不知言，眷眷流俗仿。
有哭念旧想，抚柩别意长。
过往享乐时，惬意忘亲娘。
逝者长已矣，怎知有天堂。
解脱人生苦，荒山一抔黄。
鼓钹切锵锵，迤逦慢送葬。
人生归有处，还身伴山岗。
回头理厅堂，一地鸡毛乱。
富贵豪铺张，争名炫声望。

贫贱高筑债，适流应俗场。
名为死者安，实乃图己昌。
谁能为此曲？清清白白唱。
于心问无愧，待亲得生享。
逝者已择离，安静慰灵亡。
情注真心房，何必当当响。

2019. 12. 21

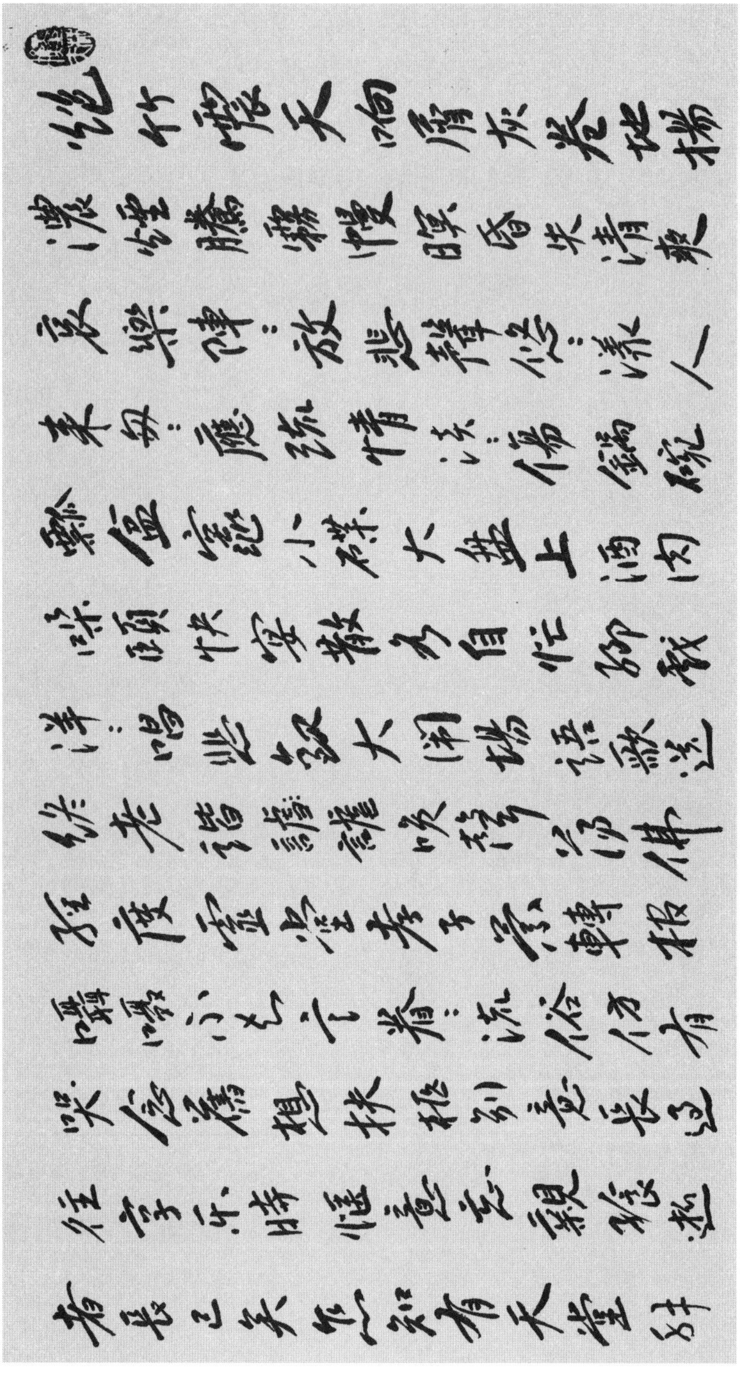

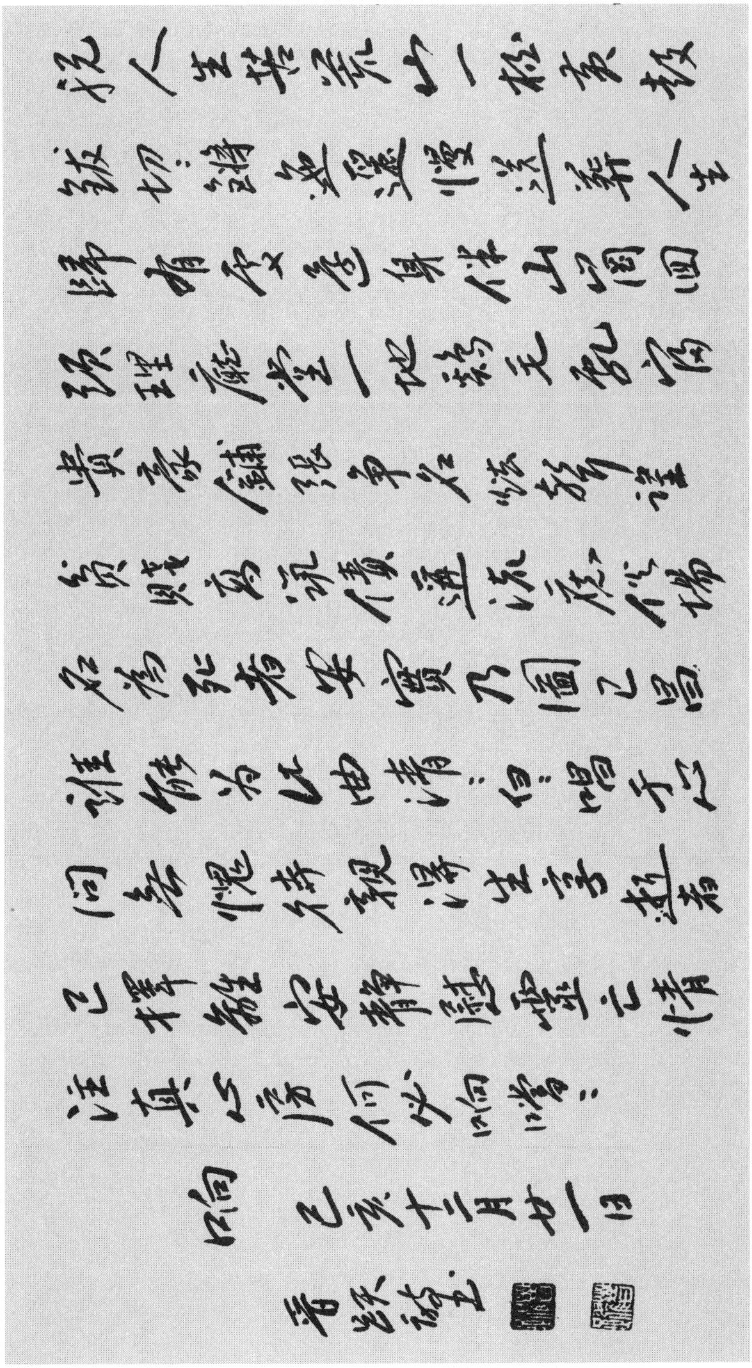

# 变

散步循大道，人车分流好。
小城大开发，边楚豪迈僚。
野村矗高楼，荒坡建商贸。
滨水泽梦蓝，草山漫诗潮。
古韵军塞邸，华章尽王侯。
互联地球村，共航九州桥。
盛世流速变，十年如隔朝。
踱身乾坤新，未尽人已老。

2020. 9. 26

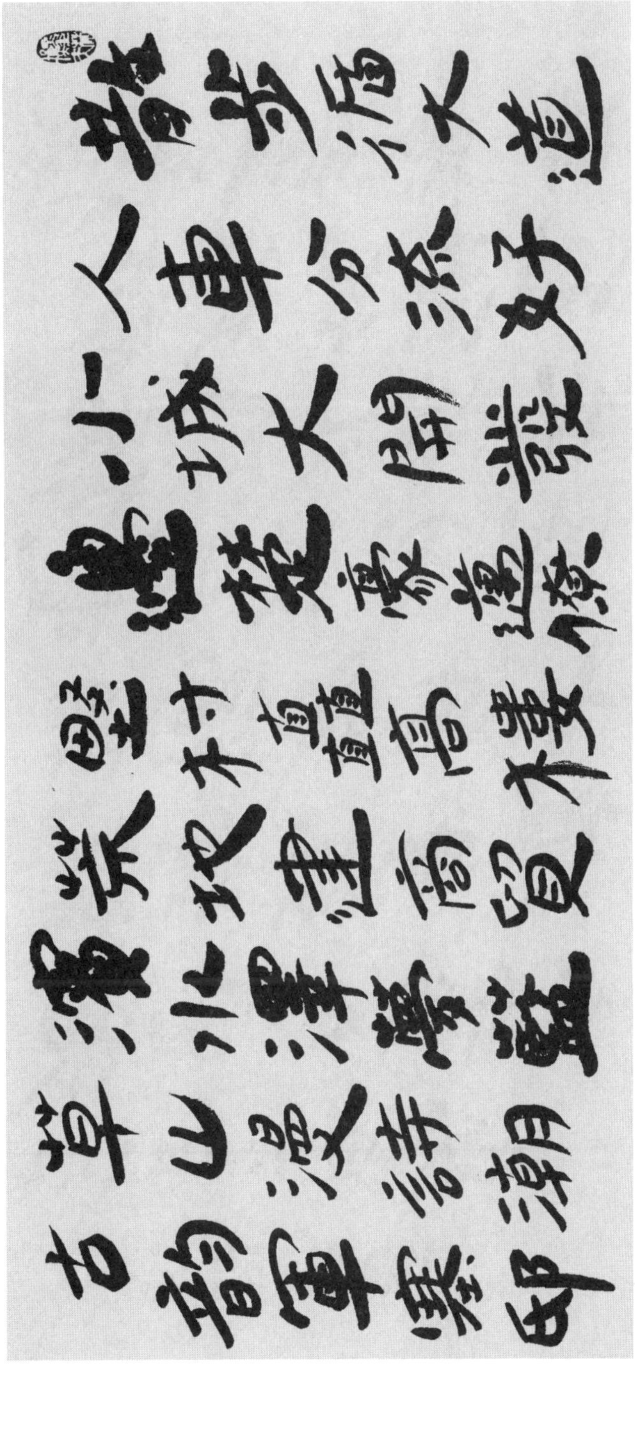

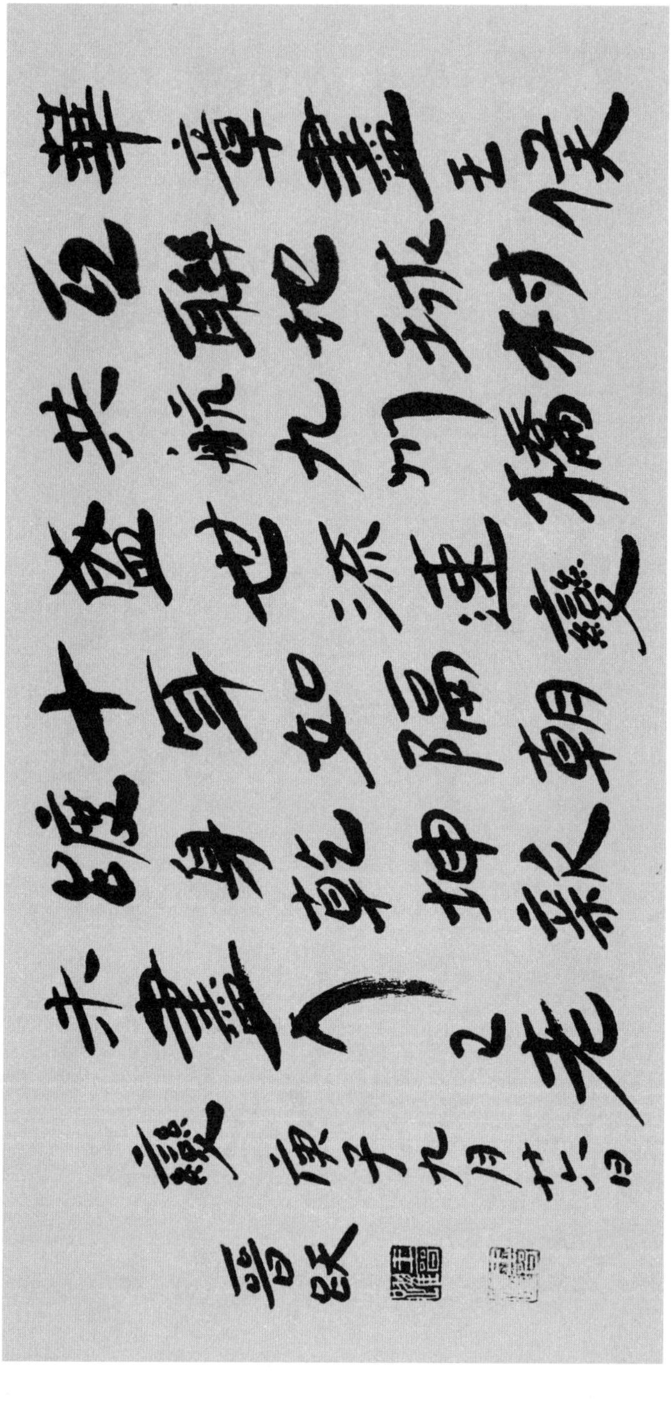

# 小诗九首

## 左宗棠榆树

平疆携榆入天山，擎华承日荫重澜。
百年英豪千年气，万里荒原一绿揽。

2018. 7. 30

## 题三香屋

酒气钟情唱豪歌，茶道酴灵涵山河。
墨色浸神五千年，俱会小屋天地和。

2017. 7. 7

## 春　猫

长夜寂寂猫叫春，泣声凄凄欲焚身。
多情自古相思苦，何惊蓝田春梦人？

2019. 4. 3

## 万峰山

丰乳肥臀竞秀陈，酥胸柔怀偎村婴。
乳沟谷深鲜汁流，众神欲焚急销魂。

2019. 5. 13

## 钓　霞

初月不待日西沉，红霞同映洄水清。
香饵漂诱贪婪客，钓叟起竿鱼出镜。

2018. 12. 10

## 城　鸡

谁言公鸡报晓鸣？城里半夜鸡司晨。
霓虹醉迷炫花眼，逸安沉沦失本性。

2019. 4. 4

## 斜　月

斜月难耐孤高冷，偷入帘内窥梦人。
梦人不知嫦娥来，犹在梦中追月神。

2020. 7. 8

## 靓 女

锦衣烂穿露肉袍，似贵似贱还似妖。
他日遇见流浪儿，莫名惊诧同类骄。

2020. 5. 1

## 池 蛙

荷肥苇瘦小池塘，天蓝云白倒影妆。
欢欣一夏即冬眠，却把池塘作天堂。

2019. 10. 13

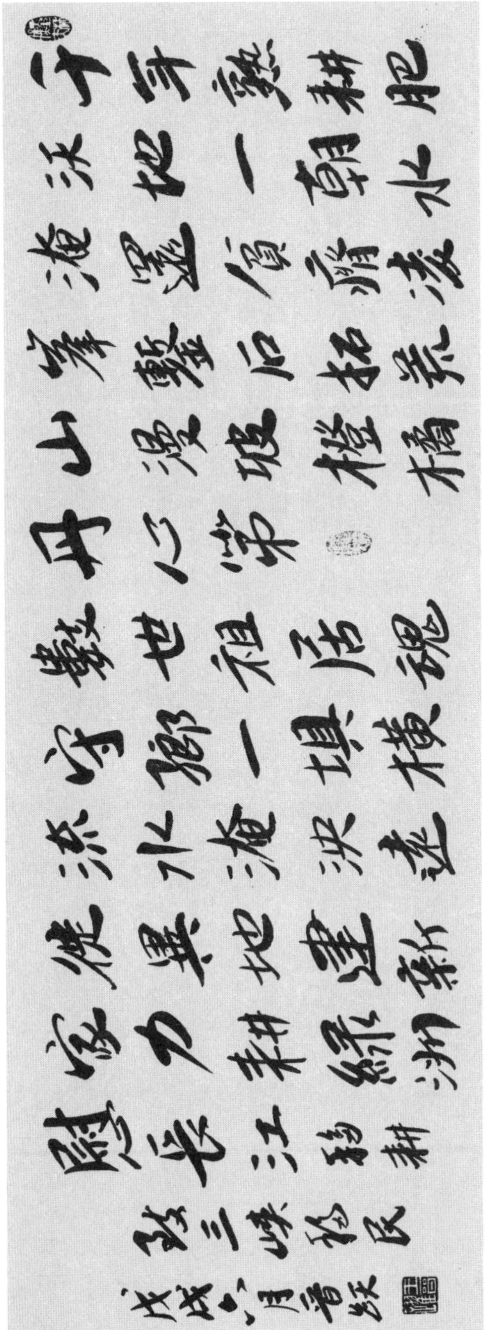

# chapter 10

# 新诗

书表诗魂

# 致屈原

可以读不懂你的诗
因为太深奥
可以看不懂你的行
因为太清醒
可以解不懂你的性
因为太执拗
可以想不懂你的心
因为太炽热
又太孤冷
但绝不可以
无视你的精神
因为那是人——
立足的根本

“路漫漫其修远兮
吾将上下而求索”
人类凭此
执着奋进

艰难前行
从茹毛饮血中脱壳
步入今天之文明
你的现身
是最有力的佐证
长路漫漫
黑夜需要明灯

“举世混浊我独清”
“众人皆醉我独醒”
贪婪者说你愚
你完全可以借三闾大夫之权
巧取豪夺
养尊处优
世俗者说你傻
你完全可以灵活妥协
世故顺时
随波逐流
理智者说你疯
你完全可以智慧处世
独善其身
云鹤伴生
你却毅然选择了
孤独前行
抱玉怀情
葬乎江鱼

濯清明志
化为精神
你以皓皓之肉身
铸就了不朽的
生命之灵魂

二十四节气的端午
河水依然浑浊
你却坚定守清
那撒向浊流的粽子
是对你灵魂的慰问
那争先恐后的龙舟
是对你精神的追寻
你的思想光辉
人格伟力
已然铸就了
不朽丰碑
你属于楚国
属于中华
属于全人类
你已成为永恒
生生不息
薪火传承
与天地同寿
与日月同辉

2017. 11. 22 于秭归屈原祠

# 乡村的呼唤

## 一

“归去来兮
田园将芜胡不归?”
陶公的忧伤已成为现实
锦缎般的蓝天
蚕丝一样的白云
袅袅炊烟
澈澈山泉
桑树巅的鸡鸣
深巷里的狗吠
相与还的飞鸟
稻花飘香的和风
东篱乐采的黄菊
悠然隐见的南山
……
那已是陶公的奢侈
溪里摸小鱼
田里捉泥鳅

树丫掏鸟窝
河里扎猛子
月光下数星星
听“从前有座山”故事
做“老鹰抓小鸡”游戏
雪地里支箕捕雀
池塘边麻绳钓蛙
晨雾中看亭台楼阁
小桥流水
暮色里观彩霞飞瀑
火烧云漫
“稻花香里说丰年
听取蛙声一片”
一切已经逝去
成了遥远的记忆
与美妙的童话

## 二

斗转星移
沧海桑田
本色褪去
朴真难觅
村子空了
田园荒了
河流污了

青山秃了
空气里弥漫着
垃圾的臭
农药的熏
烟雾的呛
死尸的腐
混沌的雾迟迟不散
亮丽的云久盼不来
村庄老去
碌礴覆盖了青石
杂植侵占了园地
蛛网结实了窗棂
风雨摧斜了老屋
老鼠横行
孤兔出没
蒲公笔下的聊斋
在乡村现演
田园已经荒芜
稻花零落
燕飞凄稀
野草疯长
牛羊食场
青山已经贫瘠
贪婪的砍伐
无尽的开采
光秃几成荒凉

河水已被污染
水草不长
鱼虾难觅
红白塑胶旗帜般
挂满河道
还有那灭绝物种的
电击与毒杀
肆虐河流
荼毒生灵
曾经美丽的乡村
已是满目疮痍
人们纷纷逃离

## 三

乡村的暮色里
定格的是那
苍老而佝偻的身影
如冬日孤冷的夕阳
他们将很快逝去
最后的守望者
带走的不仅是
古朴而纯真的村庄
还有那青的山
绿的水
和那对土地的

虔诚与挚爱
对乡村的
眷恋与忠贞
“开轩面场圃
把酒话桑麻”
前有古人
后无来者
乡村的晨曦中
回响的是那
稚嫩而沉重的脚步
艰难前行
无助却坚定
他们是刚出地平线的朝阳
向着中天
向着远方
逃离——
祖辈乐居的乡村
不是他们的栖所
五光十色的城市
才是他们的梦想
城市却像
一架疯狂的榨浆机
乡村是一地甘蔗
城市榨干它的琼浆玉液
却残忍地抛回了蔗渣
霸道的城市

是乡村锥心之痛
空巢老人终将在绝望中逝去
留守儿童注定在迷茫中被遗弃
牧歌田园
只能在现代风里消亡

## 四

乡贤
那个响彻千年的名字
是道德的标杆
是行为的楷模
乡里人的主心骨
学堂
那个神圣而亲切的地方
是精神的寄托
是未来的希望
那里有忠诚的先生
不厌贫不媚富
传道授业
释疑解惑
诊所
那个不愿去又不得不去的地方
那里有敬业的郎中
不分贵贱
不舍昼夜

救死扶伤
呵护生命
祠堂
那个庄严而敬畏的圣殿
是灵魂的归宿
那里有德高望重的长者
不分老幼
不分亲疏
凝聚人心
维护正义
……
他们是乡村的保障
有了他们
乡村才得以薪火相传
生生不息

现代城市风暴
无情地摧毁了古朴乡村
也卷走了支撑乡村的精英
乡贤已成了美好的记忆
学堂变成了学校
先生换成了教师
心被城市高楼吸附
不再住校
候鸟般在城市乡村之间
日忽往来

灵魂被金钱侵蚀
将天真的学生
当成了赚钱工具
诊所改成了医院
郎中变为医生
廉价的药方与热情上门
成为天方夜谭
高昂的医疗费用
让乡民望而却步
冷峻的面孔
拒乡民于冰墙之外
祠堂变成了村部
长老变为村干部
家族势力的角逐
金钱魔棒的驱使
生产了土皇帝
村民沦为权杖下的臣民
公平是他的奴隶
国法是他的拐杖
实诚遭欺凌
良俗被摧毁
民心遭蹂躏
乡村的风
也弥漫着血腥
不再清醇

## 五

光阴不可倒流
时代不可逆转
该逝的终会逝去
该来的终会到来
城市还在疯狂拓展
乡村必将承受残酷蹂躏
逃脱不了被吞噬
被毁没
被抛弃
被遗忘
可城市啊
高贵的城市
你是否可以放慢脚步
回头看看
“遍身罗绮者”的你
身后却跟着
一个衣衫褴褛的乞丐
你可知道
她是养蚕人
她的心血与汗水
成就了你的光鲜
她的毁灭
孕育了你的辉煌

她是蜡烛
是春蚕
你真忍心看着她
“蜡炬成灰泪始干”
“春蚕到死丝方尽”
唇亡齿寒
她的消亡一定是
你的梦魇

也许那自然古朴的乡村
终将成为美好回忆
离我们远去
再也回不来了
这是她的宿命
可城市啊
高贵的城市
你至少要脚下留情
发展自己
未必一定毁灭他人
你享受豪华大餐时
不妨分她一杯羹
这不是施舍
这是回报
羔羊当跪乳
乡村的愿望其实简单
只是和谐共处

携手同进
醒醒吧
“实迷途其未远
觉今是而昨非
归去来兮
田园将芜胡不归”

2015.12.29

后记：可喜的是，国家已将乡村振兴纳入了战略发展规划，并已逐渐实施，一切正在回归。

# 流

## 一

茫茫混沌
漫漫长夜
山泉初生
从石缝中滑出
顺石壁流淌
像蝌蚪蠕动
像珍珠滚盘
石壁苍苍
苔藓茂茂
似舒适的摇篮
似湿软的婴床
滴答轻响
泉落清潭
是初痛的娇喘
是初成的欢畅
潭清影倩
清澈明亮

纯净安详
苍苍山崖是一堵墙
挡风拒沙
郁郁古木是一把伞
承雨遮阳
青青藤蔓是一床被
覆盖温暖
有了他们的呵护
山泉才清甜醇芳

## 二

流动
是山泉的天性
已融入了血液
注进了灵魂
生命在于运动
流水不腐
老树叶密
但遮不住阳光
光与影的炫烨
是五彩鬓粉的诗
圆丽的太阳
牵引着神秘远方
诱惑不断
山泉不再平静

惴惴不安
却毅然决然
投身溪流

## 三

淙淙潺潺
一路欢畅
美好的遐想
让脚步匆忙
溪边的鲜花盈盈笑语
视而不见
平地的芳草萋萋理妆
过而不问
满山的根深情挽留
厌而嫌绊
月光下的森林
美如童话
夜莺在空灵里歌唱
松鼠在枝屋中嬉逐
无心欣赏
青春的激情
已为理想插上了翅膀
热血沸腾
惟有飞扬

## 四

溪流汇聚
河成江就
河水汤汤
江水漾漾
其势浩浩
山谷里的激荡
万夫莫挡
不可一世的骄横
充斥胸膛
九曲回肠的蜿蜒
是大山的真情挽留
善意警殇
汹涌澎湃势必跌倒
矜大逞强自取灭亡
且放慢你的脚步
草原上稍作停留
可以滋润一片牧场
田野里听渠分流
可以孕育丰收景象
累了歇会儿
大坝横截
可以催生股股电流
将一片黑暗点亮

漫步乡村
听牛哞羊咩狗吠鸡鸣
渴饮醇香美酒一般酣畅
萦回城市
看灯红酒绿车水马龙
将自己妆扮成待嫁新娘
还有那停泊码头的船只
它是你亲密伙伴
携他同行
你的旅途更加温馨
善流致祥

## 五

也有灾难
天灾与人祸
河水再多
经不住火爆的太阳
它会让你干涸死亡
那茫茫戈壁沙漠
像一头饕餮巨兽
会将你一口吞没
人类残酷的战争
与你千古相伴
血流成河
让你身着红妆

尸堆如山
会将你填充满满
更有滔天暴虐
掘堤淹城
汪洋杀生
“白骨露于野
千里无鸡鸣”
数世文明毁于一瞬
你成了罪恶帮凶
山洪暴发
会让你变性
暴戾疯狂
凶残狰狞
恶流致灾
地狱生成

## 六

山泉源源不断
溪流淙淙不止
江河滔滔不绝
千古不易
从盘古流到如今
一泓接一泓
经历过大江大河之流
已不再纯净

清与浊
浊与污
混淆不清
有收获的喜悦
有失去的悲哀
也有罪恶的痛恨
见识或参与了
不可理喻的忤逆与悖道
令人发指的凶残与贪婪
随流染污
垃圾的怪味
腥血的污龊
尸体的腐臭
清者入流合污
浊者入清不清
清清浊浊
浊浊污污
亦善亦恶
混混沌沌

## 七

江河入海
海纳百川
百味归咸
清浊共体

大海不再流动
但动不止
被月亮牵引
潮起潮落
被季风裹挟
洋流回环
浩瀚之水
总也荡不出大海胸怀
困了打个哈欠
吐出的是飓风
累了伸个懒腰
抻出的是地震海啸
偶尔不小心漫上海岸
顿生灾难
这是个性的展示
也是威力的宣示
还是善意的警示
人生如流
众生在社会中流
社会在历史中流
一切在时光中流
像山泉流向大海
万流有制
自然天成
大海亦无例外

## 八

入海的山泉
五味杂陈
莫名骄傲
又莫名失落
时常忧伤自问
我还是那泓清澈山泉吗
总想起那片森林
温软的石壁
清静的水潭
葱郁的树
含笑的花
嫩绿的草
暖和的阳光
朦胧的月光
还有夜莺与松鼠
……
一切是那么清晰
又那么模糊
一切是那么亲切
又那么陌生
好想回去看一看
好想好想
如果可以选择

愿意再流一回
或者就永居森林里
然而一切已经改变
流出的水
永无回还
度过的人生
不可重复
走过的历史
不会再现
这就是道
煌煌天道

2019. 3. 26

# 泥石之歌

——敬老怀朴兼祭李辉泉同志

序：质朴与平凡孕育着精神与胸怀，简一与执着，成就了伟大与永恒，正如泥石。具此本性的前辈们陆续去了，带走的不仅仅是时代与生命，还有……

一盏明灯
灯油耗尽
又燃起了灯蕊
最后一点火粒
如花飘落
悄然无声
黑夜静寂
没有锣鼓闹场
没有歌舞伴唱
没有爆竹鸣响
生怕惊扰了
那些躁动的心灵

黑暗中的油灯
豆粒大的光亮
依然能够指引
荒野中的迷路人
默默无闻
悄然无声
惟有真诚
依然牵挂着
颗颗曾经被温暖过的心
斯人已去
如一缕青烟袅袅
长歌难留
音容却似
今夜星辰

一盏明灯熄了
灯芯也化为灰烬
黑夜的天幕上
却升起了明月
还有满天繁星
旧了的老屋
尘结蛛网
衔泥筑巢的燕子飞走了
燕巢却在
迎接一茬又一茬新燕
老屋不老

质朴如泥
平凡似石
却孕育了一泓清泉
汩汩流淌
曾经的荒凉
已成葱茏
蝴蝶翩翩舞
蜜蜂甜甜唱
鸟雀嬉嬉乐

生于山野
与石为伴
与泥交往
心地明亮
是一滴晨露
没有丝毫隐藏
晶莹一瞬
即化作草叶营养
自享只有一抹晨光
留给别人一天艳阳

做不来参天大树
也化不成一片森林
当长成一株无名小树
荒原上村道旁

给热浪中汗渍的凡身
遮一把阳
叶陨枝枯
烧成一盆炭火
给寒冬里冰冷的俗心
一点温暖

生于石山窝
葬于山石中
倚石伴树
枕西朝东
依然眷恋那轮日出
柔弱如蚯蚓
却力砧硬泥
一心想将那片荒坡
翻耕成沃土
石头缝里探寻
平凡之地
总走出不平凡之路
还想着拱开那块
生了根的磐石
斯人已去
长歌难留
却留有念想
——耕耘荒茫

2019. 6. 3

# 清明三问

站在爷爷的坟头
虔诚三鞠躬
凝碑问
我是谁
墓碑苍苍无应
思绪袅袅
领导　老板　老大
大款　大师　明星
天地有则
人定不准
德才不配
尸位亡命
官高财大名响
烟云只一瞬
醉会无几时
醒来青山依旧
碑沉千古
消弭祖德

遗祸子孙

我从哪里来
扪心自问
碑刻呈清
爷爷的孙子
父亲的儿子
都为母生
爷爷的爷爷
纠缠不清
但有公论
炎黄子孙
祖根延伸
当初他们懈怠
如今绝无我们
你可平庸
绝不可悖伦
万事有因
因果相承
族血沾污
无可番生
忤逆必惩
天道分明
记得来处
无患后伦

跪在爷爷的坟头
纸烛闹烧
苛求庇佑
不清不明
自体不勤
何得祖荫
我将何去
万物归真
爷孙相伴
绝世亲邻
归于尘土
永久清明
青山相对出峰
河水绕足奔流
污秽自染
大地洗清
无际无域
无污无尘
子孙根正
枝叶繁生
我葬山岗兮回归
草木相生兮天亲
名利误人兮自知
浮游天地兮我永

2019 年清明节

# 爱是平常

我爱你——
世界上最甜蜜的谎言
真爱刻骨铭心
注进了血液与灵魂
说不出口
血液流出则意味生命终结
灵魂出窍则意味死亡来临
轰轰烈烈不是爱
“三千宠爱在一身”
那是帝王的沉沦
权力的任性
否则马嵬坡下
绝不会“花钿委地无人收”
“冲冠一怒为红颜”
那是刽子手的血腥
霸道者丑恶灵魂演真
权力之争与涂炭生灵
美化成了爱情

美轮美奂的狐仙
偏爱挑灯苦读的书生
那是穷愁潦倒文人的憧憬
孤苦者的慰宁
当不得真
真爱“当时只道是平常”
“被酒莫惊春睡重”
“赌书消得泼茶香”
我爱你——
当不得饥时问
饿了么
当不得困时说
快睡吧
爱在你择菜时我掌勺
爱在你烧水时我沏茶
共品一壶茶
同斟一盅酒
暑时互扇凉
寒时共浴脚
天仙之爱也就是
“你耕田来我织布”
“你挑水来我浇园”
爱是平常
用心守望
以身相伴

2019. 4. 15

# 父亲的沉默

大山的静穆
才养得林木葱茏
百鸟唱和

老牛的反刍
是为了将匆匆吃进的野草
咀嚼成营养
为自己也为那片稻田

背负着一座山
没有功夫喋喋
长征的路太远太难
过一道梁歇息
才能迈过下一道坎

父亲的沉默
是力量的积蓄
是委屈的承受

读懂了父亲的沉默
你才能长大

2019. 5. 20 于遵义

# 牧村[1] 土林

在黑暗潮湿的地下
不知埋藏了多少年
一朝现身便惊艳高原
偏僻的牧村因你出名
宁静的草原因你闹腾
荒凉的山坡因你光明
圣洁的雪峰因你众亲
晶莹的白云因你天近
千姿百态不足描你一角
万种风情难述你变化丛生
真不知何神助你
造就了这极域极品
无从知晓你的年龄
你苍老又靓丽
你远古又年轻
无法名状你的个性
独具一格又汇聚众灵
粗犷剽悍精致妩媚

雄峻突兀温柔沉稳
有小巧雀巢有大户豪庭
有壁立千仞有茂密森林
有佛佬方尊有翁少妙龄
有刀枪炮舰有武将文臣
有龙虎狮腾有蛇鸟猴奔
叫你土林实在肖小尔形
你之洋洋大观莫可比临
自然造化是你的缘分
亿万年前你或许是
一片海中礁林
亿年修行却谦卑立身
处雪峰荒坡之下
居泥土尘埃之中
似窈窕美眉闺秀才俊
内涵广大而默默无闻
面对尔身尔形尔灵尔魂
我无语
惟有饮敬

2019. 7. 26 于去珠峰大本营路上

**注：**

①牧村：位于珠穆朗玛峰北草原，其村后长坡直通雪峰，土林在坡地之下深藏着。

# 雁栖湖[①] 之歌

——写给第二届“一带一路”高峰论坛

艳阳秋韵
APEC 领导人峰会
声犹在耳
一套亮丽的唐装
惊艳世界
让南飞的大雁萦回
春和景明
一带一路高峰论坛
携手世界园艺博览会
闪亮登场
“有朋自远方来，不亦乐乎”
穿越时空的真诚
海纳百川的胸怀
开门迎客的热情
温暖五湖四海
高朋满座
群雁栖湖
世纪盛会

彰显大国风采

南来北往的大雁
亲历可证
北疆张骞的足迹
在西域延伸
茫茫荒漠
苍苍戈壁
远去了凄凉的驼铃
悲壮的鼓角
驰来了呼啸的班列
乐游的歌声
欧亚贯通
货贸繁忙
一条长带
牵出一片旖旎风光
南洋郑和的船队
在五洋奔忙
无际太平洋
浩瀚大西洋
消逝了暗淡的帆影
孱弱的纤绳
驶来了高楼般的舰艇
庭院般的客轮
东西互航
南北比邻
一条航路
让大海成为院塘

一带一路
让地球村通畅

“天下大同”
“人类命运共同体”
华夏文明
又一次将世界唤醒
“开放包容，合作共赢”
“己所不欲，勿施于人”
拨正了世纪航向
东方的天空
一片红云
将寰宇点亮
天人合一
和平共处
雁栖湖的呼声
穿透了迷茫心灵
响彻 地球村
善良的人们
感同身受
遥相呼应
然而中东的天空
密布战争阴云
平静的南海
游弋着兴浪的鬼魂
树欲静而风不止
圆明园的残柱
依然在荒草中呻吟

卢沟桥的石狮
还披着累累弹痕
贸易战的野火
正蔓延地球村
世界并不太平
和平需要奋争

祖德流芳
后俊扬光
带路通畅成大道
雄雁豪聚谋远景
互联互通
世界共享
汉唐升华
天地飞扬
雁栖湖的理念
为世界指明了方向
中国梦化蝶世界梦
东方巨龙
舞进了世界舞台中央
巨轮已启航
绝无回还
雁栖湖的风光
让分飞的大雁聚场
头雁领群
群雁同航
“得道多助失道寡助”
漫漫远征路上

一地芬芳
众人划桨开大船
风正帆悬
浩浩荡荡
历史潮流
势不可挡
雁栖湖的气魄
点燃了世界希望
东方旭日
定将全球辉映
时代召唤
赋予了大国担当
号角已吹响
惟有飞扬

2019. 5. 2

**注：**

①雁栖湖：位于北京怀柔，4月25日至27日第二届“一带一路”高峰论坛在此召开，参会者160多个国家与国际组织代表，其中有30多个国家元首与负责人，与会同时开幕的还有世界园艺博览会，可谓世纪盛会。

# 假如没有灵魂

贪欲带着灵魂飞升
欲海无涯堪比天庭
灵魂消逝躯壳尸陈
假如没有灵魂
树不会扎根要飞腾
草不会伏地要雄竣
菜蔬不会绿青要彩呈
稻谷不会成米要吃人
河流不会归海要天奔
天不会持成要出卖阳光与气湿
地不会衍生要叫售水土与环境
人类买不起只能放弃生命
万物有灵
魂魄守身方能安生
没有灵魂就没有生命
天地无情
人应警醒

2019. 11. 14

# 女人的眼泪

温柔中的波涛
霎时将巨舰淹没
严寒里的春风
慢慢将桃花催开

淌流是一江春水
可以灌溉一垅绿油油的麦田
娇滴是洞蕴清泉
可以浇出一朵晶莹的石花

挂在脸上
梨花一枝春带雨
含在眼眶
一泓清潭浮珍珠

哭泣时的泪
是一把尖刀
可以将铁石剜开

欢欣时的泪
是一抹彩虹
让云水聚怀

数说时的泪
是一滴焊液
可以将两截冷铁连接

读懂了女人的泪
就读懂了这个世界

2019. 5. 10

# 香格里拉之痛

香格里拉
一个令人心醉的名字
一个令人神往的地方
初听是一个纯真甜美少女
再听是一位风姿绰约少妇
韵味是一杯浓酽的酒
是一股清凉的风
这心情
像一位风华正茂的小伙子
憧憬心目中情人
妙龄芳华的她
总是那么楚楚动人

我来了
千里迢迢跋山涉水
所见却是另一番情景
少女的纯真荡然无存
少妇的风韵消逝殆尽

愚蠢的人们已将你变性
衣冠华丽却没有灵魂
一副贵妇外形
内里空虚得可怜
满街的楼馆店铺
铁锁把门
到处贴满了转租出售告文
几家开门客可罗雀
虎皮阔扯猫狗应景
商业的贪婪
金钱的铜臭
已污秽了你的灵魂
你已失身
不再纯洁守真

说你是一个衣着鲜艳的荡妇
有点过份
说你是一个虚荣俗气的贵妇
恰如其份
你自以为是时代宠儿
天生丽质还是上天的精灵
却逐利拜金忤逆悖伦
也许是天意
也许是自作孽
2014 年春节一场大火
毁掉了你千年修炼而成的

迷人风韵与纯美心灵
废墟上仿就了你的外形
却仿不出你的灵魂
也许你更加富丽新颖
却撩不起我半点喜悦之情
徜徉现代古街
我看到的是丑陋东施效颦
还有老井哭泣伤心
青石泪痕淋淋
那幸存的梁柱与石墩
用烟熏火燎过的乌黑面孔
默默数说着悲哀与怨愤

是现代屠夫们蹂躏了古城
又将贪婪的手伸向
河流湖泊湿地森林
美其名曰搞活经济旅游开发
实则糟蹋折腾天地纯真
我是弱者
无力阻止正在实施的罪恶
更无力改变已经发生的现实
面对蜕化变质的你
我无语凝噎
惟有赶紧逃离
香格里拉
俗体横陈已失神韵

搔首弄姿毫无纯真
心目中的蓬莱圣境
已沦为人间俗地
呜呼我心
哀哉我情

2019. 8. 6

# 妈妈的唠叨

锅碗瓢盆
油盐酱醋
一日三唱
寡味的日子
像一锅清汤
妈妈却将它
酿成了美味
植根儿女记忆
儿女们享受着
妈妈的美味长大
却习惯性遗忘
妈妈的日子
默默孤寂

一份念想
诸多牵挂
妈妈情不自禁
唠叨

菜畦里拔草
喃喃自语
秧儿你咋长不过草哩
鸡窝旁掏着空笼
嘟噜嗔怪
吃白食不下蛋
猪栏外看猪崽抢食
啧啧鼓励
多吃点快快长
对着鸡鸭牛羊
黄瓜豆角
妈妈都能说上一阵子
习惯成自然

春夏秋冬
衣食住行
每一点细微变化
都会牵动妈妈的心
“城里不知季节已变换
妈妈又在寄来寒衣”
“临行密密缝
意恐迟迟归”
“儿行千里母担忧”
真爱穿越时空
亘古不变
妈妈的心中

儿女总是长不大
每个人的毛病
都长在她心里
对着天气
她自言自语念叨
心的牵挂
情的倾诉
妈妈将母爱注入了
唠叨
自以为长大的我们
却将她当成了啰唆

2019. 6. 16

# 人　字

一撇一捺是为人
撇是人身
捺是支撑
失去支撑
人就是一根
将要倒伏的柴棍
当你出头成人
别忘了支持你的人
没有他们
你连站立都不能
自矜为尊
不过是独脚折腾
扑倒是必然命运
人类也必须依靠
其他生灵的支撑
命运与共
携手同行
方得永恒

一大为天
却少不了人
没有人无所谓大
但人不可超天
人在天下
天护着人
人也顶着天
一人为大
不是谁都可以
必须担着天职
让普天下之人
享受着你恩惠
没有这份担当
就老老实实做好平凡人
这之间当然少不了地
人扎根于地
才能顶得起
自己的那片天
天地人和
方得久长

为夫不只是
将两个人串联
还意味着心心相通
与责任担当

真正的男子汉
肩上担着家庭天与地
上瞻父母下养儿女
平等爱着妻子
两人相处
必须讲仁
你我之间平等互爱
相互尊重
世界便多了一份
美好人情

人生少不了竞争
你想出头
我想出头
一山容不下二虎
自然的残酷是
必须去掉一头
像乂草
割去不该出也出不了的
捺之头
才能相安为人
做不来头
就老老实实做支撑
其实也有另一种处世
退一步跟一程
两人一前一后

顺着从着
也不失和睦
凡事讲个先后
就不会乱套

人多群聚
群体之谓众
必须举一人为头
其余在下服从
才不至一盘散沙
头领被众人簇拥
高居于上
凝聚人心
指引方向
头领不能脱离众人
否则就跌下神坛
成为普通的平凡人
当然没有头领的群体
只能盲从跟风
迷失方向

人天大夫
仁义从众
汉字之奇妙
不失为宇宙符号
自然社会人生之指召

深奥大道
简单明了
自以为是的今人
有几个能参透
人字写不好
却还在那里
为廉价的聪明骄傲
让古人羞赧
让后人耻笑

2020. 3. 1

# 朝 圣

——意解电影《冈仁波齐》

## 一

春天来了
寒冬的冰雪未褪
久植心田的种子
在季节里萌发蹿长
“我的命运去了远方”
远方的神在召唤
去拉萨去冈仁波齐
赎罪祈福
为自己为家人
为地球母亲所有儿子
放下一切
背起行囊上路
从尼玛扎堆出发
双手套上自制木屐
身前披一块粗糙牛皮
跪拜搓行叩伏

身心紧贴大地
倾情拥抱亲脸
摈弃所有俗念
唯有虔诚

## 二

两千五百公里山路
峰陡谷深艰难无知
一路跪拜叩伏
日行几公里
坚信总能达到
好在并不孤独
共同的信念
缘聚了一群人
温和亲善的长者领头
妇孺青壮们跟进
一辆拖拉机篷车
载着全部家当
一顶帐篷
一个移动的大家庭
随遇而安
息食就寝
“此心安处是吾乡”
日作叩伏前行
夜歇围炉诵经

信念笃定
真心诚敬

## 三

风和日丽的田野
油菜花一地金黄
春水流歌
白云赋诗
坦道宽阔
俗心明亮
却遭遇了不幸
车轴被撞断
前不着店后不着村
对方责任
却事急当紧
没有争执亦无抱怨
平和放他行
自己卸下车头
拉纤厢行
女人们跪拜紧跟
男人们拉过一程
又折返拜行
心中与神约定
不偷叩不简跪不省伏
食宿歇息

作上石头标记
途中太多的诱惑
没能撼动这颗诚心
身边汽车风驰
撩不起乘意
城市馆楼霓虹色迷
挽不住寝身
闹市人流美食
留不住辛酸脚印
少妇带着身孕
婴儿在路上出生
襁褓中同行
小伙子碰上了爱情
为完成朝圣
离别得坚定
半路上生病
轻则隐忍
重则短暂歇停
日出而行
日落而息
一大家子同起同落
平常的日子
过得认真
一天一天
一步一步
接近圣灵

## 四

夏日的厉阳
晒脱了冬袄
一身轻装
峰上谷下
平道沟壑
无惧淌水卧泥
无顾日蒸滚沙
不记得翻过了几座山
不记得蹚过了几道河
终于看见了布达拉宫
远远遥望
心驰神往
入宫会晤
竟无语凝噎
神灵秘域
默诉衷肠
日夜回环
圣地倾情
肃然天敬
剩下的路犹远
却没了盘缠
滞留于拉萨
众生议定打工奋挣

男人们上建筑工地扛包挑担
女人们找宾馆洗被刷碗
朝圣路上最久的停留
依然充满艰辛
每个人却做得诚恳
没有谁退堂
也没有谁矫情
繁华的拉萨
也系不住他们的心
集体挣足了盘金
又继续起程
朝向冈仁波齐诸神
挥洒汗水虔诚

## 五

秋天的冈仁波齐
依然戴着冰雪绒帽
慈面祥和睿智仁亲
坎坷的山道上叩伏
圣山转盘
剖心神看
冈仁波齐诸神
见证了这些平凡人
拥有一颗圣洁而坚毅的心
他们春天里起步

走过冰雪严寒
炙承烈日酷暑
合着秋霜的脚步
朝觐
纯朴实诚超越了浮华虚荣
意志毅力征服了机巧侥幸
艰难困苦打败了享乐消沉
一诺千金的诚信
百折不回的执着
自然山敬

## 六

冈仁波齐
心中的圣地
心中的神
朝拜叩伏至虔至诚
长老就寝于她的怀抱
安详长眠
肉体被雄鹰带上了天庭
灵魂飞升羽化仙成
慈善惠报无疆
诚心功德圆满
长老辞世婴幼出生
生的死了死的生了
回环往复至圣至灵

天地神人和诚永生
经过了跋山涉水的历练
承受了风雨寒暑的考验
挡住了魔鬼的诱惑
一颗红尘凡心
被洗刷得纯白空灵
曾被尘污的灵魂
已洁净换新
朝圣洗心
物化神灵

## 七

经过了洗礼的心灵
冰雪一样纯净
像冈仁波齐之山顶
经过了锤炼的凡身
像山石一样坚韧
不可战胜
众志笃定的善诚
与天地同亲
可以感召诸神
与雪花共母亲的人
朝觐了圣山诸神
冬天踏上了归程
回路依然山高水远

雪厚风寒
峡谷盘道
冰冻陡峭
比来时更艰难
因为经历过
便无所畏惧
心坦如雪原
皑皑白雪上
又是一串长长的足印
从冈仁波齐
牵亲尼玛扎推
踏雪回家
亲人们的心一直在牵挂
与他们同行
此时犹在为他们祈祷
他们有责任还报平安
回家守信

## 八

人生就是一次朝圣
春夏秋冬四季行进
经风沫雨沥雪承阳
从初生走来
向吉死而去
在长辈的带领下跋涉

走过高山茫原壑谷平地
结缘森林湖泊城市乡村
天帐地床
你我他一路同行
一篷同居
托福大地母亲
人生处处皆圣地
只要虔诚守真
即可升华仙成
让心目中的那座圣山
冈仁波齐
在季节时光中导引
参悟真谛
至善至诚
涅槃重生
羽化归真
人类之旅也是朝圣
从洪荒起程
向文明行进
穿越时空隧道
在黑暗中摸索
在灾难中洗礼
一峰一峰攀登
一点一滴积存
一代一代接力
一步一步走近

在春夏秋冬的季节里
反复承受风雨雷电酷暑严寒
褪去野蛮兽性
愚昧恶行
脱胎换骨
浴火重生
成为生命之长灵
天地之骄子
文明人
善人贤人圣人
朝圣的结晶
人类与天地共存
就像冈仁波齐山神

2020. 10. 17

# 长　生

白发苍苍的老人
慨然面对晚霞
举起酒壶
豪饮
将壶中夕阳喝下
太阳落肚
又盛上繁星
还有一轮明月
连同这满夜的黑暗
海吞
梦里沉醉
明日清晨
新的太阳浮出
酒过一巡

2020. 6. 25

# 牵 挂

牵挂是量子纠缠
无论相隔多么遥远
两颗心都能通感
牵挂是一份美食
无论离家乡多么久远
总能让味觉回甘
牵挂是一份担忧
无论生活多么平静
总有忐忑不安
牵挂是一种遗憾
即便阴阳相隔
常常暗自责难
牵挂是一个梦想
就算离开人世
也放不下那片大好河山
人有了牵挂
人生才更完美
家有了牵挂

生活才更灿烂
国有了牵挂
人民才更富安
牵挂是一条彩虹
慰藉风雨
牵挂是一抹晨曦
点燃希望
牵挂是一片晚霞
即便沉入黑夜
依然留着斑斓

2020. 6. 28

# 怪诞梦魇

郁愤的古行诗
在荒野中行走
孤独的脚印
被野草埋掉
李白从蜀道摔下
悬崖青冥浩荡
坐骑白鹿
仰天长啸
茅屋中的杜甫
在秋风中颤抖
身子吹成了骨瘦
依然泣血呼号
寒士大厦
王羲之的毛笔
被江湖大盗偷走
涂鸦出满天乌云
将太阳掩牢
怀素醉入沙漠

找不着北
用干枯的柴棍
在黄沙上画着金饼
春秋的风
从汉水吹向太平洋
孔子被一群狼崽围困
杏坛上举着《论语》
气喘趋赶
老子躲进南山
焚烧《道德经》
煮野菜度日
丛林里的低级生物
一身兽毛耸峙
满嘴獠牙血渗
觊觎人类肉身
洪荒来临
漫天的洪水
在宇宙中孕育
一切毁灭在即
人类无处可逃
上帝的诺亚方舟
失去了方向
玉皇大帝四处寻找大禹
大禹累倒昆仑瞌睡未醒

2020. 10. 9

# 后 记

二〇二〇年，农历庚子，一场突如其来的疫情改变了世界，也改变了人们的认知。国家力抗，保护了人民，稳住了经济，提高了国际威望。这归功于中国共产党的正确领导，归功于全国人民的艰苦努力。其中处处渗透着文化力量。“民为贵”“江山是人民”“道法自然”“生命至上”“己所不欲，勿施于人”……在潜移默化中传承与改变，坚守与创新，独树一帜与开放包容，国安民幸。

哪有什么岁月静好，只因为我们身为炎黄子孙，生活在一个有着五千年优秀文化传统的国家里。万物有灵，文化亦无例外。中华传统文化自有其传续路径。无论西方怎样描黑打压，也无论被所谓新潮流怎样冷落异化，中华传统文化基因在世纪关键时刻，再一次彰显强大生命力。幸甚！民族复兴，文化奠基。国家已将继承发扬传统文化提到了战略高度。重拾文化自信，可以预见，传统文化的春天正在到来。诗词书法之乱象定会得到拨乱反正。优秀作品定会被时代宠幸。

本人出于爱好与敬畏，阅古拟古力求在传统诗词书法中获得心灵回归，营造一隅，自由挥洒，自娱自乐。一路行来，总觉得在山脚徘徊。抬头仰望书岭诗峰，唯见其巍峨高峻，攀爬之难心知肚明。但乐在其中，兴游骋怀，不时采摘几朵野花，以慰时光。

特别要感谢我的妻子王桂花，女儿王雯昭。她们给了我太多的自由与闲暇，让我能够保持一方好心境。妻子自学摄影，专门拜师学拍书法作品。女儿自立已业，专门供我笔墨纸砚。她们让我做得称心。同时借此机会对所有关心过我或正在关心我的长辈、亲友、领导、同事一并予以感谢！

在一千五百余首习作中择取三百余首编成两册，便宜后续。是为记。

王晋跃

二〇二一年三月二十日